Knaur

Von Ashley Carrington sind außerdem erschienen:

»Valerie – Erbin von Cotton Fields« (Band 2021)
»Valerie – Herrin auf Cotton Fields« (Band 2022)
»Valerie – Wolken über Cotton Fields« (Band 2963)
»Valerie – Gefangen auf Cotton Fields« (Band 2964)
»Valerie – Rückkehr nach Cotton Fields« (Band 2840)

»Jessica oder Das Ziel aller Sehnsucht« (Band 1388)
»Jessica oder Die Insel der verlorenen Liebe« (Band 2834)
»Jessica oder Die Irrwege der Liebe« (Band 1184)
»Jessica oder Die Sehnsucht im Morgenrot« (Band 2835)
»Jessica oder Im Sturmwind der Leidenschaft« (Band 2837)
»Jessica oder In der Ferne lockt das Glück« (Band 1537)
»Jessica oder Unter dem Kreuz des Südens« (Band 2836)
»Jessica oder Was bleibt ist die Hoffnung« (Band 1653)
»Jessica oder Das Ziel aller Sehnsucht/Die Irrwege der Liebe« (Band 2920)

»Hickory Hill – Das Vermächtnis der Alice Shadwell« (Band 2962)

Originalausgabe Juni 1991

Umschlaggestaltung Manfred Waller
Umschlagillustration Elaine Duillo/Agentur Thomas Schlück
Satz MPM, Wasserburg
Druck und Bindung brodard & taupin
Printed in France 5 4 3 2 1
ISBN 3-426- 03135-3

Ashley Carrington:
Belmont Park

Roman

Knaur

Für Dagmar Wiemer, möge auch in schweren Zeiten die Liebe der goldene Faden deines Lebens sein

ERSTES BUCH

*

Wie ein ganzes Leben
4. Oktober 1839

I

Im noch weichen Licht des jungen Tages und unter einem sonnig blauen Oktoberhimmel, der von vereinzelten Wolken gesprenkelt wurde wie ein seidiger Teppich, über den ein spielendes Kind wahllos eine Handvoll Baumwollflocken verstreut hat, schnitt die Rosebud auf südwestlichem Kurs durch die ruhige See. Wie einen zweifachen, reichlich verschmutzten Schleier zog der Dampfer den Rauch, der mittschiffs aus seinen beiden hohen Schornsteinen quoll, hinter sich her, bevor er von der schwachen Seebrise verweht wurde. Am westlichen Horizont zeichnete sich zwischen dem tiefen Blau des Meeres und dem lichten Blau des Himmels eine dunkle, unregelmäßig gezackte Linie ab, deren Konturen rasch an Klarheit gewannen. Es war die Küste von South Carolina bei Charleston mit ihren vorgelagerten Inseln.

»Ich habe Angst, Mabel. Diese Tage auf See waren eine einzige Tortur, doch jetzt wünsche ich fast, die Reise wäre noch lange nicht zu Ende, sehr lange nicht!«

»Aber was reden Sie denn da, Miss Lavinia! ... Oh, verzeihen Sie, ich meine natürlich Missis Lavinia«, korrigierte sich Mabel Tattler schnell und warf ihrer Herrin im dreiteiligen Spiegel der Frisierkommode, die umsichtigerweise zwischen den beiden Bullaugen der komfortablen Kabine plaziert war, ein entschuldigendes Lächeln zu, das von persönlicher Zuneigung und langjähriger Vertrautheit sprach. Sie schüttelte den Kopf und rügte sich selbst: »Daß mir doch auch immer wieder das Miss über die Lippen kommen muß, obwohl Sie doch schon seit vier Tagen den Ehering am Finger tragen! Wo habe ich nur meine fünf Sinne! Da sieht man mal wieder, wie schwierig es doch ist, mit altvertrauten Gewohnheiten zu brechen. Ich hoffe, Sie sehen es mir nach.«

»Ach, Mabel, das ist doch nicht schlimm«, wehrte Lavinia ab und erwiderte das Lächeln ihrer Zofe, die mit ihren dreiundzwanzig Jahren nur fünf Jahre älter war als sie, mit einer Mischung aus Glück und Beklemmung. »Auch ich muß mich erst noch daran gewöhnen, nun nicht mehr Miss Lavinia Irving, sondern Missis DeLong zu sein.«

»Sie haben ein Leben lang Zeit, sich daran zu gewöhnen«, sagte Mabel aufmunternd und griff zu einem jadegrünen Taftband, mit dem sie einen Teil der rotblonden Haarflut ihrer Herrin im Nacken zusammenfaßte. Unter ihren geschickten Händen wurde das Band zu einer hübschen Schleife. Das zarte Grün der Bänder, mit dem sie Lavinia die Haare schmückte, paßte ausgezeichnet zu dem etwas dunkleren Meeresgrün des Taftkleides, das hinter ihnen auf dem Bett lag und darauf wartete, mit seinen üppigen Volants die Petticoats zu bedecken, in denen Lavinia noch vor der Frisierkommode saß. »Und bei einem so außergewöhnlichen Mann wie Mister DeLong muß es Sie jeden Tag neu mit Stolz und Glück erfüllen, seine Frau zu sein.«

»O ja, Denis ist wunderbar und so verständnisvoll«, versicherte Lavinia ein wenig zu eifrig, so daß man hätte meinen können, sie wollte sich selbst beruhigen und dunkle Zweifel, die unter der Oberfläche ihres jungen Eheglücks lauerten, im Keim ersticken.

Mabel nickte nachdrücklich, und ihr schmales Gesicht, dem die leider etwas zu prägnanten Wangenknochen eine leicht herbe Note verliehen, woran auch die warmen nußbraunen Augen und der lebhafte Mund nichts zu ändern vermochten, nahm einen ernsten Ausdruck an. »Ein wahrer Gentleman, in der Tat, wie ihn sich eine Frau nur zum Gatten wünschen kann«, stimmte sie ihr zu, und beide wußten auch ohne weitere Worte, was genau damit gemeint war.

Lavinia hob ihre Hand und betrachtete ihren Ehering, den Denis ihr vor vier Tagen vor dem Altar in Boston an den Finger gesteckt hatte. Sie erinnerte sich noch genau, wie heftig ihr Herz geschlagen hatte, und daß sie von der feierlichen Zeremonie so berührt gewesen war, daß sich ihr Tränen in die Augen gedrängt hatten. Ihre Mutter, die im Rollstuhl an der Trauung teilgenommen hatte, hatte ihre Tränen nicht zurückgehalten, sondern ihnen freien Lauf gelassen. Und wenn ihre schwere Krankheit sie auch der Macht über ihre Stimme beraubt hatte, so hatte sie es doch verstanden, ihrer Tochter mit dem Ausdruck ihrer Augen zu zeigen, wie sehr sie an dem Glück ihres einzigen Kindes Anteil nahm und mit welch tiefen Segenswünschen sie ihre Tochter in die Ehe mit Denis DeLong und in die Fremde schickte. Noch so vieles andere hatte in diesen klaren Augen gestanden, in denen um so mehr Leben zu leuchten schien, je mehr sich ihr Körper der Kontrolle ihres wachen Geistes entzog und zu einer nutzlosen Hülle wurde.
Lavinia drehte den Ring, das Herz schwer von Erinnerungen, die ihr wohl für lange Zeit die Nähe ihrer geliebten Eltern ersetzen mußten. Das schmale goldene Band war ein Meisterwerk der Goldschmiedekunst, bestand es doch aus zwei ineinander verflochtenen Blumengebinden. Die vielen winzigen Knospen, Blüten und Blätter waren so fein herausgearbeitet, daß es ihr unbegreiflich war, wie Menschenhände so etwas zustande bringen konnten. Welche Kunstfertigkeit, gepaart mit unendlicher Ruhe und Ausdauer, für ein solches Schmuckstück vonnöten sein mußte!
»So wunderbar vertraut und doch auch so fremd«, murmelte sie beklommen, während sie ganz sanft mit der Fingerkuppe über die zerbrechlich wirkenden Blumenkränze strich. Und ihr Gefühl sagte ihr, daß diese Knospen, Blüten und Blätter so vieles versinnbildlichten, von dem sie jetzt noch nicht einmal etwas ahnte. Die Ehe erschien ihr plötzlich wie ein weiter, un-

erforschter Ozean voll unbekannter Gefahren, auf den sie sich hinausgewagt hatte, ohne zu wissen, was sie dort draußen eigentlich erwartete, voll des liebestrunkenen Vertrauens, daß alles schon ins rechte Lot gebracht werde. Doch anders als ein Seemann, den auf einmal der Mut verläßt, konnte sie den Kurs nicht wieder ändern und in den Schutz der vertrauten Küste zurückkehren. Ihr Ehegelübde stand dem entgegen. In guten wie in schlechten Zeiten, so stand es geschrieben, und so hatte sie es ihrem Mann geschworen, vor Gott und der Welt.

Lavinia erinnerte sich daran, wann sie ihrem Mann Denis DeLong das erstemal begegnet war. Den Tag würde sie nie vergessen. Es war an einem windigen Nachmittag im Juni gewesen. Nach einem vergnüglichen Einkaufsbummel, bei dem Mabel sie begleitet und beraten hatte, beschloß sie mit der ihr eigenen Spontaneität, ihrem Vater in seiner Anwaltskanzlei einen Überraschungsbesuch abzustatten. Mit geröteten Wangen, verwehtem Haar und ihrem neuen Bonnet in der Hand, in dessen Hutband ein kleiner Strauß Veilchen steckte, platzte sie wie ein fröhlicher Wirbelwind in das Büro ihres Vaters, der gerade ein ernstes Gespräch mit einem Klienten führte. Es war jener Gentleman aus dem Süden, den ihr Vater beim Abendessen schon einmal erwähnt hatte. Doch sie hatte nicht gewußt, daß er ein junger Mann von fünfundzwanzig Jahren und von so blendender Erscheinung war!

Sie hörte die liebevolle Rüge kaum, mit der ihr Vater ihr allzu stürmisches Eindringen tadelte und sie gemahnte, ihrer Lebhaftigkeit doch künftig stärker Zügel anzulegen und sich auf ihre gute Erziehung zu besinnen. Sie sah nur den stattlichen, schlanken Mann, der sich bei ihrem Eintreten mit einer raschen und dennoch eleganten Bewegung aus dem Sessel erhob und sie mit leicht belustigter Überraschung musterte. Sie war auf der Stelle von seinem Aussehen hingerissen. Dieses volle schwarze Haar, die ausgeprägten männlichen Züge von beinahe schon klassischer Schönheit — und dazu diese hellblauen Augen! Konnte man es ihr denn verdenken, daß es für sie Liebe auf den ersten Blick war, wie sie sie bisher nur aus den aufregend romantischen Romanen kannte, mit denen Carol Fleming, ihre beste Freundin, sie immer heimlich versorgte? Nicht, daß sie sich über einen Mangel an Verehrern hätte beklagen müssen und deshalb besonders anfällig für einen Mann wie Denis gewesen wäre. Weit gefehlt. Seit ihres glanzvollen Debütantinnenballs vor knapp zwei Jahren hatte es genügend attraktive junge Männer aus guten Familien gegeben, die sich nach allen Regeln der Kunst um sie bemüht hatten. Zwei, drei hatte sie regelrecht amüsant gefunden, und einem war es sogar gelungen, schwärmerische Gefühle in ihr zu wecken, bis sie seiner blumigen Komplimente und verliebten Kalbsaugen schlichtweg überdrüssig geworden war. Doch daß sie bei einem von ihnen auch nur halbwegs so vom Blitz getroffen worden wäre, wie das bei diesem Mann aus dem Süden der Fall war, wäre schon einer maßlosen Übertreibung gleichgekommen.

Als er ihrem Vater nun mit sanftem Nachdruck ins Wort fiel und etwas in der Art sagte, daß man einer Tochter von so außergewöhnlicher Schönheit und bezauberndem Wesen schon einiges nachsehen müsse und daß eine solch reizende Unterbrechung ihrer ernsten Unterredung sich auf die Fortsetzung derselben gewiß nur segensreich auswirken könne, als er so charmant und ohne zu zögern für sie eintrat, tat seine dunkle, melodische Stimme das ihre, um sie für diesen Mann zu begeistern, der in einen modischen Stadtanzug aus feinstem mandelfarbenem Tuch gekleidet war. Daß ihn seine ein wenig gedehnte Aussprache mit den verlängerten Vokalen unverkennbar als einen Mann aus dem tiefen Süden auswies, verstärkte den Zauber nur noch, den er vom ersten Augenblick ihrer Begegnung an auf sie ausübte.

So verwirrt war sie von der ungeahnten Aufwallung ihrer Ge-

fühle für diesen Fremden, daß sie später in der Kutsche Mabel nicht mehr sagen konnte, wie sein Name war. Dabei hatte Pa sie einander vorgestellt und ihr auch erzählt, woher er kam. Seine Worte waren jedoch so wenig in ihrem Gedächtnis haftengeblieben wie Wassertropfen an einer Ölhaut.
Am Tag darauf brachte ihr Vater Denis DeLong mit zu ihnen nach Hause. Er hatte ihn zum Abendessen eingeladen. Sie hatte nur Augen für ihn und bekam von der Speisenfolge und der angeregten Unterhaltung so gut wie nichts mit. Sie trug auch selbst kaum etwas dazu bei, was aber eher als ein Beweis guter Erziehung und damenhaften Verhaltens denn als Mangel empfunden wurde. Sie wurde sich jedoch weder des einen noch des anderen bewußt. Sie war einfach glücklich, ihn wiederzusehen, mit ihm in ihrem Elternhaus am Tisch zu sitzen und mit jeder Pore ihres Seins seine Gegenwart in sich aufzunehmen. Und eine ungekannte, wunderbare innere Glut brannte hell in ihr und jagte ihr das Blut in die Wangen, wenn der Blick dieses stattlichen Baumwollaristokraten aus South Carolina auf ihr ruhte und er etwas zu ihr sagte, worauf irgendeine andere Lavinia irgend etwas antwortete, was den Reaktionen der beiden Männer nach Hand und Fuß gehabt haben und manchmal sogar geistreich gewesen sein mußte. Aber das war nicht die Lavinia, an die sie sich hinterher erinnern konnte, nachdem er sich mit einem galanten Handkuß und einem brennenden Blick in ihre Augen von ihr verabschiedet hatte. Denn ihr wahres Ich war in Wirklichkeit einzig und allein damit beschäftigt, ihn anzusehen und zu bewundern und dem reizvollen Klang seiner Stimme zu lauschen und sich daran zu berauschen, welche Geschmeidigkeit all seinen Bewegungen zu eigen war, wenn er Messer und Gabel in den schönen, feingliedrigen Händen hielt oder das Weinglas aus schwerem, funkelndem Kristall zum Mund führte, und wie sich seine Lippen zu jenem Lächeln verzo-

gen, das jede Frau, wie sie meinte, auf ewig entwaffnen und verzücken mußte.
Ein Abend wie ein himmlischer Rausch. Nur daß diesem köstlichen Rausch am nächsten Morgen kein ernüchternder Kater folgte, sondern ein weiterer Tanz auf dem Regenbogen des Verliebtseins. Denn Denis verschwand nicht aus ihrem Leben, sondern begann es vielmehr zu bestimmen. Seine Besuche wurden bald der einzige Rhythmus und das alleinige Zeitmaß, nach dem sie sich richtete und ihren Tag einteilte. Was halfen die sanften, sorgenvollen Ermahnungen ihres Vaters, den Dingen ihre Zeit zu lassen und nichts zu überstürzen, gegen den Sturm der Gefühle, der sie genauso mit sich riß wie Denis. Gegen die Himmelsmacht der Liebe ist jede andere irdische Macht zum Scheitern verurteilt. Und nach einem verzauberten Sommer langer Spaziergänge, romantischer Ausflüge und Picknicks, fröhlicher Bälle und Feste und aufregender Theaterbesuche, bei denen sich ihre Hände im Dunkel der Loge mehr sagten als die beredten Schauspieler auf der Bühne, beugte sich schließlich ihr Vater, der ihr noch nie einen Herzenswunsch hatte abschlagen können, und gab ihnen seinen Segen. Am 24. September feierte sie ihren achtzehnten Geburtstag. Sieben Tage später führte ihr Vater sie zum Altar und steckte Denis ihr diesen unvergleichlichen Ring an den Finger, ihr, seiner nun angetrauten Ehefrau Missis Lavinia DeLong. Noch am selben Abend schifften sie sich auf der ROSEBUD ein, die mit der nächtlichen Flut auslief — geradewegs in rauhe See.
Vier Tage waren seitdem erst vergangen. Doch die feierliche Trauung und das fröhliche Fest anschließend schienen ihr nicht nur von der Entfernung her, die nun zwischen der ROSEBUD und ihrer Heimat Boston lag, weit weg zu sein. In Boston zurückgeblieben schien ihr auch die Lavinia zu sein, die völlig frei von Zweifeln und Sorgen in die Zukunft geblickt hatte. Denn die Zukunft, das war immer der nächste Tag gewesen,

der nächste Ausflug mit Denis oder der nächste Ball, den man ihr zum Abschied gab. Doch seit sie an Bord des Dampfers gegangen waren und Kurs auf die ferne Küste im Süden genommen hatten, hatten das Morgen und die Zukunft eine andere, völlig neue Bedeutung erhalten. Ihre Zukunft war nun ein Leben in einer Welt, die sie nicht kannte und von der sie kaum mehr wußte als einige wenige geographische Daten, die sie nach dem ersten Abend mit Denis in der Enzyklopädie ihres Vaters nachgeschlagen hatte. Was für ein Leben mochte sie in South Carolina erwarten? Und hatte ihr Vater vielleicht doch nicht zu sehr übertrieben, als er sie mehr als einmal mit besorgter Eindringlichkeit gewarnt hatte, daß es ihrerseits einer sehr großen Liebe und einer nicht minder starken Bereitschaft bedürfe, sich einer fremden Lebensart anzupassen und in eine ihr noch unbekannte Gesellschaftsordnung einzufügen, wenn sie nicht unglücklich werden und neue Wurzeln in einer Welt schlagen wolle, die die Heimat ihres Mannes sei und die den Namen BELMONT PARK trage?

Nie hatte sie sich Gedanken darüber gemacht, welcher Art das Leben auf dieser Baumwollplantage sein mochte, die einige Kutschenstunden nordwestlich von Charleston am Ashley River lag. Seit die ROSEBUD die Anker gelichtet und die Leinen am Pier losgeworfen hatte, bestürmten sie diese Gedanken jedoch mit verwirrender, ja geradezu erschreckender Intensität. Und mochte sie sich auch ihrer plötzlichen Zweifel und ihres Wankelmuts schämen, die so gar nicht zu ihrer Liebe und ihrem Vertrauen zu Denis zu passen schienen, so konnte sie diese quälenden Fragen jedoch auch nicht unterdrücken.

»Missis Lavinia!« rief Mabel ein zweitesmal mit mehr Nachdruck, als ihre Herrin auf den ersten Zuruf von ihr nicht reagierte und weiter gedankenversunken auf ihren Ehering blickte. »Das Kleid!«

Lavinia fuhr aus ihren beunruhigenden Gedanken auf. Sie

wandte sich auf dem gepolsterten Hocker um. Mabel hatte das Kleid vom Bett genommen, hielt es mit beiden Händen und wartete ganz offensichtlich darauf, ihr in diesen Traum aus meergrünem Taft und spitzenbesetzten Volants zu helfen. »Oh! ... Ich ... ich war wohl mit meinen Gedanken woanders.«

Mabel lächelte verständnisvoll. »Ja, und sie waren mit Ihnen sehr weit. Mindestens auf der Höhe von Cape Cod, würde ich mal vermuten«, scherzte sie und um einen fröhlichen Ton bemüht, der ihrer jungvermählten Herrin die trüben Gedanken verjagte.

Lavinia blickte zu Mabel Tattler auf, die nicht lange gezögert hatte, als sie fast zaghaft die Bitte an sie gerichtet hatte, ob sie ihr denn nicht nach South Carolina folgen und weiterhin ihre Zofe bleiben wolle. Rührung über die Zuneigung und Treue dieser Frau, die von Mutter Natur nur sehr mäßig mit äußerlich ansprechenden Attributen bedacht worden war, ergriff sie. Ihr Vater hatte sie als Zofe eingestellt, als der entsetzliche Schlaganfall dem blühenden Leben ihrer Mutter ein jähes Ende bereitet und sie fast völlig gelähmt ans Krankenbett gefesselt hatte. Vier Jahre lag das nun schon zurück, und Mabel hatte längst bewiesen, daß sie das Vertrauen verdiente, das sie ihr vom ersten Tag an entgegengebracht hatte. Und wenn sie nicht einmal mehr Mabel ihr Herz öffnen durfte, dann mußte sie vor der ganzen Welt stumm bleiben. Doch es drängte sie danach, ihre Ängste loszuwerden, die sie seit Tagen mit sich trug, und ihre Sorgen mit jemandem zu teilen, von dem sie wußte, daß er sie verstand und für sich behielt.

»Ach, Mabel«, seufzte Lavinia bedrückt und ließ die schlanken Schultern sinken. »Ich habe wirklich Angst, verstehst du? Richtige Angst sitzt mir hier in der Brust.«

»Aber, aber! Was ist denn das für ein Gerede!« rief die Zofe besorgt und ließ das Kleid wieder auf das Bett sinken. Der Tag versprach schwierig zu werden, und dabei hatte sich die See endlich beruhigt und Land lag voraus, wie der fesche Steward ihr im Tonfall einer vertraulichen Botschaft mitgeteilt hatte. An diesem Morgen würden sie endlich in Charleston einlaufen, dem Ziel ihrer etwas beschwerlichen Reise. Aber sie verstand instinktiv, was diese junge Frau bedrückte, der sie sich genauso zugeneigt wie verpflichtet fühlte. »Sie haben doch fürwahr keinen Anlaß, vor irgend etwas Angst zu haben!«

»Das sagst du so«, murmelte Lavinia und fühlte sich plötzlich so hilflos wie ein kleines Mädchen und gar nicht wie eine Ehefrau, von der man ganz selbstverständlich annahm, daß sie sich mit ihrem neuen Status einzurichten wußte und den in sie gesetzten Erwartungen gerecht wurde. »Ich fühle mich richtiggehend elend.«

»Na, wenn Sie sich heute elend fühlen, dann waren Sie die letzten drei Tage wohl dem Tode näher als dem Leben«, entgegnete Mabel in dem Bemühen, ihr vor Augen zu halten, wie froh sie doch eigentlich sein müsse.

»So habe ich mich auch gefühlt. Ich hätte sterben mögen, so schlecht war mir«, bekräftigte Lavinia und dachte daran, wie großherzig sich Denis angesichts ihrer Seekrankheit gezeigt hatte.

Nach der ersten Nacht an Bord der ROSEBUD, die eigentlich ihre Hochzeitsnacht hätte sein sollen, aber nur eine nicht enden wollende Kette von Übelkeitsanfällen gewesen war, hatte er Mabel gebeten, doch für die Dauer der Reise die Kabine mit ihr zu teilen, da sie, die langjährige Zofe und Vertraute, vermutlich besser als er geeignet sei, sich um seine leidende Frau zu kümmern. Bei aller Liebe, allem Mitgefühl und dem sehnlichen Wunsch, sie von der Qual der Seekrankheit zu befreien oder doch wenigstens ihr Leiden zu lindern, aber das Elend seiner geliebten Frau mache ihn, den frischgebackenen Ehemann, in dieser Situation, die eine gewisse Intimität nun mal nicht vermeiden lasse, ein wenig hilflos. Und er wolle ihre Gefühle schonen und ihr natürliches Schamempfinden nicht verletzen, indem er nicht zugegen sei, wenn das Erbrechen sich ihrer wieder bemächtige und sie in kalten Schweiß gebadet und ihr so sterbenselend zumute sei. Und nur in Anbetracht der gesicherten Erkenntnis, daß Seekrankheit allen subjektiven Eindrücken zum Trotz keine bleibenden Schäden hinterlasse und das Elend sofort vergessen sei, sowie die See wieder ruhig sei oder man festen Boden unter den Füßen habe, nur deshalb sei er gewillt, den Platz an der Seite seiner Frau zu räumen und ihr, Mabel Tattler, zu überlassen, zumal dies auch Lavinias Wunsch sei.

Und so hatte Denis seine Sachen zusammengepackt und sich mit der weitaus weniger komfortablen Kabine ihrer Zofe beschieden. Dafür war Lavinia ihm tatsächlich sehr dankbar gewesen, denn sie hatte fast so sehr darunter gelitten, daß ihr geliebter Denis sie mit bleicher Haut, eingefallenen Augen und schweißnassen Haaren hatte sehen müssen, wie unter der Tortur der Seekrankheit. Nur ein halbes dutzendmal hatte sie während der Überfahrt die Kraft und den Mut gefunden, sich ihrem Mann zu zeigen und an seinem stützenden Arm einen kurzen Gang über das Deck zu machen, wenn die aufgewühlte See sich zwischendurch einmal beruhigt hatte, was jedoch nie von langer Dauer gewesen war. Erst in der vierten, der vergangenen Nacht, war das schreckliche Stampfen und Rollen des Dampfers einem stetigen, kaum noch merklichen Wiegen gewichen — und mit ihm die Todessehnsucht, die Lavinia in manch schlimmer Stunde heimgesucht hatte. Jetzt, am frühen Morgen, hatte sich die würgende Übelkeit fast vollkommen verflüchtigt.

Dennoch war sie weit davon entfernt, den neuen Tag und das Ende ihrer Schiffsreise mit freudigem Herzen zu begrüßen. Es schien, als hätte sich ihr körperliches Elend nur deshalb verflüchtigt, um Platz für ein seelisches zu machen.

»Das liegt nun endgültig hinter Ihnen. In wenigen Stunden erreichen wir Charleston, und dann ist alles vergessen, was Sie seit Boston haben erdulden müssen, Sie Ärmste«, versicherte Mabel munter.

»Ja, was hinter mir liegt, weiß ich nur zu gut«, sagte Lavinia mit gequälter Miene. »Aber weiß ich auch, was vor mir liegt?«

Die Zofe lachte. »O ja! Ein Leben in Glück und Wohlstand an der Seite Ihres Mannes und eine stolze Zahl prächtiger Kinder, die ganz das Abbild ihrer schönen Mutter und ihres stattlichen Vaters sein werden«, prophezeite sie und zwinkerte ihr zu.

Lavinias Gesicht wollte sich jedoch nicht aufheitern. »Ich fürchte, ich habe mir zuwenig Gedanken über das gemacht, was mich hier erwartet, Mabel. South Carolina! Charleston! BELMONT PARK! Nichts als Namen ...«

»Mit einem guten Klang«, gab Mabel zu bedenken, die stets das Positive sah.

»Ich weiß nicht einmal, wie es auf so einer Plantage zugeht und was man dort von mir erwartet.«

»Ich denke, das werden Sie schon schnell genug in Erfahrung bringen«, kam die gelassene Antwort. »Und nun sollten wir uns der Vervollständigung Ihrer Garderobe widmen. Wie ich Ihren Mann einschätze, wird er nicht mehr lange auf sich warten lassen und angesichts der ruhigen See wohl auch zu Recht darauf hoffen, daß Sie ihn mit einem betörenden Anblick für das entschädigen, was er auf dieser Reise klaglos und ganz der vollendete Gentleman erduldet hat.«

Lavinia wußte sofort, worauf ihre Zofe anspielte, nämlich auf die Hochzeitsnacht und das, was sie recht vage unter der Bezeichnung »eheliche Pflichten« kannte. Die Männer kamen ihnen jedoch mit Vergnügen nach, teilweise sogar beängstigend häufig, wie sie einigen verschämten und nie sehr genauen Bemerkungen von mehreren jungen Frauen hatte entnehmen

können, die sie und Carol kannten und die in den letzten Jahren geheiratet hatten.
Die Röte der Verlegenheit schoß ihr in die Wangen. »Ja, auch das macht mir angst«, gab sie leise zu und senkte den Blick. Er fiel auf ihre Hand mit dem Ehering, die in ihrem Schoß ruhte.
Mabel kam zu ihr, kniete sich vor sie und nahm ihre rechte in beide Hände. »Jede Münze hat zwei Seiten, hat meine Mutter immer zu mir gesagt. Wer frische Butter will, darf die Arbeit am Butterfaß nicht scheuen, und wer sich an einer knusprigen Gans laben will, muß auch das Rupfen, Ausnehmen und Füllen auf sich nehmen. Na ja, diese Vergleiche mögen reichlich hinken und aufs Land passen, wo ich nun mal aufgewachsen bin. Aber was sie eigentlich damit sagen wollte, ist, daß Freuden und Pflichten sich zumeist die Waage halten, wenn man es gut trifft im Leben. Und wenn man mit der rechten Einstellung an seine Pflichten herangeht, dann fallen sie einem längst nicht so schwer, wie man anfangs geglaubt hat.«
»Meinst du?« Zweifelnd sah Lavinia ihre Zofe an. Nur zu gern hätte sie ihren Trost angenommen, doch welche Erfahrung besaß Mabel schon auf diesem Gebiet, als daß sie Vertrauen in ihre Worte — in dieser speziellen Angelegenheit! — hätte setzen können? Doch dieselben wie sie, nämlich keine.
Mabel nickte nachdrücklich. »Ich weiß es! Ihr Mann ist kein grober Klotz. Er ist ein Gentleman vom Scheitel bis zur Sohle«, machte sie ihr Mut. »Er liebt Sie, ja betet Sie an, und er weiß, was er Ihnen schuldig ist. Ich bin gewiß, daß er sich auch in ... in diesen delikaten Dingen des Ehelebens von großer Liebe und Einfühlsamkeit zeigen wird.«
Lavinia nickte unwillkürlich. »Ja, er liebt mich ohne Zweifel«, pflichtete sie ihr bei.
Mabel drückte ihr herzlich die Hände. »Na, sehen Sie. Es wird alles halb so schlimm sein, wie man es immer macht. Sie kennen das Sprichwort doch: ›Es wird nichts so heiß gegessen, wie

es gekocht wird.‹ Und manchmal wird zweifellos eine Menge Unsinn geredet und maßlos übertrieben, um sich wichtig zu machen, wenn Frauen unter sich sind und Erfahrungen austauschen. Es wird schon alles seine Richtigkeit haben. Nur Gottvertrauen!«

Der schwere, dunkle Schatten, der auf Lavinias Seele gelegen hatte, begann sich allmählich aufzulösen. »Ich habe ihm geschworen, ihm in allem eine gute Ehefrau zu sein, und das will ich auch sein.«

»Nun, dann ist ja alles in bester Ordnung!« rief Mabel zufrieden und kam wieder auf die Beine.

»Jaja, doch wenn ich bloß wüßte, wie sich seine Familie zu mir stellt«, fiel Lavinia dann noch eine Sache ein, die sie in den letzten Tagen immer wieder beschäftigt hatte. »Nicht einen kenne ich. Was ist, wenn sie mich nicht mögen?«

Mabel sah sie wie entgeistert an. »Was sagten Sie da? Sie und nicht mögen? Schauen Sie sich im Spiegel an! Kommen Sie, schauen Sie sich an!« Sie zog Lavinia vom Hocker und veranlaßte sie, einen Schritt vom Spiegel zurückzutreten. »Nun sagen Sie selbst: Dieses anmutige, zauberhafte Wesen mit dem Charme und Liebreiz von einem halben Dutzend Märchenprinzessinnen soll auch nur einer nicht mögen?« Sie lachte so herzlich darüber, daß es ansteckend war.

Lavinia konnte sich eines Lächelns nicht erwehren, während sie ihr Abbild im Spiegel auf sich wirken ließ. Nun ja, ein häßliches Entlein war sie gewiß nicht. Aber eine Märchenprinzessin wohl auch nicht. Den Tatsachen kam es näher, wenn man ihr Äußeres als hübsch bezeichnete — mit einer »äußerst aparten Note des Ungewöhnlichen«, wie ihre Freundin Carol es einmal ausgedrückt hatte.

Sie hatte die schlanke Figur ihrer Mutter geerbt und auch die glatte, reine Haut. Von ihrem Vater hatte sie die ungewöhnliche Farbe ihrer Augen, die von einem veränderlichen Grau waren und je nach Gefühlslage und Lichteinfall ein helles Perlgrau annehmen oder sich zu einem Bleischwarz verdunkeln konnten. Ihr üppiges blondes Haar mit dem aparten Stich ins Rötliche war ein Geschenk der Natur, jedoch ohne die Plage von Sommersprossen, die normalerweise mit rötlichem Haar einhergeht. Und was ihren Busen betraf, so besaß dieser genau die richtigen Proportionen, um den bewundernden Blick der Männer auf sich zu ziehen, wie sie auf vielen Bällen zur Genüge hatte feststellen können.

»Nun ja, zu verstecken brauche ich mich nicht«, räumte Lavinia zögerlich ein, denn sie fand noch genug an sich auszusetzen. »Aber findest du nicht, daß meine Nase ein bißchen zu stupsig ist, mein Mund dagegen viel zu breit?«

»Ihre Nase ist ganz reizend, so wie sie ist, und Sie haben wunderschöne volle Lippen, die das schönste Lächeln herbeizaubern können«, antwortete Mabel geschickt, denn ein klein wenig schmaler hätte der Mund ihrer Herrin schon sein können. Doch was hatte diese Kleinigkeit schon zu bedeuten — bei all ihren anderen Vorzügen. »Und Sie haben wirklich allen Grund zu lächeln, ja übers ganze Gesicht zu strahlen, jawohl! Ihr Mann liebt Sie, und nur allein das ist wichtig. Und ich sage Ihnen, Sie werden auch die Herzen seiner Familie und Freunde auf BELMONT PARK im Flug erobern!«

Lavinia seufzte, doch sie lächelte dabei. Die aufmunternden Worte ihrer Zofe taten ihr gut, stärkten sie doch ihr angeschlagenes Selbstvertrauen. »Ich hoffe, du behältst recht, Mabel. Auch schon wegen Denis. Ich möchte so sehr, daß er auf mich stolz sein kann.«

»Der Ehemann, der nicht stolz auf Sie wäre, müßte schon ein rechter Narr sein!« erklärte Mabel bestimmt. »Und wenn Mister DeLong in einer Beziehung närrisch ist, dann — wenn Sie mir diese Bemerkung erlauben — nur närrisch in Sie verliebt.«

Lavinia lachte nun. »Ach, Mabel, was täte ich nur ohne dich!«
»Noch in Petticoats auf dem Hocker sitzen, wenn Ihr Mann schon ungeduldig darauf harrt, Sie in seine Arme zu schließen und Ihnen zu versichern, daß nichts Ihr Glück wird trüben können«, sagte Mabel trocken. »Und nun steigen Sie endlich ins Kleid! Mir werden die Arme lahm.«

2

Keine zehn Minuten später stand Denis DeLong vor der Kabinentür und klopfte. »Lavinia? ... Miss Tattler?« rief er verhalten und mit zugleich doch erwartungsvoller Stimme.
Mabel öffnete ihm und deutete einen Knicks an. »Einen guten Morgen, Mister DeLong«, begrüßte sie ihn mit einem herzlichen Lächeln.
»Ja, einen guten Morgen, den haben wir in der Tat, Miss Tattler!« sagte er aufgeräumt und trat in die Kabine. Als er Lavinia makellos frisiert und in diesem wunderschönen Taftkleid erblickte, ein freudiges Lächeln auf dem Gesicht, von dem über Nacht alle häßlichen Spuren der Seekrankheit gewischt waren, leuchteten seine blauen Augen auf. Die Freude und Erleichterung über ihre Genesung waren ihm vom Gesicht abzulesen.
»O Lavinia, Liebste!« rief er glücklich, kam auf sie zu und ergriff ihre Hände. »Dir geht es wieder besser?«
Sie nickte und strahlte ihn an. »Wie neu geboren, mein Geliebter. Jetzt kann ich es kaum glauben, daß ich wirklich drei Tage und Nächte so elend daniedergelegen habe.« Und ebensowenig verstand sie, daß sie gerade noch voller Zweifel und Sorgen gewesen war. Ihre Kümmernisse hatten sich in dem Moment, in dem er die Kabine betreten und sie angelächelt hatte, verflüchtigt wie kühler Morgentau unter heißer Sonne. Seine aufre-

gend physische Präsenz, sein zärtlicher Blick, der liebevolle Druck seiner Hände ließen es ihr als geradezu lächerlich erscheinen, daß sie sich mit solch unsinnigen Bedenken gequält hatte. Welche Probleme ihrer auch immer harren mochten, sie würden damit fertig werden, denn ihre Liebe war so stark, daß sie es mit allen Schwierigkeiten dieser Welt aufnehmen konnten!

»Ich habe zu meiner großen Freude und Erleichterung schon vom Steward erfahren, daß du heute morgen um Tee und ein leichtes Frühstück gebeten hast«, sagte Denis und nahm seinen verliebten Blick nicht von ihrem Gesicht. »Du weißt ja gar nicht, wie glücklich ich bin, daß es dir wieder so gutgeht, mein Liebling.«

»Ich bin es auch, Denis«, versicherte sie und erwiderte den Druck seiner Hand. Ihn zu spüren, ging ihr durch und durch. Wie gut er in diesem pastellbeigen Anzug mit den dunkler abgesetzten Revers der Jacke aussah! Und der wunderbare Kontrast, den sein volles schwarzes Haar zum leuchtendhellen Blau seiner Augen bot! In dieses markante, ebenmäßig geformte Gesicht brauchte sie nur einen Blick zu werfen, um innerlich zu zergehen.

Es war, als spürte er den Schauer, den seine Berührung in ihr auslöste. »Wenn du nur wüßtest, wie schrecklich lang mir die Tage geworden sind! Dich hier leiden zu wissen und doch nichts für dich tun zu können«, sagte er mit verzehrendem Ausdruck in Augen und Stimme. »Es hat mich halb wahnsinnig gemacht, denn in Gedanken war ich immer nur bei dir.«

»Ich weiß, daß es auch für dich eine sehr schwere Zeit gewesen ist«, erwiderte sie voller Dankbarkeit und Zärtlichkeit für seine liebevolle Zurückhaltung.

Mabel räusperte sich. »Ich werde dann mal das Tablett aus dem Weg schaffen«, machte sie sich bemerkbar und klapperte mit dem Geschirr, »damit ich gleich Platz habe, wenn ich die Sachen zusammenpacke.«

»Ja, tu das, Mabel«, sagte Lavinia und tauschte mit Denis einen stummen, fast verschmitzten Blick, hatten sie die Anwesenheit der Zofe doch völlig vergessen gehabt.

Mabel eilte aus der Kabine und schloß die Tür hinter sich. Das junge Paar hielt sich noch immer bei den Händen.

»Lavinia«, flüsterte Denis mit veränderter Stimme. »Meine geliebte Frau.«

»Denis, mein geliebter Mann«, hauchte sie, und ihr Herz pochte wie wild, als er sich nun zu ihr hinunterbeugte und sie küßte. Sie schloß dabei die Augen, wie es die Schicklichkeit gebot, und gab sich voller Seligkeit dem warmen, sanften Druck seiner Lippen hin. Das Blut rauschte in ihren Ohren, und die Kraft schien ihr aus den Gliedern zu weichen. Gleichzeitig empfand sie ein erregendes Ziehen im Schoß und einen nicht weniger erregenden Druck in den Spitzen ihrer Brüste. Sie war von ihren Gefühlen verwirrt und aufgewühlt, doch es war eine wunderbare Gefühlsaufwallung, die von ihr Besitz ergriff.

Bereitwillig schmiegte sie sich an ihn, während er seine Arme um sie legte. Oh, die Liebe war so himmlisch, so zauberhaft und herrlich schwindelerregend wie ein atemloser Tanz oder eine schnelle Fahrt auf einem Karussell. Und wenn diese Küsse ein Vorgeschmack auf ihre »ehelichen Pflichten« waren, wie es ja gar nicht anders sein konnte, dann wußte sie schon jetzt, daß sie sich diesen Pflichten mit größter Freude hingeben würde.

Es war ein Gedanke, der ihr selbst jedoch so schamlos erschien, daß sie dabei errötete. Eine ehrbare Frau, die auf Anstand und Schicklichkeit achtete, hatte diesen Bereich der Ehe nicht mit eigenen Sinnesfreuden in Zusammenhang zu bringen. Reverend Colbert hatte in seinen Predigten oft genug das sündige Fleisch und die Sinneslust gegeißelt, daß ihr seine Warnungen noch deutlich in Erinnerung waren. Wer sich der Fleischeslust hingab, folgte dem verhängnisvollen Pfad der Sünde, der vom rechten Glauben und vom rechten Lebenswandel ins Verderben führte. Nicht, daß sie jedes Wort geglaubt hätte, das der Reverend von der Kanzel auf seine Gemeinde hinabschleuderte wie Zeus seine Blitze, dafür hatte schon ihr Vater gesorgt, der ihr nicht nur einmal den Rat gegeben hatte, Gottesfurcht und Trost mehr in der Heiligen Schrift zu suchen und zu finden als in den oftmals sehr zweifelhaften Predigten der Geistlichen, die ihre Kanzel zu häufig mit dem Kommandodeck eines Kriegsschiffes verwechselten und die Güte Gottes durch die Peitsche des Wortes vertauschten. Aber auch die Heilige Schrift sprach von der Sünde des Fleisches, wenn auch nicht halb so unbarmherzig verdammend wie Reverend Colbert, der Vater von neun Kindern war ...

Doch es ist eine so süße Sünde, fuhr es Lavinia durch den Sinn, als sein Kuß leidenschaftlicher wurde und er sie mit heftigem Verlangen an sich preßte, daß sie seinen Körper so nah spürte wie noch nie zuvor.

Wie zur Strafe ihrer unschicklichen Gedanken erklang die durchdringende Dampfsirene der ROSEBUD. Das dreimalige Tuten ließ sie erschrocken auseinanderfahren. Doch als Lavinia sah, daß auch seine Wangen und Ohren gerötet waren und er so atemlos war wie sie, verwandelten sich ihre Gewissensbisse ob ihrer sündigen Gedanken in ein warmes Gefühl des Glücks.

Ein aus der Ferne gedämpft herüberdringendes Tuten sagte ihnen, daß der Captain der ROSEBUD einen anderen Dampfer gegrüßt hatte, der irgendwo an Backbord an ihnen vorbeizog.

»Ich glaube, wir waren wohl doch nicht gemeint«, sagte Lavinia scherzhaft, um ihre Verlegenheit zu überspielen, und senkte den Blick.

Denis lachte etwas unsicher. »Verzeih, wenn ich in meinen Liebesbezeugungen ein wenig zu stürmisch gewesen bin. Nach den Tagen der erzwungenen Trennung hat es mich einfach übermannt, Liebste«, entschuldigte er sich und zupfte an seiner Halsbinde aus ahornfarbener Seide, die perfekt um seinen gestärkten Hemdkragen gebunden war. »Ich verspreche dir, mir Zurückhaltung aufzuerlegen, wie schwer es mir bei deinem verführerischen Mund auch fallen mag.«

Lavinia sah ihn lächelnd an und schüttelte den Kopf. »O nein, mein Geliebter! Du hast mich nicht erschreckt!« erwiderte sie.

»Wirklich nicht?« fragte er stirnrunzelnd.

»Nein, ganz bestimmt nicht«, beteuerte sie, und ihr war, als spürte sie noch immer seinen Mund auf ihren Lippen. »Ich war nur verwirrt, so überrascht ...«

»Überrascht?«

»O Gott, ich habe nicht gewußt, daß Liebe so ... so berauschend sein kann«, verriet sie ihm nun ihre Gefühle, und die Röte schoß ihr in die Wangen. »Es war so ...«

»Scht!« machte er und brachte sie zum Schweigen, indem er ihr zwei Fingerspitzen auf die Lippen legte. »Bitte sag jetzt nichts weiter, Liebste. Sonst kann ich mich nicht mehr dafür verbürgen, daß dieser Rausch mich nicht wieder in Versuchung führt. Und was soll deine Zofe von uns denken, wenn sie jeden Augenblick wiederkommt und uns in einem solch aufgelösten Zustand vorfindet, zumal zu dieser Tageszeit?«

Am liebsten hätte Lavinia ihm geantwortet, daß sie dieses Risiko nur allzugern in Kauf nehmen wolle und daß Mabel sich höchstens über ihr junges Glück freuen würde. Und daß die Tageszeit ihr völlig gleich sei, wenn er so wie sie den Wunsch verspüre, ihr seine Liebe so wie gerade zu beweisen. Aber sie spürte den Ernst hinter seinen Worten. Und sie dachte daran, was ihr ihr Vater über das Selbstverständnis des Südstaatlers sowie seinen Ehrenkodex gegenüber einer Frau, auch der eigenen, gesagt hatte. Sie begriff, daß es ihn tatsächlich höchst peinlich berühren und sein Ehrempfinden verletzen würde, wenn Mabel sie in einem »solch aufgelösten Zustand«, wie er es genannt hatte, überraschen würde.

Ihr dämmerte, daß es für Denis offenbar eine Sache war, seinen Gefühlen mit galanten, ja geradezu feurigen Worten Ausdruck zu verleihen, aber eine völlig andere, sie auch in natura auszudrücken. Sie war noch zu jung, um zu begreifen, warum sie das tief in ihrem Innersten mit Bedauern erfüllte. Doch instinktiv spürte sie, daß sie ihm in diesem kurzen Augenblick, als er sie in seine Arme genommen und sie leidenschaftlich geküßt hatte, auch seelisch so nah wie nie zuvor gewesen war — und daß er sie nun wieder ein Stück von sich schob, zurück auf den sicheren Boden der Etikette und des Anstands, ohne sich dessen wohl selbst bewußt zu sein. Und damit folgte er nur den ehernen moralischen Gesetzen, mit denen er von Kindesbeinen an aufgewachsen war und die seine Klasse heilig hielt.

Deshalb hauchte Lavinia ihm einen Kuß auf die Fingerspitzen, lächelte ihn an und sagte folgsam: »Natürlich, Denis. Sicher hast du recht. Wir wollen vernünftig sein.«

Er zeigte sich sichtlich erleichtert. »Ich wußte, du würdest es verstehen«, sagte er und gab ihr einen fast geschwisterlichen Kuß auf die Stirn. »Und nun gib mir deine Hand.« Er lachte, als sie seine Hand ergriff, weil sie annahm, er wollte sie an Deck führen. »Nein, nicht so. Streck sie aus, mit der Handfläche nach oben.«

Mit Verwunderung im Blick folgte sie seiner Aufforderung. »Warum ...« setzte sie zu der Frage an, was er denn damit bezwecke.

»Darum!« sagte er mit einem fröhlichen Lächeln und zog eine flache schwarze Schatulle aus seiner rechten Rocktasche, die er ihr nun auf die ausgestreckte Hand legte.

Überrascht blickte sie auf die Schatulle in ihrer Hand, die in goldenen schwungvollen Lettern den Schriftzug eines Bostoner Juweliers trug, und zwar nicht irgendeines x-beliebigen, sondern des exklusivsten!

»Denis! ... Um Gottes willen, was ist das?« stieß sie völlig widersinnig hervor, denn natürlich wußte sie sofort, was diese Schatulle enthalten mußte — nämlich ein Schmuckstück.

Er lächelte und zeigte dabei zwei Reihen perlweißer Zähne. »Nun, ich nehme nicht an, daß dieses Kästchen eine Wassermelone enthält oder eine Handvoll Nähnadeln. Aber wenn du genau wissen möchtest, was es in seinem Innern für dich bereithält, dann gibt es einen ganz simplen Weg, um es rasch in Erfahrung zu bringen: Öffne es!«

Denis mußte sie nicht zweimal dazu auffordern. Mit klopfendem Herz öffnete sie den kleinen goldenen Verschluß und klappte den Deckel hoch. Die Schatulle war innen ganz mit schwarzem Samt ausgeschlagen. Und auf diesem samtenen nachtschwarzen Bett ruhte ein blutroter Rubin von der Größe ihrer vorderen Daumenhälfte. Er war in Herzform geschliffen und von einem Kranz funkelnder Diamanten eingefaßt.

Lavinias Augen wurden weit, und sie hielt unwillkürlich den Atem an, als sie sah, welch ein kostbares Juwel diese Schatulle barg. »O mein Gott!« kam es ihr dann über die Lippen, und ihre Stimme war ein ungläubiges, andächtiges Flüstern.

»Gefällt er dir nicht?« stellte sich Denis besorgt, doch das stolze Lächeln, das um seine Mundwinkel spielte, ließ keinen Zweifel daran, daß er überzeugt war, das Richtige für sie ausgewählt zu haben.

»Ob er mir gefällt? ... Denis, ich bin überwältigt! Er ist atemberaubend! Ein Traum!« rief sie mit überschwenglicher Begeisterung. »Ich habe noch nie etwas so Schönes, so ... ach, ich weiß überhaupt nicht, was ich dazu sagen soll!«

»Du brauchst nichts dazu zu sagen, nur freuen sollst du dich«, erklärte er vergnügt und ihre Begeisterung genießend.

Lavinia konnte es noch immer nicht glauben, daß dieses kostbare Schmuckstück nun ihr gehören und ihren Hals zieren sollte. Es mußte ein Vermögen gekostet haben. »Das ist ein Geschenk, das mich beschämt.«

Bestürzt sah er sie an. »Aber, um Gottes willen, warum sollte es dich denn beschämen?«

Sie zuckte verwirrt mit den Schultern. Wie konnte sie ihm sagen, daß noch nicht einmal ihr Vater ihrer Mutter jemals ein auch nur halb so teures Schmuckstück geschenkt hatte, und dabei war er ein vermögender Mann. Natürlich besaß ihre Mutter eine Auswahl edler Juwelen, doch darunter war nicht ein Stück, das auch nur annähernd so ... extravagant, ja fast schon protzig gewesen wäre wie dieser diamantenumfaßte Rubin. Und mit diesen Wertmaßstäben, nämlich Reichtum nicht unverhohlen zur Schau zu stellen, sondern ihn nur auf sehr zurückhaltend dezente Weise zu dokumentieren, war sie aufgewachsen. Aber ihm davon erzählen, hieße ihn verletzen, und nichts lag ihr ferner, denn aller Extravaganz und Erziehung zum Trotz war sie von diesem Schmuckstück auf eine Weise entzückt, die sie für einen Moment selbst betroffen machte. Ja, sie wollte diesen Rubin besitzen und aller Welt zeigen, daß Denis ihr ihn geschenkt hatte!

Doch Denis wartete noch immer auf eine Erklärung. Und ein wenig ratlos, weil sie sich selbst nicht ganz verstand, sagte sie schließlich: »Ich ... ich habe ein solch fürstliches Geschenk einfach nicht verdient, Denis. Es ist ... ja, einfach zu überwältigend.«

Sein Gesicht hellte sich wieder auf, und er lachte belustigt. »Und ob du ihn verdient hast, mein Liebling! Es ist mein Herz, das ich damit in deine treuen, liebevollen Hände lege. Überdies kannst du dich gar nicht früh genug daran gewöhnen, außergewöhnlichen Schmuck zu tragen. Immerhin bist du nicht irgendwer, sondern Missis Denis DeLong!«

Mit bedingungsloser Liebe im Herzen und im Blick schaute sie

ihn an. »Ja, ich will ihn so schätzen und hüten wie meine Liebe zu dir«, versprach sie leise.
»So soll es sein, Lavinia«, erwiderte er fast feierlich, doch dann riß ihn die eigene Begeisterung erneut mit sich, und er sagte lebhaft: »Ich hatte eigentlich vor, ihn dir gleich am Morgen nach unserer ...« Hochzeitsnacht wollte er sagen, korrigierte sich aber noch schnell genug, um den Satz mit kaum merklichem Stocken fortführen zu können: »... Abreise zu schenken. Doch die bedauerlichen Umstände, die dich fast die ganze Reise über ans Bett gefesselt hielten, haben mein Vorhaben leider unmöglich gemacht. Wie sehr habe ich diesem Augenblick entgegengefiebert, denn es ist mir ein großer Herzenswunsch, daß du mein Hochzeitsgeschenk, diesen Rubin, um deinen Hals trägst, wenn wir zusammen von Bord der Rosebud gehen und du als meine Frau zum erstenmal den Boden meiner geliebten Heimat South Carolina betrittst, die nun auch zu deiner Heimat wird.«
»Ich werde ihn gerne tragen!« versicherte sie bewegt.
Denis nahm den Rubin, der an einer goldenen Kette wunderbar gearbeiteter Glieder hing, aus dem schwarzen Samtbett und legte ihr das Schmuckstück um den Hals. Als hätte er ihre Halsweite und ihr Dekolleté ausgemessen, so paßgenau ruhte der Rubin mit seinem glitzernden Diamantenkranz im oberen Teil des reizvollen Tales, das ihre Brüste bildeten und unter der Spitze ihres Ausschnitts zu einer tiefen Schlucht werden ließen.
Er trat zurück und schaute sie mit verzücktem Gesichtsausdruck an. »Ja, er paßt zu dir, Liebste. Er besitzt das Feuer, das deiner Ausstrahlung gerecht wird!« schwärmte er und fügte dann etwas prosaisch hinzu: »So hat eine Missis Denis DeLong auszusehen!«
Lavinia wandte sich dem Spiegel zu und konnte nicht umhin, sich selbst zu bewundern. Sie berührte den Rubin, als müßte

sie sich davon überzeugen, daß er tatsächlich echt war und um ihren Hals hing. »Damit werde ich Aufmerksamkeit erregen«, gab sie zu bedenken.

»Das will ich doch wohl hoffen, teuer genug war er! Ich weiß, was ich meinem Namen schuldig bin«, sagte er lachend und mit einem Anflug von Prahlerei. »Und nun laß uns hinausgehen. Wir nähern uns Charleston, und den Anblick darfst du auf keinen Fall verpassen.«

»O ja!« Lavinia hätte in diesem Moment an allem Gefallen gefunden, was immer er auch vorgeschlagen hätte. Sie stand noch immer unter dem freudigen Schock, den dieses ausgefallene Schmuckstück ihr versetzt hatte.

Sie verließen die Kabine und trafen im Gang auf Mabel. Lavinias Zofe bekam Augen groß wie Suppenteller, als sie den von Diamanten umschlossenen Rubin auf der Brust ihrer Herrin leuchten sah. »Nein!« rief sie unwillkürlich und schlug ob dieses ungehörigen Kommentars die Hand vor den Mund.

Denis war viel zu guter Laune, um ihr das übelzunehmen. Im Gegenteil. Auch wenn eine Frau wie Mabel Tattler nicht zu jener Klasse gehörte, deren Urteil ihm etwas bedeutete, so schmeichelte ihm ihre Reaktion natürlich. Und er bedachte sie mit einem milden Lächeln statt eines rügenden Stirnrunzelns oder eines ausgesprochenen Tadels, wie er es in einer solchen Situation wohl sonst getan hätte, wenn Bedienstete die ihnen gesetzten Grenzen überschritten.

»Packen Sie schon mal alles zusammen, und halten Sie Missis DeLongs Parasol bereit, Miss Tattler«, trug er ihr auf. »Noch ist es ziemlich angenehm, doch die Sonne kann in South Carolina auch im Oktober von recht intensiver Wirkung sein.«

Mabel nickte nur, noch ganz sprachlos.

Denis reichte Lavinia seinen Arm, stieg den Niedergang hinauf und trat mit ihr an Deck. Vor ihnen lag Charleston.

3

Denis DeLong führte seine junge Frau zur Steuerbordreling hinüber, wo sich schon zahlreiche Passagiere eingefunden hatten. Und wenn er es sich auch nicht anmerken ließ, so nahm er sehr wohl die bewundernden Blicke zur Kenntnis, die Lavinia auf sich zog. Es war ihr rotblondes Haar, das in der angenehm warmen Morgensonne wie Gold schimmerte und das Auge des Betrachters zuerst auf sich lenkte. Aber der Blick, der ihr folgte, nahm sehr schnell ihre ganze Erscheinung, die von Jugend und aparter Schönheit kündete, mit einem bewundernden Lächeln oder einem stummen, neidvollen Seufzen zur Kenntnis. Und keinem entging der Rubin in seiner diamantenen Herzfassung, der die Sonne einfing, das Licht in seinen Facetten brach und mit feuerrotem Schein auf ihrem Busen zu brennen schien. Es erfüllte ihn mit Stolz.
Galant und zugleich mit besitzergreifender Geste legte er seinen Arm um ihre Schulter, als wollte er sie vor möglichen Gefahren in Schutz nehmen.
Lavinia wußte nicht, wohin sie zuerst schauen sollte. Sie sah vor sich unter einem azurblauen Himmel eine weite sonnengebadete Küstenlandschaft, die in vorderster Linie von hohen Dünen beherrscht war, deren Kämme langes Gras und Sträucher bedeckten. Und hinter den erstarrten Wellen der Sandhügel erhoben sich schlanke Palmen in dichter Reihe, deren buschige Wedel sich in der leichten Brise bewegten. Das Hinterland war vom Deck des Schiffes nur als ein tiefes Grün auszumachen, das sich weit nach Westen hin erstreckte.
»Das ist Sullivan's Island«, erklärte ihr Denis mit dem freudigen Überschwang eines Mannes, der seine geliebte Heimat endlich der Frau seines Herzens zeigen kann. »Diese Insel begrenzt die Einfahrt von Charleston im Norden. Gleich wirst

du auch Fort Moultrie erkennen können, das sich auf dem südlichsten Zipfel von Sullivan's Island erhebt. Und was du dort drüben auf der anderen Seite siehst, das ist Morris Island. Diese beiden Düneninseln, die jeweils mehrere Meilen lang sind, begrenzen und schützen die Einfahrt von Charleston, der schönsten Stadt im ganzen Süden.«

Lavinia lachte belustigt auf. »Ich werde mich ja bald mit eigenen Augen davon überzeugen können. Und wehe, du hast auch nur ein bißchen übertrieben!« drohte sie ihm im Scherz und warf dabei den Kopf in den Nacken.

»Charleston ist die Perle des Südens«, versicherte er im Brustton der Überzeugung.

»Was ist das für ein trutziges Gebäude, das da mitten in der Einfahrt aus dem Wasser ragt!« wollte sie wenige Augenblicke später wissen.

»Oh, das ist unsere wichtigste Festung, Fort Sumter, benannt nach General Thomas Sumter, einem der berühmtesten Soldaten, die im letzten Jahrhundert unsere Unabhängigkeit von England erkämpften — natürlich stammte er aus South Carolina«, fügte er stolz hinzu.

»Natürlich!« Lavinia lächelte ihn an. Sein schwärmerischer Stolz ließ ihn in diesem Moment regelrecht jungenhaft erscheinen.

Er nickte bekräftigend, doch auch um seine Lippen lag ein Lächeln. Erst jetzt kam ihm so richtig zu Bewußtsein, daß er viel zu lange von zu Hause fort gewesen war. Mehr als vier Monate. Den ganzen Sommer. Als Junggeselle war er nach Boston gereist, um soviel Geld wie möglich aus dem Konkurs der Firma zu retten, die ihm die Lieferung von einem halben Dutzend Baumwollentkörnungsmaschinen schuldete, und als verheirateter Mann kehrte er nach BELMONT PARK zurück. Geheiratet im fernen Boston! Das würde gewiß Gerede geben, und er konnte sich die Sticheleien seiner Freunde und Bekannten schon aus-

malen. Aber wer würde es ihm verübeln können, wenn er ihnen Lavinia präsentierte? Niemand!
Schnell verdrängte Denis diese Überlegungen, die nur dazu angetan waren, die Freude seiner Rückkehr zu trüben, und sagte mit allem Enthusiasmus, zu dem er fähig war: »Wer zum erstenmal in seinem Leben nach Charleston kommt, muß sich dieser Stadt einfach vom Meer aus nähern! Nur dann kann man ihre Schönheit und ihren unvergleichlichen Zauber richtig ermessen!«
»Ich kann es schon gar nicht mehr erwarten«, sagte Lavinia und beschattete die Augen mit der flachen Hand.
Die Rosebud glitt kurz darauf mit verminderter Geschwindigkeit an dem fünfeckigen Fort vorbei, das mit seinen mächtigen Mauern und der Feuerkraft seiner zahlreichen Kanonen, die auf zwei übereinanderliegenden Ebenen aus den Festungsöffnungen auf einen noch unsichtbaren Gegner gerichtet waren, die Einfahrt beherrschte.
Denis wies sie noch auf eine dritte Befestigungsanlage hin, die zu ihrer Linken lag, rasch hinter ihnen zurückblieb und Fort Johnson hieß, wie sie erfuhr. Dann spazierte er, wie auch alle anderen Passagiere an Deck, mit ihr zur Backbordreling hinüber, da der Captain ihres Schiffes nun Kurs auf die Docks nahm, die sich auf der Ostseite der Stadt den Cooper River hinauf erstreckten, wo sich schon ein Gewimmel von Masten vor dem klaren Himmel abzeichnete.
Lavinia schenkte den Forts ihre wenigste Beachtung. Es war die näher rückende Stadt, die ihr ganzes Interesse in Anspruch nahm.
»Charleston ragt wie ein großer langer Keil mit seiner Spitze hier in diese weite Bucht«, führte Denis eifrig seine Erläuterungen fort, »die vom Cooper und vom Ashley River gebildet wird. Der Cooper River umfließt die Stadt im Osten, der Ashley River im Westen.«

»Und an seinem Ufer liegt BELMONT PARK«, erinnerte sich Lavinia.
»Ja, aber von Charleston ist es bis zu unserer Plantage noch ein gutes Stück flußaufwärts.«
Lavinia fiel auf, daß er von »unserer« Plantage sprach und nicht von »meiner«, obwohl er doch nach dem Tod seines Vaters vor gut vier Jahren als einziger männlicher Nachkomme BELMONT PARK geerbt hatte und nun dort der Herr war. Sie nahm an, daß sich sein »unser« auf den Familiennamen DeLong bezog und er sich in einer Kette von DeLongs vor und nach ihm sah, und sie dachte nicht weiter darüber nach.
»Gleich!« rief Denis aufgeregt wie ein Kind, als ein stolzer, auslaufender Dreimaster ihnen mit seinen windgeblähten Segeln für einen Moment den Blick auf die Stadt verwehrte. »Wenn das Schiff vorbei ist, kannst du Charleston sehen!«
Der erste Eindruck sollte ihr bis ans Ende ihrer Tage unvergeßlich bleiben. Doch es war kein optisches Bild, das einen so tiefen Eindruck in ihr hinterließ, sondern ein Geruch. Noch bevor sie die Konturen einzelner Gebäude und Plätze ausmachen konnte, wehte ein blütenschwerer Duft über das Wasser zu ihnen an Deck des Schiffes herüber. Was sie an diesem Tag noch nicht benennen konnte, weil ihr die meisten Blumen fremd waren, die in diesem Teil des Südens heimisch waren und deren Duft ihr in die Nase stieg, war eine betörende Mischung aus Magnolien und Jasmin, Oleander und Azaleen, Pfeifensträuchern und Jacaranda, Rosen und Eukalyptus, Palmetto und Kamelien, Minze und Bougainvillea sowie mindestens noch einem Dutzend anderer subtropischer Gewächse, die verschwenderisch ihren Duft verströmten, den schweren Duft des Südens.
Wie ein exotisches Parfum drang er ihr in die Nase, und sie atmete ihn tief ein. Er gefiel ihr, ausnehmend gut sogar, und sie lächelte unwillkürlich, als wäre sie nun bereit, diese fremde

Stadt, ja dieses ganze fremde Land mit offenen Armen und offenem Herzen in sich aufzunehmen.

Der Dreimaster zog vorbei, und Charleston lag vor ihren Augen. Sie sah ein Meer von roten Dächern und flachen Dachterrassen, das jedoch immer wieder vom dichten Grün langer Alleen und kleiner Parks aufgelockert wurde. Und die Mehrzahl der Häuserfassaden leuchtete in einem strahlendblendenden Weiß mit grünen Schlagläden, obwohl viele Gebäude auch einen zarten pastellfarbenen Anstrich in Gelb, Hellblau, ja sogar Zartrot trugen und damit für eine fast schon beschwingt farbige Note sorgten.

»Siehst du den herrlichen Park dort drüben, der sich hinter der Uferpromenade direkt am Wasser erstreckt, dort wo sich Cooper und Ashley River treffen und vermischen? Das ist White Point Gardens, einer der beliebtesten Plätze der Stadt, wenn man unter schattigen Bäumen und Palmen flanieren und gesehen werden möchte«, erläuterte er mit lebhaften, weitgreifenden Gesten.

Lavinia nickte und sog alles begierig in sich auf. Der Park sah wunderbar aus mit seinen Bäumen und gepflegten Rasenflächen. Stattliche Häuser, viele drei Stockwerke hoch und von Veranden umgeben, die von Säulen getragen wurden, säumten auf der anderen Seite die langgestreckte Parkanlage. Es waren beeindruckende Häuser, die alle einen respektablen Abstand voneinander hielten und von Wohlstand sprachen.

Als die Rosebud die Ecke von White Point Garden passierte und parallel zur East Battery auf die weiter oberhalb gelegenen Docks zuhielt, konnte Lavinia auch hier zahlreiche schöne Gebäude bewundern.

Der Hafen war von weniger großem Reiz, was die architektonische Seite betraf. Doch die Zahl und Größe der vielen Lagerhallen, Kontore und anderen Gebäude war beeindruckend — wie auch das bunte, geschäftige Gewimmel auf den Kaianlagen.

Die Rosebud fuhr die North Commercial Wharf an und ging längsseits. Die Leinen flogen, begleitet von rauhen Kommandorufen.
»Angekommen!« Denis strahlte glücklich.
»Ja, angekommen«, sagte auch Lavinia leise und drückte seinen Arm. Noch war ihr alles fremd, und sie wußte, daß das Heimweh nicht lange auf sich warten lassen würde. Doch wenn er hier glücklich war, dann wollte auch sie alles tun, um dieses Land so zu lieben, wie er es tat, denn sie spürte, daß sie nur so dauerhaftes Glück an seiner Seite finden konnte.

4

Es dauerte noch eine ganze Weile, bis die Formalitäten erledigt waren und sie von Bord gehen konnten. Lavinia hatte ihren Parasol aufgespannt, wie Denis es ihr ans Herz gelegt hatte, und auch Mabel schützte sich mit einem hübschen, zierlichen Sonnenschirm. Denn die Sonne begann spürbar an Kraft zu gewinnen, und es galt im Süden mehr noch als anderswo als ausgesprochen unfein, etwas anderes als einen blassen Teint zu haben.
»Mein Gott, sehen Sie doch nur!« stieß Mabel aufgeregt leise hervor. »All die Mohren!«
»Das sind Schwarze. Du weißt doch, daß es im Süden viele Sklaven gibt«, verbesserte Lavinia ihre Zofe, war aber selbst auch vom Anblick der vielen Schwarzen überrascht, deren Hautfarbe alle Schattierungen von Hellbraun bis fast Rabenschwarz aufwies. Zwar hatte sie in Boston gelegentlich schon mal einen schwarzen Kutscher oder Diener gesehen, aber das war doch etwas völlig anderes gewesen als dieses lärmende Gewimmel von dunkelhäutigen Gestalten, deren Zurufe ihr zu-

meist unverständlich waren, als sprächen sie eine fremde Sprache. Es war ihr ein wenig unheimlich, doch sie wollte es vor Mabel nicht zeigen. Deshalb fügte sie fast schulmeisterlich hinzu: »Mein Vater hat mir erzählt, daß es dreimal mehr Sklaven als Weiße gibt.«
»Aber wer paßt denn hier auf all die Sklaven auf, daß sie nicht weglaufen?« fragte sich Mabel verwundert.
Denis war einen Schritt vorgegangen, um einen schwarzen Mietkutscher heranzuwinken. Doch der Wortwechsel der Frauen entging ihm nicht. Er blieb stehen und wandte sich zu ihnen um.
»Wir hier im Süden ziehen es vor, nicht von Sklaven zu sprechen, Miss Tattler«, sagte er in einem freundlichen Ton, der nichtsdestotrotz zurechtweisend war. »Und ich möchte Sie darum bitten, sich unserem Brauch anzuschließen, für den es gute Gründe gibt. Die Schwarzen gehören durch Tradition in gewissem Maße zur Familie. Es sind unsere Leute, für die wir uns verantwortlich fühlen so wie sie sich für uns. So verhält es sich bei uns auf BELMONT PARK und auch anderswo. Ich bitte Sie daher, die von Ihnen gerade aus Unwissenheit verwandte Bezeichnung in Zukunft möglichst zu vermeiden, ja besser noch ganz aus Ihrem Wortschatz zu tilgen — ganz besonders in Anwesenheit von Schwarzen, denn sie sehen sich nicht als solche, als die Sie sie bezeichnet haben.«
Mabel lief bei seiner im Ton umgänglichen, im Inhalt jedoch unnachgiebigen Zurechtweisung puterrot an. »Ja, Sir! ... Natürlich, Mister DeLong! ... Entschuldigen Sie, aber ... ich wußte ja nicht ... ich meine ... wo ich doch bisher nie ...« stammelte sie.
»Natürlich wußten Sie nicht«, fiel Denis ihr mit einem versöhnlichen Lächeln ins Wort. »Deshalb habe ich es Ihnen ja auch gesagt, damit Sie bei anderer Gelegenheit mit einer ähnlichen unbedachten Äußerung nicht ahnungslos Unwillen er-

regen und sich, ganz ohne Grund und Vorsatz, Feinde machen. Denn ich muß gestehen, daß uns Südstaatlern eine Schwäche nachgesagt wird, ob zu Recht oder nicht, das sei einmal dahingestellt, nämlich daß unser Ehrempfinden von jemandem, der mit unseren Sitten und Gebräuchen nicht vertraut ist, nur allzu leicht verletzt werden kann.«

Mabel nickte mit hochrotem Kopf. »Ich... ich werde Ihren Rat beherzigen, Mister DeLong«, versicherte sie.

»Das freut mich zu hören, Miss Tattler, und Sie erweisen sich damit nur selbst einen großen Dienst«, sagte er und schaute erst jetzt seine Frau an.

Lavinia war das Blut gleichfalls heiß in die Wangen geschossen, denn obwohl er allein ihre Zofe getadelt hatte, war ihr doch sogleich klar gewesen, daß seine Worte genauso an sie gerichtet waren. Ja, wahrscheinlich meinte er sie noch stärker als Mabel, die nun stellvertretend für sie diese peinliche Zurechtweisung über sich hatte ergehen lassen müssen.

»Hier ist einiges anders als in Boston, Liebste«, sagte er zu ihr, fast entschuldigend. Doch in seinen Augen stand ein warnender Ausdruck.

Ihr Gesicht schien zu brennen, als sie mit belegter Stimme antwortete: »Mit deiner Hilfe werde ich mich schon zurechtfinden.«

»Ja, so wollen wir es handhaben«, sagte er, zufrieden mit ihrer Fügsamkeit, und winkte dann eine der Mietdroschken heran, die im Schatten einer hohen Lagerhalle aufgereiht standen.

»Zum Kontor von Mister Ashgate an der Adgers South Wharf, Darky!« rief Denis dem schwarzen Kutscher zu, der einen verschlissenen Frack und einen löchrigen Zylinder auf dem Kopf trug, während er den beiden Frauen beim Einsteigen half.

»Yassum, Massa«, nuschelte der Schwarze und schloß den Schlag, nachdem auch Denis eingestiegen war.

»Wo fahren wir hin?« erkundigte sich Lavinia.

»Zu Mister Godfrey Ashgate, das ist unser Agent, der hier in Charleston die Baumwolle von BELMONT PARK vermarktet und sich auch sonst um unsere geschäftlichen Belange kümmert«, erläuterte Denis. »Sein Kontor ist nicht weit von hier.«
Das war es in der Tat nicht, denn kaum hatte er das gesagt, da hielt die Kutsche auch schon wieder, und sie waren am Ziel.
»Diese kurze Strecke hätten wir aber auch zu Fuß gehen können«, meinte Lavinia.
»Eine Dame, die auf ihren guten Ruf achtet, geht östlich der East Bay Street keinen Schritt zu Fuß, geschweige denn im Hafen zwischen den einzelnen Docks, mein Liebes«, erwiderte er ein wenig pathetisch und führte sie in ein großes Backsteingebäude, nachdem er dem Kutscher gesagt hatte, er solle warten, doch es könne einige Zeit dauern.
Ihr Kommen war sofort von einem schwarzen Diener bemerkt und seinem Herrn gemeldet worden, so daß Godfrey Ashgate ihnen schon mit ausgestrecktem Arm und freudiger Miene entgegenkam, kaum daß sie sein Kontor betreten hatten.
»Mein lieber Denis! Sie sind zurück. Welch freudige Überraschung. Sie müssen eine halbe Ewigkeit weggewesen sein!« rief er überschwenglich.
»Volle vier Monate und neun Tage, um genau zu sein, Godfrey«, antwortete Denis schmunzelnd und erwiderte den kräftigen Händedruck seines Geschäftspartners.
»Vier Monate im kühlen Norden! Man möchte Sie fast darum beneiden, mein Bester. Sie haben es geschickter gemacht als wir alle, daß Sie dem Sommer entflohen sind, der sogar auf den Inseln unerträglich heiß war.«
Denis wandte sich nun seiner Frau zu. »Lavinia, darf ich dir einen alten Freund und Geschäftspartner unserer Familie vorstellen ... Mister Godfrey Ashgate«, sagte er in förmlichem Tonfall. »Godfrey ... das ist Missis Lavinia DeLong.«
Der Agent, der von fülliger Figur, rotgesichtig und gut doppelt

so alt war wie Denis, ergriff Lavinias Hand zu einem formvollendeten Handkuß. »Ich bin entzückt, daß ich die Ehre habe, Ihre Bekanntschaft zu machen, Missis DeLong«, sagte er mit unverhohlener Bewunderung.

»Die Ehre ist ganz meinerseits, Mister Ashgate«, antwortete Lavinia, die es höchst aufregend fand, mit »Missis DeLong« angesprochen zu werden.

Sein Blick blieb unverkennbar für einen Moment auf ihrem Rubin haften. »Erlauben Sie mir, meiner Bewunderung Ausdruck zu verleihen, indem ich Ihnen und Ihrem geschätzten Gatten prophezeie, daß Ihr Name noch heute in aller Munde und daß Ihre berückende Schönheit das Thema aller Salongespräche sein wird.«

Denis lachte vergnügt. »Ich habe nichts dagegen einzuwenden, Godfrey. Und es würde zudem auch nur von einem guten Geschmack zeugen«, erklärte er voll jugendlichem Ehestolz.

»Sie werden eine umschwärmte Bereicherung unserer Gesellschaft sein, und die kann sich wahrlich als eine der verwöhntesten im Lande nennen!«

Lavinia errötete. »Sie schmeicheln mir, Mister Ashgate.«

»Nicht im mindesten, Missis DeLong«, versicherte der Agent mit dem koketten Lächeln des Lebemannes in den Augen. »Unsere Stadt ist schöne Frauen gewöhnt, wie sie von einer Vielzahl herrlicher Blumen in ihren zahllosen Gärten und Parks maßlos verwöhnt ist. Dies ist sozusagen eine der Reichtümer unseres Landes. Doch Sie bringen in diesen Garten schöner Blumen eine neue Blüte von betörender Frische und Farbe, wenn Sie mir die Freiheit dieses Vergleichs verzeihen.«

Lavinia lächelte. Sie mochte Godfrey Ashgate, auch wenn er ein bißchen dick auftrug. Aber sie spürte, daß er sich wirklich freute. »Sie sind zu freundlichst.«

Denis deutete nun auf Mabel. »Und das ist Miss Tattler, die Zofe meiner Frau, Godfrey ... Mister Ashgate.«

Der Agent fand auch für die Zofe ein paar freundliche Worte des Willkommens und führte sie dann in sein geräumiges Büro, das weniger als Geschäftsraum denn als Herrenzimmer eingerichtet war. Ein großes Fenster ließ viel Licht herein und ging auf den Hafen hinaus.

Er bat Lavinia und Mabel, in den bequemen Sesseln Platz zu nemen, von denen sich vier nahe des Fensters um einen englischen Gatlegtisch gruppierten, und betätigte dann die Klingelschnur neben der Tür. Gleichzeitig rief Godfrey Ashgate: »Scipio!« Als ob er wenig Vertrauen in die Wirkung des Klingelzugs hatte.

Ein schwarzer Diener in weißen Leinenhosen und einer grauweiß gestreiften Weste tauchte in der Tür auf. »Ja, Massa?«

»Zwei kühle Limonaden für die Damen, und für uns zwei Brandy!« trug der Agent ihm auf. »Und vergiß nicht wieder, die Gläser vorher abzuputzen, bevor du sie auf das Tablett stellst!«

»Ja, Massa«, versprach Scipio mit einem breiten Grinsen und verschwand.

Godfrey Ashgate erkundigte sich nun mit herzlichem Interesse nach ihrer Hochzeit und wie die Reise gewesen war. Als er hörte, daß Lavinia schwer unter Seekrankheit gelitten hatte, fand er reizende Worte der Anteilnahme und erinnerte sich daran, wie entsetzlich auch er vor zwei Jahren bei einer Überfahrt nach England hatte leiden müssen, als ihr Schiff in schlechtes Wetter geraten war.

»Zwei Tage, die mir zur Ewigkeit und Vorstufe zur Hölle wurden«, seufzte er in der Erinnerung daran. »Ich stand kurz davor, meinem miserablen Leben ein gnädiges Ende zu bereiten und mich in die aufgewühlte See zu stürzen. Ich fand nur nicht die Kraft, diesen verzweifelten Entschluß auch in die Tat umzusetzen.«

Lavinia nickte zustimmend. »Sie sprechen mir aus der Seele,

Mister Ashgate. Mir erging es nicht anders«, sagte sie, dankbar für sein Mitgefühl, und spätestens von diesem Moment an hatte er ihr Herz gewonnen.

»Ah, da kommt ja Scipio auch schon mit den Getränken! Ich schätze, das verdanken wir Ihnen, Missis DeLong. Die Neugier hat ihn wohl mal zu einem etwas flinkeren Tempo angetrieben«, sagte der Agent im nächsten Moment und sprang auf. »Laß nur, Scipio. Stell das Tablett da auf meinen Schreibtisch. Ich mach das schon selber. Missis DeLongs Kleid ist bei weitem zu hübsch, als daß ich dich Tolpatsch in ihre Nähe lassen dürfte.«

»Jawohl, Massa«, stimmte Scipio ihm fröhlich zu und zog sich nur widerwillig auf eine ungeduldige Handbewegung seines Herrn hin zurück, jedoch nicht ohne vorher noch einen Blick auf die junge Lady mit dem rotblonden Haar riskiert zu haben.

»Wie die Kinder«, sagte Ashgate entschuldigend zu Lavinia und reichte ihr zuerst ein Glas.

»Willkommen im Süden, meine Damen!« brachte er dann einen Toast aus, als jeder sein Glas in der Hand hielt. »Mögen Ihre Träume in Erfüllung gehen — und BELMONT PARK der Hort Ihres Glückes sein!«

»Danke, Godfrey. Darauf will ich gern trinken«, sagte Denis bewegt.

Auch Lavinia und Mabel hoben ihre Gläser. Man prostete einander zu. Die Limonade, in der richtige kleine Eisstücke schwammen, bestand aus Limonensaft und schmeckte köstlich.

»Nun, was kann ich für Sie tun, Denis?« erkundigte sich Godfrey Ashgate nach einem kurzen Gespräch über den ersten Eindruck, den Lavinia und Mabel von »ihrer« Stadt bekommen hatten, wobei Denis sich über die lobenden Worte seiner Frau sichtlich freute. »Werden Sie ein paar Tage hier in Ihrem Haus bleiben?«

Lavinia blickte erstaunt zu ihrem Mann. Es war ihr neu, daß zu seinem Besitz auch ein Stadthaus in Charleston zählte. Denis begegnete ihrem Blick mit einem Lächeln, als wollte er sagen, daß er bisher weder die Zeit noch die rechte Gelegenheit gefunden habe, ihr davon und von noch so manchen anderen Dingen seines Lebens zu berichten, und antwortete dann: »Nein, Godfrey. Ich möchte doch gleich weiter nach BELMONT PARK, was angesichts der frühen Stunde, zu der die ROSEBUD hier eingetroffen ist, wohl auch naheliegt.«

»Ich verstehe Sie nur zu gut. Nach vier Monaten Abwesenheit würde auch ich keine Minute länger als nötig warten, um nach BELMONT PARK zurückzukehren. Sicher wird Ihre Familie schon ungeduldig Ihrer Rückkehr harren.«

»Auch das«, stimmte Denis ihm eher zurückhaltend zu, als hätte er diesbezüglich noch einige andere Vermutungen. »Ich wäre Ihnen daher sehr dankbar, wenn Sie jemanden in die Tadd Street schicken würden, damit Hector die Kutsche einspannt und uns zur Plantage bringt.«

»Aber selbstverständlich. Ich werde Scipio sofort damit beauftragen. Kann ich sonst noch etwas für Sie tun?«

»Ich habe veranlaßt, daß man unser Gepäck hier zu Ihnen ins Kontor bringt. Es müßte jeden Augenblick eintreffen«, sagte Denis. »Der Tilbury ist zu klein für die vielen Gepäckstücke. Deshalb habe ich schon eine Mietkutsche genommen. Sie wartet vor dem Haus.«

Godfrey Ashgate erhob sich. »Ich werde Toomer anweisen, sich um Ihr Gepäck zu kümmern und dafür Sorge zu tragen, daß alles gut verstaut und verzurrt wird.«

»Ich danke Ihnen, Godfrey.«

»Wenn Sie mich bitte einen Moment entschuldigen würden«, sagte der Agent mit einer leichten Verbeugung zu den Frauen und verließ den Raum.

Denis richtete seinen Blick auf Mabel. »Miss Tattler, ich hoffe,

Sie haben Verständnis dafür, wenn ich Sie bitte, mit der Kutsche zu fahren, während ich mit meiner Frau den Tilbury nehme«, bat er sie. »Es ist, wie Sie sich sicher denken können, für uns beide eine ganz besondere Fahrt.«
Mabel nickte verständnisvoll. »Aber gewiß doch, Mister DeLong. Es macht mir nicht das geringste aus«, sagte sie und fügte unwillkürlich in Gedanken hinzu: Aber auch wenn es nicht so wäre, hätte das nichts zur Sache getan.
Godfrey Ashgate kehrte wenig später zu ihnen zurück, und ihre Unterhaltung kreiste eine Weile um Belanglosigkeiten, bevor sich die beiden Männer der Baumwolle und anderen Themen zuwandten, von denen Lavinia und Mabel nichts verstanden.
Dann kehrte Scipio zurück und meldete, daß Hector mit dem Tilbury vorgefahren und das Gepäck auch schon auf die Mietkutsche geladen sei.
Hector war ein grauhaariger Schwarzer, der über das ganze Gesicht strahlte, als er seinen Herrn aus dem Geschäftshaus von Godfrey Ashgate treten sah. Er begrüßte ihn mit überschwenglicher Freude. »Gelobt sei der Herr, daß Sie wieder gesund zurück sind, Massa Denis!« rief er, einen zerfransten Strohhut in den knochigen Händen. »Und wo Sie doch da oben in dem Norden waren ...«
»Nun beruhige dich mal wieder, Hector«, gebot Denis ihm Einhalt, »sonst kommen wir heute gar nicht mehr nach BELMONT PARK. Und du willst doch wohl nicht, daß meine Frau schon gleich am ersten Tag einen schlechten Eindruck von dir bekommt.«
»Es ist also tatsächlich wahr! Massa Denis haben sich eine Missus mitgebracht!« Das Gesicht des alten Mannes leuchtete noch mehr. »Und eine mächtig schöne Missus, o ja! Es war auch an der Zeit, bei allem Respekt natürlich. Ach, wenn das Massa James, der Herr sei seiner gütigen Seele gnädig, doch noch

hätte erleben können. Eine Missus wie eine junge Magnolienblüte im Früh ...«
»Nun ist es aber wirklich genug!« fiel Denis ihm ins Wort, schmunzelte jedoch dabei. »Wenn du jetzt die Güte haben würdest, den Tritt herauszuklappen und den Schlag zu öffnen, sehe ich vielleicht doch noch Chancen, daß wir es bis vor der Dämmerung nach BELMONT PARK schaffen!«
Hector nickte eilfertig, warf Lavinia ein Lächeln zu, als hätte sie ihm mit ihrer Heirat höchstpersönlich ein Geschenk gemacht, und beeilte sich, der Aufforderung nachzukommen.
Godfrey Ashgate verabschiedete sich mit herzlicher Beredtsamkeit von ihnen. Mabel nahm in der Kutsche Platz. Sie nickte Lavinia aufmunternd zu, bevor der Schlag geschlossen wurde.
»Ach, das hätte ich ja fast vergessen!« rief Denis seinem Agenten zu, als er schon neben Lavinia auf der weichgepolsterten Rückbank saß. »Es ist mir gelungen, einen Teil des Geldes aus dem Konkurs zu retten und bei einer anderen Firma sechs dieser verbesserten Cotton Gins zu erstehen. Ich habe sie gleich mitgebracht. Bitte nehmen Sie sich doch der Sache an und sorgen Sie dafür, daß die Maschinen nach BELMONT PARK gebracht werden. Aber es hat keine Eile.« Er zog die Frachtpapiere aus seiner Jackentasche.
Godfrey Ashgate nahm sie entgegen. »Ich werde sie hüten wie meine Augäpfel. Eine gute Fahrt, Denis«, wünschte er, und als sich der Tilbury schon in Bewegung setzte, rief er ihnen noch zu: »Sie geben ein prächtiges Paar ab, bei Gott!« Er winkte ihnen nach, bis der Wagen um die Ecke bog.
Lavinia schmiegte sich an Denis, während die Kutsche sich in den geschäftigen Verkehr auf der Broad Street einfügte, um dann kurz darauf der noch belebteren Meeting Street nach Norden stadtauswärts zu folgen. Es überraschte sie, auf den Gehsteigen so viele Schwarze zu sehen, die von Karren und

Bauchläden frisches Gemüse, dicke Wassermelonen, Obst, Fisch und allerlei andere Waren verkauften. Und noch mehr verwunderte es sie, daß viele andere Schwarze elegant herausgeputzt ihres Weges gingen. Die Garderobe mancher schwarzer Frauen hätte auch einer weißen Frau aus vermögendem Haus gut zu Gesicht gestanden. Wie vertrug sich das mit dem, was sie in Boston hier und da über die Sklavenhalter des Südens zu Ohren bekommen hatte, die angeblich die Schwarzen mit der Peitsche zur Arbeit trieben und immer in der Sorge lebten, daß sie ihnen davonliefen? Hier sah sie niemanden mit einer Peitsche, und die Schwarzen machten auf sie auch nicht den Eindruck, als trügen sie sich mit Gedanken an Flucht in den Norden. Sehr merkwürdig.

Sie wollte jedoch nicht weiter darüber nachdenken, denn darüber sollten sich die Leute den Kopf zerbrechen, die dafür berufen waren und von diesen Dingen etwas verstanden, wie sie fand. Aus der Politik hatten sich Frauen herauszuhalten, wie sie gelernt hatte. Zudem war sie viel zu glücklich, endlich wieder mit Denis allein zu sein, und das sagte sie ihm auch.

»Volle drei Stunden wirst du mich ganz allein für dich haben«, teilte er ihr vergnügt mit. »Denn so lange werden wir schon brauchen, wenn Hector nicht ganz auf dem Kutschbock einschläft.« Und neckend fügte er hinzu: »Vielleicht wirst du dich schon bald nach mehr Gesellschaft und Abwechslung sehnen.«

»Nein! Niemals, mein Liebster!« beteuerte sie und schlang ihren Arm um den seinen, während die herrschaftlichen Häuser, die von blühenden Gärten und schmiedeeisernen Zäunen umgeben waren, zu beiden Seiten an ihnen vorbeizogen. Eines schöner als das andere. Und der intensive Blumenduft dieser Stadt, die das ganze Jahr über blühende Gärten kannte, umfing sie. »Von mir aus können wir tagelang so dahinfahren, nur wir beide.«

»Bei aller Liebe, meine Teuerste, aber das Vergnügen dürfte sehr zweifelhaft sein, so bequem dir der Tilbury im Augenblick auch noch erscheinen mag — von anderen Dingen ganz abgesehen, die einem das Leben behaglich machen.«

»Drei Stunden sind ja immerhin ein Anfang«, räumte sie frohen Herzens ein und fragte dann: »Sag mal, was hat es denn mit diesem Haus auf sich, das Mister Ashgate erwähnt hat? Das hast du mir ganz unterschlagen.«

Er lächelte. »Ich hoffe, du verzeihst es mir, aber bisher war mir nicht danach, dich mit den Besitztümern der DeLongs zu langweilen. Wir hatten so viel Interessanteres und vor allem Romantischeres auszutauschen als derlei materielle Dinge, findest du nicht auch?«

»O ja, aber jetzt, da ich deine Frau bin, sollte ich doch schon wissen, wo und wie wir unser Leben einrichten werden, nicht wahr?« fragte sie zurück.

»In erster Linie natürlich auf BELMONT PARK, Liebste. Aber wenn der Sommer zu heiß wird, und das ist nicht selten der Fall in diesen Breiten, dann ziehen wir uns meist für einige Monate nach MULBERRY HALL zurück . . .«

»Und das liegt in der Tadd Street?«

Denis verzog das Gesicht zu einem schelmischen Lächeln. »Nein, unser Haus in der Tadd Street hat keinen Namen, sondern nur eine Nummer. Es tut uns gute Dienste, wenn wir geschäftlich in der Stadt zu tun haben oder an den gesellschaftlichen Ereignissen der Saison, die jetzt übrigens bald beginnt, teilnehmen möchten. Hector, seine Frau Phoebe und ihre Tochter Nelly halten das Haus das ganze Jahr über in Ordnung, so daß wir jederzeit nach Charleston kommen können und alles so sauber und geordnet vorfinden, wie wir es gewohnt sind.«

»Yassum, als hätten Massa Denis das Haus nur für einen kurzen Spaziergang über die King Street verlassen«, rief Hector stolz. »Alles sauber und blank geputzt, zu jeder Zeit!«

»So ist es. Aber habe ich dir nicht schon so oft gesagt, daß du nicht lauschen sollst, Hector? Sieh besser zu, daß Old Judge nicht einschläft!« wies Denis ihn zurecht, und als Hector ein beflissenes »Yassum, Massa Denis!« von sich gab und den Braunen zu einem flotten Trab bewegte, sagte Denis mit einem Seufzen zu Lavinia: »Es ist immer dasselbe mit ihnen. Sie wollen ihre Ohren am liebsten überall haben. Unsere Gespräche zu belauschen, hat sich bei vielen von ihnen zu einer wahrhaft chronischen Krankheit entwickelt. Keine Tür ist vor ihren neugierigen Ohren sicher. Jetzt kannst du dir auch denken, warum Hector den Braunen am liebsten ganz langsam über die Straße trotten läßt. Da kann er nämlich jedes Wort mithören, das in seinem Rücken gesprochen wird. Er spitzt natürlich auch jetzt die Ohren, aber der muntere Hufschlag von Old Judge wird ihn um sein Vergnügen bringen.«

»Wie beruhigend«, sagte Lavinia eher gleichgültig, denn ihr Interesse galt einem viel aufregenderen Thema, von dem sie durch Hectors Zuruf leider abgekommen war. Sie sprach es nun gleich wieder an, als sie fragte: »Aber wenn das Haus in der Tadd Street keinen Namen hat, wieso nennt ihr es dennoch MULBERRY HALL?«

»Weil MULBERRY HALL sich nicht in der Tadd Street in Charleston befindet, mein Liebling, sondern unser Sommerhaus auf St. Helena Island ist, unten bei Port Royal, gut fünfzig Meilen weiter südlich von Charleston«, eröffnete er ihr und war eitel genug, sich an ihrem fassungslosen Gesichtsausdruck zu ergötzen. »Es ist ein sehr hübsches, im Vergleich zu BELMONT PARK aber doch eher bescheidenes Haus.«

»Noch ein Haus?« stieß sie ungläubig hervor und rückte kurz von ihm ab. »Denis! Kommt noch mehr, was du mir verschwiegen hast?«

»Nein, das ist alles, du hast mein Wort. Mehr haben wir DeLongs nicht zu bieten, mein Schatz«, sagte er mit bewußter Untertreibung.

»Das ist alles! Mein Gott, ich weiß gar nicht, was ich dazu sagen soll.«
Er tätschelte ihre Hand und erklärte mit fröhlichem Spott: »Ich hoffe, du kannst mit den Geheimnissen, die ich bisher vor dir hatte, dennoch ganz gut leben.«
Sie kam wieder zu ihm. »Ach Denis, mein Denis, wenn du bloß wüßtest«, seufzte sie. »Ich bin ja so glücklich, und mir ist es egal, ob du zehn Häuser oder nur ein einziges besitzt, solange du mich nur liebst.« Insgeheim erfüllte es sie jedoch sehr wohl mit Stolz, daß ein Mann wie Denis, der eine noch blendendere Partie war, als sie vermutet hatte, ausgerechnet sie zu seiner Frau erwählt hatte.
»Das tue ich«, versicherte er amüsiert, »aber ich sehe nichts Schlechtes darin, dich zu lieben und das zu besitzen, was den DeLongs schon seit langem gehört und lieb und teuer ist.«
»Erzähl mir von deiner Familie, Denis«, bat sie ihn. »Ich weiß so wenig darüber.«
»O Gott, bloß das nicht!« wehrte er ab. »Dafür würde die Fahrtzeit bei weitem nicht reichen, Lavinia. Die ersten DeLongs sind schon 1710 nach Charleston gekommen, das damals noch Charles Town hieß, und haben sich das Land am Ashley River in dem schrecklichen Yemassee-Indianerkrieg von 1715 bis 1717 mit ihrem Blut erkämpft. Danach hat sich unsere Familie, wie du dir gewiß unschwer vorstellen kannst, so weit verzweigt und sich durch Heirat mit so vielen anderen Familien in Charleston, ja im ganzen Süden verflochten, daß da niemand mehr ganz durchblickt, noch nicht einmal Tante Edwina, und das will etwas heißen.«
»Tante Edwina lebt auch auf Belmont Park, nicht wahr?« erinnerte sich Lavinia.
»Ja, richtig. Sie ist die jüngere Schwester meiner Mutter und unverheiratet geblieben, nachdem ihr Verlobter kurz vor der Hochzeit einen tödlichen Reitunfall hatte. Aber das liegt nun

schon gut fünfundzwanzig Jahre zurück. Tante Edwina ist jetzt zweiundvierzig. Meine Mutter ist drei Jahre älter, aber man könnte sie für die jüngere Schwester halten.«

»Und wer wohnt noch im Haus?« wollte Lavinia wissen.

»Zunächst einmal meine Mutter Georgina DeLong. Sie ist eine geborene Rutledge. Du wirst sie vielleicht ein wenig ... zurückhaltend finden, aber das ist ihre Art. Und seit dem Tod meines Vaters hat sie sich noch mehr in sich zurückgezogen«, berichtete er ihr und verspürte ein wenig Unbehagen bei dem Gedanken an seine Mutter, so daß er schnell fortfuhr: »Aber du wirst schon rasch ihr Herz gewinnen, daran zweifle ich nicht. Und Melinda, meine jüngere Schwester, wird dich auch anbeten. Sie ist gerade siebzehn geworden und hat nichts als ihre Verehrer im Kopf.«

Lavinia hob leicht das Kinn und fragte mit liebevoller Zurechtweisung. »Gerade siebzehn? Hast du vergessen, wie alt ich war, als du mich verzaubert hast?«

Er lachte und sah sie zärtlich an. »Du bist etwas ganz Besonderes, meine Liebste. Und siebzehn ist nicht gleich siebzehn. Außerdem warst du schon fast achtzehn! Und was meine Schwester Melinda angeht, so ist sie in so vielen Dingen noch ein Kind, aber sie ist ein reizendes Geschöpf, du wirst sehen.«

Lavinia sah und hörte ihm an, daß er seine Schwester sehr liebte. »Eine Schwester habe ich mir immer gewünscht. Leider ist mir dieser Wunsch nie in Erfüllung gegangen.«

»Sie wird auch dir wie eine Schwester sein«, versicherte er. »Ja, und dann leben von meiner Familie noch Onkel Stuart, der Bruder meines verstorbenen Vaters, und Tante Lizbeth, seine Frau, auf BELMONT PARK. Die Kinder, die sie sich so sehr gewünscht haben, sind ihnen leider verwehrt geblieben. Onkel Stuart, er ist letztes Jahr erst fünfundvierzig geworden, ist mein Lieblingsonkel. Eigentlich hat er mich aufgezogen, denn mein Vater ... nun, er war um zehn Jahre älter und mit vielen anderen Dingen zu sehr beschäftigt.« Für einen Moment legte sich ein Schatten über sein Gesicht. Doch dann lachten seine Augen wieder, als er sagte: »Onkel Stuart ist die Herzensgüte in Person, und mit ihm kann man sich ganz wunderbar unterhalten, über Gott und die Welt. Er weiß so viel, daß einem manchmal schwindelig werden könnte.«

»Dann bin ich ja wirklich gespannt, deinen Onkel kennenzulernen.«

»Du wirst ihn amüsant finden, denn er hat in vielen Dingen eine ganz eigene Meinung, die nicht immer mit den eher festgefügten Ansichten meiner Mutter übereinstimmt, was Onkel Stuart aber nicht daran hindert, sie auf seine trockene, humorvolle Art kundzutun«, sagte er vergnügt. »Und ich weiß schon jetzt, daß du ihn in dein Herz schließen wirst so wie er dich.«

Lavinia seufzte. »Ja, ich hoffe es auch so sehr, daß ich vor ihren Augen bestehe«, sagte sie ein wenig unsicher und drehte ihren Parasol. »Ich werde mir jedenfalls alle Mühe geben.«

Mittlerweile lag die Stadt hinter ihnen, und der Tilbury folgte mit munterem Tempo der Landstraße nach Nordwesten. Palmen, dunkle Zypressen, Pinien und mächtige Eichen, von denen das Spanische Moos in graublauen Schleiern herabhing, bestimmten das Bild zu beiden Seiten. Und mit der steigenden Bahn der Sonne stiegen auch spürbar die Temperaturen. Wenn die Sonne noch heißer wurde, würden sie gezwungen sein, das Verdeck hochzuschlagen.

Denis lachte. »Du bist meine Frau, Lavinia, und du wirst ihre Herzen im Sturm erobern!« beruhigte er sie.

Doch hatte in seinem Lachen nicht ein Unterton von Unsicherheit und Sorge mitgeschwungen?

5

Nachdem Hector sich des Vergnügens beraubt sah, die Unterhaltung zwischen Massa Denis und seiner frisch angetrauten Missus zu belauschen, hatte er es auf einmal eilig, möglichst rasch nach Belmont Park zu kommen. Er trieb Old Judge daher ordentlich an, so daß sie die Plantage in weniger als drei Stunden erreichten.

Auf der Fahrt waren sie an mehreren Herrenhäusern vorbeigekommen, die sich in Sichtnähe der Landstraße zwischen den Bäumen erhoben, und so manches Haus hatte Lavinia in Bewunderung und Staunen versetzt. Sie bekam einen ersten Eindruck von dem Reichtum des Südens und von dem Stolz der Pflanzeraristokratie, diesen Reichtum auch für jeden sichtbar mit ihren Häusern zu dokumentieren.

Das Herrenhaus von Belmont Park gehörte jedoch nicht zu denen, die man von der Landstraße aus sehen konnte. »Wir befinden uns schon auf DeLong-Land«, teilte Denis ihr mit, als Hector von der Chaussee abbog und einer bedeutend schmaleren Straße folgte, die sich durch einen dichten Pinien- und Zypressenwald wand. »Das gehört schon alles zu Belmont Park, so weit du blicken kannst.«

Wenig später wurde der Wald lichter, um dann Raum zu lassen für landwirtschaftlich genutzte Flächen. Vor ihnen breiteten sich weite Felder und Äcker aus, die von Holzzäunen umgeben waren. »Warum zäunt ihr denn die Felder ein?« wollte Lavinia wissen.

»Weil wir das Vieh die ganze Jahreszeit über frei auf dem Land grasen lassen«, erklärte er. »Ich weiß, ihr im Norden macht das andersherum, aber so hat jede Region ihre Gewohnheiten und Traditionen.«

Ein Eichenhain tauchte vor ihnen auf und mit ihm ein hübsches weißgestrichenes Haus mit weit heruntergezogenem Dach und einer schattigen Veranda. Ein Pferd stand vor dem Haus, und ein breitschultriger Mann machte sich an dem Zaumzeug zu schaffen. Er blickte überrascht auf, als der Tilbury die Straße hochkam, gefolgt von einer mit Gepäckstücken schwerbeladenen Kutsche. Dann zog er seinen Lederhut vom Kopf, der kahl war wie eine Kanonenkugel und so braun gebrannt wie eine Kokosnuß.

»Willkommen daheim, Mister DeLong!« rief er ihnen mit kehliger Stimme zu. »Meine Verehrung, Missis!«

»Besten Dank, Cullian! Wir sehen uns morgen!« rief Denis zurück, und dann waren sie auch schon an ihm vorbei.

»Wer war das?«

»Allan Cullian, unser Aufseher, ein recht fähiger Mann. Mein Vater hat ihn noch eingestellt, obwohl er doch sonst etwas gegen Aufseher mit irischem oder schottischem Blut hatte. Zu jähzornig und unbeherrscht, diese Menschen. Aber Cullian ist eine rühmliche Ausnahme. Er ist recht beliebt bei unseren Leuten«, erklärte er.

Daß Denis mit »unseren Leuten« die Sklaven auf Belmont Park meinte, war Lavinia mittlerweile klar. Als sie zurückblickte, bemerkte sie einen ausgefahrenen Weg, der hinter dem Haus am Eichenhain entlangführte und sich dann zwischen den Büschen verlor. Ihr war, als könnte sie jenseits der Büsche und Bäume eine Reihe von Hütten ausmachen. Ihre Vermutung, daß dort die Siedlung der Schwarzen lag, sollte sich als richtig erweisen.

Der Tilbury tauchte wenig später in den Schatten einer Allee mächtiger Sykomoren ein. Lavinia erwartete, an ihrem Ende das Herrenhaus zu sehen, doch dem war nicht so. Die eigentümliche Allee vollführte einen fast halbkreisförmigen Bogen um einen Teich, der durch die Bäume hindurchschimmerte, und mündete schließlich nach einer weiteren Viertelmeile in eine gepflegte,

sanft ansteigende Grünfläche, die von zahlreichen Magnolienbäumen ohne erkennbare Symmetrie aufgelockert wurde.
Und erst jetzt bot sich dem Auge des Ankommenden das auf einer kleinen Anhöhe errichtete Herrenhaus von BELMONT PARK dar — mit seiner überwältigenden Größe und Schönheit.
Lavinia blieb im ersten Moment der Atem weg, als sie dieses weißen, imposanten Bauwerkes ansichtig wurde. Hohe, schlanke Säulen mit korinthischen Kapitellen ragten über zwei Stockwerke auf und trugen das Dach, das dem eines griechischen Tempels glich, wie überhaupt das ganze Herrenhaus den Vergleich mit dem Palast eines griechischen Königs nahelegte. Jede Hausseite nannte sechs dieser klassischen Säulen ihr eigen, die in einem cremefarbenen Weiß leuchteten wie auch alles andere, die dunkelgrünen Schlagläden vor den hohen Sprossenfenstern ausgenommen. Sie bildeten einen frischen, belebenden Kontrast zu dem strahlenden Weiß dieses säulengetragenen Südstaatenpalastes. Hinter den korinthischen Pfeilern, im kühlen Schatten des weit vorstehenden Dachabschlusses, zog sich im oberen Stockwerk eine Veranda um alle vier Seiten des Hauses, umschlossen von einem Geländer aus kunstvoll gearbeiteten, schmiedeeisernen Blumenranken, die einen gleichfalls weißen Anstrich trugen.
Eine breite Freitreppe führte zur Vorderfront hinauf, umgeben von einer dichten Fülle dunkelgrüner Buchsbäume und rechts und links eingefaßt von Magnolienbäumen und hohen Lebenseichen, deren Schatten in den heißen Sommermonaten im Innern des Hauses höchst willkommen waren.
Ein gutes Stück links vom Säulenpalast befand sich das Küchenhaus, aus roten Backsteinen errichtet und mit dem Haupthaus durch einen überdachten Weg verbunden. Hinter dem Herrenhaus zeichnete sich zwischen den Bäumen noch eine ganze Zahl anderer Wirtschaftsgebäude und Stallungen ab.

»Gefällt dir unser Zuhause?« erkundigte sich Denis mit einem fröhlichen Lächeln, aus dem auch Besitzerstolz sprach, während der Wagen der geschwungenen Auffahrt folgte.
Überwältigt schüttelte Lavinia den Kopf. »Denis, das hätte ich mir nicht träumen lassen!« rief sie, und die herrschaftliche Pracht verstärkte das Gefühl der Beklommenheit noch, das sich ihrer während der Fahrt immer mehr bemächtigt hatte.
Er lachte. »Das ist kein Traum, das ist der Familiensitz der DeLongs seit 1725. Obwohl ich einräumen muß, daß das erste Herrenhaus, das an dieser Stelle gestanden hat, bei weitem nicht so stattlich war wie dieses. Nun, was sagst du?«
»Ich ... ich bin erschlagen, Denis«, murmelte sie.
»Dieses Urteil läßt die gegensätzlichsten Deutungen zu, meine Liebe«, sagte er mit gutmütigem Spott. »So träfe es meiner bescheidenen Ansicht nach ganz ausgezeichnet auf WICKWOOD HALL zu, mit dem sich Peter Wickwood drüben am Cooper River schon zu Lebzeiten ein Mausoleum gesetzt hat, von dem er so angetan ist, daß er mit dem Einziehen nicht erst bis zu seinem Tod gewartet hat, wie Lästerzungen wie die meine ihm nachsagen.«
»Es ist wunderschön«, sagte Lavinia, ganz benommen von den Ausmaßen und der beinahe schon arroganten Entfaltung von herrschaftlicher Macht und hochmütigem Stolz.
Das gefiel ihm, und er nickte zufrieden, während der Tilbury vor der Freitreppe hielt. »Ja, wunderschön. Das ist es in der Tat. Es ist ein Herrenhaus mit klassischen Linien und damit auch von klassischer Schönheit. Es wird von nun an dein Zuhause sein. Willkommen auf BELMONT PARK, mein Liebling, und möge uns all das Glück beschieden sein, das wir uns wünschen.«
Lavinia drückte seine Hand und lächelte ihn an. Seine Worte gaben ihr Kraft und Zuversicht. »Ja, das erbitte auch ich für uns!«

Denis war noch nicht ganz aus dem Wagen gestiegen, als aus dem Herrenhaus, dem Küchengebäude und von überallher eine Schar Schwarzer zusammenlief, die ihn mit herzlicher Ausgelassenheit begrüßte und die Frau an seiner Seite ausgiebig in Augenschein nahm.

Denis gefiel der lärmende Empfang offensichtlich ausnehmend gut, denn er tat nichts, um dem aufgeregten Stimmengewirr Einhalt zu gebieten.

»Siehst du den jungen Burschen mit dem vorwitzigen Blick? Das ist Silas, mein Diener! Und der stämmige Brocken dort, das ist unser Kutscher Elijah«, sagte er und wies vergnügt auf diese und jene Gestalt. »Und über welches Reich diese kleine Dicke namens Tamar regiert, ist bestimmt nicht schwer zu erraten — über die Küche nämlich. Ah, da sind ja auch die Gebrüder Jakob und Joshua.« Er deutete auf zwei Schwarze, die weiße Jacken trugen. »Sie servieren bei Tisch, manchmal geht ihnen auch die flinke Octavia zur Hand — das ist der Krauskopf da drüben.«

Lavinia war viel zu verstört, um all die Namen und dazugehörigen Gesichter zu behalten. Es war ihr peinlich, so im Blickpunkt des Interesses zu stehen, umringt von mehr als einem Dutzend dunkelhäutiger Gestalten, die den Eindruck machten, als würden sie ihr am liebsten noch näher rücken und sie betasten und ihr Haar durchwühlen. Sie schaute sich nach Mabel um, die gerade aus der Kutsche stieg. Auch sie machte einen reichlich verstörten Eindruck und blickte mit weit offenem Mund an den Säulen empor.

»Und das ist Ebenezer, unser Butler«, machte Denis seine Frau im nächsten Moment auf einen stattlichen Schwarzen aufmerksam, der einen schwarzen Anzug mit Weste, ein weißes Hemd mit einem hohen steifen Kragen, der ihm fast bis an die Ohren reichte, und dazu eine schwarze Halsbinde trug. Seine ganze aufrechte stolze Haltung verriet, daß er sich seiner Stellung im

Herrenhaus und seiner Macht über alle anderen Diener sehr wohl bewußt war.

Man machte ihm auch sofort Platz. »Was veranstaltet ihr für ein Geschrei? Massa Denis ist zurück, und dafür wollen wir dem Herrn danken! Aber deshalb tut sich die Arbeit doch noch längst nicht von allein! Ihr habt genug geglotzt und gelärmt. Zurück an die Arbeit. Silas! Ab ins Haus und überzeug dich mit Sarah und Octavia davon, daß die Zimmer für den Massa und die Missus makellos gerichtet sind! ... Jubilo und Moab! Ihr kümmert euch um das Gepäck!« Er brauchte seine dunkle Stimme nicht zu erheben. Auf sein Wort hin begann sich die Menge schwarzer Leiber blitzschnell aufzulösen.

Denis lachte schallend. »Jetzt weiß ich, was ich die ganze Zeit im Norden vermißt habe!« rief er.

»Wohl Joshuas Mint Juleps und den abendlichen Blick von der Terrasse auf den Ashley River, Massa Denis«, vermutete der Butler.

»Ja, das natürlich auch, aber in erster Linie habe ich vermißt zu hören, wie du die Leute herumkommandierst, Eb«, scherzte Denis.

»Der Ochse zieht nur so lange gerade Furchen, solange man den Pflug in festen Händen hält«, antwortete Ebenezer mit trockenem Humor, und dann sagte er: »Wir sind alle mächtig froh, Sie wieder daheim zu haben, Massa Denis.«

»Ich auch, das kannst du mir glauben«, versicherte Denis. »Bestimmt wirst du schon gehört haben, daß ich mich verheiratet habe ...«

Der Butler nickte gesetzt. »Missis Georgina hat mich in der Tat von diesem freudigen Ereignis unterrichtet. Meine herzlichsten Glückwünsche, Massa Denis ... und Ihnen auch, Missus DeLong!« sagte er mit einer steifen Verbeugung zu Lavinia. »Möge der Herr Ihre Ehe segnen und Belmont Park mit fröhlichem Kinderlachen beschenken.«

Lavinia errötete. »Danke ... Ebenezer.«
»Und das ist Miss Mabel Tattler, die Zofe meiner ...« Denis unterbrach sich, denn in dem Moment erschienen ein stattlicher Mann in einem hellen Sommeranzug und eine Frau mittleren Alters, die ein mandelfarbenes Kleid trug. »Onkel Stuart und Tante Lizbeth!«
Stuart DeLong, ein gutaussehender Mann mit einem buschigen Backenbart, eilte die Freitreppe herunter und schloß Denis in seine Arme. »Mein Junge! Wie schön, daß du endlich wieder zurück bist!« rief er und drückte ihn an seine Brust.
»Ich bin auch froh, Onkel Stuart!« Dann nahm Denis seine etwas füllige, rotgesichtige Tante in den Arm und herzte sie. Sie gab ihm einen Kuß und sagte tadelnd und glücklich zugleich: »Du warst schrecklich lange fort, Denis. Das solltest du dir nicht zur Gewohnheit machen!«
Lavinia kam sich während dieser herzlichen Wiedersehensszene reichlich verloren vor. Dann trat Stuart DeLong zu ihr. »Und Sie sind Lavinia Irving, nehme ich an«, sagte er merklich reserviert und musterte sie aus klaren Augen, um die sich ein Kranz kleiner Fältchen gebildet hatte, mit unverhohlen prüfendem Blick.
Seine Worte erschienen ihr für eine erste Begrüßung einigermaßen ungewöhnlich, um nicht zu sagen unfreundlich. Doch sie ließ es sich nicht anmerken, sondern zwang sich zu einem Lächeln. »Ja ...«
»O nein«, fiel Denis ihr ins Wort und sagte mit einer Munterkeit, die aufgesetzt wirkte. »Nicht Lavinia Irving, sondern Lavinia DeLong, Onkel Stuart! Meine Frau, die mich zum glücklichsten Mann auf Erden gemacht hat.«
»Ich verstehe schon, mein Junge«, sagte Stuart DeLong, ohne seinen kritischen Blick von Lavinia zu nehmen. »Nun denn, Missis DeLong, seien Sie begrüßt auf BELMONT PARK.« Es klang nicht eben herzlich, sondern mehr nach einer Pflichtübung,

die der Anstand von ihm verlangte. »Begrüßt« hatte er gesagt, nicht »willkommen auf Belmont Park«.

Tante Lizbeth schaute nicht weniger reserviert drein als ihr Mann. »Ich muß wirklich sagen, daß Sie uns mit dieser überraschenden Hochzeit eine Menge Aufregung beschert haben, meine Liebe«, erklärte sie, zu Lavinia gewandt, und begnügte sich mit einem sehr kurzen Händedruck. Auch ihr kam kein Willkommen über die Lippen.

»Das lag nicht in meiner Absicht, Missis DeLong«, antwortete Lavinia mit belegter Stimme.

»Jaja, die Unbedachtheit der Jugend«, sagte Tante Lizbeth seufzend und warf ihrem Neffen einen unverkennbar vorwurfsvollen Blick zu.

Denis sah die Betroffenheit, die Lavinia über die äußerst kühle Begrüßung seiner Familie deutlich auf dem Gesicht geschrieben stand, und mit geröteten Ohren setzte er zu einer ungehaltenen Erwiderung an. »Ich möchte euch doch ...«

»Schau an, schau an! Der verloren geglaubte Sohn hat den Weg nach Hause gefunden. Und wenn das nicht die junge Dame ist, die unserem Denis den Kopf verdreht und in den Hafen der Ehe gelotst hat, so fern der vertrauten Gewässer seiner Heimat!« rief in dem Augenblick eine helle Stimme von oben, und eine zierliche, schmallippige Frau mit leicht hervorquellenden Augen und mit völlig ergrautem Haar kam gesetzten Schrittes die Treppe herunter. Der übertrieben üppig gefältelte Stoff ihres rostroten Kleides raschelte vernehmlich.

»Tante Edwina«, murmelte Denis.

Zielstrebig und mit einem scheinbar freundlichen Lächeln trat sie zu Lavinia und umschloß deren Hand mit beiden Händen. »Meinen Glückwunsch, junge Dame.«

»Herzlichen Dank, Miss Rutledge.« Lavinia wollte schon aufatmen, in der Annahme, wenigstens auf eine ihr wohlgesonnene Person in Denis' Familie zählen zu können.

Die nächsten Worte von Tante Edwina aber brachten bereits die Ernüchterung. »Bei Gott ist fürwahr kein Ding unmöglich, wie es bei Lukas schon geschrieben steht. Sie haben geschafft, was Dutzende der schönsten Töchter unseres Landes seit Jahren vergeblich versucht haben, nämlich unseren Denis in den Hafen der Ehe zu locken.«

»Verzeihen Sie, Miss Rutledge, aber es entspricht nicht den Tatsachen, daß ich Denis zu irgend etwas verlockt hätte«, wagte Lavinia ein schwaches Aufbegehren gegen diese Unterstellung.

»Jaja, einem Verliebten einen guten Rat geben wollen, ist wie einem tauben Esel eine Geschichte erzählen«, sagte Tante Edwina seufzend und fügte bibelfest hinzu: »Ist nachzulesen in Jesaja und Matthäus.«

Nun wurde es Denis zuviel. »Bei aller Liebe, Tante Edwina, aber das ist nicht die Art von Begrüßung, die ich von meiner Familie für meine Frau erwarten kann!« protestierte er. »Und das gilt auch für euch, Tante Lizbeth und Onkel Stuart!«

»Deine überstürzte Heirat im Norden...« begann Tante Lizbeth säuerlich, deren schmales Gesicht mit den hervortretenden Augen Lavinia unwillkürlich an das eines kalten Fisches erinnerte.

»Bitte!« Denis preßte die Lippen zusammen.

»Nun ja«, sagte Tante Edwina einlenkend. »Greifen wir den Dingen mit unserem Urteil nicht vor. Wie heißt es doch so treffend bei Matthäus: ›An ihren Früchten sollt ihr sie erkennen.‹ Wobei anzumerken wäre, mein Junge, daß die ersten Früchte, die ihr uns da beschert habt, doch von sehr bitterem Geschmack sind!«

»Du hättest es geschickter anfangen können, mein Junge«, sagte Onkel Stuart versöhnlich. »Diese Nachricht zwei Wochen vor eurer Hochzeit...« Er schüttelte den Kopf, als gäbe es dazu eigentlich nichts mehr zu sagen.

»Ihr hättet Zeit gehabt zu kommen!« entgegnete Denis trotzig.
»Es ist nicht Sitte, daß die Hochzeit eines DeLongs in Boston stattfindet!« merkte Tante Lizbeth gereizt an. »Und schon gar nicht in dieser unmöglich kopflosen, überstürzten Manier!«
»Laß es gut sein, Frau«, sagte ihr Mann und wandte den Kopf. »Deine Mutter, mein Junge.«
Es wurde ganz still vor dem großen weißen, säulengetragenen Haus.

6

Wie von unsichtbaren Fäden gezogen, drehte sich Lavinia um. Ihre schlimmsten Befürchtungen hatten sich bewahrheitet. Statt mit Herzlichkeit, die Denis ihr prophezeit hatte, begegnete man ihr in seiner Familie mit kühlem Ressentiment, ja mit kaum verhohlener Ablehnung. Als hätte sie sich diese Ehe erschlichen, ihn mit unredlichen Mitteln in die Ehe gelockt, wie seine Tante Edwina ihr unmißverständlich zu verstehen gegeben hatte! Und sie ahnte, daß seine Mutter in ihrer Einstellung zur Heirat ihres Sohnes und zur Wahl seiner Frau keine Ausnahme machen würde.
Denis schluckte unwillkürlich und atmete hörbar durch, als wüßte er, was ihm bevorstand. Dann sagte er leise zu Lavinia: »Komm, dann haben wir es hinter uns. Und laß dich nicht scheu machen. Der Unmut legt sich schnell wieder. Es ärgert sie ja nur, daß ihnen eine glanzvolle Hochzeit hier auf BELMONT PARK verwehrt gewesen ist. Ein Sturm im Wasserglas, du wirst sehen.«
Georgina DeLong stand vor den Säulen auf dem Absatz der Freitreppe, eine schlanke, mittelgroße und noch sehr attraktive

Frau, die in ihrem streng geschnittenen, hochgeschlossenen Kleid aus dunkelgrauer Seide mit schwarzen Paspelierungen schon von weitem Respekt gebot. Sie trug ihr dunkelbraunes Haar in einer altmodischen Frisur nach hinten gekämmt und im Nacken zu einem Knoten aufgesteckt, der ihrem Gesicht noch mehr Strenge verlieh. Und sie dachte ganz offensichtlich nicht daran, zu ihnen herunterzukommen, so wie es die anderen getan hatten. Reglos stand sie da, den Blick starr auf sie fixiert, die Lippen eine dünne, blutleere Linie. Ihre ganze Haltung drückte kalte, beherrschte Wut aus.

Nur widerstrebend folgte Lavinia ihrem Mann die Treppe hinauf. Jeder Schritt kostete sie größte Überwindung, und ihr Herz hämmerte wie wahnsinnig. Was hatte sie bloß dazu getrieben, ihre Heimat zu verlassen und einem Mann in die Fremde zu folgen, wo sie, wie sie hätte wissen müssen, nichts als Ablehnung zu erwarten hatte?

Die Liebe! antwortete eine Stimme in ihr schlicht. Die Liebe, die den Menschen so viel ertragen und ihn Glück wie Leid erfahren ließ. Doch was von beidem würde für sie auf BELMONT PARK überwiegen?

Georgina DeLong würdigte ihre Schwiegertochter nicht eines Blickes. Unbeweglich wie aus Granit geschlagen stand sie da und fixierte ihren Sohn. Sie hatte blaue Augen wie Denis, doch es war das kalte Blau eines Gletschers, das in ihnen leuchtete.

Denis blieb vor ihr stehen, während Lavinia einen halben Schritt neben ihm zurückblieb. Er machte eine etwas verlegen entschuldigende Geste und sagte wie ein kleiner Junge, der sich einer Unartigkeit bewußt ist und um gut Wetter bittet: »Mom, ich weiß ...«

Schroff fuhr sie ihm ins Wort. »Gar nichts weißt du! Und wo hast du deine Manieren gelassen? Hast du in Boston vergessen, wie man seine Mutter nach einer solch langen Abwesenheit gebührend begrüßt?« maßregelte sie ihn und wandte leicht den Kopf.

»Entschuldige«, murmelte er und küßte erst ihre linke, dann ihre rechte Wange, die sie ihm mit kühler Distanz hinhielt, wie ein Bischof einem knienden Gläubigen seine Hand reicht, damit dieser ihm den Ring küßt.

»Es ist mir ein Rätsel, daß du mir noch in die Augen zu blicken wagst, mein Sohn! Dein mangelnder Familiensinn hat mich bitter getroffen, und nicht nur mich, das laß dir gesagt sein!« machte sie ihm mit eisiger, scharf artikulierender Stimme heftige Vorwürfe. »Deine Eigenmächtigkeiten, die du in Boston an den Tag gelegt hast, haben uns DeLongs ins Gerede gebracht! Wenn dein Vater ...«

»Vater ist tot, Mom!« unterbrach Denis seine Mutter ärgerlich, aber ohne rechten Nachdruck.

»Ja, und das ist — der Herr möge mir diese gottlose Äußerung verzeihen — dein Glück! Er hätte es dir mit der Neunschwänzigen gegeben — und du hättest jeden Schlag mehr als verdient!«

»Ich bin längst alt genug, um meine eigenen Entscheidungen zu treffen!« verteidigte er sich, während Lavinia sich immer elender fühlte. Wie erniedrigend es war, diesem Wortwechsel zuhören zu müssen und dabei noch nicht einmal zur Kenntnis genommen zu werden.

»Das Alter magst du haben. Nur an der dazugehörigen Reife, die damit Hand in Hand gehen sollte, mangelt es dir noch ganz gewaltig!«

»Mutter! Ich liebe Lavinia ...«

»Liebe!« Georgina spie das Wort wie ein Stück faules Obst aus. »Über das, was du Liebe nennst, entscheidet das Leben und nicht das, was offenbar deine Tage in Boston ausgefüllt hat! Ein DeLong hat Traditionen zu wahren und sich seinen Pflichten zu stellen.«

»Denen stelle ich mich auf meine eigene Weise!« brauste Denis auf, nun hochrot im Gesicht, doch nicht vor redlicher Wut, sondern vor hilflosem Schuldbewußtsein, gegen gewisse eherne Gesetze der DeLongs verstoßen zu haben — und zwar wissentlich. Und er suchte die Flucht nach vorn. »Mein Gott, Lavinia ist meine Frau! Willst du vielleicht davor die Augen verschließen?«

»Ja, das läßt sich ja wohl nun leider nicht mehr ändern«, sagte Georgina und richtete ihren durchdringenden Blick nun auf die Frau ihres Sohnes. »Zwar habe ich meinem Sohn nicht meinen Segen zu dieser Eheschließung gegeben, doch das ändert nichts an der Tatsache, daß du nun meine Schwiegertochter bist. Wir alle werden damit leben müssen.«

Lavinia brachte keinen Ton hervor. Sie war so weiß im Gesicht wie die Säulen. Es kam ihr wie ein Wunder vor, daß sie noch die Kraft fand, diesem Blick standzuhalten.

»Du darfst mich küssen«, sagte Georgina im Tonfall eines Befehls.

Lavinia berührte mit ihren Lippen flüchtig die Wange ihrer Schwiegermutter. Ihr war, als hätte sie ihren Mund auf kalten Marmor gelegt.

Georginas Blick blieb an dem Rubin hängen. »Ich nehme an, es war mein Sohn, der dir dieses Schmuckstück geschenkt hat?«

»Ja, Missis DeLong«, hauchte Lavinia und erkannte ihre eigene Stimme kaum wieder, und sie schämte sich ihrer Beklemmung. Doch sie kam angesichts der unbeugsamen Strenge, die diese Frau ausstrahlte, nicht dagegen an. Sie fühlte sich wie ein Nichts.

»In gewissen Dingen hat mein Sohn offenbar seinen unfehlbaren Geschmack doch noch bewahrt«, stellte Georgina bewußt verletzend fest und sagte dann schroff: »Gehen wir ins Haus! Die andere Frau, die du mitgebracht hast, kannst du mir später vorstellen, Denis. Ich glaube nicht, daß ich viel verpasse.«

»Das ist Miss Mabel Tattler, Lavinias Zofe«, sagte Denis hastig und mit brennendem Gesicht. Lavinia suchte seinen Blick, doch er wich dem ihren aus, als schämte er sich. Es schmerzte sie.

»Eine Zofe aus Boston auf BELMONT PARK!« Seine Mutter schnaubte verächtlich und trat in die Halle. Die Schwarzen, die an der Tür gestanden und versucht hatten, von dem Wortwechsel etwas aufzuschnappen, huschten so schnell und so lautlos davon wie Schatten. »Lavinia, ich habe mit dir zu sprechen. In meinem Salon. Allein!«

Wie in Trance folgte Lavinia ihrer Schwiegermutter durch die hohe, geräumige Halle mit ihren kostbaren Gemälden und goldgerahmten mannshohen Spiegeln an den Wänden und der breiten, elegant geschwungenen Treppe, die ins Obergeschoß führte. Sie sah in Georginas Salon, der in einem weinroten Farbton gestrichen war, auch nicht die erlesene Auswahl an Teppichen, Landschaftsgemälden, Möbeln und Zierstücken. Nur mit dem Unterbewußtsein nahm sie auf, daß die Großzügigkeit der Räume und ihre Einrichtung der äußeren Pracht des Hauses in nichts nachstand. Sie war wie betäubt von den wenigen Worten, die Georgina DeLong an sie gerichtet und mit denen sie bis ins Mark getroffen hatte.

»Schließ die Tür!« kommandierte Georgina ihre Schwiegertochter, und dann: »Setz dich!«

Lavinia leistete der harschen Aufforderung wortlos Folge. Sie nahm in einem der mit grauem Chintz bezogenen Sessel Platz. Steif wie eine Strohpuppe saß sie auf der Kante. Ihr Magen war ein einziger, schmerzender Knoten.

Georgina setzte sich nicht zu ihr, sondern blieb stehen, was die Situation für Lavinia noch erniedrigender machte. Warum nur hatte Denis zugelassen, daß seine Mutter auch noch allein über sie herfallen konnte? Er hätte ihr jetzt beistehen müssen! Daß er es nicht tat, schmerzte sie mehr als alles andere, fühlte sie sich doch von ihrem Mann im Stich gelassen.

»Wie du zweifellos bemerkt haben dürftest, sind wir alle auf Belmont Park wenig begeistert von der Gedankenlosigkeit meines Sohnes, von seiner Reise nach Boston als verheirateter Mann zurückzukehren«, begann Georgina kühl und in jeder Beziehung von oben herab.

Lavinia nahm all ihren Mut zusammen und wagte einen Einspruch. »Missis DeLong, ich komme aus einer sehr ...«

»Fall mir nicht ins Wort, Kind! Ich verbitte mir diese Ungehörigkeit!« unterbrach sie sie scharf. »Wenn du etwas zu sagen hast, wirst du schon eine Gelegenheit erhalten, dich zu äußern. Aber zu der Zeit, die ich bestimme! Denn noch bin ich nicht fertig.«

Lavinia duckte sich wie unter einem Schlag.

»Und wenn du mit einem auch nur halbwegs gesunden Menschenverstand gesegnet bist«, fuhr Georgina nun kühl fort, »wirst du wohl auch kaum damit gerechnet haben, daß wir dich auf Belmont Park mit offenen Armen empfangen würden. Und nun zum wichtigsten Punkt, den ich geklärt haben will. Und wage es nicht, mich anzulügen.«

Verständnislos blickte Lavinia sie an. »Anlügen? Weshalb sollte ...«

Georgina brachte sie mit einer knappen, herrischen Handbewegung zum Schweigen. »Ich will eine klare Antwort, und die besteht entweder aus einem Ja oder einem Nein. Ich will sonst nichts anderes hören.« Sie holte Luft und fragte dann: »Erwartest du ein Kind von meinem Sohn, das vor eurer Hochzeit gezeugt wurde?«

Hätte ihre Schwiegermutter sie geohrfeigt, hätte es sie nicht mehr verletzen können. Für einen Moment kam wieder Farbe in ihr Gesicht, denn das Blut schoß ihr in die Wangen. Empört fuhr sie auf, einen Augenblick alle Angst vergessend. »Wie können Sie ...«

»Ja oder nein?« herrschte Georgina sie an.

»Nein! Nein und noch mal nein! Und ich habe mich Ihrem Sohn auch nicht an den Hals geworfen! Ich bin eine ehrbare Tochter aus gutem Haus!« stieß Lavinia hervor und zitterte wie Espenlaub. Fast wäre sie in Tränen ausgebrochen. Doch diesen Triumph wollte sie ihr nicht gönnen.
»Schon gut, schon gut. Du hast ein hitziges Temperament. Ich will nicht hoffen, daß du diese Art von Respektlosigkeit auch in Gegenwart anderer an den Tag legst!« wies Georgina sie zurecht, doch ihrer Stimme war unschwer anzuhören, daß sie über die negative Antwort ihrer Schwiegertochter äußerst erleichtert war. »Daß ihr zumindest in dieser Beziehung eurer moralischen und gottesfürchtigen Verantwortung bewußt gewesen seid, ist ein kleiner Lichtblick in dieser unerquicklichen Angelegenheit. Nun denn, das hätten wir geklärt. Kommen wir jetzt zu den Belangen des alltäglichen Lebens. Wir wollen den Leuten keinen Vorwand für weiteres unangenehmes Gerede geben. Deshalb wirst du nicht Missis DeLong zu mir sagen, sondern es bei einem respektvollen Georgina belassen, wie man es von einer rechtschaffenen Schwiegertochter erwarten kann, nicht wahr?«
»Ja«, murmelte Lavinia.
Georgina lächelte, doch es lag keine Freude in diesem Lächeln. »Wunderbar. Ich freue mich, daß wir uns schon so gut verstehen.« Sie machte eine kurze Pause und fuhr dann fort: »Du kommst aus dem Norden und bist mit unseren Sitten und Gebräuchen hier im Süden gewiß nicht vertraut. Deshalb erwarte ich von dir ein untadeliges und insbesondere zurückhaltendes Benehmen. Pflege deine hübsche Erscheinung und sei Denis eine folgsame Frau, aber beschränke dich auf ein Lächeln und eine höfliche Floskel, wenn von Dingen gesprochen wird, die du nicht verstehst — und da du aus dem Norden kommst, wirst du von sehr vielen Dingen nichts verstehen. Also halte dich daran! Dann werden wir beide bestimmt mit der Zeit

recht zufriedenstellend miteinander auskommen. Habe ich mich deutlich ausgedrückt, Lavinia?«
»Ja ...«
»Ja, Georgina, wenn ich bitten darf! Die Familie bedeutet uns DeLongs viel, und das sollte doch auch zum Ausdruck kommen, sogar zwischen uns beiden, nicht wahr?«
Lavinia schluckte heftig, bevor sie die Worte über die Lippen bekam: »Ja ... Georgina.«
Ihre Schwiegermutter nickte zufrieden. »So ist es schon besser, denn wir wollen ja nun doch nicht den falschen Eindruck erwecken, als wären Zwietracht und Feindseligkeit auf Belmont Park eingekehrt.«
Lavinia fühlte sich verhöhnt, schwieg jedoch.
»So, das wäre wohl fürs erste alles. Du darfst gehen, es sei denn, du hast noch etwas auf dem Herzen, was du gern loswerden möchtest. Dann hast du jetzt die Gelegenheit dazu.«
Lavinia erhob sich aus dem Sessel. Sie hätte ihr so viel sagen mögen, doch wo hätte sie da anfangen und wo enden sollen? Zudem fehlte ihr der Mut, dieser Frau die Stirn zu bieten. Sie wußte, daß Georgina nichts gelten lassen und sie unbarmherzig herabsetzen würde, was immer sie auch sagte. Es war sinnlos, jetzt etwas entgegnen zu wollen. Wenn, dann hätte es vorhin gleich auf der Treppe geschehen müssen — und zwar von Denis.
»Also? Ist noch was?« drängte Georgina ungeduldig, als wartete sie förmlich darauf, daß sie es wagte, sich vor ihr zu behaupten.
»Nein, es ist nichts ... Georgina«, antwortete Lavinia mit leiser Stimme.
»Dachte ich es doch«, sagte sie sarkastisch. »Ach, da ist noch etwas, was ich nicht vergessen möchte, dir für ein reibungsloses Zusammenleben auf Belmont Park mit auf den Weg zu geben: Bitte sei so gut und komme mir hier im Haushalt nicht in die

Quere, weder gedankenlos noch vorsätzlich! Ich bin da sehr eigen.« Sie lächelte, doch ihre Stimme war hart wie Stahl. »Und nun laß dich nicht länger aufhalten, mein Kind. Denis wird bestimmt schon voller Unruhe auf dich warten.«

Mit diesen Worten rauschte Georgina an ihr vorbei, öffnete die Tür und sagte zu Denis, der in der Halle unruhig auf und ab gegangen war: »Da ist sie wieder, mein Junge. Und du siehst, ich habe ihr nicht den Kopf abgerissen. Wir haben uns nur ein wenig unterhalten und uns näher kennengelernt. Ich glaube, wir haben eine Menge Unklarheiten aus dem Weg geräumt und wissen jetzt, was wir voneinander zu halten haben, nicht wahr, Lavinia?«

Diese nickte nur und wäre am liebsten im Boden versunken. Wie beschämend und wie verlogen!

Denis lächelte unsicher.

»Als ich deinen Brief erhielt, in dem du die Güte hattest, uns von deiner Eheschließung zu unterrichten, habe ich veranlaßt, daß man den Trakt oben neben der Bibliothek für dich und deine Frau herrichtet«, sagte Georgina zu ihrem Sohn.

Denis runzelte die Stirn. »Aber weshalb können wir denn nicht die Räume unten auf der Ostseite nehmen?« wandte er ein.

»Es ist oben alles für euch gerichtet«, antwortete seine Mutter mit einer Stimme, die keinen Widerspruch zuließ. »Und nun entschuldige mich bitte. Ich habe mit Tamar noch einige wichtige Dinge zu besprechen. Deine Rückkehr wird in Charleston und auch hier auf dem Land schnell die Runde machen. Wir müssen heute und in den nächsten Tagen mit Gästen rechnen.«

Damit entfernte sie sich aufrechten Hauptes und mit kurzen, energischen Schritten.

»Wo ist überhaupt Melinda?« erkundigte sich Denis, als sein Diener Silas mit einem Gepäckstück in der Halle auftauchte.

»Die Missy ist mit dem Buggy unterwegs, muß aber bald wie-

der zurückkommen. Hat noch nie nicht zu spät am Tisch gesessen, wenn es Eistorte zum Nachtisch gegeben hat«, sagte Silas keck.
»So, nun ja... Und wo ist Miss Tattler?«
»Schon oben in ihrem Zimmer, Massa Denis.« Silas verzog das Gesicht zu einem schadenfrohen Grinsen. »Miss Edwina hat sie gleich mit Beschlag belegt. Wird ihr jetzt wohl schon den fünften Psalm vorgetragen haben.«
»Das will ich nicht gehört haben, Silas!«
Lavinia verstand nicht, wie ihr Mann Zeit und Ruhe finden konnte, mit seinem Diener über Belanglosigkeiten zu reden. Sie legte ihre Hand auf seinen Arm und sagte mit mühsam beherrschter Stimme: »Bitte bring mich in unsere Zimmer. Die Fahrt... ich... ich bin etwas erschöpft.«
»Aber natürlich, Liebes. Bitte verzeih, daß ich nicht selber daran gedacht habe«, sagte er schuldbewußt und reichte ihr seinen Arm. »Doch bei all der Aufregung...« Er machte eine verlegene Geste.
Sie gingen die Treppe hinauf, und Lavinia bemerkte aus dem Augenwinkel, daß Stuart und Lizbeth DeLong nun aus einem der vorderen Räume, in den sie sich diskret zurückgezogen hatten, in die Halle traten. Sie schauten zu ihnen hoch. Und als sie den oberen Absatz erreicht hatten, hörte sie ein Seufzen und dann die Stimme von Lizbeth DeLong: »Ein Feuerkopf! Warum hat er denn nicht gleich einen Leuchtturm geheiratet?«
Lavinia biß sich auf die Lippen, während sie den Flur hinuntergingen, vorbei an einer Ahnengalerie. Auch Denis sagte nichts. Er führte sie durch einen kleinen Salon, der wohl zu ihren persönlichen Räumen gehörte, da hier schon einige ihrer Gepäckstücke standen, in einen großen Raum, der in einem hellen Aprikosenton gehalten war. Es war ihr Schlafzimmer, wie das breite Himmelbett mit den vier hohen, geschnitzten Pfosten und den zusammengerafften Vorhängen aus feinstem Musselin

verriet. Trotz der beiden bodenlangen Sprossenfenster lag das Zimmer im Halbdunkel, denn die Schlagläden waren bis auf einen Spalt geschlossen, um die beginnende Mittagshitze so gut es ging fernzuhalten.
»Eliza! ... Octavia! Laßt uns allein!« forderte Denis die beiden schwarzen Hausmädchen barsch auf, die schon mit dem Auspacken und Einräumen begonnen hatten.
»Yassum, Massa Denis«, murmelten sie und beeilten sich, daß sie ihm aus den Augen kamen.
Kaum hatte sich die Tür hinter ihnen geschlossen, als Lavinia, am Ende ihrer Selbstbeherrschung, auf das Kanapee vor dem Kamin sank, die Hände vors Gesicht schlug und ihren Tränen freien Lauf ließ.
»Lavinia! Um Himmels willen, so wein doch bitte nicht!« rief Denis bestürzt.
Sie gab ihm keine Antwort, hätte ihm auch keine geben können, wenn sie gewollt hätte. Sie schluchzte heftig, und ihre Schultern zuckten wie unter einem Anfall.
»Ich weiß, es war nicht eben der Empfang, den wir uns gewünscht haben«, gab er zerknirscht zu. »Meine Familie hat es mich ganz schön spüren lassen, daß ich sie vorher nicht konsultiert und sie um eine glanzvolle Hochzeit auf BELMONT PARK gebracht habe ...«
Lavinia nahm die Hände vom tränennassen Gesicht und sah ihn mit ungläubiger Miene an. »Dich? ... Mich haben sie behandelt, als hätte ich die ... die Krätze auf eure schöne Plantage gebracht!« stieß sie heftig hervor.
»Ja, es war schon sehr unfreundlich und ungehörig, was Tante Lizbeth und Tante Edwina gesagt haben«, räumte er ein. »Aber ...«
»Was sie gesagt haben, war schlimm genug!« fiel sie ihm mit hilflosem Zorn ins Wort. »Aber was deine Mutter zu mir gesagt hat, war demütigend ... und beleidigend!«

Er nahm ihre Hände. »Nun beruhige dich doch wieder, mein Liebling...«
Sie entzog ihm ihre Hände. »Ich soll mich beruhigen?« rief sie schrill. »Wenn man mich wie eine Aussätzige behandelt? Mein Gott, du mußt doch gewußt haben, wie deine Mutter darauf reagieren würde! Warum hast du meine Bedenken immer wieder abgetan und mir versichert, daß wir nichts zu befürchten hätten? Mir war es doch nicht eilig! Ich hätte auch noch einige Wochen warten können. Du warst es doch, der gesagt hat, es wäre besser, wenn wir gleich in Boston heiraten und schon als Mann und Frau nach BELMONT PARK kommen!«
Dieser große, stattliche Mann mit den so prägnanten Zügen hatte seine beeindruckende Gewandtheit und Selbstsicherheit verloren wie ein kleiner Junge seinen bunten Drachen beim ersten heftigen Windstoß. Er wurde unter ihren vehementen Vorwürfen ganz klein. »Mag sein, daß ich alles vielleicht ein wenig zu optimistisch gesehen habe«, räumte er ein. »Aber ich bin noch immer überzeugt, daß es das Beste war, was wir haben tun können.«
Lavinia lachte bitter auf. »Ja, weil du genau wußtest, daß deine Familie unsere Heirat mit allen Mitteln verhindert hätte, wenn du ihnen Gelegenheit dazu gegeben hättest!«
Er versuchte sie in den Arm zu nehmen. »Vielleicht hast du ja recht, Liebste. Aber was geschehen ist, läßt sich nicht mehr rückgängig machen — Gott sei Dank nicht. Meine Familie hat gar keine andere Wahl, als sich mit der Tatsache abzufinden, daß du nun mal meine rechtmäßige Frau bist.«
»Welch ein Trost, Denis!« stieß sie wütend hervor. »Und ich habe mich demnach dann damit abzufinden, daß man mich so demütigend behandelt, ja?«
»Nimm es nicht so schwer. Die Aufregung legt sich auch wieder. Die Dinge, die meine Mutter und Verwandten im ersten

Aufschwall der Gefühle gesagt haben, darfst du nicht auf die Goldwaage legen. Im Grunde ihres Herzens ...«

»Nicht auf die Goldwaage legen soll ich die Worte deiner Mutter?« Lavinias Züge verzerrten sich zu einer Maske ohnmächtiger Wut. »Weißt du denn überhaupt, was sie mich in ihrem Salon gefragt hat?«

»Nein, natürlich nicht ...«

»Ja, weil du mich einfach im Stich gelassen hast!«

»Aber Lavinia! Ich kann doch meiner Mutter nicht verbieten, mit dir unter vier Augen sprechen zu wollen!« verteidigte er sich. »Es ist doch ganz natürlich, daß Frauen Dinge unter sich zu bereden haben, wie eben auch Männer gewisse Angelegenheiten nicht in Gegenwart von Frauen erörtern.«

»Zu bereden gab es nichts, Denis! Deine Mutter hat mich nicht einmal zu Wort kommen lassen. Sie hat mich behandelt wie ein dummes Ding, das nur etwas sagen darf, wenn es gefragt wird. Aber das war noch nicht einmal das Schlimmste. Denn sie hat mich zutiefst gedemütigt – und meinen Familiennamen in den Schmutz gezogen!«

»Du bist eine DeLong, und deshalb würde meine Mutter das nie tun«, wandte er schwach ein.

»Sie hat es aber!« schrie sie.

»Lavinia, Liebes! Beherrsche dich ein wenig. Man könnte dich draußen im Flur hören.«

»Und wenn schon! Ich werde dir sagen, was sie mich gefragt hat: ›Erwartest du ein Kind von meinem Sohn, das ... vor eurer Hochzeit gezeugt wurde?‹ Das hat sie mich zu fragen gewagt, als ... als wäre ich ein billiges Flittchen aus dem Hafen! Und dabei haben wir ...« Ein heftiges Schluchzen erstickte ihre Stimme, und die Tränen liefen ihr wieder in kleinen Bächen über das Gesicht.

»O Gott!« stieß Denis betroffen hervor. »O mein Liebes, es tut mir ja so leid. Da ist sie tatsächlich zu weit gegangen. Ich verspreche dir, so etwas wird niemals wieder vorkommen. Ich werde mit meiner Mutter reden und ihr verbieten, dir jemals wieder so etwas anzutun.«

»Wirklich?« Ihre Frage war kaum zu vernehmen bei all dem Schluchzen und Weinen.

Denis zog sie an sich, legte seine Arme schützend um sie. »Ich verspreche es dir hoch und heilig, mein Liebling. So etwas wird sich nicht wiederholen!« beteuerte er.

Weinend schmiegte sich Lavinia an ihn, wie ausgehungert nach Trost und neuer Hoffnung. »Ich bin so unglücklich, daß ich sterben möchte«, sagte sie unter Tränen.

»So etwas darfst du nicht sagen, nicht einmal denken, so schlimm es im Augenblick auch sein mag, denn damit machst du auch mich ganz unglücklich«, tadelte er sie liebevoll, während er ihr Haar streichelte. »Und du weißt doch, wie sehr ich dich liebe und dich brauche.«

»Wie sehr?«

»Meine Liebe ist größer und beständiger als alles andere auf der Welt«, versicherte er ihr. »Und ist es denn nicht das, was zählt, Lavinia?«

Seine zärtlichen Worte waren wie Balsam für ihre gequälte Seele. Doch die Angst, daß ihre wunderbare Liebe vielleicht nicht reichte, um die Ablehnung seiner Familie zu überwinden, blieb bestehen. »Ja, aber ...«

»Kein Aber mehr, mein Herz. Was gewesen ist, ist schlimm genug. Doch tröste dich mit dem Wissen, daß du diesen Sturm der Verärgerung damit überstanden hast. Also sei jetzt wieder guten Mutes. Sie werden sich schon damit abfinden, denn was bleibt ihnen auch anderes übrig? Du bist meine Frau, und ich bin Herr auf Belmont Park. Natürlich mache ich mir nichts vor. Es wird gewiß noch eine Weile dauern, bis sich die Wogen gänzlich geglättet haben und sich keiner mehr vorstellen kann, daß du nicht an meiner Seite wärest«, redete er beruhigend auf sie ein. »Aber ich setze großes Vertrauen in dich und deine Klugheit, mein Schatz.«

»Wie meinst du das?« fragte Lavinia unter Schniefen. »Was erwartest du von mir.«

»Daß du so klug bist, meine Mutter nicht zu reizen und ihr keinen Anlaß zu geben, dich nicht zu mögen. Und ich weiß, daß sie dich alle in ihr Herz schließen werden, wenn du ihnen nur Zeit gibst, dich richtig kennenzulernen und zu entdecken, daß du die beste Frau bist, die auch sie mir nur wünschen können — so wie ich weiß, daß du das Sonnenlicht meines Lebens bist, mein Engel«, fügte er hinzu, hob ihr Gesicht und bedeckte es mit einer Flut von Küssen.

»O Denis... o Denis, ich werde versuchen, so klug und tapfer zu sein, wie du es von mir wünschst. Du sollst stolz auf mich sein, nur höre nie auf, mich zu lieben!«

»Unsere Liebe kennt kein Ende! Niemals!«

»Halte mich! Ja, halte mich ganz fest!« flüsterte sie. »Und sage mir, daß alles gut wird!«

»Ich weiß, daß alles gut wird. Unsere unverbrüchliche Liebe ist dafür der Garant!« versicherte er mit ernstem Pathos. Eine ganze Weile standen sie so in inniger, fast verzweifelter Umarmung, und die Tränen versiegten bei Lavinia. Am liebsten hätte sie ihn nicht mehr losgelassen.

Doch dann löste er ihre Umarmung. »Ruh dich jetzt eine Weile aus. Deine Nerven müssen sich beruhigen. Es war auch einfach zuviel, was du heute alles mitgemacht hast. Du hast noch gute zwei Stunden Zeit, dich zu sammeln.«

»Was ist in zwei Stunden?« fragte sie ängstlich.

Er lächelte. »Nichts, was du zu fürchten hättest. In zwei Stunden essen wir. Es ist ein festgeschriebenes Gesetz, daß sich die Familie um halb drei zum Dinner versammelt. Souper nehmen wir um acht ein, und Frühstück wird stets um neun serviert.«

Heftig schüttelte sie den Kopf. »Ich komme nicht, Denis! Ich kann nicht. Wozu auch? Keinen Bissen würde ich hinunterkriegen!«
»Das glaubst du jetzt bloß. Doch eine Stärkung wird dir nachher zweifellos guttun. Außerdem würde es einen schlechten Eindruck machen, wenn du dem Dinner fernbleibst, da doch jeder weiß, daß du nicht krank bist, mein Schatz. Und das wäre wirklich nicht sehr diplomatisch. Außerdem dürftest du doch viel zu stolz sein, um dir so eine unsinnige Blöße zu geben«, redete er ihr gut zu. »Und hast du mir nicht versprochen, tapfer und klug zu sein?«
»Ach Denis, ja...« seufzte sie gequält.
»Gut, wir sind uns also einig. Ich laß dich jetzt für eine Weile allein. Später schicke ich dir dann Miss Tattler. Ich möchte, daß du nachher bei Tisch so stolz und bezaubernd aussiehst, so wie ich dich liebe«, sagte er, gab ihr noch einen aufmunternden Kuß und ging aus dem Schlafzimmer.
Lavinia war viel zu aufgewühlt, um auch nur an Schlaf denken zu können. Sie erhob sich, ging ziellos durch das Zimmer und öffnete dann eines der Fenster, weil sie das Gefühl hatte zu ersticken. Als sie die Schlagläden etwas aufstieß, war sie von dem Anblick, der sich ihr darbot, so überrascht und verzaubert, daß sie für eine Weile allen Kummer vergaß.
Jenseits der Veranda, auf die man vom Schlafzimmer aus hinaustreten konnte, erstreckte sich ein herrlicher Garten, der mit seinen grünen Hecken, den zahllosen Blumenbeeten, einem rosenumrankten Laubengang und schattenspendenden Bäumen schon einem kleinen Park glich. Und dieser gepflegte Garten führte bis an das Ufer des Ashley River, dessen Fluten im Sonnenlicht glitzerten und mit mäßiger Geschwindigkeit Charleston und dem offenen Meer entgegenstrebten. Es war ein Anblick, der sie eine Weile stumm am Fenster stehen und sie wie mit leerem Hirn die Schönheit der Natur genießen ließ.

Es war eine spöttische Mädchenstimme hinter ihr, die sie aus ihrer gedankenleeren Entrückung holte. »Tante Lizbeth hat also tatsächlich recht: Mein Bruder ist in einen Feuerkopf verliebt.«

Lavinia fuhr herum. In der Zwischentür zum angrenzenden Salon stand ein bildhübsches Mädchen mit dunkelbraunem Haar, großen braunen Augen und einem Mund, der voller hätte sein können und nun zu einem hochmütigen Lächeln verzogen war.

»Du mußt Melinda sein«, sagte Lavinia und ging zu ihr hinüber. Jetzt sah sie, daß die Schönheit ihrer Schwägerin doch einen kleinen Makel hatte — und das waren ihre Zähne, die etwas versetzt standen. Deshalb hatte sie sich wohl auch angewöhnt, beim Lächeln die Lippen so wenig wie möglich anzuheben.

»Und du Lavinia, die aus dem Norden.« Es klang angriffslustig.

Lavinia zwang sich zu einem Lächeln. »Ja, deine Schwägerin aus dem Norden. Aber der Norden ist nicht das Ende der Welt.«

Melinda sah sie an, als wüßte sie nicht, was sie von ihr halten sollte. »Wie hast du das geschafft?«

Lavinia zog die Augenbrauen hoch. »Was soll ich geschafft haben, Melinda?«

»Na, daß mein Bruder dich geheiratet hat«, sagte sie mit der Frechheit eines Mädchens, das genau wußte, wie wenig willkommen die Schwägerin auf BELMONT PARK war und wie wenig Sorge sie haben mußte, ob solcher Dreistigkeiten von ihrer Mutter zur Rechenschaft gezogen zu werden.

Lavinia ließ sich ihre Verletzlichkeit nicht anmerken, sondern tat so, als wertete sie Melindas vorlaute Frage als einen Scherz unter Gleichgestellten. Sie war fest entschlossen, wenigstens Denis' Schwester für sich zu gewinnen, waren sie doch nur ein

Jahr auseinander. Deshalb sagte sie mit einem scheinbar belustigten Lächeln: »Oh, das ging ganz einfach. Wir haben uns schlichtweg auf den ersten Blick ineinander verliebt. So wie der Blitz einschlägt und man nichts dagegen tun kann.«
»So wie der Blitz«, wiederholte Melinda maliziös.
»Ja, genau so. Und eines Tages wird dir dasselbe widerfahren, wenn dir der Richtige begegnet«, sagte Lavinia und versuchte damit das Gespräch in eine Bahn zu lenken, die es ihnen möglich machte, gegenseitig Vertrauen zu fassen.
»Ich hätte schon längst heiraten können, wenn ich gewollt hätte. Henry Chatlin und Dean Talleham sind ganz verrückt danach, mir den Hof machen zu dürfen, und Henry ist der einzige Erbe von MILLBROOK HALL«, teilte Melinda ihr selbstgefällig, aber zugleich auch gelangweilt mit. »Doch ich habe nicht vor, mich an einen von beiden zu verschenken. Mom meint auch, daß ich eine noch viel bessere Partie machen kann als MILLBROOK HALL, weiß doch jeder, daß sein Vater schon wieder Land verkaufen muß, um seine Schulden zu bezahlen.«
»Nun, wenn das so ist, hat deine Mutter bestimmt recht, und so eilig muß es dir ja auch nicht sein, so bezaubernd, wie du aussiehst«, schmeichelte Lavinia ihr und schämte sich insgeheim, daß sie nun schon zu solch berechnenden Schmeicheleien Zuflucht suchte, um sie ihr gewogen zu machen.
»Ja, findest du?« fragte Melinda sofort und stellte sich eitel in Pose.
Lavinia nickte. »Ja, du bist so schön wie dein Bruder — auf deine Art. Du wirst bestimmt vielen Männern den Kopf verdrehen.«
Melinda zog einen Schmollmund. »Dean und Henry langweilen mich, und Robert Middleton, den zu heiraten sich lohnen würde, sieht mich nicht und macht ausgerechnet dieser dummen Ziege Sally Ryder schöne Augen!« beklagte sie sich.
»Vielleicht fällt uns etwas ein, wie wir diesem Robert Middle-

ton die Augen öffnen und ihm ein wenig auf die Sprünge helfen können«, gab sich Lavinia verschwörerisch und zwinkerte ihr zu.
»Wir?« fragte Melinda langgezogen.
Lavinia nickte und ergriff beide Hände ihrer Schwägerin, die sie jetzt schon als launisch und berechnend durchschaut hatte, aber was half es. Es mußte ihr doch gelingen, wenigstens einen von Denis' Familie auf ihre Seite zu ziehen. »Ja, ich werde dir gerne helfen, Melinda. Ich bin deine Schwägerin, aber noch lieber möchte ich dir wie eine ältere Schwester sein. Laß uns Freundinnen werden, ja? Was hältst du davon?«
Melinda blickte sie zögernd und voller Skepsis an. »Wir und Freundinnen?« fragte sie gedehnt.
»Ja, das wäre doch schön.«
»Ich weiß nicht ...«
»Aber warum denn nicht?« Lavinia hatte Mühe, sie nicht auf Knien zu bitten, es doch zumindest zu versuchen. »Wir werden uns bestimmt gut verstehen.«
Melinda zog ihre Hände zurück. »Du bist ein Yankee«, sagte sie ablehnend.
»Und mit einem Yankee kann man keine Freundschaft schließen? Aber Melinda, dein Bruder hat mich geheiratet ...«
»Ich werde keinen Yankee heiraten! Und wenn er noch so reich wäre. Dafür wäre ich mir zu schade«, sagte sie hochmütig. »Und jetzt muß ich gehen ... Schwägerin!« Abrupt wandte sie sich um und ließ sie stehen.
Lavinia zwang sich, nicht wieder in Tränen auszubrechen. Sie wollte nachher nicht mit geröteten Augen bei Tisch erscheinen. Doch als Mabel später zu ihr kam, fiel sie ihr in die Arme und weinte bitterlich.
»Nur ruhig, nur ruhig«, sagte Mabel und tätschelte ihr den Rücken wie einem Kind, das aus einem bösen Alptraum erwacht und sich in die Arme der Mutter flüchtet.

»Was habe ich nur getan, daß sie alle so häßlich zu mir sind, Mabel?«
»Nichts haben Sie getan, Missis Lavinia. Machen Sie sich das Herz nicht so schwer. Es sind allein die Umstände«, sagte sie mitfühlend, »und die werden sich mit der Zeit schon ändern.«
»Das meint Denis auch, nur es ist so demütigend. Wie können sie bloß meine Liebe zu ihm in Zweifel ziehen? Und meine gute Herkunft?«
Mabel Tattler seufzte nur.
»Versprich mir, daß du mich nicht allein läßt, Mabel!« bat Lavinia eindringlich und voller Angst, ihre einzige Vertraute vielleicht auch noch zu verlieren.
»Machen Sie sich mal keine Sorgen. Ihre Mabel läßt Sie schon nicht im Stich. Ich bleibe ganz gewiß bei Ihnen, bis sich alles zum Guten gewendet hat«, versprach ihr die Zofe und reichte ihr ein Spitzentaschentuch. »Und nun putzen Sie sich die Nase und vergessen Sie die Tränen. Nur Gottvertrauen. Es wird sich schon alles richten ...« Es lag wenig Überzeugungskraft in ihren Worten, und sie wußte es. Sie war nun mal eine schlechte Lügnerin.

7

Kurz vor dem Essen hatte Denis mit seiner Mutter eine heftige Auseinandersetzung, aber sie betraf vordergründig nicht Lavinia und auch nicht ihn, sondern Mabel Tattler. Doch letztlich kam es auf dasselbe hinaus.
»Und ich sage dir, diese Person kommt mir nicht an den Tisch!« beharrte Georgina, empört über das unerhörte Ansinnen ihres Sohnes.
»Mein Gott, Mom! Das ist doch nicht irgendeine suspekte Per-

son, sondern eine Frau, die sich zu benehmen weiß«, nahm er sie in Schutz. »Du hast dir ja noch nicht einmal die Mühe gemacht, sie kennenzulernen.«
»Ich habe auch nicht die Absicht, mich in Zukunft darum zu bemühen, mein Sohn!« erwiderte sie scharf und mit selbstgefälliger Arroganz, die sich für Vornehmheit hält. »Was interessiert mich eine Zofe!«
»Darum geht es doch jetzt gar nicht. Sie ist eine Weiße!« beschwor er seine Mutter.
»Und wenn sie aus Alabaster wäre!« fauchte sie und funkelte ihn an. »Es hat noch nie eine Zofe mit uns an einem Tisch gesessen, und daran wird sich auch nichts ändern — zumindest nicht in den nächsten hundert Jahren, um bei einem absehbaren Zeitraum zu bleiben.«
»Dann erklären wir sie eben zu Lavinias Gesellschafterin«, schlug Denis vor, denn Gesellschafterinnen und Hauslehrer nahmen ihre Mahlzeiten stets mit der Familie ein.
Georgina schüttelte mit einem geringschätzigen Schnauben den Kopf. »Sie und eine Gesellschafterin? Das ist ja lachhaft. Diese Person spricht ja nicht einmal ein Wort Französisch! Und auf BELMONT PARK weiß längst jeder, daß sie eine Zofe ist! Nein. So eine den DeLongs unwürdige Schmierenkomödie mache ich nicht, mein Junge. Am Tisch der DeLongs haben einfache Bedienstete nichts zu suchen!«
»Aber wir können sie doch unmöglich ins Küchenhaus hinüberschicken!« hielt er ihr vor. »Das können wir weder ihr noch unseren Schwarzen zumuten. Das gäbe böses Blut.«
»So, und jetzt weißt du dir keinen Rat, ja? Herrgott, warum hast du diese Person bloß mitgebracht? Eine weiße Zofe auf BELMONT PARK ist so nützlich wie ein Kropf — oder eine Schwiegertochter aus Boston!« erregte sie sich. »Als ob wir hier nicht genügend Personal hätten! Ja, du hättest besser daran getan, erst die Folgen zu bedenken und dann zu han-

deln. Und damit meine ich am wenigsten diese unselige Zofe.«
»Du wirst dich schon damit abfinden müssen, daß Lavinia die Frau ist, die ich liebe und die ich geheiratet habe«, antwortete er mit gerötetem Gesicht, ohne jedoch den Mut zu finden, seine Mutter stärker in ihre Schranken zu weisen.
»O ja, ich werde mich schon damit abfinden. Wir DeLongs haben mehr als eine Katastrophe überstanden«, sagte sie zornig. »Doch die Zofe nimmt nicht an unserem Tisch Platz, oder ich verlasse Belmont Park!«
Er erbleichte und wollte sich den gesellschaftlichen Skandal noch nicht einmal vorstellen, der über ihn hereinbrechen würde, sollte seine Mutter ihre Drohung einmal wahrmachen.
»Laß uns vernünftig reden! Bitte, Mom!«
»Tu, was du willst, aber davon weiche ich nicht ab! Am besten schickst du sie mit dem nächsten Schiff zurück nach Boston. Das ist mein letztes Wort!«
Denis wußte, daß er das seiner Frau nicht zumuten konnte. So blieb nur eine einzige Möglichkeit — Mabel Tattler mußte allein in einem kleinen Raum essen, der schnell dafür hergerichtet wurde.
Mabel trug es mit Fassung. »Es macht mir nichts aus, Mister DeLong«, behauptete sie tapfer. »Ich bin sowieso keine große Esserin.«
Denis war erleichtert, diese hochnotpeinliche Geschichte auf diese Weise geregelt zu haben. Es war ein Kompromiß, mit dem sowohl seine Frau als auch seine Mutter leben konnten. Daß er auf Kosten der Zofe ging, ließ sich leider nicht vermeiden. Personal hatte sich eben den Gegebenheiten anzupassen. So war das nun mal.
Erleichtert war Denis auch darüber, daß Lavinia nicht auf ihrem Zimmer blieb, sondern pünktlich um halb drei im Eßzimmer erschien, das in einem freundlichen Lindgrün gehalten

war. Er liebte diesen Raum mit seinen hellen Eibemöbeln, den lichten Landschaftsgemälden an den Wänden und dem großen ovalen Eßtisch unter dem sechzehnarmigen Kristalleuchter, der schon Zeuge so vieler glanzvoller Abendgesellschaften und lebhafter Gespräche geworden war. Dies war, mehr noch als die beiden angrenzenden Salons, der Ort, wo die Familie sich versammelte. Für ihn war es das Herz des Herrenhauses.

Lavinia hatte sich zum Dinner umgezogen und auf den nachdrücklichen Wunsch ihres Mannes hin eines ihrer schönsten Seidenkleider ausgewählt.

»Blende sie mit deiner Schönheit, Liebes! Die DeLongs haben allesamt eine Schwäche für das Schöne. Außerdem müssen wir damit rechnen, daß nach dem Essen Freunde aus der Nachbarschaft eintreffen«, hatte er ihr gesagt. »Und da möchte ich, daß sie vor Neid platzen, wenn sie dich sehen.«

Und so kam sie in einem wunderschönen Kleid aus saphirblauer Seide die Treppe hinunter. Die weiten Ärmel und der reizende Ausschnitt, der genug von ihren vollen Brüsten sehen ließ, ohne jedoch Anstoß zu moralischer Entrüstung zu geben, waren mit Chantillyspitze besetzt, dem Feinsten vom Feinen. Sie hatte den Rubin abnehmen wollen, doch Denis hatte sie davon abgehalten.

»Sie sollen sehen, was du mir wert bist, mein Liebling, nämlich alle Reichtümer dieser Welt!«

Georgina nahm sie nicht zur Kenntnis. Sie behandelte ihre Schwiegertochter wie Luft. Tante Edwina zeigte ein leichtes Stirnrunzeln, das vieles bedeuten konnte. In Melindas Augen war im ersten Moment, als Lavinia am Arm ihres Bruders ins Eßzimmer trat, spontane Bewunderung zu lesen. Dann verdunkelte sich ihr Blick jedoch sofort und nahm den Ausdruck von Mißgunst an.

Allein Onkel Stuart gab einen Kommentar ab, der einem Kompliment nahe kam. »Das muß man dem Norden lassen«, sagte

er trocken. »An exquisiten Stoffen und fähigen Schneiderinnen mangelt es ihnen genausowenig wie uns.«
»Weshalb man auch nicht in den Norden muß, wenn man etwas sucht, das selbst den anspruchsvollsten Geschmack zufriedenstellen soll«, machte Georgina diesen Anflug von Freundlichkeit mit ihrer scharfen Bemerkung augenblicklich zunichte, und es war allen im Raum klar, daß sie damit nicht nur Stoffe und Schneiderinnen meinte.
Lavinia verzog keine Miene, und es erstaunte sie auch nicht, daß nicht Denis, sondern Georgina am Kopfende des Tisches Platz nahm, der mit kostbarem Porzellan, schwerem Tafelsilber und wunderschön geschliffenen Kristallgläsern auf feinstem Linnen gedeckt war. Ihr Mann hatte seinen angestammten Sitz rechts von seiner Mutter und bedeutete Lavinia, an seiner anderen Seite Platz zu nehmen. Melinda stand einen Augenblick unschlüssig da, bevor sie sich überwand und sich neben sie setzte. Daraus schloß Lavinia, daß sie bisher neben ihrem Bruder gesessen hatte. Tante Edwina, Tante Lizbeth und Onkel Stuart in ihrer Mitte nahmen gegenüber der jüngeren Generation der DeLongs mit jener Selbstverständlichkeit langjähriger Gewohnheit Platz, die nicht einmal für eine Sekunde den Gedanken aufkommen läßt, die ihnen vertraute Sitzordnung bei Tisch könne eine Veränderung erfahren, was die eigenen Plätze betrifft.
Tante Edwina hatte schon die Hände gefaltet und wollte zu reden ansetzen, als Georgina ihr zuvorkam. »Ich glaube, heute bin ich mit dem Tischgebet an der Reihe, liebe Edwina«, sagte sie mit einem bestimmenden Tonfall, der den Einwand, der ihrer Schwester sichtlich auf der Zunge lag, schon im Ansatz erstickte. Und während nun alle die Hände zum Gebet falteten und die Köpfe senkten, begann Georgina: »Barmherziger Herr, schaue gnädig auf uns herab und gib uns die Kraft, die schweren Prüfungen, die du uns auferlegt hast, zu bestehen

und mit neuer Kraft und Zuversicht aus ihnen hervorzugehen. Schenke uns auch die unendliche Geduld und Nachsicht, mit der dein Sohn Jesus Christus die Philister und Pharisäer beschämt und den mit Sünden Beladenen den rechten Weg der Demut gewiesen hat...«

Und so ging es in einem fort. Lavinia saß wie erstarrt, den Blick gesenkt und die Hände ineinander verkrampft. Sie hatte Denis geschworen, tapfer zu sein. Doch es fiel ihr schwer, die Haltung zu bewahren und nicht in Tränen auszubrechen.

Georgina schloß das Tischgebet schließlich mit einem Bibelzitat: »Gott läßt seine Sonne scheinen über Gerechte und Ungerechte, amen.«

»Amen«, ertönte es im Chor.

Nur Tante Edwina setzte zum Beweis ihrer Bibelfestigkeit noch hinzu: »Matthäus 5, Vers 45.«

Onkel Stuart klatschte in die Hände, als wollte er die gedrückte Stimmung fortscheuchen, die das an eine Strafpredigt gemahnende Tischgebet hervorgerufen hatte, und schimpfte: »Jakob! Joshua!... Wo habt ihr eure Ohren, denen doch sonst nichts entgeht? Habt ihr das Amen nicht gehört?«

Die beiden Diener eilten nun herein, mit weißen Jacken und weißen Baumwollhandschuhen bekleidet, und trugen auf, während Onkel Stuart ihre Gläser mit Burgunder füllte.

Lavinia nahm von den Speisen kaum etwas zu sich. Sie verschmähte den überbackenen Hummer ebenso wie die Pasteten und den Virginiaschinken. Sie aß ein wenig von den rosafarbenen Süßkartoffeln, stocherte im frischen Gemüse herum und wagte am Wein nur zu nippen.

Allmählich entspann sich eine Unterhaltung bei Tisch, an der sich alle beteiligten — ausgenommen Lavinia. Was hätte sie auch beitragen sollen? Georgina berichtete ihrem Sohn von den gesellschaftlichen Ereignissen der vergangenen Monate und legte ihren Schwerpunkt dabei mit gehässiger Ausführlichkeit auf das Thema, welche reizende Tochter während seiner langen Abwesenheit sich mit welchem Pflanzersohn verlobt hatte und was für eine blendende Partie die »bezaubernde Susan« doch abgebe oder die »einfach entzückende Catherine, die jeder noch so kritischen Schwiegermutter wie die eigene Tochter ans Herz wachsen müsse«.

Melinda beteiligte sich mit ihren spitzen Bemerkungen an diesen Gehässigkeiten. So fragte sie Lavinia einmal mit vorgetäuschter Unschuld: »Verlobt man sich bei euch im Norden nicht?«

»Natürlich verlobt man sich«, antwortete Lavinia vorsichtig, denn sie ahnte, daß Melinda auf etwas ganz Bestimmtes hinauswollte.

»Ach, davon haben wir ja gar nichts erfahren!« tat Melinda überrascht. »In dem Brief, den uns mein Bruder geschickt hat, stand nur etwas von eurer Hochzeit, die in zwei Wochen stattfinden sollte. Wann war denn eure Verlobung?«

»Vorher«, murmelte Lavinia unbestimmt.

»Ich weiß ja nicht, wie es da oben bei den Yankees zugeht, aber bei uns hier im Süden verlangt es der Anstand«, Melinda betonte dieses Wort besonders, »daß man das Aufgebot mindestens zwei Monate vor der Hochzeit bestellt. Es sei denn ...«

Nun griff Denis ein. »Der Anstand im Süden gebietet es auch, daß man seine Zunge hütet, Melinda, und sich Gehässigkeiten und vorschneller Beurteilungen enthält, die letztlich nur auf einen selbst zurückfallen!«

Georgina wollte ihre Tochter in Schutz nehmen, doch Onkel Stuart gab dem Gespräch, das in einen Streit auszuarten drohte, eine geschickte Wendung, indem er rasch ein Thema anschnitt, das jeden Pflanzer an jedem Tag des Jahres interessierte: die Baumwolle.

»Die Felder stehen gut, mein Junge«, teilte er ihm mit einer etwas forcierten Leutseligkeit mit. »Besonders das am Cedar

Grove sieht prächtig aus. Es hat sich gelohnt, es zwei Jahre lang brachliegen und sich erholen zu lassen.«

Denis wandte ihm auch sofort seine ungeteilte Aufmerksamkeit zu. »Ja? Wie steht der Halm?«

Onkel Stuart lachte. »Fast brusthoch, mein Junge. Und wenn das Wetter so bleibt, kann es am Cedar Grove jeden Tag den ersten *blow* geben.«

Denis versuchte Lavinia in das Gespräch mit einzubeziehen, indem er ihr erklärte, was ein *blow* bedeutete: »Wenn eine ordentliche Anzahl von Kapseln aufbricht und die Baumwolle herausquillt, so daß das Feld weiß gesprenkelt ist und es sich lohnt, die Leute zum Pflücken hinauszuschicken, nennt man das einen *blow.*«

Lavinia zwang sich zu einem interessierten Lächeln und nickte. »Und wie häufig gibt es solche *blows?*« fragte sie, während Melinda neben ihr gelangweilt seufzte, als wollte sie sagen: Wie kann man so etwas nur nicht wissen?

»Je nach Wetter kann es ein Dutzend *pickings* und mehr geben. Manchmal zieht sich die Ernte von Oktober bis weit in den Dezember«, antwortete Denis.

»Belmont Park hat auch schon *blows* im Januar gesehen«, warf Onkel Stuart ein. »So ist es nicht.«

»Ich denke, es ist Zeit für den Nachtisch«, machte sich Georgina bemerkbar.

Joshua und Jakob trugen auf einem Silbertablett eine kleine, dreistöckige Eistorte herein. Melinda verzehrte zwei große Stücke. Lavinia verzichtete.

Nach dem Essen zogen sich Denis und sein Onkel auf eine Havanna ins Rauchzimmer zurück, während Lavinia sich gezwungen sah, sich mit den anderen in Georginas Salon zu begeben. Tante Edwina sank in einen Sessel und war eingeschlafen, noch bevor Tante Lizbeth als letzte die Tür geschlossen hatte.

»Nach dem Dinner ist es gemeinhin jedem freigestellt, wohin er sich zurückzieht und seine Mittagsruhe hält«, teilte Georgina ihrer Schwiegertochter im Tonfall einer lästigen Lektion mit. »Heute wollen wir eine Ausnahme machen. Es ist mit Besuch zu rechnen. Melinda, bitte sei so gut und spiele uns etwas vor. Es wird uns helfen, ein wenig innere Ruhe und Ausgeglichenheit zu finden.«

»Und Tante Edwinas Schnarchen zu übertönen«, bemerkte Tante Lizbeth spitz.

Melinda kicherte und kam der Bitte ihrer Mutter nur zu bereitwillig nach. Sie setzte sich gern in Szene, und jeder im Haus war stolz auf ihr Pianospiel.

Erst jetzt bemerkte Lavinia das Piano, das im hinteren Teil des Raums stand und vor dem Melinda nun Platz nahm. Sie ordnete ihre Röcke, klappte den Klarvierdeckel hoch, schlug ein Notenheft auf und blätterte darin herum, bis sie etwas ihr Genehmes gefunden hatte. Sich ihrer Wichtigkeit bewußt, tat sie mit übertriebener Pose, als müßte sie sich sammeln. Dann begann sie zu spielen.

Es war eines jener gefälligen Salonstücke, die kein allzu hohes Maß an Können verlangten, und Melinda spielte es glatt und sauber herunter. Technisch einwandfrei waren auch die anderen Lieder, die sie vom Blatt abspielte. Doch damit waren die Grenzen ihrer Musikalität schon aufgezeigt: Melinda beherrschte die Technik der kleinen Form, doch es mangelte ihr an Gespür für den wahren Rhythmus, der sich hinter den Noten verbarg und der sich nur dem offenbarte, der technisches Können mit musikalischer Empfindsamkeit zu vereinen verstand. Bei ihr verbanden sich die einzelnen Harmonien nicht zu einem melodischen Ganzen, sondern standen quasi für sich. Melindas Spiel war nett und ansprechend, doch ohne daß man von ihrem Vortrag bewegt worden wäre.

Da ihre Mutter und Tante Lizbeth jedoch höchst angetan von

ihren Leistungen am Piano waren und sie immer wieder aufforderten, doch noch dieses und jenes zu spielen, nahm ihr hölzerner Vortrag, der bei einem kleinen Kind allerliebst gewirkt hätte, kein Ende.

Lavinia war es nur recht. Doch dann war Melindas Repertoire erschöpft, und auch sie gab sich ganz erschöpft, jedoch mit einem stolzen Lächeln, während Georgina und Tante Lizbeth ihr applaudierten.

»Eine junge Dame, die des Pianospiels nicht mächtig ist, vergibt doch in der Tat so viele Gelegenheiten, ihrer Familie und später ihrem Mann Ehre einzulegen«, bemerkte Tante Lizbeth.

»Ja, das sagte meine Mutter auch«, pflichtete Lavinia ihr höflich bei — und wünschte im nächsten Moment, sie hätte sich dieser gedankenlosen Äußerung tunlichst enthalten.

Denn Tante Lizbeth nahm sie augenblicklich ins Visier. »Willst du damit sagen, du spielst auch Piano?«

Lavinia zögerte. »Nun ja, schon ...«

»Sie traut sich nicht«, sagte Melinda, den Mund zu einem geringschätzigen Ausdruck verzogen.

Das gab den Ausschlag, und so widersprach Lavinia: »Ich habe keinen Grund, mich nicht zu trauen.«

»Worauf wartest du dann noch?« forderte Georgina sie daraufhin barsch auf. »Zeige uns, daß das nicht nur leere Worte sind!«

»Nur Mut!« setzte Tante Lizbeth ein wenig abmildernd hinzu.

In Gedanken schalt sich Lavinia eine Närrin, daß sie es dazu hatte kommen lassen. Doch sie hatte es ja geradezu herausgefordert, und nun gab es kein Zurück mehr.

Sie ging zum Piano. Melinda räumte den gepolsterten Hocker und fragte mit spöttischer Stimme: »Hast du deine eigenen Noten mitgebracht, oder willst du dich an unseren Liedern des Südens versuchen?«

»Weder noch, Melinda«, antwortete Lavinia und konnte es sich nicht verkneifen, hinzuzufügen: »Ich spiele lieber aus dem Kopf.«

»Habt ihr das gehört? Meine Schwägerin braucht keine Noten. Sie spielt lieber aus ihrem Kopf. Das wird ja was werden«, lästerte sie.

Lavinia hatte beabsichtigt, ebenfalls ein paar wenig anspruchsvolle Lieder zum besten zu geben. Doch der hämische Ton von Melinda reizte sie, ihr zu zeigen, daß der Süden die Kultur weder erfunden noch für sich gepachtet hatte. Deshalb entschied sie sich für ein Stück von Mozart, und zwar für die Sonate in c-Moll. Sie hatte das Molto Allegro und das Adagio dieser Sonate so oft gespielt, daß sie sicher war, keine Blamage zu riskieren. Und wenn Tante Lizbeth und Georgina Melindas Spiel so berauschend fanden, dann würden sie kaum das Gehör haben, die kleinen Fehler und Unfeinheiten herauszuhören, die ihr zweifellos unterlaufen würden.

Kaum daß Lavinia die ersten Takte gespielt hatte, da verschwand auch schon das hämisch selbstsichere Lächeln von Melindas Gesicht. Wenn sie auch nicht in der Lage war, gefühlvoll ein einfaches Prélude zu spielen, so besaß sie jedoch genügend Urteilsvermögen, um zu erkennen, daß ihr Pianospiel gegen Lavinias elende Stümperei war. Die Fassungslosigkeit des ersten Moments wich rasch einem Ausdruck von Wut und Neid.

»Oh!« entfuhr es Tante Lizbeth verblüfft. Sie neigte den Kopf und hatte zum erstenmal so etwas wie ein erstauntes Lächeln für Lavinia übrig.

Allein Georgina hörte mit ausdruckslosem Gesicht zu. Doch in ihren Augen stand dieselbe Wut, die ihre Tochter so wenig von ihren Zügen fernhalten konnte.

Lavinia vergaß schnell, warum sie am Piano saß und wer ihr zuhörte. Sie tauchte in die Musik ein und ließ sich von ihr mitreißen. Es war eine Flucht aus der beklemmenden Gegenwart,

eine gedankliche Flucht auch zurück in ihr Elternhaus in Boston, wo sie in Liebe und Wärme aufgewachsen und nicht auf das vorbereitet worden war, was ihr auf BELMONT PARK an Ablehnung und bösartigen Unterstellungen entgegenschlug.
Sie befand sich mitten im Adagio, als die Tür zum Salon schwungvoll geöffnet wurde und Onkel Stuart begeistert rief: »Melinda! So wundervoll hast du noch nie gespielt! Wann hast du das Stück bloß ein ...« Er brach mitten im Satz ab, als er sah, daß nicht Melinda am Piano saß, sondern Lavinia, die nun zusammenfuhr und sofort zu spielen aufhörte.
Diese Begeisterung für das Spiel ihrer Schwägerin war zuviel für Melinda. Wie eine heiße Woge schoß ihr das Blut der Beschämung ins Gesicht. »Das hast du mit Absicht getan, du Intrigantin! Ich hasse dich!« zischte sie Lavinia zu, raffte ihre Röcke und rauschte mit flammendrotem Kopf aus dem Salon.
»Bravo, mein Kind, bravo«, rief Tante Edwina verschlafen, die aus ihrem Nickerchen erwacht war und so genau gar nicht wußte, was ihr da im Schlaf so gut gefallen hatte. Verwirrt blickte sie dann in die Runde, als sie Lavinia am Piano sitzen sah und das angespannte Schweigen bemerkte, das nach Melindas wutentbranntem Abgang eingetreten war.
Es war Onkel Stuart, der das Schweigen brach, und er hatte Format genug, um sein ahnungsloses Lob nicht wieder zurückzuziehen. »Wirklich beachtlich«, sagte er in die Stille. »Ihr Klavierspiel kann sich hören lassen.«
»In der Tat«, pflichtete Tante Lizbeth ihrem Mann bei. »In der Tat.«
Denis strahlte. »Ihr müßt Lavinia erst einmal ...«
Georgina erhob sich abrupt, das Gesicht mühsam beherrscht. »Es ist stickig hier! Wir sollten den Tee auf der Ostveranda einnehmen«, versuchte sie die einstimmige Bewunderung für Lavinias Klavierspiel zu ignorieren. »Bitte sei so nett und sag Jakob Bescheid, Edwina. Und Octavia soll hier lüften.«

Denis ging zu seiner Frau, und als sie allein im Salon waren, drückte er ihre Hand, sah sie zärtlich an und sagte voller Stolz: »Wunderbar hast du das gemacht, mein Liebling! Das wird dir viele Sympathien bringen, besonders bei Onkel Stuart und Tante Lizbeth. Das wird so manches Vorurteil aus der Welt schaffen.«

»Da bin ich anderer Meinung«, erwiderte sie besorgt und dachte an Melindas Reaktion. Jetzt stand wohl fest, daß sie keine Freundinnen werden würden. Und das war ein hoher Preis für ein wenig Anerkennung von seiner Tante und seinem Onkel.

»Komm, gehen wir zu ihnen auf die Veranda«, sagte er und reichte ihr seinen Arm. »Jetzt wird es da draußen im Schatten recht angenehm sein. Der Nachmittagstee gehört zu den englischen Traditionen, die wir auch nach dem Abzug der britischen Truppen beibehalten haben.« Er lachte gut gelaunt. »Es ist schon merkwürdig, wie viel uns doch mit England verbindet, trotz der beiden Kriege, die wir erfolgreich gegen die Krone geführt haben. Wir hegen wirklich eine große Schwäche für alles Britische, sofern es nicht Rotröcke sind, die ihre Waffen gegen uns richten. Und dabei ist BELMONT PARK einmal von den Soldaten des Königs bis auf die Grundmauern niedergebrannt worden, hast du das gewußt?«

»Nein«, sagte Lavinia, mit den Gedanken bei Melinda. Warum hatte sie denn bloß nicht den Mund gehalten? War dieser kurze Moment der Genugtuung es wert, sich Melinda zum Feind gemacht zu haben? Bestimmt nicht.

Denis merkte gar nicht, daß seine Frau ganz andere Dinge beschäftigten, und beschwingt fuhr er fort, während sie den Salon verließen: »Es passierte im Unabhängigkeitskrieg, und zwar im Jahre 1780, als Colonel Banestre Tarleton mit seinen Rotröcken Charleston besetzte. Man nannte ihn bald den ›blutigen Tarleton‹, denn er ließ seinen Truppen freie Hand, ließ sie marodierend durch das Umland ziehen und die Häuser der Rebellen plündern und niederbrennen, darunter eben auch Belmont Park, denn die DeLongs hatten die Revolution gegen die Krone tatkräftig unterstützt — mit Geld und dem Heldenmut ihrer Söhne. Nach dem Sieg ließ mein Großvater Belmont Park unverzüglich wieder aufbauen, natürlich schöner und größer, als es zuvor gewesen war. So stand es dann bis vor acht Jahren. Ein rasch außer Kontrolle geratener Brand im Küchenhaus und ungünstige Winde ließen die Flammen auf das Herrenhaus überspringen. Es wurde stark beschädigt. Mein Vater, James DeLong, nahm diesen Vorfall zum Anlaß, das Haus noch prächtiger zu gestalten und es mit dieser herrlichen Säulenhalle zu umgeben. So gesehen hat jede Katastrophe letztlich dazu beigetragen, es zu diesem Schmuckstück zu machen, das unser Herrenhaus jetzt zweifellos ist.«

Ja, ein Schmuckstück von kalter, herzloser Pracht, ging es Lavinia durch den Sinn.

Sie begaben sich auf die Ostseite der Veranda und gesellten sich zu den anderen, die schon in bequemen Korbstühlen saßen.

Denis und sein Onkel bestritten den Großteil der Unterhaltung beim Tee. Melinda saß mit wutblassem Gesicht zwischen ihren Tanten und sagte nicht ein Wort, wie auch Georgina ungewöhnlich wortkarg war.

Wenig später kam ein Reiter die Allee der Sykomoren herauf. Es war der erste Besucher, dem an diesem Nachmittag noch ein gutes Dutzend folgen sollte.

Als sich alles vom Tisch erhob, versuchte Lavinia Melinda zur Seite zu ziehen, um ihr eine Entschuldigung anzubieten. »Es tut mir leid. Ich wollte dich ganz gewiß nicht bloßstellen, glaub mir!«

Melinda funkelte sie unversöhnlich an. »Schlange!« schleuderte sie ihr entgegen, schlug Lavinias Hand von ihrem Arm und zeigte ihr die kalte Schulter.

8

Bis zum Abendessen waren schon acht Freunde und Bekannte von Denis auf Belmont Park eingetroffen. Es waren ausnahmslos die Söhne von Pflanzern aus der Umgebung, die es nicht hatten abwarten können, die Frau ihres Freundes kennenzulernen — den Rotschopf aus dem Norden, wie sie Lavinia ein wenig ungalant unter sich nannten.

So unangenehm es ihr einerseits war, im Brennpunkt dieser allgemeinen Neugier zu stehen, so sehr begrüßte sie doch andererseits die Anwesenheit dieser zumeist unverheirateten Männer. Denn nach den ungeschriebenen, aber nichtsdestotrotz ehernen Gesetzen der Gastfreundschaft des Südens verstand es sich von selbst, daß diese Gäste mit den DeLongs das Souper einnahmen — und dies zwang ihre Schwiegermutter und Melinda, ihr gegenüber ein Mindestmaß an Höflichkeit zu zeigen.

Dankbar war Lavinia auch dafür, daß Denis das Tischgebet sprach und sich dabei nicht scheute, den Herrn für das große Glück zu danken, das er ihm in der Person seiner geliebten Frau geschenkt habe, was auf die Gesichter seiner Freunde ein vieldeutiges Lächeln brachte.

Der Wein, der fast so rasch aus den Gläsern verschwand, wie Jakob und Joshua ihn nachgossen, sorgte für eine fröhlich lärmende Unterhaltung, bei der nicht ins Gewicht fiel, daß sich Georgina, Melinda und Tante Edwina so gut wie gar nicht an den Gesprächen beteiligten. Daß ihr gefrorenes Lächeln und ihre Schweigsamkeit sehr wohl bemerkt wurden und später Anlaß zu allerlei Vermutungen geben würden, darüber machte sich Lavinia keine Illusionen. Aber sie war schon dankbar dafür, nicht der verletzenden Schärfe ihrer Zunge ausgesetzt zu sein.

Wenn der schwere Bordeaux, der sich flaschenweise in die Gläser ergoß, auch hier und da die Zunge ein wenig über Gebühr lockerte, so konnte Lavinia das Benehmen der Männer ihr gegenüber jedoch nur als tadellos bezeichnen. Wenn es auch gelegentlich eine vorsichtige Anspielung gab, so hielten sich diese Bemerkungen doch allesamt in dem Rahmen, in dem sich ein Gentleman ihrem Selbstverständnis nach zu bewegen hatte. Das sagte natürlich nichts darüber aus, was sie über sie und die Entscheidung ihres Mannes dachten, fern von BELMONT PARK und quasi ohne Wissen seiner Familie zu heiraten. Aber das war ihnen auch unbelassen, wie Lavinia fand, und sie wünschte, daß die DeLongs sie auch nur halb so rücksichtsvoll behandeln würden.

Nach dem Essen wuchs die Gruppe der Gäste noch um einige Personen. Zu ihnen zählten auch Dean Talleham und Henry Chatlin, der als ältester Sohn einmal MILLBROOK HALL erben würde — was immer dann davon noch übrig sein würde. Vermutlich nur noch eine wehmütige Erinnerung an eine einst sehr ertragreiche Plantage, die dann wohl schon längst einer anderen Familie gehörte, wie Spötter nicht selten in diesem Zusammenhang anmerkten. Denn wenn Henrys Vater weiterhin so viel Glück mit seinen Börsengeschäften hatte, würde MILLBROOK HALL bald unter den Hammer kommen.

Daß Melinda sich nicht für Dean Talleham begeistern konnte, vermochte Lavinia ihr sehr gut nachzuempfinden, sah er für seine einundzwanzig Jahre doch noch sehr jungenhaft und irgendwie unfertig aus. Doch daß sie an Henry Chatlin keinen Gefallen fand, ließ sich wirklich nur damit erklären, daß er wegen der verlustreichen Spekulationswut seines Vaters als eine einfach zu unsichere, bei pessimistischerer Betrachtungsweise sogar unmögliche Partie galt. Denn gut sah er aus mit seinem sandblonden Haar, der tadellosen Figur des leidenschaftlichen Reiters und den etwas kantigen Gesichtszügen, die jedoch mit

dem lebensfrohen Blick seiner dunklen Augen eine reizvolle Symbiose eingingen.
Obwohl Melinda weder Interesse an Dean Talleham noch an Henry Chatlin hatte, lebte sie doch bei ihrem Erscheinen sichtlich auf, verlor ihre Mundfaulheit und sonnte sich in ihrer Aufmerksamkeit. Lavinia bemerkte aus der Entfernung, daß sie es sehr gut verstand, mal dem einen, mal dem anderen das Gefühl zu geben, er amüsiere sie ganz besonders. Damit hielt sie ihr Bemühen, ihr zu gefallen, und gleichzeitig auch die Rivalität zwischen ihnen am Leben, wobei sie zweifellos letzteres am meisten genoß.
Es war schon zu leicht vorgerückter Stunde, als Lavinia in ihrer Nähe vorbeikam. Und da hörte sie, wie Dean Talleham gerade sagte: »... käme für mich niemals in Frage, denn wie wir ja wohl alle wissen, ist die Schönheit der Frauen aus dem Süden unübertroffen! Nichts und niemand kann ihr den Rang streitig machen!«
Lavinia wußte, daß diese Bemerkung gar nicht ihr galt, sondern daß der junge Talleham Melinda zu schmeicheln beabsichtigte. Und sie wollte auch schon weitergehen. Doch in dem Moment hatte Henry Chatlin sie auch schon in ihrem Rücken bemerkt. »Du, du Idiot!« stieß er in seinem Schreck unwillkürlich hervor, denn um sich vom Ehemann einer in ihrer Ehre angetasteten Frau die Aufforderung zum Duell einzuhandeln, bedurfte es in ihren Kreisen einer weitaus weniger ehrverletzenden Bemerkung als der, die Dean Talleham in seinem Bemühen, Melinda zu gefallen, herausgerutscht war.
»Entschuldigen Sie, Ma'am... ich hatte... ich meinte natürlich...« stammelte der junge Talleham, bestürzt über seinen Affront. Der Schreck fuhr ihm so sehr in die Glieder, daß sich sein Gesicht mit hektischen roten Flecken sprenkelte.
Lavinia konnte nun nicht länger so tun, als hätte sie seine taktlosen Worte überhört, sondern mußte Stellung beziehen. Und

es war ihr sogar ganz recht so. »Sie brauchen sich wirklich nicht um eine Auslegung ihrer Worte zu bemühen, Mister Talleham«, sprach sie ihn gelassen an. »Sie haben sich sehr deutlich ausgedrückt. Ich glaube, Mißverständnisse sind da ausgeschlossen.«

Die Gespräche der umstehenden Männer verstummten. Die Augen richteten sich auf sie, und man spitzte die Ohren. Die fröhliche Stimmung war augenblicklich einer angespannten Stille gewichen. Ein Skandal lag in der Luft.

»Das wird Denis nicht auf sich sitzen lassen«, raunte einer, der ganz in der Nähe stand und jedes Wort mitbekommen hatte, das Dean Talleham von sich gegeben hatte. »Ich gehe jede Wette ein, daß es morgen bei Sonnenaufgang ein Duell auf dem alten Friedhof gibt. Pech für Dean. Er ist ein miserabler Schütze, und ich denke, er weiß das auch.«

Denis kam rasch zu ihnen herüber. Das bestürzte Gesicht des ältesten Talleham-Sohnes ließ nichts Gutes ahnen. Er betete im stillen, daß sich die Angelegenheit ohne großes Aufsehen aus der Welt schaffen ließ.

»Darf ich erfahren, worum es bei euch geht?« erkundigte er sich mit angespannter Freundlichkeit, als wäre er nur gekommen, um eine gute Geschichte nicht zu verpassen.

Lavinia lächelte. »Aber natürlich, mein Lieber. Mister Talleham hat uns gerade an seiner Überzeugung teilhaben lassen, daß die Schönheit der Frauen aus dem Süden unübertroffen ist. Und wie sagten Sie noch so galant: ›Nichts und niemand kann ihr den Rang streitig machen!‹ Das waren doch Ihre Worte, nicht wahr?«

Ein aufgeregtes Raunen ging durch den Raum. Und bei Denis' Familie zeigte sich tiefe Bestürzung, wußte sie doch, was eine solche Äußerung für Folgen haben mußte. Allein Melinda lächelte ihre Schwägerin hämisch an, als wollte sie sagen: Und so denkt nicht nur er, so denken alle!

»Stimmt das, Dean?« stieß Denis scharf hervor, und seine Augen sprühten das kalte Feuer eines Mannes, der seine Ehre in aller Öffentlichkeit verletzt weiß und dafür Satisfaktion verlangen muß.

Dean Talleham war wie paralysiert. Er öffnete den Mund, wollte etwas sagen, bekam jedoch kein Wort heraus. Schweißperlen bildeten sich auf seiner Stirn.

Es war Henry Chatlin, der die Situation zu retten versuchte. »Er hat es nicht so gemeint, wie es den Eindruck erweckte. Dean hat sich ein wenig unglücklich ausgedrückt. Selbstverständlich sind anwesende Damen von dieser pauschalen Beurteilung per se ausgenommen. Es sollte viel mehr ein Kompliment sein, Denis«, erklärte er rasch.

»Ich denke, Dean kann für sich sprechen«, sagte Denis eisig. »Und ich sehe in den Worten kein Kompliment, sondern eine Beleidigung, die ...«

Weiter kam er nicht, denn Lavinia legte ihm nun ihre Hand beruhigend auf den Arm und fiel ihm mit sanfter, scheinbar überraschter Stimme ins Wort: »Aber warum denn, Liebster? Ich kann ganz und gar nichts Beleidigendes daran finden. Im Gegenteil. Ob Mister Talleham mit seiner Einschätzung recht hat, sei dahingestellt, doch daß sie sehr schmeichelhaft ist, steht wohl außer Frage.«

Auf den Gesichtern um sie herum zeigte sich Verwirrung, aber auch die Hoffnung auf eine Beilegung dieses Konflikts ohne Blutvergießen.

Auch Denis reagierte verständnislos darauf, daß seine Frau Dean Talleham plötzlich in Schutz nahm. Damit konnte er seine Ehre nicht wiederherstellen. »Du mußt schon entschuldigen, Lavinia, aber ich kann beim besten Willen nichts Schmeichelhaftes entdecken!«

Lavinia lachte belustigt, und in diesem Moment war ihre Fröhlichkeit noch nicht einmal erzwungen. Sie fand diese Situation wirklich zu komisch. Und sie war entschlossen, sie zu ihren Gunsten zu nutzen. »Als eine Frau aus dem Süden empfinde ich Mister Tallehams Worte sehr wohl als schmeichelhaft«, erklärte sie.

»Entschuldige, Lavinia, du meinst es sicher nur gut, aber durch Heirat wird man noch lange nicht zu einer Frau aus dem Süden«, sagte Melinda mit böswilliger Freude.

Lavinia lächelte ihr zu. »Aber doch durch Geburt, nicht wahr?«

Aufgeregtes Gemurmel erhob sich, während Melinda ihr überhebliches Lächeln verlor und sie entgeistert ansah.

»Was willst du damit sagen?« fragte Denis ebenfalls aufgeregt.

»Nun, ich bin in Virginia geboren, und Virginia gehört ja wohl zum Süden, nicht wahr?« eröffnete Lavinia den um sie Versammelten. »Die Irvings sind in Richmond eine angesehene, alteingesessene Familie, sozusagen Südstaatler in der vierten Generation. Die ersten fünf Jahre meines Lebens habe ich in Richmond verbracht. Erst dann sind wir nach Boston übergesiedelt, wo mein Vater die Anwaltskanzlei meines Onkels mütterlicherseits übernommen hat.«

»Ja, aber ...« Denis war fassungslos. »Aber warum erfahre ich erst jetzt davon?«

»Weil es mir nicht weiter wichtig erschien und ich die vielleicht naive Überzeugung hegte, daß ein bestimmter geographischer Breitengrad nicht über Schönheit und Charakter entscheidet«, antwortete sie mit ihrem bezauberndsten Lächeln und verschwieg, daß es dafür auch noch weit handfestere Gründe gab. Denn daß ihre Eltern Richmond mit Boston vertauscht hatten, war die Folge eines schweren Familienzerwürfnisses gewesen. Ihre Eltern hatten ihr nie erzählt, worum es damals gegangen und warum es nie wieder zu einer Versöhnung mit der Familie ihres Vaters gekommen war, ja nicht einmal zu einem Versuch. Vielleicht war es ganz gut, daß sie nicht wußte, was den un-

überwindlichen Bruch und die Übersiedlung nach Boston bewirkt hatte. »Aber ich lasse mich gern von Mister Talleham davon überzeugen, daß dem doch so ist.« Und sie schenkte ihm ein strahlendes Lächeln.
Einen Augenblick herrschte fassungslose Stille. Der angebliche Rotschopf aus dem Norden war doch eine von ihnen! Für die meisten war es eine freudige Nachricht. Und die Erlösung, die den jungen Talleham wie ein Schwächeanfall befiel, war ihm vom Gesicht abzulesen. Melindas Miene jedoch vermittelte den Eindruck, als wäre ihr übel geworden.
Henry Chatlin brach das Schweigen, indem er sein Glas hob und einen Toast ausbrachte: »Auf die Frauen des Südens, deren Schönheit wahrhaftig so unübertroffen ist wie ihr Gespür für wunderbar dramatische Auftritte!«
Applaus und Hochrufe brandeten auf, und plötzlich war der Salon ein einziges fröhliches Stimmengewirr, während sich alle um Denis und Lavinia drängten.
Lavinia kostete die Welle der Zuneigung und Bewunderung, die ihr nun von allen Seiten entgegenschlug, mit vollen Zügen aus. Sie ahnte, daß die eisige Ablehnung wieder früh genug ihren Alltag auf BELMONT PARK bestimmen würde. Doch daran wollte sie in dieser Stunde nicht denken. Es war schön, an der Seite ihres geliebten Mannes bewundert und umschmeichelt zu werden.
Sie ließ sich von Denis sogar dazu bewegen, ihren Gästen eine Kostprobe von ihren Klavierkünsten zu geben, indem sie ihnen in Georginas Salon zwei beschwingte, mitreißende Stücke vorspielte.
Es ging schon auf Mitternacht zu, als Lavinia es für ratsam hielt, sich nach oben zurückzuziehen und Denis noch eine Weile allein in der Gesellschaft seiner Freunde zu lassen.
Denis führte sie aus dem Salon. An der Tür trafen sie auf Tante Lizbeth.

»Lavinia, auf ein Wort.«
»Ja, bitte?«
»Warum hast du uns nicht gleich gesagt, daß du aus Virginia bist?« fragte sie vorwurfsvoll, doch sehr umgänglich im Ton.
»Macht mich das jetzt zu einem anderen Menschen?« fragte Lavinia mit unverhohlener Bitterkeit zurück.
Tante Lizbeth senkte den Kopf, als wäre sie beschämt. »Ach Kind...« seufzte sie und gab die Tür frei.
Denis brachte sie bis zur Treppe. »Ich komme auch bald«, raunte er ihr zu und gab ihr einen Kuß auf die Stirn.
Sie lächelte ihn zärtlich an. »Laß dir nur Zeit, mein Liebster«, antwortete sie, und es war nicht nur so dahergesagt. Doch das kam ihr selber erst richtig zu Bewußtsein, als sie das Schlafzimmer betrat und ihr Blick auf das aufgeschlagene Ehebett fiel.

9

»Wunderschön haben Sie heute abend gespielt, Missis Lavinia. Bis hier oben habe ich Sie gehört. So rein und gefühlvoll war Ihr Vortrag noch nie. Doch was rede ich denn da! Wer bin ich, daß ich mir dazu ein Urteil herausnehmen könnte. Aber es hat den Gentlemen ganz ausgezeichnet gefallen, so stürmisch, wie man Sie gefeiert hat. Und all die Bravo- und Da-capo-Rufe. So muß es einer Künstlerin im Konzert ergehen«, sprudelte es Mabel Tattler nur so über die Lippen, während sie ihrer Herrin aus dem Kleid half und ihr die Petticoats aufband. »Ich habe ja immer gesagt, daß Ihr Talent leider nur im verborgenen blüht und so selten gebührend zur Kenntnis genommen wird.«
»Nun laß mal gut sein, Mabel. Mir bereitet das Klavierspiel viel Freude, aber das macht aus meinem gefälligen Spiel noch

lange nicht die hohe Kunst einer richtigen Pianistin«, wehrte Lavinia ab und hatte Mühe, dabei nicht einen gereizten Ton anzuschlagen. Denn Mabel redete ihr zuviel, was sie immer tat, wenn sie aufgeregt war, und das machte sie innerlich noch unruhiger, als sie es so schon war.
»Ach, ich hätte Ihnen noch stundenlang zuhören können und Ihre Gäste bestimmt auch«, versicherte die Zofe, löste Lavinia die Haarbänder und griff zur Bürste, um ihr Haar gewissenhaft auszubürsten.
»Alles in allem war es kein schlechter Abend«, sagte Lavinia versonnen. Sie hatte sich gegenüber Melinda behauptet, für eine kleine Sensation gesorgt, Wohlwollen und vielleicht sogar aufrichtige Sympathie bei einigen von Denis' Freunden und Bekannten geweckt – und Tante Lizbeth dazu gebracht, vor ihr den Blick zu senken.
Sie war jedoch nicht so naiv zu glauben, daß es ihr damit gelungen wäre, die Familie ihres Mannes versöhnlicher gestimmt zu haben. Diese Naivität hatten ihr die bitteren Erfahrungen dieses Tages geraubt. Gut, sie hatte sie überrascht und vielleicht ein wenig beschämt mit ihrem Pianospiel und ihrer Geburt in Virginia. Aber das genügte nicht, um Georgina zu veranlassen, ihr zu verzeihen und ihr den Platz auf BELMONT PARK einzuräumen, der ihr durch ihre Ehe mit Denis eigentlich zustand. Denn Georgina lastete es ihr an, daß Denis ohne Wissen und ohne Zustimmung seiner Familie in Boston geheiratet hatte. In den Augen ihrer Schwiegermutter hatte sie sich die Ehe erschlichen, und das war unverzeihlich ...
Lavinia fuhr aus ihren trüben Gedanken auf. »Ja? Was hast du gesagt?«
»Ich habe Ihnen Ihr hübsches Batistnachthemd mit den violetten Schleifen herausgelegt. Es ist auf dem Hocker hinter dem Paravent«, sagte Mabel und lächelte ein wenig verlegen. »Und vielleicht wäre es nicht so falsch, wenn Sie sich vor dem Zu-

bettgehen noch ein wenig mit Ihrem Duftwasser betupfen würden. Dann ... werden Sie sich bestimmt ein bißchen sicherer fühlen.«
Es war Lavinia unangenehm, daß ihre Zofe ihre Gefühle und Gedanken offenbar erriet. »Ja, ich werde daran denken, Mabel. Ich brauche dich nicht mehr. Du kannst jetzt gehen«, sagte sie, denn sie wollte nun allein sein.
»Natürlich, Missis Lavinia. Ich werde mich dann zurückziehen. Eine gute Nacht ... und nur Gottvertrauen!« Mabel wäre nicht Mabel gewesen, hätte sie diese Ermunterung vergessen.
Kaum hatte ihre Zofe das Schlafgemach verlassen, als Lavinia rasch zu den beiden Lampen ging, die im Zimmer brannten. Sie löschte die eine und drehte den Docht der zweiten so weit herunter, daß der Lichtschein nur noch den Nachttisch richtig erhellte und der Dunkelheit erlaubte, vom Rest des Zimmers Besitz zu ergreifen. Ihr war, als staute sich die Hitze des Tages im Zimmer. Mabel hatte die beiden bodenlangen Sprossenfenster, die zugleich als Türen zur Veranda dienten, einen Spalt geöffnet.
Lavinia stieß sie weiter auf. Anschließend begab sie sich hinter den Paravent, entledigte sich ihrer Leibwäsche und fuhr in das Nachthemd, das ihr jetzt erschreckend zart im Gewebe vorkam. Wenn sie daran dachte, daß Denis' Hände schon bald ...
Nein, sie wollte nicht daran denken, und sie verdrängte diese beunruhigenden Gedanken. Was kommen mußte, würde kommen. Gottvertrauen hatte Mabel ihr geraten. Ja, das brauchte sie, Gottvertrauen. Doch zuerst das Duftwasser. Sie betupfte Hals, Schläfen, Arme und gab ein paar Tropfen ins Haar, das ihr in sanft gelockten Wellen bis auf die Schultern fiel.
Im nächsten Augenblick kamen ihr Zweifel. War sie nicht zu großzügig damit umgegangen? Was war, wenn Denis ihr Duft-

wasser nicht mochte? Er konnte auch auf den Gedanken kommen, sie könnte es gar nicht erwarten, daß er sie ... daß er seinen ehelichen Pflichten nachkam.
Gottvertrauen. Nur Gottvertrauen!
Lavinia fand ihre kleine Handbibel auf dem Nachttisch. Die Heilige Schrift, in feinstes dunkelblaues Leder gebunden und auf dünnstem Papier mit Goldrand gedruckt, war ein kostbares Buch, das ihr aber auch aus einem anderen Grund teuer war, denn ihr Vater hatte ihr diese Bibel zu ihrem zehnten Geburtstag geschenkt.
Sie schlüpfte unter die dünne Decke und schlug die Bibel, wie es ihre Gewohnheit war, mit geschlossenen Augen auf, um dann den Text zu lesen, mit dem die linke Seite begann. Dies gab ihrer Bibellektüre einen Hauch des Schicksalhaften, wie sie sich gern einredete. Und oft genug hatten die zufällig aufgeschlagenen Stellen auch tatsächlich einen erstaunlichen Bezug auf die Geschehnisse des vergangenen Tages gehabt.
Es war eine Stelle aus dem Buche des Lukas: »Dein Auge gibt dem Körper Licht. Wenn dein Auge gesund ist, dann wird auch dein ganzer Körper hell sein. Wenn es aber krank ist, dann wird dein Körper finster sein. Achte also darauf, daß in dir nicht Finsternis statt Licht ist. Wenn dein ganzer Körper von Licht erfüllt und nichts Finsteres in ihm ist, dann wird er so hell sein, wie wenn die Lampe dich mit ihrem Schein beleuchtet ...«
Lavinia las eine Weile, versuchte den tiefen Sinn hinter den Worten zu begreifen und in eine Verbindung mit ihrer Situation zu bringen. Vergeblich. In dieser Nacht vermochte ihr die Bibel keinen hilfreichen Hinweis zu geben. Sie schenkte ihr auch keinen Trost, wie es sonst so oft der Fall war, wenn sie etwas bedrückte. Hinzu kam, daß die Geräusche, die mit dem allgemeinen Aufbruch der Gäste einhergingen, sie ablenkten. Sie horchte auf die gedämpft zu ihr dringenden Rufe

und das Lachen der Männer, die sich auf der Freitreppe von Denis verabschiedeten, sowie dem Geräusch der Pferde und Kutschen, die bald jenseits der Allee in der Nacht verklangen.

Nun wird er kommen, dachte sie, legte die Bibel aus der Hand, drehte den Docht noch mehr herunter, so daß er gerade noch ein schwaches Glimmen von sich gab, und wartete angespannt unter der Bettdecke.

Hatte sie eben noch geglaubt, vor Wärme kaum atmen zu können, so kroch nun Kälte durch ihren Körper. Und voller Anspannung horchte sie in die Dunkelheit.

Da! Schritte auf dem Flur!

Augenblicke später ging die Tür nebenan. Und dann trat Denis zu ihr ins Schlafgemach. »Schläfst du schon, mein Liebling?« fragte er leise.

Ja, hätte Lavinia ihm am liebsten geantwortet, doch sie zwang sich zu einem tapferen »Nein, Denis.«

»Ach, ich bin ja so stolz auf dich«, sagte er, während er sich rasch entkleidete.

Lavinia wagte nicht, zu ihm zu schauen. Sie heftete ihren Blick starr auf einen der Bettpfosten. Noch nie in ihrem Leben hatte sie einen unbekleideten Menschen gesehen, sich selbst einmal ausgenommen, geschweige denn einen nackten Mann. Allein die Vorstellung, daß er sich neben dem Bett seiner Kleider entledigte und sie nur mit diesem hauchzarten Gewand im Bett lag, ließ ihr Herz wie verrückt rasen.

Ihre Schweigsamkeit fiel ihm gar nicht auf. »Ich kann es noch immer nicht glauben, daß es wahr ist und du tatsächlich aus Virginia stammst. Ich meine, natürlich glaube ich dir, aber diese Überraschung! Wie du ihnen damit den Wind aus den Segeln genommen hast, sogar Tante Lizbeth, und das will etwas heißen, das war einfach umwerfend. Und ich dachte schon, ich müßte diesen armen Tolpatsch von Talleham zum Duell her-

ausfordern. Und dann dein Pianospiel. Ach, du warst einfach wunderbar, mein Schatz, ganz wunderbar warst du, nein... bist du.« Er löschte das Licht und kam zu ihr ins Bett.
»Ja, wirklich?« fragte sie mit zitternder Stimme.
»O ja, du bist für mich die wunderbarste Frau auf der Welt, die Frau, die ich wie nichts sonst liebe und begehre, mein Schatz«, versicherte er und zog sie in seine Arme. »Und ich bin so glücklich, daß ich endlich bei dir sein kann. Wenn du wüßtest, wie sehr ich mich den ganzen Tag danach gesehnt habe, dich in meinen Armen zu halten.«
»O Denis...« Fast versagte ihr die Stimme, als sie seinen Körper spürte und ihre Hand ungewollt die nackte Haut seiner Hüfte berührte
»Ich liebe dich, mein Liebstes, ich liebe dich so sehr, daß ich vor Sehnsucht nach dir vergehe«, raunte er und küßte sie auf den Mund. Seine Hand fuhr durch ihr Haar, wanderte dann aber schnell abwärts und strich über ihre Brust. Seine Fingerkuppen tasteten sich erst zögerlich über den dünnen Stoff, der sich über ihren Brüsten spannte, gewannen aber rasch an Zielstrebigkeit.
In ihre Angst vor dem Unbekannten, das das Ehebett für sie bereithielt, mischte sich nun eine wunderbare Erregung. Die Wärme seiner Lippen auf den ihren und die Liebkosungen seiner Hand jagten herrliche Schauer durch ihren Körper.
»Wie wunderbar du riechst und schmeckst, Lavinia«, stieß er zwischen zwei Küssen erregt hervor.
»Ja, ja...« vermochte sie nur zu sagen, und sie wünschte, dieses Küssen und Streicheln würde niemals ein Ende nehmen. Wie wunderbar doch die Liebe war. Und sie verstand ihre Angst auf einmal gar nicht mehr.
Im nächsten Moment fuhr seine Hand an ihrer Hüfte entlang und folgte ihrem Bein, bis sie den Saum ihres Nachthemdes er-

reicht hatte. Während er sie küßte, glitt seine Hand nun auf ihrer Haut wieder aufwärts.

Ihre Brust hob und senkte sich in einem schnellen Rhythmus, als er den Stoff ihres Gewandes immer weiter hochschob und dann ihren Schoß berührte. Sie konnte nicht verhindern, daß sie dabei zusammenzuckte und sich unwillkürlich versteifte.

»Hab keine Angst, mein Liebling«, flüsterte er ihr in der Dunkelheit zu. »Ich werde so behutsam sein, wie es nur möglich ist. Aber wenn wir nun wirklich Mann und Frau sein wollen, dann mußt du dich entspannen ... dich mir öffnen.« Und dabei drückte seine Hand sanft ihre Beine auseinander.

»Hör nicht auf, mich zu küssen«, bat Lavinia. Ihre Angst war wieder da.

»Es wird ein bißchen weh tun, aber das geht schnell vorbei«, versicherte er und kam nun über sie, schob sich zwischen ihre geöffneten Schenkel. »Denk nur daran, daß ich dich liebe und daß alles seine Richtigkeit hat.«

Lavinia spürte etwas Hartes, Heißes, das sich zwischen ihre Beine in ihren Schoß drängte. Verzweifelt wünschte sie, er würde nicht aufhören, sie zu streicheln und zu küssen. Doch er war allein auf das konzentriert, was sich im Dunkeln zwischen ihren Beinen abspielte.

Er drang in sie ein und schien dann zu zögern. Auf den scharfen Schmerz, der im nächsten Augenblick durch ihren Körper fuhr, war sie nicht vorbereitet. Obwohl sie geglaubt hatte, auf alles gefaßt zu sein und es tapfer hinnehmen zu können, entfuhr ihr ein unterdrückter Schrei.

»Scht, ist ja schon gut, mein Liebling!« raunte er ihr mit schnellem Atem ins Ohr. »Es ist ja geschafft. Es ist vorbei. Jetzt bist du eine Frau, meine geliebte, wunderbare Lavinia.«

Der feurig messerscharfe Schmerz, der ihr bis unter die Kopfhaut gerast war, ebbte ab. Doch vorbei war es nicht, denn mit

jedem Stoß schoß ein neuer Schmerz durch ihren Unterleib. Und je tiefer er sich in sie bohrte, desto heftiger und stechender wurde er.
Lavinia biß sich auf die Lippen. Nicht, weil sie diese körperliche Pein nicht hätte ertragen können und fürchtete, unter seinen immer heftiger werdenden Bewegungen aufzuschreien, sondern um die Tränen der Scham und Enttäuschung zurückzuhalten. Jetzt verstand sie, warum die jungen Frauen, die sie kannte, nur in Andeutungen über diese ehelichen Pflichten gesprochen hatten.
Dieser Akt hatte etwas so Erniedrigendes, ja geradezu abstoßend Animalisches an sich. Diese groben Stöße schienen sie förmlich durchbohren zu wollen. Und dieses entsetzliche Klatschen, wenn ihre nackten Körper aufeinandertrafen! Dazu noch diese abstoßenden Laute, die Denis dabei von sich gab. Er keuchte, als litt er unter Atemnot.
Lavinia wußte nicht, wohin mit ihren Händen. Sie lag geradezu erstarrt und betete lautlos, daß es bald vorbei sein möge, während die Dunkelheit um sie herum mit diesen gräßlichen, der Liebe doch so unwürdigen Geräuschen erfüllt war.
Eine Art von Raserei befiel Dennis plötzlich, daß sie unter ihm erzitterte. Sein Keuchen wurde noch kurzatmiger. Dann krümmte er sich auf ihr, während er sein Gesicht in ihre Halskuhle preßte, so daß sein lustvolles Stöhnen gedämpft wurde. Doch ihr klang es so laut in den Ohren, als stöhnten tausend Stimmen in ihrem Schädel. Schwer sackte er auf ihr zusammen, als hätte ihn alle Kraft verlassen.
Jetzt, jetzt war es vorbei.
Einige Sekunden verharrte er so auf ihr, dann rollte er sich mit einem schweren, zufriedenen Seufzer auf die Seite. »O Lavinia, meine Frau«, murmelte er und streichelte flüchtig über ihre Brust. »Ich hoffe, meine heftige Gefühlsaufwallung hat dich nicht zu sehr erschreckt.«

Ihr war, als hätte sie zwischen ihren Beinen eine klaffende Wunde, die im Takt ihres jagenden Herzens schmerzte. Doch wie konnte sie ihm das sagen? Sie liebte ihn doch, trotz allem. »Du ... bist mein Mann, Denis«, antwortete sie mit schwacher Stimme.

»Beim erstenmal ... nun ja«, unterbrach er sich selbst ein wenig verlegen. »Aber du wirst sehen, das gibt sich mit der Zeit, und wir wollen doch Kinder, nicht wahr?«

»Natürlich.«

»Siehst du.« Er klang erleichtert. »Und jetzt schlaf gut. Es war ein schwerer Tag.« Er gab ihr einen Kuß, drehte sich auf die Seite und war Augenblicke später eingeschlafen.

Lavinia lag noch lange wach, mit schmerzendem Leib und schmerzendem Herzen. Jetzt kannte sie auch das letzte Geheimnis zwischen Mann und Frau. Es war es nicht wert, entdeckt zu werden. Denn es war nicht dieses selige Verschmelzen zweier sich liebender, verzehrender Körper, dieser wunderbare Einklang von Leib und Seele, wie es ihr Carols sehr freizügige Romane vorgegaukelt hatten. Es war vielmehr ein profaner, ja primitiver Akt der Unterwerfung, bar jeder Erhabenheit und jeden Glücksgefühles, zumindest für die Frau. Kein Wunder, daß man es die »eheliche Pflicht« nannte.

Aber das gehörte wohl unausweichlich dazu, wenn ein Mann aus einem Mädchen eine junge Frau machte, eine Ehefrau. Tränen rannen ihr über das Gesicht. Sie verstand nicht, warum es ihr so eilig damit gewesen war, wie so vielen anderen ihres Alters, die unbeschwerten Jahre der Mädchenzeit hinter sich zu lassen und eine Frau zu werden.

Nun war sie es.

Zu welchem Preis!

10

Lavinia stellte sich schlafend, als Denis schon in aller Frühe aufstand und sich nebenan ins Waschkabinett begab. Daß er so rücksichtsvoll war, beim Waschen und Ankleiden so leise wie nur möglich zu sein, um ihren Schlaf nicht zu stören, weckte wieder liebevolle Gefühle in ihr. Wenn sie auch nicht verstand, was einen Mann dazu bringen konnte, den Körper einer Frau so zur Befriedigung seiner Wollust zu benutzen, so zweifelte sie doch nicht daran, daß er sie wahrhaftig liebte. Und wenn diese nächtlichen Entwürdigungen, die zum Glück ja nur von kurzer Dauer waren, der Preis sein sollte, den man für die Liebe des Mannes zahlen mußte, dann wollte sie diese dunkle Seite der Ehe tapfer und ohne Klagen auf sich nehmen.

Dennoch hielt Lavinia die Augen geschlossen, bis er sich angekleidet und leise die Tür hinter sich zugezogen hatte. Sie wartete noch einen Augenblick, dann sprang sie aus dem Bett und lief ins Waschkabinett. Sie konnte nicht schnell genug aus dem befleckten Nachthemd kommen und reines, klares Wasser auf ihrem Körper spüren. Nachdem sie sich gründlich gesäubert hatte, rollte sie das Nachthemd zusammen und verbarg es im Korb unter der anderen schmutzigen Wäsche vom Vortag. Am liebsten hätte sie noch das Laken mit den häßlichen Blutflecken vom Bett gerissen, doch dazu fehlte ihr der Mut.

Lavinia trug schon frische Leibwäsche unter ihrem seidigen Morgenmantel, als sie die Klingelschnur neben dem Bett betätigte und der herbeieilenden Octavia auftrug, doch bitte ihre Zofe zu ihr zu schicken.

Die junge Schwarze, die flachbrüstig wie ein zehnjähriges Mädchen war, lachte vergnügt, als hätte Lavinia einen Scherz gemacht. »Ja, Missus«, sagte sie, warf einen Blick auf das Bett und huschte davon.

Sie weiß es! dachte Lavinia beklommen. Alle wissen es!
Und natürlich wußte es Mabel. Als ihre Zofe erschien, vermochte sie ihr nicht in die Augen zu sehen. Mabel spürte die Verlegenheit ihrer Herrin, machte sich über die Vorkommnisse der Nacht so ihre Gedanken und versuchte sie auf ihre Art zu trösten.
»Ach, wie schön es wieder draußen ist, Missis Lavinia. Ich kann es gar nicht erwarten, den wunderschönen Park näher zu erkunden. Man möchte meinen, daß wir Frühling haben, bei all dieser Blumenpracht, und nicht Oktober«, plapperte sie munter drauflos. »Und dieser strahlendblaue Himmel. Ich habe diese Nacht sehr unruhig geschlafen, was ja kein Wunder ist — die fremde Umgebung und ein Bett, an das man sich erst noch gewöhnen muß. Aber was macht das schon bei so einem herrlichen Tag. Es ist ja so beruhigend ...« Sie machte eine bewußte Pause, die zum Nachfragen animieren sollte.
Lavinia tat ihr den Gefallen. »Was findest du denn so beruhigend, Mabel?«
»Daß auf jede Nacht, wie dunkel und endlos sie einem auch erscheinen mag, immer wieder ein neuer, heller Tag mit all seinen Wundern folgt«, antwortete die Zofe trostreich.
»Ja«, sagte Lavinia, empfänglich für die teilnahmsvollen, tröstlichen Worte ihrer Zofe, doch nicht ganz ohne dunkle Ahnung. »Aber manche Tage ...« Sie führte den Satz nicht zu Ende.
Mabel seufzte verständnisvoll. »Jaja, manche Tage erscheinen einem wie ein ganzes Leben.«
Lavinia lenkte ihr Gespräch auf ein weniger verfängliches Thema, indem sie von Mabel wissen wollte, in welchem Kleid sie zum Frühstück erscheinen sollte. Dabei hatte sie diese Frage für sich schon längst entschieden.
Als Denis um kurz vor neun erschien, präsentierte sich ihm seine Frau in einem schlicht geschnittenen Seidenkleid, des-

sen dunkler Violetton ihr jedoch ausgezeichnet zu Gesicht stand.

»Wenn ich es nicht schon längst getan hätte, würde ich mich jetzt unsterblich in dich verlieben, mein Engel«, machte er ihr ein Kompliment, das ein glückliches Lächeln auf ihr Gesicht zaubert.

Als sie ins Eßzimmer kamen, erwiderte Georgina den Gruß ihres Sohnes, ignorierte jedoch den ihrer Schwiegertochter. Ihr Blick schien durch sie hindurchzugehen. Tante Edwina rang sich zumindest noch zu einem Nicken durch. Onkel Stuart und Tante Lizbeth zogen sich geschickter aus der Affare, indem sie als letzte ins Zimmer traten und »Einen schönen Tag allerseits!« wünschten.

Melinda sprach das Tischgebet. Es fiel so hinterhältig bigott aus wie das ihrer Mutter. Lavinia hatte nichts anderes erwartet.

Die Unterhaltung bei Tisch verlief recht zäh, da Onkel Stuart sehr in sich gekehrt und mit Gedanken beschäftigt war, die er offensichtlich mit niemandem teilen wollte.

Als Tante Edwina damit begann, sich über die läuternde Wirkung laut gebeteter Psalme auszulassen, und Lavinia antrug, sie im Studium derselben zu unterrichten, half Denis ihr aus der Klemme.

»Das ist wirklich sehr lieb von dir, Tante Edwina«, sagte er mit seinem gewinnendsten Lächeln, »aber Lavinia kennt ihre Bibel wirklich ausgezeichnet, besser als ich es von mir behaupten kann, und dabei hast du mich darin unterwiesen.« Weiß Gott, das hatte sie! Sie hatte ihn mit ihren Psalmen traktiert, daß er sich geschworen hatte, freiwillig nie wieder diesen Teil der Bibel zu lesen. Und daß nun Lavinia ihr neues Opfer wurde, würde er nicht zulassen. »Sie ist eine sehr eifrige Leserin der Heiligen Schrift und bedarf deiner Anleitung wirklich nicht mehr.«

»In ihrem Alter kann man immer noch etwas dazulernen, mein Junge«, erwiderte seine Tante ungehalten über die höfliche, aber doch bestimmte Abfuhr.
»Man sagt, das Alter sei dabei ohne Belang, Edwina«, gab Onkel Stuart seinen trockenen Kommentar dazu ab. »Das man immer etwas dazulernen kann, hat wohl durchweg Gültigkeit bis zum Tode.«
»Du mußt es ja wissen«, schnappte Edwina beleidigt, kippte sich mit säuerlicher Miene drei Teelöffel Zucker in ihren Tee und verrührte ihn so geräuschvoll, als wollte sie den Tassenboden durchkratzen.
Ein schmales Lächeln zeigte sich auf Georginas Lippen. »Wenn es sich mit ihren Bibelkenntnissen so verhält, wie du sagst, mein Sohn«, erklärte sie anzüglich, »dann wird es ihr sicherlich nichts ausmachen, sich unserer Familientradition unterzuordnen und sich mit einem Tischgebet und einem frommen Spruch für den Tag zu beteiligen.«
»Selbstverständlich macht es mir nichts aus«, sagte Lavinia sofort, bevor Denis für sie antworten konnte. Innerlich kochte sie vor Wut, daß Georgina sie nicht direkt angesprochen hatte. »Ich beteilige mich gern an den Tischgebeten.«
»Selbstverständlich?« wiederholte Georgina sarkastisch. »Die Erfahrung hat mich gelehrt, daß die wenigsten Grundsätze von Sitte und Anstand bei der heutigen Jugend die gebotene selbstverständliche Beachtung finden!«
Tante Edwina nickte wie ein Huhn, ihre Fischaugen dabei anklagend auf Lavinia gerichtet.
Diese war froh, als das Frühstück endlich vorbei war und sie sich vom Tisch erheben konnte.
»Virginia!« zischte Melinda ihr im Vorbeigehen und mit ungebrochener Wut in der Halle zu. »Du bleibst trotzdem eine aus Boston!«
Lavinia ging nach oben, während Denis mit seinem Onkel in

dessen Arbeitszimmer geschäftliche Dinge zu bereden hatte. Oben im Flur sah sie Octavia und zwei andere Hausmädchen beisammenstehen und miteinander schwatzen. Sie hörte leises Lachen, dachte sich jedoch nichts dabei. Als sie aber näher kam, sah sie, daß Octavia ein Wäschebündel unter dem Arm trug, und das Blut schoß ihr ins Gesicht. Doch bevor sie noch etwas sagen konnte, machten sich die Mädchen in Richtung Dienstbotentreppe aus dem Staub.

Nicht einmal die Schwarzen hatten Respekt vor ihr!

In ihrem Zimmer vergoß sie ein paar Tränen. Dann setzte sie sich an den kleinen Sekretär im Salon und schrieb den Brief, den sie ihren Eltern gleich am Tage nach ihrer Ankunft auf BELMONT PARK zu schreiben hoch und heilig versprochen hatte. Daß sie noch nicht einmal vierundzwanzig Stunden auf BELMONT PARK war, mochte sie kaum glauben. Ja, Mabel hatte nur zu recht: Manchmal konnte einem ein Tag wie ein ganzes Leben vorkommen, mit all seinen Hoffnungen, Illusionen und glücklichen Momenten, aber auch mit seinen bitteren Ernüchterungen, Demütigungen und Stunden hoffnungsloser Verzweiflung.

Lavinia starrte das leere Blatt an.

Nie und nimmer hätte sie es über sich gebracht, ihren Eltern die Wahrheit zu schreiben. Ihnen von ihrem Kummer, ihrem tiefen Unglück zu berichten, kam ihr nicht einen Augenblick in den Sinn. Sie konnte ihnen doch das Herz nicht noch schwerer machen, wußte sie doch, wie schwer es ihnen gefallen war, sie mit Denis ziehen zu lassen.

Deshalb bereitete es ihr anfangs große Mühe, die passenden Worte zu finden. Die Reise sei ein rechtes Erlebnis gewesen, schrieb Lavinia schließlich, was ja auch den Tatsachen entsprach, und werde ihr unvergessen bleiben – genauso wie der Empfang, den Denis' Familie ihr bereitet und der sie zutiefst zu Tränen bewegt habe. Dann ließ sie sich lang und breit über die Schönheit Charlestons und die stolze Pracht von Belmont Park aus. Das füllte einige Seiten, denen sie dann noch ein gutes Dutzend Zeilen hinzufügte, wie sehr sie trotz allem ihre Eltern, ihre Freunde und die vertrauten Straßen von Boston vermißte.

Sie hatte den Brief verschlossen und adressiert, als Denis zu ihr kam. Er war guter Dinge. Doch als er den Brief auf dem Sekretär sah, runzelte er die Stirn und fragte fast besorgt: »Du hast deinen Eltern geschrieben, Liebes? Ich hoffe, du hast dich von diesem gewiß nur kurzlebigen Sturm im Wasserglas nicht dazu verleiten lassen, ihnen völlig grundlos Anlaß zur Sorge zu geben, oder?«

Sie wollte ihm nicht weh tun. »Was kann ich ihnen denn schon geschrieben haben? Natürlich, daß ich mit dir glücklich bin«, sagte sie ihm, denn das war es im Grunde seines Herzens ja, was er hören wollte, und damit schlichen sich die ersten Lügen in ihr Leben.

ZWEITES BUCH

*

Offenbare Bestimmung
1839—1850

11

Die Besuche und Gegenbesuche schienen die ganze folgende Woche kein Ende nehmen zu wollen. Doch anders als am Tag ihrer Ankunft, als zumeist die Freunde von Denis nach BELMONT PARK gekommen waren, brachten nun deren Eltern sowie Freunde und Bekannte der älteren DeLongs ihren mit Neugier gepaarten Höflichkeitsbesuch hinter sich.

Lavinia bekam es sofort zu spüren, daß sie es mit einer Generation zu tun hatte, deren Ansichten mehr mit denen von Georgina als mit denen ihres Sohnes konform gingen. Wenn man sie auch nicht unhöflich behandelte, so gab man ihr doch oft genug zu verstehen, daß man nicht die Absicht habe, sie mit offenen Armen in ihrer Gesellschaft willkommen zu heißen. Und Georgina tat das Ihre, um ihre Besucher in diesem Sinne zu ermuntern. Es reichten kleine Bemerkungen, meist nur Halbsätze, die sie fallenließ, um ihren sehr aufmerksamen Besuchern klarzumachen, welch schweres Los sie trug.

»Ach ja, der einzige Sohn ...« hieß es dann, oder: »Natürlich hatte man sich gewisse Hoffnungen gemacht ...« Einer anderen mitfühlenden Dame aus ihren Kreisen vertraute sie an: »Man weiß ja so wenig. Virginia heißt es, aber wenn ich ehrlich sein soll ... Ach, lassen wir das besser. Es ändert ja auch nichts mehr.« Und einmal sagte sie mit bitterem Stolz: »Es gilt, auch in schweren Zeiten die Haltung zu bewahren. Also reden wir nicht mehr darüber!« Eine Aufforderung, die letztendlich genau das Gegenteil bewirkte – wie nicht anders beabsichtigt.

Für Lavinia waren es wahrlich keine angenehmen Tage, auch wenn sie immer wieder auf ein freundliches Lächeln und wirklich persönliches Interesse stieß. Die Männer waren in ihrem

Urteil meist nicht so rigoros wie ihre Ehefrauen, obgleich es auch da Ausnahmen gab. Es kostete sie viel Kraft, doch sie ließ es sich nicht anmerken. Das verbot ihr ihr Stolz. Denn besonders Georgina und Melinda warteten doch nur darauf, daß sie einmal die Fassung verlor.

Das trat nicht ein. Doch Denis spürte wohl, unter welch ungeheurer innerer Belastung seine Frau stand und wie angespannt ihre Nerven waren, und ihm kam die rettende Idee, für ein paar Tage nach Charleston zu fahren. »Wir haben auch dort noch genügend Freunde und Verwandte, die sich über einen Besuch von uns freuen werden.«

»Bist du sicher?« fragte sie zweifelnd.

»Ja, ganz sicher. Diese Tage werden uns guttun. Und wenn wir zurückkommen, geben wir ein großartiges Fest auf BELMONT PARK, einen Ball!« teilte er ihr mit. »All meine Freunde haben mich schon wissen lassen, daß sie es uns nicht verzeihen werden, wenn wir unsere Hochzeit nicht wenigstens mit einem Fest gebührend nachfeiern.«

Georgina wollte davon erst nichts wissen, doch in diesem Punkt blieb Denis hart. »Ich stehe bei ihnen im Wort, Mom! Der Ball findet also statt! Und zwar am Samstag in der letzten Oktoberwoche.«

Die Tage in Charleston empfand Lavinia wie eine Erlösung. Das Haus in der Tadd Street erwies sich als anziehend im Äußeren und geräumig im Innern, doch es erschlug einen nicht mit jener kolossalen Pracht und Größe, die BELMONT PARK auszeichneten.

Sie kam gut mit Hectors Frau Phoebe aus, die eine leidliche Köchin war, und auch mit der sehr schüchternen Tochter Nelly. Man brachte ihr Respekt entgegen, und hier lernte Lavinia ein wenig den Umgang mit schwarzem Personal, das sozusagen unkündbar war, denn Denis konnte sich nicht daran erinnern, wann das letztemal ein Sklave der DeLongs verkauft worden war. Es berührte sie unangenehm, als sie erfuhr, daß die Zahl der Sklaven, die zu Belmont Park gehörten, auch wenn sie in Charleston oder auf St. Helena Island lebten, bei über dreihundertfünfzig lag. Doch die Sklaverei, von der im Süden stets nur euphemistisch als der »besonderen Institution« gesprochen wurde, war ein zu heikles Thema, wie Lavinia bereits gemerkt hatte, zu dem sie sich schon gar nicht kritisch zu äußern wagte. Sie dachte auch nicht daran, diesen Seelenfrieden, den sie in Charleston fand, durch irgendein kontroverses Thema zu beeinträchtigen.

Das Schönste war, daß sie das ganze Haus für sich allein hatten. Wenn es auch nicht dazu geeignet war, große Feste zu geben, so hatten sie in den Tagen doch des öfteren Besuch zum Tee und zum Essen, und dann genoß Lavinia ihre ungewohnte Rolle als Gastgeberin.

Es waren überwiegend heitere Tage, woran der ihr sehr wohlgesonnene Godfrey Ashgate und seine quirlige Frau Lucille einen großen Anteil hatten – wie übrigens auch Jonathan Rutledge, ein jüngerer Bruder von Georgina und Edwina.

Er war gerade zehn Jahre älter als Denis, dem Vernehmen nach ein eingefleischter Junggeselle und ein Genießer guten Essens und noch besserer Weine, wie seine beachtliche Körperfülle – trotz der Kunst seines exzellenten Schneiders! – unschwer verriet. Er hatte ein rundes, fleischiges Gesicht, ein wenig abstehende Ohren, was auch sein dichtes kastanienbraunes Haar nicht gänzlich zu kaschieren vermochte, und Augen wie kleine, aber glänzend polierte Murmeln. Und der Schnurrbart, der seine Oberlippe bedeckte, reichte mit seinen herabwachsenden Enden bis ans Doppelkinn hinunter.

Lavinia dachte zuerst, sie würde Jonathan Rutledge nicht leiden können, als er sie in seinem wunderschönen Haus in der Logan Street mit den Worten begrüßte: »Sie können unmöglich die Frau aus Boston sein!«

»Sie ist es, Jonathan«, versicherte Denis belustigt.

Lavinia war auf der Hut. »Ich weiß nicht, welche Frau Sie erwartet haben, Mister Rutledge ...«

»Jonathan, ja?« bat er, und seine kleinen flinken Augen lachten sie an. »Und ich will Ihnen sagen, was für eine Frau ich zu sehen erwartet habe: eine rothaarige Hexe mit Haaren auf den Zähnen, die den armen Denis mittels eines gemeinen Zaubertrunks dazu gebracht hat, sie zu heiraten. Doch was sehe ich statt dessen? Eine betörende Schönheit, deren Opfer, ihn zu heiraten und mit ihm zu gehen, ein Mann wie Denis doch niemals richtig zu würdigen weiß! Denn das einzige, was für einen Pflanzer zählt, ist doch nur das, was er pflücken kann, und auf Belmont Park ist das Baumwolle.«

Lavinia lachte und wußte nun, daß sie sich prächtig mit ihm verstehen würde. »Sie gehen mit ihm zu hart ins Gericht, Jonathan. Ich glaube schon, daß auch noch etwas anderes für ihn zählt.«

Was Denis auch sofort wortreich beteuerte.

»Nun gut, Sie mögen die berühmte Ausnahme sein, Lavinia«, räumte Jonathan ein, während er sie in seinen Salon führte, der ein beredtes Zeugnis von seinem Reichtum ablegte. Die Wände waren mit hellblauer Seide bespannt und mit vergoldeten Zierleisten abgesetzt, und was Teppiche, Möbel und Gemälde betraf, so hatte er nur das Teuerste und Geschmackvollste zusammengetragen — und das bezog sich nicht allein auf diesen Salon, sondern auf die Einrichtung aller Räume dieses herrschaftlichen Stadthauses. »Aber ich weiß schon aus eigener Erfahrung, was bei euch da draußen auf dem Land für Werte zählen. Aristokrat des Südens ist nur der Pflanzer! Darum wird meine Schwester Georgina es mir wohl auch niemals verzeihen, daß ich es vorgezogen habe, mir hier in Charleston selbst etwas zu schaffen, statt im trauten Schoß der Familie auf Belmont Park zu leben und mich dem süßen Nichtstun hinzugeben oder Handlanger für Onkel Stuart zu spielen.«

Denis setzte zu einem Einwand an.
»Ich weiß, ich weiß, die Familie hält zusammen. Tradition und so«, sagte Jonathan mit leichtem Sarkasmus. »Ich weiß auch, daß Belmont Park groß genug ist, um unsere halbe Sippe aufzunehmen. Aber ich brauche schon etwas mehr Beschäftigung, als eine so gut geführte Plantage wie diese mir noch zu bieten hätte. Zudem — du wirst mir meine Offenheit schon verzeihen müssen, Denis — kann ich mit meiner älteren Schwester nicht eine Woche lang unter einem Dach wohnen, ohne nervöse Magenbeschwerden zu bekommen.«
Lavinia hätte ihm nur zu gern beigepflichtet, doch statt dessen sagte sie: »Und darf ich fragen, was Sie sich hier in Charleston geschaffen haben?«
»Ich bin im Handel tätig. Wo ein guter Profit winkt, da finden Sie Jonathan Rutledge«, sagte er ebenso munter wie unbestimmt. »Damit bin ich der erste Rutledge, der sich herabläßt, Handel zu treiben und den Familiennamen zu beschmutzen. Ja, glauben Sie mir nur, Lavinia: Für die Pflanzeraristokratie meines geliebten Südens sind alle anderen Menschen zweiter Klasse, ganz gleichgültig, wie gut sie ihren Beruf ausüben und wie erfolgreich sie sind. Aber genug davon. — Cato!« rief er in die Halle. »Bring den Champagner! Himmel, endlich mal wieder ein Grund zum Feiern! Es müssen schon zwei volle Tage her sein, seit in diesem Haus das letztemal die Champagnerkorken geknallt haben! Mir scheint, ich komme allmählich ins Alter.«
In den Tagen, die Lavinia mit Denis in Charleston verbrachte, knallten noch des öfteren die Champagnerkorken im Haus von Jonathan Rutledge. Es waren überhaupt herrlich erholsame Tage. Sie spazierten durch die Parks, fanden sich zum Sonnenuntergang unter den Palmen von White Point Gardens ein, gingen ins Theater und dinierten mit Jonathan, den Ashgates und anderen charmanten Leuten, die Denis' Entschei-

dung hinsichtlich seiner Ehe im allgemeinen tolerierten und im besonderen mit größter Sympathie begrüßten.
Aus den geplanten vier Tagen wurde rasch eine Woche. Sie nutzten den Aufenthalt natürlich auch, um Einkäufe zu tätigen und sich in den Geschäften nach nützlichen Dingen wie auch reinen Luxusartikeln umzusehen. So flanierten sie im Schatten von Palmen, Platanen und Magnolienbäumen über die beliebten Einkaufsstraßen der Stadt, wo die Kutschen, Mietdroschken und eleganten Cabriolets unablässig über das runde, glänzende Kopfsteinpflaster ratterten. Hier auf der Broad, Meeting und King Street gab sich die zahlungskräftige Gesellschaft ein Stelldichein. Das Angebot der Läden dicht an dicht umfaßte Waren aus aller Herren Länder. Wer hier nicht fand, wonach er suchte, würde auch in Paris oder London kaum mehr Erfolg haben.
Lavinia kostete es aus, mit Denis zusammenzusein, einzukaufen, sich im Theater, im Restaurant und in den Parks in den bewundernden Blicken der Männer zu sonnen und sich von Denis bei einer der besten Schneiderinnen der Stadt drängen zu lassen, doch nicht nur zwei, sondern gleich ein halbes Dutzend neuer Kleider in Auftrag zu geben, die passenden Hüte, Schuhe und anderen Accessoires natürlich eingeschlossen.
So und nicht anders hatte sie sich ihre Ehe mit ihm vorgestellt. Diese Tage in Charleston wurden ihrem Traum ohne Abstriche gerecht. Die Nächte – nun, die ertrug sie. Einmal, nach einem langen, champagnerfröhlichen Abend bei Jonathan, weckte er sogar ein herrliches Gefühl der Erregung in ihr, als er sie nahm. Sie spürte etwas Wunderbares in sich aufsteigen. Doch dann ergoß er sich in ihr und zog sich aus ihr zurück, und sie fühlte sich hinterher merkwürdigerweise noch unglücklicher, als wenn es ihr Schmerzen bereitete und er schon nach wenigen Minuten wieder von ihr abließ. Diese Anwallungen von erwartungsvoller Erregung widerfuhren ihr aber sehr selten.

Die Briefe, die Lavinia aus Charleston an ihre Eltern und an Carol schrieb, spiegelten das Glück wider, das in ihr Leben zurückgekehrt war. Nur war es nicht von langer Dauer. All zu rasch brach der Tag ihrer Rückreise an.

Auf Belmont Park empfingen sie wieder die eisige Ablehnung von Georgina, die ewig vorwurfsvolle Miene von Tante Edwina und die Mißgunst von Melinda. Das Geschenk, das Lavinia in Charleston für sie gekauft und auf dessen Auswahl sie viel Sorgfalt verwandt hatte, wies sie brüsk zurück.

»Mich bestichst du nicht!«

»Melinda, ich möchte dir eine Freude machen. Es ist eine wunderbare Haarspange, die dir ganz entzückend zu Gesicht stehen wird. Bitte nimm mein Geschenk an!«

Melinda sah sie mit verkniffenem Mund an. »Also gut. Wie du willst«, sagte sie schließlich.

Lavinia atmete schon auf. Doch Melinda hatte nicht die Absicht, sich mit ihr zu versöhnen. Sie warf die in hübsches Papier verpackte Haarspange zu Boden und trampelte darauf herum.

»Du hast sie mir geschenkt, oder? Also kann ich auch damit tun und lassen, was ich will. Und ich will sie nicht!« stieß sie höhnisch hervor. »Gar nichts will ich von dir!«

Bleich und wortlos verließ Lavinia ihr Zimmer. Ein kleiner Trost war, daß Tante Lizbeth und Onkel Stuart sich über die Aufmerksamkeiten freuten, die sie ihnen mitgebracht hatten. Nach der Enttäuschung mit Melinda überließ sie es jedoch Denis, ihnen die Geschenke zu geben. Aber sie bedankten sich auch bei ihr, denn sie wußten aus langjähriger Erfahrung, daß von ihm ausgesuchte Geschenke anders aussahen.

Georgina hatte sich schon mit der ihr eigenen Energie und einem Überblick, den sogar Lavinia widerwillig bewundern mußte, in die Vorbereitungen für den Ball gestürzt. Da er nun mal beschlossene Sache und von ihr nicht mehr zu verhindern war, setzte sie all ihren Ehrgeiz darein, dieses Fest auf Belmont Park zu einem großartigen Erlebnis für die Gäste zu machen. Lavinia bot sich an, ihr zu helfen, doch Georgina lehnte kurz und entschieden ab: »Du verstehst davon nichts! Du wirst dann von größtem Nutzen für uns sein, wenn du uns aus dem Weg bleibst!«

Als sie sich bei Denis darüber beklagte, lachte er nur und sagte: »Aber das ist doch kein Grund, dich aufzuregen, mein Schatz! Wenn sie all die Arbeit allein erledigen will, soll es dir doch recht sein. Dann hast du deine Zeit eben ganz für dich.«

»Ich habe Zeit genug für mich«, wandte Lavinia ein. »Ich glaube, du verstehst gar nicht, worum es mir geht.«

»Doch, doch, mein Liebes, ich verstehe dich sehr gut«, beteuerte er. »Aber so tragisch ist es nun wirklich nicht. Deine Zeit kommt auch noch, keine Sorge. Sag mal, hast du überhaupt schon unseren Ballsaal gesehen?«

»Nein«, antwortete sie und dachte, daß sie so vieles noch nicht gesehen und entdeckt hatte, was Belmont Park ausmachte, daß es ihr aber auch nicht so wichtig war — jedenfalls nicht so wichtig wie die Tatsache, daß sie überhaupt keine Aufgaben in diesem Haus hatte und konsequent von allem ferngehalten wurde, was Pflichten und damit auch Rechte begründen konnte. Aber davon wollte Denis offensichtlich nichts wissen, und dann war mit ihm auch nicht zu reden.

»Komm, ich zeige ihn dir jetzt. Du wirst begeistert sein. Es gibt im Umkreis von zwanzig Meilen keinen schöneren!« Er nahm ihre Hand.

Der Ballsaal, der fast den ganzen Osttrakt der oberen Etage einnahm, war beeindruckend in seinen Ausmaßen und seiner klassischen Eleganz.

»Dreißig Fuß in der Breite!« rief Denis voller Stolz. »Und die Dielenbretter sind nicht angesetzt, sondern aus einem soliden Stück Eiche!«

Die Kassettenwände mit den halben, aufgesetzten Säulen zwischen den Sprossenfenstern waren weiß gestrichen und gingen in eine gewölbte Decke über, die in einem lichten Blau gestrichen war, so daß man den Eindruck hatte, den Himmel über sich zu erblicken.

»Ist er nicht ein Traum? Und hier werden wir unseren Ball geben — den ersten von vielen! Komm, laß uns den Ball eröffnen!« Und im Überschwang seiner Gefühle umfaßte er ihre Taille und wirbelte sie um ihre Achse, während er *My Beloved Carolina* sang. Nicht gut, aber aus vollem Herzen.

Sie ließ sich von seiner Freude mitreißen, und lachend tanzten sie unter dem hellblauen Gipshimmel zu seiner manchmal recht eigenwilligen Melodie. Plötzlich hielt er inne, die Arme noch immer um ihre Taille, sah ihr in die Augen und sagte mit zärtlicher Verwunderung: »Ich liebe dich, Lavinia. Und ich werde dich mein ganzes Leben lieben. Ich weiß es so sicher, wie ich weiß, daß alles in Ordnung kommt, was dir im Augenblick noch fremd ist auf Belmont Park und was dich bedrückt. Denn nichts kommt gegen unsere Liebe an!«

»Nein, nichts, mein Geliebter!« stimmte Lavinia ihm gerührt zu und versank in seinem leidenschaftlichen Kuß.

Doch schon beim Mittagessen strafte Georgina die Worte ihres Sohnes Lügen. Sie war mal wieder mit dem Tischgebet an der Reihe, und sie kam mit ihrer eisigen Geringschätzung sehr wohl gegen ihre Liebe an. Zumindest nahm Denis ihre geschickt formulierten Gemeinheiten widerspruchslos hin.

Zwei Tage vor dem Ball, zu dem über hundertzwanzig Gäste eingeladen waren, traf Lavinias Ballkleid aus Charleston auf Belmont Park ein. Es war eine hinreißende Kreation aus fliederfarbener Atlasseide mit aufwendigen Volants und Blumenstickereien.

Mabel wurde regelrecht lyrisch, als sie das Kleid zu Gesicht be-

kam. »Oh, ein Gedicht von einem Ballkleid!« rief sie begeistert aus.
Melinda stand in der Tür. »Wer sich so aufdonnert, wird schon wissen, wovon er ablenken will. Und was für ein ordinärer Ausschnitt!« kommentierte sie mißgünstig.
Mabel wandte sich ihr mit einem kühlen Lächeln zu. »Gewiß, an einer anderen als Missis Lavinia könnte so ein delikates Kleid seinen besonderen Reiz verlieren und frivol wirken. Und wie werden Sie zum Ball erscheinen, Miss Melinda? Etwas Hochgeschlossenes müßte Ihnen eigentlich sehr gut stehen«, setzte sie ihre Pfeile mit einer zuckersüßen Stimme mitten ins Ziel.
Melindas Augen blitzten wütend auf. »Was geht Sie das an?« schnappte sie in Ermangelung einer anderen, mehr schlagfertigeren Antwort und rauschte davon. Laut fiel die Tür hinter ihr zu.
»Das hat aber gesessen«, meinte Lavinia nicht ohne Schadenfreude.
»Es war auch an der Zeit. So etwas Launisches und Hochnäsiges ist mir schon lange nicht mehr untergekommen!« erwiderte Mabel.
Im Haus summte es am Tag des Balls wie in einem Bienenschwarm. Georginas scharfe Stimme war überall zu vernehmen — im Küchenhaus, im Weinkeller, in den Salons und im Ballsaal. Das Orchester reiste schon am frühen Vormittag aus Charleston an, und auf der Terrasse wurden Stühle und Tische für diejenigen bereitgestellt, die dem Trubel des Ballsaals für eine Zeitlang entfliehen und hier die Ruhe für ein Gespräch finden wollten, ohne mit dem Lärm im Saal in Wettstreit treten zu müssen.
Lavinia freute sich auf den Ball, mit dem ja ihre Hochzeit auf BELMONT PARK würdig gefeiert werden sollte. Und da von den geladenen Gästen nur ganz wenige abgesagt hatten, war der ge-

sellschaftliche Erfolg für sie schon gesichert. Aber sie freute sich auch auf das Fest als solches, auf die Möglichkeit, einige nette Bekanntschaften zu machen und mit Denis bis in den nächsten Tag hinein tanzen zu können — in ihrem Traum aus blauer Atlasseide.

Der Traum war jedoch ausgeträumt, noch bevor die ersten Gäste auf BELMONT PARK eintrafen. In der glanzvollen Kreation von Madame Leclaire tanzte sie nicht einen Tanz. Ihre Gäste bekamen sie darin noch nicht einmal zu sehen.

Am frühen Nachmittag hatte sich Lavinia, auf Anraten ihrer Zofe wie ihres Mannes, ins abgedunkelte Schlafzimmer zu einem Schönheitsschlaf zurückgezogen, damit sie frisch und ausgeruht war, wenn der große Trubel begann.

Ein entsetzter, jäh abbrechender Schrei aus dem kleinen Salon nebenan riß sie zwei Stunden später aus angenehmen Träumen, die sie wieder nach Charleston entführt hatten. Verstört richtete sie sich auf.

»O Gott, nein ... o nein«, hörte sie dann ihre Zofe im Nebenzimmer bestürzt mit sich selbst reden. »Unmöglich! ... O nein, es kann nicht wahr sein!«

Lavinia sprang mit einem Satz aus dem Bett und lief zur Verbindungstür, die nur angelehnt war. Mit der schrecklichen Vorahnung einer Katastrophe stieß sie die Tür auf. »Mabel! Was ist passiert?«

Mabel stand vor dem Kanapee, auf das sie Lavinias Ballkleid gelegt hatte, um es im Schlafgemach aus dem Weg zu haben. »Das Kleid, Missis Lavinia! ... Das schöne Kleid!« klagte sie.

Lavinia verstand im ersten Moment nicht, was ihre Zofe so betroffen machte, denn das Kleid lag in all seiner schimmernden Schönheit doch noch genauso da wie vor ein paar Stunden, als Mabel es dort mit aller Behutsamkeit ausgebreitet hatte.

»Ja, aber was ...« Weiter kam sie nicht, denn nun bemerkte

auch sie den langen Riß, der sich vom tiefsten Punkt des Ausschnitts fast bis zur Taille erstreckte.

Lavinia erblaßte. »Mabel! ... Wie konnte das geschehen?« stieß sie entsetzt hervor.

»Ich weiß es nicht, Missis Lavinia! Ich habe es nicht angerührt, seit ich es vorhin hier hingelegt habe. Ich war auch nicht im Zimmer. Gerade bin ich gekommen, um Sie zu wecken. Und als ich den Salon betrete, sehe ich diesen Riß im Kleid. Das ist die Wahrheit! Ich schwöre es bei Gott und allem, was mir heilig ist!« beteuerte Mabel.

Lavinia zweifelte nicht an den Worten ihrer Zofe. Fassungslos folgten ihre zitternden Fingerspitzen dem scharfen, glatten Riß, der mitten durch das Oberteil des Kleides ging. »Ich ... ich verstehe das nicht«, flüsterte sie wie benommen. »Wie ... wer ...«

»Ich verstehe es auch nicht, Missis Lavinia. Aber für diesen tiefen Riß gibt es nur eine Erklärung: Da muß jemand mit beiden Händen den Ausschnitt gepackt und kräftig daran gerissen haben!«

Auf einmal begriff Lavinia. »Melinda!« rief sie, von einer Woge heißen Zorns gepackt. »Das kann nur sie gewesen sein! Dieses gemeine, hinterhältige Biest! Aber das nehme ich nicht hin! ... Mabel, hol meinen Mann!«

Als Mabel mit Denis zurückkehrte, hatte sich Lavinia schon ihren Morgenmantel übergeworfen. Sie war blaß vor Wut und zitterte innerlich.

»Was ist, Liebes?« fragte er ahnungslos.

»Sieh dir das an!« stieß Lavinia hervor und wies auf den tiefen Riß. »Das hat deine Schwester getan!«

Sein Gesicht nahm einen verblüfft verständnislosen Ausdruck an. »Melinda? Wie meinst du das?« fragte er.

»Sie hat sich hier ins Zimmer geschlichen und kurzerhand das Oberteil eingerissen!« rief Lavinia mit schriller Stimme. »Mein Ballkleid! Sie war von Anfang an neidisch und wollte mir ...«

»Aber ich bitte dich, Lavinia!« fiel er ihr verstört ins Wort. »Melinda ist meine Schwester! Sie würde doch so etwas ... Gemeines nie tun. Und weshalb auch?«
»Weshalb?« wiederholte Lavinia erregt und begriff nicht, wie er das überhaupt fragen konnte. »Weil sie neidisch auf mein Kleid war und weil sie mich nicht leiden kann! Sie haßt mich!«
»Aber das bildest du dir doch nur ein!«
»Und diesen Riß da? Bilde ich mir den auch ein?« schrie Lavinia mit Tränen in den Augen. »Glaubst du vielleicht, ich hätte mein Ballkleid eigenhändig aufgefetzt, um deiner ach so unschuldigen Schwester ein Unrecht anhängen zu können, ja? Es ist das schönste Kleid, das ich je besessen habe, und du weißt, wie teuer es war! Mein Gott, glaubst du mir denn nicht?«
Seine Miene wurde ungehalten. »Ich verstehe das nicht. Aber Melinda soll sich selbst dazu äußern!« Er rief seine Schwester. Sie kam mit Georgina, ein falsches Lächeln auf den Lippen und ganz die ahnungslose Unschuld in Person, die sofort in helle Empörung geriet, als sie von diesen »lächerlichen Anschuldigungen« hörte.
»Sie muß verrückt geworden sein!« sagte sie entrüstet zu ihrer Mutter. »Was interessiert mich ihr Kleid? Es hat mir sowieso nicht gefallen. Dieser ordinäre Ausschnitt ...«
»Hier geht es nicht um persönliche Fragen des Geschmacks, Melinda!« herrschte Denis seine Schwester an. »Hier geht es allein um die Frage, ob du dich an Lavinias Kleid zu schaffen gemacht hast. Und ich verlange eine klare, eindeutige Antwort!«
»Nein, nein und zehnmal nein!« rief Melinda. »Ich habe damit nichts zu tun. Ihr habt mein Ehrenwort, daß ich es nicht mal angerührt habe!«
»Du bist eine Lügnerin!« bezichtigte Lavinia sie wutentbrannt. »Und ich verlange, daß du dich bei mir entschuldigst!«
»Ich und mich entschuldigen? Ich wüßte nicht, wofür! Es ist

eine Ungeheuerlichkeit, daß sie mich hier an den Pranger stellt, Mom!« empörte sich Melinda.
»In der Tat!« griff Georgina nun ein und richtete ihren stechenden Blick auf Lavinia. »Du hast nicht den geringsten Beweis, daß Melinda es war, oder?«
»Ich brauche keine Beweise!« entgegnete Lavinia zornig. »Nur sie kann es gewesen sein!«
Georgina machte eine wegwischende, herrische Handbewegung. »Unsinn. Vielleicht hat sich eines von den Mädchen ins Zimmer geschlichen, mit deinem Kleid Schindluder getrieben, während du geschlafen hast, und es dabei beschädigt. Aber vielleicht ist auch deine Zofe unachtsam damit umgegangen, wer weiß ...«
Mabel lief rot an. »Bei allem Respekt, Missis DeLong, aber ich war es nicht! Das schwöre ich auf die Heilige Schrift!«
»Ich habe nicht gesagt, daß Sie es waren, Miss Tattler. Ich habe nur deutlich machen wollen, daß es genügend andere Erklärungen für diesen bedauerlichen Riß gibt«, erwiderte Georgina kühl. »Meine Tochter war es auf jeden Fall nicht. Ihre Antwort war ja wohl deutlich genug. Außerdem tut Melinda so etwas auch nicht.«
»Ja, das kann ich mir auch nicht vorstellen«, bemerkte Denis treuherzig.
Lodernde Wut schoß in Lavinia auf, daß nun auch ihr eigener Mann sie wie eine Lügnerin dastehen ließ. »Nein, tut sie so etwas nicht?« rief sie außer sich. »Ich erinnere mich noch sehr gut daran, auf welch liebenswürdige Weise sie sich für das Geschenk bedankt hat, das ich ihr aus Charleston mitgebracht habe — indem sie nämlich so lange darauf herumgetrampelt ist, bis die hübsche Haarspange zerbrochen war! So sieht es mit ihrer freundlichen Art aus! Oder willst du das jetzt vielleicht auch abstreiten?«
Denis schaute seine Schwester mit gerunzelter Stirn an, als könnte er nicht glauben, was er da gerade gehört hatte.

Melinda verdrehte wie geplagt die Augen. »Sie übertreibt maßlos, Denis! Es war ein dummer Zufall, das mir das Päckchen zu Boden gefallen ist und ich ungewollt darauf getreten bin«, log sie. »Und jetzt habe ich genug von diesen lächerlichen Unterstellungen. Clover wartet schon darauf, mich zu frisieren.«
»Mir machst du nichts vor, Melinda!« rief Lavinia ihr in ohnmächtigem Zorn nach.
»Bitte sorg dafür, daß sich deine Frau beruhigt ... und daß sich solche Szenen nicht wiederholen!« forderte Georgina ihren Sohn auf und ging kopfschüttelnd hinaus.
»War das denn nötig?« fragte Denis ungehalten. »Das hätte wirklich nicht sein müssen.«
Lavinia hatte Tränen der Wut und der Enttäuschung in den Augen. Daß Denis sich auf die Seite seiner Schwester stellte, traf sie schlimmer als die vorsätzliche Beschädigung ihres Ballkleides. »Du glaubst deiner Schwester mehr als mir, nicht wahr?«
»Ach was! Das hat doch mit glauben nichts zu tun, Lavinia! Du hast dich da in eine dumme Idee verrannt. Mag sein, daß es zwischen Melinda und dir nicht so ist, wie es eigentlich sein sollte. Aber daß sie dich haßt und zu solchen Dingen fähig wäre, ist nun wirklich übertrieben und sehr ungerecht ihr gegenüber. Außerdem hat sie ihr Ehrenwort gegeben, und das Ehrenwort eines DeLong zieht man nicht in Zweifel.«
Es war das Ehrenwort einer Lügnerin. Doch ihr fehlten die Beweise — und die Bereitschaft ihres Mannes, das Verhalten seiner Schwester ihr gegenüber mit kritischen Augen zu sehen. Lavinia begriff in diesem bitteren Moment, daß Denis auf diesem Auge blind war. Ob bewußt oder unbewußt, er wies die Möglichkeit, daß einer aus seiner engsten Familie ihr etwas Böses wollte, von vornherein in den Bereich des Undenkbaren. Es war auch sinnlos, mit ihm darüber streiten zu wollen. Mit dieser seiner Schwäche würde sie leben müssen.
»Nun wein doch nicht«, sagte er sanft, als ihr die Tränen über

die Wangen liefen. Er tupfte sie ihr liebevoll vom Gesicht. »Das mit dem Kleid ist gewiß traurig. Aber du hast doch noch genügend andere Kleider, die ganz wunderbar sind. Außerdem: Du wirst so oder so die schönste Frau auf dem Fest sein, egal, was du anziehst.«

Auch Mabel versuchte sie zu trösten, als Denis gegangen war. »Madame Leclaire wird einfach ein neues Oberteil einsetzen, dann ist es wieder wie neu. Sie werden schon noch eine Gelegenheit finden, in diesem Kleid zu strahlen, Missis Lavinia.«

»Der Ball ist in zwei Stunden, Mabel, nicht irgendwann!« sagte Lavinia leise. »Was soll ich denn jetzt bloß anziehen?«

Mabel ging die Garderobe, die dafür in Frage kam, sorgfältig durch. »Das flaschengrüne Organzakleid!« rief sie dann. »Das und kein anderes!«

»Aber das ist doch so... so erbarmungslos schlicht im Schnitt!« protestierte Lavinia. »Da ist nichts dran und nichts drum!«

»Eben deshalb!« meinte Mabel. »Jemand wie Sie braucht gar nichts dran und drum, um bei den Männern Herzklopfen und Kalbsaugen zu bewirken. Sie brauchen den ganzen Schnickschnack nicht.«

Lavinia ließ sich zu dem einfachen Kleid aus diesem zarten, fließenden Gewebe überreden, blieb jedoch skeptisch. Ihr war sowieso die ganze Freude am Fest verleidet. Die Gemeinheit Melindas hätte sie ja noch verwunden, doch daß Denis ihr nicht geglaubt und sich damit in dieser Situation gegen sie gestellt hatte, ging viel tiefer.

Der Ball wurde dennoch zu einem großartigen Erlebnis und Erfolg für sie. Die Schlichtheit des Kleides brachte ihre jugendliche Anmut und aparte Schönheit tatsächlich besonders gut zur Geltung.

Die Bewunderung, die man ihr in Wort und Blick entgegenbrachte, richtete ihr geknicktes Selbstvertrauen wieder auf und

gab ihr auch die Freude am Fest zurück. Sie konnte sich der Tänzer kaum erwehren. Sogar Onkel Stuart ließ es sich nicht nehmen, mit ihr zu tanzen und ihr ein reizendes Kompliment zu ihrem Aussehen zu machen. Dreimal bat er sie unter der blauen Himmelskuppel zum Tanz.
Als Genugtuung empfand Lavinia es, daß sich auch die jungen Männer, an denen Melinda Interesse zeigte, danach drängten, sie auf das Parkett zu führen und in den Pausen mit Fruchtpunsch zu versorgen. Wann immer sie in die Nähe ihrer Schwägerin kam, die ein aufwendig gearbeitetes Kleid aus lavendelfarbener Seide trug, ohne sie damit jedoch ausstechen zu können, wurde Melindas Lächeln zu einer Grimasse falscher Freundlichkeit, während ihr Blick so kalt und scharf wie eine Messerklinge war.
Daß Melinda abgemeldet war und die Männer sich ihr zuwandten, empfand Lavinia als gerechte Rache. Dabei war es eher ein Akt der Großherzigkeit als ein Vergnügen, mit Dean Talleham zu tanzen. Denn er erwies sich als miserabler Tänzer, der zudem völlig von seinem Bemühen in Anspruch genommen war, sich für seinen Fauxpas von vor drei Wochen wortreich zu entschuldigen. Ihm war anzuhören, daß er diese lange, gestelzte Rede erst in mühsamer Arbeit zu Papier und dann auswendig gelernt hatte.
Sie war froh, als Henry Chatlin sie erlöste, denn er führte sie mit dem Gefühl des geborenen Tänzers und war zudem auf eine erfrischende Art charmant und unterhaltsam. »Es war einfach köstlich, wie Sie den armen Dean zum Tropf gestempelt haben.«
»Habe ich das?«
»Aber ja, und Sie wußten natürlich vom ersten Augenblick an, daß Sie ihm Todesangst einjagen würden. Sie haben uns jedoch alle auf höchst aufregende Weise zappeln lassen, bis Sie schließlich den gordischen Knoten mit Ihrer Erklärung, in Virginia

geboren zu sein, gelöst und Dean die Hoffnung zurückgegeben haben, doch noch eines Tages einen gewissen Grad der Reife zu erringen«, spottete er.

»Fanden Sie mein Vorgehen ungehörig?« erkundigte sie sich belustigt.

Er lachte. »Ganz und gar nicht, zumindest im nachhinein nicht. Aber auch wenn Boston Ihr Geburtsort gewesen wäre, hätte Dean für seine ignorante Blindheit eine Strafe verdient gehabt. Ein halbwegs gesundes Auge hätte bei Ihrem Anblick erkennen müssen, daß nicht allein der Süden die Schönheit für sich in Anspruch nehmen kann.«

Sie hob kokett die Augenbrauen an. »Ein reizendes Kompliment, Mister Chatlin. Doch höre ich aus Ihren Worten nicht auch heraus, daß meine Geburt in Virginia und die fünf Jahre, die ich in Richmond aufgewachsen bin, mich trotz allem nicht zu einer aus dem Süden machen?«

»Bitte verzeihen Sie mir die unfeine Formulierung, Missis DeLong, aber von mir aus könnten Sie am Pol geboren sein oder geradewegs aus dem afrikanischen Busch kommen, es würde in meinen Augen nichts daran ändern, daß ich — wie auch die meisten anderen — Ihren Mann uneingeschränkt beneide. Ich wünschte, mich hätte es vor fünf Monaten geschäftlich nach Boston und in die Kanzlei Ihres Herrn Vater geführt«, machte er ihr ein feuriges Kompliment, das sich gerade noch an der Grenze des Statthaften bewegte.

Lavinia errötete. »Ihre Art, einer verheirateten Frau Komplimente zu machen, erscheint mir sehr gewagt, Mister Chatlin!«

Leicht lag seine Hand auf ihrem Rücken, doch fest war der Blick seiner Augen. »Ich müßte Ihnen zustimmen und mich entschuldigen, hätte es sich um ein Kompliment gehandelt, Missis DeLong. Doch da ich mich nur der Wahrheit verpflichtet fühlte, darf ich wohl davon ausgehen, nicht Ihren Unmut

geweckt, sondern eine treffliche Feststellung gemacht zu haben.«
»Sie sind ein Charmeur – und Sie wissen es!« tadelte sie ihn, doch sie lachte dabei.
Später machte sie auch die Bekanntschaft von Robert Middleton, den Melinda genauso entschlossen wie vergeblich für sich zu gewinnen suchte. Er sah ansprechend aus, wußte sich zu unterhalten und tanzte auch recht leidlich. Einen bleibenden Eindruck hinterließ er jedoch nicht auf Lavinia, ganz im Gegensatz zu Sally Ryder, eine zierliche Person mit einer sprühenden Lebensfreude, mit der sie eine sehr nette Unterhaltung führte.
Harriet Whitton von Whitton Hall, eine auf Idealtaille extrem enggeschnürte schwarzhaarige Schönheit von siebzehn Jahren, gesellte sich dabei zu ihnen. »Ich habe schon so viel von Ihnen gehört, Lavinia ... Sie erlauben doch, daß ich Sie Lavinia nenne, nicht wahr?« tat sie besorgt und setzte das Einverständnis voraus, denn sie fuhr sogleich fort in ihrer etwas gezierten Rede: »Mein Bruder hat in den höchsten Tönen von Ihnen gesprochen, von Ihrer sensationellen Enthüllung und Ihrem Pianospiel.«
»O danke«, sagte Lavinia.
Denis trat zu ihnen. »Die Damen erlauben, daß ich meine Frau zu einem Tanz entführe? Wenn ich die Gunst des Augenblicks jetzt nicht nutze, habe ich wieder das Nachsehen«, scherzte er.
»Sie müssen mich unbedingt einmal zum Tee besuchen kommen, Lavinia!« rief Harriet ihr noch zu.
»Ja, gern.«
Denis zog sie auf die Tanzfläche. »Man könnte meinen, das hier wäre dein Debütantinnenball und nicht das Fest, das wir anläßlich unserer Hochzeit geben. Ich habe schon aufgehört, die Männer zu zählen, mit denen du an mir vorbeigetanzt bist«, neckte er sie.

Sie lächelte. »Soll ich deine Freunde vor den Kopf stoßen? Und zählt so etwas nicht zu den Pflichten einer guten Gastgeberin?«
Er lachte. »Wenn das Fest vorbei ist, wird nicht einmal der Gehässigste behaupten können, du wärst deinen Pflichten nicht mit bewundernswertem Eifer nachgekommen!«
Mitternacht war schon vorbei, doch das Fest war noch lange nicht zu Ende. Die letzten Gäste verließen Belmont Park erst, als Lavinia schon längst in den Schlaf glücklicher Erschöpfung gesunken war und der neue Tag im Osten heraufdämmerte.

12

Wenige Tage nach dem Ball erhielt Lavinia von Harriet Whitton eine Einladung zum Tee. Sie las das Schreiben, das ein berittener Bote überbrachte, mit Überraschung, hatte sie doch ihr wirklich sehr flüchtiges Gespräch längst vergessen.
»Von wem kommt der Brief?« fragte Denis, der zufällig zugegen war, als Ebenezer ihr den Umschlag auf einem Silbertablett in den Salon brachte.
»Von Harriet Whitton. Sie bittet mich und deine Schwester, doch übermorgen zum Tee nach Whitton Hall zu kommen«, unterrichtete Lavinia ihren Mann.
Denis furchte die Stirn. »Harriet?« fragte er verwundert.
»Ja. Sie schreibt, daß auch noch Sally Ryder, Clarice Dunbar, Drucilla Vaugham und Martha Turner, die Verlobte eines gewissen Charles Russell, kommen werden. Angeblich hätte ich sie alle auf unserem Ball kennengelernt. Doch ich muß gestehen, daß mir zu diesen Namen keine Gesichter mehr einfallen.«
»Merkwürdig«, murmelte Denis.

»Daß ich mich nicht an sie erinnern kann oder die Einladung?« fragte Lavinia.
»Daß ausgerechnet Harriet Whitton dich zum Tee einlädt, ist schon erstaunlich ...« meinte er.
»Soll ich besser absagen?«
»Nein, nein, dafür besteht kein Grund, und eine Einladung nach WHITTON HALL abzulehnen, könnte als Affront verstanden werden«, erklärte er hastig. »Fahrt nur hin. Es wird bestimmt sehr unterhaltsam werden, zumal wenn Sally mit von der Partie ist.«
Lavinia suchte Melinda auf, berichtete ihr von der Einladung und fragte, ob sie mit ihr nach WHITTON HALL fahren wolle.
Melinda, die in einem Modejournal las, blickte noch nicht einmal auf. »Natürlich, was denkst du denn?« fragte sie kratzbürstig zurück.
Lavinia gab dem Boten die Nachricht an Harriet Whitton mit, daß ihre Schwägerin und sie der Einladung mit dem größten Vergnügen folgen würden.
Es war ein schöner, sonniger Nachmittag, als sie sich auf den Weg nach WHITTON HALL machten. Sie fuhren in dem hübschen offenen Einspänner, den Melinda zu ihrem sechzehnten Geburtstag bekommen hatte und den sie auch gut zu lenken verstand. Dabei war Grace eine Stute mit einem gehörigen Feuer im rassigen Leib.
Lavinia versuchte mit ihrer Schwägerin ein Gespräch anzuknüpfen, gab es jedoch bald auf, als diese sie mit einsilbigen Antworten abfertigte. Wenn sie Schweigen vorzog, sollte es eben so sein. Zum Glück war es nur eine kurze Fahrt von gerade einer halben Stunde, denn die Plantage der Whittons lag auf der anderen Seite der Landstraße.
WHITTON HALL konnte sich nicht ganz mit BELMONT PARK messen, zählte aber zweifellos zu den stattlichsten Herrenhäusern. Während Melinda mit Herzlichkeit begrüßt wurde, hatten die

Eltern von Harriet für Lavinia gerade mal unterkühlte Freundlichkeit übrig. Ihr Sohn George ließ sich davon jedoch nicht abhalten, seine Freude über ihr Kommen zu zeigen, und am liebsten hätte er ihnen im Salon Gesellschaft geleistet.
Doch das ließ Harriet nicht zu. »Kommt gar nicht in Frage, George! Das ist eine Tee-Party, bei der Männer nichts zu suchen haben. Wir wollen auch mal unter uns sein!« erklärte sie energisch und schickte ihn hinaus.
Es gab zum Tee kleine Sandwiches und Gebäck, und anfangs glaubte Lavinia, es könne ein wirklich netter Nachmittag werden, der vielleicht sogar damit endete, daß sie mit einigen von ihnen Freundschaft schloß. Denn Sally Ryder zog sie gleich in ihre Diskussion mit der etwas molligen, aber doch recht kecken Drucilla Vaugham. Es ging um eine Belanglosigkeit, doch das machte es Lavinia um so leichter, sich unbefangen an dem Gespräch zu beteiligen. Clarice Dunbar und Martha Turner hielten sich dagegen ein wenig zurück.
Dann aber machte Harriet dem leichten Geplauder ein Ende, indem sie sehr gezielte Fragen an Lavinia richtete. Dabei tat sie so, als brennten sie alle darauf, sie endlich näher kennenzulernen. Doch in Wirklichkeit zielten ihre Fragen einzig und allein darauf, sie zu verhöhnen und ihr deutlich zu machen, für wie skandalös sie ihre Eheschließung hielt. Das ging Lavinia allerdings erst nach und nach auf.
»Sie müssen uns unbedingt von Ihrer Familie erzählen, Lavinia! Es soll bei Ihnen im Norden ja völlig anders zugehen als bei uns«, tat sie scheinheilig.
Lavinia war entschlossen, sich nicht provozieren zu lassen, zumal sie spürte, daß Sally und Drucilla dieses ständige Insistieren nicht weniger unerhört fanden als sie selbst. Doch als die Fragen und Kommentare von Harriet immer persönlicher wurden, begriff sie auf einmal, daß sie einem zwischen ihr und Melinda abgekarteten Spiel auf den Leim gegangen war. Denn

einzig von Melinda hatte Harriet derart intime Details erfahren können!
»Ich hoffe nur, daß Ihnen unser Klima auf die Dauer auch bekommt. Es heißt, daß schwache Naturen, zumal wenn sie aus dem Norden kommen, leicht mit den Nerven Probleme kriegen. Und ich habe davon gehört, daß solche Nervenkrisen sogar in eine Art von Verfolgungswahn führen können«, sagte Harriet mit vorgetäuschter Besorgnis und wechselte dann scheinbar das Thema, während sie in Wirklichkeit eine Verbindung zu diesen »Nervenkrisen« herstellte: »Aber reden wir von erfreulicheren Dingen. Sagen Sie, was halten Sie von Madame Leclaires Schneiderkünsten? Stimmt es, daß Sie an der Verarbeitung Ihres Ballkleides einiges auszusetzen hatten und es deshalb nicht zum Fest getragen haben? Madame Leclaire wird untröstlich sein, wenn man Sie nun überall zitiert, daß ihre Nähte zu wünschen übriglassen.«
Melinda lächelte maliziös, während Martha und Clarice wissend kicherten.
Lavinia blieb die Luft vor Empörung weg. Das war der Gipfel der Unverschämtheit. Und einen Moment lang war sie versucht, dieser eingebildeten, affektierten Zicke rundheraus die Meinung zu sagen. Doch dann sagte sie sich, daß sie ihr und Melinda sowie Martha und Clarice gar keinen größeren Gefallen tun könnte, als sie zu beschimpfen und einen Skandal auf WHITTON HALL heraufzubeschwören.
Jetzt nur die Ruhe! gemahnte sie sich in Gedanken, zwang sich zu einem Lächeln und antwortete mit kühler Gelassenheit: »Madame Leclaire hätte gar keine bessere Arbeit abliefern können. Daß ich das Kleid zum Ball nicht tragen konnte, lag vielmehr an der Einfältigkeit einer sehr kindischen, unreifen Person, die es aber gar nicht wert ist, daß ich noch ein Wort über sie verliere. Im übrigen finde ich es ausgesprochen reizend, daß meine aufrichtige Schwägerin Ihnen alle Geschehnisse von

Belmont Park in so nachbarschaftlicher Mitteilsamkeit berichtet. Das enthebt mich jetzt und in Zukunft der Peinlichkeit, Sie mit Geschichten zu langweilen, über die Sie ja schon längst informiert sind.«

Mit dieser Reaktion hatten Melinda und Harriet nicht gerechnet. Beide wurden blaß und wußten nicht, was sie darauf erwidern sollten. Denn Lavinias Worte konnten sie nur dann als Affront bezeichnen, wenn sie gleichzeitig ihre Hinterhältigkeit und die stille Absprache eingestanden, und das war ausgeschlossen.

Doch alle wußten, wovon die Rede war. Und sogar auf den Gesichtern von Martha und Clarice zeigte sich nun ein Ausdruck von Schadenfreude.

Lavinia erhob sich. »Es war eine ausgesprochen aufschlußreiche Teestunde, zu der Sie die Freundlichkeit hatten, mich einzuladen, meine liebe Harriet. Und Sie haben sich so viel Mühe gegeben. Ich werde Ihnen das nicht vergessen. Ich hoffe, das tröstet Sie darüber hinweg, daß ich jetzt schon aufbrechen muß«, sagte sie mit ätzender Doppeldeutigkeit. »Ich denke, Sie werden erschöpft sein. Melinda ...«

»Ich habe nicht die Absicht, jetzt schon zurückzufahren!« stieß sie in ihrer Wut gedankenlos hervor, denn der Frau ihres Bruders eine solche Antwort zu geben, empfanden sogar Martha und Clarice als unverzeihlich.

Bevor Lavinia darauf reagieren konnte, sagte Sally: »Ach, das macht nichts. Lavinia kann mit mir fahren. Ich muß jetzt auch los, und Belmont Park ist kein großer Umweg für mich.«

»Wir sollten ebenfalls«, sagte Martha zu Clarice.

Harriet wurde nun rot vor Verlegenheit, und sie wußte nicht, wie sie die Minuten überbrücken sollte, bis die beiden Kutschen vorgefahren waren. Lavinia ließ es sich nicht nehmen, sich bei Harriet noch einmal für ihre außergewöhnliche Gastfreundschaft zu bedanken, bevor sie zu Sally Ryder in die Kutsche stieg.

»Was Melinda und Harriet da mit Ihnen getrieben haben, ist ein Skandal!« empörte sich Sally.
»Es wird mir eine Lehre sein, Einladungen besser nicht anzunehmen, die zugleich auch an meine raffinierte Schwägerin gerichtet sind«, sagte Lavinia mit einem bitteren Lächeln.
Sally legte ihr die Hand auf den Arm. »Ich habe mich für Harriet geschämt, aber nicht den Mut gefunden, ihrem ungehörigen Treiben Einhalt zu gebieten. Doch seien Sie unbesorgt, damit hat sie sich ins eigene Fleisch geschnitten. Clarice und Martha hatten zeitweilig ihre Freude an Harriets Sticheleien, aber sie hätte klüger daran getan, den Bogen nicht zu überspannen. Diese Teestunde wird sich für Harriet zum Bumerang erweisen — und ich prophezeie Ihnen, daß Martha und Clarice Sie einladen werden, Ihre Schwägerin jedoch nicht, und sie werden sich einen guten Grund einfallen lassen, der es ihnen erlaubt, Melinda auszuschließen. Und nicht anders werde ich verfahren.«
»Ich danke Ihnen, Sally«, sagte Lavinia gerührt.
»Muß es denn ein so förmliches Sally sein? Ich weiß, es steht mir nicht zu, Ihnen dies anzutragen, da Sie eine verheiratete Frau sind, aber ich wage es dennoch: Wollen wir nicht lieber richtige Freundinnen sein und aufrichtig zueinanderstehen?«
»Ja, von Herzen ja!« sagte Lavinia und hatte Tränen in den Augen, als sie sich gegenseitig auf die Wange küßten, um dieses Freundschaftsversprechen zu besiegeln.
Sie fuhren schon die Sykomorenallee hinauf, als Sally plötzlich sagte: »Wir haben uns Aufrichtigkeit versprochen. Deshalb möchte ich dir etwas sagen, was du wissen mußt, um zu verstehen, warum Harriet das getan hat.«
Lavinia sah sie erwartungsvoll an.
Sally holte tief Atem. »Es ist nämlich so, daß Harriet dir Denis neidet — ja, aus tiefster Seele neidet und es nicht verwinden kann, daß du auf Belmont Park eingezogen bist. Denn sie hat sich schon als die zukünftige Missis DeLong gesehen.«

»Hat ... hat Denis ihr Anlaß gegeben, sich darauf Hoffnungen zu machen?« fragte Lavinia vorsichtig und innerlich aufgewühlt. Jetzt verstand sie auch, warum Denis so merkwürdig auf die Einladung reagiert hatte.
»Ich weiß es nicht«, antwortete Sally. »Nein, ich glaube nicht. Er hat nie zu erkennen gegeben, daß er Harriet den Hof macht. Vielleicht hat er ihr dann und wann einmal Komplimente gemacht, aber wenn das schon ein Heiratsversprechen wäre, würden die Männer bald so stumm wie Fische sein. Nein, Denis hat sich nichts vorzuwerfen. Denn wer kann schon etwas dafür, wenn sich seine Mutter und die Eltern von Harriet diese Heirat gewünscht und ihr das Gefühl gegeben haben, es werde schon noch mit ihnen beiden klappen. Aber gesagt haben wollte ich es dir schon.«
»Das war auch gut so, denn jetzt weiß ich endlich, woran ich bin«, erwiderte Lavinia, bedankte sich bei ihrer neuen Freundin aufs herzlichste und stieg aus der Kutsche, nachdem sie vereinbart hatten, sich schon bald wieder zu sehen.
Es traf sich gut, daß Denis von einem Inspektionsritt zu den Baumwollfeldern zurückgekehrt war und gerade sein Pferd dem Stallknecht überlassen hatte. Lavinia stellte ihn sofort zur Rede.
»Warum hast du mir nichts davon erzählt, daß Harriet im festen Glauben war, mit dir schon so gut wie verlobt zu sein?« fragte sie ihn wütend.
»Wenn sie das behauptet hat, dann lügt sie!«
»Nein, behauptet hat sie das nicht. Aber sie hat mich spüren lassen, wie sehr sie es mir verübelt, daß ich dich ihr weggeschnappt habe!«
»Dafür kann ich ja wohl nichts, oder?«
»Nein, aber du hättest mich darauf vorbereiten müssen, Denis!« warf sie ihm vor.
Er machte ein schuldbewußtes Gesicht. »Ja, vielleicht hast du

recht. Aber ich dachte, sie würde schon vernünftig genug sein. Und ich kann dich doch nicht vor allen Frauen warnen, die sich Hoffnungen gemacht haben, mich zum Mann zu bekommen. Nicht, daß ich mich so wichtig nehme, denn ich weiß wohl, daß die Begehrlichkeit dieser Frauen zumeist BELMONT PARK meint und nicht meine Person. Und daher habe ich dir ja auch so viel von all dem hier verschwiegen, weil ich nur deine Liebe wollte.«

Ihr Ärger schmolz dahin wie Butter in der Sonne, und ihre Stimme wurde weich. »Ach, du Dummkopf, die hast du doch. Nur hilf mir ein wenig, mich in deiner Welt zurechtzufinden.«

Er versprach es ihr.

Keine halbe Stunde später traf Melinda ein. Lavinia begegnete ihr in der Halle. Ihre Schwägerin war noch immer recht blaß um die Nase.

»Na, bist du gleich zu meinem Bruder petzen gegangen?« fragte sie schnippisch und zugleich auch ängstlich, war sie sich ihres skandalösen Benehmens doch nur zu gut bewußt.

Lavinia sah sie fast mitleidig an. »Nein, Melinda. Du hättest das wohl getan. Aber du mußt nicht immer gleich von dir auf andere schließen«, sagte sie und hoffte, sie beschämt und ein wenig zur Einsicht gebracht zu haben. Sie bezweifelte es jedoch.

13

Lavinia behielt recht. Melinda änderte ihr Verhalten nicht. Eher traf das Gegenteil zu. Bot sich ihr eine Gelegenheit, um sie bloßzustellen, so nahm sie diese ohne Zögern wahr. Gehässige Bemerkungen, die sie jedoch nur außer Hörweite ihre Bruders von sich zu geben wagte, gingen ihr so glatt über die Lippen wie ihrer Mutter die schikanösen Tischgebete.

Es fruchtete nichts, daß sie sich bei Denis beklagte und ihn bat, sich doch vor sie zu stellen und dafür zu sorgen, daß man sie so respektierte, wie sie es als seine Frau erwarten konnte. Er spielte die Vorfälle jedesmal herunter und tröstete sie damit, daß sich mit der Zeit schon alles auf das rechte Maß einpendeln würde und daß sie nur Geduld haben müsse.

Georgina die Stirn zu bieten und ihr im Haushalt die Stellung als Mistress streitig zu machen, war eine Vorstellung, die gelegentlich ihre Träume beflügelte. Aber sogar im Traum war sie sich ihrer selbst so unsicher, daß ihr mutiger Kampf gegen die Tyrannei ihrer Schwiegermutter letztlich mit einer schmählichen Niederlage endete. Um so mehr fehlte ihr am Tage der Mut und die nötige Unterstützung durch Denis, sich gegenüber Georgina zu behaupten. Ihre Schwiegermutter war so respekteinflößend, so perfekt in der Organisation des vielköpfigen Haushalts und von so scharfzüngiger Schlagfertigkeit, daß im Licht des Tages ihr noch nicht einmal der Gedanke an eine offene Kampfansage kam.

Lavinia machte es sich zwangsläufig zur Gewohnheit, sich ihrer Schwägerin und ihrer Schwiegermutter so weit als möglich fernzuhalten. Zum Glück gab es auf Belmont Park genügend faszinierende Orte, die sie so gut wie für sich allein hatte. Das war einmal die Bibliothek, die mit ihren Bücherschränken aus herrlich poliertem Kirschholz, der anheimelnden Sitzgruppe vor dem Kamin, den persischen Teppichen und dem ganz eigenen Geruch von mehreren tausend Büchern für sie eine Oase der Ruhe und der Beschaulichkeit war. Es machte ihr allergrößtes Vergnügen, in den Bücherschränken herumzustöbern, in denen sich Bücher zu den unterschiedlichsten Interessengebieten fanden – zu ihrem vergnügten Erstaunen sogar Romane von jener halb romantischen, halb freizügigen Art, die sie in Boston mit so großer Leidenschaft verschlungen hatte. Nun fand sie diese Literatur nicht mehr ganz so fesselnd,

was vermutlich daran lag, daß sie mittlerweile einen Großteil ihrer mädchenhaften Illusionen über die Ehe und das »leidenschaftliche Verschmelzen der sich Liebenden« verloren hatte.
Lavinia zog sich nach den Mahlzeiten auch oft in ihren kleinen Salon neben dem Schlafzimmer zurück, wo Mabel ihr häufig Gesellschaft leistete. Dann lasen sie, beschäftigten sich mit Handarbeiten oder studierten Modejournale, von denen zahlreiche mit der Post auf BELMONT PARK eintrafen. Melinda hatte dafür gesorgt, daß Denis nach dem Tod ihres Vaters alle wichtigen Gazetten dieser Art abonniert hatte. Es amüsierte Lavinia dabei, daß ihre Schwägerin offensichtlich nichts daran auszusetzen hatte, daß all diese Modejournale aus dem Norden kamen. Es war nicht eins darunter, das im Süden publiziert wurde.
Viel Zeit verbrachte sie auch am Sekretär. Sie entwickelte sich zu einer fleißigen Briefschreiberin. Denn obwohl sie ein sehr vertrauliches Verhältnis mit Mabel verband, lastete doch so einiges auf ihrer Seele, das sie nicht mit ihrer Zofe teilen konnte und wollte. Ihre regelmäßigen und ausführlichen Briefe an Carol halfen ihr, besser mit ihrer bedrückenden Situation fertig zu werden.
Denis bekam sie manchmal nur zu den Mahlzeiten zu Gesicht. Die Baumwollernte hatte mittlerweile auf BELMONT PARK eingesetzt. Der Gedanke, sie einmal mitzunehmen und ihr zu zeigen, wie das weiße Gold des Südens gepflückt und weiterbehandelt wurde, kam ihm offenbar gar nicht. Und da er meist mit Onkel Stuart unterwegs war, verzichtete sie darauf, ihn darum zu bitten.
Ein wenig Abwechslung in ihr sonst sehr zurückgezogenes Leben brachte Sally, die sie gelegentlich auf BELMONT PARK besuchte und auch zu sich nach RYDER PLANTATION einlud. Ihre Freundschaft bedeutete ihr sehr viel. Und durch Sally, deren sprühende Lebensfreude stets ansteckend und belebend war,

schloß sie auch Freundschaft mit Drucilla Vaugham und sogar mit Clarice Dunbar.
Aber die Entfernungen zwischen den einzelnen Plantagen, die nun nicht gerade an DeLong-Land grenzten, sondern am Cooper River lagen wie RYDER PLANTATION oder OAKLAND, wo Drucilla zu Hause war, standen allzu häufigen Besuchen entgegen.
Manchmal bedauerte Lavinia, daß sie in Boston nicht Reitstunden genommen hatte. Denn dann hätte sie jetzt bei dem schönen Wetter herrliche Ausritte unternehmen und dabei die Ländereien von BELMONT PARK erkunden können. Sie dachte daran, Denis zu bitten, sie doch im Reiten zu unterweisen, ließ den Gedanken aber sofort wieder fallen, als sie eines Morgens sah, wie elegant sich Melinda auf ein rassiges Pferd schwang und davongaloppierte. Nein, sie wollte sich nicht noch weiterem Hohn aussetzen, wenn sie zu Pferd eine unmögliche Figur abgab! Vielleicht später ...
Manchmal unternahm sie mit Mabel lange Spaziergänge, die Sykomorenallee hinunter bis zum Haus des Aufsehers Allan Cullian, der ihnen bei den beiden Gelegenheiten, da sie ihn zufällig dort antrafen, kühle Erfrischungen und seine Schaukelstühle auf der Veranda für eine Verschnaufpause anbot. Einmal führte ihr Weg sie auch in die Nähe der Sklavensiedlung, wo sich einfache, weißgekälkte Hütten dicht an dicht zu beiden Seiten der Straße reihten. Sorgfältig eingezäunte Gärten sowie Gehege für die Schweine- und Hühnerzucht schlossen sich hinter den Hütten an. Doch sie gingen die Straße nicht weiter hinunter, denn zwei junge weiße Frauen hatten in der Siedlung der Schwarzen, sofern sie nicht Krankenbesuche machten oder einen anderen triftigen Grund hatten, nichts zu suchen.
Lavinia fühlte sich sowieso wohler in der abwechslungsreichen und dennoch überschaubaren Welt des wunderschönen Parks, der hinter dem Herrenhaus zu Spaziergängen einlud. Am lieb-

sten schlenderte sie allein über die kiesbestreuten Wege. Es gab so viel zu sehen, zu bewundern und zu entdecken. Denn genau wie sein Vater scheute auch Denis keine Kosten, damit dieser Park den DeLongs alle Ehre machte. Zwei schwarze Gärtner, der krumme Isaac und sein Sohn Harth, waren das ganze Jahr über allein für diese Arbeit zugeteilt. Zu manchen Jahreszeiten und vor großen Gartenfesten mußten ihnen sogar noch fünf, sechs weitere Hilfskräfte zur Seite stehen, um die anfallende Arbeit zu bewältigen.

Isaac und Harth kannten in ihrem Reich jeden Strauch und jedes Gewächs, denn schon Isaacs Vater hatte als Gärtner den Park gepflegt. Lavinia hielt sich jeden Tag dort auf und hörte ihnen stets mit Vergnügen zu, wenn sie ihr mit freudigem Eifer erklärten, warum sich die Rosen nicht mit jenen Büschen vertrugen und wie man aus Asche, Tabaksud und Brennesselextrakten ein Mittel zusammenbraute, daß die Pflanzen von Läusen und anderem Ungeziefer befreite. Und mit dem gleichen Ernst erläuterten sie, welche Blumen nur bei Vollmond gesät werden durften, wenn man wollte, daß sie kräftige Triebe brachten, und an welche Sträucher und Bäume man die Schere zum Zurückschneiden nur in der Stunde der Morgendämmerung ansetzen durfte. Diese Geschichten liebte sie ganz besonders, auch wenn sie manchmal insgeheim darüber lächelte, wenn Harth ihr beispielsweise mit ernstem Gesicht erzählte, daß man Rhododendren nur nachts umsetzen dürfe, wenn sie sich im Schlaf befänden, und daß es fürs ganze Jahr Unglück bringe, wenn die erste Magnolie, die man im Frühjahr von einem Baum pflückt, eine Blüte mit noch geschlossener Knospe sei. Die erste Magnolie müsse stets weit geöffnet sein und einem ihr Herz schenken. Dann würde das Sumpffieber im Sommer ausbleiben und die Ernte im Herbst alle Erwartungen erfüllen. Und von diesen Geschichten wußten sie tausendundeine zu erzählen. Manche davon schrieb sie in ihren Briefen an Carol nieder, die genausoviel Gefallen daran fand wie sie.

An einem Spätnachmittag spazierte sie nach einem solch unterhaltsamen Gespräch mit Isaac und Harth den Weg entlang, der zum Ufer des Ashley River führte. Dort ragte eine Anlegestelle aus schweren Balken aufs Wasser hinaus, gut fünfzehn Fuß breit und doppelt so lang. Hier wurden im Winter und Frühjahr die mehrere hundert Pfund schweren Ballen zusammengepreßter Baumwolle auf Flachboote geladen und flußabwärts nach Charleston gebracht.

Ein schwarzer Junge in einer verwaschenen Drillichhose, die ihm gerade bis über die Knie ging, und einem groben Baumwollhemd saß auf dem Steg. Die nackten Füße baumelten über dem Wasser. Er hielt ein Stück Papier in den Händen und war in das Studium desselben so sehr vertieft, daß er sie weder kommen sah noch hörte.

Als Lavinia hinter ihn trat und ihm über die Schulter schaute, sah sie, daß es ein tellergroßer Fetzen Tageszeitung war, den er studierte. Und es war nicht zu überhören, daß er die Worte einer Artikelüberschrift zu lesen versuchte, von der nur noch zwei Worte existierten – ein Name.

»Si ... Son ... Sontor ... Cil ... Chul ...« murmelte er rätselnd vor sich hin.

»Senator Calhoun heißt das«, half Lavinia ihm.

Der Junge fuhr zu Tode erschrocken herum, knüllte den Fetzen Zeitungspapier zusammen und sprang auf, die geballte Hand mit dem Stück Papier hinter seinem Rücken. Mit angstgeweiteten Augen sah er sie an.

»Habe ich dich so sehr erschreckt?« fragte sie. »Das tut mir leid. Das wollte ich nicht.«

»Ich habe es nicht gestohlen, Missus!« stieß er hervor.

»Was?«

»Das ... das Stück Zeitung, Missus. Ich hab's am Ufer gefun-

den! Da drüben zwischen den Zweigen hat's gehangen!« In seinen Augen stand die Angst, sie könnte ihm nicht glauben.
Sie verstand sein Erschrecken und seine Angst nicht, aber was wußte sie schon groß, was die Schwarzen dachten und fühlten.
»Wenn du es sagst, wird es schon so gewesen sein«, antwortete sie und lächelte ihn beruhigend an. »Wie heißt du, mein Junge?«
»Telemach.«
»Telemach? Das ist aber ein schöner Name — und er steht dir auch gut zu Gesicht«, sagte sie, denn er hatte schöne Gesichtszüge und eine nicht ganz so dunkle Haut wie die Schwarzen, die im Haus arbeiteten.
Der Anflug eines stolzen Lächelns verdrängte den ängstlichen Ausdruck.
»Weißt du auch, wer Telemach war?« fragte Lavinia und schämte sich augenblicklich ihrer dummen, gedankenlosen Frage. Woher sollte ein Sklavenjunge, der nicht einmal lesen konnte, das schon wissen. Und schnell gab sie die Antwort: »Telemach war der Sohn von Odysseus, einer griechischen Heldengestalt.«
»Und sein Sohn war auch ein Held?«
»Aber ja doch!«
Telemach verzog das Gesicht zu einem breiten, freudigen Lächeln.
»Wie alt bist du?«
»Meine Mutter sagt elf, aber mein Vater hat bei Massa James nachgefragt, als der noch am Leben war, und der hat in seinem großen Buch, wo alles niedergeschrieben stehen soll, was je auf Belmont Park passiert ist, mit allen Zeiten und Namen und so, also Massa James hat da stehen gehabt, daß ich im Jahr nach dem Hurrikan geboren bin, der das Dach vom Herrenhaus weggeweht hat, als wäre es nur ein Maisblatt gewesen, und des-

halb bin ich schon zwölf!« sprudelte er hervor. »Und von Massa James kommt auch der Name, sagt mein Vater, weil er doch dem Gespann, das mit Massa James durchgegangen ist, ins Geschirr gesprungen ist, bevor es den Wagen am Hang bei Coffin's Point hat umwerfen können, und so tapfer würde ich eines Tages bestimmt auch sein, hat Massa James gesagt, als ich geboren wurde, und seitdem heiße ich Telemach.«

Lavinia schmunzelte. »Ich bin sicher, daß du deinem Vater alle Ehre machen wirst.« Der Junge gefiel ihr, und plötzlich hatte sie eine Idee. »Ich habe gesehen, daß du versucht hast, die Zeitung zu lesen.«

Telemach schüttelte heftig den Kopf. »Nein, nein!« wehrte er ab, und die Angst war wieder da. »Es war nur ein Spaß. Ich habe bloß so getan, Missus. Ich kann kein Wort nicht lesen!«

»Aber du würdest es gerne können, nicht wahr?«

Telemach senkte den Blick, als wollte er sie nicht anlügen.

»Möchtest du, daß ich dir das Lesen beibringe?«

»Sie, Missus?« fragte er ungläubig.

»Ja, es würde mir Freude bereiten, da du doch der Sohn eines Helden bist. Und es ist gar nicht so schwierig. Du wirst sehen, im Handumdrehen beherrschst du das Alphabet. Nun, was sagst du dazu?«

»Ich … ich weiß nicht, Missus …«

»Morgen um dieselbe Zeit treffen wir uns wieder, wenn das Wetter schön ist, ja? Dann fangen wir an! Und sei pünktlich, Telemach. Wenn man im Leben etwas lernen will, muß man auch Disziplin mitbringen.« Sie lächelte ihm zu, fuhr ihm über den Kopf und ging.

Als Lavinia am nächsten Nachmittag zum Landungssteg kam, stand Telemach ein gutes Stück weiter unterhalb am Ufer und ließ flache Kiesel über das Wasser springen.

»Nun, wie ist es?« rief sie ihm zu.

Er kam scheinbar ohne großes Interesse angetrottet. »Und Sie

wollen mir wirklich Lesen und Schreiben beibringen, Missus?« fragte er ungläubig.
»Wenn ich es doch sage!« Sie lachte über seine Skepsis. »So, und nun komm. Setzen wir uns da drüben auf die Bank. Im Sitzen lernt es sich leichter als im Stehen.«
Telemach zuckte mit den Achseln, und sie begann ihn zu unterrichten. Er war ein hellwacher, gelehriger Schüler, der ihre Worte wie ein Schwamm aufsog und rasch Fortschritte machte. Es bereitete Lavinia große Freude und gab ihr das Gefühl, zu etwas Sinnvollem nutze zu sein.
Diese Freude war jedoch nicht von langer Dauer. Kaum zwei Wochen später tauchte eines Nachmittags plötzlich Georgina am Anlegesteg auf.
»Lavinia!« rief sie mit schneidender Stimme.
Sie fuhr erschrocken von der Bank auf, die von dichten Hecken umgeben und dem Ashley River zugewandt war. »Ja, Georgina?«
Jeder Muskel im Gesicht ihrer Schwiegermutter schien angespannt, als sie zu ihr trat, ihr die kleine Schiefertafel aus der Hand riß und sie in den Fluß schleuderte. »Ich habe mit dir zu reden! In meinem Salon! Auf der Stelle!« stieß sie mit kalter Wut hervor. »Und du machst, daß du verschwindest, Telemach! Laß dich hier nie wieder blicken, hörst du?«
Telemach schoß wortlos und wie ein Wiesel davon.
Verstört und mit klopfendem Herz lief Lavinia ihrer Schwiegermutter hinterher, die über den Kies stapfte, als wollte sie die Kiesel unter den Absätzen ihrer Stiefeletten zermalmen.
»Georgina! Was habe ich denn ...?«
»Nicht hier!« fiel sie ihr scharf ins Wort. »Es reicht auch so schon, was du angerichtet hast!«
Lavinia schwieg betroffen und ahnungsvoll, während sie ihr zurück ins Haus folgte.

»Sag meinem Sohn und seinem Onkel Bescheid, daß ich im Salon auf sie warte, Ebenezer!« trug Georgina dem Butler auf, während Lavinia stumm und mit blassem Gesicht danebenstand. Ihr war, als wüßte der Butler längst, worum es ging. »Du findest sie im Arbeitszimmer meines Schwagers. Und sage ihnen, daß ich ihr unverzügliches Erscheinen zu schätzen weiß!«

»Jawohl, Missis DeLong«, sagte Ebenezer mit ausdrucksloser Miene und entfernte sich.

Georgina begab sich in ihren Salon und stellte sich mit vor der Brust verschränkten Armen vor das Fenster, so daß sie ihrer Schwiegertochter demonstrativ den Rücken zukehrte.

»Georgina ...«

»Schweig und warte, bis mein Sohn und mein Schwager hier sind!« befahl sie ihr barsch.

»Warum hast du uns rufen lassen, Mom?« fragte Denis Augenblicke später, als er mit Onkel Stuart ins Zimmer trat.

»Schließ die Tür!«

Onkel Stuart hob überrascht die Augenbrauen. »Was hat dich denn so in Rage gebracht?«

Georgina drehte sich abrupt um und wies anklagend auf Lavinia. »Meine teuerste Schwiegertochter! Sie hat sich erdreistet, einem Schwarzen heimlich das Lesen und Schreiben beizubringen!« stieß sie wütend hervor.

»Ich habe Telemach nicht heimlich unterrichtet!« widersprach Lavinia.

»Du gibst es sogar zu?« rief Denis fassungslos.

»Ja, ich habe es doch gar nicht abgestritten, Denis. Deine Mutter hat mir überhaupt keine Gelegenheit gegeben, ihr zu erklären ...«

Die Gelegenheit gab ihr auch ihr Mann nicht. Er schnitt ihr auffahrend das Wort ab. »Aber das kann doch nicht dein Ernst sein! Ich weiß nicht, was ich dazu sagen soll. Ich bin sehr enttäuscht von dir. Mom, es tut mir wirklich leid ... Mein Gott, Lavinia, wie konntest du so etwas bloß tun?«

»Eine DeLong bringt Schwarzen das Lesen und Schreiben bei. Das hat uns auf Belmont Park gerade noch gefehlt!« empörte sich Georgina. »Wenn das bei unseren Nachbarn bekannt wird, gibt es einen Skandal!«

Onkel Stuart räusperte sich. Auch sein Gesicht trug einen mißbilligenden Ausdruck, doch er stimmte nicht in den Chor der Entrüstung ein, sondern sagte: »Mir scheint, daß Lavinia sich gar nicht bewußt gewesen ist, etwas Unrechtes begangen zu haben.«

»Was ... was soll denn daran unrecht sein?« fragte Lavinia verstört.

»Jetzt tut sie auch noch so naiv!« fauchte Georgina. »Ich denke, sie kommt aus dem Süden? Da weiß so etwas jedes kleines Kind!«

Onkel Stuart wandte sich ihr zu. »Es gibt bei uns ein Gesetz, daß es unter Strafe verbietet, einem Schwarzen das Lesen und Schreiben beizubringen.«

»Aber warum denn?« fragte Lavinia unwillkürlich.

»Nicht nur Dummheit, sondern auch noch Dreistigkeit! Es ist nicht zu fassen!« erregte sich Georgina, und ihre Blicke waren wie Blitze. »Denis, es ist nicht meine Aufgabe, deiner Frau die Erziehung zuteil werden zu lassen, an der es ihr offenbar in erheblichem Maße mangelt. Mir fehlt die Engelsgeduld, die dazu wohl nötig wäre, und auch die Zeit. Ich habe Wichtigeres zu tun, als ihr beizubringen, wie sich eine Frau aus dem Süden und insbesondere eine DeLong zu benehmen hat! Also sorge du gefälligst dafür, daß sie Belmont Park nicht zu einer Brutstätte für schwarze Aufwiegler und Rebellen macht und uns in Verruf bringt!« Damit verließ sie den Salon, die personifizierte Entrüstung.

Denis stand mit hochrotem Kopf da. »Du mußt von Sinnen

gewesen sein!« schrie er sie an. »Du bringst uns wirklich noch in Verruf!«

Lavinia brach in Tränen aus.

»Nun mal langsam, Denis«, griff Onkel Stuart besänftigend ein. »Machen wir die Pferde nicht scheu. Man schießt ja auch nicht mit Kanonen auf Spatzen. Sie hat es nicht gewußt. Also erkläre es ihr und verurteile sie nicht für das, was sie in ihrer Unwissenheit getan hat. Daß sie nicht auf einer Plantage inmitten von Schwarzen aufgewachsen ist, sondern in Boston, solltest du ja wohl am besten wissen!« Es war eine deutliche Zurechtweisung.

Denis zog eine Grimasse. »Ja, du hast wohl recht. Also erklären wir es ihr, Onkel Stuart.«

»Nein, das machst du besser allein«, wehrte dieser ab. »Du weißt, daß es mir reichlich schwerfällt, gewisse Positionen zu vertreten, mit denen sich manche unserer Politiker aus dem Süden in politischen Magazinen wie deinem hochgeschätzten *DeBow's Review* lang und breit auslassen. Außerdem muß sich ja einer von uns auch um deine Mutter kümmern und sie beruhigen. Diese Aufgabe sagt mir eher zu.«

Denis nahm sich die Worte seines Onkels zu Herzen und sah davon ab, Lavinia weitere Vorwürfe zu machen. Er beruhigte sie, und nachdem sie zu weinen aufgehört hatte, versuchte er ihr zu erklären, warum es solch ein Gesetz gab.

Er tat sich recht schwer dabei. »Ein Schwarzer, der schreiben und lesen kann, wird mit seinem Leben unzufrieden und zu einer Gefahr für die Gesellschaft. Das hat ja schon die blutige Rebellion dieses verbrecherischen Nat Turner bewiesen. Ein Blutbad hat dieser Mann unter den Weißen angerichtet, als er mit seiner Bande versuchte, alle Schwarzen im Land dazu zu bringen, sich gegen ihre weißen Herren zu erheben. Und das ist gar nicht so lange her. Das war erst 1831! Dieser Aufstand hat sechzig Weißen, auch Frauen und Kindern, das Leben gekostet. Und solchen Verbrechen willst du doch bestimmt keinen Vorschub leisten, oder?«

Lavinia verstand nicht, was dieser schwarze Mörder namens Nat Turner mit Telemach zu tun haben sollte. Doch sie wollte ihm nicht widersprechen, sondern ihm gefallen, seiner Liebe gewiß sein und nichts falsch machen. Deshalb antwortete sie verzagt: »Nein, natürlich nicht. Es tut mir auch schrecklich leid, Denis. Ich wußte ja nichts davon. Ich hätte es doch sonst niemals getan.«

Er glaubte ihr. Aber um sicherzugehen, daß sie auch einsah, wie wichtig es für ihre Gesellschaft im Süden war, Sklaven keine Bildung zu ermöglichen, gab er ihr einen Artikel im *DeBow's Review* zu lesen, der genau dieses Thema behandelte.

»Die einzige Schule, die der schwarze Barbar kennt und benötigt, ist das Gesetz seines Masters, der ihn in gerechter Strenge und Güte führt«, las sie dort unter anderem. »Daß der Schwarze eines Tages so weit zivilisiert sein kann wie ein Weißer, ist ausgeschlossen, denn seine Position ist nicht durch die Geschichte fixiert, wie uns einige verirrte Geister aus dem Norden glauben machen wollen, sondern durch die Vorbestimmung der Natur ... Erziehung fördert bei Schwarzen nur den Hang zur Unzufriedenheit und läßt sie Dinge vom Leben erwarten, die ihnen weder zustehen noch ihren natürlichen Bedürfnissen entsprechen ... Das Studium der Bibel ist keine Voraussetzung, um der göttlichen Gnade teilhaftig zu werden. Die mündliche Überlieferung, Pflege und Ausübung der christlichen Lehre entspricht den kulturellen Eigenheiten der Schwarzen viel mehr und ist ihrer Seelenrettung viel förderlicher als der untaugliche Versuch, den gebildeten Weißen nacheifern und Wissen aus Büchern gewinnen zu wollen. ... Buchwissen ist die schlechteste Vorbereitung für ein vorgegebenes Leben körperlicher Arbeit. Somit gehört es zur Fürsorgepflicht der herrschenden Weißen, die arbeitende Klasse, ganz gleich welcher Rasse und Hautfarbe, vor den Gefahren und trügerischen Hoffnungen des Bücherwissens zu schützen ...«

Lavinia war sich nicht sicher, was sie davon halten sollte. Irgendwie erschien es ihr ungerecht, daß es Telemach verwehrt bleiben sollte, die Bibel zu lesen und den Trost zu erfahren, den ihr die Lektüre der Heiligen Schrift so oft gebracht hatte. Doch andererseits waren es studierte, gelehrte Männer von hohem Ansehen, wie Denis ihr versicherte, die gewiß mehr über die offenbare Bestimmung von Schwarzen und Weißen wußten. Zudem gab Denis ihr auch Abhandlungen von hohen Kirchenvertretern zu lesen, die anhand der Bibel nachwiesen, daß die Sklaverei von Gott gewollt war.

»... wie ja jeder selbst in der Bibel nachlesen kann, der so dumm ist, diese Vorbestimmung der Schwarzen in Zweifel zu ziehen«, wie Denis hinzufügte und auf die entsprechenden Stellen in der Bibel verwies. »Abraham, Isaac, Jakob ... alle hatten sie Sklaven. Ihre Aufgabe ist es, uns zu dienen, und unsere ist es, für sie zu sorgen, so als wären sie unsere Kinder.«

Lavinia fand alles, was sie las und was Denis ihr später zu diesem Thema noch sagte, sehr einsichtig und überzeugend. Sie zog die besondere Institution des Südens auch nicht in Zweifel. Doch ein unterschwelliges Gefühl des Unbehagens blieb, besonders wenn sie an Telemach dachte — und an die Äußerung von Onkel Stuart, daß es ihm sehr schwerfalle, »gewisse Positionen zu vertreten«. Aber dann sagte sie sich wie so oft, daß es nicht ihre Aufgabe war, sich darüber den Kopf zu zerbrechen. Hatte sie doch wahrlich Wichtigeres zu bedenken als die Rolle der Schwarzen ...

Als Carol sie Monate später in einem ihrer Briefe bat, ihr auch einmal etwas über das Leben der Schwarzen auf ihrer Plantage zu berichten, da kam Lavinia der Bitte ihrer Freundin bereitwillig nach. Und sie schrieb ihr:

... aber nun Schluß mit den Klagen. Du wirst ihrer gewiß schon überdrüssig sein. Deshalb will ich Dir von anderen Dingen meines Lebens berichten, die Du nicht schon tausendmal in meinen Briefen hast lesen müssen. Du hast mich in Deinem letzten Schreiben nach dem Leben unserer Schwarzen gefragt. Nun, ich will Dir gern darüber berichten, was ich weiß.

Auf der Besitzung BELMONT PARK leben rund dreihundertvierzig Schwarze, aber viele von ihnen sind Kinder, einige andere sehr alt und nicht mehr zur Arbeit tauglich. Diese letzteren, die man in Boston und anderswo wohl in ein Armenhaus stecken würde, erfreuen sich hier am Ende ihrer Tage des Umgangs mit ihren Nachbarn und ihrer Verwandtschaft. Die Kinder haben keine reguläre Arbeit zu tun, bevor sie zehn oder zwölf Jahre alt sind. Im Herbst sind einige damit beschäftigt, das abgefallene Laub von den Fußwegen aufzulesen, und im Frühjahr machen sie sich in den kleinen Gärten ihrer Eltern nützlich. Wenn die Mütter zur Arbeit fort sind, werden die kleineren Kinder von einer alten Negerin, Mom Diana genannt, versorgt.

Die Feldarbeiter besitzen ihre eigenen Häuser. Sogar der Großteil der Dienerschaft lebt nicht im großen Haus. Im Vergleich mit dem Lebensstandard der weißen Dienerschaft im Norden erfreuen sich die Schwarzen jedoch vieler Vorteile. Vor allem können sie jederzeit heiraten. Wenn hier eine Herrin irgendeiner jungen Sklavin gegenüber die Bedingung aussprechen würde »No followers allowed!« (Liebhaber nicht gestattet), die in Boston und überall anderswo im Norden Gültigkeit hat, wie Du ja selbst weißt, so würde dies bei uns als ein Akt der Tyrannei betrachtet werden.

Die Schwarzen beginnen ihre Arbeit morgens um

sechs, haben um neun Uhr eine Stunde Frühstückspause, und viele haben die ihnen aufgetragene Arbeit bereits um zwei Uhr beendet, alle spätestens um drei Uhr. Im Sommer teilen sie ihre Arbeitszeit anders ein. Sie schlafen während der heißen Stunden des Tages, stehen dann auf, um ihre Arbeit zu tun, und verbringen danach einen großen Teil der Nacht mit Schwatzen, Spielen, Predigen und Psalmensingen. In der Weihnachtszeit beanspruchen sie eine Woche Urlaub, in der sie eine Art Saturnalien feiern. Während dieses Festes kann der Besitzer nicht die geringste Arbeit von ihnen verlangen. Obgleich dabei kaum getrunken wird, atmen die Pflanzer doch auf, wenn diese Zeit ohne Zwischenfälle vorbeigeht.

Die Negerhäuser sind übrigens genauso sauber wie die meisten Arbeiterhäuschen in New England, wie mir Mister Cullian, unser irischer Aufseher, glaubhaft versichert hat, und der muß es ja wissen, ist er doch schon viel herumgekommen. Ja, das mit den Hütten der Schwarzen muß man ohne Schmeichelei zugeben, Carol. Es ist immer eine kleine Halle vorhanden, wie sie es nennen, in der sich eine Truhe, ein Tisch, zwei oder drei Stühle und einige Regale für Geschirr befinden. An der Tür zum Schlafzimmer haben sie ein großes hölzernes Vorhängeschloß angebracht, um, wenn sie bei der Arbeit auf dem Felde sind, ihre Wertsachen vor den Nachbarn zu schützen, denn sie stibitzen immer wieder untereinander. Oft gehört zu dem Haus ein kleiner Hof, auf dem sie Hühner halten, ein, zwei Schweine und gewöhnlich auch zu ihrer Belustigung einen kläffenden Köter.

Der Winter, in dem wir Weißen uns der besten Gesundheit erfreuen, ist die schlimmste Jahreszeit für die Neger, während sie im Sommer bei der Arbeit auf den Baumwollfeldern und in den Reissümpfen, die für uns ja so gefährlich sind, kaum krank werden. Die Neger sind der Hitze gegenüber so unempfindlich, daß sie sich oft mitten in die pralle Sonnenhitze zum Schlafen hinlegen, statt sich etwa in den Schatten eines dicht daneben stehenden Baumes zurückzuziehen.

Du wirst es vielleicht nicht glauben wollen, aber es verhält sich wirklich so: Wir haben auf Belmont Park ein eigenes Krankenhaus, wie übrigens fast alle Plantagen dieser Größe ein solches besitzen. Es besteht aus drei einzelnen Krankensälen, alle hervorragend sauber und gut gelüftet. Einer ist für die Männer bestimmt, der andere für die Frauen und der dritte für Wöchnerinnen. Den letzteren wird nach ihrer Entbindung eine Erholungszeit von einem Monat zugestanden, ein Vorteil, den die hart arbeitenden Dienstboten im Norden kaum genießen. Den Plantagenbesitzern ist immer wieder unbegreiflich, daß die Frauen es vorziehen, bei dieser Gelegenheit in ihrem eigenen Haus zu bleiben, obwohl sie im Krankenhaus besser versorgt werden und es dort ruhiger haben. Aber da sie das stundenlange Schwatzen mit ihren Freundinnen nicht entbehren wollen, bringen sie es immer wieder fertig, daß die Geburt überraschend zu Hause passiert, bevor man sie ins Krankenhaus einliefern kann.

Die Negermütter sind oft so unwissend und nachlässig, daß man sich nicht darauf verlassen kann, daß sie wach bleiben und ihrem kranken Kind die verordnete Medizin verabreichen, wie mir Denis und auch Tante Lizbeth und Tante Edwina berichtet haben. Daher wacht oftmals die Herrin persönlich (bei uns macht das Tante Lizbeth — nein, nicht die fromme Edwina, wie Du bestimmt gedacht hast!) manchmal die ganze Nacht bei einem kranken Negerkind. Sie tut das aus zwei ganz verschiedenen Beweggründen — aus einem Gefühl des Mitleids und aus der Angst, die Arbeitskraft eines Schwarzen zu verlieren. Aber derartige Aufmerksamkeiten binden die Schwarzen fest an ihre Besitzer. Meist weigern sie sich sogar, eine Medizin einzunehmen, wenn sie ihnen nicht von ihrem »Massa« oder ihrer »Missus« selbst verabreicht wird.

Die Schwarzen erhalten Maismehl, Reis und Milch und gelegentlich Fleisch und Suppe. Wenn sie die Rationen nicht bewältigen können, geben sie die Reste entweder an den Aufseher zurück, der ihnen am Ende der Woche ein Taschengeld dafür auszahlt, oder sie behalten sie als Futter für ihr Geflügel, das sie dann meistens ebenso gegen bar verkaufen wie die Eier, um Sirupbonbons, Tabak und anderes dafür erstehen zu können.

Wenn sie sich gelegentlich einmal sehr anstrengen, schaffen sie ihr Tagewerk in fünf Stunden. Dann amüsieren sie sich beim Fischen und verkaufen ihren Fang. Andere beschäftigen sich in ihrer Freizeit damit, Kanus aus großen Zypressenbäumen zu schnitzen. Es ist ihnen erlaubt, dieses Holz zu nehmen, da es dem Landbesitzer hilft, die Moraste zu lichten. Sie verkaufen die Kanus für etwa vier Dollar und dürfen das Geld behalten.

Eines Tages, als ich allein spazierenging, traf ich auf eine Gruppe von Schwarzen, die einen Graben aushoben. Sie wurden von einem *schwarzen* Antreiber, Driver genannt, überwacht, der eine Peitsche in der Hand hielt. Einige Arbeiter gruben mit Spaten, andere schlugen Wurzeln und Baumstümpfe ab. Sie arbeiteten sehr gemächlich und dehnten ihr Tagewerk auf acht Stunden aus, obwohl sie es bequem in fünf Stunden hätten schaffen können. Die Schimpfworte, die sich die Arbeiter und der Antreiber dabei an den Kopf warfen, waren abscheulich, und der Anblick der Peitsche, dieses Zeichen der Unterwerfung, erinnerte mich schmerzhaft daran, daß die einfacheren Schwarzen durch körperliche Furcht bei der Arbeit gehalten werden müssen und daß ihre Behandlung sich nach dem Charakter ihres Besitzers oder Aufsehers richtet. Daß die Peitsche auf allen gutgeleiteten Plantagen kaum gebraucht und oft wochenlang nur als Drohung über den Arbeitern geschwungen wird, daran zweifle ich nicht. Es ist auch keineswegs dieses fürchterliche Marterinstrument, das die abscheuliche Phantasie so vieler Leute beflügelt, die noch nie auf einer Plantage waren. Es ist ein einfacher Lederriemen. Der gewöhnliche Antreiber darf nicht mehr als sechs Peitschenhiebe für eine Verfehlung austeilen, der Hauptantreiber zwölf und der Aufseher vierundzwanzig. Wenn eine Plantage gut geführt wird, ist dieses System sehr wirkungsvoll, um Verbrechen zu verhüten. Die schlimmste Auspeitschung, die in den letzten zehn Jahren bei den dreihundertvierzig Schwarzen von Belmont Park vorkam, hatte einen Diebstahl zum Anlaß, den ein Neger an seinem Nachbarn begangen hatte. Im allgemeinen ist die schwarze Rasse von sanfter und friedlicher Natur und verfällt nicht so leicht dem Trunk wie der weiße Mann oder der Indianer. In den wenigen Jahren, in denen irische Arbeiter den Brunswick-Kanal gruben, gab es zwischen diesen mehr ernsthafte Streitereien und eingeschlagene Köpfe als zwischen den Schwarzen aller umliegenden Plantagen im letzten halben Jahrhundert, wie Mister Cullian erzählte. Der Mord einer Negerin an ihrem Mann, von dem sie furchtbar geschlagen worden war, ist seit langer

Zeit das größte Verbrechen, an das man sich in diesem Teil von South Carolina erinnern kann.
Den höchsten Posten unter dem weißen Aufseher hat hier der »alte Tom«, der Hauptantreiber, ein noch immer stattlicher Mann mit edlen Gesichtszügen. Er war der Sohn eines Prinzen des Foulah-Stammes und wurde im Alter von vierzehn Jahren in der Nähe von Timbuktu gefangengenommen. Er ist strenger Mohammedaner geblieben, aber seine zahlreiche Nachkommenschaft rabenschwarzer Kinder und Enkel hat den Koran gegen die Bibel eingetauscht. Aber damit genug für heute über die Schwarzen. Mir liegt noch etwas anderes auf dem Herzen, was ich Dir schreiben möchte...

Als Lavinia den Brief hinterher auf Fehler durchlas, fiel ihr nicht auf, daß in ihrem Bericht nicht einmal das Wort Sklave auftauchte und sie auch nicht davon geschrieben hatte, daß den Sklaven das Lesen und Schreiben verboten war. Sie fand ihren Brief ganz gelungen und merkte nicht, daß sie sich unbewußt schon angewöhnt hatte, die Rolle der Schwarzen mit den Augen eines weißen Pflanzers aus dem Süden zu sehen.

14

Unwissenheit gepaart mit einer vom Leben noch nicht gezügelten Gedankenlosigkeit führte Lavinia schon kurz nach der Geschichte mit Telemach in eine weitere peinliche Situation. Es war an einem Nachmittag, als Denis und sein Onkel schon wieder auf den Ländereien unterwegs waren und Lavinia mit Georgina und den beiden Tanten im dunkelroten Salon bei einer Handarbeit saß. Es war nur gut, daß Melinda mit ihrem

Buggy nach Whitton Hall gefahren war, um mit Harriet wohl mal wieder die für sie möglichen Ehekandidaten einen nach dem anderen durchzusprechen und ihre Schwächen und Stärken gegeneinander abzuwiegen.

Es war Tante Edwina, die sich über die Unfähigkeit ihrer Bediensteten beklagte. »Wylmas Nachlässigkeit nimmt allmählich Ausmaße an, die ich nicht länger hinnehmen kann«, teilte sie ihnen mit.

»Ach, so schlimm wird es schon nicht sein«, meinte Lizbeth, die Edwinas Pingeligkeit und ihren Hang zu pessimistischen Übertreibungen nur zu gut kannte.

Edwina spitzte ob dieser angemeldeten Zweifel ungehalten die Lippen. »Von wegen! Gestern mittag ertappte ich sie dabei, wie sie schnarchend bei mir auf dem Kanapee lag, hingegossen wie eine vom Tagwerk erschöpfte Matrone! Dabei hatte sie kaum etwas getan. Und erst heute morgen ist sie mir beim Frisieren fast eingeschlafen! Es hat Stunden gedauert!«

Georgina zuckte mit den Schultern. »Wylma kommt in die Jahre. Sie muß schon über sechzig sein«, sagte sie, ohne daß ihre Hände einen Augenblick mit ihrer Arbeit innehielten. Sie umnähte ein Spitzentaschentuch und führte die Nadel mit dem feinen Garn so sicher und energisch, wie sie alle Dinge erledigte.

»In der Tat, in der Tat, Schwester!« pflichtete Edwina ihr bei. »Und nun ist es an der Zeit, daß Wylma andere Aufgaben zugewiesen bekommt.«

»Wylma war dir so viele Jahrzehnte treu ergeben. Es würde sie tief treffen, wenn du ihr jetzt Stellung und Ansehen nimmst«, gab Lizbeth zu bedenken.

»Ja, das wäre nicht sehr dankbar«, meinte auch Georgina.

Edwina schüttelte ärgerlich den Kopf. »Es geht hier nicht um Dankbarkeit, und ich brauche wahrlich auch keinen Nachhilfeunterricht in Christenlehre. Selbstverständlich werde ich

Wylma nicht ins Dorf zurückschicken. Sie kann natürlich bleiben und sich um meine Wäsche kümmern und auf meinem Kanapee schlafen. Aber eine neue, tüchtige Zofe brauche ich. Daran führt kein Weg vorbei.«

»Tüchtige Zofen fallen nicht wie Manna vom Himmel, meine liebe Schwester«, entgegnete Georgina, und ihr sarkastischer Ton verriet Lavinia einmal mehr, daß zwischen diesen Schwestern nicht gerade die große Liebe herrschte. »Sie lassen sich auch nicht herbeibeten, sondern müssen in mühseliger Arbeit herangezogen werden.«

»Das mag sein, aber es ist ja wohl deine Aufgabe, frühzeitig dafür Sorge zu tragen, daß es an geeignetem Personal hier im Haus nicht mangelt!« gab Edwina bissig zurück.

Lizbeth griff ausgleichend ein. »Georgina tut sicher, was sie kann. Ich denke da an die kleine Bess. Die hätte die Anlagen zu einer guten Zofe. Doch du weißt ja selber, Edwina, daß es alles andere als ein leichtes Unterfangen ist, gutes Personal heranzuziehen.«

»Aber das verstehe ich nicht«, meldete sich Lavinia nun zu Wort.

»Das verwundert mich nicht«, sagte Georgina spitz.

»Es gibt doch so viele junge Mädchen im Dorf«, wandte Lavinia ein. »Und etwas Besseres als eine Anstellung im Herrenhaus können sie sich doch gar nicht wünschen.«

»Jugend allein ist kein Qualitätsmerkmal!« beschied ihre Schwiegermutter sie.

»Da hat Georgina recht«, sagte Lizbeth freundlich. »Eine Schwarze muß schon einiges mehr mitbringen, um hier im Haus eine Aufgabe zugewiesen zu bekommen.«

Lavinia wollte zeigen, daß sie bereit war, das größere Wissen der älteren Frauen anzuerkennen und von ihnen zu lernen. Deshalb sagte sie in ihrem Eifer zu gefallen: »Das verstehe ich natürlich. Die Anlagen spielen bestimmt eine große Rolle. Sa-

gen Sie, kommen die wirklich guten Hausmädchen und Diener von einem ganz besonderen Stamm?«
»Wieso sollten sie?« fragte Edwina.
»Weil doch alle Schwarzen hier im Haus ganz ungewöhnlich dunkel und besonders die Frauen so wenig ansehnlich sind. Es muß ja einen Grund geben, warum keine von den Hellhäutigen zum Personal gehören, nicht wahr?«
Georgina wurde blaß und versteifte sich. Ihr Kopf fuhr zu Lavinia herum. Ihre Lippen bebten, als fände sie keine passende Erwiderung. Dann erhob sie sich abrupt. »Ich weigere mich, deine empörenden Worte zur Kenntnis zu nehmen!« Sie stürmte zur Tür.
Edwina schoß gleichfalls aus ihrem Sessel. Auch ihr war das Blut aus dem Gesicht gewichen. Der Blick ihrer Glubschaugen zeigte dieselbe Entrüstung wie der ihrer Schwester. »Es ist eine Schande! Möge dir der Herr deine widerwärtigen Äußerungen verzeihen. Mir wird es schwerfallen, doch um deines Seelenheils willen werde ich fünf Psalme für dich beten!« Und damit hastete auch sie aus dem Salon.
Nur Lizbeth blieb sitzen.
Lavinia war von dem Sturm der Entrüstung so überrascht worden, daß sie im ersten Moment zu einer Erwiderung oder Frage gar nicht fähig war. Mit offenem Mund ließ sie Georginas und Edwinas Gefühlsausbrüche über sich ergehen. Erst als die Tür hinter Edwina zuknallte, rief sie bestürzt und verständnislos zugleich: »Ja, aber ... was habe ich denn jetzt schon wieder falsch gemacht?«
Tante Lizbeth sah sie einen Moment lang mit unverhohlen gereizter Miene an. Sie schien kaum weniger entrüstet zu sein. Ihre Augen blitzten, und sie saß so steif auf der Sesselkante, als hätte sie einen Ladestock verschluckt – und als überlegte auch sie, ob es nicht besser wäre, wenn sie dem Beispiel von Georgina und Edwina folgte.

Dann aber kam sie offenbar zu dem Ergebnis, daß Lavinia gar nicht wußte, was sie da angerichtet hatte, wie ihre Frage auch gleich verriet: »Du hast dir nichts dabei gedacht, nicht wahr?«

»Nein, ich weiß wirklich nicht, womit ich sie so in Empörung versetzt habe!« versicherte Lavinia verstört.

Tante Lizbeth gab einen schweren Seufzer von sich und verlor ihre angespannt steife Haltung ein wenig. »Mein Liebe, es fällt mir nicht leicht, es dir zu erklären, denn du hast da sehr unbedacht ein Thema angeschnitten, das eine anständige weiße Frau auf einer Plantage nicht einmal mit ihren besten Freundinnen in Andeutungen zum Inhalt eines Gespräches machen würde. Du siehst mich deshalb nach den passenden Worten ringen, die es mir dennoch möglich machen, dir deine grobe Entgleisung zu verdeutlichen.« Sie räuspert sich umständlich. »Nun, zum Glück bist du eine verheiratete Frau, so daß ich dich wohl nur begrenzt schockiere, wenn ich dich auffordere, doch einmal zu überlegen, wie es dazu kommt, das gelegentlich eine hübsche Schwarze ein hellhäutiges Kind zur Welt bringt ...«

Lavinia fiel es wie Schuppen von den Augen. Und das Blut schoß ihr ins Gesicht, daß ihr die Wangen wie mit heißem Öl übergossen brannten.

»Jaja, der Mensch ist schwach, mein Kind, und es ist den Männern nicht immer gegeben, der Versuchung des Fleisches zu widerstehen – zumal wenn es sich um das einer schönen, willigen Schwarzen handelt, die sich von der Aufmerksamkeit eines Weißen gewisse Vorteile verspricht und es ihm leichtmacht, Ehre und Moral für eine kurze Zeit zu vergessen«, fuhr Lizbeth fort. »Und um dieser Versuchung erst gar keinen Vorschub zu leisten, ist eine weiße Frau sehr gut beraten, wenn sie alle jungen hübschen Dinger von ihrem Haus fernhält.«

Die Gedanken rasten Lavinia durch den Kopf. Sie hatte auf Belmont Park nicht eben wenige hellhäutige Schwarze gesehen, auch einige Kinder. Wenn sie einen weißen Vater hatten, kamen dafür ja nur Mister Cullian, Onkel Stuart, sein verstorbener Bruder und – und Denis in Frage! Und jetzt dachten Georgina und Tante Edwina, sie hätte darauf angespielt! Aber so ein ungeheuerlicher Gedanke wäre ihr doch nie im Traum gekommen! Völlig unmöglich, daß ihr Denis mit einer Schwarzen ... nein, sie wollte diesen Gedanken nicht zu Ende führen. Er war zu abscheulich und zu grotesk.

Tante Lizbeth sah Lavinias verstörten Gesichtszügen wohl an, was in ihr arbeitete, denn hastig fügte sie nun hinzu: »Es ist aber nicht so, daß die hellhäutigen Kinder, die man auf jeder Plantage findet, das schändliche Ergebnis der Verfehlungen der ... der auf der Plantage lebenden weißen Männer wären.« Auch auf ihrem Gesicht zeigte sich nun verlegene Röte. »Schon ein Achtel Blut von einem Weißen macht einen Schwarzen zum Mulatten, und unter den Schwarzen, die mein verstorbener Schwager vor fünfzehn Jahren erwarb, als einem unserer Nachbarn das Wasser bis zu Hals stand und er hundert Schwarze verkaufen mußte, befanden sich viele Hellhäutige. Und wenn Mulatten heiraten, dann sind ihre Kinder noch heller als sie, oft genug zumindest. Auf jeden Fall darf man keine falschen Rückschlüsse ziehen, wenn einem Mulatten auf einer Plantage begegnen. Hier auf Belmont Park hat alles seine Richtigkeit.«

»Natürlich, es wäre mir auch nie in den Sinn gekommen, etwas anderes zu denken!« versicherte Lavinia.

»Aber es ist und bleibt ein abstoßendes Thema, mit dem sich eine ehrbare Frau am besten nicht befaßt«, erklärte Lizbeth und setzte mit verquerer Logik hinzu: »Und um den hübschen jungen Schwarzen erst keine Gelegenheit zu geben, mit ihrer unmoralischen Einstellung zu allem Fleischlichen eine verderbliche Wirkung auszuüben, achtet eine jede verantwortungsbewußte Pflanzersfrau darauf, das erst gar keines von diesen berechnenden Geschöpfen in ihr Haus kommt.«

»Ich schäme mich ...«
Tante Lizbeth nickte schwer. »Ja, dazu hast du auch allen Grund, mein Kind. Du wirst dich schon bei Georgina und ihrer Schwester gebührend entschuldigen und sie bitten müssen, dir diese unbedachte Entgleisung zu verzeihen«, sagte sie mit einer Strenge, in der ihre eigene Verärgerung zum Ausdruck kam. »Ich will gern versuchen, größeren Ärger für dich abzuwenden, und meiner Schwägerin gut zureden, damit deinem Mann und auch dem meinigen nicht zu Ohren kommt, welch unmögliches Thema du da angeschnitten hast. Ich hoffe, Georgina zeigt sich von ihrer großherzigen Seite. Ich könnte es ihr jedoch nicht verdenken, wenn sie den Vorfall als zu empörend erachten und zumindest Denis davon unterrichten würde.«
Lavinia war, als würde sich der Tag verdunkeln und eine tonnenschwere Last sich auf ihre Brust legen, als sie sich erhob, um sich bei ihrer Schwiegermutter und Tante Edwina zu entschuldigen.
Es wurde für sie zu einem bitteren Canossagang. Die beiden Frauen, zu Tode gekränkt, ersparten ihr nichts. Lavinia mußte erst vor ihnen auf die Knie fallen und sie zum wiederholten Mal und unter Tränen um Verzeihung bitten, damit sie sich endlich herabließen, ihren Beteuerungen, nichts Böses gewollt zu haben, Glauben zu schenken und ihre Entschuldigungen anzunehmen.
»Vergiß nie wieder, wo dein Platz ist!« Mit diesen eisigen Worten schickte Georgina sie schließlich hinaus. Lavinia hatte sich noch nie in ihrem Leben so gedemütigt gefühlt. Sie wurde regelrecht krank, bekam Magenkrämpfe und mußte drei Tage das Bett hüten.
Tante Lizbeth erreichte bei ihrer Schwägerin immerhin, daß der Vorfall keine weiteren Kreise zog und insbesondere nicht den Männern zu Ohren kam. Sie war auch die einzige von den Frauen auf Belmont Park, die Lavinia jeden Tag einen Kran-

kenbesuch machte. Ansonsten saß nur Mabel an ihrem Bett und versuchte sie aufzurichten.

Denis beschränkte seine Fürsorge darauf, ihr zu strikter Ruhe zu raten. Und um dieselbe möglichst wenig zu stören, begnügte er sich mit kurzen Besuchen am Morgen und am Abend.

Nach dem Gefühl der Scham und Schande stellte sich bei Lavinia ein ohnmächtiger Zorn auf ihre Schwiegermutter ein. Sie war gern bereit, ihren groben Schnitzer ohne Ausflüchte zuzugeben. Ja, sie hatte gedankenlos etwas dahergeplappert, was bei den Frauen zu Recht Entrüstung hervorgerufen hatte. Und es war deshalb auch vollkommen in Ordnung gewesen, daß sie sich bei ihnen in aller Form dafür hatte entschuldigen müssen.

»Aber Georgina hat kein Recht gehabt, mich deshalb so zu demütigen!« sagte sie sich. »Mich weinen und sie anflehen zu lassen und mich vor ihr auf die Knie zu schicken wie einen Sklaven, der Gott weiß was für eine Verfehlung begangen hat! Nein, das Recht hat sie nicht gehabt!«

Daß Georgina die Geschichte mit Telemach und ihre Frage nach den Hellhäutigen als willkommenen Anlaß nahm, ihren Gebeten bei Tisch wieder diesen zurechtweisenden, doppelzüngigen Hintersinn zu geben, empörte Lavinia von Tag zu Tag mehr. Es war Carol, die sie auf die so naheliegende Möglichkeit hinwies, ihr die Stirn zu bieten, ohne einen offenen Konflikt heraufzubeschwören.

»Ich verstehe nicht, warum Du das tatenlos hinnimmst, Lavinia«, las sie im nächsten Schreiben ihrer getreuen Freundin. »Kehre den Spieß doch einfach um, indem Du, wenn die Reihe an Dir ist, ihr mit Deinem Tischgebet die einzig passende Antwort gibst – nämlich daß es mehr als ungehörig, ja zutiefst unchristlich ist, die eigene Schwiegertochter so mit Geringschätzung zu strafen. Das sollte Dir doch nicht schwerfallen, denn ich weiß, wie belesen Du bist, und wie gut Du Deine Bibel kennst. Also antworte ihr mit der Bibel! Es wird Dir gewiß ein leichtes sein, ihr mit den passenden Stellen entgegenzutreten – vor allem mit dem passenden Bibelzitat zum Tage. Dies ist, ganz nebenbei bemerkt, eine sehr gedankenvolle Tradition, die zum Glück ja nicht auf einem Einfall Deiner Schwiegermutter beruht, wie Du mir einmal geschrieben hast, eine Tradition, mit der ich eines Tages auch beginnen möchte, wenn es mir denn vergönnt ist, eine eigene Familie zu haben. Aber noch glänzt an meinem Finger nicht einmal ein Verlobungsring, dem Herrn sei's geklagt, obwohl es da einen kleinen Lichtpunkt in meinem seit Monaten an romantischen Erlebnissen so armen Leben gibt. Sein Name ist Steve Jamisson...«

Antworte ihr mit der Bibel!

Lavinia verstand überhaupt nicht, wieso sie nicht selbst längst auf diese Idee gekommen war. Sie lag doch förmlich auf der Hand. Aber so verhielt es sich mit vielen genialen Ideen ja oft...

Sie konnte nicht erwarten, bis sie bei Tisch an der Reihe war. Wie stets hielt sie ihr Dankgebet kurz und schloß dann klopfenden Herzens mit dem Bibelzitat: »Liebe deinen Nächsten wie dich selbst, amen.«

Georgina stutzte sichtlich, hielt die Wahl dieses Zitates jedoch für einen Zufall, und als sie vier Mahlzeiten später das Gebet sprach, wußte Lavinia, daß der abschließende Bibelspruch »Die Sorglosigkeit der Toren ist ihr Verderben!« an sie gerichtet war.

Lavinia antwortete darauf beim Abendessen: »Gott sieht auf das Herz!«

Georgina starrte sie an, vergaß sogar das Amen zu sprechen und preßte die Lippen zusammen, als benötigte sie alle Beherrschung, um sich eine wütende Zurechtweisung zu versagen.

Nun war jedem am Tisch klar, daß Lavinia nicht länger gewillt

war, die geschickt in Bibelworte verpackten Verunglimpfungen hinzunehmen, und ihr die Stirn bot. Es entspann sich ein erbitterter Wortwechsel, der mit Bibelsprüchen geführt wurde, in den noch nicht einmal Melinda einzugreifen wagte. Jeder spürte, daß dies eine erste wichtige Machtprobe zwischen Georgina und ihrer Schwiegertochter war, und jeder war gespannt, wie dieser Kampf ausgehen würde.
Vermutlich hatte Edwina das größte Vergnügen an diesem ungewöhnlichen Wortstreit. Und sie führte darüber ein peinlich genaues Protokoll, mit in Klammern gesetzten Anmerkungen zum Verlauf und zur Einschätzung des Wettstreites ihrerseits, das sich zum Schluß wie folgt las:
Mittag/Georgina: »Sie werden mich suchen, aber nicht finden, weil sie die Einsicht haßten und nicht die Gottesfurcht wählten!«
(Aus dem Buch der Sprichwörter! Georgina hat allmählich Mühe, passende Stellen zu finden. So oft wie in den letzten Wochen hat sie schon lange nicht mehr die Heilige Schrift in die Hand genommen. Ihr Schaden wird es nicht sein. Sie hat viel nachzuholen.)
Frühstück/Lavinia: »Wohl dem, der nicht wandelt im Rat der Gottlosen, noch sitzt, da die Spötter sitzen.«
(Aus dem 2. Psalm. Trefflich, trefflich, wenn auch etwas zweischneidig. Aber das Kind wehrt sich seiner Haut beachtlich tapfer, bei allem, was recht ist. Wie Georgina wohl darauf antworten wird? Sie sah bitter wie eine Zitrone aus. Ach, wenn wir doch schon morgen abend hätten!)
Abendessen/Georgina: »Hochmut kommt vor dem Fall!«
(Aus dem Buch der Spruchweisheiten. Aber damit erzielt sie keinen Bodengewinn. Es fehlt das himmlische Feuer! Hat sie denn nie im Jesaja oder im Jeremia gelesen? Da wimmelt es doch nur so von Passagen, mit denen sie Lavinia in die Schranken weisen könnte. Aber ich werde mich hüten, ihr einen Tip zu geben!)

Mittag/Lavinia: »Was siehst du aber den Splitter in deines Bruders Auge und wirst nicht gewahr des Balkens in deinem Auge?«
(Matthäus 7,3. Touché, mein Kind. Das saß! Und daß Stuart gelächelt hat, hat ihr den ganzen Tag verdorben. Was nun, Georgina? Gibst du auf?)
Frühstück/Georgina: »Der Mann ist des Weibes Haupt!«
(1. Korinther 11,3 und Epheser 5,23. Gut der Haut erwehrt, Schwester — oder schon der erste Hilferuf an Denis, Lavinia anzuhalten, sich endlich zu beugen? Wie auch immer, als James noch unter uns weilte, möge er in Frieden ruhen, wäre Georgina diese Textstelle nie über die Lippen gekommen! Stuart hat sich natürlich köstlich amüsiert und es sich nicht nehmen lassen, sich dieses Zitates gegenüber Lizbeth zu bedienen, als sie ihn tadelte, er würde zu viele von diesen scheußlichen Havannas rauchen!)
Abendessen/Lavinia: »Richtet nicht, auf daß ihr nicht gerichtet werdet.«
(Matthäus 7,1. Ausgezeichnet, mein Kind! Es gefällt mir, daß sie sich nicht unterkriegen läßt. Aber Georgina macht einen entschlosseneren Eindruck denn je. Man darf gespannt sein!)
Mittag/Georgina: »Sie reden stolze Worte, doch es ist nichts dahinter!«
(Zweiter Petrus 2,18. Habe ich es nicht geahnt? Georgina bleibt ihr nichts schuldig. Fast ein Blattschuß, wie Jäger zu sagen pflegen. Lavinia ist recht blaß geworden. Steckt sie auf?)
Frühstück/Lavinia: »Wer sich selbst erhöht, der wird erniedrigt; und wer sich selbst erniedrigt, wird erhöht.«
(Matthäus 23,12. Sie wankt nicht! Erstaunlich.)
Abendessen/Georgina: »Ich gebe ihnen Zeugnis, sagt der Herr, aber sie eifern mit Unverstand!«
(Römer 10,2. Das ist nicht dagegengehalten, sondern nichts als Lamento, Schwester! Und zudem hat sie die Textstelle ver-

fälscht! Es steht geschrieben »Ich gebe ihnen das Zeugnis, daß sie eifern um Gott, aber mit Unverstand!« Das ergibt ja wohl einen ganz anderen Sinn! Ein zweitesmal werde ich ihr so etwas nicht durchgehen lassen!)
Mittag/Lavinia: »Seid klug wie die Schlangen und ohne Falsch wie die Tauben.«
(Matthäus 10,16. Wann habe ich meine Schwester das letztemal mit schamgeröteten Ohren gesehen? Wohl als junges Mädchen, will mir scheinen. Kein Wunder, daß die anderen verwirrt waren und nicht verstanden, warum Georgina von diesem scheinbar harmlosen Zitat so betroffen war. Dies war kein neuer Angriff, sondern lediglich ein Kommentar zu Georginas bewußter Textfälschung! Sie hat ihr damit zu verstehen gegeben, daß es ihr nicht entgangen ist und sie weiß, was im Römer an dieser Stelle über das Eifern mit Unverstand geschrieben steht. Wie beschämend, bei einer solch unredlichen Tat ertappt zu werden!)
Frühstück/Georgina: »Wer Pech angreift, besudelt sich!«
(Sirach 13,1. Das war pure Wut und so ziemlich das Geschmackloseste, was sie je von sich gegeben hat. Lizbeth und Stuart fanden das wohl auch, und daß Denis endlich einmal einen empörten Blick gewagt hat, darf Georgina nicht erstaunen. Wenn sie so weitermacht, kann sie nur verlieren. Man merkt, daß sie ihrer nicht Herr wird. Es muß sie fürchterlich wurmen, daß Lavinia nicht nachgibt. Und Georgina kennt kein Verlieren. Davon kann wohl jeder auf Belmont Park Zeugnis ablegen!)
Abendessen/Lavinia: »Mit dem Maß, mit dem ihr meßt, wird man euch wieder messen.«
(Lucas 6,38. Sehr klug von Lavinia, auf den groben Klotz vom Frühstück nicht mit einer ebenso groben Antwort aufzuwarten, sondern ihr den Spiegel vorzuhalten. Aber soll dieser Wettstreit noch über Weihnachten fortgeführt werden? Das wäre kaum zu tolerieren. Lavinia wird wohl nichts anderes übrig-

bleiben, als aufzustecken. Denn ich habe nachgerechnet, daß sie am Heiligen Abend zum Frühstück das Tischgebet spricht. Da darf es kein unversöhnliches Wort geben, nicht einmal die Andeutung eines solchen. Bedauerlich, daß wir so nie erfahren werden, wer von beiden zuerst eingelenkt hätte. Der Sieg fällt Georgina in den Schoß. Ich muß gestehen, es mißfällt mir. Aber was kann ich tun? Was kann überhaupt irgend jemand gegen Georgina tun, wenn sie sich einmal etwas in den Kopf gesetzt hat!?)

Mittag/Georgina: »Sitz der Schande ist ein Weib, das gute Sitten haßt!«

(Erste Solomonische Weisheiten 11,16. Georgina läutet ihren Triumph ein. Nun ja...)

Abendessen/Lavinia: »Die Güte eines Menschen kommt ihm selbst zugute, denn der Hartherzige schneidet sich ins eigene Fleisch.«

(Dieselbe Stelle! Lavinia hat Georginas Passage aus den Solomonischen Weisheiten einfach aufgenommen und weiter zitiert. Welch wunderbarer Schachzug! Wie schade nur, daß den anderen diese köstliche Raffinesse verborgen geblieben ist. Bei Gelegenheit werde ich Lizbeth das Vergnügen noch nachträglich bereiten. Einfach zu schön, wie Lavinia sie mit ihren eigenen Waffen schlägt. Aber es ist nichts daran zu ändern, daß sie unterlegen sein wird. In drei Tagen haben wir den Heiligen Abend, und das wird dem ein Ende bereiten, ein nicht ganz gerechtes, wie ich nicht ohne Bedauern anmerken muß...)

Es ist vorbei!

Welche Wendung!

Stuart hat dem wochenlangen Wettstreit ein Ende bereitet! Und er hat gewußt, warum er eingriffen hat. Er brauchte nicht einmal alle Finger einer Hand, um sich auszurechnen, daß Georgina das letzte Wort behalten und sich dafür einen sicherlich demoralisierenden Spruch ausdenken würde. Doch das hat

er verhindert, und ich glaube, bis auf Georgina sind wir wohl alle recht froh darüber, daß er so kurz vor Weihnachten diesem buchstäblich biblischen Ringen ein Ende gesetzt hat, ohne daß es eine Siegerin und eine Verliererin gibt. Er hat mit seinem Machtwort sozusagen für ein faires Unentschieden gesorgt. Georgina hat ihr Gesicht gewahrt, und Lavinia, nun, insgeheim muß wohl doch jeder Gerechte zugeben, daß sie trotz dieses Unentschiedens den Sieg davongetragen hat, zumindest den moralischen Sieg. Denn in ihrer Lage ist ein Nicht-Nachgeben-Müssen schon ein beachtlicher Sieg — und Zugewinn an Respekt. Sie muß zweifellos noch eine Menge lernen, bevor sie Georgina die Macht auf BELMONT PARK streitig machen kann. Bis dahin dürfte es noch ein sehr weiter Weg sein. Aber wie sagt man doch so treffend: »Auch die längste Reise beginnt mit dem ersten Schritt.« Und den hat sie getan. — Fast hätte ich vergessen, Stuarts Worte zu notieren. Ich glaube, deutlicher hätten sie gar nicht ausfallen können. Er ist schon ein prächtiger Mann. Ich werde ihm in Zukunft einiges nachsehen müssen, zum Dank für diesen wunderbaren Abschluß. Also, hier Stuarts herrliches Tischgebet, das den Disput zum Verstummen brachte und das dem Lukas und dem Johannes entnommen ist:
Abendessen/Stuart: »Erlaßt einander die Schuld, dann wird auch euch die Schuld erlassen. Kann ein Blinder einen Blinden führen? Werden nicht beide in die Grube fallen? (Pause. Ein ernster Blick zu Georgina und auch zu Lavinia und dann seine abschließende Mahnung) Wer unter euch ohne Sünde ist, der werfe den ersten Stein!«
Nachtrag am Abend des 1. Januar 1840: Es hat keiner gewagt, ihn aufzuheben. Dem Herrn sei's gedankt! Möge es dabei bleiben! Amen!

15

Es stärkte Lavinias Selbstvertrauen, daß sie es mit Georgina aufgenommen und sich behauptet hatte. An ihrer untergeordneten Stellung auf Belmont Park änderte dieser moralische Sieg der Selbstbehauptung jedoch nichts. Auch nicht die Tatsache, daß Onkel Stuart und Tante Lizbeth sich ihr gegenüber spürbar herzlicher verhielten, als wären sie nun endlich bereit, sie als vollwertiges Familienmitglied zu akzeptieren.
Georgina behandelte sie weiterhin wie ein unmündiges Kind und schloß sie von allen wichtigen Entscheidungen aus. Sie dachte auch nicht daran, dem Beispiel ihrer Schwester Edwina zu folgen, der Lavinia durch ihr Verhalten Respekt abgenötigt hatte. Es trafen sie nicht länger strafende Blicke aus kalten Fischaugen, sondern Tante Edwina zeigte sich von nun an eher wohlwollend unparteiisch.
Edwina war zu dem Entschluß gekommen, weder für Lavinia noch für ihre Schwester eindeutig Stellung zu beziehen, sondern abzuwarten, wie sich die Rivalität dieser so unterschiedlichen Frauen entwickeln und welche Folgen sie zeitigen würde. Stuart und Lizbeth hatten sich offensichtlich zu einer ähnlichen Haltung entschlossen. Noch lag die Macht über Belmont Park eindeutig in den Händen von Georgina. Und so leicht würde diese Vormachtstellung, die sogar ihr erwachsener Sohn widerspruchslos anerkannte, nicht zu erschüttern, geschweige denn zu brechen sein. Aber so jung und unbedarft Lavinia auch noch sein mochte, so hatte sie doch gezeigt, daß sie nicht gewillt war, alles mit sich machen zu lassen, und daß sie sich auflehnen und dann beharrlich sein konnte. Zwar bedeutete dieses Aufbegehren für Georgina noch nicht viel mehr als für einen bissigen kräftigen Hund das lästige Zwicken einer Zecke, aber wenn Lavinia eine ebenso rasche Auffassungsgabe wie Willensstärke besaß

und die ihr gegebenen Möglichkeiten geschickt nutzte, dann konnte sich das lästige Zwicken mit den Jahren zu einer ernstzunehmenden Bedrohung auswachsen. Aber natürlich stellte auch ihre Schwester diese Überlegungen an. Mit Sicherheit würde sie den Anfängen eines aufkeimenden Anspruchs nach Teilhabe an der Macht im Haus mit all ihrer Härte begegnen. »Wenn man ein Übel erkannt hat, muß man es mit seiner Wurzel ausreißen!« war nicht von ungefähr eine Sentenz, die Georgina zu ihren wichtigsten Prinzipien zählte. Und es konnte kein Zweifel daran bestehen, daß sie die ungeliebte Schwiegertochter wie einen Dorn in ihrem Fleisch empfand. Es war daher kaum zu erwarten, daß sie tatenlos zusah, wie sich die jetzt noch winzige Wunde schmerzhaft entzündete…

Lavinia selbst stellte keine derartigen Überlegungen an. Sie war viel zu glücklich, daß sie sich bei dem riskanten Spiel mit dem Feuer nicht die Finger verbrannt, sondern einen großen Sieg errungen hatte. Denn daß Onkel Stuart sowie Tante Lizbeth und Tante Edwina ihr nun mit mehr Respekt und Wärme begegneten, bedeutete ihr schon sehr viel. Sogar Denis war stolz auf sie. Melinda blieb dagegen launisch und gehässig wie eh und je, was ihr manchmal mehr zu schaffen machte als Georginas Verhalten.

Dennoch ging Lavinia mit viel Zuversicht ins neue Jahr, und sie hatte auch guten Grund dazu. Denis erfuhr ihn an seinem Geburtstag am 26. Januar.

Es war noch dunkel hinter den Gardinen, doch im Kamin loderte schon ein munteres Feuer, das die Kühle der Nacht mit behaglicher Wärme aus dem Schlafzimmer vertrieb. Lavinia hatte schon wach gelegen und vom Bett aus zugesehen, als die schieläugige Ethel durch das dunkle Zimmer huschte, die Glut unter der Asche freilegte und das Feuer erst mit Reisig und dann mit Holzscheiten entfachte, um sich anschließend genauso stumm und leise wieder zu entfernen.

Mit klopfendem Herz wartete Lavinia, daß Denis erwachte. Sie lächelte, als der helle Flammenschein auf das Gesicht ihres Mannes fiel. Wie schön und makellos seine Züge doch waren. Die Liebe, die sie in diesem Moment für Denis in sich fühlte, trieb ihr fast die Tränen in die Augen. Es war eine ganz neue Liebe, die an die Stelle der romantischen Jungmädchenliebe getreten war.

Bei den Stallungen schlug eine Tür, und eine ungeduldige Stimme drang über den Hof. Auch im großen Herrenhaus setzte allmählich ein geschäftiges Leben ein, welches die schläfrige Stille rasch durch eine Vielzahl von Geräuschen vergessen ließ, denn es war nicht nur der Geburtstag von Master Denis DeLong, sondern damit auch der Tag des fast schon traditionellen Muschelessens, zu dem alle Freunde, Verwandte und Nachbarn auf BELMONT PARK eingeladen waren.

Denis erwachte und sah, daß Lavinia nicht mehr schlief. »Was ist denn das? Heute bist du schon vor mir munter. Hat dich irgend etwas um deinen Schlaf gebracht?« fragte er scherzhaft.

Sie lächelte ihn zärtlich an. »Ich möchte die erste sein, die dir zum Geburtstag gratuliert.«

Er schmunzelte. »Das ist lieb von dir. Sag, gibt es an einem Geburtstag nicht auch Geschenke?«

Lavinia nickte. »O ja! Manchmal gehen an solchen Tagen ganz besondere Wünsche in Erfüllung.«

Sein Blick wanderte hinunter zu ihrer Brust, die sich unter dem Nachthemd abzeichnete, und das Blut schoß ihm in die Lenden. »Ich wußte schon, womit du mir ein ganz besonderes Geschenk machen könntest, mein Liebstes«, sagte er und zog sie verlangend in seine Arme.

Sie schmiegte sich zu seiner Verwunderung auch willig an ihn. »Ich habe da an ein anderes Geschenk gedacht, Denis«, erwiderte sie, als seine Hand ihre Brüste streichelte. »Weißt du, eigentlich bin ich es gar nicht allein, die dir alles Liebe und Schöne zu deinem Geburtstag und für das neue Jahr wünscht ...«

In seinem Begehren mißverstand er sie. »Hab keine Sorge, es wird schon keiner kommen. Wir sind ganz ungestört, nur wir zwei, mein Liebling«, raunte er und schob seine Hand unter ihr Nachthemd.

»Nein, das stimmt nicht, Denis. Wir sind schon zu dritt«, widersprach sie ihm ruhig.

Er stutzte.

»Ja, und zwar hier im Bett. Denn da, wo du jetzt deine Hand hast, da ...«

»Lavinia! Ist das wahr?« stieß er aufgeregt hervor und ließ seine Hand auf ihrem Bauch liegen. »Bist du dir sicher, daß du in guter Hoffnung bist?«

»Ja, so sicher, wie sich eine Frau nur sein kann.« Sie lächelte ihn glücklich an. »Ich wollte es dir schon zu Weihnachten sagen, war mir da jedoch noch nicht hundertprozentig sicher. Nun aber ist jeder Zweifel ausgeschlossen: Wir werden im Sommer eine richtige Familie sein, Denis!«

»Ein Sohn! ... Ich bekomme einen Sohn! O Lavinia, das ist wirklich das wunderschönste Geschenk, das du mir überhaupt hast machen können! Du schenkst mir einen Sohn, der einmal BELMONT PARK von mir übernehmen wird! Ich liebe dich, mein Engel! Ich liebe dich!« Seine Freude kannte keine Grenzen, und er küßte sie, erst stürmisch und im Überschwang, dann aber besann er sich, daß sie sein Kind trug, und seine Zärtlichkeiten wurden behutsam. Sie waren jedoch nicht mehr von sexuellem Verlangen bestimmt, sondern von dem Glücksgefühl des werdenden Vaters.

Lavinia hatte nichts anderes erwartet. Es erfüllte sie ebenso mit Zärtlichkeit wie mit Stolz, ihn so glücklich zu sehen. Bald würde sie nicht mehr nur seine Frau sein, sondern die Mutter seines Sohnes! Und wenn es ihr auch nicht überdeutlich be-

wußt war, so ahnte sie doch, daß sich damit zugleich alles andere für sie auf Belmont Park ändern würde. Der Mutter des ersehnten Stammhalters mußte man den gebotenen Respekt entgegenbringen – ein Gebot, das auch für Melinda und Georgina keine Ausnahmen machte.
»Du weißt ja gar nicht, wie glücklich du mich mit dieser Nachricht machst, mein Liebling«, sagte er und küßte sie auf die Wangen.
»Dein Glück ist auch mein Glück, Denis.« Ja, sie glaubte daran.
»Natürlich habe ich insgeheim schon gehofft, daß es bald geschehen würde, und ich habe es mir vorzustellen versucht, wie es wohl sein würde, aber es ist so ... so ganz anders, so überwältigend zu wissen, daß es geschehen ist ... und daß in dir unser Sohn heranwächst.« Er schaute sie einen Augenblick fast andächtig an. Dann riß die Freude ihn wieder mit sich fort. »Wir werden ihn Eugene nennen, nach meinem Großvater. Bist du damit einverstanden?«
Lavinia hatte eher an Namen wie Daniel, Andrew oder Benjamin gedacht. Doch als sie in seinem glücklichen Gesicht den Wunsch nach ihrer Zustimmung zu seinem Namensvorschlag las, konnte sie es nicht übers Herz bringen, seine Freude auch nur für einen Augenblick zu trüben. Vielleicht, wenn er von selber darauf kam, daß auch sie sich schon Gedanken über den Namen ihres ersten Kindes gemacht hatte ...
»Ja, Eugene ist auch ein schöner Name«, sagte sie deshalb und gab mit dem »auch« zu verstehen, daß sie noch Alternativen anzubieten hatte.
Denis verstand es anders. »Ja, nicht?« Er strahlte. »Er wird also Eugene heißen. Mom wird sich freuen, denn sie hat ihn noch gekannt und sehr gemocht.«
Lavinia sagte sich, daß Eugene wirklich ein schöner Name sei. Eugene DeLong. Das hatte einen guten Klang. Obwohl An-

drew DeLong einen besseren Fluß hatte. Aber wenn Denis so viel daran lag, dann sollte es so sein!

»Was für ein Tag!« jubelte er, schleuderte die Decke zurück und sprang aus dem Bett. »Aber sag es den anderen noch nicht, ja? Diese wunderbare Überraschung werden wir uns für später aufheben, wenn all unsere Gäste eingetroffen sind!«

Sie lachte. »Wenn du es so möchtest, du bist der Vater.«

»Und du alles, was ich zu meinem Glück brauche!«

16

Belmont Park, 31. Januar 1840

Meine liebe, getreue Carol!

Von meiner großen Neuigkeit, die meinem Leben wohl einen neuen Ernst und mehr Verantwortung, aber gewiß auch viel Freude und Glück bringen wird, habe ich Dir ja schon in meinem letzten Brief vom 27. des Monats geschrieben. Aber ich war von dem Fest doch noch so erschöpft gewesen, daß ich Dir wirklich nicht viel mehr als diese wenigen Zeilen habe schreiben können. Deshalb sende ich diesen Brief auch gleich hinterher, denn von diesem Tag des Austernröstens muß ich Dir einfach ausführlich berichten. Glaube mir, es war in mehr als einer Hinsicht ein unvergeßlicher Tag!

Welch ein Aufwand wurde da getrieben! Du kannst es Dir nicht vorstellen, Carol! Schon in der Morgendämmerung holte man mit Wagen aus allen Teilen der Plantage die benötigten Zutaten zusammen und brachte sie auf den Rasen vor unserem Herrenhaus. Und während wir noch frühstückten und Denis mächtig an sich hal-

ten mußte, um in seinem Glück und Stolz nicht schon mit der guten Nachricht herauszuplatzen, da trugen die Schwarzen die notwendigen Gerätschaften herbei, gruben Löcher und stellten eine Anzahl Öfen in zwei parallelen Reihen auf, die etwa zweihundert Yards voneinander entfernt waren. Inzwischen deckten die Dienstmädchen unter der Anordnung unseres Butlers Ebenezer (und unter Georginas scharfem Auge natürlich, das jeder auf sich spürt, auch wenn sie gar nicht da ist) die langen Tische aus Zypressenholz, die die Zimmerleute zwischen den Ofenreihen errichtet hatten. Auf das seit Generationen weitervererbte feine Leinenzeug stellten sie Porzellan und Silber, das zum Teil noch aus England stammte, von wo es der erste DeLong im Jahre 1715 bei seiner Einwanderung mitgebracht hatte.
Du hättest es sehen müssen, Carol! Der Festplatz lag unter einem strahlenden Himmel, aber die Magnolien und das Spanische Moos, das in Girlanden zwischen den ehrwürdigen Eichen hing, spendete Schatten an den Tischen. Die frische Januarluft war von den durchdringenden Kochgerüchen geschwängert.
Kurz vor Mittag erschienen die Gäste, in ein- oder zweiachsigen Wagen, zu Pferde oder im Boot. Die Terrys, die von der Gemeinde St. Philipp kamen und zwei Flüsse überqueren mußten, waren schon in der Morgendämmerung aufgebrochen. Es sind so gut wie alle Pflanzer aus der Umgebung gekommen. Die Whittons waren auch darunter, doch ihre Tochter ließ sich wegen angeblichen Unwohlseins entschuldigen. (Wie unwohl mag sie sich denn erst gefühlt haben, als sie von ihren Eltern oder ihrem ganz reizenden Bruder erfuhr, daß ich Denis' Kind unter dem Herzen trage? Ich hätte gern ihr Gesicht dabei gesehen. Aber so war es mir natürlich

auch recht.) Sally, Drucilla und Clarice kamen mit ihren Eltern, und aus Charleston reisten noch gut drei Dutzend Gäste an, so die Ashgates und Jonathan, der in seinem reichlich dandyhaften Anzug aus moosgrünem Samt viel Aufmerksamkeit erregte, die er auch weidlich auskostete. Aber ich mag ihn, obgleich sein Humor einen Hang zum Sarkasmus, ja manchmal sogar zum Zynismus aufweist. Er ist einfach ehrlich, geistreich und verträgt sich wirklich nicht gut mit seiner Schwester.
Doch zurück zum Fest. Um zwölf bot Denis mir seinen rechten und seiner Mutter den linken Arm, und gefolgt vom Rest der Familie und den Gästen, die ihre Gratulationen und Geschenke losgeworden waren und sich im Säulengang und in der Halle die Zeit mit einem ersten Schwatz vertrieben hatten, gingen wir hinunter zu den gedeckten Tischen, wo Denis und Georgina sich versicherten, daß alles ihren Vorstellungen entsprach. Nachdem die Anordnung, zur stolzen Befriedigung Ebenezers, ihre Anerkennung gefunden hatte, wurden die Gläser, das Geschirr, das Silber und das feine Leinen in die neben den Tischen stehenden Weidenkörbe gepackt. Auf die blanken Holztische wurde dann vor jeden Platz eine kleine Leinendecke gelegt, auf die eine hölzerne Austernschüssel, Austernmesser und ein großes Glas gestellt wurden. Für jeden Gast wurde zudem noch eine Armstütze am Tisch befestigt!
Jetzt wurden die Feuer entfacht, und bald glühten die Holzkohlen in den Löchern, und der feine Rauch kräuselte empor zu den Magnolien und den Kronen der riesigen Eichen. Während all dies geschah, trafen immer neue Gäste auf Belmont Park ein. Da jeder wußte, daß Pünktlichkeit für die richtige Zubereitung der gerösteten Austern wichtig ist, kamen alle vor ein Uhr an. Es

sind über achtzig gewesen, stell dir vor! Die Zimmerleute standen mit weiteren Brettern bereit, um bei Bedarf neue Tische aufzustellen — und es dauerte auch nicht lange, bis sie damit beginnen mußten. Die Tischreihe dehnte sich nun über eine Viertelmeile, aber es gab keinen Platzmangel; jeder hatte genug Ellbogenfreiheit. Der Eindruck war wirklich hochherrschaftlich, und wir alle konnten zufrieden sein.
Genau um ein Uhr dann blies Denis auf der Freitreppe vor dem Herrenhaus eine Art Fanfare auf seinem Jagdhorn, was sehr viel Belustigung hervorrief, da er dieses Instrument nicht gerade meisterlich beherrscht. (Denis lachte selbst am lautesten!) Dies war das Signal, die Austern aus den Tonnen auf die glühenden Holzkohlen zu schütten. Gleichzeitig setzten sich die Gäste, und Ebenezer erschien mit seinen Dienstboten, die Silberkannen mit heißen Getränken brachten und die Gläser füllten. Es gab Whiskypunsch für die Männer und Eierpunsch mit einer Prise Muskatnuß und etwas Barbados-Rum für die Frauen.
Niemand probierte jedoch den Punsch, bevor Denis am ersten Tisch aufstand, sein Glas hob, die Gäste noch einmal auf das herzlichste willkommen hieß und sie dann aufforderte, das Glas auch auf mein Wohl zu heben, die ich ihn bald mit dem teuersten Geschenk beglücken werde, das sich ein Ehemann von seiner geliebten Frau nur wünschen könne — nämlich mit einem Sohn!
Ich glaube, ich kann es mir ersparen, Dir den Jubel, das Geherze und die vielen Glückwünsche zu schildern, die dieser Ankündigung folgten. Es war für eine Weile ein rechtes Tohuwabohu, wie Du Dir wohl vorstellen kannst. Sally und Drucilla waren völlig aus dem Häus-

chen, und Tante Lizbeth und Onkel Stuart drückten mich ganz fest an ihre Brust. Tante Edwina hatte zudem noch einen frommen Spruch für mich und tätschelte mir die Wange. Melinda, Du kannst es Dir denken, hatte große Mühe, den gebotenen Glückwunsch über ihre Lippen zu bekommen. Ich glaube, sie wäre vor Neid fast geplatzt. Georgina hatte sich schon besser in der Gewalt. Sie gab mir sogar einen Kuß und tat, als wäre sie überglücklich. Aber ihr Lächeln war doch sehr mühsam. Und weißt Du, was sie zu all den üblichen guten Wünschen noch zu mir sagte? »Hoffen wir, daß wir am Tag deiner Niederkunft auch so voller Freude sein können wie heute, mein Kind!« Sie hofft vermutlich darauf, daß ich Denis bitter enttäusche und ein Mädchen zur Welt bringe. Aber den Gefallen werde ich ihr nicht tun. Denis und ich, wir sind uns beide ganz sicher, daß es ein Junge wird. Es wird ein Sohn, aus und Schluß. Einen anderen Gedanken lasse ich nicht zu.

Ach, wenn Du nur gesehen hättest, wie stolz Denis war. Es war ein Geburtstag, wie er ihn sich schöner nicht hätte wünschen können. Aber über unsere grenzenlose Freude habe ich Dir ja schon ausführlich geschrieben, und ich tue besser daran, wenn ich Dir von Dingen berichte, die Du noch nicht in meinen Briefen hast lesen können.

Ja, das Fest. O Carol, es ging nach all der fröhlichen Aufregung nun erst richtig los. Ein ganzes Bataillon von Schwarzen rannte von den Feuern herbei. Sie trugen Platten voll prasselnder Austern, die direkt von den heißen Kohlen kamen. Für je zwei Gäste war ein eigener Schwarzer da, der dafür sorgen mußte, daß die von ihm Betreuten stets eine zischende Auster vor sich liegen hatten, immer eine nach der anderen, denn die frisch gerö-

steten Austern mußten sofort vom Herd in den Mund wandern, damit sie noch all ihren Saft in sich hatten.
Das Essen, das so köstlich wie reichhaltig war, zog sich über eine ganze Stunde hin. Dann gab einer der männlichen Gäste am ersten Tisch das Zeichen — denn für den Gastgeber ist es nicht schicklich, das Essen zu unterbrechen —, und die Männer kletterten über die festverankerten Bänke und zogen sich zurück, um bei Zigarren und Brandy über Geschäfte und Politik zu reden.
Anschließend standen auch wir Frauen auf. Es war nicht leicht, besonders für uns jungen mit unseren langen, weiten Krinolinen ging es nicht ohne Schwierigkeiten ab. Auch wir mußten über die Bänke klettern, und wenn der Fuß eines Mädchens oder einer Frau über die Schuhspitze hinaus sichtbar wurde, war ihre Verlegenheit natürlich unbeschreiblich. Die Männer wandten sich jedoch ritterlich ab, um nicht den Schimmer eines Strumpfes über dem Stiefelrand zu sehen.
Die Gäste schlenderten durch den Park, am Ufer des Ashley entlang oder gingen zu den Hütten der Schwarzen hinüber, um ihnen beim Tanz und Musizieren zuzusehen, oder aber sie legten sich für eine Stunde zur Ruhe, während die Hilfskräfte unseres tüchtigen Butlers die derben Geräte des Austerngemetzels beiseite räumten und den Tisch in formeller Weise deckten.
Nach drei Uhr kamen sie alle vom Fluß und vom Dorf der Schwarzen zurück oder aus den Salons und Schlafzimmern des Herrenhauses, wo einige der älteren Frauen ihre Mittagsruhe gehalten hatten. Alle nahmen wieder an den langen Tischen Platz, die nun im Glanz des Silbers, des Kristalls und des Porzellans auf feinem

Leinen schimmerten und mit den ersten Knospen der Christrosen übersät waren.
Ich habe die ganze Zeit von dem Fest des Austernröstens geschrieben. Wie wenig treffend, meine liebe Carol. Denn jetzt wurde es offenbar, wie unpassend es war, dies ein Austernessen zu nennen. Da gab es Hummer in Aspik, Salate von Krabben und Wasserkresse, gebackene Fische in Bordeauxsoße. Danach wurde Schildkrötensuppe aufgetragen und anschließend Wildbretpasteten mit einem Brei aus Palmenherzen und süßen Kartoffeln, der so zart war, daß er auf der Zunge zerging. An Getränken wurden Madeira für die Männer und Likör für die Frauen gereicht oder Bordeaux, falls sie diesen vorzogen. Dazu wurden in Mengen kleine knusprige, hauchdünne Kekse angeboten.
Das Essen dauerte mehrere Stunden. Bei dem Gesang der Nachtigallen in den Baumkronen, in der milden Wintersonne und unter dem Einfluß des jede Hast auslöschenden Madeiras und Bordeaux' fühlten sich alle zeitlos glücklich und zufrieden. Die meisten Gäste traten noch vor Anbruch der Dunkelheit die Heimfahrt an. Doch das Fest war noch längst nicht zu Ende, denn einige Freunde und Verwandte, gut zwanzig an der Zahl, blieben und nahmen die frohe Kunde von Denis' baldigen Vaterfreuden nur zu gern zum Anlaß, bis tief in die Nacht zu feiern. Und ich muß gestehen, daß ich es mir nicht habe nehmen lassen, dieses herrliche Fest bis zum Schluß zu genießen. Daß Georgina sich schon sehr früh zurückgezogen hat, wird Dich so wenig verwundern wie mich an jenem Tag. Denis und ich waren der unumstrittene Mittelpunkt bei jung und alt, und das war eine ganz neue Erfahrung für sie, die ihr kaum gefallen hat, wie Du Dir denken kannst.

So, damit wäre nachgetragen, was ich Dir noch berichten wollte. Nun warte ich täglich voller Ungeduld und Vorfreude auf Deinen nächsten Brief. Ich kann es nicht erwarten zu erfahren, wie es mit Dir und Steve in der Zwischenzeit weitergegangen ist. Ich drücke Dir ja so fest die Daumen und schließe Dich jeden Abend in meine Gebete mit ein. Was gäbe ich darum, wenn ich Dich in meiner Nähe wüßte und nicht so unerreichbar fern in Boston. Aber in Gedanken bin ich Dir so oft so nahe, daß ich meine, Du müßtest mir gleich antworten und mich Dein Lachen hören lassen.

Nun muß ich aber endgültig Schluß machen. Wir bekommen heute abend wieder Besuch, und Mabel mahnt schon, daß es an der Zeit ist, die Schreibfeder aus der Hand zu legen und an die Abendgarderobe zu denken.

Ich umarme und küsse Dich in Gedanken, meine getreue Freundin, und schicke Dir meine innigsten Wünsche für ein Gelingen all Deiner Unternehmungen. Mögen sich Deine innigsten Herzenswünsche erfüllen!

Deine Lavinia

17

Die Rennwoche Mitte Februar gehörte zu den wichtigsten Ereignissen in Charleston. Es war der gesellschaftliche Höhepunkt der Wintersaison. Die Pferderennen auf dem Washington Race Course zwischen Moultrie und Grove Street begannen am 15. Februar. Aber diese hochklassigen Wettkämpfe, an denen Rassepferde aus dem Norden wie auch aus Frankreich und England teilnahmen, bildeten nur die reizvolle Kulisse für

einen viel aufregenderen Wettbewerb, der nicht auf der Rennbahn unter den Jockeys ausgetragen wurde. Dieser Wettstreit setzte vielmehr schon eine gute Woche früher ein und fand mit nicht weniger Dramatik in den großartigen Ballsälen der vornehmsten und reichsten Familien von Charleston statt. Hier ging es nicht um Schnelligkeit und hohe Wetteinsätze, sondern um Dinge von viel größerer Bedeutung, die noch Monate später für Gesprächsstoff sorgten, wenn man längst die Namen der Sieger und die noch so hohen Wettverluste vergessen hatte. Wer gab den außergewöhnlichsten Empfang? Wer richtete den glanzvollsten Ball aus? Wer überraschte seine Gäste mit den ausgefallensten Dekorationen und unterhaltsamsten Einlagen? Wer trug die eleganteste Garderobe? Welcher Debütantinnenball bekam die meisten Zusagen von heiratsfähigen Junggesellen aus den Reihen der Aristokraten aus Stadt und Land? Wer würde in diesem Jahr die beste Partie machen und wer den größten Skandal verursachen? Wie viele Ehrenhändel würden auf dem alten Kolonialfriedhof ausgetragen werden?
Diese und ähnliche Fragen waren es, die in diesen turbulenten Wochen die Gedanken und Gespräche der Gesellschaft beherrschten. In dieser Zeit schien Charleston ein einziges großes Fest ohne Ende zu sein. Denn neben den Dutzenden von Bällen, deren Gastgeber sich gegenseitig an Glanz und Prominenz zu überbieten suchten, gab es eine noch weit weniger überschaubare Zahl von anderen Veranstaltungen wie Theateraufführungen, Konzerte, Paraden der Miliz, Tee-Partys und Empfänge in Hotels, Clubs und Privathäusern.
Wer Rang und Namen hatte, wer Kontakte pflegen und Verbindungen knüpfen wollte, wer seine Spiel- und Wettleidenschaft am liebsten mit gesellschaftlichem Glanz verband, wer auf Brautschau war, wer als Tochter in die Gesellschaft eingeführt werden mußte, wer sehen und gesehen werden wollte, wer es liebte, von einem Fest zum nächsten zu ziehen, wer einen Flirt

oder gar eine Affäre suchte — der kam im Februar nach Charleston. Und die Gäste reisten nicht allein aus dem Süden an, sondern aus ganz Amerika und Europa.
Daß die DeLongs sich an diesem Rausch der Bälle und Feste beteiligten, war noch selbstverständlicher als das Muschelessen im Januar. Die ganze Familie, begleitet von sechs Dienern und Zofen, reiste nach Charleston und belebte das Haus in der Tadd Street.
»Es werden genauso aufregende wie anstrengende Tage werden, mein Schatz«, warnte Denis seine Frau vor. »Und ich bitte dich inständig, dir nicht zuviel zuzumuten und mir zu sagen, wenn du deine Ruhe brauchst.«
Lavinia lachte. »So schnell wird das nicht passieren. Du weißt doch, wie sehr ich Bälle liebe. Endlich habe ich Gelegenheit, all meine neuen Kleider auszuführen.«
Er sah sie besorgt an. »Aber du wirst doch hoffentlich nicht so unvernünftig sein, das Amüsement wichtiger als deine neue Verantwortung zu nehmen, nicht wahr?«
Lächelnd schüttelte sie den Kopf. »Sei unbesorgt, mein Liebster. Unser Kind ist mir so wichtig und teuer wie dir. Aber ich fühle mich in der Tat so gut wie noch nie zuvor in meinem Leben«, versicherte sie, und es war die reine Wahrheit. Die Schwangerschaft setzte ihr überhaupt nicht zu, einmal abgesehen davon, daß sie einen größeren und manchmal etwas ungewöhnlichen Appetit entwickelt hatte, den es zu zügeln galt.
»Dennoch mußt du dir und dem Kind genügend Ruhe gönnen und dich nicht dazu hinreißen lassen, den vielfältigen Verlockungen in Charleston über Gebühr nachzugeben«, erklärte er eindringlich. »Das mußt du mir hoch und heilig versprechen.«
»Du hast mein Wort, Denis«, sagte sie und dachte, wie besonders aufmerksam und besorgt er doch war, seit er wußte, daß sie in guter Hoffnung war. Und nicht nur er. Sogar Georgina

ging viel nachsichtiger mit ihr um — oder war vorsichtiger das treffendere Wort für ihr neues Verhalten? Wie auch immer, ihr sollte es gleichgültig sein, solange ihre Schwiegermutter nur so verträglich blieb wie jetzt. »Aber sag, an welchen Bällen werden wir denn teilnehmen?«

»Mit Sicherheit am Ball des SOUTH CAROLINA JOCKEY CLUB, zu dessen Mitgliedern die DeLongs schon zählen, seit die erste Rennwoche stattfand, und das war 1793«, erklärte er voller Stolz. »Fest zugesagt haben wir unsere Teilnahme auch schon am *Ball of Masquerade* der Mills und den fantastischen Festen der Draytons, Alstons, Pickneys und DeSaussures. Natürlich gehen wir auch zu dem Ball, den Jonathan in seinem Haus gibt. Tante Edwina und Georgina werden vermutlich eine andere Einladung vorziehen, weil Jonathans Festen manchmal eine leicht frivole Note zu eigen ist. Den Ball, den Madame Marsan Talvande in ihrer Französischen Academie für junge Damen gibt, werden wir selbstverständlich auch nicht versäumen. Mit Melinda müssen wir noch zu zwei weiteren exklusiven Festen, die zu den ersten Adressen unter den Heiratsbörsen von Charleston gehören«, zählte er auf und fügte spöttisch hinzu: »Letztere sind der bevorzugte Platz für Gockel und aufgeregte hübsche Dinger, die sich nach außen hin so blasiert geben wie ihre eigenen Großmütter.«

»Auf diesen Heiratsbörsen wirst du dich gewiß auch oft genug herumgetrieben haben, oder?« neckte sie ihn.

Er lächelte. »Ja, aber wie du siehst, bin ich keinem dieser fächerwedelnden Puppen auf den Leim gegangen«, sagte er zärtlich. »Ich bin vielmehr einem wunderschönen Rotschopf zum Opfer gefallen.«

»Du sollst nicht Rotschopf zu mir sagen!« protestierte Lavinia im Scherz. »Ich bin mehr blond als rot!«

In seinen Augen stand ein fröhlich zärtlicher Ausdruck. »Darüber könnte man sich streiten, nicht jedoch darüber, daß du mein Engel bist, den ich um nichts auf der Welt missen möchte«, sagte er und versöhnte sie zusätzlich mit einem Kuß. Dann kam er zu den Bällen und Festen in Charleston zurück. »Zu diesen Zusagen, die wir schon verschickt haben, kommen natürlich noch viele andere und gesellschaftlich sehr wichtige Veranstaltungen. Wir werden wie jedes Jahr mit größtem diplomatischen Geschick vorgehen müssen. Denn es gibt dreimal mehr Bälle und Empfänge, als auch die robusteste Natur in diesen Wochen zu absolvieren vermag. Deshalb werden wir DeLongs uns verteilen und selten einmal alle zusammen auf einem Ball zu finden sein.«

Lavinia empfand das nicht als Schmälerung ihres Vergnügens. Die gesellschaftlichen Verpflichtungen quasi in Gruppen aufgeteilt wahrnehmen zu müssen, betrachtete sie vielmehr als Glück. Wenn sie auch mehrmals Melinda begleiten mußten, so hatten sie doch ein halbes Dutzend Bälle, auf denen sie allein die DeLongs und die Rutledges von Belmont Park vertraten. Dies waren die schönsten Abende und Nächte in Charleston, und die Nächte waren während der Rennwoche besonders lang.

Aber sogar die Veranstaltungen, die sie geschlossen als Familie besuchten, wurden zumeist ein Vergnügen. An der Eröffnung und den wichtigsten Rennen der folgenden Tage nahmen die DeLongs auf der komfortabelsten der drei Tribünen teil, von denen aus sich der Rundkurs von einer Meile vorzüglich überblicken ließ. Schon seit Bestehen des Clubs besaßen die DeLongs eine eigene Box, in der sogar noch Platz für Freunde der Familie war.

Die Pferderennen verliefen so hochdramatisch und oft auch so unerwartet, wie es die Wetter und Liebhaber des Rennsports am liebsten hatten. Doch was zählten schon die wenigen spannungsgeladenen Minuten pro Rennen im Vergleich zu den aufregenden gesellschaftlichen Geschehnissen und Begegnungen,

die sich auf den Tribünen, im Clubhaus, in Bar und Restaurant sowie auf dem bevölkerten Innenplatz abspielten!
Lavinia hatte noch nie so viele Menschen auf einmal gesehen – und schon gar nicht so atemberaubend elegant gekleidete, was sich auf jung und alt beiderlei Geschlechts bezog. Sie erblickte kleine Mädchen, deren bestickte Seidenkleider ein Vermögen gekostet haben mußten, und alte Damen, deren Schmuck gereicht hätte, um eine Plantage wie BELMONT PARK zu erwerben.
Der Lärm auf dem Platz vor den Eingängen war unbeschreiblich. Peitschen knallten, Pferde wieherten, und Kutscher riefen einander nicht eben Schmeicheleien zu. Das Gedränge der Kutschen und Cabriolets, die nicht selten auffälliger und prächtiger waren als ihre wahrhaftig nicht bescheiden gekleideten Insassen, konnte einer ängstlichen Natur schon einen gehörigen Schrecken einjagen. Auf den Kutschböcken thronten herausgeputzte Schwarze im Seidenfrack und mit dazu passendem Zylinder, und manche Wagen wurden von livrierten Dienern begleitet, die so bunt und aufwendig kostümiert waren wie die Leibgarde eines fernen Monarchen. Der Wunsch, um jeden Preis aufzufallen und die anderen auszustechen, trieb so manche Blüte der Übertreibung und Geschmacklosigkeit.
Lavinia genoß den unmäßigen Pomp der Neureichen, die Geschmacklosigkeit der Exaltierten und die außergewöhnliche Eleganz der Stilsicheren gleichermaßen. Das Leben auf dem Rennplatz war ihr ein genauso aufregendes Theater wie das, was auf der Bühne des *New Charleston Theatre* auf der Westseite der King Street oder in der *South Carolina Institute Hall* auf der Broad Street an Lustspielen aufgeführt wurde. Diesem ausgelassenen, bunten Treiben zuzuschauen, wirkte auf sie anregender als Champagner, an dem sie sowieso nur maßvoll nippen durfte.

»Und wo gibt es das, daß Ausländer keinen Eintritt zu zahlen brauchen, wie das hier der Fall ist?« wies Denis Lavinia auf diese Besonderheit voller Lokalpatriotismus hin. »Alle Gäste, die nicht aus South Carolina stammen, haben freien Zutritt, ordentliche Kleidung vorausgesetzt. Das ist unsere Gastfreundschaft!«

»Ja, wir nehmen dem Norden nicht nur die Schwarzen ab, für die sie auf ihren Farmen und in ihren Fabriken keine Verwendung haben, weil sie ihnen nicht produktiv genug sind, sondern wir laden sie auch noch ein, kostenlos an unseren Festen teilzunehmen«, bemerkte Jonathan spöttisch. »Das ist in der Tat die unvergleichliche Gastfreundschaft des Südens. Ein Stolz, mit dem sich viele unserer Landsleute selber blenden.«

Diese bissige Bemerkung trug Jonathan, der dem Champagner an diesem Tag in der Box der DeLongs schon reichlich zugesprochen hatte, nicht nur von Georgina und Tante Edwina eine ärgerliche Zurechtweisung ein, sondern auch von Denis. Onkel Stuart beschränkte sich dagegen auf einen eher milden Tadel. Er lächelte dabei sogar, als gäbe er ihm insgeheim recht.

Ohne Fehl und Tadel verlief in diesem Jahr das rauschende Fest bei Jonathan, wie sogar Melinda einräumen mußte, die mit sehr viel Vorbehalten zum Ball erschienen war. Er bot seinen Gästen das üppigste Büfett und die extravagantesten Garderoben, da er einige reiche, exaltierte Europäer vom Hochadel dazu bewogen hatte, in den Kostümen zu erscheinen, wie sie bei ihnen zu Hause an den Höfen der Fürsten und Könige im letzten Jahrhundert getragen wurden. Denis dagegen kannte Jonathan gut genug, um die Vermutung zu wagen, daß bis auf vielleicht zwei echte Adelige alle anderen bezahlte Schauspieler waren. Aber wenn dem so war, dann meisterten sie ihre Aufgabe mit größter Glaubwürdigkeit.

Und allein darauf kam es bei diesem endlosen Reigen von Bällen und Empfängen doch nur an — auf den blendenden, glanzvollen Schein.

Lavinia tanzte mit Denis von Ball zu Ball. Mehr als einmal versuchte er dem Wirbel der Feste Einhalt zu gebieten und sie zu einem bedeutend gemächlicheren Rhythmus zu bewegen. Doch sie vermochte seine Bedenken jedesmal zu zerstreuen und ihn davon zu überzeugen, daß es ihr blendend ging und daß ihr diese hektischen Wochen ausgezeichnet bekamen. Dabei half ihr, daß sie wahrlich niemals schöner, gesünder und lebenssprühender ausgesehen hatte.

Auf den Bällen traf sie natürlich auch ihre Freundinnen Sally, Drucilla und Clarice wieder, die wie Melinda darauf hofften, hier den Mann fürs Leben zu finden, der nicht nur schön, charmant und ritterlich war, sondern zudem auch noch eine gute Partie sein mußte.

»Mitgiftjäger haben bei mir keine Chance!« verkündete Clarice mit der kategorischen Sicherheit der Kinder reicher Eltern.

»Ja, es muß schon die große Liebe sein wie bei unserer lieben Lavinia«, meinte auch Sally.

Doch es war ausgerechnet die mollige Drucilla, die gegen Ende der Festivitäten ihre Verlobung mit Randolph Timrod bekanntgab, dem Erben von TIMROD PLANTATION, die zu den ertragreichsten Reisplantagen von ganz South Carolina zählte, aber näher an Columbia als an Charleston lag, was Lavinia genauso schmerzlich bemängelte wie Sally und Clarice.

»Ich werde nur jemanden aus Charleston oder von den umliegenden Plantagen heiraten!« versprachen Sally und Clarice. Doch sie alle wußten, daß sie ihrem Mann folgen würden, wo immer er sein stattliches Anwesen hatte. Der Gedanke an eine Ehe ohne eine solche finanzielle und gesellschaftliche Absicherung kam ihnen noch nicht einmal im Traum in den Sinn. Sie waren so erzogen worden, daß man es sich selbst und auch allen anderen schuldig war, in den Kreisen von seinesgleichen zu bleiben. Denn nur so konnte man sich doch der wahren Liebe des Mannes gewiß sein.

Lavinia hatte auf diesen vielen Festen eine Vielzahl interessanter und amüsanter Begegnungen, von denen einige auch zu neuen Freundschaften führten. Doch auf eine Begegnung hätte sie liebend gern verzichtet.

Es war auf dem Ball von Madame Talvande, an dem alle von Belmont Park teilnahmen, war es doch einer dieser exklusiven Heiratsbörsen. Sie alle hofften, Lavinia eingeschlossen, daß Melinda hier einigen jungen Herren aus bester Familie so sehr den Kopf verdrehte, daß sie ihr den Hof machten. Lavinias gute Wünsche kamen von Herzen, wenn sie auch nicht ganz ohne Eigennutz waren. Denn wenn Melinda erst einmal unter der Haube und fern von Belmont Park war, würde das Lavinias Situation und die Atmosphäre im Herrenhaus noch um einiges verbessern.

Melinda konnte sich über die Aufmerksamkeiten der jungen Galane und deren Wünsche, auf ihrer Tanzkarte bedacht zu werden, nicht beklagen.

Lavinia genoß diesen Ball ganz besonders, fühlte sie sich doch weit über den Dingen stehend. Ihr war, als läge diese Zeit der Debütantinnenbälle und des Hofierens schon eine Ewigkeit hinter ihr. Hatte sie sich auch so geziert und gewollt erwachsen benommen wie diese jungen »fächerwedelnden Puppen«, wie Denis sie bezeichnet hatte? Es fiel ihr schwer, sich daran zu erinnern. Aber war es ein Wunder, da sie doch bald Mutter ihres ersten Kindes sein würde.

Und dann sah sie sich plötzlich Harriet Whitton gegenüber, als sie in einer Tanzpause bei einer der Säulen stand, während Denis ihr ein Glas Fruchtpunsch holte.

»Ich habe gehört, man darf Ihnen gratulieren, Lavinia«, sagte

Harriet, in einem Traum aus magentaroter Seide gekleidet. »Es wird bald eine neue Generation von DeLongs auf BELMONT PARK geben, nicht wahr?«
Lavinia deutete das Lächeln und die Glückwünsche von Harriet als Versöhnungsversuch und antwortete, weil sie von Natur aus nicht nachtragend war, ebenso freundlich: »Ja, Denis kann es schon kaum erwarten, Vater zu werden.«
Harriet lächelte zuckersüß. »Das kann ich mir vorstellen. Haben Sie sich denn auch schon einen hübschen Namen für Ihr Kind ausgedacht, Lavinia? Ach, es gibt ja so viele reizende Namen für ein Mädchen.«
Lavinia erstarrte, und ihr Lächeln erstarb. »Es wird ...«
»... ganz bestimmt ein Mädchen«, kam Harriet ihr mit demselben unverschämten Lächeln auf dem Gesicht zuvor. »Vergessen Sie den Sohn. Es wird ein Mädchen. Ich bin mir da hundertprozentig sicher. Ich habe einen Blick dafür, ob jemand das Zeug für einen Erben oder für eine Schar von Mädchen hat. Sie gehören zu den letzteren, Lavinia. Aber die muß es ja auch geben, nicht wahr? Und nun entschuldigen Sie mich. Mein Verlobter wartet. Es war ganz reizend, mit Ihnen zu plaudern. Übrigens: Agnes wäre ein schöner Namen. Ich finde, er vermittelt so viel Demut.«
Harriet Whitton schwebte davon, bevor Lavinia den Schock dieser Gehässigkeiten überwunden hatte. Sie suchte Halt an der Säule.
»Mein Gott, du siehst ja ganz bleich aus!« rief Denis erschrocken, als er Augenblicke später mit zwei Gläsern Punsch vor ihr auftauchte. »Ist dir nicht gut?«
»Eine leichte Schwäche, nichts weiter.«
Denis bestand darauf, daß sie sofort den Ball verließen. Drei Tage später kehrten sie alle nach BELMONT PARK zurück.

18

Harriets gehässige Prophezeiung verfolgte Lavinia noch eine ganze Weile, am Tage wie in ihren Träumen. Doch als der Frühling kam und Belmont Park in ein einziges Blumenmeer verwandelte und die Magnolien ihre Blütenpracht entfalteten, da war für Zweifel und Ängste kein Raum mehr in ihrem Leben, verlief ihre Schwangerschaft doch ohne Komplikationen und Beschwernisse. Wäre da nicht die zunehmende Rundung ihres Leibes gewesen und das Anschwellen ihrer Brüste, so hätte sie nichts daran erinnert, daß sie in wenigen Monaten einem Kind das Leben schenken würde.

Als die warme Frühlingssonne mehr und mehr an Kraft gewann und der Sommer sich mit rasch steigenden Temperaturen ankündigte, beschloß Denis, den heißen Monaten auf Belmont Park zu entfliehen.

»Wir verbringen den Sommer in unserem Haus auf St. Helena Island«, teilte er Lavinia mit. »Mir wäre es zwar lieber, du würdest meinen Stammhalter auf Belmont Park zur Welt bringen, aber es ist dein erster Sommer hier, und du bist die lähmende Hitze nicht gewöhnt. Deshalb möchte ich nichts riskieren. Auf Mulberry Hall entgehen wir dieser Plage.«

»Und was ist mit der Hebamme und dem Arzt?«

»Für beides ist bestens gesorgt. Einer unserer Nachbarn ist Dr. Alexander Garrit, ein angesehener Arzt. Und tüchtige Hebammen gibt es dort genauso wie hier«, versicherte er. »St. Helena Island ist ein bevorzugter Ort für Sommerresidenzen. Es gibt dort jedoch auch viele große und einträgliche Plantagen mit dem entsprechenden gesellschaftlichen Leben. Und zur Not ist Port Royal, die nächste Stadt, von Mulberry Hall aus schnell zu erreichen.«

Es gab in den Wochen vor ihrer Abreise viel zu bedenken und

zu organisieren. Lavinia blieb davon jedoch so gut wie unbelästigt, obwohl sie gerne ihren Teil dazu beigetragen hätte. Doch Georgina wußte das mit der ihr eigenen Tüchtigkeit und Herrschsucht zu verhindern, indem sie darauf verwies, daß sie sich schonen müsse.

Denis sparte keine Ausgaben, um die Reise für sie so komfortabel wie möglich zu gestalten. Statt mit mehreren Kutschen nach MULBERRY HALL zu fahren, verpflichtete er diesmal den Captain des kleinen Dampfschiffes PALMETTO, sie von der Plantage abzuholen und auf dem Seeweg nach MULBERRY HALL auf St. Helena Island zu bringen.

Am Abend vor ihrem Aufbruch legte die PALMETTO schon am Landungssteg an, um das Gepäck zu übernehmen. Am nächsten Morgen ging es in aller Frühe los. Die Reise wurde für alle zu einem höchst angenehmen und vergnüglichen Erlebnis. Der Mai schenkte ihnen einen seiner schönsten Sonnentage.

Noch vor Sonnenuntergang kamen sie auf St. Helena Island an, erwartet von ihren bei weitem unbequemer vorausgereisten Dienern, die sie mit Kutschen von der Anlegestelle abholten. Bis zum Haus war es eine Fahrt von nicht einmal zwanzig Minuten.

War Lavinia bei ihrer Ankunft auf BELMONT PARK vom Anblick des Herrenhauses wie erschlagen gewesen, so verliebte sie sich in MULBERRY HALL auf den ersten Blick. Es war genau das, was sie sich unter einem Sommerhaus vorgestellt hatte. Es war ein doppelstöckiges, langgestrecktes Gebäude im Kolonialstil, bei dem die Proportionen ganz wunderbar stimmten. Hier gab es keine gewaltigen Säulengänge, sondern tiefe Veranden auf beiden Etagen, auf denen man den Sommer im Wechsel von sonnigen, meerwarmen Tagen und seebrisengekühlten Nächten vorbeiziehen lassen konnte. Zahlreiche Maulbeerbäume auf dem weitläufigen Anwesen hatten der Residenz ihren Namen gegeben, denn niemand wäre auf die Idee gekommen, das

Haus nach dem Meer von Palmen zu benennen, die den Besitz der DeLongs zum nahen Atlantik hin abschirmten. Denn Palmen waren auf St. Helena Island so selbstverständlich wie die Dünen, das Meer und die beschauliche Ruhe, die man hier mit dem gesunden Klima genießen konnte.

Das Haus, das in einem Weiß mit einem Hauch von Blau schimmerte und inmitten von Maulbeerbäumen und Palmen stand, enttäuschte Lavinia auch im Innern nicht. Die Räume waren hoch und licht und nicht so prunkvoll ausgestattet wie die auf Belmont Park, was sie als Gewinn empfand.

»Hier könnte ich immer bleiben«, schwärmte Mabel.

»Ja, wenn ich mich zwischen Belmont Park und Mulberry Hall entscheiden müßte, wäre das ein Wettstreit zwischen Herz und Vernunft«, räumte Lavinia ein. »Aber eines weiß ich mit Sicherheit: Hier werde ich jeden einzelnen Tag lieben und genießen.«

Und so war es auch. Der Tagesablauf auf Mulberry Hall wurde noch mehr als auf der Plantage vom Müßiggang geprägt. Es gab zwar gelegentlich Besuche und Gegenbesuche, Abendessen mit Gästen in überschaubarem Rahmen und kleinere Ausflüge, aber das waren eigentlich die Ausnahmen von der Regel. Für Lavinia vergingen die Tage in einem harmonischen Gleichmaß ohne Aufregungen, daß sie manchmal den Eindruck hatte, einen besonders realistischen Traum zu erleben. Sie wurde von allen mit größter Aufmerksamkeit und Fürsorge behandelt, je näher der Zeitpunkt ihrer Niederkunft rückte. Die Tage waren ausgefüllt mit Lesen, dem Schreiben von Briefen, Stricken und Nähen, ein wenig Musizieren, Spaziergängen am Meer, langen Mittagspausen in ihrem abgedunkelten Schlafzimmer und unbeschwerten Unterhaltungen auf den Veranden mit Nachbarn und mit Dr. Alexander Garrit, der sie regelmäßig besuchte und der auf Anhieb ihr uneingeschränktes Vertrauen gewann wie auch Missis Ann Bolton, die Hebamme.

So reihten sich die Tage aneinander, so gleichmäßig und ohne Schönheitsfehler wie die reinen Perlen einer kostbaren Kette, wurden zu Wochen und Monaten.

Der Juli ging bald in seine letzte Woche, und Lavinia wünschte sich nun doch das Ende ihrer Schwangerschaft herbei. Es hatten sich mittlerweile Rückenschmerzen eingestellt. Zudem machte ihr Zustand ihr die alltäglichsten Dinge zu einer mühevollen Anstrengung, angefangen vom Ankleiden über das Waschen bis hin zum Bücken und Treppensteigen. Sie kam sich einfach unförmig und zu sehr in ihrer Bewegungsfreiheit eingeschränkt vor. Neun Monate waren wirklich mehr als genug.

Die Wehen setzten ein, als sie am vorletzten Tag im Juli nach einem leichten Imbiß zu Mittag die Treppe hinaufstieg, um sich auf ihrem Bett auszuruhen.

Was Lavinia erst nur für einen Krampf hielt, erkannte Georgina sofort als den Beginn der Niederkunft. »Denis, reite zu Dr. Garrit und benachrichtige auch Missis Bolton. Aber hetze weder dich noch das Tier. Es ist noch viel Zeit«, sagte sie, ganz die Ruhe in Person.

Georgina behielt recht. Was Lavinia während der neun Monate an Beschwerden erspart geblieben war, machte dieser eine Tag mehr als wett, zogen sich die Wehen doch bis in die frühen Morgenstunden des nächsten Tages hin.

Missis Bolton versuchte sie zu trösten. »Es wird schon, Missis DeLong. Die Natur braucht ihre Zeit.«

»Sie nimmt sich aber mehr Zeit, als ich ertragen kann«, keuchte Lavinia, als die Nacht über St. Helena Island hereinbrach.

»Sie liegen erst sieben Stunden in den Wehen. Mein erster Junge hat mich geschlagene zwölf Stunden in Atem gehalten. Es wird schon.«

Die Natur gab sich bei Lavinia nicht mit zwölf Stunden zufrieden. Und als es auf fünf Uhr zuging, zeigte sogar Dr. Garrit kaum verhohlene Besorgnis.

»Die Lage ... die Lage ... Komplikationen«, hörte Lavinia unter dem Einfluß von immer mehr Laudanum den Arzt mit der Hebamme flüstern.

Die Sonne ging über dem Meer auf, als Lavinia noch nicht einmal mehr die Kraft hatte, ihre Qual hinauszuschreien. Dann griff Dr. Garrit zur Zange. Es schien sie zerreißen zu wollen. Doch kein Babyschrei drang an ihr Ohr.

»Es ist vorbei, Missis DeLong. Hier, trinken Sie das. Sie müssen jetzt schlafen.«

»Ein Junge? ... Ist er gesund?« Lavinia versuchte sich aufzurichten. Angst vertrieb für einen Augenblick die Schmerzen.

Dr. Alexander Garrit verstellte ihr den Blick. Er nahm ihre Hand. »Nein, ein Mädchen. Es war schon tot, als ich es holte«, teilte er ihr mit. »Aber jetzt trinken Sie. Sie brauchen viel Schlaf, damit Sie sich schnell von der Strapaze der Niederkunft erholen. Und grämen Sie sich nicht. Sie sind noch so jung, Missis DeLong. Sie können noch viele gesunde Kinder zur Welt bringen.«

Lavinia hatte nicht einmal mehr die Kraft zu weinen. Sie trank den Laudanumtrunk und sank mit einem Gefühl ungläubiger Leere in die Kissen zurück.

Bevor die Betäubung sie in die schwarze Tiefe zog, vernahm sie eine Stimme. Gehörte sie nicht Denis? Es waren nur Satzfetzen, die sie durch den Nebel erreichten. »Mädchen? ... besser so ...«

»... nicht versündigen ...«

Dann war nichts mehr.

Die ersten Sonnenstrahlen trafen MULBERRY HALL.

19

Staubpartikel tanzten im Sonnenlicht, das durch einen Spalt der Schlagläden schräg und schmal wie eine Hand ins abgedunkelte Zimmer fiel. Wie ein Finger aus goldenem Licht fuhr der Sonnenstrahl über den Teppich, gab den mäanderartigen Ornamenten ihr seidiges Blau und Grün zurück, berührte scheinbar zaghaft einen der geschnitzten Füße des Sekretärs aus Kirschholz und folgte ihm bis auf halber Höhe. Dort verharrte er. Das leere Blatt Papier auf der ins Holz eingearbeiteten, ledernen Schreibunterlage erreichte der Sonnenfinger nicht.

Lavinia hörte, wie die Tür hinter ihr aufging und jemand ins Zimmer trat, drehte sich jedoch nicht um. Sie nahm an, daß es Mabel war, die ihr wie üblich den Nachmittagstee aufs Zimmer brachte.

»Was sitzt du hier nur so allein, Lavinia?« Es war Tante Edwina.

»Ich wollte meinen Eltern schreiben«, antwortete Lavinia mit müder Stimme.

»Aber doch nicht im Dunkeln, Kind! Du verdirbst dir damit die Augen.«

»Die Sorge ist unnötig, Tante Edwina«, sagte Lavinia bitter. »Ich habe noch nicht ein Wort zu Papier gebracht, und dabei sitze ich schon länger als eine Stunde vor dem Blatt. Ich ... ich kann es ihnen einfach nicht schreiben. Sie werden so schrecklich enttäuscht sein ... genauso wie Denis.«

Tante Edwina zog sich einen Stuhl heran und setzte sich zu ihr. »Das darfst du dir nicht einreden. Du hast niemanden enttäuscht.«

»O doch! Ich habe euch alle enttäuscht, aber Denis ganz besonders!« beharrte Lavinia. »Er war so glücklich, bald Vater zu werden. Und er hat nicht einen Augenblick daran gezweifelt, daß es ein Junge würde. Doch es war ein Mädchen, aber noch nicht einmal dem habe ich das Leben geben können!«

»Es war Gottes Wille, mein Kind. Wie kannst du dir für etwas die Schuld zuschreiben, das deiner Entscheidung völlig entzogen ist? Wir müssen tragen, was uns bestimmt ist.«

»Aber Denis ...«

»Er trägt es mit der Haltung, die man von einem DeLong auch erwarten kann«, fiel Tante Edwina ihr leicht ungehalten ins Wort. »Sicherlich hat er auf einen Sohn gehofft, auf ein gesundes Kind. Aber er hat es akzeptiert, daß es das Schicksal anders wollte. Und dies mußt auch du tun! Keinem ist ein Vorwurf zu machen. Das schließt auch Dr. Garrit und Missis Bolton ein. Sie haben, genau wie du, getan, was in ihrer Macht stand. Unser Herrgott wollte es anders. Und wenn uns seine Entscheidungen oft auch sehr rätselhaft erscheinen, so dürfen wir doch nicht daran zweifeln, daß in ihnen ein tieferer Sinn steckt, als wir ihn im Augenblick zu erahnen vermögen.«

»Aber ist es denn zuviel verlangt, ein gesundes Kind zur Welt bringen zu wollen, wenn möglich einen Sohn?« begehrte Lavinia gegen diese fatalistische Gläubigkeit auf.

»Darin liegt das Übel, Lavinia: im Verlangen! Wir haben uns vielmehr in Demut zu üben und zu hoffen, statt zu verlangen. ›Schicket euch in die Zeit!‹ heißt es im Römer. Und bei dir ist es an der Zeit, daß du aufhörst, dich zu grämen und dich von allem zurückzuziehen!«

»Ich fühle mich noch schwach.«

»Unsinn! Du hast dich in den vergangenen sechs Wochen ganz prächtig erholt. Dr. Garrit hat dir erst gestern noch beste Gesundheit bescheinigt. Darum wirst du auch jetzt den Brief Brief sein lassen und mit mir einen Spaziergang machen!« sagte Tante Edwina energisch.

»Lassen Sie mich doch bitte auf meinem Zimmer!« bat Lavinia.

»Kommt gar nicht in Frage. Ich brauche meinen kleinen Spaziergang, und da alle anderen noch in Port Royal sind, wirst du mich gefälligst begleiten! So, und jetzt ruf deine Zofe, damit sie dir deinen Parasol bringt!«

Lavinia blieb nichts anderes übrig, als ihrer Tante zu gehorchen. Sie hatte das Haus seit ihrer Niederkunft nicht mehr verlassen, und sie zögerte ein wenig, als sie in die Nachmittagssonne hinaustrat. Als sie die Freitreppe mit Tante Edwina am Arm hinunterging, wußte sie, daß sie damit den Schutz des Krankenzimmers aufgab. Jetzt würde das Leben für sie dort wieder weitergehen, wo es unterbrochen worden war, als sie Denis von ihrer Schwangerschaft erzählt hatte. Georgina würde sie nicht weiter mit Samthandschuhen anfassen. Und Denis?

Während sie im Schatten der Maulbeerbäume spazierengingen, erinnerte sich Lavinia daran, wie Denis sie damals bei seinem ersten Krankenbesuch angeblickt hatte.

»O Denis, es tut mir ja so leid«, schluchzte sie. Ihr war, als suchten seine Augen etwas zu finden, was sie vorher nie auf ihrem Gesicht gesucht hatten. Sah er sie jetzt vielleicht mit anderen, kritischeren Augen als bisher? Suchte er in ihren Zügen die Hinweise darauf, daß er mit der Heirat einen großen Fehler begangen hatte? Daß sie nicht die Frau war, die seinen Erwartungen genügen würde? »Ich wollte dir so gern den Sohn schenken, den du dir doch so sehr wünschst — wie auch ich. Und nun habe ich das entsetzliche Gefühl, vor dir versagt und unsere Liebe verraten zu haben.«

»Ja«, sagte er unwillkürlich, als stimmte er ihr darin zu. Dann aber fuhr er beruhigend fort: »Ja, ich weiß, daß du dir unseren Eugene genauso gewünscht hast wie ich. Aber du mußt nicht so etwas Unsinniges denken. Du hast nicht versagt. Es war ein Unfall, ich glaube, die Nabelschnur, wie Dr. Garrit sagte...« Er machte eine vage Handbewegung, als wäre er über die Einzelheiten nicht so genau unterrichtet. Es war jedoch auch eine Geste, die den Eindruck erwecken konnte, als wären all diese Details für ihn ohne Belang.

»Aber es war ein Mädchen!«

»Denk nicht mehr daran, Lavinia. Es hat diesmal einfach nicht sollen sein. Aber deshalb liebe ich dich doch nicht weniger.«

»Wirklich?« Sie griff nach seiner Hand und schaute ihm in die Augen. Wie sehr dürstete sie nach seiner Vergebung und Beteuerung, daß ihre Liebe darunter nicht leiden würde. »Schwöre, daß es so ist!«

»Ich schwöre es, und nun quäl dich nicht länger mit diesen unsinnigen Gedanken. Dr. Garrit hat mir versichert, daß dieser Unfall nichts zu sagen hat und wir noch viele Kinder haben können. Deshalb vergißt du das alles am besten so schnell wie möglich und siehst zu, daß du wieder zu Kräften und rasch aus dem Krankenbett kommst. Es gibt noch so viele schöne Orte hier auf der Insel, die ich dir zeigen möchte.« Er gab sich alle Mühe, um sie aufzuheitern und ihr das Gefühl zu vermitteln, daß sich zwischen ihnen nichts geändert hatte. Aber sie konnte sich dennoch des Eindrucks nicht erwehren, daß er insgeheim doch zutiefst enttäuscht war. Seiner Stimme, seinem Lächeln fehlte die natürliche Überzeugungskraft. Und er blieb auch nicht lange an ihrem Bett, aus Rücksicht auf ihre angegriffene Gesundheit. Sie wünschte jedoch, er wäre geblieben, hätte ihre Hand gehalten und mit ihr gesprochen, egal, über was. Denn kaum war sie wieder allein mit ihren quälenden Gedanken, da erinnerte sie sich auch schon wieder dieser beiden Stimmen: »Mädchen ... besser so ... nicht versündigen.« Hatte die erste wirklich Denis gehört? Und wenn ja, was hatte er mit dem »besser so« gemeint? Daß sie das Mädchen tot zur Welt gebracht hatte?

Dieser Gedanke war wie ein großer Schmerz, und sie kämpfte mit all ihrer Kraft dagegen an. Er konnte es so nicht gemeint haben. Es waren ja nur Satzfetzen gewesen, zwei Worte, die bestimmt in einen völlig anderen Zusammenhang gehörten. Und vermutlich hatte sie in ihrem Schmerz und unter dem Einfluß des starken Laudanummittels diesen unmöglichen Dialog zwischen Denis und Dr. Garrit nur geträumt. Ja, so und nicht anders mußte es gewesen sein.

Dennoch konnte sie nicht dagegen an, daß dieser Gedanke dann und wann in ihr aufflackerte und sie heimsuchte wie die unregelmäßigen Anfälle des Sumpffiebers.

Denis und der Rest der Familie kehrten kurz vor Sonnenuntergang aus Port Royal zurück. Denis brachte ihr ein hübsches Geschenk mit, eine Spieluhr in einem Porzellangehäuse, worauf sie sich schämte, ihm diese Äußerung überhaupt zugetraut zu haben.

Beim Abendessen berichtete Tante Edwina von ihrem langen Spaziergang. »Wir waren bis zu den Dünen, wo man diesen wunderschönen Blick aufs Meer hat.«

Denis freute sich über diese Nachricht. »Du siehst heute auch viel besser aus.«

»Ja, besser kann man als junge gesunde Frau wohl kaum aussehen«, bemerkte Georgina spitz. »Es wurde deshalb auch allerhöchste Zeit, daß du damit aufhörst, mit leidender Miene durchs Haus zu schleichen und dich die meiste Zeit des Tages in dein Zimmer einzuschließen.«

»Entschuldigen Sie, wenn ich Sie mit meinem Kummer belastet habe«, antwortete Lavinia verletzt und hatte nun die Gewißheit, daß die Schonfrist, die Georgina ihr eingeräumt hatte, damit endgültig abgelaufen war.

»Du bist viel zu jung, um zu wissen, was wirklicher Kummer ist. Dafür fehlt dir noch die Erfahrung. Man muß erst Kinder verlieren, die man großgezogen und Jahre zu lieben Zeit gehabt hat, und am Grab seines Mannes und Vaters seiner Kinder stehen, um zu ermessen, was Kummer ist!« wies Georgina sie zurecht.

»Mom, es war nicht leicht für Lavinia«, gab Denis zu bedenken. Es klang jedoch mehr nach einer halbherzigen Entschuldigung als nach einer Parteinahme für seine Frau.
»Eine Totgeburt ist etwas sehr Trauriges, aber noch lange kein Grund für Kummer«, wischte Georgina seinen Einwand mit brüskierender Schroffheit beiseite. »Es sei denn, man gehört zu denjenigen, die schon unter lautem Jammern und Wehklagen zu Boden gehen, kaum daß sie vom Leben ein wenig gefordert werden. Die DeLongs sind nicht aus diesem Holz geschnitzt. Bisher jedenfalls nicht!«
Die Worte ihrer Schwiegermutter waren wie Ohrfeigen gewesen, und genauso brannte Lavinia auch das Gesicht. »Ich habe nicht die Absicht, zu jammern und zu wehklagen. Aber das erste Kind zu verlieren, ist wohl trotz allem eine sehr bittere Erfahrung, die nur jemand nachempfinden kann, wie Sie ganz richtig sagen, den dasselbe Schicksal getroffen hat«, verteidigte sie sich. Lavinia wußte, daß auf dem kleinen Familienfriedhof auf Belmont Park nicht nur Georginas Ehemann begraben lag, sondern auch noch drei Kinder, zwei Jungen und ein Mädchen. Doch sie waren alle nach Denis, ihrem erstgeborenen Sohn, zur Welt gekommen. Die beiden Jungen waren mit zwei und mit sechs an Fieber und das Mädchen mit vier an Pocken gestorben, wie sie von Denis erfahren hatte.
»Ja ja, das erste Kind ist immer etwas Besonderes«, pflichtete Edwina ihr bei, bevor ihre Schwester etwas erwidern konnte.
Und auch Onkel Stuart sagte nun ausgleichend: »Jeder muß mit seinem eigenen Schmerz fertig werden. Freuen wir uns, daß es ihr wieder so gutgeht.«
Georgina sah ihre Schwiegertochter scharf an. »Wenn dem so ist, dann wirst du uns morgen abend gewiß zu den Fripps nach Pine Grove begleiten, nicht wahr?«
»Ja, ich werde mitkommen«, sagte Lavinia zu und verstand erst am nächsten Abend, warum ihre Schwiegermutter sie so unbe-

dingt hatte mithaben wollen: Die Fripps waren vor einem halben Jahr Großeltern geworden. Ihre Schwiegertochter hatte ein gesundes Kind zur Welt gebracht.

»Natürlich einen Sohn, einen wahren Prachtburschen!« wie William Fripp stolz erzählte.

Natürlich einen Sohn!

Mitleidige Blicke trafen die junge, plötzlich sehr blasse Frau, die ein totes Mädchen entbunden hatte. In den Augen von Melinda stand Geringschätzung, in denen von Georgina ein Vorwurf, als hätte sie ihren Sohn betrogen.

Lavinia fühlte sich wie auf der Anklagebank. Und sie haßte ihre Schwiegermutter in diesem Augenblick aus tiefster Seele. Georgina hatte es gewußt!

20

Anfang Oktober kehrten sie nach BELMONT PARK zurück. Die Rückfahrt war bei weitem nicht so vergnüglich und schon gar nicht so bequem wie die Anreise. Denn statt der PALMETTO brachten sie zwei Kutschen zur Plantage, gefolgt von einem Fuhrwerk, das sich die sechs Schwarzen mit ihrem Gepäck teilten. Ebenezer lenkte das Gespann mit derselben Souveränität und straffen Hand wie das Personal im Herrenhaus.

Lavinia begrüßte den Ortswechsel. Zwar hatte sie die ersten, paradiesisch sorglosen Monate auf St. Helena Island nicht vergessen, doch wurde diese Zeit sogar im Rückblick von der Qual ihrer Niederkunft und den schweren Wochen, die der Todgeburt ihres Kindes gefolgt waren, in den Hintergrund gedrängt.

In der Nacht ihrer Ankunft auf BELMONT PARK hielt Denis nach Monaten der Entsagung die Zeit für gekommen, sich wieder zu nehmen, wonach sein Körper verlangte und was sein eheliches Recht war.

Lavinia hatte gehofft, er würde sie noch bis in den November damit verschonen. Aber als er im Bett zu ihr kam, da bat sie ihn nicht, doch noch von ihr zu lassen. Er nahm sie wortlos und ohne große Zärtlichkeit.

»O Gott! ... Ja, mein Liebes!« stöhnte er, als es ihn übermannte. Einen Augenblick lag er mit schwerem Atem auf ihr und überließ sich seiner lustvollen Erleichterung. Dann streichelte er im Dunkeln ihr Gesicht und gab ihr einen Kuß. »Es ist so schrecklich lange her, daß ich dich so in meinen Armen gehalten habe.«

»Ja, mein Liebster«, antwortete Lavinia flüsternd, und für diese zärtliche Geste, für diesen einen Kuß war sie bereit, ihm die grobe, wortlose Art zu verzeihen, mit der er sich ihres Körpers bedient hatte. »Küß mich noch einmal. Dann spüre ich ganz besonders, wie sehr du mich liebst.«

Er küßte sie. Doch als sie ihre Arme um seinen Nacken legte, um diesen Kuß so lange wie möglich auszukosten und ihn zu weiteren Zärtlichkeiten zu animieren, löste er sich sanft aus ihrer Umarmung.

»Wir wollen es nach so langer Zeit der Enthaltsamkeit besser nicht übertreiben, mein Schatz«, sagte er und zog sich aus ihr zurück. »Die Reise war doch recht anstrengend, und du brauchst jetzt deinen Schlaf.«

»Ja, Denis«, anwortete sie enttäuscht, aber mit der Folgsamkeit, die er erwartete. Die Routine von BELMONT PARK hatte sie wieder.

Die erlebnisreichen Monate, die ihrer Rückkehr folgten, halfen Lavinia, besser über den Verlust ihres ersten Kindes hinwegzukommen, denn der Winter sollte ein Karussell der Hochzeiten in Gang setzen, wie sie es noch nie erlebt hatte und wohl auch nie wieder erleben würde. Alles schien sich zu drängen, unter die Haube zu kommen.

Während Denis und Onkel Stuart sich mit neuem Elan um die Baumwollernte und die anderen geschäftlichen Belange von Belmont Park kümmerten, wurde Lavinia zunächst einmal von den Vorbereitungen für ihre Teilnahme an den ersten beiden Hochzeiten in Atem gehalten, die noch im alten Jahr stattfinden sollten, nämlich die ihrer Freundinnen Drucilla Vaugham und Sally Ryder.

Sally hatte ihren Zukünftigen bei einer Damen-Teeparty in Charleston kennengelernt. »Ich wollte erst gar nicht mit zum Tee bei Missis Seabrook, weil ich schon von Clarice wußte, wie steif und langweilig es bei ihrer Teestunde zugeht. Aber meine Cousine hat mir keine Ruhe gelassen. Sie bestand darauf, daß ich mitkomme und mitleide«, erzählte sie Lavinia bei ihrem ersten Treffen mit leuchtenden Augen und spielte dabei ständig mit ihrem Verlobungsring. »Mein Gott, nicht auszudenken, was passiert, oder besser gesagt nicht passiert wäre, wenn mich meine Cousine nicht so gedrängt hätte!«

»Und wie stellt man es an, daß man seinen zukünftigen Ehemann bei einer Teestunde kennenlernt, zu der nur Frauen eingeladen sind?« fragte Lavinia.

»Indem man dem Neffen des Hauses den Parasol in der Halle um die Ohren schlägt«, antwortete Sally vergnügt. »Ich hatte ihn wirklich nicht gesehen. Er gab sich mit meiner Entschuldigung nicht zufrieden und bestand darauf, mich am nächsten Tag besuchen zu dürfen. Ich habe mich auf der Stelle in ihn verliebt. Es ist wirklich Liebe auf den ersten Blick gewesen. Auch bei ihm. Wie ein Blitz hat es mich getroffen. Als ich ihn so vor mir stehen sah ... Aber was erzähle ich dir da! Du weißt ja, wie das ist.«

Lavinia nickte und kam sich schon so unendlich weise vor. Doch die Erfahrungen, die sie in der kurzen Zeit ihrer Ehe gemacht hatte, konnte sie schlecht mit Sally teilen. »Ja, ich weiß, wie das ist«, sagte sie. »Man kommt sich so unbesiegbar vor.«

»Ja, genau! Unbesiegbar, das ist unsere Liebe! So wie es bei dir und Denis ist!« Sally preßte ihre Hände vor die Brust und wirbelte glücklich um ihre eigene Achse. »Robert ist ein wunderbarer Mann. Du wirst ihn sofort mögen, wenn du ihn kennenlernst«, schwärmte sie. »Er war einige Jahre in England und hat in Eton studiert. Deshalb ist er mir bisher auch auf keinem Ball begegnet. Was er da drüben studiert hat, habe ich vergessen. Es ist aber auch nicht so wichtig. Er wird ja SEABROOK PLANTATION übernehmen, und zwar schon bald, weil sein Vater es mit den Augen hat.«

»Und wie weit ist es bis SEABROOK PLANTATION?«

»Die Plantage liegt am Oberlauf des Cooper River. Von euch aus ist es bei gutem Wetter und mit einem leichten Wagen keine halbe Tagesreise«, spielte Sally die Entfernung herunter. Doch ihnen beiden war klar, daß sie sich dann nicht mehr so oft wie früher würden sehen können. »Aber wir werden natürlich in der Wintersaison öfter mal ein paar Wochen in Charleston verbringen. Das hat er mir fest versprochen. Robert ist überhaupt ganz wunderbar. Er sagt, er wird mich das ganze Leben auf Händen tragen und mir alle Wünsche von den Augen ablesen!«

»Hoffentlich ist er auch gut im Wünsche von den Augen Ablesen«, erwiderte Lavinia, Wehmut im Herzen, war doch auch sie noch vor einem Jahr von so naiver Gläubigkeit gewesen.

»Er ist der Beste der Welt!« versicherte Sally lachend und unerschütterlich in ihrer Überzeugung, in Robert Seabrook den Mann ihrer Träume gefunden zu haben.

Als Lavinia ihn eine Woche später kennenlernte, mußte sie einräumen, daß Robert Seabrook ein sehr charmanter und attraktiver Mann war, ein paar Jahre jünger als Denis, aber genauso sicher in seinem Auftreten. Und daß er Sally liebte, war nicht zu übersehen.

Zuerst aber nahmen sie an dem glanzvollen Fest teil, mit dem

die Vermählung von Drucilla Vaugham und Randolph Timrod, dem Erben von TIMROD PLANTATION bei Columbia, gefeiert wurde — auf Wunsch der Brauteltern auf OAKLAND. Das machte mehrere Fahrten nach Charleston nötig, und Madame Leclaire mußte ihre ›Mädchen‹, wie sie ihre Zuschneiderinnen und Näherinnen ungeachtet ihres oftmals schon fortgeschrittenen Alters nannte, gehörig zur Arbeit antreiben, damit die festlichen Garderoben auch noch rechtzeitig fertig wurden, denn die Hochzeit fand schon in der ersten Novemberwoche statt.
Es war ein aufwendiges und sehr gelungenes Fest, wie danach alle übereinstimmend meinten, sogar die aus Columbia und Umgebung angereisten Verwandten des Bräutigams, gut vierzig an der Zahl, die sich die Feier verständlicherweise lieber auf TIMROD PLANTATION gewünscht hätten, so jedoch immerhin Gelegenheit erhielten, ihre Neugier bezüglich der gesellschaftlichen Stellung der Braut vor Ort zu befriedigen.
Sally, Clarice und Lavinia wünschten ihrer Freundin von Herzen alles Glück der Welt, bezweifelten jedoch, daß Drucilla es an der Seite dieses Mannes finden würde. In ihren Augen machte Randolph Timrod doch einen sehr blassen, farblosen Eindruck und war mehr Jüngelchen als Mann. Keine von ihnen hätte ihm auch nur einen zweiten Tanz auf ihrer Ballkarte gewährt. Ständig und ohne erkennbaren Grund wurde er rot, gelegentlich stotterte er schon mal, wenn seine Zunge seinen Gedanken nicht schnell genug folgen konnte, und er wußte nie, wo er seine Hände lassen sollte. Und das bei einem Mann von dreiundzwanzig Jahren!
»Ein rechtes Muttersöhnchen«, meinte Clarice eine Woche später zu Hause bei Sally, als die Freundinnen ihr bei einigen der Vorbereitungen zur Hand gingen, die man dem schwarzen Personal nicht überlassen konnte. Da galt es, gesonderte Einladungen zur Trauungszeremonie in der Kirche und zum Fest auf SEABROOK PLANTATION zu adressieren sowie Tischkarten in ele-

gant geschwungener Schönschreibschrift für hundertvierzig Gäste zu beschriften, und zwar in doppelter Ausfertigung, da man die Gäste zweimal zu einem formell gedeckten Essen zu bitten gedachte. Und dabei war die Sitzordnung für den Erfolg der Feier fast noch wichtiger als die Qualität der Speisen und Getränke. »Viel wird er zu Hause bestimmt nicht zu sagen haben.«

Lavinia dachte im stillen, daß so etwas nichts damit zu tun haben mußte, wie jemand aussah und wie er sich nach außen hin gab. Nicht einmal Denis stellte sich gegen seine Mutter. Und ihm sprach doch wirklich keiner Charme, Attraktivität und ein typisch männliches Selbstbewußtsein ab!

»Er stellt wirklich nicht viel dar«, pflichtete Sally ihr bei. »Vielleicht hätte Drucilla noch eine Saison warten sollen. Sie ist doch so eine warmherzige Person. Bestimmt hätte sie noch eine bessere Partie machen können.«

»Habt ihr gesehen, wie er vor Aufregung beinahe nicht den Ring auf Drucillas Finger bekommen hätte?« fragte Clarice mitleidig. »Ich habe förmlich mit ihr gebangt. Es hätte nicht viel gefehlt, und er wäre ihm aus der zitternden Hand gefallen, und das hätte wirklich Unglück gebracht.«

»Hauptsache, sie lieben sich«, sagte Lavinia, und ihre Freundinnen ahnten nicht, daß sie sich damit auch selbst darüber hinwegtrösten wollte, daß Denis ihr so wenig Unterstützung bei ihrem Versuch zukommen ließ, sich gegenüber seiner Mutter zu behaupten.

Sallys Hochzeit war eine großartige Angelegenheit, und Lavinia blieb mit Denis drei Tage auf Seabrook Plantation. Es freute sowohl Sally als auch Lavinia, daß ihre Ehemänner bei diesem dreitägigen Fest, das wirklich keine Wünsche an Unterhaltung und Gastfreundschaft unerfüllt ließ, den Grundstein für eine verläßliche, jahrzehntelange Freundschaft legten.

Die dritte Hochzeit jedoch lag Lavinia schwer im Magen, und

zwar schon von dem Tag an, als sie von MULBERRY HALL zurückkehrten und sie davon erfuhr, daß Harriet Whitton sie zu ihrer Hochzeit eingeladen hatte.

Es war Georgina, die sie beim Dinner von dieser Neuigkeit und von der Einladung in Kenntnis setzte. »Sie hat sich im September verlobt, und wißt ihr, mit wem?«

»Warum sollen wir raten, wenn du es uns gleich sagen wirst?« fragte Onkel Stuart fast gleichgültig und machte Joshua ein Zeichen, die Teller wegzuräumen und den Nachtisch zu bringen.

»Mit Charles Sutherland!« verkündete sie.

»Dem ältesten Sohn von Talbot Sutherland?« fragte Tante Lizbeth interessiert.

»Ja, mit *dem* Sutherland!« bestätigte Georgina.

»Nicht schlecht«, gab sogar Onkel Stuart zu.

»Unter dem hätte Harriet es auch niemals gemacht«, meinte Denis spöttisch. »Sie hat ihren Wert immer sehr hoch angesetzt.«

»Mit BELMONT PARK hätte sie sich aber auch zufriedengegeben«, warf Melinda scheinbar beiläufig ein. Doch dieser Hieb kam mit kalter, gehässiger Berechnung.

Lavinia schaute auf ihren Teller.

»Ich denke, damit hat sie bestimmt die beste Partie der Saison gemacht«, fuhr Georgina fort. »Charles wird nicht nur die Plantage erben, die Talbot von seinem Schwager verwalten läßt, sondern auch ein halbes Dutzend Handelsschiffe, nämlich die SUTHERLAND SHIPPING LINE. Aber ihr gönne ich es von Herzen. Sie hat es wirklich verdient, dieses reizende Mädchen. Und die Sutherlands können sich glücklich schätzen, so eine rechtschaffene junge Frau in ihre Familie zu bekommen. Sie wird ihnen nur Ehre machen.«

Lavinia dachte nicht daran, ihre Schwiegermutter anzublicken. Sie tat so, als ginge sie das alles nichts an. Unter der Maske der Unbewegtheit schlug jedoch ihr Herz den jagenden Rhythmus der Wut.

»Nun ja, die Sutherlands sind sehr vermögend und gewiß eine Familie mit einem guten Namen, aber doch erst in der dritten Generation in South Carolina, und die Plantage wurde erst vor dreißig Jahren erworben, wenn ich mich recht entsinne«, merkte Tante Edwina kritisch und mit einer Arroganz an, wie Lavinia sie von ihr noch nie zu hören bekommen hatte. »Sie sind Städter, meine liebe Schwester. Man kann sie schlecht zur Gentry zählen. Vielleicht in ein, zwei Generationen, sofern sie CARLTON HALL nicht nur bewirtschaften lassen, sondern auch selbst dort leben.«
Georgina war für einen kurzen Moment verblüfft. Dann runzelte sie ärgerlich die Stirn. »Ach was, jedermann weiß, daß die Sutherlands zu den vornehmsten Familien von Charleston zählen! Harriet und Charles werden übrigens am Neujahrstag heiraten. Eine ganz reizende Idee, wie ich finde. Wie könnte man das neue Jahr schöner begehen? Die Trauung findet natürlich in der St. Andrew Church statt. Ich finde es einfach reizend, daß sie uns zu ihrem großen Tag eingeladen hat. Wie sie mir schreibt, kommt die offizielle Einladung noch. Aber ich glaube, ich kann ihr jetzt schon antworten, daß wir mit größtem Vergnügen an ihrer Hochzeit teilnehmen werden, nicht wahr?«
»Es wird sich wohl nicht vermeiden lassen«, sagte Onkel Stuart seufzend.
Lavinia konnte es nicht erwarten, mit ihrem Mann nach dem Essen allein zu sein. »Ich werde nicht zu Harriets Hochzeit gehen!«
»Aber warum denn nicht?«
»Das weißt du ganz genau!«
»Aber Liebling! Das ist doch schon längst vergessen. Sicher, du hast dich damals mit Harriet nicht gut verstanden ...«
»Wir hassen uns!« stieß sie hervor. »Und nur darum lädt sie uns ein!«

»Du redest dir da etwas ein. Außerdem ist diese Verstimmung zwischen Harriet und dir wirklich kein Grund, eine Einladung der Whittons auszuschlagen. Bitte bedenke, daß nicht sie und Charles Sutherland uns einladen, sondern es sind die *Eltern* des Brautpaares. Sie würden eine Absage nicht verstehen und als Beleidigung werten. Nein, unmöglich, Lavinia. Wir können der Feier nicht fernbleiben. Außerdem ist George Whitton mein Freund!«

»Denis, du kannst mir das nicht antun!« beschwor sie ihn und stand kurz davor, ihm zu erzählen, was Harriet auf dem Ball zu ihr gesagt hatte. Aber da sich diese gemeine Prophezeiung bewahrheitet hatte, brachte sie es dann doch nicht über die Lippen. Georgina kam es zu Ohren, daß sie sich mit Händen und Füßen dagegen wehrte, zu dieser Hochzeit zu gehen, und stellte sie deshalb zur Rede.

»Du wirst an der Seite deines Mannes am Neujahrstag in der St. Andrews Church sein und dich bei der anschließenden Feier so freundlich zeigen, wie man es von einer DeLong erwarten kann!«

»Niemand, nicht einmal Sie, kann mich zwingen …« wollte Lavinia protestieren.

Georgina brachte sie mit einer Ohrfeige zum Schweigen. »Du wirst an der Hochzeit teilnehmen! Die Whittons und die DeLongs waren immer befreundet, solange ich denken kann. Und ich werde nicht zulassen, daß du einen bösen Mißklang in diese Freundschaft bringst!« herrschte sie Lavinia an. »Niemand, absolut niemand in diesem Haus hätte dafür Verständnis. Du wirst deshalb hingehen, weil es deine Pflicht ist. Und komme mir jetzt bloß nicht mit deiner kindischen Antipathie gegen Harriet, nur weil sie einst ein Auge auf Denis geworfen hat! Solch ein dummes Getue hast du dir vielleicht da oben im Norden in einem Mädchenpensionat erlauben können, nicht jedoch als die Ehefrau des Erben von BELMONT PARK!«

Lavinia hielt sich die schmerzende Wange. In ihren Augen funkelte eine ohnmächtige Wut. »Tun Sie das nie wieder, Georgina!« keuchte sie. »Das können Sie vielleicht mit Melinda machen, aber nicht mit mir! Ich bin nicht Ihr Kind!«

»Ich springe mit dir um, wie du es verdient hast!« fuhr Georgina sie eisig an. »Und bisher hast du keine andere Behandlung verdient. Was hast du denn schon geleistet? Du hast uns ein paar hübsche Stücke auf dem Piano vorgespielt und ein totes Mädchen zur Welt gebracht. Das genügt nicht, um Ansprüche zu stellen! Also werde erst einmal erwachsen und deiner Rolle als Denis' Ehefrau gerecht, bevor du es wagst, mir die Stirn zu bieten!«

Lavinia machte ihrem Mann eine tränenreiche Szene. Das änderte jedoch nichts daran, daß Georgina ihren Willen bekam und Lavinia mit ihnen an der Hochzeit von Harriet Whitton und Charles Sutherland teilnahm.

Harriet war eine strahlende Braut in einem Kleid aus weißer Atlasseide. Ihr Schleier war mit echten Perlen verziert, und Rollen von feinster Spitze mußten im Schmuck ihrer langen Schleppe stecken. Ahs! und Ohs! gingen durch die Reihen, als sie am Arm ihres Vaters erschien.

Für Lavinia war der Tag eine einzige Tortur. Was kostete es sie für eine Willenskraft zu lächeln, war ihr in Wirklichkeit doch zum Heulen zumute. Und die Wirkung der wenigen Tropfen Laudanum, die sie mit viel Tee verdünnt kurz vor ihrem Aufbruch nach Charleston früh am Morgen zu sich genommen hatte, ließ schon in der Kirche nach.

Sie wußte, daß Harriet es sich nicht nehmen lassen würde, sie irgendwann auf ihr totgeborenes Mädchen anzusprechen. In Erwartung ihrer verletzenden Worte krampfte sich ihr Magen schon in der Kirche zusammen. Doch Harriet ließ sich damit Zeit, als wüßte sie, wie sehr Lavinia jetzt schon litt, und als wollte sie dieses Leiden so lange wie möglich hinziehen.

Als Denis und sie dem frisch vermählten Ehepaar noch vor der Kirche ihre Glückwünsche aussprachen, waren sie von vielen anderen umgeben.
»Wie reizend, daß Sie gekommen sind, Lavinia«, gab sich Harriet beglückt. »Wir finden nachher bestimmt noch Zeit für ein nettes Gespräch in aller Ruhe, so von Frau zu Frau, nicht wahr?«
Lavinia hätte ihr ins Gesicht spucken mögen.
Im feudalen Haus der Sutherlands, das zu den imposanten Gebäuden an der Promenade gehörte, herrschte ein so großes Gedränge fröhlicher Gäste, daß es Lavinia nicht schwerfiel, sich von Harriet fernzuhalten. Ihr und ihren Giftpfeilen zu entfliehen, vermochte sie jedoch nicht.
Harriet überraschte sie, als sie für einen Augenblick allein auf der großen Veranda im zweiten Stockwerk stand und über die White Point Gardens hinweg auf das glitzernde Blau der Bucht schaute.
»Meine liebe Lavinia, ich möchte doch nicht versäumen, Ihnen noch mein tiefes Mitgefühl auszusprechen, auch wenn mein Beileid ein wenig verspätet kommt. Es muß Sie sicherlich schwer getroffen haben. Ach, und der arme Denis ...«
»Sparen Sie sich Ihr falsches Mitgefühl!« zischte Lavinia. »Sie sind ja nur neidisch, daß Denis sich nichts aus Ihnen gemacht hat. Er hat Sie schon richtig durchschaut!«
Harriet lächelte mit unerschütterlicher Überheblichkeit. »Nein, nein, Sie irren sich, Lavinia. Sie tun mir wirklich aufrichtig leid«, beteuerte sie voller Falsch und Häme. »Es ist sicher bitter, den eigenen Mann so enttäuschen zu müssen. Aber trösten Sie sich. Sie werden bestimmt bald wieder in anderen Umständen sein. Und dann werden Sie auch das Mädchen bekommen, das Sie verdient haben.«
»Wenn es wieder soweit ist, wird es ein Junge sein!« ließ sich Lavinia in ihrer maßlosen Wut auf einen Wortwechsel ein, obwohl sie wußte, wie sinnlos dieser Schlagabtausch war.

»Aber meine beste Lavinia!« Harriet schüttelte tadelnd den Kopf. »Haben Sie vergessen, was ich Ihnen damals schon gesagt habe? Sie sind nicht die Frau, die gesunde Söhne zur Welt bringt. Ihnen sind die Mädchen vorbestimmt, das sehe ich doch schon Ihrer zitternden Unterlippe an.«

»Ich ... ich verabscheue Sie!« stieß Lavinia hervor. »Wie kann man nur so bösartig sein?«

Harriet lächelte. »Es liegt auch nicht in meiner Absicht, Sie mir geneigt zu machen, Lavinia. Sie mögen wenig von mir halten, doch ich kann Ihnen versichern, daß ich von Ihnen noch weniger halte. Sie sind schwach und haben es eigentlich nicht verdient, einen Mann wie Denis bekommen zu haben. Denn Sie werden ihn auch bei Ihrem nächsten Kind mit einem Mädchen schlagen. Ich dagegen werde meinem Mann den Sohn und Stammhalter schenken, wie er es von mir erwartet. So liegen die Dinge nun mal.«

Lavinia starrte sie haßerfüllt an. »Ich habe noch nie einem Menschen etwas Böses gewünscht!« stieß sie mit bebender Stimme hervor. »Aber Ihnen wünsche ich, daß Ihnen nichts an Leid erspart bleiben möge!«

Harriet lachte höhnisch. »Bei einem Nigger hätten Sie damit vielleicht noch etwas bewirkt, aber bei mir machen Sie sich doch nur lächerlich. Sie tun mir wirklich leid, Lavinia.«

Ihr Mann trat auf die Veranda. »Ich habe dich schon überall gesucht, Harriet.«

»Tut mir leid, mein Liebster. Aber ich hatte eine so nette, anregende Unterhaltung mit Lavinia. Weißt du, wie sie ihr nächstes Mädchen nennen will? Agnes. Ist das nicht reizend? Irgendwann nach den ersten Söhnen wünsche ich mir ja auch ein Mädchen. Doch Mädchen liegen bei uns überhaupt nicht in der Familie, wie du ja weißt. Statt noch eine Schwester zu haben, bin ich mit sechs Brüdern aufgewachsen. Doch wie Papa immer so treffend zu sagen pflegt: ›Lieber mit Söhnen gesegnet

als mit Mädchen geplagt!‹ ... Ach, Charles, wir werden gesegnet sein.«
Harriets Stimme verlor sich in dem Stimmengewirr und der Musik, während sie am Arm ihres stolzen Ehemannes munter und scheinbar ohne Arg plappernd davonschwebte.
Lavinia lehnte sich gegen das Geländer, weil sie fürchtete, ihre Beine könnten ihr in einem Anfall von Schwäche den Dienst versagen. Ihr war so schlecht, daß sie sich hätte erbrechen können. Wie vermochte ein Mensch nur mit Vorsatz so gemein zu sein.
»Eines Tages werde ich es dir heimzahlen, Harriet Sutherland!« schwor sie sich in diesem Moment. »Und dann soll mich kein Mitleid daran hindern, mich für all diese Demütigungen zu rächen!«

21

Die turbulenten Wochen, die sie im Februar anläßlich der Rennwoche wieder in Charleston verbrachten, boten allen DeLongs genügend Gelegenheiten, den Alltag von Belmont Park und private Sorgen, so vorhanden, zu vergessen. Allein Mabel mußte zurückbleiben, da sie sich wegen eines Schnupfens nicht wohl fühlte und niemand im Haus in der Tadd Street angesteckt werden wollte.
Lavinia begnügte sich mit Nelly, die auch sehr anstellig und lernfreudig war. Hatte sie bezüglich ihrer Frisur besondere Wünsche, die Nelly überforderten, überließ Tante Lizbeth ihr Cecile, ihre überaus tüchtige Zofe. Sogar Georgina beneidete sie darum.
In Charleston warf Lavinia alles ab, was sie bedrückte. Hier lebte sie wieder auf, und sie stürzte sich mit einer Vergnügungs-

sucht in den Trubel der Bälle, Feste und Empfänge, als wollte sie für den Rest des Jahres diese Unbeschwertheit, das von Herzen kommende Lachen und die übersprudelnde Lebensfreude in sich aufnehmen. Sie richtete es so ein, daß sie dabei auch zugleich möglichst viel Zeit mit ihren Freundinnen verbringen konnte. Zum erstenmal seit ihrer Hochzeit sah sie Drucilla wieder. Sie war mollig wie immer, doch das Glück sprang ihr förmlich aus den Augen.

»Ich habe mir ja keine großen Illusionen gemacht, als ich Randolph mein Jawort gegeben habe«, vertraute Drucilla ihr eines Tages an, als sie allein einen Spaziergang durch die White Point Gardens machten. »Doch es ist viel schöner mit ihm, als ich es mir hätte erträumen können. Er ist so rücksichtsvoll und so lieb, daß ich mich manchmal frage, womit ich das nur verdient habe.«

»Das freut mich, Drucilla«, sagte Lavinia.

»Und er ist nicht nur am Tage ein ganz wundervoller Mann, sondern auch ... nachts, wenn wir allein sind«, fuhr Drucilla mit leiser Stimme fort und warf ihrer Freundin einen etwas verlegenen Seitenblick zu. »Dir kann ich es ja sagen, denn du bist ja schon länger verheiratet als ich. Also ... ich ... ich hätte nie gedacht, daß er eine solche Leidenschaft in mir erwecken könnte!«

Lavinia schwieg, was Drucilla für eine stumme Aufforderung hielt, fortzufahren und ihr innigstes Glück mit ihrer Freundin zu teilen: »Weißt du, meine Mutter hat mich gut auf den Ernst der Ehe vorbereitet und ... und mich vor diesen ehelichen Pflichten gewarnt. Du weißt, wovon ich rede. Ich war in unserer Hochzeitsnacht dann auch voller Angst. O was war ich doch dumm! Denn mit Randolph ist das keine Pflicht, o nein, sondern ein ... ein Wunder der Liebe und Leidenschaft, das mir immer den Atem vor ... vor rauschhaftem Glück nimmt ... im wahrsten Sinne des Wortes. Du verstehst bestimmt, was ich meine, nicht wahr?« Sie war bei ihrem intimen Geständnis rot geworden, doch ihre Augen strahlten.

Lavinia war schockiert. Dieser animalische Akt, dem sie sich regelmäßig in nächtlicher Dunkelheit und nicht selten unter Schmerzen unterwerfen mußte, sollte ein Wunder der Liebe und Leidenschaft sein, der einem vor rauschhaftem Glück den Atem nahm? Wie konnte Drucilla an dieser Entwürdigung des weiblichen Körpers bloß Gefallen finden und das auch noch auf fast schon schamlose Art und Weise zum Ausdruck bringen?

Nein, Lavinia verstand kein Wort. Doch sie traute sich nicht, ihr Unverständnis zu zeigen. Denn die Erinnerung an die wenigen Male, bei denen sie bei der Erfüllung ihrer ehelichen Pflicht ein erregendes Kribbeln gespürt hatte, ließ den vagen Verdacht zu, daß dieser Akt möglicherweise doch auch mit sehr angenehmen Gefühlen für die Frau verbunden sein und es vielleicht dabei auf die Zärtlichkeit und Einfühlsamkeit des Mannes ankommen konnte. Obwohl sie sich nicht vorzustellen vermochte, daß ausgerechnet ein so unscheinbarer Mann wie Randolph eine Frau in Verzückung bringen sollte, während ein Mann von Denis' Format ...

Sie verbot es sich, diesen Gedanken weiter zu verfolgen, weil er sie nur noch mehr verunsichern konnte. »O ja, ich verstehe dich sehr gut, Drucilla«, sagte sie schnell. »Aber gewisse Dinge im Leben einer Frau sollte man doch besser für sich behalten.«

Drucillas verschämte Röte wurde noch einen Ton dunkler. »Du hast natürlich recht. Bitte entschuldige, daß es mir so herausgerutscht ist. Es war nicht sehr schicklich, davon anzufangen.«

»So schlimm, wie du jetzt tust, war es aber nun auch wieder nicht«, beruhigte Lavinia sie, weil nun sie sich schämte, ihrer Freundin Gewissensbisse gemacht zu haben. »Und nun wird es Zeit, nach Hause zu gehen, sonst wird es für mich knapp. Ich habe dir doch erzählt, daß Mabel auf Belmont Park geblieben ist und ich auf die Zofe von Tante Lizbeth angewiesen bin...«

Wie der Zufall es wollte, überkam Denis in dieser Nacht das Verlangen nach ihr, als sie vom gelungenen Ball der Trenholms zurückkehrten. Sie war noch ganz beschwingt von der Musik, dem Punsch und den Schmeicheleien ihrer Tanzpartner. Und als Denis zwischen ihre Schenkel kam, bereitete es ihr keine Schmerzen, als er in sie drang.

Wieder einmal ergriff diese fremde Art der Erregung von ihrem Körper Besitz, als er sich auf ihr bewegte und sie ihn tief in sich spürte. Und als er sie küßte und ihre Brust streichelte, war sie versucht, sich ihm noch mehr zu öffnen und ihm ihren Schoß entgegenzudrängen. Eine unbekannte Macht stieg in ihr auf, wollte hinaus. Doch sie wußte nicht, wie es geschehen sollte.

Sie schlang ihre Arme um seinen Nacken, und es schien eine direkte Verbindung von ihren Lippen zu ihren Brüsten und ihrem Schoß zu geben. Seine Stöße fanden diesmal einen merkwürdigen Widerhall in ihrem Körper. Er schien ihm antworten und sich gleichzeitig von ihm davontragen lassen zu wollen. War es das, was Drucilla gemeint hatte?

Lavinia war, als ballte sich eine stille und doch gewaltige Kraft in ihr zusammen, und dann stöhnte er erstickt auf. Sie spürte, wie er sich in ihr ergoß. Einer spontanen Regung folgend, wollte sie ihn nicht freigeben. Etwas schrie in ihr nach Erlösung. Vergeblich.

»Was für eine wunderbare Nacht. Schlaf gut, mein Liebes«, murmelte Denis und rollte sich von ihr weg auf seine Seite. Augenblicke später war er eingeschlafen.

Lavinia zitterte innerlich, starrte in die Dunkelheit und brauchte eine ganze Weile, um sich zu beruhigen. Sie dachte an

Drucillas Worte und weinte. Denn sie ahnte, daß Denis sie um etwas ganz Wunderbares betrog. Was genau es war, wußte sie nicht zu sagen. Doch sie spürte, daß sie in dieser Nacht kurz davor gestanden hatte, es zu entdecken.
Denis machte von seinen ehelichen Rechten während der Wochen in Charleston wenig Gebrauch, weil sie meist erst in den Morgenstunden in die Tadd Street zurückkehrten und dann todmüde ins Bett fielen. Und bei den wenigen Malen, die noch folgten, stellte sich diese wollüstige Erregung nicht wieder ein.
»Ich werde mich damit abfinden müssen, daß es mit Denis nun mal so und nicht anders ist«, sagte sich Lavinia und bemühte sich, nicht weiter darüber nachzudenken.
Zum Glück gab es genug anderes, was sie tagsüber in Anspruch nahm. Daß Clarice sich in einen bildhübschen Mann aus Virginia verliebte und schon zwei Wochen später ihre Verlobung bekanntgab, war aufregend. Doch wer sie in den letzten beiden Wochen regelrecht in Atem hielt, waren nicht etwa ihre Freundinnen, sondern ausgerechnet Melinda.
Beim Ball des South Carolina Jockey Club begegnete Melinda dem Sohn eines Pflanzers aus Georgia, dessen Familienbesitz wenige Meilen westlich von Savannah lag. Er war ein dunkelblonder Mann von achtundzwanzig Jahren, forschem Auftreten und einer ganz besonderen Attraktivität, der Melinda schon nach wenigen Tänzen erlag — so wie er offenbar ihrem koketten Wesen. Sein Name war Arthur Galloway.
»O Lavinia, er ist die Liebe meines Lebens! Du mußt mir helfen, Arthur Galloway wiederzusehen. Er will heute vormittag zu Madame Celestine, um für seine Cousinen Geschenke einzukaufen. Bitte, geh mit mir nachher in die King Street. Elf Uhr hat er gesagt. Tante Edwina hat sich schon mit ihren Bibelfreunden verabredet, und Mom und Tante Lizbeth werden bei Missis Sutherland erwartet. Und ohne Anstandsdame läßt

Mom mich nicht! Bitte, Lavinia! Du mußt mich doch verstehen. Wir könnten ja fast Schwestern sein.«
Lavinia hätte ihr darauf eine Menge zu antworten gewußt. Doch sie ließ es bleiben. Ja, es schmeichelte ihr, daß Melinda auf einmal zu ihr kam, ihren Rat suchte und auf sie angewiesen war. Denn ihre Mutter und ihre Tanten standen der Bekanntschaft zwischen Melinda und Arthur Galloway zwar sehr wohlwollend gegenüber, rieten jedoch zu schicklicher und insbesondere diplomatischer Zurückhaltung.
»Dieser Mister Galloway macht zwar einen untadeligen Eindruck, und soweit Denis auf die Schnelle hat in Erfahrung bringen können, scheint er in der Tat aus einer angesehenen und auch begüterten Familie zu kommen. Doch solange wir keine konkreten Auskünfte haben, muß ich dir ans Herz legen, deine Kontakte mit ihm auf einer Ebene zu halten, die es dir jederzeit ermöglicht, der Bekanntschaft ein Ende zu machen, ohne daß es zu häßlichem Gerede kommt«, versuchte Georgina der stürmischen Verliebtheit ihrer Tochter Grenzen zu setzen. »Vergiß nicht, daß du eine DeLong bist! Du verstehst, was ich meine. Also zügele dein Temperament und deine Ungeduld. Wenn seine Absichten ernst und ehrenhaft sind, wird er dir die nötige Zeit lassen und nichts unternehmen, was deinen guten Ruf gefährden könnte.« Für Georgina hieß das, daß ihre Tochter auf den Bällen auch weiterhin mit anderen jungen Männern aus gutem Haus tanzte. Sie achtete streng darauf, daß auf Melindas Tanzkarte nicht nur der Name Arthur Galloway stand.
In ihrer buchstäblich lieben Not wandte sich Melinda deshalb an Lavinia und bekniete sie, ihr doch zu helfen, die gestrengen Auflagen ihrer Mutter zu unterlaufen. Denn nur in Begleitung einer verheirateten Frau oder einer Gouvernante konnte sie es sich erlauben, das Haus tagsüber zu verlassen und scheinbar zufällig mit dem Mann ihrer schlaflosen Nächte zusammenzutreffen.

Lavinia hatte ihre eigenen Gründe, warum sie vergaß, was Melinda ihr in der Vergangenheit alles zugefügt hatte, und in vertretbaren Grenzen ihre Komplizin wurde. Sie konnte dabei nur gewinnen, ob diese Geschichte mit Arthur Galloway nun in eine Ehe mündete oder nicht, nämlich ein klein wenig Nähe, Vertrauen und Anspruch auf Rücksichtnahme.
Sie sorgte also dafür, daß die beiden sich so oft es ging sehen konnten. Arthur Galloway war ihr recht sympathisch, was vielleicht auch etwas mit ihrer freudigen Hoffnung zu tun hatte, daß er sie heiraten und mit auf die väterliche Plantage The Patronage nehmen würde, wobei es sie ganz und gar nicht mit Bedauern erfüllte, daß Savannah weit weg lag. War Melinda aus dem Haus, würde sie auf Belmont Park mit ein paar Schwierigkeiten weniger zu kämpfen haben …
Nur einmal erregte er ihren Zorn. Es war bei einem Abendessen im Haus von Jonathan, zu dem dieser neben seinen Verwandten von Belmont Park auch Arthur Galloway eingeladen hatte sowie zwei weitere unverheiratete junge Männer, um der Etikette und Georginas Forderungen Genüge zu tun. Denn bei drei Junggesellen als Gäste konnte nicht davon die Rede sein, daß sie Arthur Galloway schon die Gunst schenkten, zu reinen Familientreffen eingeladen zu werden.
Das Gespräch wandte sich beim Nachtisch der Politik im allgemeinen und der Rolle, die South Carolina zu spielen hatte, im besonderen zu. Und da Jonathan seinen Dienern vor dem lukullischen Mahl die Anweisung erteilt hatte, daß er zu jeder Zeit nichts als gefüllte Weingläser vor seinen Gästen zu stehen sehen wünschte, verlief die Diskussion in der erhitzt beschwingten Atmosphäre, die Jonathan so liebte.
Arthur Galloway nahm die Gelegenheit natürlich wahr, um sich vor den DeLongs als glühender und wortgewandter Verfechter der Interessen des Südens zu beweisen.
»Die Zentralregierung in Washington hat kein Recht, sich in

die Politik irgendeines Staates einzumischen. Durch die Verfassung von 1787, die der Gründung der Union zugrunde liegt, sind die souveränen Rechte der Einzelstaaten nicht berührt!« erklärte er.

Onkel Stuart machte eine skeptische Miene. »Das ist zwar die im Süden populärste Überzeugung, aber ob sie sich auch mit den Tatsachen deckt, hat bisher noch keiner unserer Politiker schlüssig beweisen können.«

»Das sehe ich aber anders, Onkel Stuart«, widersprach ihm Denis. »Senator Calhoun hat das Recht der Einzelstaaten, sich den Beschlüssen der Mehrheiten in Washington innerhalb ihres Staates zu entziehen, meines Erachtens mehr als schlüssig bewiesen.«

»Sich mit den Ansichten eines so großartigen Staatsmannes wie James C. Calhoun zu schmücken, zumal er noch aus South Carolina kommt, ist immer ein geschickter Schachzug, mein Junge«, meinte Onkel Stuart mit einem leichten Anflug von Spott. »Aber auch der von mir hochgeschätzte Senator hat die Eigenschaft, gelegentlich die Wirklichkeit nach den Bedürfnissen zurechtbiegen zu wollen.«

»Bei allem Respekt, aber da muß auch ich Ihnen widersprechen!« sprang Arthur Galloway Denis eifrig zur Seite, während Melinda ihn mit einem verklärten Lächeln anhimmelte. »Senator Calhouns grundsätzliche Erkenntnis ist doch die, daß eine Demokratie eine Diktatur der Mehrheit ist und daß die Minderheit in dieser Diktatur der Mehrheit Rechte haben müsse, um sich vor allzu gravierenden Eingriffen zu schützen.«

Denis nickte zustimmend. »Richtig, Mister Galloway. Es gibt eben gelegentlich Mehrheiten auf Unionsebene, die aber mit den Mehrheiten in gewissen Bundesstaaten nicht zu vereinbaren sind. Und in diesem Fall muß zum Beispiel South Carolina das Recht haben, auf seinem Gebiet ein Bundesgesetz außer Kraft zu setzen, eben zu nullifizieren.«

»Wenn ich mich recht erinnere, haben wir diesen heftigen Streit um dieses Prinzip der *Nullification* schon einmal zur Genüge ausgekostet«, warf Jonathan ein. »Das war 1832 und 1833, als wir wegen der Schutzzölle im Dauerstreit mit dem Norden lagen.«

»Warum sollten wir auch unter den Schutzzöllen leiden, die sich der Norden doch allein zum Schutz seiner Industrien ausgedacht hat? Wir haben nie derartige Schutzzölle gebraucht. Im Gegenteil. Das war eines dieser Gesetze, die der Norden eindeutig zu unserem Nachteil erlassen hat, damit wir die Zeche zahlen. Nein, wir als Großimporteure von Industriegütern aller Art dürfen uns doch in der Union nicht wie ein ausländisches Land behandeln lassen!« erregte sich Arthur Galloway.

»Schön und gut, Mister Galloway«, sagte Onkel Stuart bedächtig. »Ich stimme Ihnen in der Sache schon zu. Aber diese Konstruktion mit der *Nullification* derartiger Gesetze scheint mir dann doch etwas zu weit hergeholt zu sein. Wie es meiner Ansicht nach auch völlig überzogen war, dem Norden mit dem Austritt von South Carolina aus der Union zu drohen.«

»Es war der richtige Schritt in die richtige Richtung!« verteidigte Denis die Idee der Abspaltung.

»Ach was!« wehrt Onkel Stuart ab. »Nicht mal Präsident Andrew Jackson, ein Südstaatler, wie er wohl im Buche steht, war gewillt, eine solche Abspaltung hinzunehmen. Und Sie werden sich gewiß noch daran erinnern, Gentlemen, wie kurz wir 1833 vor einem Krieg gestanden haben! Es war mehr als vernünftig, daß wir dann in letzter Minute noch einen Rückzieher mit unserer Sezession gemacht und den Kompromiß bezüglich der Schutzzölle akzeptiert haben.«

»Vernünftig mag es angesichts der zögernden Haltung der anderen Südstaaten vielleicht gewesen sein«, ereiferte sich Arthur Galloway. »Aber ein solcher Rückzug sagt nichts darüber aus, wer im Recht gewesen ist — und was der Süden zu einem späteren Zeitpunkt zur Frage der Union beizutragen hat. Es gibt da eine ganz offenbare Bestimmung.« Er legte eine dramatische Pause ein.

Jonathan hob die Augenbrauen. »Wenn ich mich recht entsinne, wird dieser Begriff der ›offenbaren Bestimmung‹ von gewissen Journalisten und Politikern gebraucht, die davon überzeugt sind, daß es die vornehmste Aufgabe unserer Republik sei, von diesem Kontinent vom Atlantik bis zum Pazifik Besitz zu nehmen und auch den Westen mit aller Kraft zu erschließen und zu besiedeln.«

Arthur Galloway nickte. »*Manifest Destiny!* Aber es gibt meiner felsenfesten Überzeugung nach noch andere offenbare Bestimmungen. So wie ich es sehe, und da weiß ich mich in bester Gesellschaft mit vielen anderen, ist es die offenbare Bestimmung des Südens, sich vom Joch des Nordens zu befreien und eine eigene Konföderation zu gründen...« sagte er, fing den bewundernden Blick von Melinda auf und fühlte sich dadurch veranlaßt, diesem Credo noch hinzuzufügen: »So wie es nun mal die offenbare Bestimmung einer Frau ist, dem Mann ihres Herzens in Treue zu folgen und ihm einen Sohn zu schenken!«

Lavinia zuckte innerlich zusammen. Sie war sicher, daß Arthur Galloway nichts von ihrer Totgeburt wußte und sich bei seinen Worten von der offenbaren Bestimmung der Frau nicht von Hintergedanken hatte leiten lassen. Dennoch wallte Zorn in ihr auf, und am liebsten hätte sie ihm zugerufen: Die einzige Bestimmung der Frau ist es, ihren Mann aufrichtig zu lieben und ihm die Kinder zu schenken, die der Herrgott ihnen vergönnt! Aber damit hätte sie sich mehr geschadet als genutzt, und so schwieg sie.

Nicht jedoch Georgina. Die Frauen hatten sich der politischen Diskussion enthalten, wie es von ihnen erwartet wurde. Doch

nun konnte sich Georgina nicht verkneifen, mit einem wohlwollenden Lächeln zu Arthur Galloway zu sagen: »In manchen Dingen sprechen Sie mir aus der Seele. Und nun sollten wir die Gentlemen allein lassen, damit sie zu ihrem Brandy und ihren Havannas kommen.« Damit hob sie die Tafel auf.
Die Erkundigungen, die Denis über Arthur Galloway und seine Familie bei einem Freund in Savannah einholte, waren positiv. Er durfte Anfang März um Melindas Hand anhalten. Als Belmont Park im Mai seine glanzvollste Hochzeit erlebte, war Lavinia wieder schwanger.

22

Welch ein göttlicher Frieden kehrte mit Melindas Abreise wieder auf Belmont Park ein!
Lavinia atmete auf, fühlte sich von einer großen Last befreit. Die letzten Wochen hatten gewiß nicht nur an ihren Nerven gezerrt. Sie hatten alle unter Melindas Eskapaden und Launen gelitten, ihre Familie genauso wie das Personal. Wie hysterisch hatte sie sich doch häufig aufgeführt, wenn sie meinte, dieses oder jenes werde nicht rechtzeitig zu ihrer Hochzeit fertig. Sie hatte die Schneiderin doch tatsächlich bezichtigt, die Fertigstellung ihres Hochzeitskleides bewußt hinauszuzögern, ja zu sabotieren! Dabei war sie es gewesen, die bei jedem Termin etwas Neues auszusetzen und Madame Leclaire mit ihren ständigen Änderungswünschen fast an den Rand eines Nervenzusammenbruchs gebracht hatte. Sogar Georgina, die mit der perfekten Organisation des Festes und ihrem Überblick auch in kritischen Phasen eine bewundernswerte Leistung vollbracht hatte, war so manches Mal der Geduldsfaden gerissen. Lavinia schien es so, als ginge ein großes befreites Aufatmen durch das

Herrenhaus, als sich die Kutsche mit Melinda und Arthur Galloway endlich in Bewegung setzte, gefolgt von einem ganzen Fuhrwerk voller Geschenke, und dann hinter den Sykomoren verschwand. Denis und Georgina begleiteten sie noch nach Charleston. Von dort würde ein Schiff das jungverheiratete Paar nach Savannah bringen.

»Möge sie mit ihm ihr Glück finden«, murmelte Tante Lizbeth, als die Wagen in die Allee eintauchten.

»Und ich wieder ein wenig Ruhe und Nervenkraft«, setzte Tante Edwina mit einem Seufzer der Erlösung hinzu.

Onkel Stuart nickte. »Es waren in der Tat recht strapaziöse Wochen«, pflichtete er ihr bei und meinte damit nicht allein die Nervenkraft, die Melinda sie alle gekostet hatte. Denn schon zwei Wochen vor der Hochzeit waren die ersten Verwandten von Arthur Galloway auf BELMONT PARK eingetroffen, und er hatte sich zusammen mit Denis den größten Teil des Tages ihren männlichen Gästen widmen und für die Unterhaltung sorgen müssen. Es hatte ihn sichtlich erschöpft.

»Bis zur nächsten Hochzeit auf BELMONT PARK werden zum Glück noch so manche Jahre vergehen«, meinte Tante Lizbeth und warf Lavinia einen liebevollen Blick zu.

»Richtig aufatmen werde ich wohl erst, wenn ich auf MULBERRY HALL auf der Veranda in meinem vertrauten Sessel sitze und wieder ungestört in der Bibel lesen kann«, sagte Tante Edwina, und diese Vorfreude auf geruhsame Monate in ihrem Sommerhaus auf St. Helena Island teilten wohl alle.

Lavinia ganz besonders. Als sie nach der Abreise von Melinda und Arthur durch den Park spazierte, der im weichen Licht der frühen Morgensonne seine Blütenpracht entfaltete, überlegte sie, ob sie schon auf MULBERRY HALL mit dem Reiten beginnen sollte. Sie hatte es sich ja fest vorgenommen, sowie Melinda unter der Haube und aus dem Haus war.

»Aber Denis wird es wohl kaum erlauben, da ich doch wieder

in guter Hoffnung bin«, sagte sie sich und lächelte unwillkürlich. Ja, sie waren in der Tat beide guter Hoffnung. Diesmal würde es bestimmt der Sohn sein, den sie sich so sehr wünschten. Und damit würde alles gut werden...

Als Mabel ihre Herrin im Park suchte, fand sie Lavinia auf der Bank am Ufer des Ashley River sitzend und verträumt auf die gleichmäßig dahinfließenden Fluten blickend.

»Setz dich ein wenig zu mir, Mabel. Ist diese Stille nicht himmlisch?« schwärmte sie.

Seufzend nahm Mabel neben ihr Platz. »Ja, nach all dem Lärm und Trubel im Haus ist das wirklich Balsam für die Seele.«

»Dir brauche ich ja bestimmt nicht zu sagen, was für ein Stein mir vom Herzen fällt, daß Melinda nun verheiratet und weit weg von BELMONT PARK ist«, gestand Lavinia.

Mabel nickte. »Sie konnte manchmal eine rechte Plage sein. Sie hat es Ihnen nicht leichtgemacht.«

Lavinia lächelte versonnen. »Weißt du, was sie vorhin zu mir gesagt hat, Mabel? Daß sie mir so unendlich dankbar für alles ist, daß sie es mir nie vergessen wird, was ich in Charleston und auch hier für sie und Arthur getan habe, und daß sie schon immer gewußt hat, daß wir gleich empfinden.«

»Das Vergessen, was einmal war, ist offenbar nicht allein eine Erscheinung des Alters«, meinte Mabel dazu sarkastisch. »Ich denke, Sie haben da ganz andere Erinnerungen.«

»Und ob! Aber so widersinnig es auch sein mag, ich habe den Eindruck, daß Melinda es nicht einfach leichtfertig dahergesagt hat, sondern auch wirklich davon überzeugt ist. Sie hat mich richtig umarmt und geküßt, ja sie hat sogar Tränen in den Augen gehabt.«

»Verstehe einer die Menschen«, sagte Mabel und fügte dann mit einem warmen Lächeln hinzu: »Nun ja, vielleicht hat die Liebe sie tatsächlich verändert. Manchmal geschehen wirklich noch Zeichen und Wunder.«

Lavinia atmete die frische Luft, die nach Fluß und Blüten roch, tief ein. »Ach, was freue ich mich auf MULBERRY HALL, Mabel. Diese Beschaulichkeit und die Ruhe werden uns guttun. Und dieses Jahr wird alles anders.«

»Ja, das wird es ...«

»Habe ich dir schon erzählt, daß Denis wieder die PALMETTO für uns gechartert hat?« Lavinia lächelte, voller Stolz und Zuversicht. »Er sagt, er möchte nicht das geringste Risiko eingehen. Ich freue mich ja wirklich von ganzem Herzen auf den Sommer auf St. Helena Island, aber gleichzeitig bin ich doch so ungeduldig. Ich wünschte, wir hätten jetzt schon November, und alles läge bereits hinter mir. Ich kann es gar nicht erwarten, ihm den so sehnlichst gewünschten Sohn zu schenken.«

»Alles zu seiner Zeit, Missis Lavinia. Die Natur nimmt ihren Lauf, und Sie sind gut beraten, sie nicht zu drängen. Vor allem aber dürfen Sie sich nicht selbst verrückt machen«, ermahnte Mabel sie zu mehr Ruhe und innerer Gelassenheit.

»Ja, du hast recht«, stimmte Lavinia ihr zu. »Ich darf mich nicht selbst nervös machen. Deshalb bin ich auch ganz froh, daß wir schon bald nach MULBERRY HALL reisen. Die Atmosphäre dieses Hauses hat so eine wunderbar beruhigende Wirkung auf mich. Wir werden Spaziergänge machen und ...«

Mabel räusperte sich vernehmlich. »Missis Lavinia?«

»Ja?«

»Ich weiß nicht, wie ich es Ihnen sagen soll, weil ich Sie doch nur so ungern enttäusche, Missis Lavinia«, druckste Mabel verlegen herum.

»Um Gottes willen, was hast du, Mabel? Bedrückt dich etwas?« fragte Lavinia erschrocken.

»Ja, daß ich Sie allein nach MULBERRY HALL reisen lassen muß. Ich meine, ich komme natürlich mit und werde dann bis Oktober warten, wenn Sie darauf bestehen«, sagte Mabel aufgeregt und hastig, während ihre Hände nervös über ihr Kleid strichen. »Aber dann habe ich bestimmt keinen ruhigen Tag, weil ich dann immer denke, er überlegt es sich vielleicht doch noch anders, und in meinem Alter ...«

»Nun mal langsam, Mabel!« unterbrach Lavinia den wirren Redestrom ihrer Zofe. »Ich verstehe kein Wort. Worauf mußt du dann bis Oktober warten, und wer soll sich was anders überlegen?«

»Allan Cullian und daß er mich heiraten will!« platzte es nun aus Mabel heraus.

Lavinia sah sie einen Augenblick lang sprachlos an. »Allan Cullian hat dir einen Antrag gemacht?« fragte sie dann ungläubig überrascht.

Mabel nickte heftig. »Ja, schon vor zwei Wochen. Aber ich habe mich nicht getraut, Ihnen davon zu berichten, weil es im Haus mit Melindas Hochzeit doch auch schon so genug Aufregungen gab.«

Lavinia schüttelte lachend den Kopf. »Du und Allan Cullian? Mein Gott, das hätte ich nie vermutet.«

Mabel wurde puterrot. »Ich weiß, ich bin eine alte Jungfer, und Allan ist ein einfacher Mann, aber er ist aufrecht und hat ein gutes Herz und ...«

Lavinia ergriff die Hände ihrer Zofe. »Nein, nein, du mußt dich doch nicht entschuldigen, meine liebe Mabel!« sagte sie schnell. »So habe ich es nicht gemeint. Ich habe dich nicht ausgelacht. Ich käme nie auf den Gedanken, mich über so etwas Wunderbares lustig zu machen. Ich war einfach nur überrascht, weil ich nie auf den Gedanken gekommen wäre, daß dir Allan Cullian gefallen könnte.«

»In meinem Alter und so weit draußen auf dem Land darf man seine Träume nicht mehr zu hoch hängen«, antwortete Mabel realistisch.

»Allan Cullian ist ein tüchtiger Aufseher und rechtschaffener Mann, daran gibt es keinen Zweifel«, versicherte Lavinia rasch.

»Darin sind sich Denis und Onkel Stuart einig. Du hast also gar keine schlechte Wahl getroffen.«

»Er ist es, der die Wahl getroffen hat, und manchmal kann ich es noch gar nicht glauben«, sagte Mabel ernst.

»Er kann froh sein, eine Frau wie dich zu bekommen!« stärkte Lavinia das Selbstvertrauen ihrer Zofe. »Aber nun erzähl, wie sich alles abgespielt hat! Ich sollte dir eigentlich böse sein, daß ich erst jetzt von dir und Allan Cullian erfahre!«

Mabel lächelte verlegen. »Es passierte, als Sie im Februar in Charleston waren. Als es mir wieder etwas besserging, machte ich jeden Mittag einen langen Spaziergang. Dabei traf ich dann auf Allan, damals für mich natürlich noch Mister Cullian, und er lud mich auf einen Kaffee ein. Wir saßen eine gute Stunde bei ihm auf der Terrasse, und er hat mir von Irland erzählt, das er als Kind mit seinen Eltern hat verlassen müssen, und ich ihm von Boston ...«

»Zwei vertraute Seelen in der Fremde«, spottete Lavinia gutmütig und drückte die Hand ihrer Zofe, um sie zum Weitererzählen zu ermuntern.

»Nun ja, wir haben uns gut verstanden, und am nächsten Tag traf ich ihn auf meinem Spaziergang wieder. Er war mit dem Wagen unterwegs und nahm mich mit zu den Feldern. Von da an sahen wir uns jeden Tag. So kam dann eines zum andern. Doch daß er es ernst mit mir meinte, wurde mir zu meinem großen Glück erst auf der Rückfahrt vom *camp meeting* bewußt ...«

»*Camp meeting?*« wiederholte Lavinia verständnislos. »Was meinst du damit?«

»Oh, das sind die religiösen Versammlungen der Schwarzen, die meist unter freiem Himmel stattfinden.« Und hastig fügte sie hinzu: »Es ist nichts Verbotenes! Allan hat mir gesagt, daß die Schwarzen viele Freiheiten haben und sich gegenseitig auf den Plantagen besuchen können und daß die Pflanzer nichts dagegen haben, wenn sie an solchen *camp meetings* teilnehmen, solange sie nicht ihre afrikanischen heidnischen Gottheiten anbeten, sondern es Versammlungen im christlichen Sinne sind. Und es waren nicht nur Schwarze anwesend, sondern auch mindestens hundert Weiße!«

»Das will ich dir gern glauben«, beruhigte Lavinia sie. »Ich habe auch nicht angenommen, daß Allan Cullian eine verbotene Versammlung von Schwarzen tatenlos hinnehmen, geschweige denn dich dazu einladen würde. Ich habe von diesen Zusammenkünften nur nichts gewußt, deshalb meine Frage.«

»Wenn man im Herrenhaus lebt, bleiben einem so viele Dinge verborgen, die sonst noch alles zum Leben auf einer Plantage zählen«, bemerkte Mabel.

»Da magst du recht haben«, räumte Lavinia ein, die schon so manches Mal das Gefühl gehabt hatte, im Herrenhaus von dem wirklichen Leben auf BELMONT PARK abgeschnitten zu sein. »Aber nun erzähl weiter.«

Mabel zuckte verlegen mit den Schultern. »Allzuviel gibt es da nicht mehr zu erzählen, Missis Lavinia. Diese Versammlung war für mich ein großes Erlebnis. Die feurigen Predigten, die Hymnen und all das Drumherum haben mich richtig aufgewühlt. Ja, und dann, als wir wieder auf BELMONT PARK waren, da... da... hat er seine Zurückhaltung aufgegeben und sich mir... erklärt, nicht direkt mit Worten zuerst...«

In Lavinias Augen blitzte es fröhlich auf. »Er hat dich geküßt, nicht wahr? Gib es zu!«

Mabel nickte verlegen, lächelte jedoch dabei. »Ja, das hat er. Und dabei hatte ich nicht geglaubt, daß ich so etwas noch erleben würde.«

»Ich freue mich für dich, für euch!« sagte Lavinia, denn sie gönnte ihrer Zofe das späte Glück von Herzen. »Und es käme mir nie in den Sinn, eurer Hochzeit im Wege zu stehen. Du wirst mir auf MULBERRY HALL und auch sonst sehr fehlen.

Denn dein Mann wird nicht wollen, daß du weiterhin den ganzen Tag bei mir bist, nicht wahr?«
»Nein, wo er doch noch auf Kinder hofft«, bestätigte Mabel mit gesenktem Blick.
»Das verstehe ich doch. Und du warst mir immer so treu, daß ich deinem Glück niemals im Weg stehen könnte. Gott sei Dank bleibst du ja auf Belmont Park. Doch zwei Bedingungen habe ich, Mabel.«
»Ja, Missis Lavinia?«
»Ihr müßt auf jeden Fall heiraten, bevor wir nach St. Helena Island abreisen, denn ich will natürlich an deinem großen Tag dabeisein! Außerdem möchte ich, daß ihr mich das nächstemal mitnehmt, wenn wieder so ein *camp meeting* stattfindet. Du hast mich mit deinem Bericht regelrecht neugierig gemacht!«
»Das läßt sich leicht einrichten, sowohl das mit der Hochzeit als auch das mit der Versammlung, denn die finden alle paar Wochen statt. Und wenn Sie erlauben, möchte ich jetzt Allan sagen, daß Sie keine Einwände haben und wir heiraten können.«
»Tu das nur. Und sage ihm, daß ich höchstpersönlich darauf achten werde, ob er dich auch zu schätzen weiß und dich so glücklich macht, wie du es verdient hast!«
»Oh, das tut Allan schon!« versicherte ihre Zofe und eilte mit glücklicher Miene davon.
Die Hochzeit fand bereits zehn Tage später statt. Im Vergleich zu Melindas kostspieligem Hochzeitsfest, das Belmont Park mit wochenlangen Vorbereitungen in Atem gehalten und mehrere Tage gedauert hatte, konnte man die anschließende Feier im und hinter dem Haus des Verwalters nur als ärmlich bezeichnen.
Denis hatte sich zwar nicht lumpen lassen und dem Brautpaar neben einem ansehnlichen Geldgeschenk auch die Speisen und Getränke für das Festessen nach der kirchlichen Trauung in der

Dorfkirche zukommen lassen. Aber es waren eben doch keine kulinarischen Köstlichkeiten, die Allan Cullians Freunde und Verwandte aufgetischt bekamen, sondern zünftiges Essen. Und es gab auch keinen französischen Champagner, der auf Melindas Fest kistenweise geflossen war, sondern Bier, Whiskey und Rum. Doch für Mabel, der Lavinia das Brautkleid geschenkt hatte, war es das schönste Fest ihres Lebens.

Denis und Lavinia gaben dem Paar natürlich die Ehre, indem sie in der Kirche anwesend und danach die ersten waren, die ihnen gratulierten. Alle anderen Gäste hielten sich respektvoll zurück. Und so war es auch auf dem Fest.

»Wir würden gern noch etwas bleiben, Cullian«, sagte Denis, kaum daß er und Lavinia ein Glas auf das Paar getrunken hatten. »Aber wir haben noch Vorbereitungen zu treffen.«

»Natürlich, Mister DeLong«, versicherte Allan Cullian sofort. »Und nochmals Danke für all Ihre Großzügigkeiten.«

Auch Mabel bedankte sich, das strahlende Glück in Person, für alles, ganz besonders aber bei Lavinia. »Eine gute Reise, einen schönen Aufenthalt und kommen Sie gesund wieder zurück, Missis Lavinia!« wünschte sie ihr zum Abschied.

»Missis DeLong«, korrigierte ihr Mann sie sanft, aber nachdrücklich.

Mabel schoß das Blut ins Gesicht. Auch sie erkannte in diesem Augenblick, daß sie sich als Ehefrau des Aufsehers gegenüber der Ehefrau des Herren von Belmont Park nicht länger einen so vertraulichen Ton herausnehmen durfte wie bisher als ihre Zofe.

»Eine gute Reise, Missis DeLong«, murmelte Mabel, und ihr Blick hatte für einen Moment etwas Trauriges.

Es gab Lavinia einen Stich, doch auch sie begriff, daß die Klassen sie nun stärker trennten als zuvor. Es ging ihr erst viel später auf, daß sie damit auch eine Freundin verlor, der sie all ihre Sorgen hatte anvertrauen können.

»Und Ihnen noch ein schönes Fest, Missis Cullian«, erwiderte Denis mit einem zufriedenen Lächeln, daß sein Aufseher seiner Frau sofort deutlich gemacht hatte, daß das Herrenhaus für sie von nun an tabu war.
»Ich brauche eine neue Zofe«, sagte Lavinia, als sie mit Denis zum Herrenhaus zurückfuhr.
»Solche Dinge besprichst du besser mit meiner Mutter.«
Das tat sie, zumindest versuchte sie es. »Ich dachte, daß Nelly meine neue Zofe werden könnte. Sie würde bestimmt gern nach Belmont Park kommen, das weiß ich.«
»Das kann ich mir vorstellen, aber das kommt nicht in Frage. Nelly wird in Charleston gebraucht, und da bleibt sie auch! Ich habe dir Grace zugewiesen!« teilte Georgina ihr schroff mit und war auch nicht zu bewegen, von ihrer Entscheidung abzurücken.
Und so war Lavinia mit Grace geschlagen.

23

Mulberry Hall, 19. August 1841

Meine liebe Carol!

Sicherlich wartest Du schon seit Wochen mit wachsender Ungeduld und mit zunehmender Verstimmung auf meine längst überfällige Antwort auf Deinen letzten Brief. Aber bestimmt wirst Du mir mein langes Schweigen verzeihen, wenn Du jetzt erfährst, daß wir auf St. Helena Island unter einer Hitze leiden, wie sie hier noch selten verzeichnet worden ist, wie mir Einheimische versichert haben. Die Hitze hat alles Leben auf Mulberry Hall gelähmt, und dabei soll es im Inland noch schlimmer sein als hier so nahe am Meer. Letzte Nacht hat ein schweres Gewitter endlich die drückende Schwüle vertrieben und auch ein wenig Abkühlung gebracht, so daß ich nun wieder zu Papier und Feder greifen kann, ohne das Gefühl zu haben, nach fünf Minuten am Sekretär schon zu zerfließen.

Bis auf die Hitze und einige wenige Anfälle von morgendlicher Übelkeit geht es mir gut. Bei mir scheinen sich die Beschwerden immer erst ganz am Schluß einzustellen. Aber daran will ich zu dieser Stunde noch nicht denken. Ich werde es schon, mit Gottes Hilfe, gut überstehen, und für einen gesunden Sohn bin ich bereit, alles zu ertragen, was die Natur mir auferlegt. Ja, ich bin sicher, daß es diesmal ein Junge wird. Es muß einfach. Und der Herrgott kann gar nicht so grausam sein, mir und Denis die Erfüllung dieses Herzenswunsches zu versagen.

Auf MULBERRY HALL geht alles seinen ruhigen, beschaulichen Gang, und ich könnte, trotz der Hitze der vergangenen Wochen, ganz zufrieden sein, wenn ich doch bloß nicht mit dieser Person geschlagen wäre, die Georgina mir als Zofe zugewiesen hat!

Grace heißt die Schwarze. Allein schon der Name ist ein ganz übler Witz. Sie ist erst sechsundzwanzig, sieht aber schon wie ihre eigene Mutter aus. Ein Koloß von einer Schwarzen! Erinnerst Du Dich noch an Mary Anne Rice aus der Vernon Street? Grace schlägt sie noch um gute fünfzig Pfund! Sie hat dazu einen Mund so groß, daß ein Ochsenfrosch darin Platz hätte, und eine breite platte Nase, als wäre Tamar ihr mal mit der schweren Teigrolle darübergegangen!

Ich weiß, es ist gehässig, was ich da über Grace schreibe, kann sie doch nichts dafür, daß die Natur sie so geschaffen hat. Aber sie gibt sich ja auch nicht die geringste Mühe, daß man sie liebgewinnen könnte, sondern sie scheint alles dranzusetzen, mir den letzten Nerv zu rauben. Grace ist so langsam, daß ein flinker Schuster ihr die Schuhe im Gehen besohlen könnte! Sie ist tranig zum aus der Haut fahren. Was Du ihr in diesem Moment sagst, hat sie im nächsten schon vergessen. Stets legt sie die falsche Wäsche und das falsche Kleid heraus. Mit der Brennschere lasse ich sie schon seit der ersten Woche nicht mehr an meine Haare. Ihre Nachlässigkeit hat mir mehrere versengte Locken beschert. Dabei kann sie, wenn sie will. Nur sie will meistens nicht. Und wenn ich sie mal ein bißchen harsch zurechtweise oder ihr gar mit einer Ohrfeige drohe, dann wirft sie sich zu Boden und schreit das ganze Haus zusammen, als hätte ich ihr Schläge mit der Neunschwänzigen gegeben. Du kannst Dir ja vorstellen, wie ich mir dann vorkomme! Ich kann zehnmal beteuern, daß ich sie nicht einmal berührt habe, doch dem Gejammer und Geweine meiner Zofe glaubt man mehr, so daß ich mir allmählich keinen Rat mehr weiß. Grace ist ein ganz gerissenes Biest, das genau weiß, wie es sich vor der Arbeit und auch vor Strafe schützen kann. Mir ist längst klar, daß Georgina mir Grace nicht zufällig zugewiesen hat. Sie wußte, was sie mir mit diesem aufsässigen, faulen und raffinierten Luder antut. Aber wenn ich mich bei ihr über Grace beschwere, dann hat sie für mich nur ein geringschätziges Lächeln übrig. Weißt Du, was sie mir einmal gesagt hat? Grace sei meine Zofe, und somit sei ich allein für ihren Charakter und ihr Betragen verantwortlich! Ich hätte vor Wut platzen können. Denis hält sich aus diesen Dingen natürlich heraus – zu meinem Nachteil, wie ich leider sagen muß. Ich wünschte, er

würde mir mehr gegen seine Mutter beistehen. Aber er liebt und verehrt (fürchtet?) sie so sehr, daß ihm der Gedanke wohl gar nicht kommt, daß ich unter dem herrischen Regiment seiner Mutter sehr zu leiden habe.
Warum nur lernt man manches immer erst dann richtig zu schätzen, wenn man es unwiderruflich verloren hat? Erst jetzt ist mir klar, was ich doch an Mabel gehabt habe. Sie war eine so ausgezeichnete Zofe und verläßliche Vertraute dazu. Ich gönne ihr den Ehestand von Herzen, aber ich vermisse sie doch sehr an meiner Seite. Es ist mir ein schwacher Trost, daß es mir gelungen ist, dem flinken Telemach zu einer Anstellung bei uns im Herrenhaus zu verhelfen. Der Junge ist mir nie aus dem Sinn gegangen, und da habe ich Ebenezer auf ihn aufmerksam gemacht und ihm den Jungen ans Herz gelegt. Er hat ihn daraufhin ins Haus geholt und ihn für tauglich befunden. Jetzt geht er Silas, dem Diener meines Mannes, zur Hand und springt auch sonst im Haus ein, wenn einmal ein flinker, aufmerksamer Bursche mehr gebraucht wird. Georgina wollte Telemach erst nicht im Haus haben, doch da auch Denis sehr von ihm angetan war, hat sie schließlich nachgegeben. Und jetzt freue ich mich jedesmal, wenn ich Telemach sehe, daß meine Schwiegermutter einmal *nicht* ihren Willen bekommen hat! Ach, wären mir doch nur mehr von solch erhebenden Erlebnissen vergönnt!
Da fällt mir ein, daß ich Dir noch gar nicht von der Versammlung berichtet habe, zu der mich Mabel und ihr Mann noch wenige Tage vor ihrer Hochzeit mitgenommen haben. Denis war anfangs nicht sehr angetan von der Idee, hat es mir aber auch nicht verboten. Er hat großes Vertrauen zu Allan Cullian. Ich will Dir von diesem *camp meeting* berichten.

Stell Dir vor, es ist Nachmittag und sehr warm. Die Fahrt geht durch Wälder und Felder. Gut zehn Meilen von Belmont Park entfernt machen wir halt. Wir steigen aus dem Wagen und folgen einem kleinen Pfad durch den Fichtenwald. Nach einem Marsch von einer Viertelstunde beginnt es im Wald lebendig zu werden. Bald wimmelt es, soweit wir zwischen den riesigen Baumstämmen sehen können, von Menschen, vor allem von Schwarzen. Mitten im Wald breitet sich eine Lichtung aus, auf der sich ein großes, langes, von schweren Holzstämmen getragenes Dach erhebt, mit Bankreihen darunter, die bequem für fünf- bis sechshundert Personen Platz bieten. In der Mitte dieses Tabernakels, wie ich den überdachten Platz nennen möchte, ist eine quadratische Erhöhung, auf der sich eine Art Stuhl oder Kanzel befindet. Rund um das Tabernakel herum stehen in einem großen Kreis unzählige Zelte und Buden in allen nur denkbaren Formen und Farben, die man schon vom Wald aus durch die Bäume schimmern sah. Und überall, ringsum, nah und fern, sieht man Gruppen von meist schwarzen Menschen an kleinen Feuern braten und kochen. Kinder laufen herum oder sitzen am Feuer.

Nach und nach beginnt das Volk sich im Tabernakel zu versammeln, die Weißen auf der einen Seite, die Schwarzen, die ohne Zweifel viel zahlreicher sind, auf der anderen. Es ist schwül, Gewitterwolken ziehen über den Himmel, und es beginnt zu regnen. Keine sehr angenehme Aussicht, aber daran kann man nichts ändern. Doch es gibt Hilfe, wir werden in das Zelt einer wohlhabenden Buchhändlerfamilie gebeten — glühende Methodisten. Sie bieten uns Kaffee und etwas zum Essen an.

Nach dem Mahl gehe ich hinaus und blicke gebannt auf das Schauspiel, das ich nie vergessen werde. Auf acht hohen Tischen, den *fire-hills*, wie man sie nennt, brennen mit hellen Flammen riesige Scheite Fichtenholz, die eine Menge Harz enthalten, während auf allen Seiten im Walde vor den einzelnen Zelten größere und kleinere Feuer lodern und die riesigen Fichtenstämme erleuchten, die wie Säulen eines ungeheuren, dem Feuergott geweihten Tempels wirken.
Unter dem Tabernakel haben sich inzwischen mehr Menschen versammelt, als auf den Bänken Platz finden. Es mögen gut und gern an die tausend Personen sein. Sie singen Hymnen — ein unvergleichlicher Chor! Dieser wunderbare Klang geht vor allem von dem schwarzen Teil der Versammlung aus, da dieser dreimal so groß ist wie der weiße und die Stimmen der Neger von Natur aus voll und rein klingen. In der turmähnlichen Kanzel in der Mitte des Tabernakels stehen vier Prediger, die sich während der Pausen zwischen den Hymnen mit lauter Stimme an das Volk wenden und die Sünder zur Umkehr und Buße aufrufen. Wir nehmen unsere Sitze auf der Seite der Weißen ein.
Um die Kanzel herum sitzen vor den Weißen die Methodistenprediger, meist große, stattliche Gestalten mit hohen, ernsten Stirnen, und vor den Schwarzen die Vorsänger — meistens Mulatten —, Männer von bemerkenswerter, energischer Erscheinung.
Je weiter die Nacht fortschreitet, um so eindringlicher werden die beschwörenden Bekehrungsrufe. Die Hymnen werden kürzer, aber glühender und steigen wie die Flammen der Holzfeuer voll leidenschaftlicher Inbrunst empor. Wieder und wieder brechen sie auf wie

melodische, brennende Seufzer von Tausenden von harmonischen Stimmen. Die mitreißende Ekstase der Prediger wird immer größer, zwei stehen mit ausgebreiteten Armen zu den Schwarzen gewandt, zwei zu den Weißen. Sie rufen die Sünder auf, zu kommen, zu kommen, jetzt, in diesem Augenblick, der vielleicht der letzte sein wird, der einzige, der ihnen noch bleibt, um zu dem Erlöser zu gelangen und der ewigen Verdammnis zu entgehen!

Die Mitternacht nähert sich, die Feuer brennen trüber, aber die Verzückung wächst und wird allgemein. Die Melodien der Hymnen mischen sich mit den Beschwörungen der Prediger und die Ermahnungen der Vorbeter mit dem Stöhnen und Schreien der versammelten Menge. Und jetzt erheben sich bei den Weißen junge Mädchen und Männer, eilen zur Mitte und werfen sich wie getrieben auf den Boden um die Kanzel. Die Prediger nehmen sich ihrer an, beugen sich zu ihnen nieder und empfangen ihre Beichte, ermutigen und trösten sie. Unter den Schwarzen breitet sich eine große Unruhe aus. Ein lauter Schrei ertönt. Die Männer stöhnen und ächzen. Die Frauen kreischen wie Schweine, die geschlachtet werden sollen. Viele sind in Krämpfe gefallen und schlagen um sich, so daß man gezwungen ist, sie festzuhalten. Hier und da sieht das wie eine richtige Schlägerei aus. Mancher Angstschrei wird ausgestoßen, man hört nur die Worte: »Ach, ich bin ein Sünder!« und »Jesus! Jesus!«

Während dieses ganzen Tumultes geht der Gesang laut und schön weiter, und der Donner des Gewitters kracht dazwischen. Kannst Du Dir diese Szene vorstellen, Carol? Mich überläuft jetzt noch eine Gänsehaut, wenn

ich nur daran denke. Man muß dieses Spektakel wirklich selbst gesehen haben!
Begleitet von einem freien Schwarzen, der zu den Predigern gehörte, haben wir später eine Runde durch das Lager gemacht, insbesondere auf der Seite der Schwarzen. Hier waren noch alle Zelte erfüllt von religiöser Verzückung. In einem sahen wir eine Gruppe Schwarzer auf den Knien, alle weiß gekleidet, die sich auf die Brust schlugen, weinten und voller Pathos beteten. In einem anderen tanzten Frauen den *heiligen Tanz* für einen der Neubekehrten. Dieser Tanz, der von den Predigern verboten ist, wurde jedoch sofort bei unserem Eintreten abgebrochen.
Die Hauptandacht wurde um elf Uhr am nächsten Tag von einem Rechtsgelehrten aus einem der benachbarten Staaten gehalten, einem großen, hageren Herrn mit scharf geschnittenen Gesichtszügen und tiefliegenden, strahlenden Augen. Er predigte über das Jüngste Gericht und beschrieb in sehr lebendiger Weise »die gegabelten Flammen der Hölle, den Donner, die vollkommene Zerstörung aller Dinge« und verkündete, daß die Zeit nicht mehr fern sei. »Bis jetzt habe ich die Erde unter meinen Füßen noch nicht zittern gefühlt«, rief er aus und stampfte heftig auf den Boden der Kanzel, »noch scheint sie fest zu stehen, und noch habe ich das Donnergrollen des Jüngsten Gerichts nicht gehört, aber: es kann nahe bevorstehen« und so weiter. Dann ermahnte er die Menge, nun augenblicklich zu bereuen und sich zu bekehren.
Nach dem Gottesdienst besichtigte ich verschiedene Zelte im Lager der Schwarzen. Es war Essenszeit, und ich sah auf allen Tischen große Schüsseln mit Fleischspeisen aller Art, Puddings und Torten; es

schien einen regelrechten Überfluß an Speisen und Getränken zu geben. Viele Zelte waren wie richtige Zimmer möbliert, mit großen Betten, Spiegeln und dergleichen.

Die Schwarzen schienen fröhlich, glücklich und friedlich zu sein. Diese religiösen Versammlungen bedeuten ihnen viel. Hier können sie ihrem Körper und der Seele freien Lauf lassen, doch diesmal ging alles sittsam und schicklich zu. Diese Treffen haben in den letzten Jahren großen moralischen Einfluß auf den Charakter der Schwarzen gehabt, wie Mister Cullian sich lobend äußerte, und die Pflanzer erlauben ihnen daher gern, daran teilzunehmen, einesteils zu ihrem Vergnügen, andererseits weil sie danach wieder froh bei der Arbeit sind. Bei allen hilft es wohl nicht. Grace ist dafür der beste Beweis, denn sie läuft zu all diesen Versammlungen, ohne jedoch auch nur ein klein wenig geläutert zurückzukehren!

Ansonsten gibt es nicht viel Neues zu berichten. Ich habe Post von Sally und Drucilla bekommen. Beiden geht es ausgezeichnet — und sie sind auch schon guter Hoffnung. Harriet Sutherland übrigens auch, wie Georgina uns berichtete. Ich glaube, Georgina hält den Briefwechsel mit Harriet nur aufrecht, weil sie weiß, wie sehr ich diese falsche Person verabscheue. Aber mit diesen und einigen anderen Dingen werde ich mich abfinden müssen.

Meine liebe Carol, bitte vergelte mein langes Schweigen nicht mit einem selbigen, sondern laß mich wissen, wie es Dir und Steve geht und wie weit Ihr mit den Umbauten für Euer Haus seid. Ich hoffe, es wird alles rechtzeitig fertig, damit Ihr nach Eurer Hochzeit im November von Eurem eigenen Heim gleich Besitz nehmen könnt.

Manchmal wünschte ich, Denis und ich hätten auch die Chance gehabt, gemeinsam etwas aufzubauen, was nur uns beiden gehört. Aber ich will nicht klagen. Ich bin glücklich – und in Kürze wird dieses Glück vollkommen sein!

Bitte schreib bald!

In treuer Freundschaft
Deine Lavinia

24

Lavinia empfand den Oktober auf BELMONT PARK ganz unerträglich und sehnte sich nach St. Helena Island zurück. Das hatte zum einen mit der noch immer ungebrochenen Hitze zu tun, zum anderen aber auch damit, daß ihr diesmal wieder die letzten Wochen der Schwangerschaft zu lang wurden und die Ungewißheit, was ihr Baby betraf, sie mit jedem Tag stärker quälte.

Es schien sich auch alles gegen sie verschworen zu haben. Eine Nachricht traf sie da ganz besonders, denn bei ihr ging es um ihre erklärte Feindin Harriet Sutherland.

»Harriet hat einen strammen Jungen zur Welt gebracht! Er wiegt über acht Pfund und ist ganz der Vater!« teilte ihnen Georgina Ende des Monats mit und wedelte mit dem Brief, in dem diese »wunderbare Neuigkeit« stand, die Harriet natürlich nicht versäumt hatte, ihr sogleich mitzuteilen. »Ich habe es ja immer gesagt, auf dieses prächtige Mädchen ist Verlaß. Was werden die Sutherlands jetzt stolz sein.« Und mit einem Blick auf Lavinia fügte sie hinzu, wenn auch mit unverhohlener Skepsis: »Na ja, wir können ja auch noch hoffen.«

»Nun warte ab, Mom. Es dauert ja nicht mehr lange«,

brummte Denis gereizt und zeigte damit, daß er alles andere als die Gelassenheit in Person war, sondern der Niederkunft seiner Frau nicht weniger angespannt entgegenfieberte.

Der Druck, dem sich Lavinia ausgesetzt sah, nahm im November noch zu, als bei ihr kurz hintereinander Post von Drucilla und Sally eintraf. Beide hatten die Erwartungen ihrer Ehemänner und Familien erfüllt und Söhne zur Welt gebracht, Sally sogar Zwillinge, denen es beiden gutging. Lavinia weinte, als sie die Briefe las. Sosehr sie an ihnen hing, aber hätten sie damit nicht bis zum neuen Jahr warten können?

Und als hätte sie nicht schon genug zu erdulden, kam sie immer schlechter mit Grace zurecht. Rücksichtslos machte sich die schwarze Zofe die offenkundige Tatsache zunutze, daß ihre Herrin auf BELMONT PARK über keinerlei Macht verfügte, auch nur irgend etwas durchzusetzen.

Eines Tages gingen Lavinia die Nerven durch. »Wie oft habe ich dir schon gesagt, daß du mir die Haare *bürsten* und nicht *ausreißen* sollst!« fuhr sie ihre unaufmerksame Zofe an und nahm ihr die Bürste aus der Hand.

Grace wich vorsichtshalber zwei Schritte zurück, und es war erstaunlich, wie schnell sie sich zu bewegen verstand, wenn sie Ärger im Anzug wähnte. »Aber Missus, wo ich doch bloß ganz sanft durch Ihr Haar gegangen bin ...«

»Sanft? Du hast an ihnen gezerrt, du elender Nichtsnutz!« Lavinia warf mit der Bürste nach ihr.

Sofort schmiß Grace sich in der Ecke neben der Tür zu Boden, riß die Arme vor das Gesicht, daß bloß noch die beiden hochstehenden Zipfel ihres knallgelben Kopftuches zu sehen waren, und begann mit ihrem wohlbekannten, gellenden Schreien und Wehklagen.

Lavinia griff das nächste, was ihr in die Hand kam, und das war ein Fächer aus Palmblättern. »Wenn du nicht sofort mit deinem Schreien aufhörst, werde ich dir allen Grund dazu geben!«

brüllte sie Grace an und schlug mit dem Fächer auf die Arme der Schwarzen, obwohl es eines kräftigen Stockes bedurft hätte, ihre Zofe zur Räson zu bringen. »Mach, daß du verschwindest! Geh mir aus den Augen, du undankbares, verlogenes Ding!«

Wie ein Wiesel kam Grace auf die Beine und leistete diesem Befehl ihrer Herrin nur zu bereitwillig Folge. Lavinia lief ihr in ihrer Wut bis auf den Flur nach.

Telemach, der gerade den Gang hinaufkam, sprang schnell zur Seite. »Hat Grace es wieder übel getrieben, Missus?« fragte er mitfühlend, denn es war längst kein Geheimnis mehr unter der Dienerschaft, daß Grace die junge Missus zur Närrin machte.

»Ja«, sagte Lavinia nur dumpf, hielt sich ihren gewölbten Bauch und ging ins Zimmer zurück.

»Missus?«

Überrascht, daß Telemach ihr in den Salon gefolgt war, drehte sie sich um. »Ja, was ist?« fragte sie gereizt.

»Ich weiß, wie Sie Grace einen Heidenschreck einjagen und sie dazu bringen können, nicht mehr so aufsässig zu sein und alles zu tun, so wie Sie es haben wollen.«

Lavinia sank in einen Sessel und schüttelte resigniert den Kopf. »Das ist wirklich lieb von dir, Telemach, aber da müßtest du schon Wunder vollbringen können. Gegen so eine faule Person ist unter diesem Himmel kein Kraut gewachsen«, sagte sie ratlos und dachte, daß Grace ausgepeitscht gehörte. Aber das würden Denis und Georgina nicht zulassen. Auf BELMONT PARK wurde ganz selten einmal zur Peitsche gegriffen, und dann mußte der Anlaß schon eine Gewalttätigkeit oder ein Diebstahl sein. Unter normalen Umständen hätte man Grace mit der Drohung, sie aufs Feld zu schicken, schnell dazu bringen können, ihre Arbeit folgsam und einigermaßen gewissenhaft zu tun. Denn wer im Haus eine Anstellung hatte, war privilegiert und fürchtete nichts mehr, als dieser Privilegien verlustig zu werden. Aber sie wußte offenbar nur zu gut, daß sie in Georgina eine stille Verbündete hatte, so daß diese Drohung ihre Wirkung verlor.

»Nein, Wunder sind gar nicht nötig bei der fetten Grace«, widersprach Telemach und fuhr mit leiser Verschwörerstimme fort: »Ich weiß, wie Sie sie tausend Tode sterben lassen und dann von ihren schrecklichen Qualen erlösen können, Missus!«

Lavinia seufzte. »Also gut, mach die Tür zu und erzähl es mir«, sagte sie, ohne jedoch eine wirkliche Lösung ihres Problems namens Grace zu erwarten.

Telemach schloß rasch die Tür. »Also, mit der fetten Grace ist das so, Missus: Sie hat entsetzliche Angst vor Schlangen!«

»Die habe ich auch, Telemach.«

Er nickte, als hätte er nichts anderes erwartet. »Einmal war sie bei Darius in der Hütte. Und da war plötzlich eine kleine, wirklich harmlose Schlange ... und da ist sie doch vor Schreck glatt in Ohnmacht gefallen.«

»Daß mir dies widerfahren würde, glaube ich zwar nicht, aber ich weiß auch nicht, wie mir das mit Grace weiterhelfen soll«, sagte Lavinia.

Telemach grinste breit. »Die Schlange, wegen der die fette Grace umgefallen ist, war gar keine Schlange!«

»Sondern?«

»Ein geschnitztes Stück Holz, das Darius nur wie eine Schlange angemalt hat«, erzählte Telemach stolz. »Er versteht sich aufs Schnitzen und Malen, der Darius.«

Lavinia horchte auf. »Du willst sagen, diese Schlangen sehen wirklich echt aus?«

Telemach nickte eifrig. »Wie aus Blut und Fleisch, Missus! Und Grace weiß nichts davon. Wir haben es ihr nicht erzählt, weil wir es doch für einen so tollen Spaß hielten. Und wenn Sie das jetzt noch mal mit ihr machen, also mit einer richtig giftigen, und sie dann vor dem tödlichen Biß retten, also dann wird die fette Grace Ihnen bis an ihr Lebensende dankbar sein!«

Lavinias Gesicht hellte sich auf. »Telemach! Wenn das wirklich klappt, dann ... dann ...«

»Es wird, da gebe ich Ihnen mein Wort drauf!« versicherte er. »Ich werde Darius sagen, er soll sich eine richtig giftgrüne Viper vornehmen und sich was einfallen lassen. Ein paar Tage wird es aber schon dauern.«

»Mein Gott, wenn es mir dazu verhilft, Grace endlich zur Vernunft zu bringen, warte ich auch gern einige Wochen!«

Ihre Geduld wurde nur fünf Tage auf die Probe gestellt. Dann brachte ihr Telemach die Schlange. Als er sie aus einem kleinen Jutebeutel zog, erschrak sie, obwohl sie doch wußte, daß es keine echte Schlange war. Aber die Viper, doppelt so lang wie ihre Hand und dick wie ihr Daumen, mit der grüngelben Zeichnung sah so echt aus!

Telemach lachte. »Das ist sein Meisterstück. Sehen Sie hier, der Kopf läßt sich bewegen — und der Schwanz auch. Darius hat zwei kleine Gelenke eingebaut. Ist das nicht eine herrliche Viper?«

Lavinia mußte sich beim erstenmal wirklich überwinden, sie anzufassen. Die Täuschung konnte man wahrlich als perfekt bezeichnen. »Hoffentlich stirbt Grace nicht wirklich vor Schreck.«

»Dicke können schon was vertragen«, beruhigte er sie.

Grace hatte es sich zur Angewohnheit gemacht, sich zu einem Nickerchen am Boden auszustrecken, wenn Lavinia sich nach dem Mittagessen oben in ihrem kleinen Salon auf dem Kanapee eine Stunde Ruhe gönnte.

Sowie ihre träge Zofe eingeschlafen war, worauf Lavinia nur wenige Minuten zu warten brauchte, stand sie leise auf und holte die falsche Schlange aus ihrem Schlafzimmer. Auf Zehenspitzen kehrte sie zurück und plazierte das bemalte Stück Holz mitten auf den massigen Leib der Schwarzen.

Dann kniete sie sich neben sie und berührte sie sanft an der Schulter. »Grace! ... Hörst du mich?« flüsterte sie dabei.
Die Augen der Schwarzen öffneten sich schläfrig.
»Bleib bloß liegen! ... Rühr dich nicht von der Stelle!«
»Was issen, Missus?« fragte Grace verstört.
»Eine Schlange!« hauchte Lavinia dramatisch. »Auf deinem Bauch gleich neben deiner Hand! ... Bloß nicht zurückziehen! Es ist eine giftige Viper!«
Die Augen von Grace wurden riesig, schienen fast nur noch aus Weiß zu bestehen. »O Jesus!« Sie lag so steif wie ein Brett, hob den Kopf, weil sie es bei aller Angst doch nicht glauben wollte, schielte auf ihren Bauch und stieß einen spitzen Schrei aus, der aber sofort abbrach, denn sie fiel in Ohnmacht. Ihr Kopf schlug auf dem Teppich auf.
Lavinia holte gemächlich das Fläschchen mit dem Riechsalz und hielt es ihrer Zofe unter die Nase.
»Ist ... ist sie weg?« stieß sie keuchend hervor.
»Nein. Ich weiß nicht, was ich tun soll.«
Kalter Schweiß brach der Schwarzen aus. »Das ist mein Ende! Sie wird mich beißen, und dann ist es aus mit mir. O Jesus, sei mir gnädig.«
»Hör zu, Grace. Ich kann nicht mit anzusehen, wie dich dieses Biest jeden Augenblick in den Himmel bringt. Ich muß etwas tun«, gab sich Lavinia nun mutig. »Ich ... ich werde sie packen.«
»Aber dann wird die Viper Sie beißen!« wisperte Grace, in Schweiß gebadet und kurz vor einer neuen Ohnmacht.
»Ja, es mag mein Tod sein, ich weiß. Dennoch muß ich es versuchen. Ich kann dich doch nicht einfach so sterben lassen, auch wenn ich bisher keine große Freude an dir gehabt habe ...«
»O Missus, ich schwöre Ihnen bei Jesus und allem, was mir in den Sinn kommen würde, wenn ich bloß klar denken könnte,

daß ich ... daß ich Ihnen nie wieder Kummer bereiten werde, wenn ich dies hier nur überlebe«, stieß sie mit atemloser Stimme hervor.

»Beweg dich nicht! ... Jetzt wage ich es!« rief Lavinia, packte die Viper hinter dem Genick und riß sie hoch. »Ich habe sie!«

Der Kopf der Viper bewegte sich, als wollte sie versuchen, die Hand zu beißen, die sie hielt. Das bekam Grace noch mit. Dann umfing sie die zweite Ohnmacht.

Lavinia brauchte sich nicht zu beeilen. Sie gab Telemach, der vor der Tür mit seinem Jutebeutel wartete, die falsche Schlange. »Und?« fragte er gespannt.

»Sie ist ohnmächtig – zum zweitenmal. Telemach, das vergesse ich dir nie!« sagte sie und gab ihm spontan einen Kuß auf die Wange.

Grace war ein Nervenbündel, als sie endlich aus ihrer zweiten Ohnmacht erwachte. Und es war, wie Telemach gesagt hatte: Sie war felsenfest davon überzeugt, daß Lavinia sie unter Einsatz ihres eigenen Lebens vor dem sicheren Tod bewahrt hatte. Und wenn sie auch niemals eine halb so gute Zofe wurde, wie Mabel es gewesen war, so war sie von Stund an doch wie verwandelt, indem sie folgsam und so gewissenhaft, wie es ihr nun mal gegeben war, ihre Arbeit machte.

Lavinia nahm das als gutes Omen. Sieben Tage später, am 5. Dezember, weckten sie die Wehen. Die Geburt ihres zweiten Kindes war nicht so lang und qualvoll wie die des ersten. Es war zur Mittagsstunde, als der hohe, langgezogene Schrei des Neugeborenen im ganzen Haus zu vernehmen war.

Ihr Kind lebte!

»Ein hübsches kleines Mädchen!« verkündete die Hebamme mit einer Fröhlichkeit, die niemand mit ihr teilte.

Lavinia schlug die Hände vors Gesicht und wollte am liebsten sterben. Jetzt gleich!

»Nun ja, ich habe natürlich etwas anderes erwartet«, sagte

Georgina wenig später, als sie zu ihr ans Bett trat. »Aber es ist nun mal nicht jeder Frau vergönnt, ihrem Mann frühzeitig einen Sohn zu schenken und ihm die Ruhe zu geben, daß der Name und die Erbfolge gesichert sind. Mein armer Denis. Er hätte wirklich besser Harriet heiraten sollen.«

Lavinia konnte ihrem Mann, der mit seinem Besuch lange auf sich warten ließ, nicht in die Augen sehen. »Nennen wir sie Eugenia?« fragte sie flehend.

»Kommt nicht in Frage! Mir ist es gleich, wie du sie nennst, aber niemals Eugenia!« erklärte er und verließ das Zimmer, ohne seine Tochter auch nur eines Blickes gewürdigt zu haben.

Lavinia sah ihn erst vier Tage später wieder. Angeblich hatte er wegen dringender Geschäfte nach Charleston reisen müssen. Doch als sie sein graues, verkatertes Gesicht erblickte, wußte sie, daß er sich in seiner großen Enttäuschung dem billigen Trost des Alkohols hingegeben hatte — und vielleicht noch einer anderen Sorte Trost, die käuflich zu erwerben war...

25

Sie nannte ihre Tochter Abigail, was Denis mit einem verletzend gleichgültigen Schulterzucken hinnahm, als hätte er mit diesem winzigen Wesen nicht das geringste zu tun. Weder nahm er es auf den Arm, noch fragte er sie, wie es ihrer Tochter ging. Er ließ sie spüren, daß sie ihn enttäuscht hatte.

Sogar Onkel Stuart und Tante Lizbeth machten, bei allem Wohlwollen, einen niedergeschlagenen Eindruck, daß es nun doch wieder nur ein Mädchen geworden war. Zwar gaben sie sich Mühe, ihre Enttäuschung vor ihr zu verbergen und sie aufzumuntern und auf das nächste Kind zu vertrösten, doch Lavinia spürte sehr wohl, daß auch sie diesmal fest mit einem

Sohn gerechnet hatten. Allein Tante Edwina war in ihrem Trost aufrichtig.
»Du darfst dich nicht grämen, mein Kind. Ich weiß, was alle Welt von dir erwartet, ja verlangt, aber laß dich nicht beirren in deinem Gottvertrauen. Deine Abigail ist ein ganz reizendes kleines Ding und wird euch bestimmt noch viel Freude bereiten. Vieles im Leben wächst einem erst in langen Jahren liebevoll ans Herz. Und was wäre eine Welt ohne uns Frauen, Lavinia? Wer sollte dann die Söhne gebären, auf die die Herren der Schöpfung immer so versessen sind? Nein, nein, kein Grund, verzweifelt zu sein und sich mit Selbstvorwürfen zu quälen. Du hast einem gesunden Kind das Leben geschenkt — allein das ist schon eine göttliche Gnade und ein Wunder der Natur.«
Lavinia weinte in ihren Armen und schämte sich, daß sie Tante Edwina in Gedanken mehr als einmal einen bigotten, kalten Fisch genannt hatte. Sie war die einzige, die zu ihr stand und sich über Abigail freute.
Harriets Freude war natürlich ganz besonderer Art. Sie schickte prompt ein Gratulationsschreiben, in dem sie Lavinia zur »glücklichen Geburt« ihres Mädchens gratulierte, das sie so kurz vor Weihnachten sicherlich als ein ganz besonderes Geschenk zu schätzen wisse. Und sie fragte an, ob sie dem Kind denn auch den Namen Agnes gegeben oder sich für einen anderen entschieden habe.
Lavinia riß den Brief in Fetzen, bekam einen heftigen Weinkrampf und verfiel in eine tiefe Depression, die sie nicht mehr loslassen wollte. Das Kind, das sie unbewußt für Denis' Bitterkeit und Georginas Geringschätzung verantwortlich machte, wollte sie nur zum Stillen sehen. Doch schon nach vier Wochen überließ sie das Baby einer schwarzen Amme.
Es dauerte diesmal sehr lange, bis sie sich von der Geburt so weit erholt hatte, daß sie sich kräftig genug fühlte und willens

war, das Bett zu verlassen. Es war kein Zufall, daß zu dem Zeitpunkt Weihnachten und Neujahr schon verstrichen waren.

»Lavinia sollte in ihrem Zustand dieses Jahr besser auf die Rennwoche in Charleston verzichten«, sagte Georgina Ende Januar zu ihrem Sohn, als sie alle im Salon saßen und Tee tranken. »Es wäre nicht zu verantworten.«

»Ja, das wäre in der Tat vernünftiger«, pflichtete Denis ihr bei, und damit waren die heiteren Wochen der Feste, Bälle und Einkäufe für Lavinia gestrichen, ohne daß man sie um ihre Meinung gefragt hätte.

Georgina konnte nicht ahnen, daß sie Lavinia mit dieser als Strafe gedachten Maßnahme in Wirklichkeit einen großen Gefallen tat. Nach Bällen und oberflächlichen Vergnügungen war ihr nämlich wahrlich nicht zumute. Und sie hätte es nicht ertragen, so kurz nach der Geburt ihrer Tochter mit Sally und Drucilla zusammenzutreffen und hilflos dem Hohn von Harriet ausgeliefert zu sein, die zweifellos alles darangesetzt hätte, sich vor ihr mit ihrem Sohn zu brüsten und ihr noch einmal unter die Nase zu reiben, daß sie nun mal nur für Mädchen taugte und genau die Versagerin war, für die sie sie eingeschätzt hatte.

Denis dachte nicht daran, auf die aufregenden Wochen in Charleston zu verzichten — und das schmerzte Lavinia mehr als alles andere.

»Es sind geschäftliche und gesellschaftliche Kontakte, die zu pflegen sind«, erklärte er ein wenig gedrechselt, als wüßte er sehr wohl, daß sein Platz eigentlich an der Seite seiner noch immer nicht ganz gesunden Frau und nicht auf dem Parkett der Ballsäle war.

»Natürlich, Denis. Fahrt ihr nur. Ich komme schon zurecht, und die Ruhe wird mir guttun«, versicherte sie. Was hätte sie auch sonst sagen sollen? Ihm Vorwürfe machen? Damit hätte sie alles nur noch verschlimmert, und an seinem Entschluß hätte es nichts geändert. »Grüßt mir Melinda.«

Tante Edwina blieb bei ihr auf BELMONT PARK, und die Wochen der Ruhe, fern von Georginas scharfem Blick und spitzer Zunge, waren für ihre Seele wie für ihren Körper eine Zeit der Erholung. Sie verbrachte viele Stunden mit Tante Edwina, die sich nicht allein darauf beschränkte, ihr durch Vorlesen aus der Bibel Trost und neue Kraft zu schenken, sondern es auch verstand, sie wieder zum Lachen zu bringen und ihr die Freude an anderen Zerstreuungen zurückzugeben. Das Piano, auf dem Lavinia in letzter Zeit so selten gespielt hatte, erfüllte das Herrenhaus nun wieder öfter mit den herrlichen Klängen, die Lavinia ihm zu entlocken wußte.

Als Lavinia in einem Gespräch beiläufig erwähnte, daß sie irgendwann einmal das Reiten erlernen wollte, sorgte sie dafür, daß sie schon am nächsten Morgen damit begann.

»Elijah, bring ihr alles bei, was eine gute Reiterin können muß!«

Elijah war ein guter Lehrer und Lavinia eine anfangs sehr unsichere, skeptische Schülerin. Diese Unsicherheit legte sich jedoch bald, und an ihre Stelle trat Begeisterung, der auch der Muskelkater nichts anhaben konnte. Nach zwei Wochen unternahm sie zum erstenmal ganz allein einen Ausritt. Er führte sie zu Mabel, die ihre beschwerliche Schwangerschaft tapfer und mit ungebrochenem Glück trug.

Lavinia besuchte Mabel regelmäßig. Aber so sehr sie sich beide auch jedesmal freuten, so fehlte ihren Gesprächen doch die Vertrautheit der vergangenen Jahre. Mabel war herzlich wie immer, achtete jedoch auf die Distanz und den Respekt, den sie als Frau eines Aufsehers der Mistress von BELMONT PARK schuldig war. Dennoch war Lavinia gern mit ihr zusammen. Oftmals saßen sie auf der Terrasse und redeten, während Mabel weiter ihrer Arbeit nachging, indem sie Kleider ausbesserte, Gemüse schälte oder ein Huhn rupfte. Nur einmal hatte Lavinia gedankenlos ihre Hilfe angeboten.

»Das ist sehr nett von Ihnen, Missis DeLong, doch das sollte ich wohl besser selbst tun«, hatte Mabel ihr freundliches Anerbieten mit derselben Freundlichkeit, aber auch mit einer gewissen stolzen Bestimmtheit abgelehnt. »Meinem Mann wäre es nicht recht. Darf ich Ihnen noch eine Tasse Tee eingießen?«

Es hatte sich viel in ihrem Leben verändert, wie Lavinia mit Wehmut feststellte, als sie von einem Besuch bei Mabel durch die wunderbare Allee zum Herrenhaus zurückritt. Und es sollte nicht dabei bleiben.

Als die Saison in Charleston vorbei war, kehrte ein überaus aufmerksamer und fröhlicher Denis zu Lavinia zurück. Er brachte sogar einige ganz reizende Geschenke für sie mit. Nach seiner Tochter fragte er jedoch nicht mit einem Wort.

Georgina dagegen hatte sehr wohl an Abigail gedacht. »Ich habe ein paar hübsche Kleider für dein Mädchen mitgebracht. Du kannst es sicherlich nicht erwarten, deine Abigail darin zu sehen. Hoffen wir, daß dein Kind wenigstens den Vorzug hat, hübsch zu sein«, sagte sie und sprach dann sofort von Sallys Söhnen und dem Jungen von Harriet, die sie natürlich besucht hatte.

Und es war immer »Lavinias Abigail«, wenn das Gespräch einmal auf das Kind kam, was selten genug der Fall war. Denis erhob auch nie dagegen Einwände und bat auch nicht darum, daß man ihm Abigail brachte, um zumindest einen Blick auf sie zu werfen und zu sehen, wie sie heranwuchs. Nie betrat er ihr Kinderzimmer. Und in den Salons wollte er kein plärrendes Baby haben. Ebensowenig in ihrem Schlafzimmer, wie er seiner Frau einige Tage nach seiner Rückkehr aus Charleston unmißverständlich zu verstehen gab.

»Bring sie sofort wieder in ihr Bett, Sophy!« befahl Denis der verstörten Amme, als diese mit dem Baby auf dem Arm in der Tür zum Schlafzimmer erschien, wie Lavinia ihr es aufgetragen hatte. Und als Sophy mit der Kleinen, die vor Schreck über die laute, harsche Stimme zu schreien begonnen hatte, eiligst aus der Tür huschte, fuhr er Lavinia nicht weniger schroff an: »Ich habe genug um die Ohren, um mir abends nicht auch noch Babygeplärre im Schlafzimmer anhören zu wollen! Sorge gefälligst dafür, daß sich so etwas nicht wiederholt!«

Dabei war Abigail eigentlich ein sehr stilles Kind, das selten einmal schrie. Es war, als spürte sie, daß sie nicht willkommen war, und als wollte sie deshalb so wenig Aufmerksamkeit wie möglich auf sich ziehen. Es gab Tage, da ertappte sich sogar Lavinia dabei, daß sie ihre Tochter völlig vergessen hatte. Dann quälte sie ihr Schuldgefühl, eine schlechte Mutter zu sein, und für ein paar Tage widmete sie ihrem Kind wieder etwas mehr Zeit. Doch sie vermochte nichts daran zu ändern, daß Abigail keine große Rolle in ihrem Leben spielte. Ohne sich dessen vielleicht vollends bewußt zu sein, zog sie es vor, Abigail nicht zu sehen und nicht ständig an ihr Versagen erinnert zu werden.

Dabei sorgte Georgina schon dafür, daß sie nicht vergaß, wie wenig sie auf BELMONT PARK zu sagen hatte. Sie beließ es nun nicht länger bei spitzen Bemerkungen, sondern machte ihr auch Vorschriften, mäkelte an ihr herum und engte ihren schon so schmalen Raum für freie Entscheidungen immer mehr ein.

»Ich glaube nicht, daß dieser Besuch bei Madame Leclaire wirklich notwendig ist«, befand sie im Tonfall eines Verbots, als Lavinia sich für ihren Aufenthalt auf MULBERRY HALL einige neue Sommerkleider nähen lassen wollte. »Du hast die Schränke voll mit Kleidern!«

Lavinia wußte, daß die letzte Baumwollernte alle Erwartungen von Denis und Onkel Stuart übertroffen hatten, und BELMONT PARK einen hohen Gewinn abgeworfen hatte. Und sie wollte darauf verweisen, daß sich doch keiner von ihnen bei seinen Ausgaben irgendwelche Beschränkungen auferlegte oder auf die Idee käme, die eigenen Kleider nachzuzählen, am allerwenigsten ihre Schwiegermutter.

Aber dazu gab ihr Denis keine Gelegenheit, denn sofort machte er sich die Ansicht seiner Mutter zu eigen. »Das ist wohl wahr! Ich glaube auch nicht, daß die Fahrt nach Charleston zu Madame Leclaire nötig ist. Irgendwann muß der Verschwendung auch mal ein Riegel vorgeschoben werden«, sagte er, und damit war die Sache für ihn erledigt.

Die Geschenke und sein relativ liebevolles Verhalten für eine kurze Zeit nach seiner Rückkehr waren ganz offenbar einem schlechten Gewissen entsprungen, wie Lavinia bald guten Grund hatte zu vermuten. Denn es ließ sich nicht verleugnen, daß ihre Ehe ihren Glanz verloren hatte und sich eine Entfremdung in ihre Beziehung schlich.

Daß Denis neuerdings häufiger nach Charleston mußte, um stets vage benannte Geschäftsinteressen wahrzunehmen, war auffallend. Und wenn Lavinia ihn anfangs gelegentlich noch bat, ihn doch begleiten zu dürfen, begnügte sie sich bald schon damit, ihm eine gute Reise und viel Erfolg zu wünschen. Denn sie wollte sich die Peinlichkeit ersparen, sich seine Ausflüchte anhören zu müssen, warum er sie nicht mitnehmen konnte. Es war ganz offensichtlich, daß er sie nicht mit dabeihaben wollte.

Es verletzte sie, zumal sie Denis noch immer liebte und sich doch nicht der Mutmaßungen erwehren konnte, die sie vor allem nachts heimsuchten, wenn sie allein im großen Bett lag und daran denken *mußte*, ohne es wirklich zu wollen, mit wem Denis jetzt wohl zusammensein mochte.

Diese Reisen, so kurz sie auch immer waren, empfand sie als größte Strafe. Sie litt, ohne es zu zeigen. Doch wenn er dann wieder auf Belmont Park war und er ihr dieses Lächeln aus seinen blauen Augen schenkte, dann war die Qual der einsamen Nächte vergessen und sie wieder überzeugt, daß nichts ihrer Liebe etwas anhaben konnte – bis er erneut von Unruhe getrieben wurde und nach Charleston ritt.

Daß er längst nicht mehr so häufig wie früher Verlangen nach ihr verspürte und er sie manchmal länger als eine Woche nicht berührte, hätte Lavinia eigentlich mit Erleichterung erfüllen müssen. Doch das Gegenteil war der Fall. Es verstärkte noch das schreckliche Gefühl, versagt zu haben und ihm auch darin nicht mehr zu genügen. Und es gab niemanden, dem sie sich in ihrer Verzweiflung anvertrauen und dem sie ihr Herz ausschütten konnte. Sie wagte noch nicht einmal Carol von ihren tiefen Ängsten, Denis zu verlieren, zu schreiben.

Auf MULBERRY HALL war Denis häufig gereizt und unwirsch zu ihr. Ihm war anzumerken, daß er dieses Jahr dem beschaulichen Leben auf St. Helena Island nicht das geringste abgewinnen konnte. Port Royal war ihm offenbar kein Ersatz für das, was er in Charleston fand, wenn ihn die Unzufriedenheit und Unruhe auf BELMONT PARK befiel und er sich kurzerhand auf sein Pferd schwang. Und auf MULBERRY HALL entfuhr ihm auch jene verletzende Äußerung, die ihr sein ganzes verbittertes Denken und Fühlen offenbarte und die sie schlimmer traf, als wenn er sie geschlagen hätte.

Sie beklagte sich an jenem Tag darüber, daß Georgina sie ständig schikanierte und sie ihr nie etwas recht machte. Worauf er aus der Haut fuhr: »Mir reicht es! Ich will nichts mehr davon hören! Laß mich endlich mit deinem ewigen Gejammer in Ruhe, daß meine Mutter dir dieses oder jenes Unrecht antut! Sorge du erst einmal dafür, daß du ... daß du deiner offenbaren Bestimmung gerecht wirst!«

Sie wurde blaß wie eine gekälkte Wand. »Das hast du dir ja sehr gut gemerkt!« stieß sie betroffen hervor.

Er machte eine wütende Geste. »Ich brauche keinen Arthur Galloway, um zu wissen, was zu den natürlichen Aufgaben einer Ehefrau gehört!« sagte er schroff. »Leiste erst etwas, bevor du mir mit Forderungen kommst. Meine Mutter hat ihre Pflichten stets erfüllt. Und wenn du je wieder etwas zu jammern hast, dann behalte das für dich, bis du endlich den Sohn zur Welt gebracht hast, den du mir bisher schuldig geblieben bist!«

Stunden später kam er zu ihr aufs Zimmer, nahm sie in seine Arme und rang sich eine halbherzige Entschuldigung ab. Sie solle sich das doch nicht so zu Herzen nehmen, was er in einer unbedachten zornigen Aufwallung von sich gegeben habe. Es sei gar nicht so gemeint gewesen, wie es vielleicht geklungen haben mochte.

Damit gab er ihr das Gefühl zurück, daß ihm immer noch viel an ihr lag und es ihm vielleicht sogar wirklich leid tat, was ihm da in seinem Zorn über die Lippen gekommen war, und sie hielt ihn fest und versicherte unter Tränen, daß alles wieder gut sei. Doch damit machte er nicht ungeschehen, was er gesagt hatte. Denn Lavinia wußte, daß er jedes seiner Worte so und nicht anders gemeint hatte, wie er sie ihr entgegengeschleudert hatte.

26

Die Hitze des Spätsommers lähmte in den Mittagsstunden jedes Leben auf Belmont Park. Die Schlagläden des Herrenhauses waren schon seit den Morgenstunden geschlossen, um den Rest der nächtlichen Kühle in den Räumen zu halten. Die Herrschaft hatte sich in ihre abgedunkelten Zimmer zurückgezogen, während das schwarze Personal in den niedrigen Gewölben des Kellers in den Genuß der einzigen wirklich kühlen Räume auf Belmont Park kam. Nirgendwo regte sich etwas. Sogar den Vögeln schien es an der Energie wie an der nötigen Freude zu mangeln, ihre hellen Stimmen zu erheben. Es war still in den Eichen und Magnolien und in den Rosenbüschen und Hecken. Alles wartete, daß die helle Mittagssonne ihren

Abstieg begann und die Hitze an Kraft verlor. Und daß am Nachmittag erneut der leichte Wind aus Südost einsetzte, der vom Meer her frische Luft brachte und dem sonnendurchglühten Land das Atmen wieder leichter machte. Klebrig zäh wie Sirup rann die Zeit dahin, neigte sich die Tagesmitte dem Nachmittag entgegen.

»Bring mir eine kalte Limonade, Grace«, sagte Lavinia und erhob sich vom Kanapee. Sie fühlte sich verschwitzt und konnte einfach keinen Schlaf mehr finden. Zu vieles ging ihr durch den Kopf.

»Ja, Missus.« Die Schwarze kam ächzend auf die Beine und machte sich auf den Weg ins Küchenhaus.

Lavinia trat zum Fenster und schob die Schlagläden etwas auf, um Licht hereinzulassen. Dann begab sie sich ins Waschkabinett, leerte den großen Steinkrug in die Porzellanschüssel mit dem Rosenmuster, benetzte ihr Gesicht und tauchte ihre Arme bis zu den Ellbogen in das herrlich kühle Wasser. Es belebte sie ein wenig. Sie schaute dabei in den Spiegel über der Waschkommode, suchte in ihrem Gesicht nach den ersten Anzeichen für Falten, fand jedoch noch keine, und dachte an Denis. Wenn er doch nur bald wiederkäme! Fünf Tage war er nun schon in Charleston. So lange war er noch nie weggeblieben. Und Georgina ließ sie immer deutlicher spüren, daß sie allein schuld daran war. Manche Blicke waren so klar und eindeutig wie Worte: Es ist deine Schuld, Lavinia! Du treibst ihn von BELMONT PARK fort!

Lavinia schloß die Augen und biß sich auf die Lippen. Als Grace wiederkam, mußte sie sich zwingen, die Limonenlimonade nicht zu hastig zu trinken. Dann beschloß sie, die verschwitzte Kleidung gegen frische zu wechseln.

»Das dünne Batistkamisol, Grace! Und nur zwei von den leichten Baumwollpetticoats! Mehr ertrage ich heute nicht«, rief sie ihrer Zofe aus dem Waschkabinett zu.

»Ja, Missus.«
Danach fühlte sie sich gleich viel besser. Sie hatte sich den Schweiß vom Körper gewaschen, doch ihre quälenden Gedanken ließen sich nicht so leicht wegwischen. Und sie bewegten sich immer im Kreis.
Um sich von ihren Sorgen abzulenken, setzte sie sich an ihren Sekretär und begann einen längst überfälligen Brief an ihre Eltern. Es fiel ihr jedoch schwer, sich zu konzentrieren. Immer wieder blieb sie mitten im Satz hängen und wußte plötzlich nicht mehr, was sie eigentlich hatte schreiben wollen. Ihre Gedanken kehrten wie unter einem Zwang, dem sie sich nicht entziehen konnte, zu den Dingen zurück, von denen ihre Eltern nie etwas zu lesen und zu hören bekommen würden.
Warum nur hatte Georgina sie beim Mittagessen so böse angefahren? Ihr Vorschlag mit der Umgestaltung des burgunderroten Salons hatte doch Hand und Fuß gehabt. Und zudem hatte Georgina davon angefangen, daß es bald an der Zeit sei, dem Raum in Farbe und Einrichtung ein neues Gesicht zu geben.
Was immer ich sage, es ist falsch! konstatierte Lavinia in dumpfer Ohnmacht und Verbitterung, und sie kam und kam mit ihrem Brief nicht weiter.
So rann die Zeit dahin.
Und dann klopfte es. »Ja, bitte?«
Es war Onkel Stuart. Er hatte sich gleichfalls umgezogen und trug nun einen beigen, leichten Baumwollanzug. Auf die Halsbinde hatte er verzichtet, was bei dem Wetter auch nur zu verständlich war. »Entschuldige, wenn ich dich störe ...«
»Nein, nein! Sie stören überhaupt nicht, Onkel Stuart!« Sie legte schnell die Feder aus der Hand. »Kommen Sie nur herein. Ich wollte einen Brief schreiben, aber nun muß ich einsehen, daß mir dazu heute doch der rechte Antrieb fehlt.«
»Das trifft sich gut, denn ich wollte dich fragen, ob du nicht vielleicht Lust hast, mit mir eine kleine Ausfahrt zu machen«,

bot er ihr an. »Nur wir beide. Es ist nicht mehr ganz so schrecklich heiß, und wie mir scheint, regt sich sogar ein kleines Lüftchen.«
Lavinia war angenehm überrascht. Onkel Stuart hatte sie noch nie zu einer Ausfahrt eingeladen, so freundlich er sonst auch zu ihr war. »Ja, gern«, nahm sie seine Einladung deshalb ohne Zögern an.
»Dann hole deinen Parasol. Das Cabriolet wartet schon vor dem Haus auf uns.«
Im Wagen konnte Lavinia auf den Parasol verzichten, denn Onkel Stuart hatte dem Stallknecht die Weisung erteilt, das geblümte Sonnendach anzubringen, so daß die weich gepolsterte Sitzbank des Cabriolets in angenehmem Schatten lag. Und es war wirklich nicht mehr ganz so heiß, wenn der Wind auch nur ein Hauch war, der hier und da die Blätter bewegte. Da vertraute sie doch mehr auf die kühlende Wirkung ihres Fächers.
»Wo geht die Reise hin, Onkel Stuart?« fragte Lavinia voller Neugier, als er den Rotfuchs mit lockerer Hand an den Stallungen und Wirtschaftsgebäuden vorbei in Richtung Ashley River lenkte.
»Ich möchte dir einen Ort zeigen, von dem nur wenige wissen, den du aber kennen solltest«, antwortete er.
»Das klingt sehr geheimnisvoll!«
»Es wird auch ein Geheimnis bleiben, Lavinia«, sagte er und sah sie dabei ernst an.
»Natürlich, Onkel Stuart!« versprach sie sofort und fühlte sich plötzlich beklommen. Wohin mochte diese Fahrt bloß führen?
»Du brauchst deshalb aber nicht so ein verschrecktes Gesicht zu machen, Lavinia«, sagte er betont munter und zugänglich. »Ich möchte nur, daß diese Ausfahrt und das, was ich dir zeigen werde, unter uns bleibt. Du wirst es nachher schon verstehen. Obwohl ich zugeben muß, daß es im Leben eines je-

den Menschen wohl Dinge gibt, die ein anderer nur schwerlich begreifen, geschweige denn ihnen mit Verständnis begegnen kann.«

»Ja, vermutlich«, sagte Lavinia vage, weil sie nicht wußte, worauf er hinauswollte.

Er schwieg eine Weile, und sie fuhren an einem der großen Baumwollfelder vorbei. Zwei Meilen tief und eine Meile breit standen die brusthohen Stauden in endlosen Reihen dicht an dicht, und aus ihren Kapseln quoll das weiße Gold des Südens, auf das sich der Reichtum von BELMONT PARK gründete — zusammen mit den Sklaven.

Das umzäunte Baumwollfeld fiel zurück, und sie tauchten in den kühlen Schatten eines Waldes ein, den sie durchquerten. Es war, als entströmte den dunkelborkigen Bäumen, die sich mit Spanischem Moos verschleiert hatten und sich gegenseitig dunklen Schatten boten, eine erdige Kühle. Lavinia atmete tief durch. Sie ahnte, daß sie sich wieder dem Fluß näherten, denn der Boden zeigte hier nicht die deutlichen Merkmale eines langen heißen Sommers.

Nun nahm Onkel Stuart das Gespräch wieder auf, als hätte es keine größere Pause gegeben. »Es gibt so vieles, was sich unserem Verständnis entzieht, weil wir zuwenig darüber wissen. Es ist wie bei einem Haus, das man allein nach seiner Fassade beurteilt. Hat es ein ansprechendes Äußeres, gefällt es einem. Ist sie dagegen wenig anziehend, fehlt es einem an Begeisterung, ohne daß wir darüber nachdenken, wie es wohl hinter dieser Fassade aussehen mag. Es ist nun mal so: Das Äußere bestimmt in Ermangelung tieferen Wissens unser Urteil. Siehst du das auch so?«

Lavinia nickte und fragte sich im stillen, worauf er wohl hinauswollte.

Onkel Stuart bog vom Waldweg ab und folgte nun einem Pfad, der als solcher nur zu erkennen war, wenn man wußte, daß es

hier einen geben mußte. Die von Wagenrädern verursachten Spurrillen waren kaum mehr als sanfte Dellen.
»Ich denke, so verhält es sich auch bei deinem Urteil über Georgina...«
Lavinia verlor augenblicklich ihre Ruhe. Ihr Herz schlug schneller, und sie wählte ihre Antwort nun mit größter Umsicht und Vorsicht. »Ich weiß nicht, wie Sie das meinen, Onkel Stuart.«
»Na, du hast in den Jahren doch wohl Zeit genug gehabt, um dir ein Urteil über meine Schwägerin zu bilden«, hielt er ihr vor. »Und es würde mich interessieren, wie es ausgefallen ist.«
Lavinia dachte nicht daran, sich eine Blöße zu geben. »Es steht mir nicht zu, meine Schwiegermutter...«
Er fiel ihr lachend ins Wort. »Ach, Lavinia! Nun mach mir doch nichts vor! Mir gegenüber brauchst du dich nicht in höflichen Redewendungen zu üben. Wir führen hier ein offenes Gespräch. Du brauchst nicht zu befürchten, daß ich deine Ehrlichkeit gegen dich verwenden könnte. Aber eigentlich brauchst du mir noch nicht einmal zu antworten, denn ich kenne die Antwort ja längst. Was Georgina betrifft, so stand dein Urteil doch schon fest, als du sie am ersten Tag da oben auf der Freitreppe sahst!« sagte er ihr auf den Kopf zu.
»Und ihres über mich schon lange davor!« verteidigte sie sich mit einem Anflug von Ärger, denn sie hielt diesen Vorwurf für ungerecht.
Zu ihrem Erstaunen nickte er. »Ja, das will ich zugeben. Georgina hat es schwer getroffen, daß Denis sie, das heißt eigentlich uns alle, mit seiner Heirat in Boston vor vollendete Tatsachen gestellt hat. Ihr über alles geliebter Denis schließt sie von seiner Hochzeit aus! Das kannst du vielleicht nicht nachvollziehen, aber es hat sie tief getroffen...«
»Und mich macht sie dafür verantwortlich und läßt mich das

spüren. Dabei habe ich diese rasche Hochzeit gar nicht gewollt. Denis hat darauf gedrängt!«

Onkel Stuart seufzte. »Ja, es ist nicht zu leugnen, daß sie es dir nicht leicht gemacht hat.«

Lavinia lachte bitter auf. »So kann man es auch nennen, wenn man es sehr, sehr freundlich ausdrücken möchte, Onkel Stuart!«

»Du hältst Georgina vermutlich für ungerecht, hartherzig und über Gebühr herrschsüchtig, nicht wahr?«

Lavinia schwieg.

Er lächelte leicht. »Das ist auch eine klare Antwort. Meine Schwägerin ist in der Tat eine Person, die den Dingen gern ihren Stempel aufdrückt, das will ich einräumen. Sie hat von allem eben eine festumrissene Vorstellung...«

»Mit der sie einem am liebsten erschlagen möchte«, warf Lavinia grimmig ein.

»... und ist sicherlich auch oftmals hart bis an die Grenze der Ungerechtigkeit«, fuhr er ruhig fort.

»Wenn Sie tatsächlich an meiner Offenheit interessiert sind, so muß ich Ihnen sagen, daß wir wohl verschiedener Ansicht sind, wo gewisse Grenzen verlaufen«, meinte Lavinia sarkastisch und bewegte den Fächer in ihrer Erregung so schnell, daß ihre Locken wehten. »Obwohl das auch völlig ohne Bedeutung ist, denn was interessiert meine Schwiegermutter schon das, was ich als Verletzung meiner Gefühle oder als Ungerechtigkeit empfinde!«

Er seufzte schwer. »Daß du so denkst und fühlst, weiß ich schon seit langem. Ich weiß ebenfalls, daß du vielleicht von mir und deinen Tanten, ja auch von Denis mehr Unterstützung erhofft oder erwartet hättest. Aber niemand von uns kann sich gegen Georgina stellen, denn jeder von uns hat seine Gründe, ihr und Gott dafür zu danken, daß sie auf BELMONT PARK ein so eisernes Regiment führt. Es mag dir aus dem Mund eines gestandenen Mannes wie mir vermutlich unverständlich klingen, wie dir vieles andere auch unverständlich sein muß. Deshalb habe ich mich entschlossen, mit dir hier an diesen Ort zu fahren. Vielleicht verstehst du dann besser, warum Georgina so hart ist«, sagte er.

Lavinia glaubte nicht, daß es eine Entschuldigung für das herzlose Verhalten ihrer Schwiegermutter gab. Aber sie behielt das für sich.

Wenig später wurde der Waldweg breiter. Der Fluß schimmerte schon zwischen den Bäumen hindurch. Und im nächsten Augenblick gelangten sie auf eine kleine Waldlichtung am Ufer des Ashley River.

Lavinia war überrascht, als sie das einstöckige Haus erblickte, das rechter Hand unter den hohen Eichen stand. Es war bedeutend besser gebaut als die Hütten der Schwarzen, das sah man sofort, und auch um einiges größer. Es maß gut dreißig Fuß in der Länge und etwas mehr als die Hälfte in der Breite. Die schweren Balken, aus denen die Wände bestanden, trugen einen weißen Anstrich, der erst in jüngster Zeit erneuert worden war. In bestem Zustand befand sich auch das Dach aus grauen Zedernschindeln. Das Haus besaß ein solides Fundament aus schweren Feldsteinen, aus denen auch der breite Kamin gebaut war, vorne eine überdachte Veranda und rechts und links von der Tür ungewöhnlich große Fenster, die auf den Fluß hinausgingen, jetzt jedoch von vierflügeligen Schlagläden verschlossen waren.

»Was ist das für ein Haus?« fragte Lavinia, als Onkel Stuart das Cabriolet vor der einsam gelegenen Wohnstatt zum Stehen brachte.

»Das hier war das eigentliche Herrenhaus von Belmont Park«, antwortete er mit traurigem Spott, »als James DeLong noch lebte, mein älterer Bruder und der Vater von Denis und Melinda.«

»Das verstehe ich nicht ...«
»Da befindest du dich in bester Gesellschaft«, sagte er und reichte ihr die Hand, um ihr beim Aussteigen behilflich zu sein. »Es gibt so vieles, was an meinem Bruder, möge er seinen Frieden endlich gefunden haben, unverständlich war.«
Er zog einen Schlüssel hervor, schloß auf und ging als erster ins Haus. Drinnen öffnete er die Fenster, entriegelte die Schlagläden und stieß sie auf.
Lavinia wußte nicht, was sie in diesem Haus zu finden erwartet hatte, sicherlich aber nicht das, was sich ihren Augen nun darbot. Sie sah vor sich einen großen Raum, der die gesamte Grundfläche des Hauses in Anspruch nahm. Der Raum war spärlich möbliert. Es gab ein breites Himmelbett mit einem Schrank und einer Kommode im hinteren Teil, einen breiten Diwan vor dem mächtigen Kamin und mehrere schwere Sessel, die verteilt im Raum standen, sowie eine Vielzahl von kleinen Tischen.
Doch nicht die spärliche Einrichtung war es, die Lavinia überraschte, sondern die sechs großen Staffeleien, die im Raum standen, jeweils zwei vor jedem Fenster, sowie die unzähligen auf Holzrahmen gespannten Leinwände jeden Formats, die sich überall zu Dutzenden auftürmten und es schwierig machten, einen Weg durch dieses Chaos zu finden, das dem Lager eines großen Galeristen alle Ehre gemacht hätte — nicht was die Unordnung betraf, aber doch was die Zahl der Bilder anging, die alle in Öl gemalt waren.
Der Geruch der Farben erfüllte den Raum wie das schwere Parfüm einer Frau. Und als Lavinia sprachlos eintrat, sah sie, daß sich Farbkleckse überall fanden, auf den Dielenbohlen wie auch auf den Möbeln und Sesseln, sogar die Wände trugen bunte Spuren.
»Das hier war für meinen Bruder sein wahres Herrenhaus«, sagte Onkel Stuart. »Nur hier hat er sich wohl gefühlt. Dies

hier war sein eigentliches Reich: die Welt seiner Bilder und seiner anderen … Obsessionen.«

»Das Atelier eines Künstlers!« rief Lavinia überrascht. »Ich habe ja gar nicht gewußt, daß Denis' Vater ein Maler war!«

»Er war besessen davon. Als unser Vater noch lebte, hat er nur im geheimen gemalt. Doch nach seinem plötzlichen Tod, James war da schon mit Georgina verheiratet, vergaß mein Bruder all seine Pflichten und widmete sich nur noch der Malerei«, erzählte er. »Denis war gerade drei, als sein Vater sich dieses Haus baute. Hier verbrachte er von Jahr zu Jahr mehr Zeit, so daß er bald nur noch Gast in seinem eigenen Herrenhaus war. Um die Plantage kümmerte er sich nicht mehr. Es war Georgina, die sich um alles kümmern mußte – nicht nur um den Haushalt, sondern auch um die Bestellung der Felder und alles andere, was auf einer Plantage an wichtigen Entscheidungen anfällt.«

»Mit Ihnen an ihrer Seite …«

Er schüttelte den Kopf. »Nein, sie hat die ganze schwere Last allein zu tragen gehabt, denn ich habe in den ersten zwölf Jahren nach dem Tod unseres Vaters nicht auf BELMONT PARK gelebt. James und ich haben uns nie gut verstanden. Wir waren uns geistig fremd, und ich hielt es für klüger, mit meinem Bruder nicht länger unter einem Dach zu leben. Ich habe mir von meinem Erbteil eine kleine Plantage auf St. Helena Island gekauft …« Er machte eine Pause. »Und sie nach den herrlichen Maulbeerbäumen MULBERRY HALL genannt.«

»MULBERRY HALL gehört Ihnen?«

Stuart lächelte über ihre Verblüffung. »Ja, zumindest gehörte es mir einmal. Ich habe es Denis überschrieben, als er einundzwanzig wurde. Zu dem Zeitpunkt hatte ich das dazugehörige Land schon längst unserem Nachbarn John Green verkauft.«

»Aber warum haben Sie das getan?« wollte Lavinia wissen.

»Weil ich nach BELMONT PARK zurückgekehrt bin.«

»Obwohl Sie sich mit Ihrem Bruder nicht verstanden?«
»Mein Bruder war längst nicht mehr der, der er noch zwölf Jahre vorher gewesen war. Es war ihm auch völlig gleichgültig, wie ihm alles gleichgültig war, was sich außerhalb dieses Raumes auf der Plantage abspielte. Wir sind uns in den folgenden Jahren manchmal wochenlang nicht begegnet. Denn wenn James nicht wie ein Besessener malte, manchmal an sechs Bildern gleichzeitig, lag er im Rausch des Opiums, dem er inzwischen verfallen war. Die Plantage, seine Kinder, seine Frau, ich... all das berührte ihn nicht, denn es kam in seiner Welt nicht vor.«
Lavinia schaute ihn bestürzt an. Allmählich begriff sie die Zusammenhänge. »O mein Gott!« murmelte sie. »Was für ein Leben!«
Er nickte schwer. »Ja, was für ein Leben! Wie oft wird sich Georgina das gesagt haben. Was für ein Schicksal. Ich konnte nicht länger mit ansehen, wie Georgina allein um den Erhalt von Belmont Park kämpfte. Sie kämpfte so tapfer, wie ich noch keine Frau habe kämpfen sehen. Es gab im Herrenhaus keine Schlamperei, wie es auch keine Nachlässigkeiten bei den Feldarbeiten gab. Sie war von morgens bis abends auf den Beinen und kümmerte sich um alles — auch um James, wenn er wieder einmal seine Phase hatte, in der er sich nur dem Opium hingab und nicht mal mehr in der Lage war, diese Hütte hier zu verlassen. Es gelang ihr sogar, die gesellschaftliche Fassade nach außen hin aufrechtzuerhalten, indem sie ihn vor wichtigen Ereignissen, bei denen er sich zeigen mußte, ins Herrenhaus holte und ihn dort mit seiner Sucht so weit unter Kontrolle hielt, daß er zumindest für einen Abend die Rolle des Gastgebers spielen konnte. Daß er dann viel trank, schadete seinem Ansehen nicht. Leider ist bei uns im Süden der übermäßige Alkoholgenuß nur allzusehr gesellschaftsfähig. Natürlich geriet James in den Ruf, ein ungeselliger Sonderling zu

sein, der sich im Jahr höchstens zwei-, dreimal unter seinesgleichen mischte. Aber der gute Name der DeLongs wurde davon nicht angetastet. Gewiß gab es immer wieder Gerüchte, doch Georgina hatte die Schwarzen fest im Griff, und die guten Erträge der Plantage und der makellose Haushalt standen dem Getuschel, das es gelegentlich dann doch mal gab, entgegen, so daß den Gerüchten wenig Glauben geschenkt wurde. Und wie gesagt, die Menschen bilden sich ihr Urteil nun mal nach der Fassade, und daß diese stimmte, dafür sorgte meine Schwägerin mit unbeugsamer Härte.«

Er schwieg für einen Moment und ließ seinen Blick über die Bilderstöße schweifen, die fast alle mit Tüchern aus grober Baumwolle verdeckt waren.

Dann fuhr er fort. »Eine andere junge Frau hätte schon nach wenigen Jahren vor dem wachsenden Berg der Aufgaben kapituliert, zu dem ja auch noch der private Kummer kam. Nicht jedoch meine Schwägerin. Georgina wich vor dieser Sisyphusarbeit nicht einen Tag zurück. Sie wankte nicht einmal, sondern widersetzte sich mit aller Härte jeder Schwäche, die ihre Zähigkeit und ihre Moral hätte untergraben können. Aber keine menschliche Kraft ist unerschöpflich. Und da meiner Frau und mir eigene Kinder versagt blieben, gab es für uns auch keinen Grund, auf Mulberry Hall zu bleiben, wurden doch meine Kraft und mein Wissen auf Belmont Park viel mehr gebraucht. So sind wir dann zurückgekehrt, und ich habe Georgina einen Teil ihrer schweren Bürden abgenommen. Doch du kannst mir glauben, wenn ich dir sage, daß ich den landwirtschaftlichen Betrieb in einem Zustand übernommen habe, um den sie manch anderer Pflanzer beneidet hätte. Die Bücher waren korrekt und bis auf den letzten Cent genau geführt, und die Felder befanden sich in einem gleichermaßen ausgezeichneten Zustand. Und mit derselben unbeugsamen Pflichterfüllung hat sie sich auch um ihre Kinder gekümmert und dafür Sorge getragen, daß sie so wenig wie möglich unter ihrem Vater zu leiden hatten und die Erziehung erhielten, die einem DeLong zustand. Dennoch war es höchste Zeit, denn ich fürchte, Georgina wäre sonst wenige Jahre später das Opfer ihrer eigenen unerbittlichen Härte geworden. Sie hat Unglaubliches ertragen und eine Leistung vollbracht, die man nur bewundern kann, nicht wahr?«

»Ja, bewundern muß man diese Leistung wohl«, räumte Lavinia ein, fügte jedoch hinzu: »Aber man kann sie nicht ein Leben lang als Entschuldigung für alles Unrecht gelten lassen.«

Er machte eine vieldeutige Bewegung mit den Schultern, die Zustimmung wie Ablehnung bedeuten konnte. »Georgina hat die besten Jahre ihres Lebens BELMONT PARK geopfert. Und Denis weiß, was er seiner Mutter verdankt. Die Plantage befände sich heute vermutlich längst im Besitz einer anderen Familie. Sie hat die Plantage gerettet.«

»Dann war sie es, die nach dem Feuer die Säulenhalle um das Herrenhaus hat bauen lassen«, folgerte Lavinia.

»Ja, sie war die treibende Kraft.«

Lavinia verzog das Gesicht. »Diese kalte, monumentale Pracht paßt sehr gut zu ihr – wie MULBERRY HALL zu Ihnen.«

Er lächelte. »Jeder hinterläßt im Leben seine eigenen Spuren. Georgina gehört zu denen, die gewollt oder ungewollt dafür sorgen, daß man noch auf ihre stößt, wenn sie selbst schon lange nicht mehr leben.«

»Ein Herrenhaus!«

»Weit mehr als das, Lavinia. Sie hat dafür gesorgt, daß Denis ein intaktes Erbe antreten konnte und daß der Name der DeLongs nichts von seinem guten Ruf verloren hat!«

»Und was ist mit dem, was ihr Mann hinterlassen hat? Ist das Werk eines Künstlers nicht viel wichtiger als ein intaktes Erbe und ein guter Ruf?« fragte sie streitbar.

Er zögerte mit seiner Antwort. »Das hängt von vielen Dingen ab...«
»So? Ich dachte, die Bedeutung eines Malers hätte allein etwas mit seinem künstlerischen Talent zu tun. War Ihr Bruder ein schlechter Maler? Sind die Bilder deshalb alle verhängt?«
»Ich glaube, er war ein sehr guter, ja hochbegabter Maler, der sein Talent leider dazu benutzt hat, die richtigen Bilder zur falschen Zeit und an einem falschen Ort zu malen«, sagte er bedrückt. »Kein DeLong wird diese Bilder an die Öffentlichkeit geben. Eher wird er dieses Haus samt den Bildern niederbrennen. Nur wäre das ein Verbrechen an der Kunst — und an der Wahrheit unserer Geschichte.«
»Das verstehe ich nicht.«
»O doch, das wirst du schon. Dafür bedarf es nur eines einzigen Blickes«, versicherte er und zog nun die Tücher von den Staffeleien und den Bilderstößen.
Und so war es auch. Lavinia verstand sofort, warum die Bilder an diesem Ort unter Verschluß gehalten wurden und weshalb kein DeLong es wagen würde, sie der Öffentlichkeit zugänglich zu machen. Denn es gab nur ein einziges Thema, das alle Ölbilder bestimmte: das Leben der Schwarzen.
»Faszinierend, nicht wahr? Mein Bruder hat ein scharfes und unbestechliches Auge gehabt, dem noch nicht einmal das Opium etwas anhaben konnte«, sagte er mit widerwilliger Bewunderung, während er aus einem Stoß ein Bild nach dem anderen hervorzog. Und sarkastisch fügte er hinzu: »Und man wird ihm auch nicht nachsagen können, er hätte einen Hang zur romantischen Darstellung gehabt.«
»Nein, wirklich nicht«, murmelte Lavinia, beeindruckt und berührt von der Aussagekraft der Bilder. »Sie sind wirklich unglaublich... realistisch.«
»Für den Süden auf geradezu defätistische Art realistisch«, bekräftigte er.

Den Ölgemälden fehlte wahrhaftig jede romantische Note. Sie zeigten die Schwarzen bei der Arbeit auf den Feldern, an den Entkörnungsmaschinen, beim Roden und Trockenlegen von Sümpfen und anderen ganz alltäglichen Verrichtungen. Ein Herrenhaus war auf diesen Bildern ebensowenig zu finden wie ein Weißer. Jedes der Gemälde, auch wenn es nur so von Sonnenlicht durchglüht war, strahlte etwas Dunkles, Beklemmendes aus. Die Bilder waren stumme und doch beredte Anklagen.

»Es muß ihn gequält haben«, sagte Stuart leise nach einer langen Weile stummer Betrachtung. »Ich glaube, er hat sich den Schwarzen näher gefühlt als seiner eigenen Rasse. Und an diesem unlösbaren Konflikt ist er zerbrochen, nicht als Künstler, aber als Vater und Ehemann.«

»Unlösbar?« fragte Lavinia.

»Wir könnten uns jetzt in eine Diskussion über das Recht oder Unrecht der Sklaverei stürzen, aber es würde letztendlich doch zu nichts führen. Gerechtigkeit ist nichts weiter als ein Traum, und manchmal kommt man in seinem Bestreben, Träume Wirklichkeit werden zu lassen, sehr nahe. Aber was die Sklaverei im Süden betrifft, so hat das mit Träumen nichts zu tun, sondern einzig und allein mit wirtschaftlichen Tatsachen«, erklärte er.

»Sie meinen, der Süden ist auf die billige Arbeitskraft der Schwarzen angewiesen?« wagte Lavinia mit kritischem Unterton zu fragen.

»Ob die Arbeitskraft der Schwarzen billig ist, wage ich sehr zu bezweifeln, Lavinia. Von unseren Leuten auf BELMONT PARK kann man gerade die Hälfte als volle Arbeitskräfte bezeichnen. Die andere Hälfte besteht aus Kleinkindern, Alten und Kranken, für die wir dennoch zu sorgen haben. Von der Seite betrachtet ist es, einmal vom ungünstigen Klima ganz abgesehen, kein Wunder, daß die Herren Fabrikbesitzer im Norden keine

Anhänger der Sklaverei sind, sondern den Lohnarbeiter vorziehen. Denn den können sie von heute auf morgen rauswerfen und durch einen anderen armen Hund ersetzen, wenn er nicht mehr schnell und ausdauernd genug ist...«

»Dann müssen uns die Schwarzen ja wirklich sehr dankbar sein, daß sie im Süden unter dem Schutz der ›besonderen Institution‹ stehen«, entfuhr es Lavinia bissig und erschrak selbst über die Kühnheit ihrer Worte.

Er nahm sie ihr nicht übel, sondern lachte sogar leise auf. »Du wirst es nicht glauben, aber es gibt genug angesehene und wahrlich nicht dumme Köpfe im Süden, die genau diese Überzeugung vertreten. Sowie Hunderttausende, die, ohne groß darüber nachzudenken, so empfinden und nichts Schlechtes darin sehen, Sklaven zu haben.«

»Und wie stehen Sie dazu, Onkel Stuart?«

Er wies auf die Bilder und fragte zurück: »Wer läßt sich schon gern den Spiegel vorhalten, wenn er darin nicht das Bild wiederfindet, das er sich von sich selbst gemacht hat? Nein, ich bin nicht länger dieser Ansicht...«

Sie hob die Augenbrauen. »Nicht länger?«

»Ich bin auf Belmont Park aufgewachsen, Lavinia, und in dem Bewußtsein erzogen worden, daß es von Gott gewollt ist, daß wir Weißen über die Schwarzen herrschen, aber gleichzeitig auch die Pflicht haben, für sie zu sorgen. Ich gehe auf die Fünfzig zu und kann all das nicht mehr abschütteln und mich quälen, so wie es mein Bruder getan hat. Aber ich muß doch zugeben, daß ich sehr viel nachdenklicher geworden bin und nicht glaube, daß es Gott so unbedingt gewollt hat«, gab er freimütig zu. »Und ich komme allmählich zu der Überzeugung, daß die Sklaverei auch im Süden ihrem natürlichen Ende entgegenstrebt. Es mag sie vielleicht noch ein, zwei Generationen geben, aber länger wohl kaum.«

Lavinia fühlte sich von ihm ermutigt, ihn sehr direkt zu fra-

gen: »Und warum gibt man ihnen nicht bereits vorher die Freiheit?«
»Wer schneidet sich schon selber den Hals durch, wenn es ihm gutgeht?« Er schüttelte den Kopf und begann damit, die Bilder wieder zusammenzustellen und mit Tüchern zu verdecken. »Es ginge gar nicht, auch wenn man wollte. Unser ganzes Wirtschaftsleben ist auf dieses System eingestellt und würde zusammenstürzen wie ein Kartenhaus, wenn man die Sklaverei von heute auf morgen abschaffen würde. Zudem stellen die Schwarzen ein enormes Kapital dar. Nein, die Veränderungen werden kommen, dafür wird die fortschreitende Industrialisierung schon sorgen. Der Norden macht es uns ja vor, und auf Dauer können wir im Süden nicht so tun, als ginge uns das nichts an. Wir werden alle umdenken müssen, aber diese Veränderungen brauchen Zeit, und gewisse Einsichten in wirtschaftliche wie soziale Notwendigkeiten müssen behutsam umgesetzt werden. Sonst kommt es zu einer Katastrophe. Und was sollen die Schwarzen auch mit ihrer Freiheit anfangen? Wer wird sich um sie kümmern? Wo sollen sie arbeiten? Nein, für große Veränderungen ist die Zeit noch nicht reif. So wie der Süden noch lange nicht reif ist, die Bilder meines Bruders zu tolerieren, geschweige denn zu würdigen.«
»Nach allem, was Sie mir erzählt haben, bin ich erstaunt, daß es dieses Haus und insbesondere diese Bilder noch gibt«, sagte Lavinia. »Es hätte mich nicht gewundert, wenn Georgina das Haus samt den Gemälden nach dem Tod ihres Mannes niedergebrannt hätte.«
»Genau das war auch ihre Absicht. Vermutlich wird es die größte Leistung meines Lebens sein, daß ich sie davon abgehalten habe«, sagte er spöttisch und schloß Schlagläden und Fenster. »So, und dabei wollen wir es belassen, Lavinia. Fahren wir zurück. Wir haben uns lange genug in der Vergangenheit aufgehalten. Es ist nicht gut, wenn man diesen Dingen allzusehr

nachhängt. Es ging mir in erster Linie darum, dir verständlich zu machen, daß Georgina nicht aus freien Stücken so geworden ist — und daß wir DeLongs ihr sehr viel zu verdanken haben, Denis ganz besonders!«

»Ich danke Ihnen, daß Sie mir all das erzählt und gezeigt haben, Onkel Stuart«, sagte Lavinia, tief bewegt von all dem, was sie gesehen und erfahren hatte. »Es stimmt, daß ich nun vieles besser verstehen kann.«

»Du wirst Georgina deshalb aber kaum mehr mögen, nicht wahr?«

»Nein«, antwortete sie knapp und ehrlich.

Er seufzte schwer. »Du bist noch jung, Lavinia...«

»Ich bin nicht erst ein paar Monate auf Belmont Park, Onkel Stuart!« protestierte sie. »Außerdem bin ich eine verheiratete Frau, Mutter einer Tochter und... und im nächsten Frühjahr hoffentlich auch Mutter eines Sohns!«

»Lavinia! Ist das wahr? Du bist wieder in anderen Umständen?« rief er freudig überrascht.

»Ja, und diesmal ist es nicht der Vater, der als erster davon erfährt, sondern Sie sind es. Denis werde ich es erzählen, wenn er wieder aus Charleston zurück ist.«

Onkel Stuart gratulierte ihr und gab ihr einen Kuß auf die Wange. »Wie schön! Das ist eine ganz wunderbare Nachricht. Da können wir ja wieder hoffen!«

Lavinia zuckte bei diesen Worten innerlich zusammen. Seine gedankenlose Äußerung verriet, daß auch er nur den Sohn, den Stammhalter von ihr erwartete, der den Namen der DeLongs vor dem Aussterben bewahrte und die einzig annehmbare Erbfolge auf Belmont Park sicherte. Es tat weh, und es weckte alte Ängste — Ängste, die sie in den nächsten Monaten nicht mehr verlassen und immer schwerer auf ihr lasten würden, je näher das Frühjahr rückte.

In einer Art von einvernehmlichem Schweigen kehrten sie

zum Herrenhaus zurück. Kurz vor ihnen traf Denis auf Belmont Park ein, und niemand wollte wissen, wo sie mit Onkel Stuart gewesen war.

Lavinia dachte noch oft an das einsame Haus am Flußufer und die Bilder. Auf merkwürdige Weise fühlte sie eine seelische Nähe mit diesem Mann, der so sehr gelitten haben mußte, und sie fragte sich, wie sie sich wohl mit ihm verstanden hätte. Ihr Gefühl sagte ihr, daß sie vermutlich Verständnis füreinander aufgebracht hätten.

Sie hatte viel Zeit zum Grübeln in diesem Winter. Und sie durchlitt ihr eigenes, einsames Martyrium. Sie war nicht in freudiger Erwartung, wie ihr Zustand so gern umschrieben wurde und wie auch sie ihn in ihren Briefen an Carol und ihre Eltern nannte. Nein, die Monate waren bar jeglicher Freuden, denn sie lebte in der wachsenden Angst vor einem neuen Versagen, vor neuen Demütigungen ihrer Schwiegermutter und einem noch tieferen Entfremden von dem Mann, den sie liebte, der ihr jedoch mehr und mehr zu entgleiten schien.

Das Kind kam an einem stürmischen Märztag zur Welt. Der Wind peitschte den Regen des heftigen Frühlingsgewitters gegen die Schlagläden und zerrte an ihnen. Als Blitze gegen Mittag den nachtschwarzen Himmel spalteten, kamen die Wehen schon in Abständen von wenigen Minuten.

Lavinia weinte, doch es waren nicht die Schmerzen, die ihr die Tränen über das Gesicht laufen ließen, sondern die Angst, nein, fast schon die entsetzliche Gewißheit, daß sich Harriets Prophezeiung ein drittes Mal erfüllen würde. Das Donnern und Bersten war wie Hohn in ihren Ohren.

Und dann kam der wütende, zornige Schrei des Neugeborenen.

»Er könnte ein bißchen mehr wiegen, aber eine kräftige Stimme hat er ja, der Kleine!« rief die Hebamme fröhlich. »Er

wird sich in dieser Welt zweifellos Gehör zu verschaffen wissen.«
»Er?« stieß Lavinia ungläubig hervor und zitterte plötzlich am ganzen Körper. »Ist… ist es ein Junge?«
»Aber ja, Missis DeLong!«
Lavinia begann hemmungslos zu schluchzen.
Eugene war auf der Welt, und BELMONT PARK hatte seinen Frieden.

27

Es war nicht Glück oder Seligkeit, was Lavinia empfand, sondern eine merkwürdige Art der Erlösung, die ihr alle Kraft raubte und Dr. Harrison, den Hausarzt der DeLongs, vor ein Rätsel stellte. Nun, da die Ängste und der Druck von ihr wichen, schien sie nichts mehr zu halten, und sie stürzte in ein tiefes Loch der Apathie. Sie legte eine Teilnahmslosigkeit an den Tag, für die Dr. Harrison in seiner Ratlosigkeit schließlich ein lateinisches Wort erfand, mit dem er ihnen das beruhigende Gefühl gab, daß die Krankheit zumindest bekannt war, die es zu kurieren galt.
Erst auf MULBERRY HALL erholte sie sich von den seelischen Folgen der Geburt. Zeit und Ruhe und ein langsames Begreifen, daß die jahrelange Qual tatsächlich und endgültig ausgestanden war, erwiesen sich dabei als die einzig wirksamen Heilmittel. Ganz allmählich kehrte die Lebensfreude wieder, und dann stellte sich eines Tages auch das Glück ein.
Doch es war ein fast andächtiges Gefühl, eine Ehrfurcht, die sie empfand, wenn sie ihren Sohn in den Armen hielt. Stundenlang konnte sie neben der Wiege sitzen und ihn anschauen, wie er im Schlaf mit dem Mündchen zuckte und die winzigen

Hände bewegte, und dabei kam ihr nie der Gedanke, daß sie selten einmal einen Blick in die Wiege von Abigail geworfen hatte. Manchmal mischte sich in ihr Glücksgefühl jedoch auch ein merkwürdiger Zorn. Wegen dieses zarten Geschöpfes, das so lange ausgeblieben war, hatte sie so vieles ertragen müssen. Warum hatte er nur so lange auf sich warten lassen? Aber er war da, und dafür liebte sie ihn.

»Ich wußte doch, daß du mich nicht enttäuschen würdest, mein Liebling! O wie liebe ich dich, daß du mir Eugene geschenkt hast!« sagte Denis mit glänzenden Augen und stolzgeschwellter Brust, als er seinen Sohn das erstemal sah.

»Ich wußte es, daß der Herr es schon noch richten würde. Eben alles zu seiner Zeit«, sagte Tante Edwina.

Tante Lizbeth wollte es auch gewußt haben. »Ich habe immer Vertrauen in dich gehabt, mein Kind.«

Onkel Stuart sprach ihr das größte Lob aus, das er kannte: »Jetzt bist du endgültig eine richtige DeLong!«

Und Georgina?

»Du hast dich gewiß lange geziert, um uns von deinen guten Anlagen zu überzeugen und uns von der Ungewißheit zu befreien, mein Kind. Aber das wollen wir dir nun verzeihen«, gelang es ihr, sogar ihre Gratulation noch zu einem milden Tadel zu machen, in dem jedoch auch eine gewisse Anerkennung steckte. Die zeigte sich auch darin, daß sie ihre Schwiegertochter von nun an nicht mehr mit der verletzenden Geringschätzung behandelte wie bisher. Sie an ihrer Macht teilhaben zu lassen, daran dachte sie allerdings nicht.

Und Lavinia dachte nicht daran, ihre Rechte einzufordern. Sie empfand es schon als großen Sieg, nicht länger Zielscheibe von Georginas spitzer Zunge zu sein. Und sie genoß diesen neuen Zustand, ohne sich Gedanken über die Zukunft zu machen. Es genügte ihr, daß man ihr nun Anerkennung und auch ein klein wenig Respekt entgegenbrachte, daß Denis sich vor Besuchern als stolzer Vater und glücklicher Ehemann präsentierte — und daß sie mit Eugenes Geburt Harriets gehässiges Gerede Lügen gestraft hatte.

Ihre Kinder bekamen Lavinia und Denis in den ersten Jahren ihres Lebens nur zwei-, dreimal am Tag und dann auch nur für ein paar Minuten zu Gesicht, wie es in ihrer Gesellschaft nun mal Sitte war. Kleinkinder wurden ihren Eltern am Morgen und am frühen Abend vorgeführt, damit sie sich überzeugen konnten, daß sie wohlauf waren und gediehen. Ansonsten hatten sie in Gesellschaft Erwachsener nichts zu suchen.

Abigail und Eugene hatten jeder seine eigene Nanny, die sich den ganzen Tag um sie kümmerten, sie wuschen, sie ankleideten, mit ihnen spielten und nachts an ihrem Bett saßen, wenn sie unruhig schliefen oder krank waren. Über das Wohlergehen der jungen Missy und des jungen Massas zu wachen, war ihre einzige Aufgabe, die ihr Leben bestimmen sollte, bis die Kinder mit zehn, zwölf Jahren zu groß für eine schwarze Nanny waren.

Auf ihre Art liebte Lavinia ihre Kinder ganz ohne Zweifel. Ihre Liebe zu Eugene war etwas so Selbstverständliches wie die Sonne oder der Wechsel der Jahreszeiten, zugleich aber auch wie die Natur ihr großes Wunder. Eugene war das Geschenk eines gnädigen Schicksals, das ihr Leben aus den dunklen Tälern der Verzweiflung und Demütigung auf die lichten Höhen allgemeinen Respekts und der Selbstachtung geführt hatte. Und weil sie mit Eugene endlich ihre »offenbare Bestimmung« erfüllt hatte, konnte sie jetzt auch ihre Tochter lieben, ohne daß sie die sie quälenden Schuldgefühle auf das kleine Wesen übertrug.

Abigail war ein so hübsches wie stilles Kind. Sie hatte das blonde Haar ihrer Mutter und die blauen Augen ihres Vaters geerbt. Und wenn Lavinia sie am Morgen in einem hübschen Kleidchen und noch etwas unsicher auf den kleinen Beinchen trippeln sah, das kleine Händchen in der großen schwarzen Hand ihrer Nanny April, durchströmte sie die Wärme der Liebe und des Mutterstolzes. Dann mußte sie ihre Tochter einfach an sich drücken und sie herzen, was immer ein engelhaftes Lächeln auf Abigails Gesicht zauberte.

Auch Denis begann nun sein Herz und seinen väterlichen Stolz für seine Tochter zu entdecken. »Sie hat das Lächeln ihrer Mutter«, stellte er fest.

Lavinia sah ihn schmunzelnd an. Seit Eugene auf der Welt war, hatte sich zwischen ihnen vieles wieder zum Besseren gewendet. Er hob seinen Charme und seine Liebenswürdigkeit nun nicht mehr nur für andere auf, und sein nächtliches Verlangen nach ihr hatte sich ebenfalls spürbar belebt. Auch wenn sie selbst körperlich nur wenig Vergnügen an seinen intimen Zuwendungen im Bett hatte, so wollte sie diese dennoch nicht missen, bewiesen sie ihr doch, daß er sie liebte und die Erfüllung seiner Wünsche bei ihr fand.

»Ja, meinst du?«

»O ja, sie wird eines Tages den Männern im Dutzend den Kopf verdrehen«, versicherte er stolz. »Ganz wie ihre wunderbare Mutter.«

»Und wie ihr Vater!«

Er lachte. »Weißt du was? Laß uns morgen für ein paar Tage nach Charleston fahren!« schlug er spontan vor. »Jonathan wird sich freuen, und Godfrey und Lucille auch. Du brauchst zudem ein paar neue hübsche Kleider für Weihnachten und Neujahr. Und wir waren schon lange nicht mehr zusammen im Theater.«

»Nur wir zwei?« fragte sie mit leuchtenden Augen.

»Nur wir zwei, mein Liebes!« Und er beugte sich zu ihr und gab ihr einen Kuß.

Sie hielt seine Hand fest und sah ihn zärtlich an. »Ja, fahren wir nach Charleston! Ach, Denis, was kann das Leben schön sein«,

sagte sie im Überschwang ihres sorglosen Glücks. Und sie bereute nicht, daß sie ihn geheiratet hatte.
Bei Melinda dagegen schien sich erste Reue zu melden, wie auch Onkel Stuart im Frühsommer des nächsten Jahres feststellte, als nach langem Schweigen wieder einmal ein Brief aus Savannah auf BELMONT PARK eintraf und Georgina ihn beim Nachmittagstee auf der Terrasse vorlas.
»Na, von der überschwenglichen Begeisterung der ersten Jahre für das Leben auf THE PATRONAGE scheint mir ja nicht mehr viel übrig zu sein«, sagte er, als Melinda sich lang und breit darüber beklagte, daß sie bald vor Langweile auf der Plantage sterbe und Arthur so selten mit ihr nach Savannah fahre. »Ihre letzten Briefe sind eine einzige Litanei von Klagen.«
»Die Arme«, bedauerte Tante Edwina ihre Nichte. »Wenn sie doch nur endlich ein Kind bekommen würde, sähe die Welt auf THE PATRONAGE bestimmt ganz anders aus.«
Tante Lizbeth pflichtete ihr bei, ohne ihre Näharbeit zu unterbrechen. »Ja, langsam ist es an der Zeit. Immerhin ist unsere liebe Melinda jetzt schon geschlagene vier Jahre eine verheiratete Frau. Arthur wird sich Sorgen machen . . .«
»Fürwahr, es muß eine schwere Belastung für die beiden sein, daß sich noch immer kein Nachwuchs eingestellt hat«, sagte Denis und warf Lavinia das Lächeln eines Mannes zu, der sich von diesen Sorgen nachweislich befreit sieht.
Georgina hörte dies nicht gern. Es war für sie ein wunder Punkt, daß ausgerechnet ihre Tochter nach so vielen Jahren der Ehe noch immer nicht den Beweis ihrer Fruchtbarkeit angetreten hatte. »Ich will ja nichts Schlechtes über meinen Schwiegersohn sagen«, lenkte sie rasch und geschickt vom Thema ab, »aber ich fand es schon recht unverständlich, daß er dieses Jahr mit ihr nicht zur Rennwoche nach Charleston gekommen ist, hatten wir uns doch alle so darauf gefreut, Melinda wiederzusehen.«

Diese Wiedersehensfreude war Georgina und allen anderen auf Belmont Park schon zwei Wochen später vergönnt. Dabei bestand zur Freude über Melindas unverhofften Besuch nicht der geringste Anlaß.

Blaß entstieg sie der Mietdroschke, und als sie ihre Mutter sah, lief sie die Freitreppe hinauf, fiel ihr in die Arme und sagte schluchzend: »O Mom, es ist ja so schrecklich! Ich will ihn nie wiedersehen!«

Georgina klopfte ihr mit einem schweren Seufzer beruhigend auf den Rücken. »Wir werden in aller Ruhe darüber reden, mein Kind. Und nun reiß dich zusammen. Du ruinierst mir sonst noch mein Kleid.«

Man versammelte sich im roten Salon, um sich Melindas Klagen anzuhören und zu erfahren, warum sie ihrem Mann davongelaufen war und nun in ihrem Elternhaus Zuflucht suchte. Aber wenn ihr Redestrom auch beträchtlich war und sie ihre Ausführungen mit viel Tränen unterlegte, so erfuhren sie letztendlich doch nicht mehr, als sie schon aus ihren Briefen wußten.

»Gut und schön, dein Mann mag sich weniger um deine Wünsche kümmern, als du es gerne hättest und wir dir von Herzen gönnen würden. Aber das ist doch wirklich kein Grund, ihm davonzulaufen und einen Skandal zu riskieren!« sagte Georgina schließlich, und ihrer Stimme war ihre Mißbilligung deutlich anzuhören.

»Du mußt ja nicht mit ihm leben!« begehrte Melinda auf.

»Ein jeder von uns hat seine Wahl getroffen — und *deine*, ganz allein *deine* Wahl ist auf Arthur Galloway gefallen!« erinnerte Georgina ihre Tochter eisig.

»Aber konnte ich denn wissen, daß es so sein würde?« jammerte Melinda und begann wieder zu weinen. »Seiner Familie kann ich nichts recht machen...«

Lavinia empfand Mitgefühl, denn sie vermochte sich nur zu

gut vorzustellen, was Melinda dort durchmachen mußte. Aber sie wußte, daß sie sich dazu besser nicht äußerte.

»Du wirst dich schon einordnen müssen«, sagte Denis streng. »Dein Platz ist an der Seite deines Mannes!«

»Ich habe ja alles versucht, um ihm eine gute Frau zu sein«, verteidigte sich Melinda. »Aber ich ertrage das nicht länger. Er hält mich da draußen wie ... wie eine Gefangene, und ständig feiert er mit seinen Freunden und trinkt so unmäßig, daß es eine Schande ist.«

»Was das betrifft, so werde ich ihn mir vorknöpfen und ihm gehörig ins Gewissen reden«, versicherte nun Onkel Stuart.

»Mit ihm reden? Du willst nach Savannah reisen?« fragte Melinda verständnislos.

»Das wird nicht nötig sein. Dein Mann wird in spätestens drei, vier Tagen hier auf BELMONT PARK erscheinen und dich recht kleinlaut darum bitten, mit ihm doch wieder nach THE PATRONAGE zurückzukehren.«

»Ich will aber nicht mehr zurück!« erklärte Melinda schluchzend.

»Du bist seine Frau, mein Kind«, ermahnte Edwina sie sanft.

»Nein, nicht länger!« rief Melinda unter Tränen.

»Das wird schon wieder«, sagte Georgina mit einer Mischung aus Fürsorge und Strenge. »Alles, was du jetzt brauchst, sind ein paar Tage Ruhe. Und für Arthur wird dein ... spontaner Besuch bei uns bestimmt ein heilsamer Schock sein.«

Edwina nickte. »Es wird alles wieder ins Lot kommen. Glaube mir, der Herr wird es schon richten. Und nun komm, ich bringe dich auf dein Zimmer.«

Denis sah mit einem besorgten Kopfschütteln zu, wie seine Mutter und seine Tante Melinda aus dem Salon führten. »Daß meine Schwester einmal so etwas Unvernünftiges tun würde, hätte ich nie für möglich gehalten. Dabei war sie doch so glücklich mit ihrem Arthur.«

»Glück ist nun mal ein leicht zerbrechliches Gut«, meinte Onkel Stuart trocken.
Lavinia fing seinen Blick auf und lächelte kaum merklich. Ihr Glück hatte zwar einige Risse erhalten, doch es war nicht in tausend Scherben zersprungen, und dafür war sie dem Schicksal unendlich dankbar.
Arthur Galloway fuhr schon am nächsten Tag vor. Offenbar war er ihr sofort nachgereist. Er sah sehr müde aus und machte einen reumütigen, schuldbewußten Eindruck. Doch er suchte auch nach Entschuldigungen für Melindas peinliches Davonlaufen. »Es wird der Wetterumschwung gewesen sein. Vielleicht die typischen Beschwerden einer Frau. Und daß sie sehr launisch sein kann, ist auf BELMONT PARK wahrlich keine Neuigkeit.«
Onkel Stuart machte sein Versprechen wahr und hielt ihm unter vier Augen eine geharnischte Standpredigt, die Arthur auch ohne großen Widerspruch hinnahm. Nur einmal merkte er ärgerlich an: »Soll sie doch gefälligst Kinder in die Welt setzen, dann ist ja alles in Ordnung. Und an mir liegt es bestimmt nicht, daß sie noch immer nicht schwanger ist. Das weiß ich ganz genau!« Onkel Stuart zog es vor, nicht nachzufragen, worauf er denn seine Sicherheit gründete. Er konnte es sich denken. So wie er Arthur neu einzuschätzen begann, konnte THE PATRONAGE bestimmt eine gewisse Anzahl Mulattenkinder vorweisen...
Auch Georgina zitierte ihn zu einem Gespräch in ihren Salon, aus dem er noch blasser herauskam, als er schon hineingegangen war. Denis dagegen redete ihm wie einem guten Freund zu und beriet ihn, wie er sich mit seiner Schwester am besten aussöhnen konnte.
Lavinia beobachtete diese vielfältigen Bemühungen, Arthur zu mehr Rücksichtnahme und ehelicher Verantwortung zu bewegen, mit sehr zwiespältigen Gefühlen. Wer hatte hier auf BEL-

mont Park für sie die Stimme erhoben und ihre Rechte eingeklagt? Dennoch, sie neidete Melinda die Unterstützung nicht, sondern tat auch noch das Ihre, um zur Versöhnung beizutragen. Und sie freute sich, daß Melinda bei ihr wie damals in Charleston Rat und Zuspruch suchte.

»Er ist so grob, Lavinia... wenn er nachts im Bett zu mir kommt. Besonders wenn er getrunken hat, fällt er wie ein Tier über mich her«, gestand sie ihr einmal und wurde von einem Weinkrampf der Verzweiflung geschüttelt. »Es ist so abscheulich... so schmutzig! O Gott, wenn ich doch nur Kinder bekommen könnte!... Wenn das doch alles vorbei wäre.«

Lavinia tröstete sie, so gut es in ihren bescheidenen Kräften stand. Und wenn sie mehr zu sagen gehabt hätte, hätte sie Arthur ohne Melinda von Belmont Park abreisen lassen.

Anfangs wollte Melinda von einer Versöhnung auch nichts wissen, ja sie weigerte sich sogar zwei Tage lang standhaft, ihn überhaupt zu sehen und anzuhören. Arthurs Bitten und Entschuldigungen, seine Versprechungen und Geschenke ließen ihren Widerstand jedoch bald abbröckeln, zumal Georgina keinen Zweifel daran ließ, daß sie keine andere Wahl hatte, als mit ihrem Mann wieder nach Savannah zurückzukehren.

»Du wirst dorthin zurückkehren, wo dein Platz ist!« fauchte sie ihre Tochter einmal an, als sie allein waren und Melinda noch mehr Konzessionen von Arthur verlangte. »Du bist seine Ehefrau, und damit ist dein Platz auf The Patronage! In drei Tagen wirst du dich auf der Rückreise befinden, und wenn ich dich mit meinen eigenen Händen in die Kutsche setzen müßte! Du bist auch nicht weggelaufen, sondern deinem Mann nach Belmont Park vorgereist, weil wir uns schon so lange nicht mehr gesehen haben und du ganz krank vor Heimweh warst. Hast du mich verstanden?«

»Ja, Mom«, murmelte Melinda und ergab sich eingeschüchtert in ihr Schicksal. Zwei Tage nach ihrer tränenreichen Versöhnung trat sie mit Arthur die Reise zurück nach Savannah an. Lavinia glaubte, die einzige zu sein, die das Leiden in den Augen von Melinda sah.

Sie irrte sich, wie sie Onkel Stuarts Bemerkung entnehmen konnte. Denn als sie alle der Kutsche nachschauten und -winkten, meinte er ahnungsvoll: »Ich hoffe es ja nicht, aber mein Gefühl sagt mir, daß es wohl nicht bei diesem einen unerwarteten Besuch bleiben wird …«

28

Auch wenn die Abstände zwischen Melindas Briefen immer länger und ihre Nachrichten immer kürzer, wenn auch im Inhalt immer schwermütiger wurden, so war doch die Erleichterung bei allen groß, daß es offenbar zu keiner neuen Krise zwischen ihr und Arthur kam und sie nicht doch wieder unverhofft auf BELMONT PARK eintraf.

Die beiden Jahre, die diesem unerfreulichen Ereignis folgten, erschienen Lavinia später im Rückblick, als wären sie in einem lichten, sorglosen Gleichmaß verstrichen. Im Kreise ihrer Nachbarn und Freunde begrenzte sich ihr Leben auf das kleine goldene Dreieck ihres privilegierten Standes, das aus BELMONT PARK, Charleston und MULBERRY HALL gebildet wurde und ihr wie die ganze Welt vorkam. Noch nicht einmal die Fehlgeburt, die sie im vierten, fünften Monat kurz nach dem Jahreswechsel erlitt, vermochte diesen Eindruck nachhaltig zu trüben. Daß der Verlust dieses Kindes keine tiefen Spuren in ihr hinterließ, hing vermutlich damit zusammen, daß sie sich überraschend schnell erholte und nach mehreren Jahren des Fernbleibens wieder an dem Höhepunkt der Wintersaison teilnehmen konnte, nämlich der Rennwoche in Charleston. Es war für sie

ein unvergleichlicher gesellschaftlicher Genuß, von einem glanzvollen Ball zum nächsten zu tanzen und sich mit ungebrochener Schönheit in den herrlichsten Garderoben zu präsentieren. Und es war zudem ein ganz persönlicher Triumph, nachdem sie erfahren hatte, daß Harriets Sohn Andrew kränkelte, während ihr Eugene sich prächtig machte, was sie auch in kaum einem Gespräch hervorzukehren vergaß.
Daß ein Krieg in der Luft lag, hörte Lavinia zum erstenmal im Winter des Jahres 1845 im Haus von Jonathan, als sie zusammen mit den Ashgates zum Abendessen eingeladen waren.
»Nun gut, die amerikanischen Siedler in Texas haben ihr Ziel, die Loslösung von Mexiko, endlich erreicht. Texas ist jetzt eine eigenständige Republik«, stellte er fest, während er den Braten mit kundiger Hand anschnitt. »Aber ich sage euch, damit wird dort unten im Südwesten der Frieden nicht einkehren. Das Gegenteil wird der Fall sein!«
»Die Mexikaner haben sich erst groß aufgespielt, dann aber klein beigegeben, weil sie gemerkt haben, daß ihre Truppen den unsrigen nicht gewachsen sind. Sie haben die Annexion von Texas hingenommen. Damit ist die Grenzaffäre geklärt. Also was soll denn jetzt noch groß folgen?« wollte Denis wissen, dessen Interesse für Politik sich in sehr überschaubaren Grenzen hielt.
Godfrey Ashgate wiegte den Kopf mit bedenklicher Miene. »Ich fürchte mit Ihrem Onkel, Denis, daß es gar nicht mehr allein um Texas geht.«
Jonathan nickte bekräftigend, während er nun die saftigen Bratenscheiben auf die Teller seiner Gäste verteilte. »So sehe ich es auch, Godfrey. Präsident Polk kann nicht verhehlen, daß er, da er aus Tennessee stammt, eine große Schwäche für die Siedler hat, die nach Süden und Westen streben. Er ist nun mal ein überzeugter Anhänger der These, daß Amerika den Kontinent vom Atlantik bis zum Pazifik umspannen muß.«

»Die ›offenbare Bestimmung‹ Amerikas genannt, nicht wahr?« warf Lavinia ein.

Jonathan schenkte ihr ein anerkennendes Lächeln. »Sehr gut, Lavinia. Ich wußte gar nicht, daß du an diesen Dingen, die den Damen im allgemeinen doch eher ein gelangweiltes Gähnen hinter ihrem Fächer entlocken, so interessiert bist.«

»Ich hatte gewisse Gründe, um mir das mit der ›offenbaren Bestimmung‹ sehr gut einzuprägen«, antwortete sie leichthin und lächelte, als sie sah, wie Denis sie mit einem etwas beschämten und um Verzeihung bittenden Lächeln ansah. Und jetzt konnte auch sie darüber lächeln.

Jonathan nickte, als verstünde er, und fuhr dann fort: »Polk will nicht nur die kleine Scheibe namens Texas. Damit gibt er sich nicht zufrieden. Er will den ganzen Braten, der da heißt New Mexico und California.«

»Ein Geheimnis ist es wahrlich nicht«, pflichtete ihm Godfrey Ashgate bei. »Oft genug hat er ja erklärt, daß es der Wunsch der Vereinigten Staaten sei, diese Provinzen mit Geld oder, wenn nötig, mit anderen geeigneten Mitteln zu erwerben.«

»Sprich Gewalt!« sagte Jonathan und reichte die Sauciere herum. »Und da die Mexikaner nicht daran denken, sich von Polk bei diesem Poker über den Tisch ziehen zu lassen, wird es dort unten früher oder später zu einem handfesten Krieg kommen.«

»Man sollte vielleicht daran denken, seine Aktien ein wenig umzuschichten«, meinte der Baumwollagent nachdenklich.

»Das habe ich schon längst getan. Ein Krieg wirkt sich auf gewisse Industriezweige stets sehr belebend aus«, erklärte Jonathan zynisch.

»Bedauerlicherweise befinden sich diese alle im Norden«, meinte Godfrey.

»Woher der Profit kommt, steht auf den Geldscheinen aber

nicht drauf«, spottete Jonathan. »Zudem ist es doch ein Zeichen von wahrem Patriotismus, wenn man seinen festen Glauben an sein Land auch mit den entsprechenden Investitionen untermauert, oder sehe ich das vielleicht falsch?«
»Ich denke, Sie sehen das von einer überaus interessanten Warte, die ich zu meiner machen könnte. Darf ich fragen, welche Werte Sie favorisieren?«
Nun protestierte Lucille aber energisch. »Und ich denke, daß nun genug von Krieg geredet worden ist!«
Lavinia pflichtete ihr bei. »Erzähl uns lieber von deinen neuen Pferden, die du im nächsten Februar ins Rennen schicken willst, Jonathan.«
Denis lachte. »Ja, und sag uns, wer dein Favorit ist. Ich möchte endlich mal wieder eine Wette gewinnen.«
Jonathan kam der Bitte gern und auf sehr unterhaltsame Weise nach. Vom Krieg wurde an diesem Abend kein Wort mehr geredet. Doch seine Einschätzung der politischen Lage erwies sich als richtig.
Im Jahr darauf kam es zum Krieg mit Mexiko. Im selben Jahr brachte Lavinia ihre zweite Tochter zur Welt, die sie nach ihrer Mutter Mary nannten. Die Geburt war schwer, und Marys Leben stand vom ersten Tag an unter einem dunklen Schatten. Sie gab kaum einen Laut von sich, war sehr zierlich und hatte es mit den Lungen, denn zeitweilig rang sie verzweifelt nach Atem und lief blau an.
»Eine Lungenschwäche, die sich wohl auswachsen wird«, machte ihr Dr. Harrison Mut, ohne jedoch selbst viel Vertrauen in seine Diagnose zu haben, denn er setzte hinzu: »Wir können nur das Beste hoffen.«
Lavinia hoffte nicht nur, sondern nahm sich ihres kranken Kindes mit einer Liebe und Fürsorge an, wie sie weder Abigail noch Eugene zuteil geworden war. Sie litt mit ihrer kleinen Mary, wenn diese von einem ihrer entsetzlichen Atem-

krämpfe befallen wurde. Dann träufelte sie ihr die Laudanumtropfen ein, hielt ihr das Fläschchen mit dem Eukalyptusextrakt unter die kleine Nase und betete unter Tränen, daß sich ihr kleiner Körper endlich entspannte und die Luft wieder frei und ungehindert in ihre Lungen strömte. Danach schlief Mary dann meist sofort vor körperlicher Erschöpfung ein.

Jedesmal stand Lavinia Todesängste aus und war hinterher in kalten Schweiß gebadet. Doch wenn Mary dann Stunden später aufwachte und sie anlächelte, als wäre nichts gewesen, war dieses unschuldige Kinderlächeln das schönste Geschenk für sie. Manchmal vergingen Wochen zwischen diesen schrecklichen Anfällen von Atemnot. Dann lebte die Hoffnung in ihr und auch in Denis auf, daß es sich vielleicht doch verlieren und Mary zu einem gesunden Kind heranwachsen würde. Bis der nächste Anfall sie packte und eine unsichtbare Hand sie zu würgen schien.

»Wir dürfen die Hoffnung nicht aufgeben, mein Schatz«, versuchte Denis sie und sich so manches Mal zu trösten, wenn Angst und Hilflosigkeit sie zu übermannen drohten.

Während sie auf BELMONT PARK verzweifelt gegen einen Feind ankämpften, der ihnen unbekannt blieb und dem sie nicht gewachsen waren, kämpften Unions-Truppen auf mexikanischem Boden. In den blutigen Gefechten dieses zweijährigen Krieges zeichneten sich junge amerikanische Offiziere aus, die als Waffenkameraden und Freunde Seite an Seite kämpften: Ulysses S. Grant, Jefferson Davis und Robert E. Lee. Niemand ahnte unter der sengenden Sonne von Mexiko, daß sie sich eines gar nicht so fernen Tages als Gegner auf einem Schlachtfeld gegenüberstehen würden, das ihre Heimat war.

Die amerikanischen Truppen schlugen die Mexikaner in zahlreichen Schlachten, nahmen unter General Winfield Scott die mexikanische Hauptstadt ein und zwangen die Regierung zur Kapitulation. Am 2. Februar 1848 wurde der Vertrag von Guadalupe Hidalgo unterzeichnet. Darin trat Mexiko zwangsweise, wenn auch gegen eine Zahlung von fünfzehn Millionen Dollar, an die Vereinigten Staaten das Gebiet von New Mexico, California, Utah und Nevada ab. Der gewonnene Krieg brachte den Vereinigten Staaten damit einen Gebietszuwachs von fast einer Million Quadratmeilen. Nun endlich erstreckten sich die USA vom Atlantik bis zum Pazifik. Einer forcierten Besiedlung des riesigen ›freien Raumes‹ westlich des Missouri, in dem die indianische Bevölkerung nur als lästige Störenfriede betrachtet wurde, die man mit den geeigneten Mitteln ›befrieden‹ mußte, stand nun nichts mehr im Wege.

Während überall in den USA der großartige Sieg gefeiert wurde, zog auf Belmont Park die Trauer ein. Mary starb in der Nacht zum 31. Januar an den Folgen eines Anfalls. Sie erstickte in Lavinias Armen. Gerade zwei Jahre war sie alt geworden.

Bei der Beerdigung auf dem kleinen Familienfriedhof, der auf einer Anhöhe lag, war sie ruhig und gefaßt, als der kleine weiße Sarg in die Erde hinabgelassen wurde. Und wenn ihre Augen auch feucht waren, so weinte sie doch nicht.

»Der Tod ist Schmerz für uns, die wir einen geliebten Menschen verlieren«, sagte der Geistliche in seiner kurzen Grabrede, »aber vergessen wir in unserem Kummer nicht, daß er auch Gnade und Erlösung ist.«

Lavinias Tränen kamen später, in der Nacht, und Denis nahm sie in seine Arme, streichelte sie und weinte mit ihr, und sie versuchten sich gegenseitig Trost in ihrem Schmerz zu spenden, indem sie sich immer wieder sagten, daß der Tod für ihre kleine Mary wirklich eine Gnade und Erlösung von ihrem Leiden war.

Sechs Wochen später traf Melinda auf BELMONT PARK ein. Sie trug einen breitkrempigen Hut mit einem doppelten Schleier, der ihr Gesicht fast völlig verbarg. Und die ersten Worte, die sie über die Lippen brachte, waren: »Keine Macht der Erde bringt mich jemals wieder zu *ihm* zurück! Eher setze ich meinem Leben selbst ein Ende!« Es klang wie ein Schwur, und so waren ihre Worte auch gedacht.

29

Daß Melinda sich hinter den Schleiern nicht allein deshalb verborgen hatte, um bei ihrer Ankunft mit dem Zug in Charleston nicht erkannt zu werden, wurde offensichtlich, als sie den Hut hinter den verschlossenen Türen des Salons abnahm und ihrer Familie ihr Gesicht zeigte.

Das Entsetzen war bei allen gleich groß. Melinda war nicht nur schmal im Gesicht geworden, mit scharfen Linien um Mund und Nase, sondern brutale Faustschläge hatten ihre häßlichen Spuren hinterlassen. Ihr linkes Auge war angeschwollen, und die Haut war blutunterlaufen. Blutige Kratzer, die Arthur mit seinem Ring verursacht hatte, zogen sich über ihre rechte Wange. Auf derselben Gesichtshälfte waren ihre Lippen im Mundwinkel aufgeplatzt und so dick angeschwollen, daß ihr das Sprechen Schmerzen bereitete.

»Dieses elende Schwein!« stieß Denis mit ebenso großer Bestürzung wie Wut hervor, und nicht einmal Georgina rief ihn deswegen zur Ordnung.

»Mein armes Kind! Möge der Herr ihn dafür zur Rechenschaft ziehen«, rief Edwina, während Lizbeth voller Mitgefühl in Tränen ausbrach.

»So lange wird Arthur nicht zu warten brauchen«, erklärte

Onkel Stuart grimmig. »Dieses unerfreuliche Geschäft werden wir ihm schon abnehmen!«
Denis nickte und knirschte dabei mit den Zähnen, als würde er Arthur in Gedanken schon zermalmen.
»Mein Gott, das ist ja entsetzlich!« murmelte Georgina nicht minder erschüttert und zornig, stellte die Gefühle jedoch sehr schnell zurück, um sich ein Bild von den Vorkommnissen zwischen ihrer Tochter und deren Mann zu machen. »Wie ist das passiert? Warum hat er dich so geschlagen? Hast du ihn vielleicht dazu herausgefordert?«
»Ich wußte, daß du die Schuld zuerst bei mir suchen würdest!« stieß Melinda hervor, und Tränen sammelten sich in ihren Augen, die vom vielen Weinen schon gerötet waren.
»Ach was!« sagte Georgina gereizt. »Es war eine Frage, nichts weiter! Und Fragen wirst du dir schon gefallen lassen müssen. Gedankenlesen können wir jedenfalls noch nicht, und in deinen Briefen war von solchen Dingen«, sie wies dabei auf das übel zugerichtete Gesicht ihrer Tochter, »nicht die Rede. Also, was ist zwischen euch vorgefallen?«
»Nun laß ihr doch erst einmal Zeit, sich zu beruhigen und zu sammeln«, sagte Onkel Stuart ausgleichend. »So eilig ist es damit ja nicht.«
»Sie hat bestimmt Schlimmes mitgemacht«, meinte Tante Lizbeth und schneuzte sich.
Melinda nickte, wollte etwas sagen, doch die Tränen erstickten ihre Stimme. Sie schlug die Hände vors Gesicht und weinte.
Tante Edwina räusperte sich, um ihrer Bewegung Herr zu werden. »Ich denke, ein Tee wird ihr jetzt guttun«, sagte sie und erhob sich. »Ich werde mich darum kümmern.«
Auch Georgina stand auf. Sie sah auf ihre Tochter hinab, und es war alles andere als ein mütterlich mitfühlender Blick, der in ihren Augen stand. »Gebt mir Bescheid, wenn sich meine Tochter beruhigt und sich entschlossen hat, sich nicht wie ein zehn-

jähriges weinerliches Kind, sondern wie eine erwachsene und verheiratete Frau zu benehmen!« erklärte sie mit eisiger Verachtung und ging hinaus.

Es war Lavinia, die Melinda die Hand auf den Arm legte und in das betroffene Schweigen sagte: »Du weißt, sie meint es nicht so. Sie ist genauso entsetzt wie wir alle.«

»Ja, es war bestimmt der Schock, Melinda«, versicherte nun auch Denis eifrig und beschämt über die harte, fast gefühllose Reaktion seiner Mutter.

Es dauerte eine geraume Weile, bis Melinda sich so weit gefangen hatte, daß sie ihnen von ihren Leiden auf The Patronage berichten konnte. Joshua hatte unterdessen den Tee gebracht, und auch Georgina hatte sich wieder eingefunden. Mit ausdruckslosem Gesicht hörte sie zu, was ihrer Tochter widerfahren war.

»Er hat keine seiner Versprechungen eingehalten«, berichtete Melinda stockend und mit vielen Pausen, in denen ihr wieder die Tränen kamen und sie sich schneuzen mußte. »Kaum waren wir auf The Patronage, da war alles vergessen, was er mir hier hoch und heilig versprochen hat ... Er war genauso gemein zu mir wie vorher ... Und dann wurde es immer schlimmer ... Er ist oftmals nächtelang weggewesen und hat getrunken ... und wenn er dann zurückgekommen ist, dann ... dann ... hat er all seinen Ärger an mir ausgelassen ... und ... und ...« ihre Stimme wurde zu einem zitternden Flüstern, »hat sich an mir vergangen, daß ich es gar nicht sagen kann.«

Lavinia biß sich unwillkürlich auf die Lippen. Deutlich sah sie vor ihrem geistigen Auge, wie Arthur über Melinda herfiel und sie mit brutaler Gewalt nahm. Ihr schauderte, und sie sah den Mienen der anderen an, daß auch sie wußten, wovon Melinda sprach, ohne die Sache direkt beim Namen zu nennen. Tante Lizbeth knetete ihr Taschentuch, während Tante Edwina an ihrem kleinen Gebetbuch Halt zu suchen schien, das sie fast immer mit sich trug.

Denis errötete bei dem intimen Geständnis seiner Schwester, während Onkel Stuart tief durchatmete und auf seinen schweren Siegelring starrte. Auf Georginas Gesicht dagegen verzog sich kein Muskel. Sie zeigte weder Abscheu noch Mitgefühl. Melinda preßte sich ein Taschentuch auf die Augen.
»Und was geschah dann?« fragte ihre Mutter knapp, als wäre ein solches Verhalten noch längst kein hinreichender Grund, seinen Mann zu verlassen und Zuflucht bei Mutter und Bruder zu suchen.
»Das war ja nicht alles«, nahm Melinda ihren abgehackten Bericht wieder auf. »Er hat mich auch verhöhnt und mich schlechtgemacht, wenn Gäste kamen ... Und keiner hat etwas dagegen getan, weder seine Eltern noch seine beiden Brüder ... Der eine von ihnen hat sogar ... ist sogar zudringlich geworden, daß ich es nicht mehr gewagt habe, allein auszureiten.«
»Was für ein Abschaum!« empörte sich Denis.
Georgina wandte sich ihm mit kühler Miene zu. »Bist du es nicht gewesen, der Erkundigungen über die Galloways hat einziehen lassen und uns versichert hat, es stände bei ihnen alles zum Besten und es wäre eine sehr angesehene Familie?«
Eine dunkle Röte legte sich über das Gesicht ihres Sohnes. »Mein Gott, Mom! Es ging dabei doch allein um ihre finanzielle Situation und ihr gesellschaftliches Renommee!« verteidigte er sich.
»So!« sagte Georgina nur, und es kam fast einem Schuldspruch gleich.
»Hat er dich oft geschlagen, Melinda?« fragte Lavinia, die es erboste, daß ihre Schwiegermutter ihrem Sohn eine Mitschuld an dieser ebenso häßlichen wie traurigen Angelegenheit gab.
Melinda nickte. »Nie vor den andern, aber wenn wir allein waren und ... und ich nicht so wollte wie er, dann hat er mich geschlagen ... Und er hat mich all die Zeit betrogen!«

»Das wundert mich bei so einem gottlosen Charakter nicht!« meinte Tante Edwina zornig.

Melinda nickte nachdrücklich. »Von Anfang an hat er mich mit anderen betrogen ... Immer wenn er angeblich geschäftlich nach Savannah mußte. Ich habe es ihm angesehen und an ihm gerochen, wenn er zurückgekehrt ist.«

Lavinia mußte sofort an die vielen kurzen ›Geschäftsreisen‹ ihres Mannes denken, und ihr wurde plötzlich ganz heiß. Sie wagte nicht, zu Denis hinüberzusehen, aus Angst, ihr Blick könne verraten, welche dunkle Ahnung sie ihm gegenüber hegte.

»Nun ja, das muß nicht in jedem Fall etwas zu sagen haben«, bemerkte Onkel Stuart einschränkend, als spürte er den unausgesprochenen Verdacht, der plötzlich im Raum hing. »Obwohl ich damit nicht in Abrede stellen möchte, daß es sich bei Arthur so verhalten hat.«

»O ja, das hat es!« versicherte Melinda, und Lavinia war froh, daß ihre Schwägerin die Aufmerksamkeit wieder allein auf sich zog. »Immer und immer wieder hat er es getan, und er hat sich auch keine große Mühe gegeben, es vor mir zu verheimlichen. Es war eine Tortur ... jeder Tag ... Und dann ... dann habe ich ihn mit einer anderen ... *in flagranti* ertappt! ... In unserem Ehebett!«

Tante Edwina sog die Luft scharf ein.

Der kurze, spitze Schrei kam von Tante Lizbeth, die ob dieser unvorstellbaren Situation und Schande in ihrem Sessel in gnädige Ohnmacht fiel. Diese Dinge waren nichts für ihre Ohren.

»Dafür ist ihm das ewige Fegefeuer gewiß!« verkündete Tante Edwina, während Lavinia und Onkel Stuart sich um Tante Lizbeth kümmerten.

»Das ist zu schockierend«, murmelte sie, als das Riechsalz, das man ihr unter die Nase hielt, sie wieder zu sich brachte. »Ihr müßt mich entschuldigen, aber ich muß mich ein bißchen hinlegen und ausruhen. Sei so gut und bring mich in mein Zimmer, Stuart.«

»Natürlich, meine Liebe«, sagte er und stützte sie.

Denis rang um seine Fassung. Die Vorstellung, daß Melinda ihren Mann beim Ehebruch überrascht hatte, schockierte ihn. Und fast empfand er ihre ungeschminkte Aussage anstößiger als das, was Arthur getan hatte. Eine Frau sprach über solche Sachen nicht. Und schon gar nicht seine kleine Schwester!

»Ich glaube, wir haben alle genug gehört, für meinen Teil sogar mehr als genug«, sagte er mit rauher Stimme. »Es ist schockierend. Eine Schande! Melinda, ich denke, auch du wirst dich zurückziehen wollen.«

»Und das auf Belmont Park!« sagte Georgina und ließ dabei offen, was sie damit meinte — daß eine geborene DeLong von ihrem Mann davongelaufen war und die Familie nun ins Gerede bringen würde oder daß Melinda sich auf so schamlos schockierende Weise über ihr intimes Eheleben geäußert hatte.

»Wir werden Zeit genug haben, in aller Ruhe über das Ganze zu reden«, sagte Tante Edwina besänftigend, als Melinda die schroffen Worte ihres Bruders und ihrer Mutter instinktiv richtig deutete und sich einem neuen Weinkrampf überließ. »Sorge dich nicht um den nächsten Morgen, mein Kind. Denn schon bei Matthäus steht geschrieben, daß der morgige Tag für das Seine sorgen wird.«

»Ja, dafür werden wir schon Sorge tragen, Tante Edwina!« bekräftigte Lavinia und gab damit zu verstehen, daß sie diesmal ein entscheidendes Wort mitzureden gedachte. Sie legte ihren Arm um Melinda und half ihr hoch. »Komm, ich bringe dich in dein Zimmer. Du brauchst keine Angst zu haben. Es wird dich niemand wegschicken, nicht nach diesen Ungeheuerlichkeiten, die er dir angetan hat.«

Lavinia begegnete dem stechenden, zurechtweisenden Blick ihrer Schwiegermutter, als sie Melinda aus dem Salon führte. Doch diesmal kümmerte es sie nicht, und sie wich diesem Blick scharfer Mißbilligung auch nicht aus. Georgina würde Melinda nicht noch mal von BELMONT PARK fortschicken!

In ihrem Zimmer versuchte Lavinia ihre Schwägerin zu trösten und ihr die Angst zu nehmen, daß sie vielleicht doch wieder zu Arthur nach THE PATRONAGE zurück mußte.

»So beruhige dich doch. Jetzt ist alles in Ordnung. Du bist hier bei uns, und wir werden nicht zulassen, daß er dir jemals wieder etwas antut. Er soll bloß wagen, den Fuß auf DeLong-Land zu setzen!«

»Aber meine Mutter ...«

»Du weißt, wie sie ist, Melinda«, fiel Lavinia ihr ins Wort und drückte sie an sich. »Sie zeigt ihre Gefühle nicht, Gott allein weiß, warum nicht. Aber natürlich ist auch sie innerlich tief betroffen. Sie wird einsehen, daß du unmöglich zu ihm zurückgehen kannst. Und ich werde es nicht zulassen. Du hast mein Wort. Eher gehe ich mit dir von hier weg, als daß ich mir die unverzeihliche Schuld auflade, dich diesem Scheusal und Charakterlumpen auszuliefern. Aber natürlich wird das nicht geschehen. Ich schwöre es dir bei Gott und meinen Kindern, daß du bleiben kannst. BELMONT PARK ist genauso dein Zuhause wie das von Denis und meiner Kinder. Und nun beruhige dich.«

Mit ihrem so entstellten und tränenüberströmten Gesicht sah Melinda sie an. »Es ist nicht gerecht ...«

»Was ist nicht gerecht?«

»Daß du jetzt so zu mir hältst ... obwohl ich doch damals so abweisend und gehässig zu dir gewesen bin«, erklärte sie schluchzend, von Schuldgefühlen überwältigt. »Es tut mir ja so leid ... und in Gedanken habe ich dir auch schon so oft Abbitte geleistet ... Erst seit ich Arthur geheiratet habe und mit ihm nach Savannah gegangen bin, weiß ich, wie schlimm es

hier für dich gewesen sein muß... Was bin ich doch dumm und naiv gewesen!«
Lavinia lächelte traurig. »Ja, das sind wir wohl alle in dem Alter, Melinda. Und nun wollen wir vergessen, was früher einmal gewesen ist. Es spielt heute keine Rolle mehr.«
Melinda klammerte sich an sie. »Lavinia, ich... ich muß es einem sagen«, flüsterte sie dann. »Ich muß es mir von der Seele reden, oder ich ersticke daran. Doch kein anderer darf es erfahren, sonst... bringe ich mich um!«
»Dann sage es, und ich schwöre dir, daß es auf immer und ewig unser Geheimnis bleiben wird«, erklärte Lavinia ernst und beklommen, was sie bloß zu hören bekommen würde.
Melinda löste sich etwas von ihr, und ihr Gesicht spiegelte ihre innere Qual und ihren Ekel wider. »Er... Arthur... er hat es mit einer... Schwarzen getrieben!« stieß sie dann kaum verständlich hervor. »Mit meiner Zofe!... In unserem Bett!... Und wer weiß, wie lange das schon gegangen ist!... Mit einer *Schwarzen*!«
»O Gott, nein!« keuchte Lavinia, während das Blut aus ihrem Gesicht wich und sie wie unter einem Schlag wankte. Sie war erschüttert und zugleich abgestoßen. Der Gedanke... nein, sie wehrte sich mit aller Kraft dagegen. Und alles, was sie dazu noch sagen konnte, war ein zweites: »O Gott, nein!«, während Melinda sich wie ein Kind in ihren Schoß preßte, ihre Arme um ihre Taille schlang und ihr hemmungsloses Schluchzen und Weinen, das einem entsetzlichen Schreien nahekam, in den tiefen Falten ihres Kleides erstickte.
Arthur wagte es nicht, nach BELMONT PARK zu kommen. Doch er schickte Telegramme und Briefe, in denen er Melinda aufforderte, ihren »Besuch« endlich zu beenden und nach THE PATRONAGE zurückzukehren.
»Dieser feige Hund!« meinte Denis, als wieder einer dieser verlogenen Briefe von Arthur Galloway eintraf, und knallte ihn

auf den Tisch. »Er weiß ganz genau, was ihm blüht, wenn er sich hier bei uns blicken läßt!«

Onkel Stuart nickte. »Und wir können schlecht nach Savannah reisen und ihn dort zur Rechenschaft ziehen.«

Denis schüttelte den Kopf. »Unmöglich.«

»Soll er doch Briefe schreiben, bis ihm die Finger abfallen! Ich würde sie gar nicht mehr aufmachen, sondern ungeöffnet an ihn zurückschicken«, sagte Lavinia, die sich schon seit Tagen darüber ärgerte, daß sogar Denis wankelmütig war.

»Du vergißt, daß sie noch immer seine Frau ist!« sagte Georgina scharf.

»Ich nicht, aber er hat das wohl zu oft vergessen, um noch ein Recht zu haben, daraus auch nur irgendeinen Anspruch zu erheben!« erwiderte Lavinia streitbar. »Wenn Sie Melinda zurückschicken, können Sie ihr auch ebensogut gleich ein Messer in die Hand drücken!«

Georgina funkelte sie zornig an. »Es wird einen Skandal geben!«

»Der ist auch jetzt schon nicht mehr zu verhindern!«

»Es geht nicht an, daß Melinda bei uns bleibt. Das können und dürfen wir einfach nicht unterstützen — schon in ihrem eigenen Interesse nicht. Er könnte juristische Schritte einleiten. Damit verwirkt sie jeglichen Anspruch auf THE PATRONAGE und das Erbe ihrer Kinder. Mein Gott, ja, ja, aber es kann doch sein, daß sie jetzt in anderen Umständen ist, ohne es zu wissen!«

»Nein, das ist eindeutig ausgeschlossen.«

»Das möchte ich, wenn schon, aus ihrem Mund hören!« fauchte Georgina sie an. »Außerdem ist THE PATRONAGE ...«

»Arthur könnte ganz South Carolina gehören, es würde nichts daran ändern, daß sie nicht mehr zu ihm zurück will«, fiel Lavinia ihrer Schwiegermutter heftig ins Wort, was diese mit einem empörten Ausruf beantwortete. Doch Lavinia fuhr unbeirrt fort: »Keine anständige Frau könnte es mit ihrer Selbstachtung vereinbaren, mit diesem Mann wieder unter einem Dach zu leben! Was er ihr angetan hat, entzieht sich wahrlich jeder noch so großmütigen Entschuldigung. Es war und ist unverzeihlich! Nicht mal einen Hund würde ich in seine Obhut geben!«

»Himmelherrgott, sie ist seine Frau!«

Kalter Zorn über die Unbeugsamkeit ihrer Schwiegermutter ließ Lavinia fast ihre Beherrschung verlieren. »Melinda ist auch Ihre Tochter!« schleuderte sie ihr entgegen.

Georgina erbleichte. »Was erdreistest du dich? Wer bist du, daß du glaubst, hier den Ton angeben zu können?« stieß sie empört hervor.

Lavinia sprang auf. Auch ihr Gesicht war blaß vor innerer Erregung. »Die Ehefrau Ihres Sohnes — und die Mutter von zwei Kindern, die weiß, wann man einer Qual ein Ende bereiten muß — und wenn es noch soviel Gerede geben sollte!« Damit stürzte sie aus dem Zimmer.

Als Denis ihr in den Park folgte und ihr Vorhaltungen machen wollte, fuhr sie auch ihm in die Rede. »Hör mir gut zu, Denis! Ich liebe dich, und ich war dir all die Jahre gehorsam. Ich habe mich nie gegen etwas aufgelehnt, auch wenn ich es für ungerecht hielt. Ich habe oft geschwiegen und mich oft deinen Wünschen und den Befehlen deiner Mutter gebeugt. Aber in diesem Fall, so sehr ich dich auch liebe, kannst du auf meinen Gehorsam nicht mehr zählen, weil ich es nicht mit meinem Gewissen vereinbaren kann. Melinda bleibt hier auf BELMONT PARK. Wir werden ihre Entscheidung respektieren! Wir alle, Denis! Auch deine Mutter!«

Er erschrak, als er sah, daß sie am ganzen Körper zitterte. »Mein Gott, Lavinia, sei doch vernünftig ...« begann er besänftigend.

»Ich bin so vernünftig wie wohl noch nie in meinem Leben zu-

vor!« schnitt sie ihm das Wort ab. »Melinda bleibt. Ich bitte, nein ich flehe dich an, mach das deiner Mutter klar. Denn wenn ihr Melinda zwingt, wieder zu ihm zurückzukehren, dann kann ich mit dieser Schuld hier nicht leben! Und ich meine es ernst, Denis!«
»Um Gottes willen, Lavinia!« stieß er fassungslos hervor.
»Laß es nicht zu, Denis!« beschwor Lavinia ihn. »Sie ist deine Schwester, und sie hat Anspruch auf deinen Schutz. Oder möchtest du für ihren Tod verantwortlich sein? Denn ich weiß, daß sie wirklich eher den Tod wählen wird, als sich noch einmal in die Hände dieses Mannes zu begeben.«
Denis sah sie verstört an und ging dann wortlos ins Haus zurück.
Am Abend verkündete Georgina, daß sie zu dem Schluß gekommen sei, daß Melinda erst einmal auf unbestimmte Zeit auf Belmont Park bleiben solle, um abzuwarten, wie sich die Dinge entwickeln würden.
»Es besteht ja kein Grund, irgend etwas zu überstürzen, zumal ja wohl auch Arthur keinen Anlaß sieht, zu uns zu kommen und hier Rechenschaft abzulegen. Nun ja, das sollte auch kaum verwundern, denn was er Melinda zugemutet hat, ist wirklich nicht mehr zu tolerieren und kommt einer Beschmutzung unseres guten Namens gleich«, rang sie sich noch ab.
»In der Tat!« bekräftigte Denis.
Melinda, der in den vergangenen Wochen nicht verborgen geblieben war, wie zäh Lavinia darum gekämpft hatte, daß sie auf Belmont Park bleiben durfte, schloß erlöst die Augen und murmelte ganz leise: »Danke, Lavinia.«
Lavinia tat, als hätte sie nichts gehört, während Georgina sie mit ihren Blicken förmlich durchbohrte. Denn wenn sie auch nichts gehört hatte, so hatte sie doch die Lippenbewegungen ihrer Tochter gesehen, und ihr Instinkt sagte ihr, was es für Worte gewesen waren.

Arthur bombardierte sie weiterhin mit Briefen, deren Ton immer beleidigender und drohender wurde. Plötzlich blieben die Briefe aus. Drei Monate später traf das Schreiben eines Anwalts aus Savannah auf BELMONT PARK ein, das an Denis adressiert war. Der Anwalt unterrichtete ihn davon, daß Mister Arthur Galloway bei einem Duell ums Leben gekommen sei und seine Eltern ihn damit beauftragt hätten, die »zweifelhaften Erbansprüche seiner Witwe Missis Melinda Galloway«, die natürlich auch in einem langjährigen Gerichtsprozeß geklärt werden könnten und dann gewiß zu deren Ungunsten, aus der Welt zu schaffen.

»Sie wollen Melinda natürlich so wenig wie möglich zahlen«, sagte Denis zu Lavinia. »Dabei hat sie einen sehr klaren und fundierten Erbanspruch.«

»Aber sie können sich sperren und es zu einem Prozeß kommen lassen.«

Er nickte. »Ja, und der wird dann Jahre dauern. Das wissen die Galloways, und daß wir das wissen, wissen sie natürlich auch. Es wird deshalb wohl auf einen Kompromiß hinauslaufen, sonst hätten sie kaum den Anwalt eingeschaltet. Aber wie nun vorzugehen ist, diese Entscheidung liegt bei Melinda.«

»Mach, was du für richtig hältst, Denis«, lautete Melindas Antwort darauf. »Es ist mir gleich, auch wenn ich nicht einen Cent bekomme. Durch seinen Tod fühle ich mich schon beschenkt genug.«

Denis nahm sich der Sache mit Onkel Stuarts Beistand an und antwortete dem Anwalt, daß Melinda nicht die Absicht habe, auch nur ein Jota von ihren Ansprüchen abzurücken, und daß sie einem Prozeß mit größter Gelassenheit entgegensähen. Man habe als eine der ältesten und angesehensten Familien von South Carolina zudem Mittel und Wege, um einer breiteren Öffentlichkeit in Savannah glaubhaft darzulegen, wer sich nun welcher Verfehlungen schuldig gemacht hat.

Es kam, wie Denis vermutet hatte. Der Anwalt bot letztlich einen Kompromiß an, bei dem Melinda mit einer beachtlichen Summe Geldes abgefunden wurde, die aber eigentlich kaum mehr als ein Viertel ihres rechtmäßigen Erbes darstellte. Denis wollte es auf einen Prozeß ankommen lassen. Doch auf ihr Drängen hin wurde das Angebot angenommen, ein entsprechender Vertrag unterzeichnet und ihr das Geld ausgezahlt, das Denis für sie anlegte.

Zur selben Zeit erfuhren sie auch, was der Grund für das Duell gewesen war. Arthur hatte der Frau eines benachbarten Pflanzers nachgestellt. Melinda kommentierte diese Nachricht mit den mitleidlosen Worten: »Wie tröstlich zu wissen, daß es im Leben noch Gerechtigkeit gibt!«

30

Julian hätte sie fast das Leben gekostet.

Lavinia brachte ihren zweiten Sohn im Januar des Jahres 1850 an einem frostigen, stahlblauen Morgen zur Welt. Sie hörte noch den kräftigen Schrei des Jungen und die erleichterte Stimme von Dr. Harrison. Doch was er zu ihr sagte, drang schon nicht mehr durch den tiefschwarzen Vorhang, der sie plötzlich umhüllte und an die Schwelle des Todes trug.

Sechs Tage und sieben Nächte lag sie in einer Art Koma. Nichts von dem, was um sie herum geschah, erreichte sie – weder die zuerst hektische Betriebsamkeit von Dr. Harrison, die sich bald in unverhohlene Hilflosigkeit verwandelte, noch die inständigen Gebete, die den Tod abwehren sollten. Sie hörte nicht das Flüstern verstörter Kinderstimmen und spürte auch nicht die verzweifelte Angst und die Hand ihres Mannes, der ihre Hand hielt, zu ihr sprach und nicht einmal dann von ihrer Seite wich, als die Erschöpfung übermächtig wurde.

Das Fieber wütete in ihrem Körper und drohte sie von innen auszuzehren. Sie glühte und wurde im nächsten Moment von einem Schüttelfrost befallen. Ihr Leben hing nur noch an einem seidenen Faden, der stündlich reißen konnte.

Schließlich jedoch, nach einer schrecklichen und schier endlosen Nacht, errang ihr Lebenswille den Sieg über die Kräfte der ewigen Nacht, und sie erwachte aus dem Koma. »Durst«, brachte sie mit kaum vernehmbarer Stimme hervor, und dann noch ein zweites Wort: »Denis.«

Dr. Harrison dämpfte zu optimistische Erwartungen. »Wir haben Grund zu hoffen, das ist alles. Das Fieber hat ihren Körper völlig entkräftet. Nur ein leichter Rückfall ...« Er ließ den Satz offen, denn jeder wußte auch so, was gemeint war. Zudem genügte ein Blick auf Lavinia, um zu sehen, wie schlimm es um sie stand.

Der Rückfall blieb aus, und Lavinia schüttelte den drohenden Schatten des Todes ab. Langsam kam sie wieder zu Kräften. Als der Frühling sein buntes Blütenkleid über den ganzen Süden warf, konnte sie schon das Bett verlassen und kurze Spaziergänge durch den Garten machen, der ihr noch nie so schön und berauschend in seinen Farben und Düften vorgekommen war wie in diesem Jahr.

»Du mußt schon zu Großem bestimmt sein, hättest du mir doch fast das Leben gekostet, Julian«, sagte Lavinia mit zärtlicher Verwunderung, als sie ihren zweiten Sohn zum erstenmal in ihren Armen hielt. Er schlief tief und fest, ein winziges Bündel rosigen Lebens, das nicht ahnte, daß sein Kampf ins Leben um ein Haar den Tod seiner Mutter bedeutet hätte.

Abigail war in ihr kleines Brüderchen vom ersten Tag an so vernarrt wie Grace, die selbst längst Mutter von drei Kindern war und darauf bestand, die Nanny von Massa Julian zu sein.

»Seine Nanny und meine Zofe?« wandte Lavinia skeptisch ein. »Wird dir das denn nicht zuviel?«

»Kein bißchen nicht!« versicherte Grace, und die Zipfel ihres gelben Tuches nickten dabei wie die Ohren eines Hasen. »Keiner wird ihm eine bessere Nanny und Ihnen eine bessere Zofe nicht sein wie Grace!«

Eine aufmerksamere und hingebungsvollere Nanny als Grace hätte Lavinia für Julian tatsächlich nicht finden können. Doch als Zofe blieb sie so mittelmäßig wie eh und je, ja manchmal reichte es noch nicht einmal dazu. Aber Lavinia konnte ihr nicht böse sein und war nach den schweren Wochen im Krankenbett viel zu dankbar, überlebt zu haben und sich auf dem Weg der Besserung zu befinden, um das zu bemängeln. Irgendwann würde sie etwas wegen Grace unternehmen und sich nach einer anderen Zofe umschauen müssen, das war unvermeidlich, aber es hatte Zeit bis später.

Denis trug sie in diesen Wochen wie auf Händen, war ihr dankbar für den Sohn, den sie geboren hatte, und dem Herrgott, daß er ihm seine Frau nicht genommen hatte. Er war so voller Liebe und Aufmerksamkeit, daß Lavinia sich versucht fühlte, ihren Genesungsprozeß vorsätzlich um einige weitere Wochen zu verlängern.

Sally erwies sich als treue Freundin und besuchte sie fast jede Woche. Sie hatte noch immer eine tadellose Figur, der man nicht ansah, daß sie mittlerweile mit vier Kindern gesegnet war, doch es war nicht ein Mädchen darunter, wie sie mehr als einmal bedauerte. »Ich meine, nach drei Söhnen hätte mir doch ein Mädchen wohl zugestanden. Welche Mutter schmückt sich nicht gern mit einer hübschen Tochter? Ach, wenn ich dich mit Abigail sehe, die dir wie aus dem Gesicht geschnitten ist, dann könnte ich noch einmal in Versuchung kommen«, sagte sie seufzend.

Auch Clarice, die Mutter eines Sohnes und einer Tochter und damit vollends zufrieden war, suchte sie auf Belmont Park auf.

Und Drucilla nahm die weite Fahrt auf sich, um sich höchst persönlich davon zu überzeugen, daß ihre Freundin über den Berg war. Sie war noch molliger geworden und noch immer so glücklich mit ihrem Randolph verheiratet, dem sie zwei Söhne und zwei Töchter geschenkt hatte, in einem perfekten Rhythmus von zwei Jahren.

Es war Drucilla, die Dr. Harrisons Mahnung, eine weitere Schwangerschaft im Interesse des eigenen Lebens vorsorglich zu vermeiden, aufnahm und sie auf Mittel und Methoden hinwies, mit denen man einer Empfängnis vorbeugen konnte, ohne dem Mann das Bett zu weisen.

Lavinia war zuerst schockiert und wollte nichts davon wissen. Dann aber siegte ihre Vernunft über ihr Schamempfinden, und sie hörte Drucilla mit wachsendem Erstaunen zu, welche Möglichkeiten es doch gab, eine Schwangerschaft zu vermeiden.

»Randolph hat sich eingehend bei Experten in Columbia und auch bei seiner letzten Reise in den Norden erkundigt, und wir haben darüber gesprochen, denn wir glauben, Kinder genug in die Welt gesetzt zu haben, aber deshalb wollen wir doch nicht auf diesen ... schönen Teil der Ehe verzichten«, gestand sie mit leichtem Erröten, lächelte jedoch dabei, und insgeheim beneidete Lavinia ihre Freundin um das Glück, das ihr auch in den Nächten an der Seite ihres Mannes zuteil wurde.

Lavinia verstand nicht alles so genau, was Drucilla ihr da von einem gewissen Mister Goodyear und seiner Erfindung berichtete, an der er fast zehn Jahre gearbeitet hatte und die sich »Vulkanisierung des Gummis« nannte, wie sie erfuhr. Aber daß es da etwas gab, das die Empfängnis verhütete und einer glücklichen Ehe dennoch nicht im Wege stand, erschien ihr fast wie ein Märchen.

»Es ist so eine Art ... na ja, Kappe ... man kann sie mit der Post bestellen. Es gibt dazu eine genaue Gebrauchsanleitung«, sagte Drucilla.

Da Lavinia jedoch niemals den Mut finden würde, eine solche Bestellung aufzugeben oder mit Denis darüber zu sprechen, vereinbarte sie mit Drucilla, daß ihr Mann ihm diese Art der Empfängnisverhütung ans Herz legen und Dr. Harrison bitten sollte, sie darüber zu informieren und sie auch zu beschaffen. Und so nahm denn auch alles den gewünschten Weg. Das Gespräch mit Dr. Harrison und seine Erklärungen, wie diese Kappe aus Kautschuk anzuwenden und was jeden Monat dabei zu beachten sei, war ihr sehr peinlich. Sie saß mit flammendrotem Kopf da und brachte kaum ein Wort heraus. Doch sie hörte aufmerksam zu.

Denis war die ganze Angelegenheit nicht weniger peinlich. Er beschränkte sich dabei auf zwei Fragen. »Hat Dr. Harrison mit dir gesprochen?« und »Kommst du damit auch zurecht?« Und da sie beide Fragen bejahte, war die Sache für ihn erledigt, und er kam nie wieder darauf zu sprechen. Doch er war so erleichtert wie sie, daß die Gefahr einer weiteren Schwangerschaft nun so gut wie gebannt war.

Inzwischen war es Anfang Mai geworden, und auf Belmont Park bereitete man sich darauf vor, den Sommer wieder auf St. Helena Island zu verbringen. Die Erholung dort hatte Lavinia dringender denn je nötig.

Eines Spätnachmittags, als Lavinia gerade Blumen pflückte, die den Tisch beim Abendessen schmücken sollten, erschien Denis auf der kleinen Freitreppe auf der Rückfront.

»Lavinia, kommst du bitte mal ...«

Sie blickte zu Denis hoch, und die Blumen fielen ihr aus der Hand, als sie die Gestalt erkannte, die aus dem Dunkel des Säulengangs zu ihm auf den sonnigen Absatz der Treppe trat.

»Vater!«

Sie hatte ihn als einen stattlichen, kräftigen Mann mit grauen Schläfen und dunklem Haar in Erinnerung gehabt. Davon war nicht mehr viel geblieben. Er war schmal und völlig grau geworden und schien um mindestens eine Haupteslänge in sich zusammengesunken zu sein.

»Vater!« rief sie noch einmal und lief ihm entgegen. Sie wußte, was sein Erscheinen zu bedeuten hatte. Er war in all den Jahren nie gekommen, weil er ihre schwerkranke Mutter nicht hatte allein lassen wollen.

»Ja, mein Kind«, sagte er sanft und legte seine Arme um sie, als sie sich weinend an seine Brust preßte. »Weine nur, mein Kind, es geht ihr gut, wo sie jetzt ist, ich weiß es. Es war eine Erlösung. Doch ich konnte es dir nicht schreiben, Lavinia. Ich mußte es dir selber sagen... und ich hatte auch Sehnsucht nach meinem einzigen Kind.«

Als Lavinia sich gefaßt hatte, ging sie mit ihm zur Bank am Ufer des Ashley River. Dort saßen sie noch und redeten über ihre Kindheit in Boston, als sich bereits die Dunkelheit über Fluß und Land gelegt hatte.

William Irving, der schon längst einem jüngeren Partner die Arbeit in der Kanzlei überlassen hatte, verbrachte mit ihnen den Sommer auf MULBERRY HALL. Und trotz des traurigen Anlasses war es eine wunderschöne Zeit, die Lavinia zu den kostbarsten ihres Lebens zählen sollte. Mit Georgina verstand er sich nicht allzu gut. Doch nach den ersten Meinungsverschiedenheiten, die keiner für sich gewinnen konnte, kamen sie stillschweigend überein, für die Dauer seiner Anwesenheit einen Waffenstillstand zu schließen. Mit Denis verstand er sich dagegen so gut wie damals, als dieser als junger Klient in seine Kanzlei gekommen war, und in Onkel Stuart fand er einen ebenso kompetenten wie interessierten Gesprächspartner, mit dem er sich stundenlang unterhalten und im guten Sinne streiten konnte.

In der ersten Oktoberwoche kehrten sie nach BELMONT PARK zurück. Zehn Tage später brach William Irving wieder gen Boston auf.

Am Abend vor seiner Abreise hatte er noch ein langes Gespräch mit seiner Tochter unter vier Augen. Sie hatten sich noch eine Menge zu sagen. Zum Schluß kam er jedoch auf eine Sache zu sprechen, die ihm schon seit Wochen auf dem Herzen lag.

»Lavinia, ich habe mehr als fünf Monate bei euch verbracht, und es erfüllt mich mit Stolz und Glück, wenn ich dich und Denis sehe und die prächtigen Kinder, die ihr habt...«

»Du wirst ihnen allen schrecklich fehlen, ganz besonders Abigail. Ich glaube, sie liebt dich mehr als mich.«

»Ach, du Dummerchen. Großeltern dürfen ihre Enkel nun mal verwöhnen, das ist die ausgleichende Gerechtigkeit für die Strenge, die man als Eltern manchmal an den Tag legen muß«, sagte er schmunzelnd, fuhr dann jedoch ernst fort: »Aber wer mich ganz bestimmt nicht vermissen wird, daß ist deine Schwiegermutter.«

Lavinia verzog das Gesicht. »Sie kann nun mal niemanden neben sich vertragen, der ihr widerspricht.«

»Ja, und das ist es, was mich mit Sorge erfüllt, mein Kind.«

»Was?«

»Daß du dir all das gefallen läßt«, sagte er. »Ich will weiß Gott nicht der Respektlosigkeit das Wort reden, aber ich muß dir dringend ans Herz legen, dich ihr gegenüber mehr zu behaupten. Ich habe gesehen, wie sie alle kommandiert und den Haushalt fest im Griff hat. Du hast so gut wie nichts zu sagen.«

»Ja, aber wie soll ich mich denn ihr gegenüber durchsetzen? Allein schaffe ich das nie!«

Er schüttelte den Kopf. »Du bist eine erwachsene Frau, Mutter von drei Kindern. Du hast deinem Mann nicht nur eine bildhübsche Tochter geschenkt, sondern auch zwei prächtige Söhne, die Denis abgöttisch liebt. Ja, sie sind sein ganzer Stolz. Und das, mein Kind, ist deine Macht – und wenn du sie klug zu gebrauchen weißt, ist sie um ein Vielfaches stärker als die von Georgina!«

Lavinia sah ihn nachdenklich an.
»Du darfst dich nicht länger von ihr ducken lassen. Es wird vielmehr Zeit, daß du anfängst, dich von ihrer Vormundschaft freizumachen. Und wenn du es geschickt anstellst, hast du auch die Unterstützung deines Mannes. Wecke seinen Stolz, Lavinia! Du bist die Mutter seiner Söhne, der Erben! Georgina mag noch immer als die unumschränkte Mistress auf Belmont Park gelten, aber in Wirklichkeit steht längst dir diese Rolle zu«, öffnete er ihr die Augen. »Nur hast du bisher wohl noch keinen ernsthaften Versuch unternommen, diese Stellung für dich zu beanspruchen.«
»Nein«, gab sie zu.
»Denke gut darüber nach, und wenn auch du meinst, daß dir viele Rechte vorenthalten werden, kämpfe um sie!« machte er ihr Mut. »Doch gehe es langsam an. Füge dich, wo du noch unwissend und unsicher bist, und behaupte dich, wo es um Dinge geht, die dir wichtig sind und sich auch verwirklichen lassen.«
Lavinia dachte oft darüber nach, als ihr Vater schon längst abgereist war. Und sie erkannte, wie recht er hatte. Sie war einer Konfrontation mit Georgina stets ausgewichen, die Sache mit Melinda einmal ausgenommen. Und sie hatte auch jetzt noch Angst davor. Doch sie begriff, daß sie nicht länger warten durfte, wenn sie sich nicht auf ewig von Georgina bevormunden und von der Entscheidungsgewalt im Haushalt ausschließen lassen wollte.
Den ersten Vorstoß wagte sie noch im Oktober, als sie mit Denis in Charleston den Geburtstag von Lucille Ashgate feierten. Auf dem Heimweg in die Tadd Street nutzte sie Denis' gelöste, fröhliche Stimmung, um ihm ihre Idee schmackhaft zu machen, Nelly als ihre neue Zofe nach Belmont Park mitzunehmen.
»Grace ist schon mit Julian vollauf beschäftigt, und als Zofe war sie nie gut, das weißt du.«

»Ja, ja, aber du weißt doch auch, daß Georgina es lieber sähe, wenn Nelly hier in Charleston bliebe ...«
»Aber ich brauche sie, Denis! Und ich habe auch schon mit ihr gesprochen. Sie kommt liebend gern mit. Und ich bin ja wohl allmählich alt genug, um mir meine eigene Zofe auszusuchen. Oder findest du, daß deine Frau noch ein kleines dummes Mädchen ist, das nicht weiß, was für sie gut und wer für sie die richtige Zofe ist?«
Er lachte. »Was für eine Frage. Natürlich bist du kein kleines dummes Mädchen.«
»Also hast *du* nichts dagegen?«
»Nein, was soll ich dagegen haben, wenn du meinst, daß es Nelly und niemand anders sein muß. Mein Gott, es ist letztlich ja auch wirklich egal«, gab er sein Einverständnis. »Dann schicken wir eben Rachel oder Fanny nach Charleston.«
Und so nahmen sie Nelly mit nach Belmont Park. Georgina wollte ihr sofort eine Szene machen. »Wer hat dir erlaubt, Nelly mitzubringen?« fuhr sie ihre Schwiegertochter an, als sie Nelly erblickte.
Lavinia zitterte innerlich vor Aufregung, hatte sich aber gut unter Kontrolle. Sie wußte, wie wichtig es war, jetzt die Ruhe zu bewahren. Und mit erstaunter Miene fragte sie zurück: »Erlaubt? Wen sollte ich denn um Erlaubnis fragen, wer meine Zofe sein soll? Ich habe mich mit Denis besprochen, und *wir* sind übereingekommen, daß Nelly die besten Anlagen dafür hat. Mehr war da auch nicht zu besprechen.«
Georgina wurde hochrot vor Zorn. »Stimmt das, Denis?« fragte sie knapp.
»Ja, natürlich«, antwortete Denis im Vorbeigehen und tat so, als müßte er dringend etwas mit Onkel Stuart besprechen. »Wir können Rachel oder Fanny nach Charleston schicken. Aber das hat ja Zeit bis später.« Und damit verschwand er im Zimmer seines Onkels.

Georgina stand sprachlos da.
»Komm, ich zeige dir dein Zimmer«, sagte Lavinia zu Nelly, die noch verschüchterter als sonst war, nahm sie am Arm und ging die Treppe hinauf, als gäbe es nichts mehr dazu zu sagen. Doch ihr schlug das Herz im Hals wie wahnsinnig. Sie rechnete damit, daß Georginas schrille Stimme sie jeden Augenblick auf der Treppe zusammenfahren und erstarren ließ. Aber ihre Schwiegermutter war so verstört und ratlos, daß sie nichts zu sagen wußte, und dann war der Augenblick, in dem sie es vielleicht noch hätte rückgängig machen können, verpaßt.
Das Triumphgefühl, das sich bei Lavinia einstellte, war berauschend wie schwerer Wein. Doch es machte keinen Kater, dafür aber süchtig.
Ein Zufall bereitete ihr wenig später günstige Bedingungen für einen Angriff auf eine Bastion von Georginas Macht, die ihr vom ersten Tag an ein Dorn im Augen gewesen war: die Sitzordnung bei Tisch. Sie fand, daß Denis an das Kopfende und sie als seine Ehefrau sofort rechts von ihm kam.
Als eine leichte Erkältung ihre Schwiegermutter für ein paar Tage zwang, vorsichtshalber das Bett zu hüten, nahm Lavinia ihre Chance wahr und packte ihren Mann, eingedenk der Worte ihres Vaters, bei seiner Ehre und seinem Stolz.
»Du sitzt auf meinem Platz, Lavinia«, sagte er ohne Vorwurf, als wäre ihr ein gedankenloser Fehler unterlaufen, als er ins Eßzimmer kam und sie rechts vom Kopfende sitzen sah.
Lavinia hatte sich an diesem Morgen besonders sorgfältig frisieren lassen und eines ihres hübschesten Kleider angezogen. Sie wußte, daß sie hinreißend aussah. Und nun lächelte sie ihn an und antwortete: »Nein, ich sitze immer rechts von dir, Denis. Nur gehörst du hier auf diesen Platz.« Sie deutete auf den Stuhl links von sich.
Er runzelte die Stirn. »Da sitzt meine Mutter.«
Onkel Stuart und Tante Edwina traten ins Zimmer.

Lavinia nahm all ihren Mut zusammen. »Ich denke, der Platz am Kopf der Tafel steht dem Master von BELMONT PARK zu, nicht wahr, Onkel Stuart?«
»Ja, natürlich«, antwortete dieser ein wenig überrumpelt.
»Und du bist doch der Herr hier, nicht wahr?« fragte Lavinia ihren Mann lächelnd.
»Sicher, wer sonst«, brummte er.
»Na siehst du, dann steht dir dieser Platz auch langsam zu. Es sei denn, du findest, daß deine Mutter auf BELMONT PARK noch immer die Mistress ist und ich nur die Frau des Sohnes, nicht des Masters«, schoß sie ihren letzten Pfeil auf das Ehrgefühl ihres Mannes ab.
Denis zögerte sichtlich. »Mein Gott, es ist ja nichts weiter als ein Ritual«, sagte er leise, setzte sich aber ans Kopfende.
Und dort saß Denis auch, als Georgina zwei Tage später zum erstenmal wieder zum Frühstück erschien. »Denis, du sitzt falsch!« rügte sie ihn.
»Nein, ich sitze richtig. Der Herr von BELMONT PARK sitzt seit Generationen am Kopfende!« antwortete er fast ungnädig, und dieser Groll galt eigentlich seiner Frau, die ihn in diese Situation gebracht hatte.
Doch Georgina bezog seinen Groll auf sich. Das Blut wich aus ihrem Gesicht, und sie spürte alle Blicke auf sich gerichtet. »Das ... das kommt aber ein bißchen sehr plötzlich, Denis«, bemühte sie sich um Haltung und suchte nach einer Möglichkeit, diesen prestigeträchtigen Platz doch noch irgendwie zu behaupten. Aber die Tradition, die bisher nur keiner gegen sie ins Feld zu führen gewagt hatte, stand eindeutig gegen sie. »Wir hätten das doch besprechen können ...«
»Was gibt es denn da groß zu besprechen, diese Traditionen sind dir doch nicht neu«, brummte er und sah sie dabei nicht an. »Und jetzt setz dich bitte, Mom, sonst werden Speck und Rührei kalt.«

Georgina nahm auf dem freien Stuhl links von ihrem Sohn Platz. Sie sagte nicht ein Wort beim Frühstück, aß kaum etwas und starrte Lavinia immer wieder mit ohnmächtigem Zorn an. Aber wie sie innerlich auch tobte, sie mußte sich damit abfinden, daß sie erneut verloren hatte. Und sie wußte auch, gegen wen — gegen Lavinia.

»Hinter meinem Rücken magst du dich stark fühlen!« zischte sie ihr nach dem Frühstück zu. »Aber wage so etwas nicht noch einmal! Dann werde ich dir zeigen, wer hier das Sagen hat!«

Und genau das wollte Lavinia mehr denn je wissen!

»Wir sollten die Umgestaltung unseres Salons allmählich in Angriff nehmen«, erinnerte Lavinia ihren Mann noch am selben Abend, als sie im Bett lagen. Sie hatte gelernt, daß es keinen günstigeren Moment gab, ihm ein Versprechen abzuringen, als wenn es ihn nach ihr verlangte und er seine Hände voller Begehren über ihren Körper wandern ließ. »Selbst deine Mutter hat schon so oft davon gesprochen.«

»Hm, ja, du hast recht.«

»Ich denke, ein zartes Moosgrün an den Wänden und ein neuer Bezug aus mandelfarbenem Chintz für die Sitzmöbel würden den Raum noch viel größer und heller machen«, sagte sie, während seine Hand schon unter ihr Nachthemd schlüpfte und über nackte Haut strich. Dabei wußte sie genau, daß Georgina ganz andere Farben im Auge hatte und sich mit aller Macht gegen ihre Vorschläge sperren würde, wie auch immer diese ausfallen würden.

»Ja, vermutlich ... du wirst es schon machen«, murmelte er.

»Also moosgrün und mandelfarben?« vergewisserte sie sich, als sie seinem Drängen nachgab und sich ihm willig öffnete. »Sähe das nicht herrlich aus?«

»Ja, meinetwegen moosgrün und mandelfarben ...« Er schob eine Hand unter ihr Gesäß.

»Weißt du überhaupt, wie sehr ich dich liebe«, flüsterte sie ihm zu, während er vor Lust unterdrückt aufstöhnte. »Du bist der wunderbarste Mann, und ich will immer nur dich, mein Liebling. Du mußt mich nur immer lieben…«

»Ich liebe dich«, keuchte er und senkte sich in sie, und sie gab sich ihm bereitwillig hin.

»Ja, so wie ich dich.« Lavinia legte ihre Arme um seinen Nacken und schloß lächelnd die Augen.

Georgina kämpfte verbissen, doch vergeblich.

Zu ihrem Silvesterball erstrahlte der Salon in einem zarten Moosgrün, während die Sitzmöbel mit ihrem neuen Bezug aus feinem mandelfarbenem Chintz dem Raum eine heitere und doch einladend gemütliche Note gaben. Im selben Farbton waren auch die Zierleisten der Kassettentäfelung.

Georgina nahm an diesem Ball nicht teil. Sie ließ sich wegen eines angeblich schweren Anfalls von Migräne bei ihren Gästen entschuldigen.

Lavinia durchtanzte die ganze Nacht. Sie fand das Fest so wie den Salon: einfach himmlisch!

DRITTES BUCH

*

Der fröhliche Klang der Trommeln

1859—1865

31

Lavinia stand auf der Veranda im Obergeschoß und beobachtete das geschäftige Treiben auf der weiten Rasenfläche vor dem Haus. Der Atem kam wie Dampf aus den Mündern der Schwarzen, die Tische und Bänke zurechtrückten und sich vergewisserten, daß für die Öfen genügend Holzkohle bereitstand. Ebenezer trieb sie zur Eile an, denn es gab noch viel zu tun, bis Master Denis DeLong im Kreise seiner vielen Freunde, Bekannten und Nachbarn seinen Geburtstag mit dem traditionellen Muschelessen feiern konnte.

Der Januarmorgen war klar und kühl, besonders im Schatten der Säulenhalle, und fröstelnd rieb sich Lavinia die Arme. Als hätte Nelly es geahnt, erschien sie mit einer warmen Stola auf der Veranda.

»Sie können doch nicht mit nackten Schultern nach draußen gehen, Missus!« rügte die Zofe und legte ihr die Stola um. »Sie werden sich noch den Tod holen, und dann gibt es kein schönes Muschelrösten nicht mehr!«

»Danke, Nelly, aber ganz so schlimm, wie du es machst, ist es nun wieder nicht«, sagte Lavinia, doch die Wärme des Umhangs tat ihr schon gut, und sie dachte kurz, daß sie damals gut daran getan hatte, sie nach BELMONT PARK zu bringen und zu ihrer Zofe zu machen. Jetzt, nach über acht Jahren, brauchte Nelly einen Vergleich mit ihrer Mabel nicht zu scheuen.

»Es ist noch mächtig kühl, Missus. Gut für die Austern, aber schlecht für die Gäste, die da draußen sitzen müssen«, meinte Nelly besorgt.

Lavinia warf einen Blick zum Himmel. »Ach was, ist ja noch früh. Die Morgenfrische wird bald gebrochen sein. Laß es erst mal Mittag werden! Wenn dann die vielen Feuer glühen und Wein und Punsch die Runde machen, wird es den Leuten schon noch gehörig warm werden. So war es doch all die Jahre«, sagte sie zuversichtlich.

Nelly lachte. »Ja, so wird's wohl sein, Missus.«

Trommelnder Hufschlag kam aus der Richtung der Sykomoren, deren Kronen schon das Licht der Wintersonne einfingen. Kurz darauf schoß ein Reiter auf einem Rotfuchs im gestreckten Galopp aus der Allee hervor.

»Wenn das nicht der junge Massa Eugene ist!« rief Nelly mit unverhohlener Bewunderung für die Eleganz, mit der Pferd und Reiter über die weite freie Fläche zwischen den Eichen und Magnolien heranjagten. Und im nächsten Moment fügte sie mit einem Anflug von Besorgnis hinzu: »Aber ist das nicht Massa Julian, der da hinter ihm sitzt und sich da an ihn klammert?«

»Ich fürchte, so ist es.« Lavinias unwillkürliche Anspannung löste sich gleich wieder. Sie sah mit Erleichterung, daß Eugene sein Pferd schon kurz hinter der Allee aus dem Galopp nahm und sich nun in einem leichten Trab dem Haus näherte.

»Ich werde jetzt unten gebraucht«, sagte sie und drehte sich energisch um. »Und du kümmerst dich nun um unsere Logiergäste, Nelly. Missis Timrod wird schon auf sein. Anschließend wirst du von Missis Seabrook erwartet. Ich vertraue darauf, daß du dir die allergrößte Mühe gibst. Vor allem bei Missis Sally. Sie ist mit ihrem dünnen Haar sehr eigen.«

»Ja, Missus«, versicherte Nelly. »Ich werde ihnen schon keinen Grund nicht zu Klagen geben.«

»Gut.« Lavinia schenkte ihr ein flüchtiges Lächeln, war sie mit den Gedanken doch schon längst nicht mehr bei Sally und Drucilla, die bereits am Tag zuvor auf BELMONT PARK eingetroffen waren wie noch ein gutes halbes Dutzend anderer Freunde, die von weit her angereist kamen.

Während Nelly sich zu Drucilla Timrod begab, raffte Lavinia

die dichten Röcke ihres smaragdgrünen Taftkleides und eilte die Treppe hinunter. Ihre Schwiegermutter kam aus dem vorderen Salon. Wie stets trug sie ein streng geschnittenes und in den Farben dunkles Kleid, an diesem Tag war es aus schwarzem Feinsamt mit grauen Volants und grauen Einsätzen im Mieder. Ein tiefes Violett war der hellste Ton, zu dem sich Georgina ihres Wissens je hatte durchringen können, seit sie auf BELMONT PARK lebte – und das waren immerhin schon fast zwanzig Jahre!

»Lavinia, ich muß unbedingt...«

»Nicht jetzt, Georgina!« rief Lavinia und eilte an ihrer Schwiegermutter vorbei zur Tür. »Bitte warte einen Augenblick! Ich bin gleich zurück... Joshua! Was sollen diese Körbe hier mitten im Weg? Soll ich vielleicht darüber stolpern?«

»'schuldigung, Missus. Die sind sofort weg.«

»Von selbst aber bestimmt nicht!« bekam er gereizt von seiner Herrin zu hören.

Nun kam Bewegung in ihn.

Lavinia eilte kopfschüttelnd hinaus, brachte mit energischen Schritten den breiten Säulengang hinter sich und blieb dann auf dem oberen Absatz der Freitreppe stehen. Ihr jäh aufgeflammter Ärger über Joshuas Nachlässigkeit verflog jedoch sofort, als ihr Blick auf ihre beiden Söhne fiel.

Eugene hatte sich viel Zeit gelassen und Amnon gemächlich zwischen den Feuerstellen und Tischreihen im Zickzackkurs zum Haus gelenkt und dabei scherzhafte Bemerkungen mit Ebenezer und einigen anderen Dienern getauscht, die vor allem an Julian einen Narren gefressen hatten.

Lavinia wurde sich nicht bewußt, daß der Stolz auf ihre Söhne sie lächeln ließ. Eugene war das Abbild seines Vaters: groß, stattlich, schwarzhaarig und mit denselben klassischen Zügen gesegnet, die ihm schon jetzt die Herzen der Mädchen zufliegen ließen. Aus der Entfernung konnte man ihn für einen jungen Mann von achtzehn, neunzehn Jahren halten. Dabei wurde er im März erst sechzehn.

Julian kam mit seinem blonden, lockigen Haarschopf mehr auf seine Mutter. Er war auch zierlicher im Körperbau, und sein Gesicht hatte weichere Züge. Doch die wachsamen, fröhlichen Augen, die so blau wie der klare Winterhimmel über ihnen leuchteten, waren ganz der Vater.

Julian rutschte gerade hinter seinem Bruder vom Pferd und tätschelte Amnon liebvoll den Hals. »Du hast wirklich Feuer im Leib, Amnon. So einen wie dich will ich auch, wenn ich fünfzehn bin.« Amnon stammte aus der Zucht von Jonathan, und Eugene hatte dieses rassige Tier von seinem Vater zu seinem fünfzehnten Geburtstag geschenkt bekommen.

»Ach, du bist noch ein paar Jahre mit Little Dorrit bestens bedient, Julian«, meinte Eugene mit der brüderlich altklugen Art, die sieben Jahre Altersunterschied nun mal mit sich bringen.

Julian verzog das Gesicht. »Was ist schon ein Pony gegen so einen Renner?«

»Kommt schon alles noch, Kleiner«, sagte Eugene, sprang mit einer geschmeidigen Bewegung aus dem Sattel und überließ Amnon einem schon herbeigeeilten Stallknecht.

»Und ihr kommt jetzt mal zu mir!« rief Lavinia scharf von oben. Sosehr sie auf ihre Söhne stolz war und sie liebte, das sollte sie doch nicht daran hindern, auf ihr richtiges Betragen und Disziplin zu achten.

Sie hatten ihre Mutter bei der Betriebsamkeit um sie herum gar nicht bemerkt. Julian zog den Kopf zwischen die Schultern.

»O weh! Das konnte ja auch nicht gutgehen«, sagte er leise.

»Ein DeLong hält den Kopf hoch, Julian!« raunte Eugene seinem Bruder zu, als sie die Treppe hinaufgingen. »In jeder noch so brenzligen Lebenslage.«

»Ausnahmen gibt es immer, Gene!«

»Nicht für einen DeLong!«
»Dann wünschte ich, ich wäre ein Cullian oder ein Ashgate.«
»Bist du verrückt?« kam es ehrlich empört von seinem großen Bruder zurück. »Du willst dich doch wohl nicht mit einem simplen Kaufmann auf die gleiche Stufe stellen wollen — und schon gar nicht mit einem Aufseher!«
»Nur für die Ausnahmen«, sagte Julian seufzend.
»Auch dafür nicht! Laß das bloß nicht Mom hören, dann ist die Hölle los!«
»Was soll ich nicht hören, Eugene?« fragte Lavinia.
Ihr Ältester setzte sein charmantestes Lächeln auf. »Ach, ich habe ihm nur ins Gewissen geredet, daß er sich nicht immer bei den Cullians herumtreiben soll«, flunkerte er.
Lavinia nickte, wenn sie innerlich auch wünschte, sie müßte Eugene nicht zustimmen. »Ja, du weißt, daß dein Vater es nicht so gern sieht, Julian.«
»Aber mit wem soll ich denn sonst spielen?« wandte Julian ein. »Und wo Gregg doch mein Freund ist.«
Gregg war Mabels jüngster Sohn, zehn Jahre alt und ein sehr aufgewecktes Bürschchen. Denis verdächtigte ihn, noch besser mit Fallen umgehen zu können als seine älteren Brüder, die jetzt schon mal ein junges Kalb fern ab vom Herrenhaus schlachteten, wie er vermutete. Er hatte nie versucht, es ihnen nachzuweisen, aber er hätte doch Stein und Bein darauf schwören können, daß Mabels und Allans männlicher Nachwuchs sich schon eine gute Scheibe vom Reichtum von BELMONT PARK abschnitten.
»Du kannst mit Tim und Nathan und mit Mango spielen«, hielt Lavinia ihm vor.
»Ja, Mom«, murmelte Julian mit wenig Begeisterung, sich allein auf seine alten schwarzen Spielkameraden beschränken zu müssen, mit denen er aufgewachsen war.
Lavinia wandte sich nun ihrem ältesten Sohn zu. »Es zeugte

nicht gerade von großem Verantwortungsbewußtsein, daß du mit Julian in diesem Tempo die Allee heraufgeritten bist!« rügte sie ihn.

»Aber Mom, du weißt doch, daß ich eher reiten als laufen konnte!«

Lavinia erinnerte sich sehr wohl daran, daß Denis ihn schon mit aufs Pferd genommen hatte, als er noch kein Jahr alt gewesen war. Und mit zwei hatte er schon voller Vergnügen auf seinem eigenen Pony gesessen. Eugene war fast mehr auf dem Rücken von Ponys und Pferden als im Herrenhaus aufgewachsen. Insgeheim mußte sie voller Stolz zugeben, daß es auf BELMONT PARK keinen besseren Reiter gab als ihren Sohn. Jedes Pferd schien seine Autorität sofort anzuerkennen, wenn er kurz zu ihm sprach, sich in den Sattel schwang und zu den Zügeln griff. Aber es galt, dem Hochmut vorzubeugen.

»Ja, und ich weiß auch, daß keiner, nicht einmal du, gegen einen Fehler und damit einen Unfall gefeit ist, mein Lieber! Julian hätte den Halt verlieren und vom Pferd stürzen können. Nein, das will ich nicht noch einmal sehen.«

Eugene senkte zerknirscht den Kopf. »Ja, Mom«, murmelte er gehorsam.

»Es war auch nicht notwendig, daß du mitten über den Rasen geritten bist!« setzte sie ihre Strafpredigt fort. »Amnon hat dort seine Spuren hinterlassen, wie du natürlich nicht bemerkt hast, und zwar nicht nur in Form von Hufspuren!«

Julian erlaubte sich ein Feixen.

»Der alte Eb läßt die Pferdeäpfel schon noch rechtzeitig wegmachen«, meinte Eugene, der diese Vorhaltung nun wirklich sehr kleinlich fand. Daß seine Mutter auch immer so genau sein mußte! Wozu hatten sie denn auf BELMONT PARK so eine große Schar von Dienern und Dienstmädchen? Für solche Arbeiten waren sie doch da!

Lavinia wollte noch etwas dazu sagen, als ihr auffiel, daß sich

Eugene ein bißchen krumm hielt, den Oberkörper leicht nach vorn gebeugt — als wollte er unter seiner weiten Jacke etwas vor ihren Augen verbergen. Ihr kam ein Verdacht.

»Würdest du mir übrigens mal verraten, wieso du am Geburtstag deines Vaters ausreitest, statt dich sorgfältig anzuziehen und dich mit uns um unsere Gäste zu kümmern, die gleich von ihren Zimmern kommen werden?« fragte sie.

Eugene schluckte. »Es ist doch noch so früh, Mom ... und ich wußte, daß Julian sich bestimmt wieder bei den Cullians mit Gregg herumtreibt. Da wollte ich ihn abholen und ...«

»Stimmt ja gar nicht!« fiel Julian ihm nun ins Wort. »Ich war schon längst auf dem Rückweg. Ich habe dich getroffen! Und zwar am Teich, wo du die beiden Wasserreiher gezeichnet hast!«

Lavinias Gesicht nahm nun einen ernsthaft zornigen Ausdruck an. Schroff streckte sie die Hand aus. »Gib her!« verlangte sie.

Schuldbewußt griff Eugene unter seine Jacke und zog aus dem Hemd den Zeichenblock hervor, den er vor seiner Mutter versteckt hatte.

»Mom, bitte ...« begann er.

»Nein, ich will nichts hören!« fuhr Lavinia ihm unerbittlich ins Wort. »Wie oft habe ich dir gesagt, daß du deine Zeit nicht mit diesen lächerlichen Kritzeleien vertrödeln sollst!«

»Ich hab nun mal Spaß dran ...«

»Dummes Zeug!« erwiderte sie scharf. »Du machst dich damit doch nur lächerlich. Du bist ein DeLong und wirst eines Tages Master auf Belmont Park sein. Und es ist deine Pflicht, dich auf diesen Tag, auch wenn er dir noch so fern erscheinen mag, vorzubereiten. Mister Polingham äußerte sich gestern in der Richtung, daß deine Aufmerksamkeit im Unterricht in letzter Zeit sehr zu wünschen übrigläßt, ganz besonders in Arithmetik und Geschichte.«

»Mister Polingham ist der langweiligste Lehrer, den wir je gehabt haben«, maulte Eugene.
Julian nickte. »Und in der Nase bohrt er auch. Nur wir dürfen das nie! Gene meint, er stolziert daher wie eine aufgeblasene Kropftaube mit der Nase eines Geiers.«
»Julian, bitte!« rief Lavinia ihn zur Ordnung, konnte sich eines leichten Schmunzelns jedoch nicht ganz erwehren. Edward Polingham war schon ein seltsamer Kauz, obgleich er erstklassige Zeugnisse und Referenzen vorzuweisen hatte.
»Er mag uns Südstaatler nicht, das spüre ich ganz genau. Immer redet er den Yankees das Wort!« versuchte Eugene schnell abzulenken.
»Das bildest du dir nur ein! Mister Polingham ist doch selbst ein Südstaatler aus North Carolina!«
»Aber er hält es mit den Hetzern aus dem Norden!« beharrte Eugene. »Und ich habe auch gesehen, daß in seinem Zimmer eine Ausgabe dieses verlogenen Machwerks steht, über das Pa sich schon so oft erregt hat.«
Lavinia runzelte die Stirn. »Du meinst doch nicht etwa das Buch *Onkel Toms* Hütte von dieser Harriet Beecher Stowe?« fragte sie und erinnerte sich mit Unmut daran, daß dieses Buch, das 1852 auf den Markt kam, zum größten Bestseller aller Zeiten geworden war. Im Norden hatte es den Gegnern der Sklaverei enormen Zulauf gebracht und im Süden für Empörung gesorgt. Denn die Autorin, die ihren Fuß nie in den Süden gesetzt und eine Plantage noch nicht einmal aus der Ferne gesehen hatte, hatte in ihrem sentimentalen Werk alle Plantagenbesitzer als gnadenlose ›Herren der Peitsche‹ geschildert. Das Leben der Gesellschaft im Süden und vor allem das der überwiegenden Zahl der Schwarzen war zweifellos falsch dargestellt, nämlich als Karikatur dessen, was man sich im Norden unter einem Pflanzer und seinem Leben vorstellte.
»Doch, genau dieses Buch!«

»Das muß aber nichts zu sagen haben, Eugene. Das Buch haben viele aufrechte Südstaatler gelesen, schon um darüber informiert zu sein, was man uns wahrheitswidrig vorwirft.«
»Doch zu denen zählt Mister Polingham garantiert nicht, so wie er manchmal redet!«
»Das ist aber noch lange kein Grund, es an der gebotenen Aufmerksamkeit mangeln zu lassen«, kehrte Lavinia wieder zum Ausgangspunkt ihrer Rüge zurück, nahm sich jedoch vor, mit Denis über Eugenes und Julians Hauslehrer zu reden. Es konnte nicht schaden, wenn er Mister Polingham einmal auf den Zahn fühlte. »Und das hier muß auch nicht sein!« Sie hob die Hand mit dem Zeichenblock. »Also sei bitte vernünftig und tu, was wir dir sagen. Du weißt, daß dein Vater jetzt noch ganz anders mit dir sprechen würde.«
Eugene ließ die Schultern hängen und begnügte sich mit einem schweren Seufzer als Antwort.
»So, und jetzt macht ihr, daß ihr auf eure Zimmer kommt! In einer Viertelstunde erwarte ich euch gekämmt und adrett gekleidet im Eßzimmer zu sehen!«
»Ja, Mom«, sagten Eugene und Julian wie aus einem Mund und rannten ins Haus.
Als Lavinia sich umdrehte, sah sie ihre Schwiegermutter zwischen den Säulen stehen. »Mußte das sein?« fragte sie und blickte auf den Malblock. Ihren Enkel Eugene liebte sie über alles, und ihm sah sie deshalb auch alles nach, was sie bei einem anderen nicht einmal im Ansatz geduldet hätte.
»Du weißt doch wohl besser als ich, wohin so eine dumme Angewohnheit führen kann, oder?« fragte Lavinia ungehalten.
Georgina atmete tief durch. »Nun ja, vermutlich hast du recht, Lavinia«, räumte sie ein und dachte an das einsame Haus am Flußufer, wohin sich ihr Mann so viele Jahre geflüchtet hatte – mit seinen Bildern und seinem Opium. Doch mit den Jahrzehnten verloren die Erinnerungen ihre scharfen Kanten...

Sie machte sich schnell frei von diesen sentimentalen Anwandlungen und sagte: »Was ich mit dir besprechen wollte, ist etwas anderes. Der Burgunder ...«
Lavinia legte ihrer Schwiegermutter eine Hand auf den Arm. »Das hast du mir doch schon gestern gesagt! Glaube mir, wir haben genügend Burgunder im Keller. Ebenezer und ich haben uns schon gleich nach Neujahr davon überzeugt. Also mach dir bitte darüber keine Gedanken. Und wolltest du dich nicht um das Silber und die Damastdecken kümmern?«
»Sicher, ich dachte nur ...«
»Dann tu das bitte auch. Ich muß jetzt hoch zu Abigail. Wie ich sie kenne, träumt sie wieder vor sich hin und vergißt über ihre Tagträume, daß es in diesem Haus noch feste Zeiten für die Mahlzeiten gibt«, sagte Lavinia und begab sich in das Zimmer ihrer siebzehnjährigen Tochter.
Abigail saß mit ratloser Miene auf der Bettkante, nur mit Leibwäsche und Petticoats bekleidet. Blonde Locken umrahmten ihr hübsches ebenmäßiges Gesicht, das noch mädchenhafte Züge trug, aber in wenigen Jahren zu voller weiblicher Schönheit erblühen würde. Was ihren Busen betraf, so hatte sie in dieser Hinsicht schon längst das Stadium vom Mädchen zur jungen Frau mit erregenden Formen überschritten. In letzter Zeit hatte Lavinia recht zwiespältige Gefühle, wenn sie sah, wie rasch ihre Tochter sich zu einer jungen Frau entwickelte. Es erfüllte sie auf der einen Seite mit Stolz und Freude, doch auf der anderen Seite fühlte sie sich zu sehr an ihr Alter erinnert und daß sie in zwei Jahren schon vierzig wurde. Gott, wo war bloß die Zeit geblieben?
»Wie gut, daß du kommst, Mom!« rief Abigail und sprang von der Bettkante. »Ich bin ganz verzweifelt.«
»So?« fragte Lavinia gelassen und warf den Malblock in das Feuer, das im Kamin loderte. Sie hatte die Zeichnung nicht einmal angesehen.

»Ich weiß nicht, was ich anziehen soll, Mom! Und wenn ich April frage, was ich anziehen soll, dann sagt sie: ›Das mit den Schleifen, Missy.‹« Abigail verdrehte ihre graugrünen Augen. »Was für eine Hilfe. Denn egal, wann ich sie um Rat frage, sie sagt immer ›Das mit den Schleifen, Missy‹. Seit Jahren!«
Lavinia schmunzelte. »Nun übertreib mal nicht. Das Kleid hast du doch erst seit einem Jahr.«
»So isses, Missus«, pflichtete ihr die kräftige Schwarze bei, die Abigail wie ihr Kind aufgezogen hatte, bis ihre Eltern sie mit zwölf zum Zwecke einer standesgemäßen Ausbildung für vier Jahre nach Charleston auf Madame Talvandes Französische Akademie für junge Damen geschickt hatten.
Lavinia nickte ihr zu. »Du kannst gehen, April. Ich werde mich schon mit meiner Tochter einigen. Sieh du bitte, ob du nicht anderswo gebraucht wirst.«
»Werd ich machen, Missus«, sagte April und ging zur Tür. »Aber das mit den Schleifen steht der jungen Missy wirklich am besten. Das macht sie zu 'nem Engel, wie sie's ja auch is.«
»Zu einem langweiligen Mädchen in einem biederen Kleid macht es mich!« nörgelte Abigail.
»Wir werden schon etwas finden«, beruhigte Lavinia sie und unterzog die in Frage kommende Garderobe ihrer Tochter einer genauen Musterung. »Ich glaube, dein Problem ist eher die Fülle denn der Mangel, mein Kind.«
»Das stimmt überhaupt nicht, Mom!« protestierte Abigail. »Die meisten passen mir nicht mehr ... oben herum jedenfalls nicht, und unmodern sind sie auch. Ich will nicht immer wie Granny diese hochgeschlossenen Kleider tragen. Die habe ich lange genug bei Madame Talvande tragen müssen! Ich glaube, ich ziehe das blaue Seidenkleid an.«
»Das wirst du nicht tun. Das ist dein Ballkleid.«
»Das *war* mein Ballkleid, Mom.« Abigail seufzte schwer, als sie an diese Zeit vor einem Jahr dachte. Sie hatte im Februar in

Charleston debütieren sollen — mit all ihren Freundinnen aus Madames Akademie. Sie hatte ein gutes Dutzend Einladungen gehabt und hatte sich schon so sehr auf die Ballsaison zur Rennwoche gefreut. Doch dann war ihr Großvater William, der mal wieder vor der Kälte des Nordens in den Süden geflohen und den Winter bei ihnen auf BELMONT PARK verbracht hatte, ganz unerwartet Ende Januar gestorben. Daraufhin hatte sie natürlich ihre Teilnahme an allen Festen absagen müssen. Sie hatte William ja sehr gemocht, aber hätte er denn nicht noch bis nach der Saison mit dem Sterben warten können? Und dabei war ein halbes Jahr davor schon Tante Lizbeth gestorben. Sie hatte es mit der Leber gehabt, ganz gelb war ihre Haut geworden, sie hatte nichts mehr gegessen und war so mager wie ein Skelett gewesen, als es dann mit ihr zu Ende gegangen war. Es war sehr schlimm gewesen, vor allem für Onkel Stuart, der in den Monaten der Krankheit sehr gealtert war. Nun ja, das war vorbei. Doch dieses Jahr würde sie ganz sicher ihren großen Auftritt haben.

Aber nicht in diesem blauen Kleid!

»Warum kann ich es denn heute nicht anziehen, Mom? Es ist doch Vaters Geburtstag. Und für die Ballsaison möchte ich ein anderes Kleid. Das blaue ist nicht mehr modern. Außerdem habe ich es schon zu Weihnachten angehabt, als wir so viel Besuch hatten«, sprudelte sie hervor. »Und in einem Kleid, in dem mich Rebecca und Sarah und Janice schon gesehen haben, kann ich doch unmöglich zu meinem Debütantinnenball erscheinen! Wie würde das denn ausschauen? Als könnten wir uns das nicht leisten. Man würde über uns tuscheln. Das kannst du mir nicht antun!«

»Wir werden sehen«, sagte Lavinia ausweichend, obwohl sie wußte, daß Abigail ihren Kopf letztlich doch durchsetzen würde. Aber warum auch nicht. Sie hatte ja selbst eine ausgeprägte Schwäche für schöne Kleider, und eine DeLong brauchte zum Glück nicht auf den Dollar zu schauen. Es lagen hervorragende Ernten hinter ihnen, und der Baumwollpreis war zudem in den letzten Jahren kontinuierlich gestiegen. Godfrey hatte gut an DeLong-Baumwolle verdient. Aber sie wollte gerecht sein, er hatte auch gute Arbeit geleistet. Sie hatten einfach alle gut verdient, und die fetten Jahren waren noch längst nicht vorbei, ganz im Gegenteil, der Süden begann gerade erst, seine gewaltige wirtschaftliche wie auch politische Macht zu entfalten, wie Denis ihr versichert hatte.

»Bitte, Mom!« bettelte Abigail und hing am Arm ihrer Mutter. »Ich brauche unbedingt noch ein paar neue Kleider für die Ballsaison, wenn ich euch Ehre einlegen und mit den anderen mithalten soll!«

Lavinia tat entrüstet. »Was höre ich da? Gerade hast du von ›einem neuen Ballkleid‹ gesprochen. Und nun sind es schon ›ein paar‹. Wenn deine Ansprüche so schnell wachsen, mein Kind, dann wirst du nirgendwo auf der Welt einen Mann finden, der sie dir finanzieren kann«, neckte sie ihre Tochter.

Abigail wußte, daß sie gewonnen hatte. »Abgemacht, Mom?«

Lavinia gab sich geschlagen. »Also gut, ja, abgemacht. Eher gibst du ja doch keine Ruhe.«

Abigail fiel ihr juchzend um den Hals. »Wann fahren wir zur Schneiderin?« wollte sie dann wissen.

»Heute bestimmt nicht. Und wenn du weiter so herumbummelst, wirst du noch in Petticoats dastehen, wenn die Ballsaison in Charleston längst eröffnet ist!«

Abigail durfte das blaue Seidenkleid anziehen, und Lavinia half ihr. Als sie zusammen das Zimmer verließen, trafen sie auf Denis. Er trug einen elegant geschnittenen Anzug aus rauchblauem Flanell, dazu eine Seidenweste in fast dem gleichen Ton, über der die goldene Kette seiner Taschenuhr baumelte, sowie ein weißes Hemd mit glänzenden Perlmuttknöpfen und eine Halsbinde aus mitternachtsblauer Seide. Sein Haar war noch immer voll und schwarz, doch hier und da und besonders an den Schläfen zeigten sich schon einige graue Strähnen, was ihm aber sehr gut zu Gesicht stand — wie auch die augenscheinliche Tatsache, daß er um die Leibesmitte einiges zugelegt hatte.

»Oh!« rief er freudig überrascht beim Anblick seiner Tochter. »Lassen Sie sich anschauen, junge Dame!«

Abigail drehte sich lachend um ihre eigene Achse, daß die Volants wehten und die Petticoats sich blähten. »Gefalle ich dir darin, Pa?«

»Ausnehmend gut. Vielleicht ein wenig kühn dieser Ausschnitt an einem Januarmorgen. Ich denke, du wirst dir draußen wie deine Mutter tunlichst eine Stola umhängen. Und ich werde ein scharfes Auge auf dich und die jungen Gentlemen haben müssen!« fügte er scherzhaft hinzu.

Abigail strahlte. »Ach was! Die meisten, die heute kommen, sind doch ganz schreckliche Langweiler!« wehrte sie ab, errötete jedoch dabei, als fühlte sie sich bei geheimen Gedanken ertappt.

»Geh und zeig dich deinen Brüdern. Und sag ihnen, daß sie sich pünktlich im Eßzimmer einzufinden haben!« trug Lavinia ihr auf. »Wir haben heute nicht viel Zeit zum Frühstücken. Um zehn treffen bestimmt die ersten Gäste ein.«

»Vermutlich die Simmons. Die kommen immer so früh, als wären sie ausgehungert wie nach einer Woche Fasten«, spottete Abigail. »Und so stürzen sie sich dann ja auch immer auf die Muscheln und den Wein. Und hast du letztes Jahr nicht erzählt, daß er sich gleich ein halbes Dutzend von deinen besten Havannas eingesteckt hat?«

»Ich habe nicht die Absicht, mich zu erinnern. Und solche lockeren Reden will ich nicht gehört haben, junge Dame!« Denis drohte ihr mit dem Zeigefinger, zwinkerte ihr dabei jedoch zu, denn die Simmons gehörten in der Tat zu jenen Gästen, die

er mehr aus gesellschaftlicher Pflicht denn aus persönlichem Vergnügen einlud. »Und jetzt tu, was deine Mutter dir aufgetragen hat!«
Abigail lief lachend und mit gerafften, knisternden Röcken den Gang hinunter, um ihre Brüder zur Eile anzutreiben — und damit sie ihr die gebotene Bewunderung zollten, die ihr als der älteren Schwester auch zustand.
Lavinia schüttelte mit einem halb fröhlichen, halb wehmütigen Lachen den Kopf. »Sie ist schon so erwachsen geworden, daß ich mir neben ihr manchmal wie eine alte Frau vorkomme...«
»Von wem sprechen Sie, geliebter Rotschopf?« stellte sich Denis ahnungslos.
Sie lachte leise. »Ach, Denis...«
Er legte seinen Arm um sie. »Habe ich dir heute schon gesagt, wie wunderschön du aussiehst?« flüsterte er ihr zu.
Sie errötete wie ein junges Mädchen. »Erst einmal.«
»Dann wird es Zeit, daß ich es dir ein zweitesmal sage: Du siehst betörend aus, daß ich dich nicht mal gegen ein Dutzend junger Ballschönheiten eintauschen würde«, versicherte er ihr mit dem Charme, der auch an diesem Tag noch so entwaffnend war wie vor zwanzig Jahren in Boston.
»Das will ich dir auch geraten haben!« drohte sie ihm, doch ihre Augen strahlten, und sie wünschte, er würde ihr öfter so ein Kompliment machen.
Denis reichte ihr seinen Arm, und sie gingen über die weichen Teppiche den Gang hinunter, vorbei an den Porträts vergangener DeLongs. Als sie die Treppe erreichten und die herrliche Halle unter ihnen lag, die bald mit dem fröhlichen Stimmengewirr ihrer Gäste erfüllt sein würde, blieb er stehen.
»Ich weiß schon, wie du das gemeint hast, das mit Abigail gerade«, sagte er nachdenklich und lachte dann kurz auf. »Ich kann es auch nicht glauben, daß ich heute fünfundvierzig bin und fast schon erwachsene Kinder habe. Dabei fühle ich mich

noch immer wie dreißig ... na ja, im großen und ganzen zumindest.«
Sie drückte seinen Arm. »Also bist du auch dreißig, Denis. Man ist nur so alt, wie man sich fühlt.«
Er lächelte sie an. »Dann mußt du noch immer achtzehn sein.«
Lavinia erwiderte sein Lächeln, schüttelte jedoch dabei den Kopf. »Nein, das bin ich nicht ... und das wünsche ich mir auch nicht. Achtzehn war nicht das berauschende Alter, für das ich es einmal gehalten habe. Dreißig — darauf können wir uns einigen. Und nun komm! Da sind die Kinder.«
»Also gut, feiern wir deinen und meinen Dreißigsten — dieses Jahr und solange wir uns danach fühlen«, sagte er vergnügt und schritt mit ihr die Treppe hinunter, während unten ihre Kinder auf sie warteten, prächtige und wahre DeLongs allesamt. Er hatte Grund genug, stolz zu sein. Die vergangenen zwanzig Jahre hatten es gut mit ihnen gemeint, und auch dies würde wieder einmal ein wunderschöner Tag auf BELMONT PARK werden. Der Himmel war so klar wie die Austern frisch.
Denis DeLong sagte sich, daß er in der Tat allen Grund hatte, sich einen glücklichen Mann zu nennen — und sich auch so zu fühlen.

32

Die Mitglieder vom Organisationskomitee des SOUTH CAROLINA JOCKEY CLUB konnten mit dem Ergebnis ihrer wochenlangen Vorbereitungen nicht nur zufrieden sein, sondern sich vielmehr gegenseitig beglückwünschen. Ihr Ball war ein glänzender Erfolg und — wieder einmal! — einer der herausragenden Höhepunkte der Wintersaison.

Im großen Ballsaal wogte ein Meer aus Seide und Samt, Brokat und Taft, Atlas und feinstem Tuch, das auch dann nicht zur Ruhe kam, wenn das Orchester eine kurze Pause einlegte. Und wäre die ganz eigene vielstimmige Symphonie aus Lachen und Kichern, aus galanten Komplimenten und aufschneiderischen Worten und aus den abgeklärten Kommentaren und dem Geplauder der älteren Damen an den Rändern des bunten Geschehens, wären all diese Stimmen für einen Augenblick zum Schweigen gebracht worden, hätte man dieses andere unterschwellige Geräusch vernehmen können, das jeden großen und erfolgreichen Ball begleitete — nämlich das Wedeln zahlloser Fächer, die erhitzten Gesichtern und freizügigen Dekolletés Luft zufächelten. Dieses Wedeln, das je nach Alter und Gefühlslage aufgeregt, nervös, empört, träge, gelangweilt, kokett oder gedankenlos verliebt ausfiel, klang wie das sanfte Rauschen von Hunderten von jungen Vögeln, die ihre seidigen Flügel vor ihrem ersten Flug ausbreiteten und heftig flattern ließen, als wollten sie testen, ob diese sie auch in der Luft tragen würden.

»Nun? Ist es so, wie du es dir vorgestellt hast?« fragte Lavinia ihre Tochter, als sie mit Abigail in einer der kurzen Pausen, die sich die Musiker gönnten, vor einer der hohen Terrassentüren stand.

»Es ist himmlisch, Mom! Von mir aus könnte das ganze Leben nur aus Bällen bestehen!« schwärmte Abigail mit einem verklärten Gesichtsausdruck.

»Das tut es aber nicht, mein Kind — und das ist auch gut so, denn sonst würde dir das Vergnügen an diesen Festivitäten rasch verleidet sein«, erwiderte Lavinia belustigt. »Wie alles, was man im Überfluß genießt, seinen Reiz verliert.«

»Aber nicht Bälle!« beharrte Abigail fröhlich. Erhitzt vom Tanzen, fächelte sie sich Luft zu, daß ihre Korkenzieherlocken an den Schläfen lustig tanzten. April hatte mit der Brennschere ausgezeichnete Arbeit geleistet — wie auch Madame Dupress, deren Modesalon auf der Broad Street in den letzten Jahren zum besten und teuersten in Charleston aufgestiegen war. Das Kleid aus fliederfarbener Seide mit der Schärpe und den Applikationen aus blaßrosa Satin sah hinreißend aus.

Lavinia erfüllte der Anblick ihrer Tochter mit liebevollem Stolz. Doch sie hätte es besser gefunden, wenn Abigail nicht so viel nackte Haut an Schultern und Ausschnitt gezeigt hätte. Zu ihrer Zeit wäre das nicht denkbar gewesen. Und Madame Leclaire hätte sich auch nicht dazu hergegeben, jedenfalls nicht bei einem jungen Mädchen. Aber die Gute hatte ihr Geschäft ja schon vor fünf Jahren verkauft, ohne daß ihre Nachfolgerin die alte Kundschaft hatte halten können, und hatte sich ins Privatleben zurückgezogen, finanziell bestens abgesichert, wie man hörte.

Die Musiker versammelten sich wieder auf dem geschmückten Podest zwischen den Säulen und stimmten ihre Instrumente. Ein junger Mann, elegant gekleidet und gut aussehend, trat auf sie zu und stellte sich mit vollendeten Manieren als James Vernon vor, ein Name, der Lavinia geläufig war. Den Vernons gehörte eine große Reisplantage ganz im Süden von South Carolina.

Als die Musik einsetzte, sagte er mit einer Verbeugung zu Lavinia: »Missis DeLong, Sie erlauben, daß ich Ihre Tochter aufs Parkett entführe?«

»Ich habe ihm den nächsten Tanz versprochen«, sagte Abigail mit gerötetem Gesicht und warf ihrem Verehrer einen koketten Blick zu, der gar nichts Mädchenhaftes mehr an sich hatte.

»Wenn Ihre Pläne für eine Entführung nicht weiter gehen, ist Ihnen meine Erlaubnis gewiß«, antwortete Lavinia scherzhaft, fühlte jedoch einen merkwürdigen Stich. Und sie fügte hinzu: »Aber verdrehen Sie meiner Abigail bitte nicht zu sehr den Kopf, Mister Vernon.«

»In den Händen ihres Vaters könnte Miss DeLong nicht sicherer sein, Missis DeLong«, versicherte er mit einem charmanten Lächeln und reichte Abigail seinen Arm.
Lavinia lachte. »Dagegen wüßte ich so einiges einzuwenden, junger Mann. Aber Sie haben eine sehr galante Art, das Unmögliche glaubhaft klingen zu lassen. Und nun gehen Sie schon. Meine Tochter wirft mir bereits ganz ungeduldige Blicke zu. Ich möchte Sie nicht um das Vergnügen Ihres Tanzes bringen.«
»Ich hege die große Hoffnung, die Ehre und das Vergnügen nicht nur dieses eine Mal zu haben«, erwiderte er lächelnd und entfernte sich mit Abigail.
Lavinia schaute den beiden noch eine Weile zu. Doch dann ging sie hinüber zu Sally und Drucilla, die sich in einen der vielen Nebenräume begeben hatten, wo es weniger warm und auch weniger turbulent war. Es widerstrebte ihr einfach, das Kokettieren ihrer Tochter und das Gebalze der jungen Männer zu beobachten. Anders als viele andere Mütter, die ihre Töchter nicht aus den Augen ließen, empfand sie diese Art der Aufsicht als beinahe obszön. Sie mußte einfach darauf vertrauen, daß Abigail wußte, was sie tat und wo die Schicklichkeit ihre Grenzen hatte.
Lavinia tanzte selbst noch immer gern, und Denis führte sie auch oft genug auf die Tanzfläche. Doch der Reiz der Bälle bestand für sie beide längst nicht mehr in dem Vergnügen, das die Musik und das Tanzen ihnen bereitete. In ihrem Alter waren Feste dieser Art wunderbare gesellschaftliche Zusammenkünfte, bei denen man allerhand Neuigkeiten erfuhr, Klatsch und Gerüchte inklusive, alte Freunde und Bekannte traf und neue, interessante Verbindungen knüpfte.
Mark Elliott gehörte zu den letzteren. Der Ball hatte die magische Hürde der Mitternacht, die so manch zweitklassigem Fest den Todesstoß der Müdigkeit gepaart mit fortschreitender

Langweile versetzte, bravourös und mit ungebrochenem Elan aller Beteiligten überwunden, als Lavinia am Arm ihres Mannes durch die Vorhalle flanierte und Jonathan sie heranwinkte.

Was Jonathan in den vergangenen Jahren auf dem Kopf an Fülle verloren hatte, hatte er um seine Körpermitte zugenommen. Die weiße Hemdbrust seines Fracks wölbte sich wie eine Panzerung über seinen Bauch, der wie eine Leibesfestung hervorragte. Sein Gesicht war rund und rosig wie immer, wenn sein Kinn auch noch eine neue Fettrolle erhalten hatte. Er war fett, keine Frage, aber trotz allem nicht unansehnlich. Er wirkte mehr wie ein schwerer Koloß, der träge auf den Beinen, aber flink im Kopf war, und ebenso verhielt es sich auch. Er hatte genausowenig seine Lust am Essen und Trinken verloren wie seine geistige Regsamkeit und seinen Hang zu scharfzüngigem Zynismus.

»Denis! ... Lavinia!« rief er ihnen zu und winkte sie mit der linken Hand heran, denn in der rechten hielt er einen gefüllten Champagnerkelch.

»Ach, Jonathan. Wann immer ich ihm heute begegnet bin, hat er ein volles Glas in der Hand – und es ist gewiß nicht immer dasselbe«, sagte Denis belustigt zu Lavinia. »Mal sehen, was ihn neben dem Champagner heute sonst noch in Fahrt gebracht hat.«

»Kennst du den Mann neben ihm?« fragte Lavinia. Er war von schlanker, mittelgroßer Gestalt, dunkelhaarig, etwa Mitte bis Ende Dreißig und besaß ein Gesicht, das mit seinem schmalen Oberlippenbart und den ausdrucksstarken dunklen Augen Interesse weckte.

»Nein, aber unsere Unwissenheit wird sofort ein Ende haben, meine Liebe.«

»Ihr lauft mir gerade zur rechten Zeit über den Weg!« sagte Jonathan auf seine überschwengliche Art. »Ich muß euch unbedingt mit Mister Mark Elliott bekannt machen...« Er stellte sie ohne große Förmlichkeiten vor. »Mein Neffe, Mister Denis DeLong... und seine reizende Frau Missis Lavinia DeLong.«

»Es ist mir ein Vergnügen, Ihre Bekanntschaft zu machen, Mister DeLong... Missis DeLong«, sagte Mark Elliott und tauschte mit Denis einen kurzen, kräftigen Händedruck, während er Lavinia mit einem eleganten Handkuß begrüßte.

»Mein Neffe ist Herr auf Belmont Park, einer wunderbaren Plantage am Ashley River und schon seit vielen Generationen der Familiensitz der DeLongs«, erklärte Jonathan.

Mark Elliott zeigte ein freundliches, zugleich aber auch zurückhaltendes Lächeln. »Wie interessant. Damit sind Sie der erste Plantagenbesitzer, den ich näher kennenlerne, Mister DeLong.«

Denis zog belustigt die Augenbrauen hoch. »Daß Sie nicht aus dem Süden stammen, ist Ihnen unschwer anzuhören. Und wenn Sie mir erlauben, daß ich Ihre Herkunft zu erraten versuche...«

»Was nicht allzu schwierig sein dürfte«, warf Mark Elliott mit sehr klar akzentuierter Stimme, aber mit etwas nasalem Tonfall ein.

»... dann würde ich darauf tippen, daß Sie Untertan einer Königin und Insulaner sind«, beendete Denis auf scherzhafte Weise seine Vermutung.

»In der Tat«, bestätigte Mark Elliott mit einer angedeuteten Verbeugung und einem feinen Lächeln auf den Lippen, »Untertan ihrer Majestät Königin Victoria und damit stolzer Bürger des britischen Empires.«

»Oh, Sie sind Engländer, Mister Elliott«, sagte Lavinia erfreut und interessiert. »Darf ich fragen, ob Sie zum erstenmal in Charleston sind?«

»Ja, es ist mein erster Besuch in Ihrer Stadt, Missis DeLong, wie es überhaupt mein erster Besuch im Süden ist.«

»Ich hoffe, Sie werden sich bei uns wohl fühlen und Zeit genug haben, um all die Schönheiten unseres Landes kennenzulernen«, sagte Denis.
»Ich bin erst seit zwei Tagen hier, doch was ich bisher schon von Charleston zu sehen bekommen habe, wird mir die Abreise sehr schwer machen, wie ich jetzt schon guten Gewissens sagen kann. Und was die Schönheiten Ihres Landes betrifft, so darf ich Ihnen versichern, daß Ihre Gattin diese gewiß auf ganz zauberhafte Weise repräsentiert.«
Lavinia errötete leicht. »Und da sagt man den Engländern nach, sie seien unterkühlt und Freunde der Untertreibung. Sind Sie sicher, daß Sie nicht vielleicht einen Ahnen aus dem Süden in Ihrem Stammbaum haben, Mister Elliott?«
Er lächelte. »So weit ich es zurückverfolgen konnte, bin ich auf keine derartigen Hinweise gestoßen, Missis DeLong. Und die weiteste Reise, die meines Wissens nach ein Elliott vor mir gewagt hat, ging von London nach Edinburgh. Reiselust gehört also kaum zu den hervorragenden Eigenschaften meiner Familie.«
»Denen Sie sie jedoch nun hinzufügen«, stellte Denis fröhlich fest.
»Es gibt einige in meiner Familie, die meine Neigungen nicht unbedingt für eine begrüßenswerte Fortentwicklung elliottscher Tugenden halten«, räumte er schmunzelnd ein.
Lavinia sah ihn erwartungsvoll an.
»Mister Elliott ist von Beruf Schriftsteller«, warf Jonathan nun ein, leerte sein Glas, als er einen livrierten Schwarzen mit einem Tablett vorbeikommen sah, und tauschte es gegen ein volles aus.
Nun war das Interesse der DeLongs noch stärker geweckt.
Mark Elliott fuhr sich mit Daumen und Zeigefinger über seinen schmalen, wie gezirkelt rasierten Schnurrbart und lachte dabei trocken. »Wenn die Schriftstellerei mein Beruf wäre und

ich von den Einnahmen meiner literarischen Arbeit leben müßte, hätte ich wohl kaum das nötige Geld aufbringen können, um das Billett für die Überfahrt zu bezahlen.«

Jonathan machte einen irritierten Eindruck. »Aber sagten Sie nicht, Sie würden regelmäßig für die *Times* schreiben und hätten auch schon ein Buch veröffentlicht?«

Der Engländer nickte. »In der Tat schreibe ich regelmäßig für die *Times*. Aber wenn man alle ein, zwei Wochen einen Bericht verfaßt, ist das natürlich auch eine Form der Regelmäßigkeit — deren Honorar jedoch gerade meine Ausgaben für guten Brandy und Zigarren deckt, die ich beim Schreiben zu meiner Schande in nicht ganz so mäßiger Art zu genießen pflege. Und was mein Buch über den Spanischen Erbfolgekrieg betrifft, so standen die vielen guten Kritiken in einem umgekehrt proportionalen Verhältnis zum Absatz dieses Werks«, sagte er mit fröhlicher Selbstironie.

»Was Sie offenbar jedoch nicht daran hindert, durch die Welt zu reisen und sich den angenehmen Ereignissen des Lebens zu widmen«, stellte Denis fest, und in seinen Worten schwang eine Frage mit, die auszusprechen ihm die Höflichkeit verbat.

Mark Elliott erkannte sie wohl und machte ihnen gern die Freude, sie zu beantworten. »Das Vergnügen, mich meinen journalistischen Interessen und schriftstellerischen Neigungen sorgenlos widmen und die Welt bereisen zu können, verdanke ich der Geschäftstüchtigkeit und der Einsicht meines Großvaters und Vaters, daß sich der wahre Profit im Buchgewerbe allein in der Kasse der Verleger und Druckereien einfindet und nicht in der Tasche der Autoren. Die elliottschen Buchbindereien und Druckereien sind der beste Beweis dafür. Und da mein jüngerer Bruder sich mit Leidenschaft der Verwaltung und Expansion unseres Erbes widmet, kann ich unbelastet von materiellen Sorgen meinen wenig einträglichen Interessen nachgehen.«

»Und die wären, Mister Elliott?« fragte Denis interessiert.

»Die Konflikte, in die Menschen sich stürzen — manchmal wissentlich, gelegentlich vorsätzlich, meist jedoch ahnungslos.«
»Und das hat Sie nach Charleston geführt?« fragte Lavinia.
»In der Tat, denn nach meiner Reise durch den Norden im letzten Herbst scheint es mir, daß sich in den Vereinigten Staaten der größte Konflikt unserer Generation anbahnt.«
Jonathan lachte spöttisch, doch der Spott galt nicht den Worten des Engländers, sondern dem belustigten Ausdruck seines Neffen.
Das Gespräch, das Denis und Lavinia mit dem Engländer in der Vorhalle führten, war so interessant und unterhaltsam zugleich, daß Denis Mark Elliott zum Essen einlud.
»Nächsten Mittwoch, in unserem Haus in der Tadd Street, ein Souper in kleinem Rahmen.«
»Mit dem allergrößten Vergnügen«, nahm der Engländer die Einladung an.
Denis sah Jonathan an. »Robert Seabrook und Godfrey Ashgate werden mit ihren Frauen kommen. Ich hoffe, du wirst uns auch beehren.«
»Einen Abend mit Mister Seabrook und Mister Elliott an einem Tisch würde ich mir noch nicht einmal dann entgehen lassen, wenn du uns Wasser und Brot vorsetzen würdest«, versicherte Jonathan.
»Was du ganz gut vertragen könntest«, neckte Denis ihn.
»Ich meide Dinge, die fett machen, und Brot gehört eindeutig dazu. Ein schlanker Hummer bekommt mir viel besser«, ging Jonathan selbstbewußt auf den Scherz ein.
»Ja, im Dutzend!«
»Wirklich ein charmanter und zudem interessanter Mann«, sagte Lavinia, als sie zwei Stunden später in der Kutsche saßen und zur Tadd Street fuhren.
»Ja, nicht wahr?« Abigails Augen glänzten, und sie lächelte selig. Denis und Lavinia tauschten einen amüsierten Blick.

33

»Aber ich bitte Sie, Mister Elliott, es ist doch nicht so, als wäre die besondere Institution...«

»Mit Verlaub, Mister Seabrook, aber warum reden Sie immer so verschämt von der ›besonderen Institution‹? Warum nennen Sie die Sache nicht beim Namen? Wir sprechen hier schlicht und einfach von der Sklaverei!«

»Von verschämt kann keine Rede sein, Mister Elliott. Diese Bezeichnung hat sich nun mal bei uns eingebürgert. Und letztlich tut es doch wohl nichts zur Sache, welchen Namen man dem Kind gibt...«

»Entschuldigen Sie, aber da muß ich Ihnen sehr widersprechen, Mister Ashgate. Namen und Bezeichnungen sind mehr als Schall und Rauch, wie ein dummes Sprichwort uns einzureden versucht. Ein Wort kann auch eine Waffe sein. Und die Sprache, die ein Mensch spricht, ist genauso bezeichnend für ihn und seinen Charakter wie seine Taten.«

Wie flüssiges Gold glühte der Brandy in den bauchigen Gläsern, und der Rauch würziger Havannas stieg in graublauen Schwaden zur stuckverzierten Decke hinauf. Die sieben Männer, zu denen sich auch Eugene zählte, wenn er auch mit Abstand der jüngste im Raum war, saßen in bequemen Sesseln in einem zum Kamin hin offenen Kreis und genossen die politische Diskussion jetzt genauso, wie sie auch das üppige Essen im Kreis der Damen genossen hatten, die sich in den anderen Salon zurückgezogen hatten, um sich über weit weniger brisante Themen zu unterhalten.

»Ich glaube, wir haben Mister Seabrook ein wenig aus seinem Konzept gebracht«, sagte Onkel Stuart auf seine bedächtige Art.

Denis nickte und deutete mit seiner Havanna auf seinen

Freund Robert. »Richtig, wir haben dich wohl ein wenig aus dem Konzept gebracht, mein Bester. Bitte sei so gut und führe deinen Gedankengang weiter«, bat er ihn, während Eugene an seinem Port nippte, den sein Vater ihm zugestanden hatte. Dabei hätte auch er gern ein Glas Brandy vor sich stehen und eine Havanna zwischen den Fingern gehabt.

Robert lächelte selbstbewußt. Er war füllig geworden und hatte sich einen dichten Backenbart stehenlassen, während die Ratsecken tiefe Schneisen in sein Haupthaar geschlagen hatten. Lässig schnippte er den Aschekegel von seiner Zigarre in die Kristallschale neben seinem Glas. »Die Einlassungen unseres sehr geschätzten Gastes aus England haben mich ganz und gar nicht aus dem Konzept gebracht, Gentlemen«, versicherte er.

»Er ist eben ein hundertprozentiger Südstaatler, dessen Ansichten nicht einmal eine Armee von Rhetorikern aus dem Norden erschüttern kann«, bemerkte Godfrey Ashgate spöttisch.

»Was die Tatsache nicht aus der Welt zu schaffen vermag, daß man gegnerische Positionen, ob nun Festungen aus Überzeugungen oder mit Kanonen bestückt, notfalls auch schlichtweg überrennen kann«, sagte Jonathan trocken.

»Bitte!« mahnte Denis. »Robert hat das Wort.«

Mark Elliott nickte. »Ja. Es reizt mich sehr zu erfahren, wie er die Sklaverei moralisch und wirtschaftlich zu rechtfertigen gedenkt ...«

»Auf jeden Fall mit der Bibel!« warf Eugene feurig ein. »Da steht doch schon im Alten Testament, daß die Juden Sklaven gehabt haben. Und es war sogar der Apostel Paulus, der den Sklaven Gehorsam befohlen hat!«

Mark Elliott hob nur belustigt die Augenbrauen.

»Halte dich bitte zurück, mein Junge«, wies Denis ihn milde zurecht.

Robert dagegen nickte ihm wohlwollend zu. »Richtig, mit der

Bibel könnte man anfangen. Aber die Frage des Glaubens wollen wir zunächst ausklammern, geht es uns doch in erster Linie einmal um die Institution, pardon, Mister Elliott, um die Sklaverei — und die ist ja nun nachweislich keine Erfindung des Südens.«

»Fürwahr nicht!« bekräftigte Godfrey Ashgate.

»Alle nützlichen Erfindungen kommen seit eh und je aus dem Norden«, bemerkte Jonathan sarkastisch. »Vermutlich liegt das daran, daß der Süden einfach zu stolz ist, über seine Reis- und Baumwollfelder zu blicken.«

»Ich weiß, worauf Sie hinauswollen«, ging Mark Elliott auf die Anspielung von Robert Seabrook ein, »nämlich daß es Europäer wie die Engländer waren, die den Handel mit Sklaven begonnen haben ...«

»Und sich eine goldene Nase und goldene Familienwappen daran verdient haben!« betonte der Herr von SEABROOK PLANTATION. »Und die ersten Sklaven hat nicht der Süden eingeführt, sondern der Norden. Wenn ich mich recht erinnere, wurden die ersten Schwarzen um 1619 an der Küste von Virginia an Land gesetzt. Und es waren die Handelshäuser in Boston, die bis in unsere Zeit hinein mit Schwarzen aus Afrika Handel getrieben haben. Diese feinen Neuengländer, die sich nun als *die* Aristokratie des Nordens empfinden, haben ihre Vermögen und ihren Ruf mit dem aufgebaut, was sie nun in ihrem Hochmut uns, dem Süden, als moralische Schande anzukreiden versuchen: mit Sklaverei!«

Jonathan nickte. »Stimmt«, konstatierte er knapp. »Nur gehört es zum Lauf unserer Welt, daß das vererbte Vermögen eines Räubers spätestens in der dritten Generation schon als das alte Geld eines Aristokraten gilt. Die Menschen vergessen nun mal rasch ... vielleicht weil unser Gewissen nicht daran gewöhnt ist, allzuviel Belastung zu ertragen.«

Es gab leichtes Gelächter. Nur Eugene blickte grimmig drein.

Er verstand nicht, wie man so ein ernstes Thema, das den Stolz und das Selbstverständnis des Südens berührte, in so relativ entspannter und freundschaftlicher Atmosphäre diskutieren konnte.

Onkel Stuart schwenkte seinen Brandy im Glas und sagte: »Ich glaube nicht, daß sich Mister Elliott davon betroffen fühlt. Der gute Name und das Vermögen seiner Familie gründet sich auf Leim und Druckpressen, wenn ich recht informiert bin. Zudem besteht ja wohl kein Zweifel daran, daß England die treibende Kraft jener Bewegung war, die Anfang unseres Jahrhunderts ein generelles Einfuhrverbot für Sklaven erreicht hat. Erlaubt ist seitdem nur noch der Handel innerhalb der Vereinigten Staaten.«

»Und auch an diesem Handel haben die Yankees ganz prächtig verdient!« warf Robert Seabrook ein.

»Das bestreite ich ja auch gar nicht, Mister Seabrook«, sagte Mark Elliott. »Die wirtschaftliche Seite eines Geschäfts darf aber doch die moralische nicht bedeutungslos machen.«

Robert Seabrook verzog spöttisch das Gesicht. »Würden Sie die Güte haben, uns die moralische Seite der Sklaverei aus *Ihrer Sicht* darzustellen?«

»Im Wort ›Sklaverei‹ ist die moralische Wertung meines Erachtens schon klar und deutlich enthalten. Eigentlich bedarf sie keiner weiteren Erklärung mehr, denn niemand hat das Recht, einen anderen Menschen zu versklaven. Punktum.«

»Man kann einen treuen Hund auch einen miesen Köter nennen!« empörte sich Eugene. »Ganz wie Sie sagten, Sir: Sprache kann man auch als Waffe benutzen! Und genau das tun Sie! Die Schwarzen sind im Süden nicht die gequälten, ausgebeuteten Sklaven, wie Sie und Ihresgleichen sie schildern...«

»Eugene! Zügele dein Temperament!« tadelte Denis seinen Sohn nun ernstlich böse. »Mister Elliott ist unser Gast, und wenn du etwas anzumerken hast, dann tu es bitte auf eine

Art, die einem Gentleman aus dem Süden zur Ehre gereicht!«
»Lassen Sie ihn nur, Mister DeLong«, meinte Mark Elliott nachsichtig. »Ich vermag die Empörung Ihres Sohnes schon zu verstehen, und ich denke, sie gibt mir einen tieferen Einblick in das Denken und Fühlen Ihres Landes als so manch gelehrte Abhandlung.«
Eugene starrte ihn finster an und fragte sich, wo in den Worten des Engländers die Beleidigung lag, und sie mußte da irgendwo stecken, davon war er überzeugt. Doch er wurde nicht so recht schlau aus der Antwort von Mister Elliott, und das machte ihn noch wütender. Doch er beherrschte sich.
Jonathan griff in den Streit ein. »Ausgewogenheit ist nicht jedermanns Sache. Die Dummheit der Einäugigen ist nachweislich grenzenlos auf dieser Welt. Und was mich betrifft, so gebe ich gerne zu, daß mir das Theater von Grund auf als zu verlogen erscheint, als daß ich anders als mit Zynismus darauf reagieren könnte...«
»Wer wäre darauf gekommen!« warf Robert Seabrook bissig ein.
Jonathan neigte den massigen Kopf, als würde er sich für ein ganz besonderes Kompliment bedanken wollen, und fuhr dann fort: »Aber nun muß ich doch etwas zur Ehrenrettung meines dennoch geschätzten Südens und unserer ›besonderen Institution‹ sagen.«
»Hört, hört«, sagte Godfrey Ashgate, während Mark Elliott den schwergewichtigen Kaufmann erwartungsvoll anblickte.
»Sklaverei abstrakt ist verwerflich.« Jonathan hob die Hand, als Robert Seabrook augenblicklich zu einem Widerspruch ansetzte. »Bitte lassen Sie mich das zu Ende ausführen, Mister Seabrook. Dann ist die Reihe an Ihnen... Besten Dank... Also, ich habe bewußt ›abstrakt‹ gesagt, denn man muß sich ja wohl die Frage stellen, wie die Lebensumstände eines Menschen aus-

sehen. Wenn ich mir da die armen Kreaturen der Lohnarbeiter in den Fabriken und Bergwerken, auf den Werften und Kontoren und wo auch immer ansehe, deren Besitzer nicht die geringsten Skrupel haben, das Letzte aus ihren Arbeitern herauszuholen, denen sie einen Hungerlohn zahlen, so daß Frauen und sogar kleine Kinder für den Lebensunterhalt der Familie mit sorgen müssen — also wenn ich mir dieses Elend der Industrieregionen in England und bei uns im Norden ansehe, dann erscheint mir der noble Geist der Freiheit, die diese Menschen atmen dürfen, die recht armselige andere Seite der Medaille zu sein, die da totale Ausbeutung heißt.«

»Sehr wahr!« rief Godfrey Ashgate.

Auch Denis nickte zustimmend, und Robert Seabrook sagte fast dankbar: »Diesmal haben Sie uns allen aus der Seele gesprochen, Mister Rutledge. Denn genauso verhält es sich doch. Unsere Schwarzen leben in ihrer angeblichen Knechtschaft zehnmal besser als die Masse der arbeitenden ›freien‹ Bevölkerung im Norden. Denn es sind doch nichts weiter als böswillige Karikaturen, die uns Südstaatler als peitschenschwingende Sklavenhalter darstellen. Gut, es gibt hier und da Auswüchse, aber die Regel sind sie nicht. Wir sorgen für unsere Schwarzen, Mister Elliott. Weil uns an ihnen liegt. Wir leben nicht nur mit ihnen, sondern eben auch *von* ihnen. Und die meisten Sklavenbesitzer sind sich ihrer Verantwortung bewußt.«

»Es wäre wohl anders, wenn ein Sklave nur ein leicht und kostenlos austauschbarer Arbeiter wäre«, warf Jonathan bissig ein, »aber da er ein sehr hohes Kapital darstellt, behandelt man ihn auch dementsprechend. Genauso wie ein Fabrikbesitzer nicht mit dem Hammer auf seine Maschinen einschlägt, wenn mal etwas nicht nach seinem Willen klappt, peitschen wir im Süden auch nicht unsere Schwarzen aus.«

Mark Elliott hatte ihnen aufmerksam zugehört. »Es mag ja alles stimmen ...«

»Unterstellen Sie Mister Seabrook und Mister Rutledge, daß sie lügen?« fuhr Eugene auf.
»Nein, natürlich nicht, Mister DeLong«, blieb der Engländer gelassen. »Aber Freiheit ist ein ganz besonderes Gut, Gentlemen. Und die Entscheidung, wie jemand sein Leben einrichten will, muß doch wohl jedem überlassen sein. Es kann den Schwarzen materiell tatsächlich zehnmal besser gehen als einem Arbeiter im Norden. Das ändert jedoch nichts daran, daß er sein Leben nicht nach seinem Willen gestalten kann und sich in einer wenn auch vergleichsweise erträglichen Knechtschaft befindet. Und niemand wählt freiwillig die Sklaverei.«
»Darüber zu diskutieren, ist müßig«, ging Robert Seabrook großzügig darüber hinweg. »Der Norden mag sich noch so sehr moralisierend gebärden und uns verteufeln: An den Pranger gehören in Wirklichkeit sie selbst, denn eigentlich geht es ihnen nicht um Moral, sondern um handfeste wirtschaftliche und machtpolitische Interessen, denen wir uns beugen sollen. Zudem ist sie Sklaverei dem Süden in der Verfassung ausdrücklich garantiert worden.«
»Und was die Freiheit betrifft, so sind die Schwarzen daran überhaupt nicht interessiert«, pflichtete Godfrey Ashgate ihm bei. »Weil sie genau wissen, daß sie so besser dran sind. Denn wer von ihnen flüchtet denn in den Norden? Einer von dreißigtausend! Und das ist einer Statistik zu entnehmen, die im Norden erstellt wurde, aber dort nicht viel Beachtung gefunden hat.«
»Ganz im Gegensatz zur verlogenen Hetzschrift dieser *Onkel Toms Hütte*-Autorin!« warf Eugene zornig ein. »Und die hat noch nie am Bett einer Schwarzen gesessen und ihr Medizin verabreicht, wie es meine Mutter und meine Tante ständig tun!«
Denis griff zur Flasche und füllte die Gläser seiner Gäste nach.

»Zu der Freiheit noch ein Beispiel, das Sie interessieren dürfte«, sagte Jonathan. »Wie Sie sicher bemerkt haben, bewegen sich die Schwarzen frei in den Straßen der Stadt und gehen ihrer Arbeit nach.«
Mark Elliott nickte. »Ja, direkte Zeichen der Unterdrückung findet man schwerlich«, räumte er ein.
Der Baumwollagent runzelte die Stirn. »Schwerlich? Gar nicht!« behauptete er.
Onkel Stuart verzog leicht die Lippen, sagte jedoch nichts. Er hörte gern zu. Die Sklaverei war eine Angelegenheit, zu der er selbst viel zu zwiespältige Empfindungen hatte, als daß er eine klare Stellung hätte beziehen können wie Robert Seabrook oder auch Denis und Eugene, die nicht den leisesten Zweifel an der Richtigkeit ihres Standpunkts und der Rechtmäßigkeit ihres Handelns hegten. Fast beneidete er sie darum.
»Wissen Sie, jedem Schwarzen ist es freigestellt, sich von seinem Herren freizukaufen«, fuhr Jonathan fort. »Und jeder hat dazu die Möglichkeit, ob er nun auf einer Plantage arbeitet oder in der Stadt als Handwerker oder was weiß ich. So gut wie alle haben einen kleinen Nebenverdienst. In Charleston sind auch einige tausend Freie registriert. Vielen geht es mehr schlecht als recht, weil sie nur arbeiten, wenn ihnen der Sinn danach steht oder weil der Hunger sie dazu treibt. Aber einige haben es doch zu echtem Wohlstand gebracht, mit einem eigenen Haus und eigenen Sklaven. Sie werden selbst gesehen haben, daß elegant gekleidete Schwarze sich in teuren Kutschen chauffieren lassen, oder?«
Mark Elliott bestätigte das. »Es gibt so einiges, was mit dem landläufigen Bild des Südens nicht so recht in Einklang zu bringen ist, und diese Seite von Charleston gehört wohl dazu.«
»Und je länger Sie bleiben, desto größer wird Ihre Verwirrung werden«, prophezeite Jonathan ihm. »Ich selbst besitze gut drei Dutzend Schwarze. Doch bis auf die sechs, die ich in mei-

nem Haus beschäftige, sehe ich sie nur einmal im Monat — und zwar dann, wenn sie am Monatsersten ihr Salär bei mir abliefern.«

»Was für ein Salär?« fragte der Engländer verwirrt.

»Ganz einfach: Diese Schwarzen sind quasi ihre eigenen Herren, ausgestattet von mir mit einer Bescheinigung, daß sie ihren Beruf auf eigene Rechnung ausüben dürfen«, erklärte Jonathan dem verdutzten Engländer. »Je nach ihren Fertigkeiten zahlen sie mir eine gewisse Summe, die zwischen zwei und acht Dollar liegt, und der Rest ihres Monatsverdienstes gehört ihnen. Sie können damit machen, was sie wollen. Diese Schwarzen wohnen in ihren eigenen Vierteln. Keiner gibt ihnen Befehle, und ans Weglaufen denken sie ebensowenig wie daran, sich freizukaufen, was vielen in wenigen Jahren möglich wäre. Aber sie tun es nicht. Warum auch? Wieviel freier können sie denn noch werden?«

»Eine interessante Frage, der ich mit Sicherheit nachgehen werde«, sagte Mark Elliott nachdenklich. »Aber bei allem, was Sie mir da erzählen, Gentlemen, stellt sich dennoch die Frage, wie der Süden auf den sich zuspitzenden Konflikt mit dem Norden reagieren wird?«

»Eines ist klar«, erklärte Robert Seabrook sofort mit allem Nachdruck. »Die Abolitionisten des Nordens, die die Abschaffung der Sklaverei im Süden auf ihre Fahnen geschrieben haben, um unsere Wirtschaft zu ruinieren, werden ihren Willen nicht bekommen. Dem wird sich der Süden als unbezwingbare Mauer entgegenstellen!«

»Ob die Moral auf der Seite der Abolitionisten steht, möchte ich hier nicht erörtern«, sagte Jonathan. »Aber ganz klar ist doch, daß ihre Forderung nach Abschaffung der Sklaverei wirtschaftlich absolut absurd ist. Ich möchte Sie an die nur allzu treffenden Worte von Senator James Hammond aus South Carolina erinnern, der schon vor Jahren sagte: ›Hat es je ein

Volk gegeben, sei es zivilisiert oder wild, das mit menschlichen oder göttlichen Argumenten dazu hätte überredet werden können, freiwillig ein Vermögen von zwei Milliarden Dollar aufzugeben?‹ Denn auf diese Summe, Mister Elliott, beläuft sich der Wert aller Sklaven im Süden. Und zwei Milliarden sind das *Achtfache* der Bankguthaben der *gesamten Nation*. Glauben Sie, das opfert der Süden auf dem Altar des Nordens, der uns die Sklaven erst verkauft hat?«

»Ich sehe ein, daß die wirtschaftliche Komponente von enormer Bedeutung ist«, gab Mark Elliott zu und sog an seiner Zigarre. »Aber dieser ›ununterdrückbare Konflikt‹, wie Senator Seward ihn letztes Jahr in seiner berühmten Rede im Kongreß genannt hat, muß doch gelöst werden. Und jetzt darf ich Sie an die Worte jenes Politikers aus Illinois erinnern, der in dem berühmt gewordenen Rededuell mit Stephen Douglas sagte: ›Ein Haus, das in sich uneins ist, kann nicht bestehen. Ich glaube, diese Regierungsform kann nicht von Dauer sein, wenn sie immer zur Hälfte mit der Sklaverei, zur Hälfte mit der Freiheit lebt!‹«

Denis runzelte, sich erinnernd, die Stirn und fragte: »War das nicht dieser republikanische Anwalt aus dem tiefsten Hinterwald, der Douglas den Senatssitz streitig gemacht hat?«

Mark Elliott nickte. »Ja, Abraham Lincoln hat das gesagt.«

Robert Seabrook lachte geringschätzig. »Sein dummes Gerede vom geteilten Haus hat ihm aber nichts genutzt. Er hat die Wahl verloren. Von diesem provinziellen Eiferer werden wir nichts mehr hören.«

»Es war immerhin ein Bibelzitat, Matthäus 12, Vers 15, soviel ich weiß«, wandte Mark Elliott ein, »und wie ich im Norden hörte, hat die Wahlniederlage seine politischen Ambitionen nicht im mindesten beeinträchtigt. Es heißt sogar, er habe die Absicht, bei der Präsidentschaftswahl im nächsten Jahr als Kandidat der Republikaner anzutreten.«

Diese Vermutung rief allgemeine Heiterkeit hervor.
»Lächerlich!« meinte Robert Seabrook.
»Abraham Lincoln? Ich muß zugeben, ich habe nie von ihm gehört«, sagte Godfrey Ashgate.
»Das wird auch in Zukunft so sein, Mister Ashgate«, versicherte Robert Seabrook und wandte sich Mark Elliott zu. »Ich will Ihnen sagen, wie der Süden diesen ›ununterdrückbaren Konflikt‹ lösen wird. Wir werden von unserem in der Verfassung verankerten Recht Gebrauch machen und die Union verlassen, wenn uns der Norden weiterhin so drangsaliert und diskriminiert. Wir brauchen die Union nicht.«
»Ja, zum Teufel mit den Yankees!« rief Eugene.
Diesmal nickte Denis zustimmend. »Der Auffassung sind wir wohl alle. Es wird Zeit, daß der Süden sein Schicksal in die eigene Hand nimmt. Wir haben die Baumwolle, Mister Elliott, und Baumwolle ist König. Wir können ganz vorzüglich allein zurechtkommen.«
Die angeregte Diskussion dauerte noch eine ganze Weile, bis Denis es für geboten hielt, sich zu den Damen zu begeben und den Abend mit weniger brisanten Gesprächen harmonisch ausklingen zu lassen.
»Waren Sie überhaupt schon mal auf einer Plantage, Mister Elliott?« wollte Lavinia wissen.
»Bisher noch nicht.«
»Dann müssen Sie uns aber unbedingt besuchen, nicht wahr, Denis?«
Er nickte. »Ja, wir würden uns geehrt fühlen und glücklich schätzen, Sie auf BELMONT PARK begrüßen zu können«, versicherte er, und seine Einladung kam von Herzen.
»Nun ja...« Der Engländer zögerte.
»Sie dürfen uns diesen Gefallen nicht abschlagen!« insistierte Lavinia.
»Also gut, ich nehme Ihre Einladung gern an. Wie könnte ein

Mann Ihnen auch nur irgend etwas abschlagen, Missis DeLong«, bedankte er sich mit einem Kompliment, das Lavinia amüsiert auflachen ließ.
»Sie haben mein Problem nur allzugut erkannt, Mister Elliott«, sagte Denis gut gelaunt und begleitete ihn zur Kutsche. »Wir werden uns in den nächsten Tagen gewiß noch auf diversen Empfängen und Bällen sehen, und ich freue mich darauf — wie auf Ihren Besuch. Sie stehen bei uns im Wort!«
»Es wird mir ein Vergnügen sein, es zu halten, Mister DeLong!« versicherte Mark Elliott, bedankte sich noch einmal für den überaus gelungenen und höchst aufschlußreichen Abend und ließ sich ins Hotel fahren.
Eugene stand mit finsterer Miene im Zimmer. »Ich verstehe nicht, wie du diesen Mann einladen konntest, Pa! Ich hätte ihm schon heute abend gleich nach dem Essen die Tür gewiesen.«
Denis lachte. »Was hast du gegen ihn? Er ist doch ein sehr charmanter Mann, gebildet und geistreich dazu. Er ist eine echte Bereicherung.«
»Er hat unsere Ehre in Zweifel gezogen!« protestierte Eugene. »Er ist nicht besser als einer von diesen verdammten Yankees!«
»Erstens sollst du nicht fluchen, nicht einmal über die Yankees, und zweitens bist du mir ein bißchen zu vorschnell mit deinem Urteil — wie mit deiner Zunge«, rügte Denis seinen Sohn, nahm den Worten aber ihre Schärfe, indem er den Arm um Eugenes Schultern legte. »Mister Elliott ist von Beruf Journalist, und die Aufgabe eines Journalisten ist es, kritische Fragen zu stellen und auch wunde Punkte zu berühren. Zudem ist er unser Gast, mein Sohn. Und unsere Gastfreundschaft gebietet es, daß wir ihm den nötigen Respekt erweisen, ja mehr noch, wir müssen uns mit unserer Gast*freundschaft* im wahrsten Sinne des Wortes um ihn bemühen. Allein dann

wird er uns auch verstehen und zu einem Freund des Südens.«
»Wir brauchen keine Freunde! Wir sind stark genug!«
Denis schmunzelte. »Mein Sohn, niemand ist so stark, daß er keine Freunde benötigte. Eine Erkenntnis, die vielen leider erst dann kommt, wenn es dafür schon zu spät ist.«

34

Lavinia begab sich noch einmal in den kleinen Salon, der nach hinten zum Garten hinausging. Die Palmen warfen noch lange Schatten über das gepflegte Grün und die Rabatten. Doch der Oleander und der Jasmin gegenüber auf der Backsteinmauer lagen schon im Licht der winterlichen Vormittagssonne.
»Und du möchtest wirklich nicht mitkommen, Georgina?« fragte sie ihre Schwiegermutter, die in einem der Sessel am Fenster saß und eine Näharbeit auf dem Schoß hatte. Doch sie lag unberührt, denn Georgina schaute versonnen in den Garten hinaus. »Dieses neue Geschäft in der Archdale Street soll sehr gut sortiert sein und einige wirklich reizende Accessoires in seinem Angebot haben.«
Georgina wandte sich zu ihr um und schüttelte den Kopf. »Nein, fahr du mal nur allein mit Melinda. Ich muß gestehen, daß mir die Nacht gestern doch recht lang geworden ist und mir ein wenig Ruhe zehnmal lieber ist als ein Einkaufsbummel. Und heute nachmittag müssen wir ja schon wieder zur Tee-Party bei Missis Tellany. Ja, lach du nur! Komm erst einmal in mein Alter. Dann wirst du schon noch sehen, daß man mit seinen Kräften haushalten muß!«
»Du hättest es wie Tante Edwina machen und dir das Frühstück von Rachel aufs Zimmer bringen lassen sollen«, erwi-

derte Lavinia mit einem leichten Schmunzeln. »Sie wird heute nachmittag bei Missis Tellany bestimmt so munter wie ein junger Fisch sein.«
»Bis in die Puppen im Bett zu liegen wie ein Müßiggänger, ist nie meine Art gewesen!« sagte Georgina mit kühler Mißbilligung für diese neuerliche Angewohnheit ihrer Schwester.
»Lavinia?« drang Melindas Stimme aus dem Gang.
»Nun fahrt schon! Und gebt nicht so viel aus! Manchmal ist es ein weit befriedigenderes Gefühl, der Verlockung widerstanden als ihr nachgegeben zu haben!« mahnte Georgina sie.
Lavinia lachte. »Ja, aber doch eben nur manchmal. Wir sind rechtzeitig zu Mittag zurück.«
Melinda wartete schon ungeduldig vor der Tür. Sie trug unter dem leichten sandbraunen Cape ein limonengelbes Taftkleid, das ihre Liebe für üppigen Rüschenbesatz verriet. Aber was ihre heiß geliebten Spitzen und Rüschen betraf, ließ sie sich von keinem einen Ratschlag geben.
»Ich dachte schon, du kommst gar nicht mehr«, sagte sie mit fast kindlicher Ungeduld.
»Das Geschäft in der Archdale Street läuft uns schon nicht weg, Melinda«, meinte Lavinia, als sie das Haus verließen und in den offenen Landauer stiegen, der schon auf sie wartete.
»Aber wir wollen doch auch noch einen Blick bei GLADY's und bei KENSINGTON & FEATHER auf der King Street hineinwerfen. Wenn die Handschuhe wirklich so exquisit gearbeitet sind, wie Missis Dooley versichert hat, sollten wir unbedingt einige Paar davon mitnehmen. Und der Hut, der dir vorgestern bei Missis Warrington so ausnehmend gut gefallen hat, ist eine dieser neuen Kreationen von GLADY's«, kam es Melinda in einem munteren Strom über die Lippen, während sie die Tadd Street westwärts bis zur Legare Street hinauffuhren und dort rechts abbogen. »Aber auf das neue Kurzwarengeschäft, von dem Missis Carlisle berichtet hat, bin ich natürlich ganz besonders gespannt.«

»Hm, ja«, sagte Lavinia, war mit ihren Gedanken jedoch ganz woanders. Sie dachte an ihre Tochter. Abigail hatte das Haus in der Obhut ihres Bruders verlassen. Angeblich wollten sie sich die Ruderwettbewerbe ansehen, die an diesem Morgen im Hafen stattfanden. Aber das war sicher nicht der wahre Grund. Dafür kannte sie ihre Tochter viel zu gut. Ob sich Abigail wohl mit dem jungen Vernon auf ein ›zufälliges Treffen‹ auf der Promenade verabredet hatte? Oder favorisierte sie inzwischen Frank Pearson? Nein, nicht anzunehmen. Frank war ein netter Bursche, hatte aber noch zwei ältere Brüder. Er würde auf der elterlichen Plantage bestenfalls ein Leben führen wie Onkel Stuart. Und mit einer solchen gesellschaftlichen Stellung gab sich Abigail, Gott sei Dank, nicht zufrieden.

Lavinia wußte Abigail bei Eugene in allerbester Obhut. Ihr Bruder war sich seiner Verantwortung als ältester DeLong-Sohn sehr bewußt. Schon jetzt war er durch und durch ein Südstaatler, dem die Ehre alles galt. Er würde es nicht einmal zulassen, daß ein Verehrer seiner Schwester einen unschicklichen Blick zuwarf, geschweige denn sich andere Freiheiten herausnahm. Dennoch beschloß sie, sich noch vor der Tee-Party bei Missis Tellany ein genaueres Bild über ihre derzeitigen Verehrer zu machen. Bei den vielen Bällen und Festen der letzten Tage hatte sie völlig den Überblick verloren.

Melinda war von dem Kurzwarengeschäft in der Archdale Street nicht nur angetan, sondern regelrecht begeistert. Sein Besitzer, Curtis Roebuck, ein gutaussehender Mann in den Vierzigern, nahm das Lob seiner Kundschaft freudig entgegen.

»Die Zufriedenheit meiner Kundschaft ist der schönste Lohn für meine Bemühungen, auch den ausgefallensten Wünschen der Damen gerecht zu werden«, versicherte er vollmundig.

»Gleich neben dem Profit natürlich«, konnte sich Lavinia nicht verkneifen zu sagen.

Curtis Roebuck lachte pflichtschuldig. »Der sich in einer Lage

wie dieser sehr in Grenzen hält. Sie werden von der King Street andere Preise gewohnt sein, Missis ...«
»DeLong«, stellte Lavinia sich vor. »Und das ist meine verwitwete Schwägerin Missis Galloway.«
Er verbeugte sich gewandt. »Missis DeLong ... Missis Galloway, es ist mir eine Ehre.«
Lavinia wählte aus dem wirklich reichhaltigen und qualitativ hochstehenden Sortiment einige hübsche Fächer und ein paar andere Kleinigkeiten, die gut als Geschenke Verwendung finden konnten. Ihre Einkäufe bei Mister Roebuck waren schnell und mit sicherem Auge getätigt. Melinda dagegen stellte ihre Geduld wieder einmal auf eine harte Probe. Aber sie hatte es schon geahnt, daß die Leidenschaft ihrer Schwägerin für Strick- und Näharbeiten sie wieder einmal ganz in ihren Bann schlagen und in eine Art von Kaufrausch versetzen würde.
Sie leistete der Versuchung Widerstand, Melindas übersprudelnde Begeisterung zu dämpfen. Warum sollte sie sich diese Freude denn auch nicht machen? Sie besaß sowohl das Geld als auch die Zeit, um dieser Leidenschaft nach Herzenslust frönen zu können. Sehr viel anderes war ihr ja kaum geblieben.
Mister Roebuck freute sich selbstredend über eine so großzügig einkaufende Kundin. Als endlich alles sorgfältig verpackt, bezahlt und zum Landauer gebracht war, bedankte er sich wortreich, besonders natürlich bei Melinda. »Es war mir eine Ehre und ein außerordentliches Vergnügen, einer so kundigen Dame wie Ihnen, Missis Galloway, mit meinen bescheidenen Diensten zur Verfügung stehen zu dürfen. Es würde mich freuen, Sie bald wieder in meinem Geschäft begrüßen zu können.«
Das glaube ich dir gern, dachte Lavinia spöttisch.
»Es war wirklich ein Vergnügen«, meinte Melinda, glücklich mit ihren Einkäufen und über die vorzügliche Bedienung.
»Ich bin sicher, das Vergnügen war beiderseits«, erwiderte La-

vinia trocken, während sie zur Market Street fuhren und sich dann wenig später vor GLADY's absetzen ließen.

»Es dauert zwar noch eine Weile, bis wir wieder nach St. Helena Island fahren, aber dennoch sollten wir diesmal frühzeitig an die neuen Sommerhüte denken. Du weißt doch, letztes Jahr habe ich die anderen beiden Hüte mit den herrlichen Seidenblumen leider zu spät bestellt«, sagte Melinda gedämpft, die Hand schon auf dem polierten Messingknauf der Tür.

»Was keinem aufgefallen ist, meine Liebe«, erwiderte Lavinia und wollte ihr schon ins Geschäft folgen. Doch eine Stimme, die in dem Moment zu ihr über die Straße drang, hielt sie zurück.

»Lavinia!«

Sie drehte sich um und sah ihre Freundin Sally, die gerade auf der anderen Straßenseite aus dem Geschäft eines Uhrmachers trat, gefolgt von ihrer schwarzen Zofe Florence, die kaum weniger elegant gekleidet war als ihre Herrin.

Melinda runzelte unwillig die Stirn. Mit Sally verstand sie sich nicht — seit der Geschichte mit Harriet. Auch die vielen Jahre, die mittlerweile vergangen waren, hatten daran nichts geändert. Daß Sally sie damals nicht zu ihrer Hochzeit nach SEABROOK PLANTATION eingeladen hatte, würde sie ihr nie verzeihen.

»Geh schon mal rein, Melinda. Ich komme gleich nach«, sagte Lavinia, wohl wissend, daß es so das Beste war, und wortlos verschwand ihre Schwägerin im Laden der Hutmacherin Louisa Glady.

Sally kam zu Lavinia herüber. Ihr herrliches Kleid aus roter Seide leuchtete im Sonnenschein, als würde es in Flammen stehen. »Welch ein netter Zufall!« rief sie. »Bei GLADY's waren wir auch schon. Robert wird blaß werden, wenn er die Rechnung sieht — nun ja, nicht nur bei der.« Sie lachte vergnügt, wußte sie doch, daß Robert ihr nie einen Wunsch abschlug. »Wie war

übrigens der Ball bei den Hamiltons? Wir hatten ja diese Einladung zu dem Bankett im CHARLESTON HOTEL. Es war recht amüsant, aber ich wäre doch lieber auf den Ball gegangen.«
Sie unterhielten sich eine Weile über die Empfänge und Bälle, an denen sie nicht gemeinsam teilgenommen hatten, tauschten Klatsch aus und stellten erfreut fest, daß sie sich am nächsten Abend beim Ball der Draytons wiedersehen würden.
»Abigail wird sich bestimmt auch schon sehr darauf freuen«, meinte Sally.
Lavinia lachte. »Wenn es nach ihr ginge, würde sie jeden Tag an drei Bällen teilnehmen.«
Sally stimmte in ihr Lachen ein. »Waren wir anders, Lavinia? Aber wenn mich nicht alles täuscht, hat Abigail auch gegen Spaziergänge in Begleitung junger Gentlemen nichts einzuwenden«, sagte sie mit einem Augenzwinkern.
»Du hast sie mit Eugene gesehen?«
»Ja, doch Augen hat sie nur für den jungen Andrew gehabt«, sagte Sally schmunzelnd. »Bei allem, was recht ist, aber er hat sich in den letzten Jahren wirklich zu seinem Vorteil verändert. Es ist kein Wunder ...«
»Entschuldige bitte, Sally, aber hast du Andrew gesagt?« fiel Lavinia ihrer Freundin verwirrt ins Wort.
»Ja, natürlich ...«
»Aber doch nicht etwa Andrew Sutherland?!« fragte Lavinia ungläubig.
Sally sah sie etwas betreten an. »Doch, Harriets ältester Sohn. Mein Gott, ich dachte, du wüßtest das, Lavinia, und du hättest nichts dagegen einzuwenden. Andrew ist ja auch wirklich ...«
»Ich soll nichts gegen einen Sutherland einzuwenden haben?« stieß Lavinia heftig hervor, und der Zorn auf Harriet war so frisch und heiß wie vor achtzehn, zwanzig Jahren. »Ich würde es meiner Tochter nicht einmal erlauben, mit einem Suther-

land auch nur ein Wort zu wechseln! Was dieses Biest mir angetan hat, weißt du ganz genau.«

»Sicher, aber das ist doch nun schon zwei Jahrzehnte her«, versuchte Sally sie zu beruhigen. »Und was kann ihr Sohn schon für die Fehler seiner Mutter? Seine Manieren sind untadelig, Lavinia.«

»Erzähle mir nichts! Ich bin sicher, daß Harriet irgendwie dahintersteckt! Es ist ihr zuzutrauen, daß sie auf Umwegen das zu erreichen versucht, was ihr damals mißlungen ist — nämlich ihre schmutzige Hand auf BELMONT PARK zu legen!« ereiferte sich Lavinia.

»Das glaube ich einfach nicht. Außerdem erbt ja nicht deine Tochter die Plantage, sondern Eugene«, wandte Sally ein.

Das wollte Lavinia nicht gelten lassen. »Trotzdem! Immerhin wären wir DeLongs dann mit den Sutherlands verwandt. Das wäre für sie schon ein Triumph. Aber daraus wird nichts, darauf gebe ich dir mein Wort.«

Louisa Glady hatte an diesem Tag wenig Freude an ihrer sonst so selbstsicheren Kundin Lavinia DeLong, die stets wußte, was ihr gefiel und — was den wenigsten ihrer Kundinnen gegeben war — was ihr stand. Keines ihrer Modelle konnte sie überzeugen. An allem hatte sie etwas auszusetzen, wo es wirklich nichts zu bemängeln gab.

Lavinia war launisch, kurz angebunden und überaus ungerecht zu Louisa Glady, und sie wußte es. Aber sie konnte nicht dagegen an. Innerlich kochte die Wut auf Harriet. Was interessierte sie da das aufgeblasene Geschwätz von Missis Glady und Melinda über Seidenblumen, Krepp und Spitze. Und auf die Versuche ihrer Schwägerin, sie doch zu diesem oder jenem Kauf zu bewegen, reagierte sie mit verletzender Schroffheit.

Melinda konnte sich keinen Reim auf Lavinias seltsames Benehmen machen, hielt es jedoch für ratsam, ihren Besuch bei GLADY's kürzer ausfallen zu lassen, als sie es eigentlich vorgehabt hatte.

»Ich möchte ja nicht an dir kritteln«, sagte sie, als sie im Landauer saßen, »aber mit einigen deiner Bemerkungen scheinst du mir Missis Glady doch sehr getroffen, um nicht zu sagen düpiert zu haben.«

»Wenn du nicht an mir kritteln möchtest, kannst du dir solche Worte sparen«, lautete Lavinias gereizte Antwort. »Und was ich zu ihren Modellen zu sagen habe, wirst du schon mir überlassen müssen!«

»Bitte entschuldige, daß ich etwas gesagt habe!« rief Melinda beleidigt und rückte von ihr ab.

»Ich nehme deine Entschuldigung an!« erwiderte Lavinia eisig und fragte knapp: »Willst du noch zu KENSINGTON & FEATHER?«

»Nein, danke, mir ist nicht mehr danach.«

Lavinia nickte und rief dem Schwarzen auf dem Kutschbock zu: »Fahr uns wieder zurück, Taffy!«

»Ja, Ma'am!«

Die Rückfahrt verlief unter eisigem Schweigen. In der Tadd Street angekommen, stürmte Melinda mit verkniffener Miene an ihr vorbei ins Haus, stiefelte die Treppe hoch und knallte oben mit der Tür wie ein zorniges junges Mädchen.

»Was hat sie?« fragte Georgina verwundert.

»Ihre Zicken«, antwortete Lavinia knapp. »Sind die Kinder schon da?«

»Nein, noch nicht. Na, wie war denn euer Einkauf? Ihr seid ja wirklich früh zurück. Hat sich der Besuch bei diesem neuen Laden in der Archdale Street gelohnt?« wollte Georgina wissen.

»Ja«, sagte Lavinia kurz angebunden und begab sich ebenfalls auf ihr Zimmer.

Kopfschüttelnd blickte Georgina ihr nach.

In ihrem Zimmer ging Lavinia unruhig auf und ab. Ihre Tochter mit Harriets ältestem Sohn! Nicht mal im Traum wäre sie darauf gekommen, das so etwas einmal passieren könnte. Das mußte sie sofort unterbinden. Eine DeLong hatte mit den Sutherlands nichts zu schaffen. Nur gut, daß Sally die beiden gesehen und sie darauf aufmerksam gemacht hatte. Lange konnte das noch nicht gehen. Aber man mußte den Anfängen wehren...

Allmählich wurde sie ruhiger. Sie setzte sich und dachte angestrengt nach. Auf Denis konnte sie nicht zählen, das wußte sie. Vermutlich hielt er Harriet noch immer für eine ganz reizende Frau. Wie blind Männer doch manchmal waren! Nein, es war besser, diese Angelegenheit auf eine Art und Weise zu regeln, die ihn völlig aus dem Spiel ließ.

Ihre blinde Wut legte sich, und sie war jetzt froh, daß sie keine Gelegenheit gehabt hatte, Abigail in der Aufwallung ihrer Gefühle zur Rede zu stellen und ihr zornige Vorhaltungen zu machen. Damit hätte sie mehr Schaden als Nutzen verursacht. Mit Verboten war dieser Sache nicht beizukommen, wie ihr dämmerte. Denn womit hätte sie es auch begründen können? Die Sutherlands waren eine vermögende, angesehene Familie, und Denis würde kein Verständnis haben, wenn sie Abigail den Umgang mit Andrew verbieten würde. Er kannte Harriet eben nicht, und er würde sich von ihr auch nicht überzeugen lassen. Nein, ihr mußte etwas anderes einfallen, um eine tiefergehende Beziehung zwischen den beiden zu verhindern. Zuerst jedoch mußte sie herausfinden, ob überhaupt ernstlich Grund zur Sorge bestand.

»Jetzt heißt es, einen kühlen Kopf bewahren!« ermahnte sie sich. »So schlau wie dieses hinterhältige Biest Harriet bist du doch allemal! Baue vor, aber laß dir nichts anmerken!«

Ihr war tatsächlich auch nichts anzumerken, als Abigail und Eugene eine halbe Stunde vor dem Mittagessen zurückkehrten und Lavinia sie scheinbar beiläufig über ihren Begleiter ausfragte: »Wer war denn der junge Mann, mit dem Sally dich gesehen hat?«

Abigail errötete ein wenig schuldbewußt, daß ihre Mutter über Dritte von ihm erfuhr: »Oh, das ... das war Andrew ... ich meine Mister Sutherland.«
»Oh, der junge Sutherland«, sagte Lavinia und gab ihrer Stimme einen freudig überraschten Klang.
»Wir haben ihn auf der Promenade getroffen.«
»Ganz zufällig, nicht wahr?« Lavinia zwinkerte ihr zu.
Abigail wagte ein verliebtes Lächeln. »Nun ja, fast ... Er hat gestern auf dem Ball gesagt, daß er sich die Wettkämpfe der Ruderer ansehen und ob es mich nicht auch interessieren würde«, gestand sie eine gewisse Art der Verabredung ein.
»Ich wußte ja gar nicht, daß du gestern mit ihm getanzt hast.«
»Ich glaube, da warst du mit Pa und mit Mister Elliott im Wintergarten.«
»Ach ja, ich erinnere mich. Er erzählte uns von seiner Reise durch den Norden. Die Zeit ist uns da wirklich wie im Fluge vergangen«, sagte Lavinia.
»Aber mit mir getanzt hat er schon auf dem Ball bei Madame Talvande«, erzählte Abigail nicht ohne Stolz und mit leuchtenden Augen, die ihre Mutter Böses ahnen ließen.
»Schau an, dann scheint es ja wohl, daß du einen neuen und recht hartnäckigen Verehrer gefunden hast, mein Kind«, sagte Lavinia und mühte sich um einen leichten Ton. »Oder hast du ihn vielleicht sogar dazu ermutigt? Sei ehrlich.«
Abigail lächelte verlegen. »Ein wenig ... Er ist so charmant, Mom! Ein richtiger Gentleman. Und er tanzt so wunderbar wie kein anderer!« schwärmte sie nun ganz offen und verliebt von ihm. »Und Lizzy hat mir erzählt, daß seinem Vater eine ganze Flotte gehört, dazu noch Häuser in Charleston und eine schöne Plantage. Aber er ist so bescheiden.«
Lavinia rang sich ein scheinbar fröhliches Lachen ab. »Ich fürchte, du läufst Gefahr, dein Herz an ihn zu verlieren. Aber überstürze bitte nichts. Du bist eine DeLong und nicht in Eile,

unter die Haube gebracht zu werden. Genieße die Bälle und Feste, die noch vor uns liegen — und halte dir alle Optionen offen. Und laß dich nicht blenden. Man kann da sehr unliebsame Erfahrungen machen, und davor möchte ich dich bewahren.«
Es handelte sich um mehr als nur um einen harmlosen Flirt. Das konnte Lavinia auch aus den brüderlich spöttischen Sticheleien von Eugene heraushören. Es wurde also allerhöchste Zeit, daß sie etwas unternahm.
Den ganzen Tag und die halbe Nacht zermarterte sie sich das Hirn nach einer eleganten Lösung. In den frühen Morgenstunden kam ihr die Erkenntnis, daß sie es allein nicht schaffen würde. Sie brauchte Hilfe von jemandem, auf dessen Stillschweigen sie sich verlassen konnte und der über die notwendigen Beziehungen verfügte — Godfrey Ashgate.
Sie suchte ihn gleich am Vormittag auf. Er zeigte sich ebenso überrascht wie erfreut, als sie allein und unangemeldet in seinem Kontor am Hafen erschien.
»Godfrey, ich brauche Ihre Diskretion und Ihre Hilfe«, kam sie ohne Umschweife zur Sache.
Sein Gesicht nahm einen ernsten Ausdruck an. »Lavinia, beides ist Ihnen stets gewiß. Ihre Bitte macht mich jedoch besorgt. Ich hoffe, es sind keine wirklich ernsten Probleme, die Sie bedrücken.«
»Ich weiß nicht, wie sehr es Sie bedrücken würde, wenn Sie der Überzeugung wären, daß Ihre Tochter Helen dabei ist, einen schweren Fehler zu begehen.«
»Es würde mir den Schlaf rauben!« versicherte er, doch er machte gleichzeitig einen erleichterten Eindruck, daß es keine geschäftlichen Schwierigkeiten waren, die Lavinia zu ihn geführt hatten.
»So ergeht es mir, Godfrey, und ich will Ihnen auch sagen, warum ich mir Sorgen um Abigail mache. Andrew Sutherland, der älteste Sohn von Charles und Harriet Sutherland,

macht meiner Tochter den Hof. Und mir scheint, daß Abigail im Begriff steht, sich in ihn zu verlieben.«
Verblüfft sah er sie an. »Ja, aber das ist doch wohl kein Grund, um sich Sorgen zu machen, Lavinia. Sie und Ihre Tochter sind eher zu beglückwünschen. Andrew Sutherland ist doch eine ausgezeichnete Partie!«
Lavinia sah ihn hart an, und ihre Augen wurden dunkel. »Das mag für jedes andere Mädchen zutreffen, Godfrey. Doch nicht für *meine* Abigail. Ich hasse die Sutherlands! Und allein schon der Gedanke, daß eine Verbindung zwischen ihnen und uns möglich sein könnte, ist mir unerträglich.«
Erschrocken sah er sie an. »Oh, ja ... also ... in dem Fall.« Er wußte nicht, was er dazu sagen sollte.
»Ich weiß, meine Offenheit muß Sie schockieren ...«
»Nein, nein!« wehrte er ab. »Ich ... äh ... ich bin nur etwas überrascht, das muß ich zugeben. Niemals wäre ich auf die Idee gekommen, daß es zwischen Ihnen und den Sutherlands eine solche Abneigung gibt.«
Lavinia beugte sich vor und sah ihn eindringlich an. »Bitte glauben Sie mir, wenn ich Ihnen sage, daß es dafür von meiner Seite sehr triftige Gründe gibt. Doch erlassen Sie mir die Demütigung, sie Ihnen darzulegen. Es ist nichts, was ich mir vorzuwerfen hätte. Mein Gewissen ist so rein wie jungfräulicher Schnee. Es sind Demütigungen und Beleidigungen, die man mir in den ersten Jahren meiner Ehe angetan hat und die ich niemals verzeihen kann. Ich habe es noch nicht einmal fertiggebracht, meinem Mann von jenen Ereignissen zu berichten, die meinen Haß auf die Sutherlands begründet haben.«
»Um Gottes willen, Lavinia!« rief er fast bestürzt. »Kein Wort mehr! Ich glaube Ihnen auch so. Sagen Sie mir lieber, was ich für Sie tun kann?«
»Mir sind die Hände gebunden, Godfrey. Ich kann mich auch meinem Mann nicht offenbaren, damit er mich darin unter-

stützt, unsere Tochter von ihm fernzuhalten. Natürlich kann ich auch ihr kein Wort über die Hintergründe sagen. Sie würde es also nicht verstehen, wenn ich ihr verbieten würde, Andrew Sutherland weiter zu sehen, und es mir aus Unwissenheit über meine wahren Motive vielleicht nie verzeihen«, sagte sie verzweifelt.

»Ja, ich verstehe, was Sie meinen. Das ist ein schreckliches Dilemma«, sagte er mitfühlend. »Sie möchten, daß die Verbindung zu ihm beendet wird, doch niemand darf wissen, daß Sie dabei die treibende Kraft gewesen sind.«

Sie nickte.

Er nagte an seiner Unterlippe. »Tja, das bedeutet, daß wir einen Weg finden müssen, damit Ihre Tochter ihn nicht mehr als Ehekandidaten in Betracht zieht.«

»Noch ist es nichts weiter als ein Schwarm, Godfrey. Jetzt kann man noch etwas tun.«

»Sie wollen diese Verbindung also um jeden Preis zerstören?« vergewisserte er sich.

Sie wich seinem eindringlichen Blick nicht aus. »Ja, um jeden Preis, Godfrey!« bekräftigte sie.

»Lassen Sie mich überlegen.«

Der Baumwollagent erhob sich, ging zu seinem Schreibtisch und zündete sich eine Zigarre an. Er war so in Gedanken, daß er Lavinia noch nicht einmal um Erlaubnis bat. Die Zigarre zwischen den Lippen drehend, ging er ans Fenster und blickte auf den Hafen hinaus.

Lavinia saß ruhig im Sessel und wartete.

Eine geraume Zeit verstrich. Dann wandte er sich mit einem schweren Seufzer wieder zu ihr um. »Wie ich es auch drehe und wende, Lavinia, es gibt meines Erachtens nur eine einzige, erfolgversprechende Methode, wie man Ihrer Tochter den jungen Sutherland aus dem Kopf und aus dem Herzen treiben kann.«

»Ich werde Ihnen auf ewig dankbar sein, wenn Sie mir einen Weg aufzeigen!« beteuerte sie.

Er zögerte einen Augenblick. Dann sagte er: »Man muß den jungen Mann in Verruf bringen.«

Lavinia schwieg, und dieses Schweigen sagte ihm, daß auch ihr diese Erkenntnis gekommen war — schon bevor sie sein Kontor betreten hatte.

»Wollen Sie das in Kauf nehmen, Lavinia?«

Sie wich seinem Blick nicht aus. Verlogenheit war ihre Sache nicht. »Ich sagte um jeden Preis, Godfrey.« Es lag nicht die geringste Unsicherheit in ihrer Stimme.

Er seufzte schwer. »Ich will offen zu Ihnen sein: Gerne tue ich es nicht.«

»Glauben Sie mir, ich auch nicht. Mir wäre es lieber gewesen, er hätte meine Tochter nicht einmal angesehen. Aber mir bleibt keine andere Wahl. Diese Verbindung muß ein Ende haben — und zwar schnell, bevor der Schaden noch größer wird!« sagte sie mit unbeugsamer Härte. »Und was den Ruf des jungen Mannes betrifft, so muß man diesen ja nicht gänzlich ruinieren. Es genügt, wenn man ihm zum Beispiel eine Affäre anhängt oder einen unsittlichen Lebenswandel, was Abigail dazu bringt, sich enttäuscht von ihm abzuwenden, was man einem jungen Mann mit ein bißchen Abstand jedoch leicht nachsieht.«

»Man weiß nie, was ein Skandal nach sich zieht«, gab er zu bedenken.

»Mir steht meine Tochter näher als Andrew Sutherland.«

»Ja, natürlich«, murmelte er.

»Können und werden Sie das für mich tun, Godfrey?« Lavinia sah ihn bittend an.

»Ob ich es kann?« Er lachte freudlos auf. »Mein Gott, um einen so jungen und unerfahrenen Mann wie Andrew Sutherland in eine kompromittierende Situation zu bringen, bedarf

es keines Geniestreichs. Lebenserfahrung und ein paar gemeine Tricks sind da ausreichend. Und wenn man so lange wie ich sein Geschäft betreibt, dann kennt man allerlei Leute aus allen Kreisen, von denen manche gegen Geld und andere aus Freundschaft zu gewissen Gefälligkeiten bereit sind, die nicht immer die Bezeichnung ›ehrenhaft‹ verdienen. Aber es gilt hier wohl, das kleinere Übel zu wählen.«
»Ja, so ist es, Godfrey.« Sie ergriff seine Hand. »Sie werden mir also helfen?«
Er verzog das Gesicht. »Ja, ich werde mir etwas einfallen lassen, um Andrew Sutherland die erste bittere Lektion von der Ungerechtigkeit des Lebens zu erteilen. Ich werde Sie jedoch nicht davon unterrichten, Lavinia, damit Ihre Überraschung und Empörung vor Ihrer Tochter auch glaubhaft wirken«, sagte er sarkastisch.
Es störte Lavinia nicht. Sie hatte sein Wort, und allein darauf kam es ihr an. Sie versicherte, natürlich für alle Kosten aufzukommen, wovon er ebenso natürlich nichts hören wollte. Er war Geschäftsmann genug, um zu wissen, daß er ihr mehr als nur einen Gefallen aus freundschaftlicher Verbundenheit tat. Sie stand von nun an in seiner Schuld.
Abigail durchtanzte noch einen Ball mit Andrew Sutherland, auf dem Lavinia sich sogar noch freundlich mit ihm unterhielt und sich den Anschein gab, als sähe sie diese sich anbahnende Verbindung mit dem allergrößten Wohlwollen.
Zwei Tage später stürzte für ihre Tochter eine Welt zusammen. Eine junge Frau namens Sarah Wells, die sich nach dem Tod ihrer Eltern in ihrem Haus in der Pitt Street mehr schlecht als recht ihren Lebensunterhalt als Schneiderin verdiente, erstattete gegen Andrew Sutherland Anzeige wegen Körperverletzung. Sie gab zu Protokoll, er hätte sie geschlagen, weil sie ihn an sein Versprechen erinnert hatte, für sie zu sorgen, sollte sie von ihm schwanger werden, was der Fall war. All das bestritt

Andrew Sutherland empört und auf das heftigste. Er beteuerte immer wieder, diese Person überhaupt nicht zu kennen.
Man glaubte ihm nicht. Er war gesehen worden, wie er das Haus der jungen Frau betreten und eine gute Stunde später erst wieder verlassen hatte — wie Zeugenaussagen belegten. Daß Andrew auch danach noch darauf beharrte, Opfer einer Verleumdung zu sein, machte ihn nur noch unglaubwürdiger. Wer sollte schon ein Interesse daran haben, ihm eine billige Affäre mit einer Schneiderin anzuhängen? Man war allgemein der Ansicht, daß er klüger daran getan hätte, diese unschöne Angelegenheit diskret aus der Welt zu schaffen, wie das in seinen Kreisen nun mal üblich war. Eine Affäre zu haben, war verzeihlich, nicht jedoch sie in die Öffentlichkeit zu tragen, wie er es scheinbar getan hatte.
Für den fraglichen Vorfall, der zur Anzeige gekommen war, die Schläge nämlich, gab es jedoch keine Zeugen, wie es auch für die anderen Anschuldigungen keine Beweise gab, so daß Aussage gegen Aussage stand und die Anzeige keine weiteren Folgen für ihn hatte, jedenfalls keine gerichtlichen. Doch Charleston hatte seinen gesellschaftlichen Skandal.
Lavinia bewunderte ihre Tochter. Abigail hielt sich tapfer. Sie wurde totenbleich, als Helen ihr von Andrews abscheulichem Verhältnis mit der Schneiderin berichtete, doch sie brach nicht in Tränen aus. Erst als Helen gegangen war, rannte sie auf ihr Zimmer und überließ sich ihrem Schmerz. Ihr Stolz verbot es ihr jedoch, dem Ball am selben Abend fernzubleiben. Der Name Andrew Sutherland kam ihr nie wieder über die Lippen.
Es überraschte Lavinia nicht, daß Harriet sie auf der Höhe des Skandals eines Nachmittags vor ihrem Haus in der Tadd Street abpaßte, als sie mit Georgina von einer Tee-Party zurückkam. Sie hatte damit gerechnet und war deshalb darauf vorbereitet.
Harriet stieg aus der Kutsche, die schon eine ganze Weile ein

Stück oberhalb ihres Hauses gestanden hatte, und kam raschen Schrittes auf sie zu, als fürchtete sie, Lavinia könnte ihr aus dem Weg gehen wollen.

Lavinia dachte gar nicht daran. Sie tat so, als wäre sie überrascht, ihre alte Rivalin an diesem Ort zu treffen.

Harriet hielt sich nicht lange mit Vorreden auf. »Das ist Ihr Werk gewesen!« stieß sie hervor, und ihr bleiches Gesicht hob sich überdeutlich von ihrem noch immer herrlich schwarzen Haar ab. »Ich weiß, daß Sie es gewesen sind!«

»Wovon reden Sie?« fragte Lavinia scheinbar verständnislos.

»Von dieser schmutzigen Lügenkampagne, mit der Sie meinen Sohn durch den Dreck ziehen!«

Lavinia hob die Augenbrauen. »Oh, Sie sprechen von diesem unappetitlichen Fehltritt Ihres Sohnes, ja? Ich muß gestehen, es hat mich nicht sehr überrascht, Harriet.«

»Mein Sohn ist unschuldig!« rief Harriet mit verzerrtem Gesicht. »Andrew hätte so etwas nie getan! Er kennt diese Frau nicht einmal. Das sind alles Lügen. Und Sie wissen es, denn nur Sie allein stecken hinter dieser gemeinen Intrige! Sie haben diese Verleumdung doch nur ins Leben gerufen, um meinen Sohn und Ihre Tochter auseinanderzubringen!«

Lavinia verzog geringschätzig die Lippen. »Sie glauben, die Wahrheit zu kennen, Harriet. Aber Sie haben schon mal falsch mit Ihren Einschätzungen gelegen. Sie erinnern sich doch noch an Agnes, oder?« Sie lächelte kalt. »Und was meine Tochter angeht, Harriet, so überschätzen Sie sich und Ihre Familie doch sehr. Auch ohne diesen Skandal hätte meine Tochter nicht im Traum daran gedacht, Ihren Sohn näher in Betracht zu ziehen. Eine DeLong weiß, was sie ihrem Namen schuldig ist, und heiratet doch nicht unter ihren Möglichkeiten. Ich wünsche Ihnen noch einen guten Tag!«

Was Harriet ihr nachrief, überhörte Lavinia. Sie erinnerte sich ihres Schwurs, nickte in Gedanken zufrieden und fühlte sich gut. Es hatte lange gedauert, diese Rechnung zu begleichen. Aber das Warten hatte sich gelohnt.

»Ich hätte es mir denken können«, sagte Georgina noch vor der Tür.

»Was?«

»Daß an dem ganzen Skandal nichts dran ist. Es ist mir zwar ein Rätsel, wie du das geschafft hast, aber du hast dem jungen Sutherland die Affäre mit dieser Sarah Wells irgendwie anhängen lassen, um ihn und Abigail auseinanderzubekommen. So ist es doch, nicht wahr?«

»Ich müßte lügen, würde ich sagen, daß ich diese Entwicklung bedaure«, antwortete Lavinia.

»Du bist hart geworden, Lavinia«, sagte Georgina leise.

Lavinia drehte sich um und sah ihr mit kühlem Blick ins Gesicht. »Nein, nur eine DeLong«, erwiderte sie schroff. »Und ich habe eine ausgezeichnete Lehrmeisterin gehabt!«

Georgina hielt ihrem Blick einen Moment lang stand. Dann gab sie nach und schaute zur Seite. Rachel öffnete die Tür, und wortlos ging sie vor Lavinia ins Haus.

35

Die Familie Sutherland zog die einzig mögliche Konsequenz aus dem Skandal und schickte Andrew noch vor dem Ende der Ballsaison nach Europa. Es hieß, er ginge nach Oxford, um seiner Ausbildung in der Alten Welt den standesgemäßen Abschluß zu verleihen. Doch jedermann wußte, daß diese Reise eine Art zeitlich begrenzte Verbannung war. In zwei Jahren würde genügend Gras über die Affäre gewachsen sein, daß man sich dann nur noch mit einem milden Lächeln und einer abgeklärten Bemerkung über die Torheiten der Jugend an diesen

Vorfall erinnern und sich gleich wieder den aktuellen und damit weitaus aufregenderen Skandalen zuwenden würde. Daß auch Sarah Wells fast zur selben Zeit die Stadt verließ, verwunderte keinen. Später sollten Gerüchte aufkommen, sie wäre nach Georgia gegangen und hätte in Atlanta ganz wundersamerweise einen überaus eleganten Modesalon eröffnet, den sie mit dem Erlös aus dem Verkauf ihres bescheidenen elterlichen Hauses unmöglich hatte finanzieren können.

»Da hat ihr wohl jemand den Auszug aus Charleston vergoldet«, hieß es spöttisch, und jeder hätte gewettet, daß Andrews Vater der jungen Frau den Weggang mit einer beachtlichen Summe Geldes schmackhaft gemacht hatte. Aber in einer so geschäftigen Stadt wie Charleston erlahmte das Interesse an Geschichten von gestern und vorgestern sehr schnell, denn in dieser turbulenten und spannungsgeladenen Zeit gab es täglich neue Sensationen, politisch wie gesellschaftlich, und zwei Jahre später konnte sich bis auf eine Handvoll persönlich Betroffener niemand mehr an den Namen jener Frau erinnern.

Abigail tat das einzig Richtige, um über die Enttäuschung mit Andrew hinwegzukommen: Sie ließ in den letzten zehn Tagen der Ballsaison nicht ein einziges Fest ausfallen — mit der nachdrücklichen Unterstützung ihrer Mutter. Ihr Herz entflammte wieder für den jungen Vernon. Doch dieses Strohfeuer fiel schon an jenem Morgen in sich zusammen, als sie in die Kutsche stieg, um nach über drei Wochen Aufenthalt in Charleston wieder nach Belmont Park zurückzukehren.

Tante Edwina gab einen Stoßseufzer der Erleichterung von sich, als sie vor dem Herrenhaus aus der Kutsche stieg und ihren hageren, schmerzenden Körper streckte.

»Welch himmlische Ruhe nach diesem eitlen Tollhaus, das sich Charleston nennt! Nein, ich glaube, das war meine letzte Saison, an der ich teilgenommen habe«, sagte sie überzeugt und schaute sich dankbar um, als wollte sie den Frieden und die träge Stille ganz tief in sich aufnehmen. »Dem Herrn sei Dank und Lob, daß es BELMONT PARK gibt ... und so vertraute Gesichter wie dich, Eb. Gib mir deinen Arm.« Der Butler, selbst schon schneeweiß, führte sie die Freitreppe hinauf.

Und während Eugene sofort zu den Stallungen ging, um Amnon zu begrüßen und ungeachtet seiner guten Kleidung zu einem langen Ausritt aufzubrechen, stürmte Julian die Treppe herunter und warf sich seiner Mutter in die Arme.

»Ich dachte schon, ihr würdet gar nicht mehr wiederkommen!« rief er glücklich. »Ich habe mich mit Mister Polingham zu Tode gelangweilt!«

Auch Lavinia war froh, wieder auf BELMONT PARK zu sein. Nur Melinda war merkwürdig niedergeschlagen und schien sich nicht so wie sonst zu freuen, daß nun wieder alles seinen geregelten, ruhigen Gang ging.

Doch Lavinia und Denis machten sich darüber keine großen Gedanken, zumal Mark Elliott wenige Tage später, ganz wie verabredet, auf der Plantage eintraf. Nun galt ihrem Gast aus England ihre ungeteilte und freudige Aufmerksamkeit.

Mark Elliott wollte ihre Gastfreundschaft höchstens eine Woche in Anspruch nehmen, wie er bei seiner Ankunft betonte. Aus dieser einen Woche wurden schließlich zwei volle Monate, die allen wie im Handumdrehen vergingen und aus einer interessanten Bekanntschaft eine aufrichtige Freundschaft machten. Daß Denis und er verschiedene politische Standpunkte vertraten, tat ihrem gegenseitigen Respekt und ihrer Freundschaft keinen Abbruch.

Denis machte ihn mit allen Facetten des Lebens auf BELMONT PARK vertraut, und immer wieder fuhr er mit ihm zu den Feldern hinaus.

»Der Norden wirft uns Pflanzern im Süden Grausamkeit und Ausbeutung vor«, sagte er einmal, als sie die Schwarzen bei der Arbeit beobachteten. »Dabei haben sie mehr Freiheiten, als sich ein weißer Arbeiter überhaupt erträumen kann, auch bei der Arbeit. Oder sehen Sie hier irgendwo jemanden, der die Peitsche schwingt und die Schwarzen vorantreibt?«

»Nein, nichts derart Offensichtliches zu entdecken«, stellte Mark Elliott mit leichtem Spott fest.

»Das werden Sie auch nicht – weder auf BELMONT PARK noch auf irgendeiner anderen Plantage, die ich kenne«, versicherte Denis. »Und die Erklärung dafür ist unser Task-System.«

»Das sollten Sie näher erläutern.«

»Es ist ein System der Arbeitsaufteilung, das auf fast allen Plantagen im ganzen Süden angewandt wird. Jedem Arbeiter wird, je nach Fähigkeit, täglich ein gewisses Pensum zugeteilt – wobei die Maßeinheit das *task* ist. Sehen Sie die Pflöcke, die in regelmäßigen Abständen das Feld durchziehen?«

Der Engländer nickte.

»Vier Pflöcke begrenzen jeweils ein *task*, das sind genau hundertfünf Fuß im Quadrat, also ein Viertel Acre. Für jede Arbeit ist festgelegt, wie viele *tasks* jemand pro Tag zu leisten hat«, erklärte Denis. »Wenn es ums Pflügen geht, liegt das normale Pensum bei vier *tasks*. Heißt es die Erde mit der Hacke um die Pflanzen herum zu lockern und Unkraut auszureißen, hat der Feldarbeiter nur ein *task* zu verrichten. Allein beim Pflücken der Baumwolle gibt es kein vorgegebenes Pensum. Denn die Leistung, die ein Pflücker erzielen kann, hängt zu sehr davon ab, wie der jeweilige *blow* ausfällt. Verteilt er sich über das ganze Feld, schafft er weniger, als wenn in einem kleineren Teil aus fast allen Kapseln fast gleichzeitig die Wolle hervorquillt.«

»Und was ist, wenn der Schwarze – sagen wir mal seine vier *tasks* Pflügen – hinter sich gebracht hat?«

»Dann gehört ihm der Rest des Tages«, erklärte Denis. »Meist ist es dann erst früher Nachmittag, so daß er sich seinen eigenen Arbeiten widmen kann.«

Mark Elliott hatte während der beiden Monate Gelegenheit genug, sich davon zu überzeugen, daß die Schwarzen tatsächlich relativ früh von den Feldern zurückkehrten.

»Und dennoch ist die Peitsche von den Plantagen nicht verbannt!« sagte er eines Tages, nachdem er zufällig Zeuge geworden war, wie ein schwarzen Unteraufseher, ein sogenannter *driver*, einem jungen Mann mit seiner Peitsche zwei Schläge auf die nackten Beine versetzt hatte.

»Hat er ihn ausgepeitscht?« fragte Denis nach.

»Nein, es waren nur zwei Schläge.«

»Na also! Er wird sie verdient haben.«

»Mag sein. Aber das ändert doch nichts an der Tatsache, daß es die Willkür der Peitsche gibt — und die Drohung, die damit einhergeht, auch wenn sie selten benutzt wird.«

»Zucht und Ordnung muß sein! Wenn ich meinem Sohn eine Ohrfeige gebe, weil er sich ungehörig benommen hat, bin ich dann deshalb schon ein Gewaltmensch?« fragte Denis.

»Das ist doch etwas ganz anderes ...«

»Überhaupt nicht!« widersprach Denis. »Als Vater muß ich bei meinen Kindern für die rechte Erziehung und für Zucht und Ordnung sorgen, als Plantagenbesitzer gilt diese Fürsorgepflicht auch meinen Schwarzen.«

»Nur sind das keine unmündigen Kinder, sondern erwachsene Menschen, die keiner gefragt hat, ob sie sich Ihrer Fürsorgepflicht unterwerfen wollen!« hielt Mark Elliott ihm vor.

»Wir können über die Sklaverei als solche streiten, und ich will sogar zubilligen, daß es eine Institution ist, die unserer Zeit nicht mehr ganz entspricht«, räumte Denis ein. »Aber was die Gewalt betrifft, die uns stets vorgeworfen wird, so ist dies eine wahre Verleumdung. Sicherlich gibt es unter den rund vier Millionen Schwarzen ...«

»Sklaven!«

»... die im Süden leben«, fuhr Denis ungerührt fort, »einige hundert, vielleicht sogar einige tausend Menschen, die das Opfer von großer Ungerechtigkeit und brutaler Gewalt geworden sind...«

»Einem Menschen die Freiheit zu nehmen, ist *per se* schon ein schweres Unrecht!« fiel Mark Elliott ihm ins Wort.

Denis tat das mit einem Kopfschütteln ab. »Aber die Zahl derjenigen Schwarzen, die brutal gepeitscht und elend gehalten werden, ist doch lächerlich gering im Vergleich zu diesen vier Millionen! Und wenn wir schon von Gewalt reden: Körperliche Züchtigung ist im Norden doch viel mehr an der Tagesordnung! In der Schule wird geschlagen. In den Straflagern und Gefängnissen ist es die Regel, daß die Insassen bei kleinsten Vergehen mit Prügelstrafen bedacht werden. Und denken Sie bloß an die Marine! Die ganz selbstverständliche Auspeitschung von Matrosen, die nun wirklich der Willkür von Offizieren und Captain ausgesetzt sind, gehört zum Alltag auf See!«

»Die Auspeitschung von Matrosen ist 1850 von der US-Marine abgeschafft worden«, korrigierte der Engländer ihn.

Denis lachte spöttisch auf. »Ja, auf dem Papier. Auf hoher See sieht es anders aus, Mister Elliott!«

»Ein Matrose kann abheuern, ein Sklave nicht.«

»Ein Matrose, der krank oder auf See zum Krüppel wird, findet sich im nächsten Hafen in der Gosse wieder! Wir sorgen auch dann noch für unsere Leute, wenn sie alt und krank sind! Und noch etwas, Mister Elliott: Bei uns im Süden leben etwa gleich viele freie Schwarze wie im Norden, nämlich um die 220000. Aber welche Rechte hat ihnen der Norden eingeräumt? Keine! Kein Weißer im Norden denkt an eine Gleichberechtigung mit den Schwarzen. Sie wird ihnen überall verweigert. Der Rassismus ist doch dort oben noch stärker als bei uns, oder wollen Sie das bestreiten.«

»Nein, das kann ich nicht«, gab er widerstrebend zu. Er hatte auf seiner Reise durch den Norden tatsächlich die Erfahrung gemacht, daß man auch in den Kreisen, die für eine Abschaffung der Sklaverei eintraten, eine strikte Trennung der Rassen als ein Gebot der Natur und der Religion betrachtete.

»Wir kennen keinen Rassenhaß. Wir leben mit unseren Schwarzen wie in einer großen Familie. Meine Kinder lieben ihre schwarzen Nannys und sind mit schwarzen Kindern groß geworden ...«

Mark Elliott hob die Hände. »Bitte, Mister DeLong! Jetzt malen Sie mir Ihren Süden aber doch ein bißchen zu paradiesisch. Ich räume ein, daß ich vieles habe revidieren müssen und sich mir vieles komplexer darstellt, als ich es mir gedacht habe. Aber eins läßt sich nicht vom Tisch reden: Auch ein goldener Käfig bleibt letztlich ein Käfig.«

Denis seufzte. »Kommen Sie, fahren wir zurück. Meine Frau wird schon mit dem Tee auf uns warten.«

An vielen Abenden, wenn sie auf der Veranda saßen, über den Park zum Ashley River blickten und die Mint Juleps genossen, die keiner so gut anzurichten vermochte wie Joshua, vergaßen sie die wachsenden politischen Spannungen zwischen dem Norden und dem Süden. Dann flossen ihre Unterhaltungen so leicht und flüssig dahin wie die Fluten des Ashley. Gern hörte Lavinia ihm zu, wenn er von England erzählte, von seinen schreibenden Kollegen und seinen Reisen.

Doch wenn die Männer unter sich waren, dauerte es nie sehr lange, bis sie wieder auf die Politik oder die Wirtschaft zu sprechen kamen, was letztlich ein und dasselbe war.

»Moral? Der Norden läßt sich nicht von moralischen Motiven lenken«, sagte Onkel Stuart grimmig. »Es geht allein um Machtpolitik. Man will unsere Rechte beschneiden und uns zum Zahlmeister der Nation machen, darum geht es!«

Denis pflichtete ihm bei. »Im Süden lebt knapp ein Drittel der Bevölkerung der Union, aber von den Exporten der USA kommen wertmäßig zwei Drittel aus dem verteufelten Süden. Dasselbe Mißverhältnis findet sich auch bei der Versorgung des Nordens mit landwirtschaftlichen Produkten. Wir, der Süden, sorgen für die Yankees mit.«
Es waren anregende, oftmals hitzige Gespräche, doch sie wurden niemals persönlich und verletzend. Lavinia und Denis hätten es gern gesehen, wenn ihr Gast noch länger geblieben wäre, aber ihre Bitten hatten keinen Erfolg.
»Zwei Monate! Ich habe Ihre Gastfreundschaft wirklich schon über Gebühr strapaziert!«
Denis lachte amüsiert. »Ach was! Eigentlich sind Sie gerade erst eingetroffen. Sie kennen den Süden eben doch nicht richtig, Mister Elliott. Sonst wüßten Sie, daß zwei Monate bei uns kein Zeitraum ist, über den man ein Wort verliert. Freunde von uns hatten einmal ein junges Ehepaar auf ihrer Plantage zu Gast. Und als die beiden dort ihr fünftes Kind bekamen und meinten, nun sei es wohl doch an der Zeit, wieder abzureisen, protestierten unsere Freunde energisch — und statt sie abreisen zu lassen, haben unsere Freunde noch ein paar Zimmer angebaut.«
Mark Elliott lachte schallend. »Eine hübsche Anekdote.«
»Darin stecken das Herz und die Seele des Südens, mein Freund!«
»Sie werden mir alle sehr fehlen!« versicherte Mark Elliott. »Doch ich möchte noch einmal in den Norden.«
»Wenn es dort kalt und ungemütlich zu werden beginnt, wissen Sie ja, wo man Sie im warmen Süden jederzeit mit offenen Armen und Herzen willkommen heißt!« sagte Lavinia mit aufrichtigem Bedauern über Mark Elliotts Abreise.
»Wir sehen uns wieder!« versicherte dieser. »Und bis dahin

werde ich Ihnen schreiben, was mir auf meinen Reisen durch den Norden erwähnenswert scheint.«
Der Schlag fiel zu, und die Kutsche rollte über den Kies die Auffahrt hinunter, vorbei an den gestutzten Buchsbäumen und den blühenden Magnolien.
Am selben Abend teilte Melinda ihrer Familie mit, daß sie die Absicht habe, sich wieder zu verheiraten.

36

Die Ankündigung, die Melinda mit dem beiläufigen Tonfall einer Erinnerung an einen nicht allzu wichtigen Termin machte, schlug wie eine Bombe ein. Das oberflächliche Geplauder im Salon brach jäh ab.
Georgina beugte sich vor, als hätte sie sich verhört. »Was sagtest du, Melinda?«
»Daß ich mich entschlossen habe, wieder in den Stand der Ehe zu treten«, erklärte Melinda steif und reckte das Kinn in Erwartung heftiger Vorhaltungen trotzig vor.
Einen Augenblick herrschte fassungsloses Schweigen. Tante Edwina setzte die Tasse mit ihrem Kräutertee, die sie gerade zum Mund hatte führen wollen, wieder ab. Wohl unbewußt legte sie ihre linke Hand auf die in Leder gebundene Sammlung besonders erbaulicher Bibelstellen, die sich neben ihrer Tasse auf dem Tisch befand. Onkel Stuart lächelte etwas dümmlich, weil er einen Scherz vermutete, den er nicht verstand. Denis machte ein verblüfftes Gesicht, das kaum weniger intelligent aussah. Allein Lavinia ahnte etwas.
Der Unglaube war allseitig.
Denis faßte sich. »Du willst dich wieder verheiraten?« fragte er verständnislos. »Aber um Gottes willen denn mit wem?«

»Mit Curtis Roebuck!«
Georgina wurde aschfahl. »Melinda!« Es war ein Aufschrei der Empörung. »Du mußt von Sinnen sein!«
»Ganz und gar nicht, Mutter! Ich bin eine erwachsene Frau, und ich bin es leid, in diesem Haushalt wie das fünfte Rad am Wagen zu sein. Tante Edwina mag sich damit begnügen...«
»Ich bitte dich!« rief diese entrüstet, und ihr Griff um die Psalme wurde fester.
»Schlag dir das aus dem Kopf!« rief Georgina wütend. »Diesen Mann wirst du nicht heiraten!«
»O doch! Und ihr werdet nichts dagegen unternehmen können!« schrie Melinda zurück.
Mit donnernder Stimme verschaffte sich Denis Gehör. »Wer, zum Teufel noch mal, ist dieser Curtis Roebuck?« verlangte er zu wissen.
»Ein Kaufmann«, warf Lavinia mitleidig ein.
»Ein kleiner Krämer!« setzte Georgina voller Zorn auf Melinda und Verachtung für Curtis Roebuck hinzu. »Ein aufgeblasener Kurzwarenhändler in der Archdale Street mit ein paar Verkaufsvitrinen voll billigem Tand.«
»Curtis ist ein verständnisvoller und seelenguter Gentleman mit einem angesehenen Geschäft!« verteidigte Melinda ihn mit hochrotem Gesicht.
»Ist das dein Ernst?« fragte Denis bestürzt. »Dieser Mann ist wirklich ein Krämer?«
Melinda stampfte wütend mit dem Fuß auf. »Nein, er ist kein Krämer! Er ist ein ehrenwerter, rechtschaffener Geschäftsmann. Und niemand kann uns von unserem Entschluß abbringen!«
»Jetzt verstehe ich, warum du immer wieder irgend etwas in Charleston zu erledigen hattest. Du hast uns etwas vorgespielt, deiner eigenen Familie mißtraut, ja sie belogen«, sagte Tante Edwina entrüstet.

»Ich hatte meine Gründe!«
Denis machte eine herrische Handbewegung. »Mom hat völlig recht. Schlag dir diesen Mann aus dem Kopf, Melinda. Du kannst unmöglich einen Ladeninhaber heiraten. Vergiß nicht, daß du eine DeLong bist!«
»Ich bin eine verwitwete Galloway!«
»Nein, du bist und bleibst eine DeLong!« herrschte Georgina sie an.
»Komm doch zur Vernunft«, redete Lavinia ihr nun auch zu. »Was soll denn diese Ehe? In deinem Alter ...«
Melinda blitzte sie wütend an. »Was soll das heißen ›in deinem Alter‹? Ich bin siebenunddreißig! Habe ich da mein Recht auf ein bißchen Glück schon verwirkt?«
Tante Edwina nahm sie scharf und mißbilligend ins Visier. »Es gibt da so etwas wie Reife und natürliches Schamempfinden, meine Liebe!«
»Eine zweite Ehe ist keine Schande, Tante Edwina! Es ist eine zweite Chance, ein bißchen Glück zu finden!« rief Melinda mit schriller Stimme und den Tränen nahe.
»Aber nicht mit einem Kaufmann!« beharrte Georgina.
»Mir ist er recht, und allein das zählt!«
»Er will doch bloß dein Geld!« mutmaßte Denis.
»Das stimmt nicht! Er weiß überhaupt nichts von meinem Geld! Er liebt mich.«
»Natürlich weiß er von deinem Geld. Dein Name bürgt doch schon für Geld, du Dummkopf!« fauchte Georgina. »Also nimm Vernunft an und vergiß diesen Knopf-und-Nadel-Krämer!«
»Ihr könnt reden, was und wie ihr wollt, ihr werdet mich nicht davon abbringen können. Wir lieben uns, und wir werden heiraten!« stieß Melinda schluchzend hervor und rannte aus dem Salon.
»Warum hast du dich dann nicht gleich einem Tagelöhner an

den Hals geschmissen!« rief Georgina ihrer Tochter wutentbrannt hinterher. »Denn wenn wir DeLongs etwas machen, dann auch richtig!«
Onkel Stuart schüttelte fassungslos den Kopf. »Ausgerechnet Melinda«, sagte er verblüfft. »Ihr hätte ich so etwas nun am allerwenigsten zugetraut.«
»Keine Sorge, das werden wir ihr schon noch ausreden«, sagte Denis erbost. »Eine DeLong und ein Krämer! Wo kämen wir denn da hin. Da hätten die Leute wirklich was zu reden. Nein, das lasse ich nicht zu.«
Als Abigail am nächsten Morgen davon erfuhr, kannte auch ihre Empörung keine Grenzen. »Wie kann sie mir so etwas nur antun?« erregte sie sich. »Das gibt doch einen Skandal! Sie zieht unseren guten Namen in den Schmutz. Schämt sie sich denn gar nicht? Dabei könnte sie doch meine Mutter sein!«
»Nun ja, die Liebe ist nicht allein ein Privileg der Jugend«, wandte Lavinia zugunsten von Melinda ein, obwohl auch sie eine solche Verbindung strikt ablehnte.
Abigail schüttelte sich, als ekelte sie die Vorstellung, daß eine Frau von siebenunddreißig Jahren sich noch von Liebe leiten ließ. »Das darf sie nicht tun, Mom. Hat sie denn keine Würde mehr?«
Eins hatte Melinda ganz ohne Zweifel, nämlich den unbeugsamen Willen einer DeLong. Unbeirrt hielt sie an ihrem Entschluß fest, was immer sie auch während der nächsten Wochen zu hören bekam — und das war nicht wenig. Ein nicht so entschlossener Mensch hätte schon lange aufgegeben. Nicht so Melinda. Sie war entschlossen, Curtis Roebuck zu heiraten.
Denis suchte den Mann in Charleston auf und fand ihn auf die Konfrontation gut vorbereitet. Er begegnete seinem vornehmen Besucher höflich und sogar verständnisvoll, hörte ihn an und zeigte ein untadeliges Benehmen, war jedoch genausowenig zu beeinflussen wie Melinda. Als Denis ihn nach der Summe fragte, die ihn von einer Ehe Abstand nehmen lassen

würde, bat er seinen Besucher mit derselben Höflichkeit, nun doch besser zu gehen, da wohl alles gesagt und offenkundig sei, daß er sich den Umstand der Fahrt nach Charleston hätte ersparen können.

»Wir können sie tatsächlich nicht daran hindern«, mußte Denis auf Belmont Park mit wütender Ohnmacht konstatieren. »Noch nicht einmal ihr Vermögen können wir sperren. Als Witwe besitzt sie uneingeschränkte Verfügungsgewalt.«

Melinda bekam ihren Willen – und ihren Curtis Roebuck. Die Eheschließung fand in Charleston statt. Im allerkleinsten Kreis. Georgina und Tante Edwina sowie Abigail, Eugene und Julian blieben der Zeremonie fern. Denis hatte während der Trauung ein Gesicht wie aus Stein gemeißelt. Kalt und unbeweglich blickte er an den beiden vorbei. Auch Lavinia zeigte eine abweisende Miene, ohne sich dessen selbst bewußt zu sein, und konnte das Ende nicht abwarten. Allein Onkel Stuart schien der Angelegenheit eine vergnügliche Seite abzugewinnen, denn er lächelte.

»Danke, daß wenigstens ihr gekommen seid«, sagte Melinda zu Lavinia.

Als Lavinia die Tränen des Glücks in den strahlenden Augen ihrer Schwägerin sah, konnte sie es nicht übers Herz bringen, sie ihre Ablehnung spüren zu lassen. Deshalb sagte sie ein wenig versöhnlich: »Ach, Melinda, wenn es dir denn wenigstens Glück und Seelenfrieden bringt ...«

»Das wird es! Ganz gewiß, Lavinia. Ich weiß es!« versicherte Melinda und drückte sie noch einmal, bevor Lavinia in die Kutsche stieg, in der Denis und Onkel Stuart schon auf sie warteten.

»Kein Wort darüber!« fiel Georgina ihrem Sohn schroff in die Rede, als er ihr nach ihrer Rückkehr nach Belmont Park von der Hochzeit berichten wollte. »Ich habe es zur Kenntnis zu nehmen, aber ich habe nicht vor, länger als nötig auf diesem Niveau zu verweilen. Also erspar mir alles weitere. Und noch etwas ...«

»Ja?«
»Sorge dafür, daß dieser Mensch es nicht wagt, jemals seinen Fuß auf Belmont Park zu setzen!« befahl sie ihm, und nicht einmal Lavinia wagte in diesem Moment, ihre Autorität in Frage zu stellen. »Sollte das dennoch einmal passieren, werde ich ihn eigenhändig von unserem Land peitschen! Ich habe noch nie in meinem Leben zur Peitsche gegriffen, doch dann werde ich es tun, der Herr ist mein Zeuge!«
Drei Monate später traf auf Mulberry Hall ein Schreiben von Melinda ein. Es war an Lavinia gerichtet, und Melinda berichtete mit überschwenglichen Worten, wie glücklich sie sei und wie abwechslungsreich ihr Leben an der Seite ihres Mannes sei.
»Sie haben ein Haus in der King Street gekauft und erweitern ihr Geschäft«, unterrichtete Lavinia die Familie.
»Ja, mit Melindas Geld soll es ihm wohl leichtfallen«, sagte Denis grimmig.
Onkel Stuart lächelte wieder so merkwürdig wie während der Trauung: »Wie sagte Balzac doch so treffend: ›Die Liebe ist der einzige Weg, auf dem selbst die Dummen zu einer gewissen Größe gelangen.‹«

37

Daß er vor Mord nicht zurückschreckte, hatte er hinreichend bewiesen. Und zwar am 25. Mai 1856 in einer Grenzstadt namens Pottawatomie in Texas. Er fiel nachts über seine ahnungslosen Opfer her und metzelte sie mit der Gnadenlosigkeit des Fanatikers nieder. Unter seinem Säbel starben fünf Kolonisten und vier Indianer, darunter auch Frauen und Kinder. Sein Haß kannte keine Grenzen, und sein Fanatismus war der eines Geistesgestörten. Sein Name war John Brown.

Zwei Jahre zuvor hatte der Kongreß das sogenannte »Kansas-Nebraska-Gesetz« verabschiedet, das die leidige Frage der Sklaverei zum Inhalt hatte. Während der Norden darauf drängte, in den neuen Territorien und zukünftigen Bundesstaaten die Sklaverei von vornherein zu verbieten, kämpfte der Süden verbissen darum, daß mit jedem »freien« Staat auch einer mit Sklavenhaltung aufgenommen wurde. Damit sollte gewährleistet werden, daß der Süden wenigstens im Senat gleich stark wie der Norden vertreten war, entsandte doch jeder Bundesstaat nur einen Senator nach Washington. In der Abgeordnetenkammer befand sich der Süden schon längst in der Minderheit, denn dort bemaß sich die Zahl der Abgeordneten nach der Größe der Bevölkerung eines Staates. Daß die Zahl der Sklaven im Süden diesem mit drei Fünfteln bei der Bemessung der zustehenden Abgeordneten angerechnet wurde, änderte nichts an der Übermacht des Nordens. Als nun die Organisation der beiden neuen Territorien Kansas und Nebraska anstand, entbrannte ein heftiger Streit, ob sie nun zu den »freien« oder zu den Staaten mit Sklavenhaltung gehören sollten. Es war ausgerechnet ein Senator aus dem Norden, nämlich Stephen Douglas aus Illinois, der einen scheinbar eleganten Kompromiß fand, der in Wirklichkeit jedoch eine bis dahin noch nicht gekannte Welle von Haß und Gewalt auslösen sollte: Er schlug vor, die Entscheidung über die Sklaverei doch der dortigen Bevölkerung zu überlassen. Dieses »Kansas-Nebraska-Gesetz«, dessen Brisanz kaum einer richtig einschätzte, passierte im Mai 1854 den Kongreß. Die Folge war, daß fanatische Anhänger beider Seiten in die neuen Gebiete strömten, um die anstehenden Wahlen in ihrem Sinne zu beeinflussen. Aus den ersten blutigen Zusammenstößen entwickelten sich rasch bürgerkriegsähnliche Zustände, die fast zwei Jahre tobten. Erst das Eingreifen der Armee konnte verhindern, daß der Westen im Blut und Feuer der Fanatiker versank.

John Brown gehörte zu den skrupellosesten Gegnern der Sklaverei. Sein erklärtes Ziel war es, die »Sklavokraten« des Südens mit Feuer und Schwert auszurotten. Er war Vater von zwanzig Kindern, hielt sich für Gottes auserwähltes Werkzeug, dessen Aufgabe die Befreiung der Schwarzen und die Gründung eines eigenständigen schwarzen Staates südlich von Washington sei, und rezitierte Psalme nach jedem seiner abscheulichen Morde, bei denen er seine Opfer buchstäblich zerstückelte. Seine Bluttat in Pottawatomie zog keine gerichtlichen Folgen nach sich. Er mochte ein Besessener, ja Wahnsinniger sein, doch er war gewissen Leuten, die die Stimmung anheizen wollten, sehr nützlich und besaß im Norden einflußreiche und vermögende Freunde, die seine Art von Freiheitskampf unterstützten.

Am 6. Oktober 1859 kehrte Denis mit seiner Familie nach den heißen Sommermonaten von St. Helena Island nach BELMONT PARK zurück. Genau zehn Tage später überfiel John Brown um zehn Uhr abends mit achtzehn Getreuen in Virginia das Bundesarsenal in Harper's Ferry. Von hier aus sollte der bewaffnete Aufstand der Schwarzen beginnen. Die Sklaven sollten sich erheben und in einer blutigen Revolution die weiße Pflanzeraristokratie im ganzen Süden ausmerzen — so sah es sein Plan vor. Der erste Teil seines Plans gelang. Er besetzte das Gebäude, wobei es auf beiden Seiten mehrere Tote gab, und nahm Geisel. Dann rief er die Schwarzen auf den umliegenden Farmen dazu auf, sich ihrem Aufstand anzuschließen und den bewaffneten Kampf zu beginnen. Doch die Erhebung der Sklaven blieb aus. Nicht einer folgte dem Aufruf.

Bundestruppen unter dem Befehl von Oberst Robert E. Lee trafen am 17. Oktober ein, umstellten das Arsenal und forderten John Brown auf, seine Geiseln freizulassen und sich zu ergeben. Als dieser das ablehnte, gab Oberst Lee am Morgen des 18. den Befehl, das Gebäude zu stürmen. Die Geiseln wurden befreit und bis auf John Brown und drei seiner Anhänger alle Auf-

ständischen getötet. Bei der Erstürmung des Arsenals verlor auch ein Soldat sein Leben.
Diese Bluttat zum Zwecke einer Sklavenrevolte versetzte den Süden in Angst und wurde als typisches Beispiel gewertet, daß der Norden vor nichts zurückschreckte, um den Süden zu vernichten. Doch John Browns Überfall stieß auch im Norden überwiegend auf Abscheu und Ablehnung.
Schon acht Tage nach seiner Verhaftung machte man John Brown in Charleston in Virginia den Prozeß. Die kleine Stadt wurde für die Dauer des Prozesses unter Kriegsrecht gestellt und von Bundestruppen gesichert, weil man weitere Unruhen befürchtete, die jedoch ausblieben. Turbulent und manchmal sogar bis an die Grenze der Gewalttätigkeit explosiv war die Stimmung nur im Gerichtssaal, wo die Anwälte aus dem Norden den Süden auf der Anklagebank zu sitzen sehen schienen und nicht den Mörder John Brown. Und Journalisten aus aller Welt waren angereist, um die Gerichtsverhandlung zu verfolgen, bei der es um viel mehr als um Hochverrat, Mord und Meuterei ging.
Mark Elliott hatte sich ebenfalls nach Charleston begeben, um als Journalist den Prozeß für die *Times* zu verfolgen. James Brown wurde zum Tode durch den Strang verurteilt. Und Mark Elliott kehrte in diese kleine Stadt noch einmal zurück, und zwar am 2. Dezember, dem Tag der Hinrichtung.
Der Brief des Engländers traf wenige Tage später bei seinen Freunden auf BELMONT PARK ein. Denis las ihn am späten Abend vor, als ihre Kinder schon im Bett waren. Im Gegensatz zu seinen anderen Schreiben, die bei aller kritischen Sicht der Dinge stets auch persönliche und unterhaltsame Sachen aufgegriffen hatten, teilte er ihnen kurz mit, daß er noch immer unter dem schrecklichen Eindruck der Hinrichtung stehe und sich diesmal darauf beschränke, ihnen das Ende von John Brown so zu schildern, wie er es erlebt hatte:

... Früh um neun Uhr wurde das vor der Stadt liegende Feld, das man als Platz für die Exekution ausgesucht hatte, von Mannschaften der Infanterie, der Kavallerie und der Artillerie besetzt. Eine Postenkette umstellte das von einer Hecke umgebene Feld, um die Neugierigen am Durchschlüpfen zu hindern, und vor dem Tor, durch das die befugten Zuschauer eingelassen wurden, war eine Wache von Infanteristen und Artilleristen aufgezogen.
Ich kam etwas vor der angegebenen Stunde bei dem Feld an, damit ich mir einen passenden Platz aussuchen konnte, um Zeuge der letzten Vorbereitungen zu sein. Der Galgen war auf einer leichten Anhöhe errichtet, die einen Blick über das Land, mehrere Meilen in der Runde, erlaubte. Von dem Schafott, das ich erkletterte, war die Sicht unübertrefflich schön. Nach jeder Seite hin erstreckten sich bis in die blaue Ferne weite, fruchtbare Felder, mit Kornpuppen und weißen Farmhäusern betupft, die durch die blattlosen Bäume schimmerten — Zeichen von Reichtum und Frieden. Gleich hinter dem schmucken Dorf mit den umliegenden eleganten Herrensitzen ragten die Blue-Ridge-Berge auf, die dieses herrliche Gemälde im Osten und Westen einrahmten. In der ostwärts gelegenen Hügelkette sah man die tiefe Schlucht, durch die der bei Harper's Ferry vereinigte Strom des Potomac und des Shenandoah fließt. Man sah lange Reihen von Soldaten, untätig auf ihre Waffen gelehnt, während alle Hügel in Sichtweite mit Kavallerieschwadronen besetzt waren.
Um elf Uhr erschien der Gefangene, von einem starken Aufgebot Soldaten eskortiert. Er saß in einem Möbelwagen auf seinem Sarg. Seine Arme waren über den Ellbogen zusammengebunden, so daß seine Unterarme

frei waren. Der Fahrer saß mit seinen beiden Begleitern auf den Vordersitzen, der Verurteilte hinten im Wagen. Ich stand inmitten einer Gruppe von etwa einem halben Dutzend Herren neben den Stufen des Schafotts, als man den Gefangenen hinaufführte. Er trug denselben schäbigen, fadenscheinigen Anzug, den er schon während seines Prozesses getragen hatte, aber seine klobigen Stiefel hatte man gegen ein Paar bunte Pantoffeln vertauscht, und er trug einen niedrigen Hut mit einem breiten Rand. Es war das erstemal, daß ich ihn mit einem Hut sah. Er hatte sich anscheinend vollkommen von seinen Verwundungen erholt und sah entschieden besser und kräftiger aus als früher. Als er sich dem Galgen näherte, verzog sich sein Gesicht zu einem grimmigen, höhnischen Grinsen, das keineswegs zu dem Ernst der Situation paßte. Als er an unserer Gruppe vorbeikam, verhielt er einen Augenblick, winkte mit seinen zusammengebundenen Armen und rief uns guten Morgen zu. Ich hielt das für einen Ausdruck von Tapferkeit, aber vielleicht irre ich mich, denn seine gewohnte Art war kurz, unfreundlich und hastig. Mit der gleichen munteren Bereitwilligkeit stieg er die Stufen zum Schafott hinauf, nahm dort, als wäre es vorher geprobt worden, sofort seinen Hut ab und bot seinen Hals dem Strick dar, der ihm auch gleich von Mister Avis, dem Kerkermeister, umgelegt wurde. Dann wurde ihm eine weiße Kapuze über das Gesicht gezogen, und der Sheriff, der nicht bedachte, daß er nun nichts mehr sehen konnte, forderte ihn auf, die Plattform zu betreten, worauf der Gefangene in seinem normalen, ruhigen Ton sagte: »Sie werden mich führen müssen.«

Da ein Windstoß die Kapuze lüftete, bat der Sheriff seinen Gehilfen um eine Nadel. Brown hob den Kragen seines Rockes hoch, unter dem sich mehrere alte Nadeln befanden. Der Sheriff nahm sich eine davon und steckte die Kapuze fest. Nachdem man den Verurteilten zu dem Fallbrett geführt hatte, wurde das Seil am Balken befestigt, und die Richter, die annahmen, daß die Exekution nun sofort erfolgen würde, verabschiedeten sich von ihm. Inzwischen fragte ihn der Sheriff, ob er ein Tuch haben wolle, damit er ein Zeichen geben könne, das Fallbrett herunterzulassen. Brown antwortete: »Nein, das will ich nicht. Ich möchte nur, daß Sie mich nicht unnütz warten lassen.«

Das waren seine letzten Worte, gesprochen in dem für ihn typischen scharfen, näselnden Ton, aber ruhig und höflich, ohne Ungeduld oder die geringste sichtbare Bewegung. In dieser Haltung blieb er mehr als fünf Minuten stehen, während die Mannschaften, die die Eskorte gebildet hatten, die ihnen angewiesene Aufstellung einnahmen. Ich stand nur wenige Schritte von ihm entfernt und beobachtete ihn während dieser quälenden Augenblicke genau, um irgendein Anzeichen von Schwäche zu entdecken. Ich konnte nichts Derartiges bemerken. Er stand da und wartete bewegungslos auf den Fall.

Während all dieser Vorgänge hörte man keinen Ton, außer den schnellen, kurzen militärischen Kommandos, und als auch diese endeten, herrschte Totenstille. Colonel Smith rief dem Sheriff mit halblauter Stimme zu: »Wir sind fertig.« Die Richter stiegen vom Schafott herunter. Mein Nachbar flüsterte aufgeregt: »Er zittert, seine Knie schlottern.« — »Das stimmt nicht«, erwiderte ich, »es ist das Schafott, das unter den Füßen der Richter zittert.« Der Sheriff schnitt mit einem scharfen Axthieb das Halteseil durch, mit einem Krachen fiel die

Falltür herunter – einige letzte krampfhafte Zuckungen, und eine Menschenseele stand vor Gottes Gericht ...
Das also war das Ende von John Brown, eines schrecklich irregeleiteten Menschen, dessen Taten bei Ihnen im Süden, meine lieben Freunde, gewiß viel Empörung bewirkt haben. Ja, die Wellen schlagen hoch, und ich fürchte, daß wir das Schlimmste noch längst nicht hinter uns haben. Doch ich möchte meinen Brief nicht zu pessimistisch beenden, auch wenn das meiner gedrückten Stimmung entspräche. Wenn Sie diesen Brief in Händen halten, habe ich mich schon auf der Seacloud eingeschifft, denn das Weihnachtsfest und das neue Jahr möchte ich doch im Kreise meiner Angehörigen in London verbringen.
Eine gute Nachricht zum Schluß: Im nächsten Jahr werde ich wieder in Charleston sein! Bei der *Times* gelte ich inzwischen offenbar als Experte für den Nord-Süd-Konflikt, und man hat mich beauftragt, den Konvent der Demokratischen Partei im April in Charleston und den der Republikaner im Mai in Chicago zu beobachten und für unsere britischen Leser zu kommentieren. Man darf wohl gespannt sein, wer bei den leider sehr zerstrittenen Demokraten und wer bei den Republikanern das Rennen um die Präsidentschaftskandidatur für die Wahl im November macht. Wie auch immer, im Frühling sehen wir uns wieder!

Ihr ergebener
Mark Elliott

Denis ließ mit einem schweren Seufzer den Brief sinken. Bis auf das Knacken und Zischen der Holzscheite im Kamin war es still im Salon. Es war die Stille der Betroffenheit.

»Wie schön, im Frühling sehen wir ihn wieder«, sagte Lavinia in das bedrückende Schweigen und in dem Bemühen, auf das Positive im Brief zu reagieren.
»Wirklich ein feiner Herr, dieser Mister Elliott«, meinte Tante Edwina beklommen. »Nur sollte er sich nicht so viel im Norden bei diesen... Leuten aufhalten. Es wird da viele John Browns geben.«
Denis schüttelte heftig den Kopf, als wollte er sich von seinen trüben Gedanken befreien, griff zur Karaffe mit dem Port und sagte: »Man darf diesen Verbrecher nicht zu ernst nehmen! Er war ganz einfach geistesgestört. Ist nicht schon seine Mutter im Wahn einer Geisteskrankheit gestorben? Und zwei seiner Kinder sollen ebenfalls irre sein. Das sagt doch alles.«
»Ja ja, so wird es wohl sein«, meinte Georgina hoffnungsvoll, doch ihre Miene drückte Besorgnis aus.
»Und keiner von den Schwarzen hat sich ihm angeschlossen! Das ist doch ein ganz klarer Beweis, daß es den Schwarzen bei uns gutgeht und daß sie es auch wissen!« Denis sagte es mit einem unangemessenen Nachdruck, so als müßte er sie und auch sich kraft seiner Stimme überzeugen.
»Und doch...« meldete sich Onkel Stuart nun sorgenvoll zu Wort.
Alle sahen ihn an.
»Sicher ist er ein geistig verwirrter Fanatiker, ein blutrünstiger Schlächter gewesen. Aber das wird man schnell vergessen. Und dann wird es heißen, er wäre ein Freiheitsheld gewesen«, prophezeite Onkel Stuart. »Für viele ist er doch jetzt schon ein Märtyrer. Und die Abolitionisten werden nichts unversucht lassen, um diesen Mörder zum Helden ihrer Bewegung zu machen.«
»Diese Kräfte sind wohl jetzt schon am Werk«, meinte Lavinia ahnungsvoll.
Denis machte eine ärgerliche Miene. »Ach was! John Brown ist

nichts weiter als ein gemeiner, geistesgestörter Mörder. Und dafür hat er den Strang bekommen.«

»Nicht jedoch seine Hintermänner«, merkte Onkel Stuart an.

Denis knüllte in einer zornigen Anwandlung den Brief zusammen und schleuderte ihn ins Feuer. »Zur Hölle mit allen John Browns! Und zur Hölle mit den Yankees!« erregte er sich.

»Aber Denis! Das war Mister Elliotts Brief!« rief Georgina bestürzt über diese Unbeherrschtheit. »Du darfst doch Mister Elliott nicht für die schlechten Nachrichten, die er uns aus dem Norden zukommen läßt, verantwortlich machen!«

»Das tue ich auch nicht. Aber ich will den Namen John Brown nicht noch einmal lesen. Das war kein Brief, den man aufbewahren sollte«, brummte er und starrte mißmutig ins Feuer. »Daß Elliott uns im Frühjahr wieder besuchen wird, freut mich natürlich. Und nun möchte ich von dieser Sache nichts mehr hören.«

Lavinia nahm die Gelegenheit wahr, das Thema zu wechseln und die gedrückte Atmosphäre abzuschütteln, indem sie auf den Ball zu sprechen kam, den sie zu Silvester auf BELMONT PARK geben würden. Dieser Kostümball war Abigails Wunsch gewesen. Obwohl sie gerade erst achtzehn geworden war, hatte sie manchmal schon Anfälle von Torschlußpanik, weil sie seit Andrew Sutherland noch auf keinen Mann getroffen war, der von seinem Wesen und seiner gesellschaftlichen Stellung her als Ehemann in Frage gekommen wäre.

Lavinia berichtete, daß Madame Dupress ihre Kostüme fertig hatte, und schlug vor, gemeinsam für ein paar Tage nach Charleston zu fahren. Doch ihr Vorschlag stieß bei ihrem Mann auf wenig Begeisterung. »Mit mir braucht ihr nicht zu rechnen. Ich fahre doch wegen eines Kostüms nicht nach Charleston zur Anprobe!«

»Aber Abigail besteht darauf«, sagte Lavinia, die diesen kurzen Aufenthalt dazu nutzen wollte, sich mit Melinda zu treffen. Sie und ihr Mann waren noch immer ein Thema, das von allen gemieden wurde. Und natürlich hatten sie auch keine Einladung zum Kostümball erhalten, noch nicht einmal zum Weihnachtsfest. »Melinda kann kommen — zu jeder Zeit«, hatte Georgina dazu gesagt. »Aber ohne ihren Krämer!« Als ob Melinda die Ächtung ihres Mannes noch unterstützt hätte, indem sie ohne ihn nach Belmont Park gekommen wäre!

»Dann fahrt meinetwegen, aber ohne mich!« meinte Denis.

Onkel Stuart drängte sich gleichfalls nicht danach, während Tante Edwina erklärte, daß sie mitkommen würde. Das war Lavinia auch recht. So konnte sie ihre Tochter zwischendurch einmal in der Obhut von Edwina lassen, während sie Melinda einen Besuch abstattete.

»Gut, dann ist das ja geregelt«, sagte sie zufrieden. »Ach, die Chatlins lassen ausrichten, daß sie sehr gerne kommen würden, aber zu der Zeit selbst Besuch auf Millbrook Hall haben, einige entfernte Verwandte aus Louisiana, die bis zur Rennwoche bleiben.«

»Wo liegt denn das Problem? Sollen sie ihren Besuch eben mitbringen«, meinte Denis und nahm einen Schluck Port. »Ich werde morgen nach Millbrook Hall reiten und das mit ihnen absprechen. Kommt doch nicht in Frage, daß die Chatlins nicht bei unserem Kostümfest dabei sind.«

»Tja, und dann müssen wir uns allmählich Gedanken über Ebenezer machen«, sagte Lavinia.

Georgina versteifte sich. Ihre Haltung drückte Abwehr aus. »Was ist mit Ebenezer?«

Lavinia seufzte. »Aber das weißt du doch ganz genau. Er ist nicht mehr der Jüngste ...«

»Erst mit dem Alter kommt die Erfahrung!«

»Mein Gott, Georgina! Ich hänge so sehr an Eb wie jeder andere von uns, aber er geht auf die Siebzig zu! Für einen Butler ist das nicht gerade das beste Alter. Und sehen wir doch den Tatsachen ins Auge: Er hat die Leute nicht mehr gut genug im Griff. Er vergißt vieles, und vor allem übersieht er Dinge, die ihm früher nie passiert wären«, zählte Lavinia kühl auf. »Als die Grahams letzte Woche zu Besuch waren, ist er im Weinkeller eingeschlafen ...«

Onkel Stuart lachte trocken auf, denn er hatte ihn gefunden. »Ein unvergeßliches Bild!« erinnerte er sich.

»... und heute mittag hat er zugelassen, daß Jakob Servietten mit Flecken aufgelegt hat«, gab Lavinia noch ein Beispiel. »Es tut mir leid, aber es führt kein Weg daran vorbei, daß wir ihn von seinen Aufgaben entbinden müssen.«

»Mit ein wenig Nachsicht ...« begann Georgina.

Denis schüttelte bedauernd den Kopf und ließ seine Mutter nicht ausreden. »Lavinia hat schon recht. Eb hat uns Jahrzehnte treue und gute Dienste geleistet, und das erkennen wir auch alle an. Aber die Ausfälle häufen sich bei ihm in letzter Zeit. Das ist nicht länger tragbar. Zumal wir ihn auch überfordern. Er spürt doch selber, daß er nicht mehr der ist, der er früher einmal war. Die jungen Mädchen machen sich doch schon über ihn lustig.«

»Ich fürchte, Denis hat recht«, stimmte Onkel Stuart ihm zu.

»Wir müssen ihn durch jemanden ersetzen, der ein scharfes Auge, makellose Umgangsformen und Respekt beim anderen Personal besitzt«, beschloß Denis. »Und da fällt mir spontan nur einer ein.«

»Telemach«, sagte Lavinia.

Ihr Mann nickte. »Ja, niemand sonst. Er ist der klügste und aufgeweckteste von allen. Telemach bekommt diese neue Aufgabe gewiß so schnell in den Griff wie bisher alles andere auch. Zudem geht er Eb ja jetzt schon oft genug zur Hand.«

»Bitte, wie ihr meint«, sagte Georgina beleidigt. »Aber ich sage Eb nicht, daß er nun zum alten Eisen gehört!«

»Keine Sorge, Georgina«, erklärte Lavinia mit einer Mischung aus Nachsicht und Genugtuung. »Das übernehme ich schon. Solche Dinge gehören nun mal zu den Aufgaben der Mistress von Belmont Park.«

38

So leicht und unbeschwert wie der Champagner in den Gläsern perlten die fröhlichen Stimmen zur himmelblauen Decke des Ballsaals empor. Es war ein Fest der Farben und der Phantasie. Da tanzten Hofnarren mit Rokokodamen, spanische Edelleute mit Zauberinnen, Piraten mit Elfen und Engeln, Ritter in Samt und Seide mit leichtfüßigen Schmetterlingen, chinesische Fürsten mit juwelengeschmückten Zigeunerinnen. Da reichte der russische Zar Alexander dem Großen ein Glas, flirtete Hannibal mit einer verschleierten Haremsdame und lachte Cäsar schallend mit Königin Antoinette und Kleopatra über einen Witz von Neptun.

Und durch dieses Zauberland der Phantasie schwebte Abigail als die Prinzessin der Nacht. Das Kostüm, das sie sich zusammen mit Madame Dupress ausgedacht hatte, hätte einer wahren Prinzessin alle Ehre gemacht. Doch es war nicht weiß, sondern aus leuchtendroter Seide, durch die sich schmale Streifen in Gold und Schwarz zogen.

Aber es gab auch Momente, in denen die Erdenkraft sie auf den Boden zurückholte und die Illusionen der aufwendigen Kostüme ihre bezaubernde Kraft verloren. Der römische Gladiator gehörte zu ihnen. Er hatte sie zum Tanz gebeten, jedoch schnell bewiesen, daß er wohl besser in einer staubigen Arena aufgehoben war als auf dem Tanzparkett. Da ihm jedoch Gefühl für Takt und Rhythmus völlig abging und ihm seine Füße immer wieder selbst im Wege standen, hätte er wohl auch da nicht lange überlebt.

»Sie entschuldigen, aber ich muß eine Pause einlegen. Ein Glas Punsch, mein Herr Gladiator!« bat sie ihn, als sie den Tanz frühzeitig abbrach.

»Sagen Sie mir Ihre Wünsche, Prinzessin, und ich werde Sie Ihnen erfüllen!« versicherte er treuherzig. »Für Sie würde ich auch in die Löwengrube springen.«

»Ein Gang zum Punschbüffet wird reichen«, antwortete sie mit einem erzwungenen Lächeln und atmete erleichtert auf, als ihr tolpatschiger Gladiator in der Menge verschwand.

»Es hätte auch nichts genutzt«, sagte da eine amüsierte Stimme neben ihr.

Sie wandte sich um und sah sich einem Mann wie aus dem Märchen von Tausendundeiner Nacht gegenüber. Er trug weite Hosen aus bunter Seide, einen goldenen Krummdolch im Gürtel, ein weites weißes Hemd mit farbigen Stickereien, darüber einen gold-blauen Umhang und auf dem Kopf eine Art Turban aus demselben bunten Seidenstoff, aus dem auch seine Hosen gearbeitet waren. Schwarzes Haar schaute darunter hervor.

»Was hätte nichts genutzt?« fragte sie und blickte in ein interessantes Gesicht mit leicht gebräunter Haut und sehr markanten Gesichtszügen.

»Wenn Sie Daniel zur Strafe für seine miserablen Tanzkünste, die schon den Tatbestand der Körperverletzung erfüllen, wie ich mit größtem Mitgefühl für Sie gerade beobachten konnte, in die Löwengrube geschickt hätten«, sagte er vergnügt.

Abigail lächelte. »So?«

»Ich versichere Ihnen, Prinzessin, er wäre auch aus dieser

Schlacht siegreich hervorgegangen — und Sie hätten die Löwen jaulend in der Ecke liegen und sich ihre schmerzenden Tatzen lecken sehen!«

Sie lachte nun. »Sie scheinen Daniel den Gladiator gut zu kennen.«

»Er ist mein Vetter, Prinzessin Abigail. Doch ich bitte Sie, mir diese verwandtschaftliche Nähe nachzusehen. Der gute Daniel ist nicht beispielhaft für die Vorzüge unserer Familie.«

»Und wer sind Sie, wenn ich fragen darf?«

»Ich bin Sansibar der Seefahrer.«

»Ihrem Tonfall hört man an, daß South Carolina nicht Ihre Heimat ist, Sansibar. Sind Sie auf der Suche nach Ihrem Schatz, fremder Seefahrer?« neckte sie ihn.

Er lächelte sie an. »Nein, Prinzessin, nicht mehr. Ich habe ihn schon gefunden — in einer Himmelshöhle namens BELMONT PARK«, antwortete er und sah ihr dabei in die Augen.

Abigail lachte über seine Kühnheit, fand ihn jedoch ungeheuer aufregend und amüsant. »Dann passen Sie bloß auf, daß man Ihnen den Schatz nicht raubt, Sansibar. Dieses Land ist voller Räuber, und einige sind wahrlich sehr charmant und talentiert, was diese Art der Räuberei betrifft.«

»Einen von der weniger zartfüßigen Art sehe ich nahen — und wenn mich nicht alles täuscht, hat er gerade ein Gutteil vom Punsch verschüttet«, stellte er mit einem kurzen Auflachen fest. Er machte eine galante Verbeugung mit einer einladenden Geste hin zur Tanzfläche. »Prinzessin, erlauben Sie, daß ich Sie in den bunten Dschungel der kostümierten Weltgeschichte entführe und Sie davor bewahre, neben schmerzenden Zehen auch noch mit klebrigen Händen beglückt zu werden?«

Abigail klappte ihren Fächer lachend zusammen. »Ich bitte darum. Und womit werden *Sie* mich beglücken, Sansibar?«

»Mit dem wahren Charme von Louisiana«, sagte er und gab damit einen ersten Hinweis, woher er kam.
So lernte Abigail ihren Mann kennen — Edward Armitage. Aus dem einen Tanz, der Flucht vor Daniel, wurde eine lange Nacht des Flirtens, in der sie zu ihm entflammte.
»O Mom, du glaubst es ja gar nicht!« rief sie verliebt und drehte sich in der Halle, als die letzten Gäste gegangen waren. Zum Abschied hatte er ihr einen Handkuß gegeben, und ihr war, als spürte sie noch immer den sanften Druck seiner Lippen auf ihren Fingerspitzen. »Er ist so geistreich und so charmant und so weltgewandt! Ich weiß gar nicht, wie ich ihn dir beschreiben soll. Er ist einfach ...«
»Umwerfend, himmlisch, wunderbar«, sagte Lavinia trocken.
Verblüfft sah Abigail ihre Mutter an. »Ja, richtig. Aber woher weißt du das?«
»Tja, woher wissen Eltern, wie es ist, wenn man verliebt ist«, sagte Lavinia mit gutmütigem Spott. »Frag mich das noch einmal, wenn dir schon Kinder an den Rockzipfeln hängen. Und nun mach, daß du nach oben in dein Zimmer kommst. April kann bestimmt kaum noch aus den Augen gucken.«
»O Sansibar, mein Seefahrer! Mögen günstige Winde dich morgen wie versprochen nach BELMONT PARK tragen ... oder auch die große Flugechse, o Sansibar ... o Sansibar«, sang Abigail, raffte ihre Röcke und eilte die Treppe mit wenig damenhafter Eleganz nach oben. April würde ihr schon zuhören. Ihre Nanny konnte von solchen Geschichten nie genug bekommen. Ach, sie würde die ganze Nacht bestimmt kein Auge zutun ...
Lavinia blickte ihrer Tochter kopfschüttelnd nach, lächelte jedoch dabei. Dann sagte sie zu Telemach, der als Livree eine weiße Uniform mit viel Gold trug: »Überzeug dich, daß draußen auch alle Fackeln aus sind und nichts mehr schwelt. Das wäre dann für heute alles, Telemach.«

»Ja, Mistress«, sagte er lächelnd. »Es war ein wunderbares Fest, nicht wahr? Man wird noch lange davon sprechen. In Tausendundeiner Nacht kann es gar nicht schöner gewesen sein.«
Lavinia sah ihn voller Stolz und Zuneigung an. Sie erinnerte sich an den kleinen, verschüchterten Jungen, dem sie einst am Landungssteg Unterricht in Lesen und Schreiben gegeben hatte. Wie lange lag das jetzt schon zurück. Zwei Jahrzehnte! Nun war Telemach zu einem gutaussehenden, stattlichen Schwarzen Anfang Dreißig herangewachsen, dessen große heimliche Leidenschaft das Lesen war. Sie wußte nicht nur davon, sondern sie unterstützte es und lieh ihm regelmäßig Bücher aus.
»Komm morgen nach dem Frühstück in mein Zimmer, Telemach. Ich gebe dir das Buch. Es ist wirklich eine zauberhafte Lektüre. Sie wird dir gefallen«, sagte sie mit leiser, vertraulicher Stimme zu ihm.
»Ja, Mistress.« Seine Augen leuchteten.
»Gute Nacht, Telemach.«
»Gute Nacht, Mistress.«
Denis lag schon im Bett und gähnte herzhaft. »So, unsere Tochter hat sich also für Edward Armitage begeistert, ja? Dagegen ist wahrlich nichts einzuwenden. Soviel mir Henry erzählt hat, kommt der junge Mann aus einer der besten Familien von Louisiana. Er ist siebenundzwanzig und tüchtig. Ich habe seinen Vater kennengelernt. Ein reizender Mann. Sie besitzen zwischen New Orleans und Baton Rouge eine Plantage. ROSEDOWN heißt sie und ist fast so groß wie BELMONT PARK. Also gegen eine solche Beziehung habe ich nichts einzuwenden.«
»Warten wir es ab, ob es ihm auch wirklich ernst ist«, sagte Lavinia und schlüpfte zu ihm unter die Decke. »Was auf einem Ball geplaudert wird, ist meist so langlebig wie das Sprudeln einer offenen Flasche Champagner.«
Er lachte und zog sie in seine Arme. »Aber auch ältere und

schon angebrochene Gewächse können noch prickeln, meine Liebe«, flüsterte er und glitt unter der Decke zu ihr.

Wie es sich herausstellte, war es Edward Armitage sehr ernst. Er stattete ihnen schon am Neujahrstag einen ersten, offiziellen Besuch ab und begann Abigail von da an den Hof zu machen.

Während der Ballsaison im Februar gaben Abigail und Edward ihre Verlobung beim Fest des SOUTH CAROLINA JOCKEY CLUB bekannt. Lavinia hatte sich vorher über Sally beim Komitee versichert, daß auch die Sutherlands am Ball teilnahmen. Als Lavinia Harriet dort dann gar nicht mal so zufällig begegnete, fragte sie ganz freundlich nach Andrews Befinden. Daß Harriet das Fest schon sehr früh und sehr blaß verließ, gab dem Ball für Lavinia noch eine zusätzlich stimulierende Note.

Die prunkvolle Hochzeit fand Ende April unter den Magnolien von BELMONT PARK statt, als sich die Demokraten in Charleston über ihre zukünftige Politik und ihren Kandidaten für die Präsidentschaftswahl heillos zerstritten. Die Partei zerbrach in drei neue Parteien.

Am Morgen nach der Hochzeitsnacht sah Lavinia ihrer Tochter forschend ins Gesicht. Abigail war ein wenig blaß und hatte den Ausdruck unschuldiger Seligkeit verloren, doch sie lächelte tapfer, und Lavinia hätte sie am liebsten in ihre Arme genommen. Für ihre Tochter hatte ein neues Leben begonnen.

Als Abigail mit ihrem Mann und ihren neuen Verwandten eine Woche später in Charleston an Bord des Schiffes LOUISIANA PRIDE ging, das sie nach New Orleans bringen würde, nahm sie ihren Eltern das Versprechen ab, sie schon im nächsten Jahr auf ihrer Plantage ROSEDOWN besuchen zu kommen.

Niemand ahnte, daß sie sich niemals wiedersehen würden.

39

»Und es hat sich auch tatsächlich so zugetragen?« fragte Denis mit scharfer Stimme, in der für den Fall der Unwahrheit das Versprechen einer empfindlichen Strafe mitschwang. »Ich möchte von euch beiden eine kurze und klare Antwort. Also überlegt es euch gut! ... Stimmt das, Eugene?«
»Ja, Sir!«
»Julian?«
»Ja, Pa!«
Eugene und Julian standen im Arbeitszimmer ihres Vaters vor dem schweren Mahagonischreibtisch auf dem Fasanenteppich, ein Geschenk von Jonathan zum fünfundvierzigsten Geburtstag. Julian lehnte sich dabei unauffällig gegen den Ledersessel, der hinter ihm stand.
Denis machte eine zornige Miene. »Nun ja, dann werde ich wohl oder übel gewisse Konsequenzen ziehen müssen. Vorausgesetzt, es handelt sich nicht um ein bedauerliches Mißverständnis.«
Eugene sah seinen Vater aufgebracht an. »Es handelt sich ganz bestimmt um kein Mißverständnis! Es ist ja nicht das erstemal, daß er solche beleidigenden Äußerungen macht. Mister Polingham ist ein Verräter an der Sache des Südens!« versicherte er mit der flammenden Entrüstung des leidenschaftlichen Südstaatlers.
»Ja, er ist ein stinkiger Verräter«, warf Julian ein, und, ermutigt von der heftigen Anklage seines Bruders, setzte er geringschätzig hinzu: »Außerdem spuckt er beim Reden wie ... wie eine dumme Sumpfstelze.«
Eugene schnaubte verächtlich. »Hinterhältige Sumpfratte würde eher auf ihn zutreffen!«
Denis runzelte mißbilligend die Stirn. »Haltet euch ein wenig

zurück, wenn ich bitten darf, ja? Über Mister Polingham bei mir Klage zu führen, ist eine Sache. Eine ganz andere ist es, sich solche Respektlosigkeiten herauszunehmen!« wies er sie zurecht.

»Tut mir leid, Sir«, entschuldigte sich Eugene sofort. »Aber Männer wie er sind wie der Dorn im eigenen Fleisch, wie Mister Ashgate mal gesagt hat. Und man muß sie herausschneiden, bevor daraus eine Eiterbeule werden kann.«

Denis lächelte mit väterlichem Stolz. Er konnte seinem Sohn schlecht böse sein, empfand er doch genau wie er. Aber natürlich hatte man als Ehrenmann auch in unerfreulichen Situationen Haltung zu bewahren. »Um das Herausschneiden und die Eiterbeule kümmere ich mich schon. Ihr könnt jetzt gehen.«

»Ja, Sir.« Eugene wandte sich zur Tür.

»Gehen wir nachher an den Fluß auf Treibholz schießen, Pa?« fragte Julian, der mit dem Rest des Nachmittags nichts Rechtes anzufangen wußte. Die Schießstunden mit seinem Vater genoß er so sehr wie die Ausritte mit seinem Bruder. Leider hatten beide nur viel zu selten Zeit für ihn.

»Ich glaube nicht, mein Sohn. Ich muß hier noch eine Menge aufarbeiten, ehe wir nach MULBERRY HALL gehen«, entgegnete Denis. »Ach, Eugene … Sag doch Telemach, er möchte Mister Polingham zu mir bitten.«

Eugene grinste. »Mit Vergnügen, Pa.«

»Aber drückt euch ja nicht vor der Tür herum, sonst könnt ihr was erleben!« warnte Denis seine Söhne.

»Ich werde ausreiten, Pa.«

»Tu das«, sagte Denis, mit den Gedanken schon woanders.

»Nimmst du mich mit, Gene?« bettelte Julian, als sie das Zimmer verließen.

»Kommt nicht in Frage. Ich muß Amnon richtig bewegen. Und du weißt, daß Mom es mir verboten hat, mit dir hintendrauf scharfen Galopp zu reiten.«

»Ich kann Clinker reiten!«
»Clinker hält doch noch nicht einmal mit, wenn Amnon sich im Trab ausruht!« spottete Eugene im Hinausgehen.
»Bitte, nimm mich mit ...«
Die Tür fiel hinter ihnen zu, und ihre Stimmen wurden zu einem unverständlichen Gemurmel. Denis versuchte sich auf seine Rechnungsbücher zu konzentrieren. Es ging nicht. Er wartete nur darauf, daß der Hauslehrer erschien. Eine unerfreuliche Sache. Der Mann war immerhin selbst ein Südstaatler. North Carolina. Da war die Begeisterung für die Sezession von der Union genauso stark wie in anderen Teilen des Südens. Unverständlich, daß er eine so defätistische Bemerkung gemacht haben sollte. Aber wenn es den Tatsachen entsprach ...
Es klopfte. »Ja, herein!« rief Denis.
Edward Polingham trat in den Raum. Er war ein kleiner, sehr gedrungen wirkender Mann, dem man nicht ansah, daß er erst vor wenigen Jahren die Dreißig überschritten hatte. Er wurde leicht für zehn Jahre älter gehalten. Das lag an seinem schon sehr lichten Haupthaar und an der merkwürdigen Form seines Gesichts. Es schien ohne sichtbare Kinnpartie in einen fleischigen Hals überzugehen, der von einer stets peinlich gestärkten Halskrause zusammengepreßt wurde. Ein Kneifer saß auf seiner kurzen Nase.
»Sie wünschen mich zu sprechen, Mister DeLong?« fragte er und hielt mehrere Bücher unter dem Arm geklemmt, als hätte ihn Telemachs Aufforderung aus wichtigen Studien gerissen.
»In der Tat, Mister Polingham.« Denis musterte ihn scharf. »Mir ist zu Ohren gekommen, daß Sie sich im Unterricht heute über die Rolle der ›Sklavokraten‹ im Konflikt zwischen Norden und Süden ausgelassen haben.«
»Die Sezession ist in aller Munde, Mister DeLong, und sie macht auch nicht vor den Türen der Schulzimmer halt«, gab der Hauslehrer mit unterschwelliger Süffisanz zur Antwort.

Denis spürte schon jetzt, daß sich seine Söhne zu Recht über ihn beschwert hatten. »Es ist nicht die Sezession, an der ich mich störe, Mister Polingham, sondern die von Ihnen benutzte Bezeichnung ›Sklavokrat‹. Oder haben sich meine Söhne da vielleicht verhört?«
»Sklavokrat ist keine Erfindung von mir, Mister DeLong. Es ist ein Ausdruck, der in den Publikationen des Nordens sehr häufig erscheint. Ich halte es für meine Pflicht, Ihre Söhne auch über die Argumente der anderen Seite zu unterrichten. Wer die Meinung des anderen nicht kennt, kann sich ja schlecht ein ausgewogenes Urteil erlauben, oder sehen Sie das anders?«
Der Sarkasmus war unüberhörbar. Doch Denis beherrschte seinen aufsteigenden Zorn. »Ja, der Verdacht kommt mir allmählich, Mister Polingham. Bitte erklären Sie mir, was Sie mit Ihrer Äußerung bezweckt haben, daß nur siebenundzwanzig Prozent aller Weißen im Süden Sklaven besitzen und die besondere Institution daher eher ein Problem der Minderheit als der Mehrheit des Südens sei?« fragte er scharf.
Edward Polingham lächelte spöttisch. »Daß nur ein Viertel aller Weißen Sklaven besitzt, ist eine wissenschaftlich gesicherte Erkenntnis. Somit ist die Frage der Sezession in Wirklichkeit ein hochgespielter Konflikt zwischen einer Mehrheit im Norden und einer Minderheit im ...«
Nun platzte Denis der Kragen. Seine flache Hand knallte laut wie ein Pistolenschuß auf die Schreibtischplatte. »Kommen Sie mir nicht mit dem Schwachsinn! Der *ganze* Süden ist gegen die Union! Und dabei geht es nicht allein um die Schwarzen! Und ich will wissen, welcher Teufel Sie geritten hat, die Idee der Sezession in Frage zu stellen, mein Herr!« brüllte er ihn an. »Und zwar in Gegenwart der Söhne eines sogenannten Sklavokraten, dem Sie Ihren Lebensunterhalt, und wahrlich keinen schlechten, verdanken! Eine Antwort, mein Herr!«

»Mein Sinn für Gerechtigkeit, Mister DeLong!« lautete Edward Polinghams kühle Antwort.
»Wenn das Ihre Überzeugung ist, dann haben Sie sich mit Belmont Park den denkbar schlechtesten Ort für das Lehren Ihrer abstrusen Ansichten ausgesucht!«
Der Hauslehrer lächelte. »Ganz im Gegenteil, Mister DeLong. Nur ein Dummer oder ein Fauler verschwendet seine Mühen darauf, Gläubige zu bekehren.«
Die Wut schoß Denis heiß ins Gesicht. »Sie verschwinden noch heute von Belmont Park!«
»Ganz wie Sie wünschen, *Massa* DeLong«, sagte der Hauslehrer verächtlich.
»Machen Sie, daß Sie hier rauskommen!« schrie Denis und wies ihm mit ausgestreckter Hand die Tür. »Ich will Sie nicht mehr sehen. Mein Gott, was muß ich blind gewesen sein! Mein Sohn hat recht: Sie sind ein Verräter, eine hinterhältige Sumpfratte!«
Edward Polingham sah ihn an. »Wirklich ein treffender Name — Sklavokrat!« Damit wandte er sich um und ging.
Denis war noch voller Zorn, als Lavinia keine Viertelstunde später in sein Zimmer kam. Er erzählte ihr, was vorgefallen war, und ließ seiner Wut freien Lauf.
»Und diese Natter haben wir nicht nur in unserem Haus geduldet, sondern auch noch bezahlt!« erboste er sich. »Am liebsten würde ich ihn zum Duell fordern und ihm eine Unze Blei durch seinen fetten Wanst jagen!«
»Nun beruhige dich mal wieder, Denis. Du hast ja gesehen, daß er Julian nichts anhaben konnte — und Eugene schon erst recht nicht. Er verschwindet, natürlich ohne ein Zeugnis von uns zu erhalten, und damit ist die Angelegenheit geregelt.«
Er schüttelte den Kopf. »Ich verstehe gar nicht, wie du so gelassen sein kannst. Ein Verräter!«
»Weil es viel ernstere Probleme gibt, um die wir uns zu küm-

mern haben«, sagte sie mit verkniffenem Gesicht. »In diesem Fall wirst du dich der Sache annehmen müssen — und zwar mit allem Nachdruck.«

Er legte die Stirn in Falten. »Was ist passiert, Lavinia?«

»Das hier habe ich in Eugenes Zimmer gefunden, hinter einer Kommode versteckt!« Mit einer Geste des Abscheus warf sie ihm einen kleinen Zeichenblock auf den Schreibtisch.

»Aber Lavinia, wegen ein paar Zeichnungen ...«, begann er.

»Schau sie dir an!« fiel sie ihm grimmig ins Wort.

Er schlug den Block auf — und erstarrte. Die erste Zeichnung zeigte ein junges Mädchen, das splitternackt aus dem Fluß stieg. Es war sehr realistisch getroffen — und es war eine Schwarze. Er schluckte und blätterte um. Das nächste Bild zeigte dieselbe Schwarze, wie sie sich im Gras streckte. Zwei weitere waren Brustbilder, ein fünftes gab ihren dicht behaarten Schoß wieder und die Hand, die auf ihrem Oberschenkel ruhte.

»Der ganze Block — voll davon!« zischte Lavinia. »Denis, du mußt sofort etwas unternehmen. Damit muß es ein Ende haben! In jeder Hinsicht.«

Denis wurde peinlich bewußt, daß die anstößigen Nacktbilder nicht nur seine Phantasie geweckt hatten, sondern auch sein sexuelles Verlangen. Er war hart geworden und froh, daß er hinter dem Schreibtisch saß. Schnell schlug er den Block zu. »Diese ... diese Zeichnungen sind empörend, Lavinia!« versicherte er. »Aber dennoch brauchst du dir keine ...«

Sie ließ ihn nicht ausreden, sondern blitzte ihn an. »Doch, ich mache mir Sorgen, Denis. Sehr große Sorgen sogar! Ich will nicht, daß unser Sohn so wird wie dein Vater. Ja, ich habe die Bilder gesehen. Aber von denen unseres Sohnes bin ich noch viel schockierter. Sorge dafür, daß er zur Vernunft kommt!« stieß sie erregt hervor. »Ich will, daß Eugene eines Tages seinen Mann als Master von BELMONT PARK steht ... Und ich will

nicht, daß er auf Abwege kommt ... und daß er unsere Plantage mit Mulattenkindern bevölkert!«
Er wurde hochrot.
»Denis, ich *verlange* von dir, daß Eugene sich so benimmt, wie man es von einem DeLong erwarten kann! Sage ihm das!« stieß sie unerbittlich hervor. »Und sage ihm auch, daß wir ihn bei dem nächsten Fehltritt auf eine Kadettenanstalt schicken!«
Ohne eine Antwort abzuwarten, drehte sie sich auf den Absätzen um und rauschte aus dem Zimmer.
Denis schaute sich die Bilder noch einmal in aller Ruhe an. Dann legte er den Block in eine Schublade und rief Telemach zu sich.
»Sag Moab, er soll ein Pferd satteln und meinen Sohn suchen«, trug er ihm auf. »Er ist vermutlich nach The Oaks geritten. Und Moab soll sich gefälligst beeilen.«
»Ja, Massa.«
Anderthalb Stunden später stand Eugene vor ihm. Erst wurde er blaß, dann feuerrot, als Denis ihm seine eigenen Zeichnungen vorlegte.
»Vater, ich ...«
»Halt den Mund!« herrschte Denis ihn an. »Wer ist sie?«
Eugene schluckte heftig. »Sarah ... die älteste Tochter vom Zimmermann Abel ...«
»Hast du sie angerührt?«
Eugenes Adamsapfel sprang wild auf und ab. »Ich ... ich ...«
»Hast du sie berührt, Sohn?« Die Stimme seines Vaters war ein gefährliches Flüstern.
»Nein ...«
»Schwörst du, daß es die Wahrheit ist?«
»Ja ...«
Denis schlug unvermittelt zu. Hart traf sein Handrücken ins Gesicht seines Sohnes, daß Eugene der Kopf nach hinten gerissen wurde. »Ja, *Sir*! Wenn ich bitten darf!«

»Ja, Sir!« stieß Eugene zitternd hervor, wagte jedoch nicht, sich an die brennende Wange zu fassen.
»Sieh mich dabei an, und schwöre es auf die Bibel und das Leben deiner Mutter!«
»Ich schwöre es, Sir!«
Denis atmete heftig. »Wie ... wie hast du sie dazu bekommen, dir Modell für diese Bilder zu stehen?«
»Ich ... ich habe sie zufällig beim Baden überrascht ... und ... und dann habe ich ... weil ich sie zeichnen wollte ... ihre Kleider versteckt ... beim erstenmal ... und dann am ... nächsten Tag ... war sie wieder da ...« stammelte er.
»Und du auch!« stieß Denis grimmig hervor.
»Ja ... ich ... ich habe ihr ein bißchen Geld dafür gegeben ...«
»Und was war noch?«
»Nichts ... Sir.«
»Keine ... äh ... feuchten Gefühle?« bohrte Denis nach.
»Doch, Sir«, kam es leise über Eugenes Lippen, und sein Gesicht schien in Feuer getaucht.
Denis schwieg einige Sekunden. »Du wirst nie wieder einen Zeichenstift anrühren und auch keiner Schwarzen mehr nachstellen, Eugene«, sagte er dann mit einer Stimme wie aus messerscharfem Stahl. »Solltest du dich nicht daran halten, werde ich dich auf eine Kadettenanstalt schicken — im Norden! Hast du mich verstanden?«
»Ja, Sir.«
»Noch etwas. Du hängst doch sehr an Amnon. Er bedeutet dir viel, nicht wahr?«
Eugene nickte. »Ja, Sir.«
»Dann sorge gut für ihn. Denn wenn du dich nicht an dein Ehrenwort hältst, mein Sohn, werde ich Amnon erschießen lassen — vor deinen Augen!«
Eugene erblaßte vor Entsetzen.
»Das ist alles. Du kannst gehen — und bist für heute vom

Abendessen entschuldigt«, sagte Denis fast sanft. Als die Tür hinter seinem verstörten Sohn leise zufiel, nahm er den Block mit den Aktzeichnungen und versteckte ihn ganz hinten in einer seiner tiefen Schubladen. Irgendwann würde er sie ins Haus zu den Ölbildern seines Vaters bringen.

Am 16. Mai 1860, zwei Wochen vor ihrem Aufbruch nach MULBERRY HALL, sahen sich die Republikaner auf ihrem Konvent in Chicago einer Art Pattsituation gegenüber. Senator Seward aus New York hatte fest damit gerechnet, das Rennen um die Nominierung zu gewinnen. Doch er hatte sich mit seinen scharfen Äußerungen gegen die Sklaverei zu stark exponiert, um die Unterstützung aller Nordweststaaten zu erhalten. Und so wurde schließlich im dritten Wahlgang ein als gemäßigt geltender Kompromißkandidat gewählt — Abraham Lincoln. Sogar unter republikanischen Politikern wurde diese überraschende Wahl mit der verstörten Frage kommentiert: »Abraham Lincoln? Wer ist dieser Mann?«

Wenige Tage nach ihrer Ankunft auf St. Helena Island begab sich Denis nach Beauregard, das eine reizende Hafenstadt war und seinen Bewohnern wie Besuchern viel zu bieten hatte, unter anderem auch die diskreten Dienste von Missis Osbornes reizvollen Mädchen. Ihr exklusives Haus lag in der Cedar Grove Street, in einem Außenbezirk im Südwesten, von einem üppigen Garten mit hohen Bäumen und Hecken schützend umgeben.

Rebecca Osborne war für ihre fünfzig Jahre noch eine überaus attraktive Frau, die in ihrem Haus für eine in jeder Hinsicht lustvolle Atmosphäre sorgte.

»Welch eine Überraschung und welch eine Freude! Sie haben uns schon lange nicht mehr beehrt, Mister DeLong«, begrüßte Missis Osborne ihn erfreut, als einer ihrer Diener ihn in den Salon führte. Es war noch früh am Tag für ihre Art von Geschäft, erst später Vormittag, und deshalb waren sie ganz unter sich. »Ich fürchtete schon, wir hätten Sie enttäuscht.«

»Das ist mir in Ihrem Haus noch nie passiert, Missis Osborne. Ich hege nur die allerbesten Erinnerungen an meine Besuche bei Ihnen«, versicherte er. »Deshalb möchte ich Ihnen auch meinen Sohn anvertrauen. Ich möchte, daß Ihre Mädchen ihn in die Liebe einführen.«
Sie strahlte ihn an. »Das wird uns eine Ehre und zugleich ein Vergnügen sein. Haben Sie besondere Wünsche?«
Denis nickte, räusperte sich und sagte mit einem Anflug von Verlegenheit: »Sie wissen, wie das ist, wenn ein Junge auf einer Plantage zu einem jungen Mann heranwächst...«
Sie lächelte. »O ja, sehr gut sogar, Mister DeLong. Da würde ich Ihnen Angelique ans Herz legen: jung, hübsch und schokoladenbraun. Obwohl eigentlich nur ein Mann mit Erfahrung sie wirklich zu würdigen weiß.« Sie zwinkerte ihm zu.
Er lachte. »Gut, dann also Angelique.« Er zog seine Brieftasche hervor und gab ihr eine beachtliche Summe, die ausreichen sollte, um die Besuche seines Sohnes im Haus von Missis Osborne einen Sommer lang zu bezahlen.
»Das ist mehr, als Ihr Sohn in den Armen meiner Mädchen auch bei allem jugendlichen Eifer verleben kann. Da bleibt noch genug für Sie«, lockte sie ihn.
»Vielleicht, wenn es sich ergibt«, sagte er ausweichend und kam noch mal auf Angelique zurück. »Anschließend sorgen Sie aber bitte dafür, daß sie eine Zeitlang nicht für ihn verfügbar ist und er die Erfahrung macht, daß ein weißes Mädchen ihm auch keine Wünsche unerfüllt läßt.«
»Ja, ich verstehe. Nach Angelique wird Laura ihn verwöhnen. Und glauben Sie mir, er wird Angelique vergessen, denn Laura ist mein bestes Juwel in einer Sammlung einzigartiger Perlen«, versicherte sie. »Möchten Sie sich nicht davon überzeugen? Ich meine, ein Vater will für seinen Sohn doch nur das Beste, nicht wahr...?«
Denis lächelte. »Nun ja...«

Drei Wochen später, als sich Eugene eines frühen Nachmittags nach Kölnisch Wasser duftend und unter fröhlichem Pfeifen auf sein Pferd schwang, um sich angeblich mit Freunden zu einem Ausritt zu treffen, stellte Lavinia voller Stolz fest: »Er hat sich verändert, unser Eugene. Früher ist er nicht gern nach St. Helena Island gekommen. Dieses Jahr ist es anders. Er ist viel ausgeglichener und unternehmungslustiger geworden. Ich glaube, der Sommer hier tut ihm gut.«
Ja, vor allem Beauregard und Lauras Raffinessen im Bett! hätte Denis am liebsten belustigt darauf geantwortet, sagte jedoch statt dessen ernst: »Ja, er ist ein Mann geworden. Und dieser Sommer wird ihm bestimmt unvergeßlich bleiben. Ich denke, er wird eine Menge Erfahrungen sammeln.«
Lächelnd schaute er seinem Sohn nach, der ihm zuwinkerte, die Hand zum Gruß hob und die Straße hinuntergaloppierte, die zur Anlegestelle der Fähre nach Beauregard führte. In Gedanken wünschte er ihm viel Vergnügen. Ja, warum auch nicht. Wenn sein Sohn schon bald die Pflichten eines Mannes auf sich nehmen mußte, sollte er auch die Freuden eines Mannes genießen dürfen ...

40

Der Herbst brachte durchweg erfreuliche Nachrichten, war jedoch in Wirklichkeit die Ruhe vor dem Sturm. Auf den Feldern jagte ein *blow* den anderen, so daß die Schwarzen wenig Zeit für ihre eigenen Gärten und Nebenverdienste fanden. Telemach hatte das Herrenhaus als neuer Butler fest im Griff. Eugene begann sich ernsthaft für die vielfältigen organisatorischen und finanziellen Belange zu interessieren, die zur erfolgreichen Leitung einer Plantage wie BELMONT PARK gehörten. Er verbrachte manche Stunde bei Denis im Arbeitszimmer und ließ sich von Onkel Stuart in der Kunst unterrichten, wie man die beste Saat für das nächste Jahr auswählte. Julian genoß den Umstand, daß noch immer kein Ersatz für Mister Polingham gefunden war. Zwar hatte Tante Edwina sich bereit erklärt, den Unterricht fürs erste zu übernehmen, bis ein geeigneter Nachfolger seinen Dienst auf BELMONT PARK antrat. Aber Edwina war alles andere als eine strenge Lehrerin. Zudem ermüdete sie schnell. Nach spätestens anderthalb Stunden nickte sie ein, und dann schlich er sich leise aus dem Zimmer und aus dem Haus, um sich jenseits der Allee mit seinem Freund Gregg Cullian zu treffen. Tante Edwina verlor darüber kein Wort. Es war, als hätten sie beide eine stillschweigende Übereinkunft getroffen. Vor Lavinia und Denis gab sie sich jedoch den Anschein einer pflichtbewußten Erzieherin und erweckte den Eindruck, als würde Julian täglich seine vier Stunden Unterricht erhalten. Erfreuliche Nachrichten kamen auch von Carol. Sie war mit Steve und ihren drei Töchtern nach New York umgezogen, da ihr Mann dort eine bessere Stellung erhalten habe, und Alice, ihre Älteste, hatte sich verlobt und würde im Dezember den Sohn eines vermögenden Bauunternehmers heiraten. Post traf auch aus dem fernen Louisiana ein. Abigail schrieb ihnen regelmäßig von ihrem Leben auf ROSEDOWN. Es gab in ihren Briefen keine dunklen Stellen, keine Anspielungen auf weniger erfreuliche Seiten der Ehe und keine Klagen über ihre neue Heimat und Edwards Familie. Ihre Schreiben trugen den Ausdruck ungetrübten Glücks, der zu wahrem Jubel wurde, als sie nach BELMONT PARK berichten konnte, daß sie schwanger war. Der einzige Wermutstropfen in dieser so sorglosen schönen Zeit war die Entzweiung zwischen Melinda und Georgina. Melinda weigerte sich, ohne ihren Mann einen Besuch auf BELMONT PARK zu machen oder sich im Stadthaus der DeLongs zum Tee einzufinden. Doch Georgina blieb genauso unerbittlich. Der Krämer, wie sie Curtis Roebuck ausschließlich nannte, kam ihr nicht über die Türschwelle. Alle Versuche Lavinias, Mutter und Tochter miteinander zu versöhnen und sich vielleicht auf einen Kompromiß zu einigen, schlugen fehl.

Dann kam der Winter, und er setzte die Zeichen im Lande auf Sturm. Denn was besonders im Süden niemand für möglich gehalten hatte, trat ein: Abraham Lincoln gewann am 6. November die Wahl! Im Norden mochte er im Ruf eines gemäßigten Politikers stehen, der Süden haßte ihn — und dementsprechend groß waren Empörung und Wut über diesen Wahlausgang.

»Ich verstehe die ganze Aufregung nicht. Abraham Lincoln ist doch unser Mann«, kommentierte Jonathan mit auch im Alter nicht erlahmender Bissigkeit den Sieg der Republikaner, als er für ein paar Tage zu Besuch nach BELMONT PARK kam.

»Wie bitte?« fragte Denis verständnislos.

»Der Rechtsverdreher hat nicht eine einzige Stimme aus dem Süden bekommen!« erinnerte ihn Eugene ungehalten. »So ein Unsinn zu sagen, dieser Hetzer wäre der Mann des Südens gewesen!«

»Weil nicht der Norden diesen Anwalt aus Illinois auf den Präsidentenstuhl gebracht hat, sondern wir haben ihm zu diesem Erfolg verholfen, wir, der glorreiche Süden«, erklärte Jonathan geringschätzig. »Weil wir uns nicht einig gewesen sind.«

Onkel Stuart ahnte nun, worauf Jonathan anspielte. »Du meinst wohl, wir haben unsere Kräfte zersplittert und Lincoln dadurch zum Sieg verholfen, nicht wahr?«

Jonathan nickte. »So ist es, mein lieber Stuart! So ist es! Was haben wir unternommen, als dieses Land auf eine der größten Krisen seiner Geschichte zusteuerte? Wir als Süden haben uns nicht auf einen Kandidaten geeinigt und ihn im Kampf gegen den Norden mit all unserer Kraft unterstützt, sondern wir haben uns bei dieser Wahl selbst bekriegt, indem wir mit drei

Kandidaten angetreten sind. Hätten sich die Demokraten auf einen Kompromißkandidaten einigen können, statt sich in drei Parteien aufzusplittern, würde Lincoln nicht im März nächsten Jahres ins Weiße Haus einziehen.«
»Ja, das war wohl ein Fehler«, räumte Onkel Stuart ein.
Jonathan griff zur Zeitung. »Hier steht es doch schwarz auf weiß: auf den Republikaner Lincoln wurden 1 850 000 Stimmen abgegeben, auf seine drei demokratischen Konkurrenten entfielen 1 850 000 für Douglas, 590 000 für Bell und 850 000 für Breckinridge. Zählt man die Stimmen für alle drei zusammen, ergibt das 2 820 000. Das sind eine Million Stimmen mehr, als Lincoln erhalten hat!« Wütend knallte er die Zeitung wieder auf den Tisch, daß Zigarrenasche aus der Kristallschale hochgewirbelt wurde. »Zum Teufel noch mal, Lincoln ist ein ausgesprochener Minderheitenpräsident – und wir Idioten aus dem Süden haben ihm zu seinem Sieg verholfen.«
Eugene schüttelte heftig den Kopf. »Der Süden hat vielleicht taktisch unklug gehandelt, aber *gewählt* hat er ihn nicht. Und der Süden wird Lincoln daher auch nicht als seinen Präsidenten akzeptieren!« erklärte er leidenschaftlich. »Niemals! Jetzt ist es klarer denn je, daß wir endlich handeln müssen.«
Jonathan drehte seine Zigarre zwischen den Lippen. »Du sprichst von Sezession, nicht wahr?«
»Ja! Es muß Schluß sein mit der Union. Der Süden muß sich von der unerträglichen Vormundschaft durch den Norden endlich befreien und seine Zukunft in die eigenen Hände nehmen!« verlangte Eugene.
»Aber Sezession kann Krieg bedeuten«, gab Onkel Stuart zu bedenken.
»Wenn der Norden ihn haben will, soll er ihn eben bekommen!« lautete Eugenes zornige Antwort.
»Aber Krieg heißt sterben, mein Junge«, fügte Jonathan hinzu.

»Jeder aufrechte Südstaatler wird bereit sein, für die Ehre und Souveränität des Südens zu kämpfen — und notfalls auch sein Leben zu lassen!« erklärte Eugene hitzig.
Denis pflichtete seinem Sohn bei. »Eugene hat recht. Wir werden notfalls auch auf dem Schlachtfeld unseren Mann stehen! Der Süden ist zu allen Zeiten bereit gewesen, für seine Ideale zu kämpfen!«
Jonathan lächelte müde und stemmte sich aus dem Sessel. »Ja, das ist wohl wahr. Doch ersparen wir es uns, zu dieser späten Stunde noch eine Diskussion über die Ideale des Südens anzufangen. Ich gehe zu Bett. Für gewisse Dinge werde ich allmählich zu alt«, sagte er, und dabei traf sein ernster Blick Eugene.
»Manchmal könnte man meinen, er steht den Yankees näher als seiner Heimat«, ärgerte sich Eugene, als Jonathan den Salon verlassen hatte.
Onkel Stuart legte ihm eine Hand auf die Schulter. »Jonathan liebt den Süden nicht weniger als du und ich. Ich glaube fast, er liebt dieses Land noch mehr als wir, und er fürchtet wohl, daß die Sezession uns in einen schrecklichen Krieg reißen könnte.«
»Zur Sezession gibt es keine Alternative!« behauptete Eugene kompromißlos. »Und der Norden wird es nicht wagen, uns den Krieg zu erklären. Er weiß, daß Frankreich und England uns Beistand leisten werden, denn sie können es nicht zulassen, daß sie von unserer Baumwolle abgeschnitten werden. Ein Großteil ihrer Industrie ist von uns abhängig. Nein, niemand führt gegen die Baumwolle Krieg!«
Denis nickte mit dem wohlgefälligen Lächeln eines Mannes, der von der wirtschaftlichen Macht seiner Klasse überzeugt ist. »Es wird keinen Krieg geben, und sollte der Norden doch so töricht sein, gegen uns zu Felde ziehen zu wollen, werden sie sich blutige Köpfe holen. *Cotton is king!*«
»Gebe Gott, daß es so ist«, meinte Onkel Stuart, dem der un-

erschütterliche Glaube an die Macht und Unbesiegbarkeit des Südens fehlte. Er zeigte es jedoch nicht so offen wie Jonathan, denn er schämte sich seiner Zweifel.
Und die Sezession kam tatsächlich. South Carolina erklärte am 20. Dezember als erster Staat des Südens seinen Austritt aus der Union. Der Beschluß der Abgeordneten wurde um dreizehn Uhr fünfzehn in der INSTITUTE HALL in Charleston gefaßt. Gouverneur Jamison verkündete den unwiderruflichen Bruch mit der Union, und die Kunde verbreitete sich wie ein Lauffeuer. Die Stadt fiel in einen unvergleichlichen Begeisterungsrausch.
Von diesem Rausch wurde der ganze Süden erfaßt. Wie ein Stein, der ins Wasser geworfen wird, zog die Sezession ihre Kreise. Am 9. Januar erklärte Mississippi seinen Austritt, einen Tag später Florida, tags darauf folgte Alabama. Georgia verließ die Union am 19. Januar und Louisiana sieben Tage später. Texas trat am 1. Februar aus dem Bundesstaat aus. Am 4. Februar kamen die Vertreter der Sezessionsstaaten, zu denen bald auch noch Virginia, Arkansas, Tennessee und North Carolina gehören sollten, in Montgomery im Staate Alabama zusammen, um sich zu einer Konföderation zusammenzuschließen, der Confederates States of America. Zum Präsidenten der CSA wurde Jefferson Davis gewählt.
Noch war der beinahe siebzigjährige James Buchanan Präsident der Union. In aller Schärfe verurteilte er die Sezession von South Carolina und aller anderen Staaten als verfassungswidrig und damit unwirksam. Doch er beließ es dabei. Taten folgten seinen Worten nicht. Er beschränkte seine Bemühungen darauf, ein Übergreifen der Sezession auf die oberen Südstaaten zu verhindern. Sollte doch sein Nachfolger sehen, wie er diese Krise bewältigte!
Gespannt erwartete der Süden den Amtsantritt von Abraham Lincoln, der am 4. März 1861 stattfinden würde. Daß er als er-

klärter Nationalist die Sezession für mit der Verfassung unvereinbar hielt und den Süden der Rebellion bezichtigte, war hinreichend bekannt. Doch was würde er dagegen *unternehmen*?
Mabel und Allan Cullian warteten nicht ab, was der neue Präsident zu tun gedachte. Sie faßten nach der Sezession der ersten Staaten den Entschluß, BELMONT PARK zu verlassen. Lavinia wollte es erst nicht glauben, als Denis an einem Spätnachmittag im Januar von einem Inspektionsritt zurückkehrte und ihr davon berichtete. Doch es war ihnen tatsächlich ernst.
An einem frostigen, bedeckten Morgen Ende Januar brachen sie auf. Ihr ganzes Hab und Gut hatten sie auf ein Fuhrwerk geladen, auf dessen Kutschbock auch noch ihr ältester Sohn Tim saß. Seine zwei Jahre jüngere Schwester Joyce und Gregg, der jüngste der Cullians, hatten es sich zwischen den Kisten, Säcken und Möbeln bequem gemacht, so gut es eben ging.
Sie fuhren vor dem Herrenhaus vor, um sich zu verabschieden. Eugene starrte den fast gleichaltrigen Tim, der seinen Vater von der Statur und den Gesichtszügen her nicht verleugnen konnte, mit kalter Verachtung an. Mit einem Stolz, der dem Sohn eines Aufsehers nicht zustand, wie Eugene meinte, hielt Tim diesem stechenden Blick jedoch stand.
»Ich kann es noch immer nicht glauben«, sagte Lavinia, als Mabel und Allan Cullian vom Kutschbock stiegen. »Muß es denn sein?«
»Ja, es muß sein, Missis DeLong«, antwortete Allan Cullian mit ruhigem Nachdruck und wandte sich dann ihrem Mann zu. »Es war eine schöne Zeit, Mister DeLong, und ich war gern Aufseher bei Ihnen. Ich gehe mit Wehmut und werde mich immer gern an meine Arbeit auf BELMONT PARK erinnern. Ich habe diesem Ort sehr viel zu verdanken.« Er warf seiner Frau einen lächelnden Seitenblick zu, den sie mit demselben dankbaren Lächeln erwiderte.
»Ich habe Sie geschätzt, Mister Cullian«, sagte Denis. Doch

was wie eine Anerkennung klang, war in Wirklichkeit die höfliche Version einer Herabsetzung.
Der Ire war ein einfacher Mann, doch dumm war er nicht. Die Zwischentöne hörte er sehr gut heraus. Denn er lächelte kühl und sagte: »Ich weiß, und ich weiß auch, daß den Menschen hier im Süden jetzt Parteinahme abverlangt wird. Es liegt Krieg in der Luft, und an diesem Krieg wollen wir nicht teilnehmen.«
»Und ich habe die Iren für ein tapferes Volk gehalten!« rief Eugene geringschätzig.
Tim blitzte ihn an, als wollte er sich jeden Moment auf ihn stürzen, und auch in den Augen seines Vaters flammte Zorn auf. Doch beide beherrschten sich. »Was hat ein Familienstreit, der in eine blutige Rauferei auszuarten droht, mit Tapferkeit zu tun?« fragte Allan Cullian ruhig. »Ich halte Kain nicht für einen tapferen Mann, Mister DeLong, weil er seinem Bruder Abel den Kopf eingeschlagen hat.«
»Die Yankees sind nicht meine Brüder! Noch nicht einmal im übertragenen Sinne, Cullian!« erwiderte Eugene abfällig und ohne ihm das Mister zuzugestehen. »Die Yankees sollen bleiben, wo sie sind. Und wenn sie uns nicht in Ruhe lassen, sind sie unsere Feinde wie jeder andere Feind auch. Und wer mit unseren Feinden Freund ist, ist unser Feind!«
»Laß es gut sein, Eugene, bitte«, murmelte Lavinia betreten.
»Sie mögen so empfinden, Mister DeLong«, entgegnete Allan Cullian beherrscht. »Für uns sind die Yankees aber keine Feinde. Ich habe lange Jahre im Süden gelebt und das Leben hier liebengelernt. Doch ich vergesse nicht, daß ich die ersten fünfzehn Jahre meines Lebens im Norden verbracht habe, und ich habe sehr, sehr gute Erinnerungen an die Menschen und die Jahre, so schwer sie auch waren. Und meine Frau hat sogar fast drei Jahrzehnte im Norden gelebt. Das schafft Bindungen.«

»Natürlich, das verstehen wir doch, Mister Cullian«, sagte Lavinia, aber ohne rechten Nachdruck. Insgeheim hatte auch sie das Gefühl, daß Mabel sie im Stich ließ. Wo hatte sie denn ihr Glück gefunden? Im Norden oder hier auf BELMONT PARK?
»Wir können es weder mit unserem Gewissen vereinbaren, daß Tim gegen den Norden in den Krieg zieht, noch daß er die Waffe gegen den Süden erhebt«, fuhr der ehemalige Aufseher bestimmt fort. »Und deshalb ziehen wir nach Westen, California oder Oregon, wir werden sehen.«
»In Ihrem Alter?« entfuhr es Lavinia unbedacht.
»Allan ist noch kein alter Mann, Missis DeLong! Wir werden uns etwas Eigenes aufbauen!« bekräftigte Mabel.
»Sie müssen es wissen.« Denis ließ es so klingen, als gäbe er ihnen nicht die geringste Chance, auch nur bis zum Missouri zu kommen.
Julian stand ganz traurig und verstört dabei. Er begriff überhaupt nicht, weshalb sein Freund Gregg ihn noch nicht einmal anblickte. Eigentlich hatte er ihm zum Abschied sein Taschenmesser schenken wollen, das er von Onkel Jonathan zu Weihnachten bekommen hatte und das sein ganzer Stolz war. Doch nun traute er sich nicht einmal, zu ihm zu gehen und ihn anzusprechen.
Denis zögerte, als Allan ihm die Hand hinstreckte. Aber dann ergriff er sie und gab ihm einen knappen Wunsch für eine gute Reise mit auf den Weg. Doch wirklich von Herzen kamen diese Worte nicht.
Lavinia und Mabel wußten auch nicht so recht, wie sie voneinander Abschied nehmen sollten. Einer spontanen Regung folgend, geboren aus der Erinnerung an frühere Zeiten, fielen sie sich plötzlich in die Arme. Lavinia hatte Tränen in den Augen.
»Mach es gut, Mabel«, flüsterte sie ihrer ehemaligen Zofe zu. Doch die Tränen galten nicht dieser Mabel Cullian, die mit ih-

rer Familie zu einem großen Abenteuer gen Westen aufbrach, sondern der Person, die sie einmal gekannt hatte, und einer längst vergangenen Zeit, die keiner von ihnen wieder zum Leben zu erwecken vermocht hatte.

Wirklichen Schmerz empfand nur Julian, der nicht verstand, warum plötzlich alles so anders war, obwohl es doch gar keinen Streit gegeben hatte. Es war nur ein sehr schwacher Trost in seinem Schmerz, daß Gregg ganz verstohlen zu ihm hinsah und kurz die Hand zum Abschied hob, als der Wagen auf dem Vorplatz drehte und er sich für einen Moment unbeobachtet fühlte.

Eugene spuckte aus, und laut genug, daß die Cullians es noch hören konnten, sagte er voller Abscheu: »Vielleicht ganz gut, daß sie nach Westen ziehen. Für Feiglinge und Verräter ist bei uns im Süden kein Platz!«

Sechs Wochen später sagte Abraham Lincoln in seiner Rede an die Nation an die Adresse der abtrünnigen Südstaatler: »In euren Händen, meine mißvergnügten Landsleute, und nicht in meinen liegt die ungeheure Frage eines Bürgerkriegs. Die Regierung wird euch nicht angreifen. Ihr könnt keinen Kampf haben, ohne selbst die Angreifer zu sein. Von euch kennt man im Himmel keinen Eid, mit dem ihr euch verpflichtet hättet, die Regierung zu zerstören, während ich den feierlichsten Eid abgelegt habe, sie zu erhalten, zu beschützen und zu verteidigen!«

Damit hatte er auf raffinierte Weise dem Süden aufgezwungen, über Krieg oder Frieden zu entscheiden. Und wieder schaute die ganze Nation gebannt nach South Carolina. Dort mußte die Entscheidung fallen. Denn im Hafen von Charleston, der Wiege der Sezession, wehte noch immer das im Süden so verhaßte Sternenbanner der Union – nämlich über der Inselfestung von Fort Sumter.

41

Auf der Veranda von BELMONT PARK verstummte das Gespräch, als Joshua den Tee und zwei Schalen mit Gebäck brachte. Politik und insbesondere Gespräche über die Sklaverei waren in Gegenwart von Schwarzen tabu. Seit John Browns fehlgeschlagener Revolte konnte man diese Erfahrung überall im Süden machen.

Lavinia lächelte Joshua unwillkürlich zu, um das plötzliche Schweigen zu mildern. »Stell es nur hin. Ich gieße schon selber ein.«

»Ja, Missus.« Sein Gesicht hatte wie immer einen Ausdruck von freundlichem Gleichmut.

Als Joshua die Silberkanne, die Zuckerdose und das kleine Kännchen mit Milch auf den Tisch stellte und dann die beiden Schalen mit Ingwerplätzchen und Sassafraskrapfen vom Tablett nahm, dachte Lavinia, daß man den Schwarzen ihr Alter doch viel weniger ansah als den Weißen. Joshua hatte noch immer eine unglaublich glatte Haut. Sein Gesicht wies kaum Falten auf, dabei hatte sich das Grau schon des größten Teils seiner Haare bemächtigt. An die Fünfzig mußte er mittlerweile sein.

Julian stürzte sich sofort auf die Krapfen. »Sie sind noch richtig warm!« rief er begeistert und biß hinein. Er verdrehte die Augen. »Hm, für Millys Sassafraskrapfen könnte ich sterben!«

Joshua schmunzelte. »Ich werd's ihr sagen, Massa Julian. Sie wird sich freuen«, erklärte er und entfernte sich wieder. Milly war Tamars Tochter und hatte ihre Mutter schon vor einigen Jahren als Herrin des Küchenhauses abgelöst.

Denis nahm ein Ingwerplätzchen, während Lavinia zur Kanne griff und die Tassen mit dampfendem Tee füllte. Es war ein herrlich milder Aprilnachmittag, und die Luft war erfüllt vom

Gesang der Vögel und dem Duft von Blumen und warmer Erde.

»Wir *müssen* jetzt einfach nach Charleston!« nahm Eugene ihr Gespräch dort wieder auf, wo Joshua es durch sein Erscheinen unterbrochen hatte.

»Und wieso müssen wir?« wollte Lavinia wissen und reichte die Zuckerdose an ihre Schwiegermutter weiter.

»Weil die ganze Welt in diesen Wochen auf Charleston schaut! Denn dort wird jetzt Geschichte gemacht! Die Whittons, die Timrods, die Kearneys, die ... ach, alle sind jetzt in der Stadt. Niemand will sich dieses historische Ereignis entgehen lassen. Nur wir hocken hier auf BELMONT PARK herum, als würde es nichts Aufregenderes geben als die Arbeit auf den Feldern und eine Teestunde auf der Veranda!« beklagte sich Eugene.

»Probier doch mal die Krapfen!« schlug Julian ihm vor.

Eugene bedachte ihn mit einem gereizten Blick und fuhr dann verdrossen fort: »Wir werden so etwas nie wieder erleben können, Pa. Noch weht die Fahne der Union über Fort Sumter. Aber sie kann jeden Tag fallen. Und wir DeLongs sind nicht dabei. Das ist eine schöne Blamage.«

Tante Edwina setzte ihre Tasse ab. Lavinia fiel auf, daß ihre Hand in letzter Zeit zitterte. Ja, Edwina wurde alt, vergeßlich und immer sonderlicher.

»Würde einer von euch einmal die Freundlichkeit haben, mich darüber aufzuklären, was das ständige Gerede über Fort Sumter zu bedeuten hat?« Tante Edwina blickte ungnädig in die Runde, als hätte sie ihre Familie dabei ertappt, wie sie ihr etwas vorenthalten wollte.

»Fort Sumter ist ohne große militärische Bedeutung. Es ist vielmehr ein Symbol, Edwina«, antwortete ihr Onkel Stuart geduldig. »Als die Staaten ihre Sezession erklärt haben, besaß die Union auf dem Territorium der jetzigen Konföderation eine ganze Zahl von Depots und Festungen. Sie waren nur schwach besetzt, und die dort stationierten Truppen haben diese Stellungen auch ohne Widerstand aufgegeben und sind abgezogen — bis auf zwei Festungen. Die eine ist Fort Pickens in Florida, und die andere ist ...«

»Fort Sumter in der Hafeneinfahrt von Charleston!« warf Eugene ungeduldig ein.

»Das hätte ich auch noch erraten, mein Junge!« sagte Tante Edwina mit rügendem Tonfall zu ihm. »Aber ich verstehe nicht, was die Soldaten der Union noch bei uns im Süden zu suchen haben? Wir haben doch jetzt unseren eigenen Staat. Also warum veranlaßt Präsident Davis nicht, daß sie das Fort räumen?«

Denis schmunzelte leicht. »Oh, Kommandant Anderson ist oft genug aufgefordert worden, das Fort zu räumen und mit seinen fünfundachtzig Soldaten abzurücken. Doch er weigert sich, da er die Sezession nicht anerkennt und Befehle nur von seinen rechtmäßigen Vorgesetzten entgegennehmen kann, wie er sagt. Und damit ist Lincoln gemeint.«

Tante Edwina zog ihre faltige Stirn noch krauser. »Aber ich sehe das Problem nicht, Denis. Wie will sich denn der Süden gegen den ganzen Norden zur Wehr setzen, wenn er noch nicht einmal mit einer Truppe von fünfundachtzig Mann fertig wird, die zudem noch von allen Seiten umzingelt ist!«

Onkel Stuart lachte vergnügt. »Das Militärische ist nicht das Problem, Edwina. Major Anderson und seine Leute haben nicht die geringste Chance. Ihnen soll ja schon der Proviant ausgehen, so daß man sie sogar ohne einen Schuß abzugeben aushungern könnte. Nein, bei Fort Sumter geht es um hohe Politik. Denn wenn der Norden das Fort kampflos aufgibt, kommt das einer faktischen Anerkennung der Konföderation gleich. Das hätte internationale Folgen. Frankreich und England würden die Konföderation daraufhin sofort als souveränen Staat anerkennen. Greift uns der Norden dann an, muß er nicht allein gegen uns Krieg führen, sondern wohl auch noch gegen unsere europäischen Verbündeten. Deshalb gibt Lincoln die beiden Forts nicht auf. Andererseits«, fuhr Onkel Stuart fort, »kann der Süden aber nicht tatenlos zusehen, daß sich Unionstruppen auf dem Gebiet der Konföderation aufhalten. Schon gar nicht in Charleston, was doch quasi die Geburtsstadt der Sezession ist. Wenn der Süden das duldet, ist das ein Gesichtsverlust, der nicht nur den Stolz des Südens auf unerträgliche Weise verletzen, sondern auch schwerwiegende Konsequenzen nach sich ziehen würde in Hinblick auf das Ausland und auf die noch zögernden Grenzstaaten. Fort Sumter ist, solange die *Stars and Stripes* über der Festung wehen, ein schmerzender Dorn im Fleisch des Südens.«

»Aber warum schießen wir das Fort denn nicht von allen Seiten in Grund und Boden?« warf Julian mit vollem Mund ein.

»Man spricht nicht mit vollem Mund, Julian!« ermahnte Lavinia ihren Sohn.

Georgina zwinkerte ihm zu und bedeutete ihm, auch noch den letzten Krapfen zu nehmen.

»Ja, das Fort wäre wohl im Handumdrehen erobert. Und General Beauregard wäre der Held des Südens«, antwortete Onkel Stuart auf Julians Frage. »Aber das hieße, daß die Konföderation mit den Kampfhandlungen beginnen müßte.«

»Und Lincoln wartet doch nur wie ein Geier auf ein Stück Aas darauf, daß der Süden den ersten Schuß abgibt!« erregte sich Eugene. »Dann kann er uns an den Pranger stellen und voller Empörung die Leute im Norden gegen uns zum Krieg aufhetzen. Aber mir wäre es gleich, denn die verhaßte Yankee-Fahne muß endlich fallen!«

»Na, das klingt mir alles mehr nach einem kindischen Katz-und-Maus-Spiel«, meinte Tante Edwina einigermaßen verwirrt.

»Laßt uns doch nach Charleston fahren!« drängte Eugene. »Es

wird nicht mehr lange dauern, bis es sich entscheidet — auf die eine oder andere Weise.«

Denis seufzte, denn wenn er ehrlich war, zog es auch ihn in die Stadt. Aber es gab Pflichten, die zu bedenken waren. »Ich hätte ja nichts dagegen einzuwenden«, sagte er unentschlossen. »Doch du weißt, was im Frühjahr alles für Arbeiten anstehen. Und wir haben noch immer keinen Ersatz für Cullian.«

»Pa, es ist ein *historisches Ereignis*!« beschwor Eugene seinen Vater. »Sollen wir DeLongs später sagen müssen, wir wären nicht dabeigewesen, weil uns die Feldarbeit wichtiger gewesen ist? Soll man uns für Ignoranten halten, denen das Schicksal des Südens nicht mal das kleinste Opfer wert ist?«

Lavinia warf ihrem Mann einen aufmunternden Blick zu. »Warum eigentlich nicht, Denis?« sagte sie, doch es zog sie nicht allein wegen Fort Sumter nach Charleston. Sie hatte schon so lange nicht mehr mit Melinda gesprochen und auch seit Wochen keinen Brief mehr von ihr bekommen. Ein Aufenthalt in Charleston konnte somit mehreren guten Zwecken dienen.

»Fahrt ihr nur«, forderte Onkel Stuart sie auf. »Ich kümmere mich schon darum, daß auf den Feldern alles seinen geordneten Gang geht.«

»Ich bleibe auch«, sagte Tante Edwina. »Mich drängt nichts danach, Zeuge kriegerischer Taten zu sein. Und jemand muß im Park ja auch ein scharfes Auge auf Isaac und Harth halten. Mir scheint, die beiden haben in letzter Zeit eine allzu große Vorliebe für das ungezügelte Wachstum der Natur entwickelt ...«

»Kurz gesagt, du hältst sie für faul«, deutete Onkel Stuart ihre Worte mit leichter Belustigung, denn je älter und träger sie selbst wurde, desto unleidlicher reagierte sie auf die kleinsten Nachlässigkeiten anderer. Dabei richtete sich ihr kritisches Auge jedoch ausschließlich auf Kleinigkeiten wie Teppichfransen, die Zahl der Holzscheite, die Octavia pro Korb auf die

Zimmer trug, oder die Richtung, in der Isaac und Harth die Kieswege harkten.

»Ich habe sie zumindest schon mal sorgfältiger und fleißiger arbeiten sehen«, lautete ihre säuerliche Antwort.

»Also fahren wir?« fragte Eugene erwartungsvoll.

Denis lachte. »Ja, du sollst deinen Willen haben und sagen können, daß wir DeLongs dabei waren, als der Süden ein neues Kapitel im Buch der Geschichte schrieb!«

Am nächsten Tag fuhren sie, bis auf Tante Edwina und Onkel Stuart, nach Charleston, begleitet von zwei Zofen und zwei weiteren Dienstmädchen, die das Personal im Haus in der Tadd Street verstärken und für den gewohnten Komfort sorgen sollten.

Eugene hatte nicht übertrieben. Die Stadt war von auswärtigen Besuchern förmlich überflutet. Der Betrieb in den Hotels und Restaurants und auf den Straßen war stärker und lebhafter als im Februar zur Rennwoche. Diplomaten in inoffizieller Mission, die das Geschehen für ihre europäischen Regierungen mit Interesse verfolgten, hatten sich ebenso in Charleston eingefunden wie Journalisten aller großen Zeitungen aus der Alten wie der Neuen Welt.

Mark Elliott gehörte zu dem Pulk der Korrespondenten. Er hatte mittlerweile einen festen Vertrag mit der *Times*, die Reportagen und Stimmungsberichte von ihm erwartete. Denis und Lavinia freuten sich sehr über dieses Wiedersehen und bestanden darauf, daß er sein Zimmer im CHARLESTON HOTEL aufgab und ihr Gast in der Tadd Street war.

»Aber ich bin nicht zu meinem Vergnügen in Charleston. Die *Times* erwartet laufend Berichte aus meiner Feder«, wandte er ein, wenn auch nur sehr halbherzig, denn im CHARLESTON HOTEL ging es wahrlich hoch her. Eine Party jagte auf den Stockwerken und unten in den Gesellschaftsräumen die andere. Sich da auf das Schreiben seiner Artikel zu konzentrieren, fiel nicht immer leicht. Die Aussicht, Gast der DeLongs zu sein, war unter diesen Umständen noch verlockender, als es das sonst schon der Fall war.

»Sie bekommen oben das große Zimmer mit dem Blick zum Hafen und dem Schreibtisch«, sagte Lavinia ebenso freundlich wie energisch. »Sie werden ganz ungestört sein, wenn Sie wollen. Nein, den Gefallen dürfen Sie uns nicht abschlagen, Mister Elliott.«

Der dünne Schnurrbart des Engländers hob sich unter seinem Lächeln. »Missis DeLong, ich kapituliere vor Ihnen — und wie stets fühle ich mich dabei wie der Sieger«, sagte er und hauchte einen Handkuß auf ihre Fingerspitzen.

»Ich glaube, wir haben eine aufregende Zeit vor uns«, sagte Denis mit einem Augenzwinkern und gab die Anweisung, eine Flasche Champagner zu öffnen.

Charleston befand sich in einem Zustand siegessicherer Erregung. Auf der Promenade und in den White Point Gardens, wo man über das Wasser nach Fort Sumter hinüberblicken konnte, herrschte zu allen Tageszeiten ein fröhliches Treiben wie bei einem harmlosen Volksfest. Und auf den zahlreichen Häusern der Stadt, die über Dachterrassen verfügten, fanden sich Freunde und Verwandte der Hausbesitzer unter Sonnenschirmen und Planen aus farbigem Segeltuch zu spontanen Festen ein, die am nächsten Tag in anderer Zusammenstellung ihre Fortsetzungen fanden. Gerüchte schwirrten so schillernd wie Kolibris und kurzlebiger noch als Eintagsfliegen durch die Luft. Mal hieß es, Major Anderson wolle einen nächtlichen Ausbruch wagen. Dann wieder hörte man, die schmähliche Kapitulation stände bevor. Ein anderer wollte aus einer erstklassigen Quelle erfahren haben, daß die Yankeeflotte, die außerhalb der Kanonenreichweite von Fort Moultrie und Fort Johnson vor der Küste lag, einen Befreiungsangriff plane. So ging es fast stündlich hin und her, und jeder schien Freude daran zu finden, der Zahl der Gerüchte und Vermutungen noch seine eigenen hinzuzufügen. Alles wartete mit Spannung darauf, wann und wie denn nun endlich die Yankee-Fahne fallen würde. Ferngläser gab es in der ganzen Stadt keine mehr zu kaufen.

»Wir werden sie in die Knie zwingen!« versicherte Eugene dem Engländer.

Am 11. April hatte die Geduld des Südens ein Ende, und die Regierung gab General Beauregard freie Hand. Major Anderson wurde ultimativ zur Kapitulation aufgefordert. Dieser weigerte sich weiterhin standhaft.

Am 12. April fiel der erste Schuß, der das Signal zum Krieg gab. Um vier Uhr dreißig zerriß der Kanonendonner der Mörser-Batterien von Fort Johnson die trügerisch friedliche Stille der Nacht. Das erste Geschoß krepierte über Fort Sumter und schlug dann mitten auf dem Exerzierplatz ein. Zehn Minuten vor fünf lag die Inselfestung, umzingelt von einem halben Dutzend Forts und Batterien der Konföderierten, unter dem konzentrierten Beschuß alle Mörser und Kanonen.

Charleston erwachte unter dem heftigen Geschützdonner jäh zum Leben. Überall gingen die Lampen an. Die Menschen strömten auf die Straßen, liefen am Hafen zusammen und stürzten auf Balkone und Terrassen. Die Menge bejubelte jede Salve.

Auch im Haus der DeLongs in der Tadd Street wurde gejubelt. Eugene war als erster aus dem Bett und auf der Terrasse. »Es ist soweit! ... Endlich! ... Wir werden Fort Sumter dem Erdboden gleichmachen und damit die Schmach auslöschen, daß die Fahne der Yankees so lang dort hat wehen können!« rief er.

»Was für ein Anblick!« stieß Lavinia erschauernd hervor, als sie in der Ferne die Feuerzungen der Kanonen sah und die grellen Blitze der Granaten, die über Fort Sumter explodierten und die Nacht zum Tag machten.

»Das ist ja noch besser als das Feuerwerk am 4. Juli!« rief Julian begeistert.
»Das ist es!« schrie Eugene ganz außer sich und deutete in die feurige Nacht. »Das ist die Stimme des Südens! Die Kanonen von Charleston! ... Ja, die stolze Stimme des Südens. Und man wird sie bis nach Washington und New York hören!«
Julian lachte in kindlicher Unschuld. »Und ob, Gene! Laut genug sind sie ja.«
Dieses unablässige Donnern der Mörser und das Zerbersten der Granaten zu einem grellen Feuerball hatte etwas Faszinierendes an sich, etwas schrecklich Gewaltiges und Gewalttätiges. Lavinia erschauerte innerlich. »Ich möchte jetzt nicht in der Haut der Yankees stecken.«
»Sie sind doch selber schuld! Warum haben sie uns auch die Stirn geboten?« meinte Georgina kühl. »Wenn es ihnen zuviel wird, brauchen sie ja bloß ein weißes Laken zu schwenken und zu kapitulieren.«
Eugene nickte und sagte mit grimmiger Genugtuung: »Und wenn sie vernünftig sind, tun sie es noch vor Sonnenaufgang. Denn sie haben so wenig Chancen, lebend von der Festung zu kommen wie eine beinamputierte Kakerlake unter einem Stiefelabsatz!«
»Deine Begeisterung und dein Patriotismus in Ehren, Eugene«, sagte Lavinia unangenehm berührt, »aber befleißige dich doch bitte einer weniger drastischen Sprache.«
»Die Männer dort drüben mit Kakerlaken zu vergleichen, geht wirklich zu weit«, pflichtete Denis seiner Frau bei. »Major Anderson muß ein sehr tapferer Mann sein, daß er vor dieser Übermacht nicht schon längst gewichen ist. Und wie ich weiß, schätzt General Beauregard ihn sehr. Die beiden kennen sich gut. Anderson war in West Point Beauregards Ausbilder im Fach Artillerie. Sie sind Gegner, mein Sohn, keine Todfeinde!«

»Anderson ist ein Yankee und ein Feind der Konföderation!« erwiderte Eugene unbeeindruckt. »Das ist alles, was man über diesen Mann wissen muß!«

Mark Elliott hatte das kriegerische Schauspiel und den Wortwechsel verfolgt, ohne sich dazu zu äußern. Doch nun sagte er in die kurze Stille zwischen zwei donnernden Salven ahnungsvoll und düster: »Fort Sumter ist jetzt nicht mehr wichtig. Hier und jetzt hat der Krieg begonnen, der Bürgerkrieg einer gespaltenen Nation. Und Gott allein weiß, welchen Ausgang er nehmen und welch blutigen Tribut er fordern wird.«

Lavinia trug über dem Morgenrock noch einen warmen Umhang gegen die morgendliche Frische. Dennoch fröstelte sie plötzlich. »Gehen wir wieder ins Haus«, sagte sie mit belegter Stimme, von einer dumpfen Angst befallen, der nachzugeben sie sich weigerte.

42

»Warum gibt der verrückte Major Anderson nicht endlich auf?« zürnte Georgina, als der Kanonendonner am Mittag noch immer mit unverminderter Intensität über das Meer heranrollte und über Charleston wie eine endlose Brandung hinwegspülte. Es begann an den Nerven zu zehren, und besonders die Schwarzen zuckten immer wieder erschrocken zusammen, wenn eine besonders heftige Salve aufbrüllte.

»Das ist der mörderische Chor der Gewalt«, bezeichnete Mark Elliott die gnadenlose Kanonade.

Ein Platzregen von Kanonenkugeln der zehnzölligen *Columbiads*, von Zweiundvierzigpfündern und den Granaten der dreizehnzölligen Mörser prasselte in ununterbrochener Folge auf das Fort nieder und ließ große Brocken des mächtigen

Mauerwerks nach allen Seiten auseinanderfliegen. Wenn die enormen Mörsergeschosse, nachdem sie hoch durch die Luft gesegelt waren, vertikal herunterkamen und sich in den Exerzierplatz bohrten, erschütterten ihre Explosionen das Fort wie ein Erdbeben.

Das Bombardement ging den ganzen Tag weiter. Die Geschosse richteten in den oberen, exponierten Teilen des Forts große Zerstörungen an, aber die unteren Kasematten, in die sich Major Anderson mit seinen Soldaten zurückgezogen hatte, wurden nicht wesentlich beschädigt. Und die Unionstruppen erwiderten das Feuer der Konföderierten mit einem Mut, der nicht wenigen Südstaatlern größten Respekt abnötigte.

Am frühen Nachmittag begab sich Eugene mit Julian und dem Engländer zum Hafen hinunter, um das schreckliche Schauspiel von dort zu beobachten. Lavinia hatte jedoch kein Verlangen danach, sich zu ihnen zu gesellen. Und da Georgina, vom Geschützlärm schon reichlich entnervt, nicht daran dachte, das Haus zu verlassen, nutzte Lavinia die Gelegenheit, um Melinda einen Besuch abzustatten.

Die Stoffhandlung ROEBUCK's befand sich in einem großen alleinstehenden Eckhaus in der King Street an der Ecke zur Queen Street. Eine bessere Geschäftslage war kaum denkbar. Zwei große, sehr geschmackvoll dekorierte Fenster wiesen auf ein gut sortiertes Warenangebot hin.

Lavinia betrat das Geschäft. In den dunklen Regalen an den Wänden lagerten unzählige Ballen mit Stoffen aller Art und in allen Farben. Ob einfaches Kattun oder teuerste Atlasseide, ob Kordel oder Spitze – alles wartete darauf, aus den Regalen und Glasvitrinen geholt und auf den blankpolierten Verkaufstheken ausgebreitet zu werden.

Daß an diesem Nachmittag nur zwei ältere Kundinnen im Geschäft anzutreffen waren, verwunderte Lavinia nicht. Die

Leute hatten im Augenblick anderes im Sinn, als Stoffe einzukaufen.
Eine junge, sehr adrett gekleidete Verkäuferin mit üppigen Formen trat auf sie zu. Mit geschultem Blick erfaßte sie die elegante Kleidung der vermuteten Kundin, lächelte und fragte überaus zuvorkommend: »Womit darf ich Ihnen dienen, Missis?«
»Ist Missis Roebuck im Haus?«
Die Verkäuferin blickte sie mit einem völlig neuen Interesse an. »Ja, Missis Roebuck ist im Haus, soviel ich weiß.«
»Dann seien Sie doch so nett und sagen ihr, daß ich sie sprechen möchte.«
»Und wen darf ich melden?«
»Lavinia.«
Ein Vorname schien ihr nicht zu genügen, denn sie zögerte sichtlich. Doch Lavinias Haltung und Blick gaben ihr deutlich zu verstehen, daß sie es besser nicht wagen sollte, ihrer Neugier nachzugeben. »Lavinia, sehr wohl«, sagte sie deshalb, deutete so etwas wie eine Verbeugung an und verschwand durch die Tür zwischen den beiden Verkaufstischen, die nach hinten führte.
Es dauerte nicht lange, und sie kehrte wieder zurück. Sie ließ die Tür offenstehen und sagte mit einer einladenden Geste in den dahinterliegenden Flur: »Wenn Sie bitte die Güte hätten, mir zu folgen? Missis Roebuck läßt ausrichten, daß sie Sie gern oben in ihren Privaträumen empfangen möchte.«
Lavinia antwortete darauf mit einem stummen Nicken und einem höflichen Lächeln. Sie folgte der attraktiven jungen Frau in den Flur und eine breite Treppe hinauf.
Melinda erwartete sie oben auf dem Absatz. »Danke, Miss Cole. Wir kennen uns. Sie können wieder ins Geschäft gehen«, sagte sie in reserviertem, fast herrischem Ton und strenger Miene – und gab Lavinia mit einem knappen Kopfschütteln zu verstehen, mit der Begrüßung noch etwas zu warten.

»Natürlich, Missis Roebuck«, erwiderte die Verkäuferin lächelnd, wandte sich auf halber Treppe um und kehrte in den Verkaufsraum zurück.
Melinda führte Lavinia in einen hellen und sehr kostspielig eingerichteten Salon, dessen Wände mit blaßgelber Seide bespannt waren. Sie schloß die Tür — und war im nächsten Moment wie verwandelt. Der strenge Gesichtsausdruck wich einem strahlenden Lächeln. »Lavinia!... Wie schön, daß du mich mal besuchst! Wenn du wüßtest, wie oft ich in letzter Zeit an dich gedacht habe!« rief sie glücklich und fiel ihr in die Arme.
»Ja, du hast lange nichts mehr von dir hören lassen.«
»Ach, es war ja so viel zu tun. Wenn du wüßtest, was so ein großes Geschäft alles an Arbeit mit sich bringt. Möchtest du Tee? Natürlich möchtest du Tee. Ich sage Tilly, daß sie frischen macht. Und es ist auch noch Orangenkuchen vom Mittag da. Doch, du mußt unbedingt ein Stück probieren. Er ist wirklich himmlisch. Ach, ich bin ja so froh, dich zu sehen. Dieser Lärm ist natürlich weniger schön, aber das muß wohl so sein. Tilly, mach uns Tee und beeil dich!... Ob dieser Major Anderson wohl noch länger aushält? Curtis meint, er wäre ein echter Held. Ich weiß nicht... all die jungen Menschen, die dort auf der Inselfestung eingeschlossen sind. Für unser Geschäft ist dieser Trubel natürlich nicht so gut. Jetzt hätte man besser eine Taverne am Hafen. Aber Curtis meint, wenn das Fort erst mal eingenommen ist, haben die Leute auch wieder mehr Zeit und Muße zum Einkaufen, und es wird bestimmt viele Siegesfeiern geben, wofür die Damen ja alle neue Kleider brauchen, und dann machen wir alles wieder dreifach wett...«
Lavinia war von Melindas hektischer Betriebsamkeit und ihrem Redestrom so überrascht gewesen, daß sie ihr sprachlos und mit wachsender Bestürzung zugehört hatte. »Melinda!« sagte sie nun, um ihr Einhalt zu gebieten.

Doch Melinda schien sie nicht gehört zu haben, denn beinahe ohne Atem zu holen fuhr sie fort: »Seide und Spitze, das wird dann wie verrückt laufen, meint Curtis. Na ja, genug davon haben wir ja auf Lager. Aber was rede ich denn da. Nun erzähl du doch mal erst, wie es dir geht. Gut siehst du aus, Lavinia. Dieses Grün hat dir schon immer am besten zu Gesicht gestanden. Wie geht es den Kindern? Habt ihr wieder etwas von Abigail gehört? Sie erwartet das Kind doch für den Sommer, nicht wahr? Ach, wenn New Orleans doch bloß nicht so weit wäre...«

»Melinda!«

Ihre Schwägerin verstummte und sah sie verstört an. »Was ist, Lavinia?«

»Diese Frage wollte ich gerade dir stellen. Du redest ja wie gehetzt, Melinda«, sagte Lavinia besorgt. »So kenne ich dich gar nicht. Was hast du?«

Melinda lachte auf, doch es klang sehr gekünstelt. »Ich? Was soll ich denn haben? Mir geht es gut. Ja, es geht mir bestens. Und ist das Haus nicht wundervoll? Warte, bis ich dir alles gezeigt habe...«

Lavinia nahm die Hand ihrer Schwägerin, hielt sie fest und zwang Melinda, sie anzusehen. »Lüg mir doch nichts vor«, sagte sie leise. »Ich seh dir doch an, daß es dir alles andere als gutgeht.«

»Doch, es geht mir gut!« beteuerte Melinda noch einmal, schluckte jedoch dabei.

»Nein, geht es dir nicht! Wann hast du das letztemal in einen Spiegel geschaut? Du siehst ausgesprochen schlecht aus, Melinda, hast Schatten unter den Augen und bist im Gesicht schrecklich schmal geworden. Man sieht dir an, daß du Kummer hast«, teilte Lavinia ihr unverblümt ihren Eindruck mit. »Also hör auf, mir etwas vormachen zu wollen. So ähnlich hast du ausgesehen, als du das zweitemal von Arthur Galloway weggelaufen bist!«

»Nein, du täuschst dich. Ich... ich...« Sie brach ab, und ihre

Augen füllten sich plötzlich mit Tränen. »Ja, es stimmt. Ich fühle mich elend, sterbenselend. O Gott, Lavinia!« Sie warf sich ihr in die Arme.
Lavinia hielt sie einen Augenblick, schob sie dann aber von sich. »Setz dich und beruhige dich«, sagte sie beinahe streng und reichte ihr ein Taschentuch. »Und dann erzählst du mir, was passiert ist.«
Melinda sank in einen Sessel und preßte das Taschentuch vor die Augen. Sie weinte leise.
»Schlägt er dich?« fragte Lavinia.
Melinda schüttelte den Kopf und riß sich zusammen. Ihr Weinen verstummte. Sie tupfte sich die feuchten Augen ab, schneuzte sich und legte die Hände mit dem Taschentuch dann in den Schoß, den Blick nach unten gerichtet. »Nein, so brutal wie Arthur ist er nicht, Gott sei gedankt«, antwortete sie und lachte bitter auf. »Wie tief bin ich doch bloß gesunken, daß ich dafür schon dankbar sein muß.«
»Was stimmt denn zwischen dir und Curtis nicht, Melinda? Oder möchtest du nicht darüber reden. Dann will ich natürlich nicht in dich dringen.«
»Nein, nein, du sollst es nur wissen, Lavinia. Einem muß ich es endlich sagen. Er ... er betrügt mich!« Sie hob den Kopf und blickte Lavinia an. In ihren geröteten Augen lag unaussprechlich viel Schmerz und Verzweiflung.
Die Kanonen donnerten, und Lavinia wünschte plötzlich, sie wären nicht nach Charleston gekommen. Abgeschiedenheit und die Unschuld der Ahnungslosigkeit waren die besten Voraussetzungen für ein angenehmes Leben in jenem Gleichmaß, das in den letzten Jahren den Rhythmus auf Belmont Park bestimmt hatte. Doch nun war es geschehen.
»Weißt du auch, mit wem?«
»Ja, mit diesem verlogenen Flittchen!« stieß Melinda hervor, und ihr Gesicht verzerrte sich dabei.

Lavinia ahnte etwas, wollte jedoch Gewißheit. »Wen meinst du?«
»Miss Alice Cole! ... Curtis betrügt mich mit dieser Schlampe von Verkäuferin, und sie machen sich dabei auch noch über mich lustig! Mich, eine DeLong, wagt er mit so einem ... hergelaufenen Straßenmädchen zu betrügen!«
Lavinia fühlte sich fast selber gedemütigt. »Hast du Beweise für seinen Betrug?«
»Ich brauche keine Beweise! So etwas sehe und spüre ich!«
»Du hast also keine«, stellte Lavinia fest und musterte ihre Schwägerin scharf. »Bist du dir wirklich sicher, daß du ihn und diese Miss Cole auch nicht zu Unrecht verdächtigst?«
Melinda kniff die Augen zusammen, und ihre Züge nahmen einen gleichfalls bitteren, verkniffenen Ausdruck an. »Zu Unrecht? Ich weiß, daß er mich mit diesem Dreckstück betrügt! Ich *weiß* es, hörst du!« rief sie mit schriller, fast sich überschlagender Stimme. »Ich brauche nicht noch einmal unverhofft in ein Schlafzimmer zu kommen und sie auf frischer Tat zu ertappen, um mir absolut sicher zu sein. Mit Männern seines Schlags habe ich Erfahrung, oder hast du das vergessen? Ich kenne den Geruch, den Blick, das Lächeln eines Mannes, der fortwährend Ehebruch betreibt!«
»Schon gut, Melinda. Bitte reg dich nicht so auf«, versuchte Lavinia sie zu beruhigen und dachte unwillkürlich, daß ihre Erfahrung sie offenbar nicht davor bewahrt hatte, einen so schweren Fehler zu wiederholen. »Es war ja nur eine Frage. Es hätte ja auch sein können ...«
Melinda ließ sie nicht ausreden. »O ja, Curtis ist nicht ganz so plump wie Arthur. Er betrinkt sich nicht sinnlos und schlägt mich auch nicht, aber das ist fast noch schlimmer. Bei Arthur habe ich immer gewußt, woran ich war. Er war direkt und grob, während Curtis verlogen und hinterhältig ist!« Sie sprang auf und ging unruhig im Salon umher. »Er kommt nächtelang

nicht nach Hause, und wenn er dann kommt, dann lügt er mich mit einem Lächeln an, daß ich wahnsinnig werden kann. Es ist, als würde er mich verhöhnen. Dabei rieche ich die andere Frau doch an ihm. Und wenn ich ihm das ins Gesicht sage, dann lacht er nur und spielt den verliebten... leidenschaftlichen Ehemann. Dann zieht er mich ins Schlafzimmer... und... und...«

»Ich glaube, das reicht«, sagte Lavinia schnell, die schon mehr gehört hatte, als ihr angenehm war.

Melinda schüttelte heftig den Kopf. »Nein, ich muß es dir sagen, Lavinia, auch wenn es dich schockiert. Wem kann ich mich denn sonst anvertrauen?« Sie schluckte und fuhr mit leiser Stimme fort: »Ja, und dann... dann nimmt er mich in unserem Zimmer... am hellichten Tag... und ohne... daß wir richtig entkleidet wären... und ich bin ihm dann auch noch dankbar und glaube, daß er nur mich liebt.«

Lavinia saß stocksteif und mit beherrschtem Gesicht auf der Sesselkante. Die körperliche Hörigkeit, die Melinda mit ihrem Geständnis zum Ausdruck brachte, schockierte sie, und sie wußte nichts darauf zu sagen. Sie war froh, daß Melinda offenbar auch keine Antwort darauf erwartete.

»Aber wenn ich später ins Geschäft komme und sehe, wie Curtis mit diesem Flittchen verstohlene Blicke und gewisse, scheinbar zufällige Berührungen austauscht, wenn sie sich unbeobachtet wähnen, dann schäme ich mich dessen, was oben geschehen ist, und weiß, daß er mir etwas vorspielt und mich benutzt. Dann könnte ich laut schreien, und dann wünsche ich mir, er würde mich schlagen, denn dann hätten die Lügen ein Ende, und ich könnte ihn hassen, hassen, hassen...« sagte sie schluchzend und fügte dann in hilfloser Verzweiflung hinzu: »... statt ihn immer noch zu lieben.«

Die Betroffenheit, die Lavinia überwältigte, war wie eine körperliche Schwäche, denn sie begriff, wie sehr Melinda leiden mußte, da sie Curtis offenbar trotz allem noch liebte. Sie wollte zu ihr gehen und sie in ihre Arme nehmen, vermochte sich jedoch nicht zu erheben. »Es tut mir ja so leid.«

»Warum muß Liebe so weh tun, Lavinia?« fragte Melinda, während ihr die Tränen über das Gesicht liefen. »Und warum verwehrt mir das Schicksal die aufrichtige Liebe eines Mannes? Warum muß ich immer an Männer geraten, die meine Liebe nicht erwidern? Dabei verlange ich doch so wenig, Lavinia. Nur ein wenig Zärtlichkeit und Geborgenheit ... und Treue. Ist das zuviel verlangt? Warum nur ist mir das nicht vergönnt, Lavinia? Warum?«

Lange herrschte Schweigen. Lavinia nahm zum erstenmal an diesem Tag den Geschützlärm nicht mehr bewußt wahr. »Ich kann dir darauf keine Antwort geben«, sagte sie schließlich. »Ich weiß jedoch, daß BELMONT PARK immer auch dein Zuhause sein wird, wenn du es so möchtest.«

Melinda wischte sich die Tränen vom Gesicht. »Ich kann Curtis nicht verlassen, denn ich liebe ihn und gehöre ihm«, antwortete sie müde.

Lavinia sah sie schweigend an. Was hätte sie darauf auch erwidern sollen? Ihre Schwägerin war die Gefangene ihrer Gefühle. Aber waren sie das nicht alle mit mehr oder weniger Glück?

Melinda atmete tief durch. Ihre Schultern strafften sich. »Laß uns nicht mehr davon sprechen. Es führt doch zu nichts. Und bitte erzähle keinem davon, auch Denis nicht — und schon gar nicht Mom! Welchen Sinn hätte es auch? ... Laß uns von anderen Dingen sprechen. Tilly muß gleich mit dem Tee kommen ...«

Eine Stunde später machte sich Lavinia zutiefst deprimiert auf den Heimweg in die Tadd Street. Sie war froh, daß die Männer noch nicht zurück waren und Georgina sich in ihrem Zimmer aufhielt. So blieb ihr etwas Zeit, sich von ihrer Bestürzung zu erholen und ihre Fassung wiederzuerlangen. In ihrem Zimmer schloß sie die Schlagläden und zog die Gardinen vor. In der Dunkelheit legte sie sich aufs Bett. Sie preßte die Hände auf die Ohren. Noch immer brüllten die Kanonen von fünf Festungen pausenlos: *Krieg! Krieg! Krieg!*

Nicht mal in der Nacht wurde das Feuer eingestellt, so daß die Stadt kaum Schlaf fand. Am frühen Morgen des 13. April wurde in Fort Sumter das Quartier der Offiziere in Brand geschossen. Gegen Mittag stand ein Teil der Festung in Flammen, und der Wind trieb den Rauch in dicken Schwaden übers Wasser. Doch nicht einmal das brach den Widerstand der dort Eingeschlossenen. Immer wieder meldete sich eine der Kanonen von Fort Sumter. Am Hafen wurden daraufhin laute Hochrufe auf Anderson ausgebracht.

Zu diesem Zeitpunkt war die Lage auf der Inselfestung fürchterlich. Das Fauchen und Prasseln der Flammen, die dichten Massen wirbelnden Rauches, die Einschläge der Kugeln und das Krachen des nach allen Seiten auseinanderfallenden Mauerwerks machten das Fort zur Hölle.

Um zwölf Uhr achtundvierzig wurde die Spitze des Fahnenmastes heruntergeschossen, und die Flagge fiel zu Boden. Eine gute Stunde später zeigte sich Major Anderson zur Kapitulation bereit. Er stellte jedoch zur Bedingung, daß es ihnen erlaubt sei, ihre Flagge zu grüßen und ehrenvoll mit ihren Waffen und ihrem privaten Gepäck auszumarschieren. General Beauregard akzeptierte diese Forderungen. Das Feuer, das wundersamerweise nach über viertausend verschossenen Kanonenkugeln und Granaten auf keiner Seite ein Leben gefordert hatte, verstummte.

Man vereinbarte die Räumung für den kommenden Vormittag. Die Nachricht von der bevorstehenden Kapitulation verbreitete sich in Windeseile. Die Bevölkerung aus der ganzen Umgebung strömte nach Charleston, um Zeuge bei der Demütigung der Fahne der Vereinigten Staaten zu sein.

Ein letztesmal wehte die zerschossene Flagge der Union über der schwerbeschädigten Festung, und noch einmal wurde der *Yankee Doodle* beim Ausmarsch von Major Andersons tapferer Truppe getrommelt. Dann hißten General Beauregards einmarschierte Soldaten die seidene Fahne der Konföderation, die vornehme Damen von Charleston genäht hatten, und ein gewaltiger Jubel erhob sich in der ganzen Stadt und auf den vielen Booten und Schiffen, die das Gewässer rund um Fort Sumter bevölkerten. Der Süden fiel in einen Siegestaumel, als hätte er mit der Einnahme von Fort Sumter diesen Krieg schon gewonnen.

Am Tag darauf, es war der 15. April, erließ Abraham Lincoln eine Proklamation, in der er fünfundsiebzigtausend Freiwillige zu den Waffen rief, um die Rebellion der Südstaaten, die der Union den Krieg erklärt hatten, mit Gewalt niederzuschlagen. Vier Tage später verhängte er die Seeblockade über alle Häfen der Konföderation.

Der Süden fiel in eine Kriegseuphorie. »Wir werden die Yankees in einer einzigen Schlacht so vernichtend besiegen«, so war es überall zu hören, »wie wir Anderson aus Fort Sumter vertrieben haben! Die Vorsehung ist auf unserer Seite!«

43

»Der Süden hat die besten Schützen und die besten Reiter!« erklärte Eugene ohne große Prahlerei, denn es entsprach der Wahrheit.

»Dafür hat der Norden eine erdrückende Übermacht an Menschen und Material«, wandte Mark Elliott ein, während der Landauer, der ihn, Denis und Eugene zum Hafen bringen sollte, in dem dichten Verkehr mal wieder zum Stehen kam.

Moab konnte fluchen und mit der Peitsche knallen, wie er wollte, sie kamen darum doch nicht schneller voran.
Seit auch der Süden mit der Aufstellung einer Armee aus Freiwilligen begonnen hatte, strömten die jungen Männer nur so in die Stadt, und zwar aus dem ganzen Süden, da Charleston für sie der Inbegriff des Mutes und der Sezession darstellte — und in ihrem Gefolge kamen alle möglichen Leute, die nicht von selbstlosem Patriotismus, sondern von Eigennutz getrieben wurden und an diesem Krieg auf ihre Weise zu verdienen gedachten: von Waffenhändlern über Uniformschneider bis hin zu den Betrügern, Taschendieben, Prostituierten und Marketenderinnen, die noch in keinem Krieg gefehlt hatten. Auf der vorgelagerten Morris Island hatten die Militärs ein großes Sammel- und Ausbildungslager für die Freiwilligen eingerichtet. Dieses riesige Camp war das Ziel ihres Ausflugs. Dank Mark Elliotts guten Beziehungen zu hohen Militärs hatte sich Major Whiting, ein Absolvent von West Point, bereit erklärt, sie mit einem neuen Schub Freiwilligen dorthin mitzunehmen und sie durch das Lager zu führen.
»Was die Bevölkerung angeht«, fuhr der Engländer fort, »so ist der Norden dem Süden mit einem Verhältnis von 3:1 haushoch überlegen, und was die kriegsnotwendigen Industrien betrifft, so ist die Überlegenheit noch erdrückender.«
»Das Potential mag dort vielleicht größer sein, aber das macht den Norden noch längst nicht überlegen«, meinte Denis. »Die Yankees wissen doch gar nicht, wofür sie kämpfen sollen. Was interessiert denn die armen Schlucker in den Fabriken die Machtinteressen von Präsident Lincoln? Nein, glauben Sie mir, auf dem Schlachtfeld werden die Truppen aus dem Norden erbärmlich versagen, weil sie nicht verstehen, wofür sie in den Kampf ziehen sollen.«
Eugene lachte. »Ein Konföderierter nimmt es gut und gern mit einer Handvoll Yankees auf!«

»Außerdem kennen wir John Bull sehr genau«, warf Denis ein und meinte damit das britische Königreich. »Er wird zuerst ein großes Getue wegen seiner Nichteinmischung machen, aber wenn er wieder Baumwolle nötig hat, muß er von seinem hohen Roß heruntersteigen und sich an unsere Seite stellen. Dasselbe gilt für Frankreich.«

Mark Elliott warf ihm einen skeptischen Blick zu. »Ich weiß nicht, ob Ihre Einschätzung realistisch ist. Soviel ich gehört habe, haben sich die großen Händler schon hinreichend mit Baumwolle eingedeckt.«

»Warten Sie es nur ab, Mister Elliott«, sagte Denis fast fröhlich. »Frankreich und England werden in diesem Krieg auf unserer Seite stehen!«

Die Straßen von Charleston machten den Eindruck wie die von Paris während der Juli-Revolution im Jahre 1830. Gruppen von bewaffneten Männern zogen singend durch die Straßen. Überall sah man volle Restaurants, überfüllte Bars und Klubräume, Zechgelage in Kneipen und Privathäusern, in Schankstuben und Kabaretts, in engen Gassen und in den breiten Hauptstraßen. Sumter hatte sie alle verrückt gemacht. Man war der einhelligen Meinung, daß es in der ganzen Geschichte niemals so einen glorreichen Sieg wie den des Südens über die Union mit Fort Sumter gegeben habe; niemals so tapfere Kerle; niemals so eine Schlacht! Schon gab es Pamphlete über dieses Ereignis, in denen zu lesen stand, es sei ein unblutiges Waterloo oder Solferino gewesen.

Endlich hatte sich Moab mit dem Wagen durch den zähflüssigen und lärmenden Verkehr bis zum Kai gekämpft, wo ein nicht minder großes und fröhliches Gedränge herrschte. Uniformen bestimmten das Bild. Die Senatoren und Gouverneure, die jetzt zum Militär gehörten, trugen blaue Militärmützen mit einem gestickten *Palmetto*, dem Emblem von South Carolina, blaue Gehröcke mit hochstehendem Kragen und mit

Litze eingefaßten Schulterstücken, goldene Knöpfe mit dem *Palmetto* als Relief, blaue Hosen mit goldener Litze und Messingsporen, aber keine Gürtel.

Es war ein drückend heißer Tag, aber im Hafen empfing sie eine starke Brise, die den Staub von Charleston aufwirbelte, die Rockschöße flattern ließ und ihre Augen mit Sand füllte. Die Straßen waren mit flanierenden jungen Männern verstopft, die mit Sporen und Säbeln rasselten, lärmenden Trupps, die unermüdlich hin und her marschierten, Trommlern, die unermüdlich ihre Instrumente bearbeiteten, und um sie herum Gruppen von lachenden Schwarzen, die von dem Glanz und dem Trubel dieses freien Tages begeistert waren. Für sie war es ein Festtag, ein noch nie erlebtes Ereignis.

Aus allen Fenstern flatterten die Fahnen der Sezession, und kleine irische Zeitungsjungen riefen: »Das heroische Gefecht um Fort Sumter! Neue Ausgabe! Die Niederlage der Yankees!«

Während sie zum Kai gingen, wo die Dampfer lagen, hörten sie Spottlieder aller Art, und in aller Munde schienen ganz besonders zwei Zeilen zu sein, die da hießen:

> Mit Kanonen, Musketen und Beauregard
> besiegen wir den Norden mit Haut und Haar!

Am Pier hatte sich eine große Menschenmenge eingefunden, die die uniformierten Männer auf den Schiffen anstarrte. Mark Elliott amüsierte sich über die Kisten, Körbe und Heubündel, die für die Freiwilligenarmee auf Morris Island bestimmt waren und die die martialischen Namen ihrer jeweiligen Korps trugen: *Tiger, Löwen, Skorpione, Palmetto-Adler, Gardisten* und ähnlich hatten sich die einzelnen Korps genannt.

Sie arbeiteten sich durch das Gewühl zur Anlegestelle der ATLANTA vor, einem kleinen Dampfer, der für Truppentransporte von und nach Morris Island eingesetzt war. Und es machte ih-

nen großes Vergnügen, sich einen Weg durch das Menschengewimmel zu bahnen. Eugene sog mit leuchtenden Augen alles in sich auf. Genauso bunt, fröhlich und kameradschaftlich hatte er sich den Krieg auch vorgestellt.
Major Whiting, ein kräftiger Mann mit energischen Zügen und klaren Augen in einer makellosen Uniform, erwartete sie am Fuß der Gangway. Er begrüßte sie herzlich, und als Mark Elliott ihn auf die Korpsnamen hin ansprach, sagte er halb belustigt, halb geplagt: »So ist das nun mal mit Freiwilligen, zumal wenn sie auch noch die ganze Ausrüstung für ihr Korps selbst stellen. Von Bataillonen und Regimentern wollen sie nichts wissen. Als die ersten Freiwilligenverbände aufgestellt wurden, kam man deshalb der Eitelkeit der meisten von ihnen entgegen. Es ist gar nicht so leicht, sie daran zu gewöhnen, daß sie den Befehlen zu gehorchen haben. Ein jeder glaubt nämlich, er sei ein genauso guter Soldat wie irgendein anderer — und ein ganz Teil besser als unsereins, wenn es darauf ankommt. Aber das sind die alten Geschichten, die sich anfangs immer zwischen Freiwilligen und Berufssoldaten abspielen. Kommen Sie, gehen wir an Bord, Gentlemen.«
Als sie an Deck traten, bemerkte der Major ein paar wüste, langhaarige Burschen in groben grauen Waffenröcken mit Knöpfen aus Zinn und wollenen Litzen, die auf den Heubündeln lagen und Zigarren rauchten. »Gentlemen«, wandte er sich höflich an sie. »Ich wäre Ihnen sehr zu Dank verpflichtet, wenn Sie nicht hier auf dem Heu rauchten. Darunter ist Schießpulver verladen.«
»Glaube nicht, daß wir Ihnen das Heu anbrennen werden, Major«, bekam er als gelassene Antwort zu hören. »Und wenn doch, dann treten wir's aus, bevor's an das Pulver kommt.« Und sie fuhren fort zu rauchen.
Major Whiting machte ein ärgerliches Gesicht, ging jedoch weiter. »Man muß manchmal mehr Nachsicht üben, als man es

mit seinem Gewissen eigentlich vereinbaren kann«, schimpfte er.
Eugene grinste.
Nachdem alle Passagiere an Bord waren, neun Zehntel von ihnen in Uniform, die meisten mit Kautabak im Mund, ertönte die Dampfpfeife, und der Dampfer glitt vom Kai in das gelblich trübe Wasser des Ashley River.
Die Überfahrt dauerte nicht einmal eine halbe Stunde, und die Anekdoten, die der Major zu erzählen wußte, machten die Fahrt zu einem kurzweiligen Vergnügen.
»Machen Sie sich auf einiges gefaßt, Gentlemen!« warnte er sie, als die langgezogene Insel im Süden der Hafeneinfahrt in Sicht kam und die ATLANTA den Landungssteg ansteuerte. »Was Sie dort vorfinden, hat nicht viel Ähnlichkeit mit einem regulären Truppencamp! Mir scheint, die Männer halten den Krieg gegen den Norden für eine halb leidige, halb höchst vergnügliche Angelegenheit, die sich zwischen zwei Drinks erledigen läßt.«
Besonders Mark Elliott fand, daß der Major nicht so unrecht hatte. Die ganze Insel war voller Leben und Bewegung. Offiziere galoppierten herum wie an einem Kampftag oder bei einem Manöver. Wagen der Intendantur ächzten zwischen dem Ufer und den Lagern hin und her. Lachen und lustiges Geschrei schallten aus den Zelten, die ohne Ordnung aufgestellt waren und alle verschiedene Größe und Form hatten. Viele waren durch grobe Kreidezeichnungen verunziert oder trugen Aufschriften wie *Drachennest, Wilde Tiger, Yankee-Fresser* und ähnliche. Die Umgebung des Lagers war in einem unbeschreiblichen Zustand, besonders was die sanitären Anlagen betraf, aber als der Engländer die Aufmerksamkeit des Majors darauf lenkte und auf die Gefahren hinwies, die sich daraus ergeben könnten, entgegnete dieser mit einem Seufzer: »Das wissen wir alles, aber wir können nichts machen. Sie dürfen nicht

vergessen, daß es alles Freiwillige sind, die nur tun, was ihnen paßt.«

In jedem Zelt herrschte die größte Gastfreundlichkeit, und alle Besucher wurden herzlich willkommen geheißen. Kisten mit Champagner und Rotwein, französische Pasteten und dergleichen waren draußen vor den Zeltwänden aufgestapelt, da innen nicht genügend Platz dafür war. Inmitten dieser aufgeregten Gesellschaft kam sich der Besucher wie ein vollkommen nüchterner Mann vor, der zu spät bei einem Saufgelage erscheint.

Jeder lud sie ein, und wenn es nach Eugene gegangen wäre, hätten sie alle Einladungen angenommen. Doch da Mark Elliott nicht zum Mitfeiern nach Morris Island gekommen war und er sich auch nicht von ihm und seinem Vater absetzen wollte, zog er mit ihnen weiter. Doch hier und da leerte er ein Glas mit ein paar Burschen seines Alters, die so mutig und verwegen in ihren unterschiedlichen Uniformen aussahen, daß es ihn vor Neid ganz krank machte.

In einem großen Zelt war eine Gesellschaft junger Männer um ein Feuer versammelt, die der Bequemlichkeit halber gleich mit ihren schwarzen Dienern gekommen waren. Sie öffneten Rotweinflaschen und kochten in großen Eimern einen Punsch, während andere den Dienern halfen, einen Tisch für das Bankett eines ihrer Generale zu decken. Hitze, Tabakqualm, Lärm, Trinksprüche, Händeschütteln, Freundschaftsschwüre — was war das für ein fröhliches Durcheinander! Einige schon reichlich angeheiterte junge Leute wurden immer wieder von ihren Freunden in Schutz genommen: »Tom ist ein bißchen angesäuselt, Gentlemen, aber er ist ein famoser Kamerad — und 'ne halbe Million Dollar schwer.« Diese Verbeugung vor dem Geld als Wertmesser war nicht ungewöhnlich oder etwa unnatürlich. Man hörte sie in fast allen Zelten. Man erzählte sich phantastische Geschichten über den Reichtum der Männer, die hier faul

herumlagen, als einfache Soldaten gekleidet, während sie noch im vorigen Jahr zu dieser Jahreszeit in den Badeorten die Salonlöwen der großen Welt gespielt hatten.
»Aber jetzt ist eben die Sezession Mode«, wie der Major nicht ganz ohne Bissigkeit bemerkte.
»Ich finde, diese Männer sind ein leuchtendes Vorbild! Es ist eine wahre Armee von Freiwilligen«, verteidigte Eugene sie. »Es sind Männer, die sich danach drängen, für die Sache des Südens zu kämpfen und zu sterben!«
»Nun ja, daran besteht in der Tat kein Zweifel«, räumte der Major versöhnlich ein. »Aber ein wenig mehr Disziplin und militärisch korrektes Auftreten könnten sie schon haben. Den Diener mit einem Tablett Champagner und Gläsern zum Appell mitzubringen, ist nicht gerade das, was in West Point im Fach Rekrutenausbildung gelehrt wird.«
Mark Elliott lachte schallend, mehr über das zitronensaure Gesicht des Majors als über seine Worte, und er machte sich den ganzen Nachmittag über fleißig Notizen.
Als es Zeit wurde, sich wieder an Bord der Atlanta zu begeben und nach Charleston zurückzukehren, folgte Eugene seinem Vater und dem Engländer nur höchst widerwillig. Er stand an der Reling und blickte auf die unglaubliche Zeltstadt zurück, die sich wie ein fetter Lindwurm aus Segeltuch auf Morris Island breit gemacht hatte.
Ins Haus der DeLongs zurückgekehrt, setzte sich der Engländer sofort an seinen Schreibtisch, um einen ersten Bericht über seine Eindrücke zu Papier zu bringen.
Als Lavinia eine gute Stunde später in sein Zimmer trat, um ihm zu sagen, daß er sich bitte zum Abendessen bereithalten möge, fiel ihr Blick auf die beschriebenen Seiten, die vor ihm auf dem Schreibtisch lagen.
»Wie ich sehe, sind Sie mit Ihrer Arbeit gut vorangekommen, Mister Elliott«, sagte sie erfreut.

»Ja, ich habe es mir angewöhnt, meine Eindrücke zu Papier zu bringen, solange sie noch frisch sind«, bestätigte er, mit seiner Arbeit sichtlich zufrieden.

»Wenn man Eugenes überschwengliche Begeisterung und seine Berichte für bare Münze nimmt, wovor ich mich jedoch hüte, muß es auf Morris Island ja geradezu ein Paradies für junge Männer geben«, sagte sie, ihre Sorge hinter gelassenem Spott verbergend.

Seine Lippen kräuselten sich zu dem feinen Lächeln, das für ihn so typisch war. »So sehe ich es nicht, was aber wohl auch kein Wunder ist. Denn erstens bin ich nicht mehr so jung und so schnell zu begeistern wie Ihr Sohn, zweitens bin ich in diesem Krieg kein Parteigänger, und drittens gehört es zu den Aufgaben eines Journalisten, mehr als nur das Offensichtliche zu sehen und zu beschreiben.«

»Kommen Sie, Mister Elliott, und versuchen wir, den Krieg wenigstens beim Abendessen zu vergessen«, bat Lavinia, doch ihre Hoffnung erfüllte sich nicht.

Schon den ganzen Tag war sie von Sorge und Unruhe erfüllt gewesen. Und nun wurde die Angst Gewißheit, als Eugene mitten im Essen herausplatzte: »Ich habe mich entschlossen, mich als Freiwilliger einschreiben zu lassen.«

»Toll!« rief Julian begeistert. »Nimmst du mich mit? Du brauchst doch bestimmt einen Burschen. Ich putz dir sogar die Stiefel.«

Niemand beachtete ihn.

Lavinia fiel fast das Besteck aus der Hand. Sie hatte Mühe, ihr Zittern zu unterdrücken.

Denis' Verblüffung verriet, daß ihm der Gedanke, auch *sein* Sohn könne bald zu den Soldaten auf Morris Island gehören, nicht gekommen war. »Deine Bereitschaft ehrt dich, Eugene«, sagte er dann, »aber den Krieg solltest du doch anderen überlassen. Auf dich warten genügend Aufgaben auf BELMONT PARK.«

»Ja, ich werde für Belmont Park und für die Sache des Südens kämpfen, aber auf die einzig richtige Art, die es für einen aufrechten Südstaatler in dieser Zeit gibt — nämlich auf dem Feld der Ehre gegen die Yankees!« erklärte Eugene mit flammendem Patriotismus.

Mark Elliott tupfte sich die Mundwinkel ab und schwieg, obwohl er viel zu sagen gehabt hätte. Doch dies war eine echte Familienangelegenheit, in die er sich nicht einmischen durfte.

Lavinia sah ihren Sohn inständig an. »Das kannst du uns doch nicht antun, mein Junge. Was verstehst du schon vom Handwerk eines Soldaten? Und du bist doch noch viel zu jung, um in den Krieg zu ziehen.«

»Mom! Wie redest du mit mir. Ich bin kein Kind mehr!« protestierte Eugene aufbrausend. »Ich bin achtzehn und habe damit das vorgeschriebene Alter.«

»Ja, sicher«, räumte Denis noch immer völlig durcheinander ein. »Aber so eine Entscheidung ... ich meine, die bricht man nicht so einfach über das Knie. Laß uns später noch einmal darüber reden.«

»Ein Später wird es nicht geben! Es wird nur ein kurzer Krieg, das sagen alle, mit denen ich gesprochen habe. Im Sommer wird schon alles vorbei sein, und ich bin entschlossen, dabeizusein und meine Ehre und mein Land zu verteidigen!« sagte Eugene temperamentvoll und blickte zornig in die Runde. »Ich verstehe eure Haltung überhaupt nicht. Bisher hat noch kein DeLong in einem Krieg seinem Land den Waffendienst verweigert, und ich werde nicht damit anfangen! Ich bin stolz auf die Konföderation, und ich werde mich freiwillig melden. Jeder, der etwas auf seinen Namen und seine Ehre gibt, hat sich schon eingeschrieben. Und Eugene DeLong wird zu ihnen gehören! Keine Macht der Welt kann mich davon abbringen, meine Pflicht zu tun, die ich Gott, der Konföderation und meinem Namen schuldig bin!«

Und so war es auch. Eine Woche später ging er im Hafen von Charleston an Bord eines Dampfers, der ihn nach Morris Island bringen sollte.

Lavinia hatte nichts unversucht gelassen, ihn von seinem Vorhaben abzubringen. Doch dann hatte sie erkannt, daß nichts ihn würde umstimmen können, und sie hatte resigniert. Das einzige, was ihr noch zu tun blieb, war, ihn mit ihren Segenswünschen in den Krieg zu entlassen.

»Versprich mir, daß du auf dich aufpaßt und gesund nach Hause kommst!« sagte sie mit tränenerstickter Stimme, als sie ihn am Kai ein letztesmal an sich drückte.

Eugene lachte übermütig, im jugendlichen Bewußtsein der Unbesiegbarkeit, und gab ihr einen Kuß. »Ich verspreche es dir. Und sei unbesorgt, die Vorsehung ist mit uns … mit jedem von uns!«

Als der Dampfer mit ihm und vielen anderen lachenden jungen Männern schon längst außer Sicht war und sie in die Tadd Street zurückfuhren, da sah Lavinia nicht die fröhlichen Gesichter der Männer und Frauen auf der Straße, die bunte Kokarden in den Farben der Sezession an ihrer Kleidung trugen, sie sah auch nicht die Kadetten und die Milizionäre, die in ihren schmucken Uniformen über die Meeting Street paradierten, noch die wehenden Fahnen mit dem Sternenkreis der Konföderation oder dem *Palmetto*-Emblem, die fast jedes Haus schmückten. Sie sah nur zerfetzte Leiber und Gräber, endlose Reihen Gräber.

44

8 Brevort Place, New York, 27. Mai 1861

Meine liebe Lavinia!

Ich bin sicher, daß Du gern wissen möchtest, ob es uns allen in diesen Tagen der schrecklichen Geschehnisse gutgeht. Alles ist zu gewaltig — oder zu unwichtig, um es in einem Brief zu schreiben. Ich bin erschüttert, bestürzt und weiß nicht, was ich von alldem halten soll. Ein Krieg? Ein Bürgerkrieg? Mich überläuft ein eisiger Schauer, daß es wirklich so weit gekommen ist. So wird es vielleicht am besten sein, wenn ich nicht versuche, Dir meine eigene Meinung mitzuteilen, sondern das, was man bei einem Blick aus dem Fenster über den Krieg erfährt. Das soll nicht etwa heißen, daß ich keine eigene Meinung habe. Die haben wir jetzt alle, Männer und Frauen und Kinder, von dem bescheidensten patriotischen Bürger, der eine Kokarde an seinen Hut gesteckt hat, bis zu der Frau, die mit diesem fürchterlichen rot-weiß-blauen Gebilde mit flatternden Bändern — dem *Unions-Hut* — in den Straßen herumspaziert. Wir alle haben unsere eigene Meinung über die Kriegsfrage und unsere Ansichten über den bevorstehenden Feldzug. Eine Bekannte nahm gestern ihr kleines Kind mit auf einen Wohltätigkeitsgang in ein schmutziges, lautes, ärmliches Mietshaus in einer düsteren Gasse. »Mama«, fragte es, »ist hier das South Carolina?« Mein Gott, in welch einer Welt leben wir? Dies war einst eine große, stolze Nation — und nun trachten wir uns gegenseitig nach dem Leben!

Innerhalb unserer vier Wände hat sich das Leben seit

Sumter sehr verändert. Wir zupfen Scharpie, wickeln endlose Flanell- und Baumwollbinden und schneiden unzählige Kleidungsstücke zu. Wie weit liegt Sumter schon zurück. Das scheint uns, glaube ich, deshalb so lange her zu sein, weil die letzten drei, vier Wochen mit so ungeheuren Aufregungen erfüllt waren, daß »die Zeit vor Sumter« einer dunklen Vergangenheit anzugehören scheint. Es kommt den Leuten, mit denen ich spreche, so vor, als hätten sie bis jetzt nicht gelebt, als hätten sie bisher kein Vaterland gehabt. Wie konnten wir einen 4. Juli feiern? Draußen vor unseren Fenstern ist die Stadt festlich geschmückt, die froh erregte Menge ist in unaufhörlicher Bewegung, Regimenter marschieren mit Musik vorbei, und Tausende von Fahnen, große und kleine, wehen plötzlich aus allen Fenstern und Türen und flattern von jedem Kirchturm, Hausdach, Fahnen- und Schiffsmast. Es scheint, als hätte jeder die Absicht, diese bittere Schande von Fort Sumter auszulöschen. Man merkt, wie sich die Begeisterung seit jenem Augenblick ausgedehnt hat und stärker geworden ist.

Einer meiner Freunde fragte gestern einen Mann aus Ohio, wie der Westen die Sache aufnehme. »Der Westen?« erwiderte er. »Der Westen ist ein einziger großer Schrei nach der Union.« Ein Einwohner aus New England erzählte uns, daß man in Concord den Aufruf des Präsidenten auf dem Marktplatz laut vorgelesen hat und die Glocken geläutet wurden. Einen Tag nach dieser Lesung marschierte das Concord-Regiment in Boston in der Fanueil Hall ein. Irgend jemand aus Washington fragte einen Soldaten aus Massachusetts: »Wieviel Männer aus eurem Staat kommen noch?« — »Alle«, war die Antwort. Ein Kranker aus Lowell schleppte sich bis in eine Maschinenfabrik in Baltimore. Ein Soldat, der sah, wie jung er war, fragte: »Warum bist du hierher zum Kampf gekommen, mein Junge, so weit von deinem Haus entfernt?« — »Wegen der Fahne der Union«, antwortete er mit sterbender Stimme.

Man erzählt sich Hunderte von Geschichten dieser Art. Jeder kennt eine andere, immer wieder stehen neue in der Zeitung. In unserem eigenen kleinen Freundeskreis hat eine Mutter ihren zärtlich geliebten Sohn zu den Waffen geschickt, eine andere zwei, eine weitere vier. Wie traurig war ich all die Jahre, meinem geliebten Mann nur drei Töchter und nicht einen einzigen Sohn geschenkt zu haben. Im stillen schäme ich mich dafür, doch ich kann nicht anders als dem Himmel jetzt dafür dankbar zu sein!

Die jungen Männer gebärden sich wirklich wie verrückt. Sie wollen kämpfen — und denken wohl nicht daran, daß Krieg Sterben bedeutet. Ein junger Bursche, der gerade eine Diphterie überstanden hatte, sprang aus dem Bett und schnallte sich den Tornister auf den Rücken. Einer gab seine Reise nach Europa auf und ließ sich einkleiden. Eine reizende junge Frau sieht voller Furcht den Nachrichten von Harper's Ferry entgegen, wo ihr Gatte in Stellung liegt. Vor einem Monat, »vor Sumter«, hatte mir dieser noch erklärt, man würde nicht einen einzigen Nordstaatler bereit finden, gegen den Süden zu kämpfen. Und nun drängen sich die Männer zu den Waffen! Einige unserer Soldatenfreunde sind Chirurgen oder Offiziere, andere marschieren in Reih und Glied, aber niemand hält irgendeine Arbeit für zu schwer oder zu gering, wenn es um die Fahne geht. Captain Schuyler Hamilton war Adjutant von General Scott in Mexiko; dort hatte sein Dienst anders ausgesehen, aber hier schulterte er sein Gewehr und marschierte als einfacher Soldat im 7. Regiment. Als sie dort einen Offizier brauchten und ihn aus den Reihen herausholten, machte das für ihn keinen Unterschied.

Die »italienische Frage« hat alles Interesse verloren. Wer ist schon Garibaldi! Retter Italiens? Hier hält jede Mutter ihren Sohn für einen Retter. Die Frauen können ihr Bedauern, daß sie zu Hause bleiben müssen, nur dadurch lindern, daß sie, so gut sie es vermögen, mit Näharbeiten und Bindenwickeln helfen. Viele Freundinnen meiner Ältesten wollen ernstlich in das Schwesternkorps eintreten, sind aber noch unter dem vorgeschriebenen Alter. Die Regeln sind streng, und das ist ohne Frage sehr weise, doch kann man jetzt das seltsame Schauspiel erleben, daß viele Frauen glaubhaft machen wollen, daß sie bereits die Dreißig überschritten haben.

Die Jungen von Vermont marschierten heute vormittag hier durch, mit der »Kraft der Berge« in ihrem Schritt und mit einem grünen Reis im Knopfloch. Gestern sah ich einige Kompanien, die, wie man mir sagte, von Maine kamen. So sahen sie auch aus — sonnengebräunte Axtschwinger mit schwieligen Händen, gewohnt, den Winter in den Bergen zu verbringen, dort in mörderischer Kälte die Bäume zu schlagen, aus den Stämmen große Flöße zusammenzustellen und sie auf tosenden Fluten den Strom hinunterzutreiben. Das Dröhnen ihrer Trommeln ist uns jetzt noch im Ohr.

Um Freiwilligen-Regimenter aufzustellen, werden die verschiedensten Methoden angewandt. Für die ehemaligen Berufssoldaten ist es der übliche Weg, die Initiative zu ergreifen und eine Anwerbungsliste herumgehen zu lassen, um Unterschriften zu sammeln. Es besteht dann die gute Chance, Captain dieser neuen Einheit zu werden.

Patriotische Versammlungen werden veranstaltet, um den Enthusiasmus noch anzustacheln. Musiker und Redner strengen sich an, bis ihre Gesichter zum Platzen rot sind. Chöre singen: »Rot, Weiß und Blau« und »Geschart um die Fahne«, bis sie heiser sind. Der alte Veteran von 1812 wird herumgeführt und hat jetzt noch einen Wert für die Propaganda; findet man dazu noch einen Veteranen aus dem Mexikanischen Krieg, muß er seinen Gleichmut gegenüber den Schrecken des Krieges bezeugen. Im richtigen Augenblick wird dann die Anwerbungsliste zum Unterschreiben herumgereicht. Meistens ist auch ein alter Mann anwesend, der auf den kleinsten Anstoß hin losschreit wie eine Hyäne, daß er bereit wäre, seine Muskete zu schultern, wenn er nicht leider schon so alt wäre, während sein zurückhaltenderer, etwas furchtsamerer Gefährte heftig an seinen Rockschößen zieht, um seinen unvernünftigen Ausbruch zu stoppen, bevor er gefährliche Folgen hat. Dann ist auch stets eine überpatriotisches ältere Frau dabei, die ohne Unterlaß mit einer Flagge oder einem Taschentuch wedelt und »sofort mitziehen würde, wenn sie nur ein Mann wäre«. Außerdem gibt es gewöhnlich noch einen Mann, der verspricht, sich einzutragen, wenn fünfzig andere das gleiche tun (da er genau weiß, daß diese Zahl nicht erreicht wird!). Und noch einen gibt es, der mitmachen will, wenn dieser und jener Herr aus der besseren Gesellschaft auch seinen Namen einträgt. So werden die jungen Männer regelrecht in den Krieg gelockt! Wie schäme ich mich dafür. Ist es bei euch im Süden auch so? Aber warum sollte es anders sein...

Manchmal wird der Patriotismus einer solchen Versammlung durch flatternde Fahnen, Militärmusik, Gesang und aufpeitschende Beredsamkeit so aufgewühlt, daß das Kontingent einer Stadt in weniger als einer Stunde erfüllt ist, so liest man in der Zeitung. Es bedarf offenbar immer nur des ersten Mannes, der vortritt, seinen Namen einträgt, sich auf den Rücken klopfen läßt, auf das Podium gestellt und als Held des Tages mit Hochrufen begrüßt wird, damit ein zweiter, ein dritter, ein vierter folgen und zuletzt ein regelrechter Ansturm auf die Anwerbungsliste einsetzt.

Glaub nur nicht, daß die Menschen hier im Norden Angst haben oder pessimistisch sind. Sie sind sich gewiß klar darüber, daß ein Krieg fürchterlich ist, besonders wenn Leidenschaft und Haß so groß sind, aber es gibt schlimmere Dinge als Schußwunden, so hört man immer wieder. Und eins von den schlimmsten sei ein verachtenswerter, falscher Frieden mit dieser Rebellenbande von Montgomery. Aber das hört man seltsamerweise nur aus dem Mund von Leuten, die selbst noch nie einen Krieg mitgemacht haben. Aber wer hört in diesen Zeiten schon auf mahnende Stimmen, obwohl es diese auch gibt. Doch immer weniger wagen sich diesem Kriegstaumel in den Weg zu stellen.

Wenn ich all das blutrünstige Kriegsgeschrei höre, muß ich an Dich und Deine Familie denken, und dann möchte ich weinen. Soll es denn wirklich geschehen, daß Bruder auf Bruder schießt, vielleicht sogar mein Mann auf Deinen Mann?

Der Krieg mag unvermeidlich geworden sein. Doch ich bete zu Gott, daß er kurz sein möge und nicht zuviel Leid und zuviel Haß in unsere Familien trägt!
Liebe Lavinia, meine Freundin! ich vermag nicht mehr weiterzuschreiben, weil mich die Tränen blind machen. Sei umarmt! Möge der Herr seine schützende Hand über Dich und Deine Familie halten!

In Treue über alle Grenzen
und jeden Haß hinweg
Deine Carol

45

Captain Simon Crawford war zu korpulent und zu klein geraten, um in seiner Uniform aus feinstem Tuch sonderlich martialisch zu wirken. Seine kurzen Arme endeten in genauso kurzen, fleischigen Händen, und sein rundes, wohlgenährtes Gesicht lief in einem Doppelkinn aus. Daß der Krieg nicht sein Metier und er für einen solchen auch nicht geschaffen war, sah man ihm unschwer an. Er zerrte immer wieder am Kragen seiner maßgeschneiderten grauen Uniformjacke, und über dieses gerötete Gesicht strömte der Schweiß. Dabei saß er in einem bequemen Sessel und in einem der kühlsten Räume von Belmont Park, neben sich einen ganzen Krug voll Limonade mit kleinen Eisstücken.
Telemach führte Robert Seabrook in den Salon, der aufgrund der fast geschlossenen Schlagläden im Halbdunkel lag und in dem sich neben dem Captain und dem Hausherrn an diesem späten Vormittag im Juli noch sechs weitere Plantagenbesitzer zu einer Besprechung eingefunden hatten.
Denis hatte sich schon erhoben und kam seinem erschöpft aus-

sehenden Freund entgegen. »Robert! Wie schön, daß du kommen konntest«, sagte er erfreut darüber, ihn zu sehen.
»Wenn ich gewußt hätte, daß ich erst durch das Fegefeuer muß, um nach Belmont Park zu gelangen, hätte ich es mir vielleicht noch anders überlegt«, antwortete Robert grimmig, schüttelte Denis aber herzlich die Hand. »Die Hitze heute ist geradezu mörderisch.«
»Vielleicht sollten wir die Yankees für einen Sommer in den Süden einladen«, meinte Abner Ryder spöttisch. »Dann ersparen wir uns Pulver und Blei und all diese aufwendigen Befestigungen in Charleston und anderswo, denn bei der Hitze werden sie umkippen wie die Eintagsfliegen.«
Er erhielt zustimmendes Gelächter.
Denis führte seinen Freund zu Captain Crawford, der sich mit einem unterdrückten Ächzen aus seinem Sessel erhoben hatte, und stellte sie gegenseitig vor. »Captain, das ist Mister Robert Seabrook von Seabrook Plantation... Robert, das ist Captain Simon Crawford...«
»Von Simon Crawford Constructions?« fragte Robert sofort, während er mit dem Captain einen schweißig-feuchten Händedruck tauschte.
Der Captain lächelte erfreut, daß man ihn kannte. »Ja, das ist mein Bauunternehmen, Mister Seabrook.«
»Dann ist es natürlich kein Wunder«, sagte Robert und empfand die Temperaturen nach der Gluthitze draußen als angenehm kühl, »daß man Sie in Charleston zum Leiter des Stabes für die Planung und Ausführung neuer Befestigungsanlagen ernannt hat, Captain.«
Dieser vollführte eine etwas abwehrende Geste, als machten ihn die anerkennenden Worte des Pflanzers verlegen. Dabei war er sich sehr wohl seiner Wichtigkeit bewußt. »Es ist mir Pflicht und Ehre zugleich, meinem Land in dieser Zeit schicksalhafter Prüfung mit meinen bescheidenen Fähigkeiten zu dienen.«

Joshua stellte einen weiteren Sessel in die lockere Runde, während Jakob auch für den neuen Gast ein Kristallglas und einen kleinen Krug mit erfrischender Eislimonade brachte.
Denis setzte sich als letzter, blickte in die Runde seiner Freunde von den benachbarten Plantagen und sagte: »Ich stelle fest, daß wir komplett sind, Gentlemen. Captain, Sie haben das Wort.«
Captain Crawford straffte sich etwas. »Gentlemen, ich danke Ihnen für Ihr Kommen. Mein ganz besonderer Dank gilt dabei Mister DeLong, der die Organisation dieses Treffens in die Hand genommen und mir dadurch die Mühsal erspart hat, einen jeden von Ihnen einzeln aufzusuchen — wofür ich ihm bei den diesjährigen Temperaturen gar nicht genug danken kann.«
Es gab zurückhaltendes, leises Lachen, und Denis nickte. Es war nicht allein Freundlichkeit gewesen, die ihn bewogen hatte, diese Zusammenkunft auf Belmont Park zu organisieren, sondern in erster Linie die Wahrung eigener Interessen. Er hatte verhindern wollen, daß Captain Crawfords Stab den einen Plantagenbesitzer gegen den anderen ausspielte.
Der Captain fuhr nun fort: »Sie wissen alle, warum wir hier zusammengekommen sind ...«
»Weil Sie uns zur Ader lassen und unsere Schwarzen zu Ferien ans Meer schicken wollen natürlich«, warf George Whitton ein.
Alles lachte.
Auch Captain Crawford stimmte in das Lachen ein. »Nun ja, Ferien würde ich das nicht nennen, was die Leute erwartet. Aber es ist natürlich richtig, daß ich hier bin, um Sie im Namen der Regierung und unseres Stadtkommandanten zu bitten, uns großzügig mit dringend benötigten Arbeitskräften zu unterstützen. Die Festungsanlagen, die zum besseren Schutz unserer Stadt noch errichtet werden müssen, erfordern gewal-

tige Anstrengungen. Ohne Ihre Hilfe werden wir diese Befestigungen nicht rechtzeitig genug fertigstellen können«, erklärte er. »Die Seeblockade ist zur Zeit noch nicht sonderlich effektiv, aber wie es heißt, ist man im Norden dabei, eine mächtige Flotte zusammenzustellen, deren Aufgabe die Invasion ist – und welche Stadt könnte die Yankees mehr reizen als Charleston, die Wiege der Sezession?«

»Es ist nicht erforderlich, an die Loyalität der Gentlemen in diesem Salon zu appellieren«, meldete sich Peter Vaugham von Oakland trocken zu Wort. »Jeder von uns hat mindestens einen Sohn in der Armee, Mister Seabrook und Mister Ryder sogar zwei. Lassen Sie uns also konkret werden. Mit welchen Erwartungen sind Sie zu diesem Treffen gekommen, Captain?«

Simon Crawford räusperte sich. »Nun, der Kommandant und sein Stab hoffen, daß Sie uns jeweils fünfzig Prozent Ihrer Arbeiter für eine Dauer von einigen Monaten überlassen«, teilte er ihnen die Vorstellungen des Militärs mit.

»Fünfzig Prozent? Unmöglich!« rief Abner Ryder. »Wer soll dann die Felder bestellen, Captain?«

Alle redeten aufgeregt durcheinander.

»Gentlemen! Ich bitte Sie!« rief Captain Crawford. »Es ist doch nur für ein paar Monate!«

»Unsere Baumwolle und unser Reis sind genauso kriegswichtig wie die Befestigungsanlagen!« meinte Dean Telleham erregt. »Warum rekrutieren Sie nicht die Schwarzen in der Stadt?«

»Ich kann bestenfalls vierzig meiner Leute entbehren!« sagte Henry Chatlin. »Also nicht mehr als zwanzig Prozent, Captain!«

Denis lächelte verhalten. Das hatte er vorausgesehen. Bei aller Liebe zur Konföderation und bei allem Patriotismus, doch ihre Besitzungen lagen ihnen allen noch ein wenig näher am Herzen.

Und so begann nun das Feilschen um die Zahl der Schwarzen, die ein jeder von ihnen zum Bau der Verteidigungsanlagen abstellen sollte. Man einigte sich schließlich auf einen Kompromiß, der in Prozenten ausgedrückt bei fünfunddreißig lag. Damit waren alle zufrieden, und so verlief der leichte Imbiß, den Denis zu Mittag reichen ließ, in einer fast fröhlichen Atmosphäre.

Später gesellten sich noch Lavinia, Georgina und Onkel Stuart zu ihnen, und das Gespräch drehte sich um den Krieg und ihre Söhne und was sie in ihren Briefen nach Hause berichtet hatten. In Anwesenheit der Frauen befleißigten sich die Männer jedoch größter Zurückhaltung, was ihre Äußerungen über eine bevorstehende Schlacht betraf.

Bis auf Robert, der über Nacht blieb, brachen die Männer am Nachmittag auf, um auf ihre Plantagen und im Falle des Captains nach Charleston zurückzukehren.

Denis fand am späten Abend eine Gelegenheit, ein langes und ruhiges Gespräch ganz allein mit Robert zu führen. Sie hatten nach dem Essen auf der Terrasse gesessen und Mint Juleps getrunken. Julian war bald ins Bett geschickt worden, und als sich die Frauen erhoben und sich zur Nachtruhe zurückzogen, schloß sich ihnen auch Onkel Stuart an, dem es seit einigen Wochen gesundheitlich nicht sehr gutging.

»Laß uns ein paar Schritte gehen«, schlug Denis vor und deutete in Richtung Fluß, der im Mondlicht wie ein Strom aus Silber glitzerte.

»Jetzt kann man es aushalten«, meinte Robert, als sie über den Kiesweg spazierten.

»Ja, wir haben uns wirklich den übelsten Sommer ausgesucht, um einmal nicht nach St. Helena Island zu fahren. Onkel Stuart setzt die Hitze besonders schwer zu. Er hat auch mächtig abgenommen und macht mir Sorgen«, sagte Denis seufzend. »Doch wie hätten wir uns in dieser Zeit auch nach

Mulberry Hall absetzen können? Das war einfach unmöglich.«

»Aber dein Onkel und deine Tante hätten doch fahren und Julian mitnehmen können.«

»Richtig! Und was meinst du, was wir auf die beiden eingeredet haben. Aber starrköpfig, wie alte Menschen nun mal sind, wollten sie nichts davon wissen. Onkel Stuart hält sich für unentbehrlich, vor allem seit Eugene mir nicht mehr zur Seite steht.« Denis lachte belustigt auf. »Dabei hat mir der Junge noch immer eher Mehrarbeit als Entlastung gebracht.«

»Habt ihr von Eugene gehört?«

»Seit seinem letzten Brief sind schon gute drei Wochen vergangen. Damals schrieb er, es würde nach Norden gehen, nach Virginia.« Er zog an seiner Zigarre, daß die Glut hell aufleuchtete. »Eugene ist kein großer Briefschreiber. Ein paar Zeilen, das ist alles, was er uns zukommen läßt. Nun ja, es ist ja wohl die Hauptsache, daß er gesund ist und sich überhaupt ab und zu meldet. Er hat es mit dem Schreiben nie gehabt — sehr zu Lavinias Leidwesen. Sie wünscht sich von ihm so seitenlange Briefe, wie ihre Freundin Carol und auch Abigail sie schreiben. Und seit Abigail letzten Monat ihrem kleinen Wilmot das Leben geschenkt hat, werden wir über jeden Schrei und jedes Lachen unseres ersten Enkels ausführlich informiert.«

Robert lachte leise auf. »Ja, das klingt ganz nach Sally. Am liebsten wäre es ihr, wenn James und William täglich schreiben würden. Dabei können wir wirklich nicht klagen. Von James kommt fast regelmäßig jede Woche ein Brief. Erst gestern kam wieder einer«, sagte er und machte eine Pause.

Denis blieb stehen. »Und?«

»Tja, er bestätigt, was wir täglich in den Zeitungen lesen, Denis. Der Norden konzentriert eine starke Armee südlich von Washington, und unsere Truppen sammeln sich in Virginia und rücken näher. Er schreibt, daß die erste große Schlacht

wohl bevorsteht – und daß all seine Kameraden darauf brennen, es den Yankees zu zeigen.«
»Ich bin sicher, unsere Söhne werden sich im Feld als tapfer und unbesiegbar erweisen«, sagte Denis beklommen und trat auf den Landungssteg.
»Ja, daran zweifelt keiner.«
Denis blickte auf das silberflirrende Wasser des Ashley River. »Ich weiß nicht, wie es dir und Sally ergeht, aber seit Eugene sich freiwillig gemeldet hat, ist mir erst bewußt geworden, was eine glückliche Familie ausmacht … und wie viel mir mein Sohn doch bedeutet, ich meine nicht allein als Stammhalter. Oftmals wache ich nachts auf und habe Angst, daß ihm etwas zugestoßen sein könnte«, sagte er leise und mit fast abwesender Stimme. »Und dann merke ich, daß auch Lavinia wach neben mir liegt und vor Sorge nicht schlafen kann, und dann wünsche ich mir, ich wäre nicht auf Belmont Park, sondern bei ihm da oben in Virginia an seiner Seite. Dann würde ich mich besser fühlen. Ich weiß, es klingt verrückt und nicht sehr heldenmütig …«
»Nein, es klingt gar nicht verrückt, Denis«, widersprach Robert ihm bedrückt, »es klingt vielmehr sehr vertraut, so als würdest du Sallys und meine Gefühle beschreiben …«
Lange standen sie schweigend am Ufer und spürten die tiefe Verbundenheit ihrer Freundschaft. Als die Glut der Zigarre fast schon seine Fingerspitzen erreicht hatte, warf er sie ins Wasser. Die Glut erlosch mit einem leisen, scharfen Zischen. Denis zuckte dabei kaum merklich zusammen.
»Gehen wir ins Haus zurück«, sagte Robert mit rauher Stimme. »Ich kann jetzt noch einen Drink vertragen, der stärker als ein Mint Julep ist.«
In den folgenden Tagen wurde sowohl im Norden als auch im Süden der Druck der öffentlichen Meinung auf die Politiker und Militärs immer stärker. Die Bevölkerung auf beiden Seiten

konnte es nicht erwarten, daß es endlich zur großen Schlacht kam. Die militärische Führung von Union und Konföderation hätte das Aufeinandertreffen ihrer kaum ausgebildeten Armeen gern noch ein paar Monate aufgeschoben. Doch man ließ ihnen dafür keine Zeit. »Auf nach Richmond!« hieß es im Norden, während der Süden »Holen wir uns Lincoln, und knüpfen wir ihn auf!« verlangte. Und wie in jedem Krieg waren es Politiker und Journalisten, die aus der Sicherheit ihrer Büros heraus die blutige Entscheidung forderten und die Begeisterung für den ersten großen Waffengang Norden gegen Süden schürten.

Am 18. Juli am Flüßchen Bull Run bei Blackburn's Ford begannen die ersten Scharmützel zwischen der Armee von mehr als dreißigtausend Soldaten des Nordens unter dem Kommando von General Irvin McDowell und den Streitkräften der Konföderation, die knapp zwanzigtausend Mann stark waren und unter dem Befehl von General Beauregard standen. Am 21. Juli kam es dann zur regulären Schlacht bei Manassas. Sie begann mit Vorteilen für die Union. Aus dem nur fünfundzwanzig Meilen entfernten Washington waren Tausende von Schaulustigen angereist, Politiker, Journalisten und Bürger aller Schichten, die sich auf den Hügeln im Rücken ihrer Armee verteilten und eine große erregende Kriegsparty feierten, in der sicheren Erwartung, Zeuge eines Sieges ihrer Truppen zu werden.

Doch todesmutige Attacken von konföderierten Einheiten wendeten das Kriegsglück nach Stunden zugunsten des Südens. Wichtige Artilleriestellungen wurden in tollkühnen Angriffen der Kavallerie genommen. Die Unionssoldaten begannen zurückzuweichen und versuchten sich zu sammeln. Die Konföderierten setzten nach, und plötzlich brach unter den Streitkräften der Union eine Panik aus. Davon wurden auch die Schaulustigen erfaßt, die nun von ihren eigenen Soldaten überrannt wurden. Zivilisten und Soldaten suchten ihr Heil in der

Flucht, und ein Strom von Flüchtenden verstopfte die Straße nach Washington. Damit war die Niederlage der Union bei Manassas besiegelt.

Washington verbrachte Tage in größter Angst. Fast stündlich rechnete man damit, daß die siegreiche Armee des Südens den Potomac River überqueren und die fast schutzlose Stadt besetzen würde. Wer hätte sie auch daran hindern können? Doch es geschah nicht. Niemand vermochte sich später genau zu erklären, weshalb General Beauregard diese einmalige Chance nicht wahrnahm, die Hauptstadt des Gegners zu erobern.

Der Sieg wurde im Süden so stürmisch gefeiert und bejubelt wie die Sezession und die Einnahme von Fort Sumter. Hatte sich damit nicht bestätigt, daß ein Konföderierter es mit einer Handvoll Yankees aufnehmen konnte und daß der Süden die besseren Reiter und Schützen, ja einfach die besseren Soldaten besaß und damit unbesiegbar war?

Auch auf Belmont Park wurde der Sieg bejubelt und gefeiert. Doch die Freude war nicht frei von der Sorge um Eugene. Er war mit Beauregard in die Schlacht gezogen, und wenn die Zeitungen von angeblich schwachen eigenen Verlusten berichteten, die sich in Wirklichkeit auf viele tausend Tote und Verletzte beliefen, so war das für alle, die einen Sohn, Bruder oder Vater in Virginia wußten, doch so lange kein Trost, wie sie ohne Nachricht von ihnen waren.

Das Warten nach den Tagen des Feierns wurde für Lavinia zur Qual. Und dann trafen die ersten detaillierten Nachrichten ein – und sie zeigten das wahre Gesicht des Krieges: der Tod kam auf die Plantagen zwischen Ashley und Cooper River. James Seabrook war gleich beim ersten Angriff der Union gefallen. Eine Kugel hatte ihn tödlich getroffen und vom Pferd gerissen. Und auch Kevin Talleham hatte den Tod gefunden. Zwar hatte er den Sieg seiner Kameraden noch erlebt, doch zwei Tage später war er seinen schweren Verletzungen erlegen.

Lavinia war nun krank vor Angst. »Warum hören wir bloß nichts von Eugene? Warum schreibt er nicht? Er weiß doch, daß wir uns schreckliche Sorgen um ihn machen«, sagte sie eines Abends mit tränenerstickter Stimme, als wieder ein Tag ohne eine Nachricht von Eugene vergangen war.
»Es muß nichts zu bedeuten haben«, versuchte Denis sie zu beruhigen, obwohl auch er sich täglich mehr zusammenreißen mußte, sich seine wachsende Angst nicht anmerken zu lassen. »Daß wir noch nichts von ihm gehört haben, heißt noch lange nicht, daß er ...« Er brach ab, denn er konnte es nicht aussprechen.
»Er darf nicht tot sein! O Gott, er darf nicht!« rief sie schluchzend und sank vor dem Bett zu Boden, um zu beten. »O Herrgott, gib ihn uns zurück! ... Gib ihn uns *lebend* zurück!« Ihr Weinen erstickte ihre Stimme.
Erst Anfang August kam ein Schreiben, aber nicht von Eugene, sondern von einem seiner Kameraden namens Ernie Bullock. Er schrieb ihnen aus einem Militärlazarett bei Richmond. Mit ungelenker Schrift und steif im Ausdruck teilte er ihnen mit, daß Eugene in der Schlacht schwer verletzt worden sei, sich aber nun wieder auf dem Weg der Besserung befände und wohl in einigen Wochen zu Hause sein werde.
»Er lebt, Denis! ... Er lebt! ... Eugene lebt! Und er kommt bald nach Hause!« rief Lavinia, überwältigt vor Glück, und fiel ihrem Mann mit Tränen der Dankbarkeit um den Hals. »Er lebt! ... Er lebt! ...«
Denis lachte und weinte mit ihr.
Ihr Sohn kündigte den Tag seiner Rückkehr nicht an, er antwortete auch nicht auf die Briefe seiner Eltern und seines Bruders. Ende des Monats schrieb ihnen Ernie Bullock, daß Eugene sich für all die Briefe und guten Wünsche bedanke, daß er sich noch einer zweiten Operation habe unterziehen müssen, die ihn daran gehindert hätte, ihnen selbst zu schreiben. Doch

nun habe er alles bestens überstanden, und es gäbe keinen Grund mehr, der einer baldigen Heimkehr im Wege stehen würde.

»Er wird an der Hand verletzt sein, daß er nicht schreiben kann«, sagte Denis, als Lavinia sich wieder zu sorgen begann.

»Aber wozu diese zweite Operation, Denis?«

»Quäl dich nicht, mein Liebes. Er lebt und kommt bald nach Hause. Das sollte uns Kraft geben.«

»Ja, du hast recht.«

Eugene kehrte im September nach BELMONT PARK zurück, zwei Tage nach Lavinias vierzigstem Geburtstag. Niemand war über den genauen Zeitpunkt seiner Rückkehr informiert. Die Sonne stand schon tief über den Magnolienbäumen und Eichen, als ein offener Wagen mit einem Sonnendach aus der Allee auftauchte und die Auffahrt hinauffuhr.

Es war Telemach, der gerade vom Küchenhaus kam und mit seinen scharfen Augen erkannte, daß einer von den beiden Männern im Wagen Eugene war. So schnell er konnte lief er ins Haus und platzte mitten in die Teestunde der Herrschaft.

»Master Eugene! ... Master Eugene kommt die Auffahrt herauf!« rief er in freudiger Aufregung und deutete hinter sich.

Unter Jubel, Lachen und fröhlichen Rufen eilten alle aus dem Haus und die Freitreppe hinunter. Onkel Stuart, Tante Edwina und Georgina blieben vor den Stufen stehen, während Lavinia und Denis dem Wagen noch einige Schritte entgegeneilten. Julian wollte ihnen nach, doch Georgina hielt ihn zurück.

»Warte! Gib deinen Eltern einen Augenblick Zeit, deinen tapferen Bruder ganz ungestört begrüßen zu können. Das ist ein ganz besonderer Moment.«

Der Wagen hielt auf Lavinias Höhe. Sie warf nur einen kurzen Blick auf den jungen Mann, der neben ihrem Sohn saß, höchstens zwanzig sein konnte und den linken Arm in einer Schlinge trug. Er war schmalgesichtig und schien sich einen

Bart wachsen lassen zu wollen, jedoch wenig erfolgreich, wie der überwiegend blonde Flaum verriet.
Beim Anblick ihres Sohnes erschrak Lavinia im ersten Moment. Sie hatte damit gerechnet, daß er durch seine Verwundung und die Wochen im Lazarett abgenommen hatte. Doch das genaue Gegenteil war der Fall. Seine Haut war zwar blaß, doch sein Gesicht sah krankhaft aufgeschwemmt aus, und in seinen geröteten Augen stand ein unsteter Blick. Doch Gott sei Dank hatte er keinen Arm verloren, wie sie insgeheim befürchtet hatte.
»Eugene! Endlich bist du zurück!« rief Denis strahlend, der sich zuerst faßte. »Willkommen auf BELMONT PARK, mein Sohn! Wir sind ja so stolz auf dich!«
Eugene wies auf den jungen Mann neben sich. »Das ist Ernie Bullock. Er hat mir das Leben gerettet und mich vom Schlachtfeld getragen, obwohl er selbst getroffen war. Ich war nicht mehr ganz so gut zu Fuß, als es mich erwischte«, sagte er mit einer Stimme, die Lavinia fremd war und sie erschauern ließ.
»Dafür sind wir Ihnen dankbarer, als wir es jetzt wohl ausdrücken können, Mister Bullock«, sagte Denis und schüttelte dem jungen Mann, der schon ausgestiegen war, bewegt die Hand.
»Es war selbstverständlich, Mister DeLong«, erwiderte Ernie Bullock bescheiden.
»Warum kommst du nicht und umarmst deine Mutter?« fragte Lavinia ihren Sohn und streckte die Hände nach ihm aus.
»Ich würde viel darum geben, wenn ich das könnte, Mom. Aber ich habe auf dem Schlachtfeld ein bißchen mehr gelassen als nur ein paar idiotische Illusionen«, antwortete Eugene mit bitterem Sarkasmus und schlug nun die Decke zurück, mit der er seinen Schoß bedeckt hatte. Er entblößte zwei Beinstümpfe, die gerade noch eine Handlänge aus der Hüfte ragten. Es war, als ragte nur ein Torso aus dem Sitz.

Das Entsetzen traf Lavinia wie ein Keulenschlag.
»Noch ein Held mehr, auf den unsere DeLong-Dynastie stolz sein kann, findest du nicht auch, Mom?« höhnte Eugene. »Wenn die Fahne ruft, dann folgen wir DeLongs. Das muß was mit der Baumwolle zu tun haben. Vermutlich wächst sie uns auch im Kopf anstelle von echtem Gehirn.«
Sie hörte es nicht mehr, denn der Schock hatte ihr das Bewußtsein geraubt. Denis konnte sie gerade noch auffangen, bevor sie zu Boden stürzte.
Eugene schien den Ohnmachtsanfall seiner Mutter nicht zur Kenntnis zu nehmen. Er sagte zu seinem Kameraden: »Willkommen auf Belmont Park, Ernie. Ich bin froh, daß du mitgekommen bist, nicht nur wegen meiner verfluchten Stümpfe. Ich wollte dir doch unbedingt zeigen, was mit meinen Beinen sonst noch so alles auf diesem verdammten Feld bei Manassas zum Teufel gegangen ist. Kein übler Schuppen, was meinst du? Jetzt noch 'ne schöne Frau, einige Kinder und ein paar Rassepferde zur Jagd und zum Ausritt, während die Schwarzen die Arbeit machen ... Tja, hätte doch ein schönes Leben sein können hier, findest du nicht auch? Was meint der arme Farmersjunge aus Georgia dazu, na? Wollen wir nicht tauschen, Kamerad?«
»Ich denke, daß dir noch mächtig viel geblieben ist, Eugene.«
»Ja, eine Menge aufmunternder Worte und Schulterklopfen für den Helden, darauf gehe ich jede Wette ein!« zischte Eugene. »Aber fang du damit nicht an, ja?«
»Ich glaub, ich schnall jetzt mal besser den Rollstuhl ab«, antwortete Ernie betreten.
»Tu das, Ernie. Und vergiß die Decke der Barmherzigkeit nicht. Wir wollen doch nicht noch mehr Leute verschrecken. Das Heldentum hat so etwas enorm Umwerfendes, findest du nicht auch?« Eugene lachte schrill. Es war das gräßliche Lachen seelischer Qual und Verzweiflung.

46

Mit einem Schlag war auf BELMONT PARK alles anders. Dabei gab sich jeder angestrengt Mühe, so zu tun, als ob nichts geschehen sei. Aber vermutlich war die Atmosphäre gerade deshalb so unerträglich, *weil* jeder meinte, sich so benehmen zu müssen, als ob Eugenes grauenhafte Verstümmelung doch eigentlich gar nicht so tragisch sei.
Eugene reagierte auf Mitgefühl und dargebotene Hilfe extrem gereizt oder extrem zynisch. Manchmal erfüllten seine Wutschreie schon früh am Morgen das Haus, wenn er seinen Diener anbrüllte, weil dieser ihm beim Waschen oder Ankleiden über das normale Maß hinaus behilflich sein wollte. »Verschwinde, Drag! Hast du keine Augen in deinem schwarzen Schädel? Die verfluchte Granate hat mir die Beine zerfetzt und nicht die Arme! Ich kann mir das Hemd also noch ganz gut allein zuknöpfen!«
Einmal verlor er bei Tisch das Gleichgewicht, als er sich zu weit nach vorn beugte. Er konnte sich gerade noch an den Tisch klammern. Dabei kippte sein Glas um.
Tante Edwina sah ihn voller Mitleid an. »Warum hat der Herr das nur zugelassen?« sagte sie leise.
Da drehte Eugene durch. »Weil er entweder ein verfluchter Yankee oder eine gottverdammte Schlafmütze ist, die sich einen Dreck um die noble Sache des Südens schert, Tante Edwina!« schrie er. »Aber vielleicht ist er auch nur ein gemeiner Sadist, der sich diese netten Metzeleien ausgedacht hat, damit er dann und wann ein bißchen spannende Unterhaltung von da oben genießen kann! Vielleicht hat er mit ein paar knackigen Engeln sogar eine Wette laufen, auf welcher Seite mehr draufgehen und wer das Rennen macht!«
Tante Edwina wurde ob dieser Blasphemie totenbleich.

»Junge, du versündigst dich!« rief sie mit zitternder Stimme. »Ich werde für dich beten.«

»Bete lieber für das feige Miststück von Gott!« brüllte Eugene und fegte die Weinkaraffe vom Tisch. Geschirr zerbrach.

Julian starrte seinen Bruder erschrocken und fassungslos an. Ernie aß fast gleichgültig weiter, während der Wein das damastene Tischtuch tränkte.

»Eugene, reiß dich zusammen!« rief Denis ihn zur Ordnung.

»Tante Edwina hat es doch nur gut gemeint. Du weißt doch, wie sehr sie mit dir leidet«, sagte Lavinia mit belegter Stimme, bleich wie Tante Edwina.

»Ja, ich weiß, ihr meint es alle nur gut mit mir. Aber ihr könnt euch eure mitleidigen Blicke und Bemerkungen sparen!« schrie er mit hochrotem Kopf. »Ich will sie nicht, denn sie helfen mir nicht! Sie erinnern mich nur ständig, daß ich ein Krüppel bin! Und kommt mir bloß nicht damit, daß ihr mit mir leidet! Laßt euch die Beine abschneiden, dann können wir vielleicht ein nettes Gespräch führen. Aber nicht so!«

»Bitte, Eugene.« Denis stand auf und wollte zu ihm.

Eugene packte die Räder seines Rollstuhls und rollte vor ihm zurück. »Faß mich nicht an! *Faß mich nicht an!* Ich bin ein Held! Ein gottverdammter Held des Südens!«

»Eugene, so laß dir doch helfen! Mach es dir und uns doch nicht noch schwerer, als es so schon ist«, bat Denis seinen Sohn inständig und mit feuchten Augen.

Eugene war plötzlich wie verwandelt. Er wurde von einer Sekunde auf die andere ruhig, zumindest nach außen hin. »Ich bin wohl ein bißchen laut gewesen, ja? Tut mir leid. Da ist wohl das DeLongsche Temperament ein bißchen mit mir durchgegangen. Wird nicht wieder vorkommen, jedenfalls nicht so oft, hoffe ich … Ich möchte doch nicht den Frieden auf Belmont Park stören«, sagte er voller Zynismus. »Und nichts gegen deine netten Psalme, Tante Edwina. Klingen bestimmt ganz schön und sind als Laudanumersatz gar nicht mal so übel, wenn man von unschuldiger Seele ist und an das hübsche Wortgeklingel glaubt.«

Lavinia begann leise zu weinen.

»Nimm es nicht so schwer, Mom. Ein echter DeLong kommt immer wieder auf die Beine — vorausgesetzt, er hat welche«, fuhr er mit ungebrochenem Hohn fort und rollte zur Tür. »Für die gute Sache lohnt es sich doch immer, ein paar kleine Opfer zu bringen. Und jetzt erlaubt, daß ich mich von dieser leutseligen Tafel entferne. Was meint ihr, soll ich Moab bitten, daß er mir Amnon sattelt? Ein kleiner Ausritt würde mir jetzt gefallen. Ach so, ja, ich vergaß, dafür müßte man mich wohl erst in einen Holzzuber stecken und diesen dann auf dem Sattel festbinden. Zu viele Umstände. Lassen wir das lieber. Das Leben ist ja auch so noch voller Freuden, daß ich gar nicht weiß, welchen ich mich zuerst zuwenden soll.«

Er wandte sich in erster Linie dem Alkohol zu und trank bis zur Besinnungslosigkeit. Wenn er dann am nächsten Tag mit einem entsetzlichen Kater erwachte, bereitete er seinem Diener die Hölle. Doch unbeherrschten Ausbrüchen und zynischen Tiraden folgten immer häufiger auch stundenlanges Schweigen und Vor-sich-hin-Brüten, und deshalb schritt Denis nicht gegen den Alkoholkonsum seines Sohnes ein, zumal er nicht einmal wirklich gewalttätig wurde. Er spürte, daß Eugene den Whiskey brauchte, um wenigstens kurzzeitiges Vergessen zu finden.

Ernie Bullock blieb drei Wochen. Zum Abschied sagte er zu Denis, der ihn reich beschenkt hatte: »Es mag Ihnen schlimm vorkommen, Mister DeLong. Aber da hätten Sie ihn im Lazarett hören und sehen sollen. Dagegen ist er jetzt ausgesprochen ruhig und ausgeglichen. Fast wäre es ihm gelungen, mich umzubringen.«

»Sie? Aber, um Gottes willen, warum denn?«

»Weil ich ihn auf dem Schlachtfeld nicht habe liegen und dort verbluten lassen.«
»Wissen Sie auch, daß Sie uns nicht einmal etwas über diese Schlacht erzählt haben?«
Ernie sah ihn mit Augen an, deren Ausdruck nicht zu einem zwanzigjährigen Farmersjungen aus Georgia paßte. »Es genügt, wenn man es erlebt hat und nachts immer wieder durchmacht, Mister DeLong. Und Worte können sowieso nicht wiedergeben, wie so eine Schlacht ist. Und jetzt sollte ich mich wirklich auf den Weg machen, sonst verpasse ich noch meinen Zug in Charleston.«
»Bitte kommen Sie uns bald wieder besuchen«, bat Denis ihn. »Ich glaube, Eugene braucht Sie mehr als uns.«
»Ich muß zu meiner Truppeneinheit zurück, Mister DeLong. Doch wenn ich mal wieder Urlaub kriege, werde ich versuchen zu kommen. Alles Gute, Mister DeLong.«
Alle bemühten sich, Eugene neuen Lebensmut zu geben. Auch Julian, der seinen Bruder stets bewundert und zu seinem Vorbild auserkoren hatte, dem es nachzueifern galt, solange er denken konnte. Deshalb verstörten ihn der Hohn, mit dem Eugene alles übergoß, und die Ausbrüche ganz besonders.
Eines Abends trank Eugene wieder einmal zuviel Whiskey. Er hielt sich in seinem Zimmer auf und redete laut mit sich selbst. Julian ging zu ihm hinüber. Die Tür war nur angelehnt, und zögernd trat er ein, blieb jedoch sofort stehen. Sein Bruder hockte in seinem Rollstuhl gegenüber dem Spiegel, der auf einer Kommode aus Rosenholz stand. Eugene bemerkte nicht, daß Julian ihn angeekelt und fasziniert zugleich beobachtete.
»Auf die noble Sache des Südens, Kamerad!« rief er, prostete seinem Spiegelbild zu und nahm einen kräftigen Schluck. Sein Vorrat an Trinksprüchen schien unerschöpflich. Und nach jedem setzte er die Flasche an die Lippen. »Zwei Beine für die Konföderation, Kamerad! ... Auf Kamerad Jeff Davis, der um

jeden toten Südstaatler weint, wie er behauptet hat! Auf den guten Jeff, der in seinen Tränen längst ertrunken sein muß! ... Auf alle Politiker, die doch immer wieder Idioten finden, die sich für ihre Idee auf die Schlachtbank führen lassen! ... Auf die besondere Institution, für die ich mir die Eier habe wegschießen lassen! ... Auf Stolz und Ehre, die unersättlichen Blutsäufer! ... Auf den Süden, der ...«

Julian ertrug es nicht länger. »Hör auf! ... Hör endlich auf mit diesen ekelhaften Reden!« schrie er.

Eugene fuhr herum und grinste breit. »Ah, schau an, mein Bruderherz. Sag bloß, dir gefallen meine Trinksprüche nicht, Kleiner?« Er nahm einen Schluck aus der Flasche.

»Nein, sie ... sie sind abscheulich! Es macht mich ganz krank, wenn du so redest ... du machst uns alle ganz krank!« stieß Julian hervor. »Wie kannst du nur alles in den Dreck ziehen? Ich schäme mich, daß du so etwas sagst, wo du doch für die große Sache gekämpft hast!«

»Die große Sache, ja?« äffte Eugene seinen Bruder nach, klemmte sich die Flasche zwischen die Stümpfe und rollte zu ihm. »Es gibt keine große Sache, Julian!«

»Doch, es gibt sie!« widersprach Julian heftig. »Du hast selbst daran geglaubt. Und du hast geschworen, dem Süden zu dienen und seine Ehre und unseren Stolz ...«

»Halt den Mund und setz dich!« schnitt Eugene ihm das Wort ab. »Setz dich, habe ich gesagt! Oder hast du keinen Respekt mehr vor einem Helden?«

Widerstrebend folgte Julian der Aufforderung seines Bruders und setzte sich auf die Bettkante. Er hatte ein ungutes Gefühl. Eugene war zwar noch nicht betrunken, befand sich aber auf dem besten Weg dorthin. Und wenn er in diesem Zustand war, hatte er Angst vor ihm.

»Jetzt werde ich dir mal etwas erzählen, mein Kleiner, was du von keinem Politiker und auf keiner Rekrutierungsveranstaltung zu hören und auch nirgends in den Zeitungen zu lesen bekommst. Also sperr deine Ohren weit auf, denn was ich dir jetzt sage, kommt aus dem Mund eines Mannes, der da draußen gewesen ist, auf dem Schlachtfeld, im gegnerischen Feuer – im Gegensatz zu diesen gelackten Herren, für die der Krieg nur auf den Podesten von Ballsälen stattfindet, wo sie patriotische Reden schwingen, damit andere als Kanonenfutter in den Krieg ziehen!« stieß er erbittert hervor, setzte die Flasche an die Lippen und ließ den Alkohol gierig durch die Kehle laufen. Dabei wandte er den Blick jedoch nicht von seinem Bruder ab, der ihn verängstigt und zugleich wie gebannt anstarrte.

Eugene setzte die Flasche ab. »Alles Lüge! ... Dreckige Lügen hat man uns erzählt!« brach es dann aus ihm heraus. »Es gibt keine große, noble Sache!«

»Doch, der Süden ... die Ehre ...« begann Julian verstört.

»Alles Lügen! Lügen!« zischte Eugene. »Auf dem Schlachtfeld sterben diese hohlen Phrasen als erstes, Bruderherz. Sie sind vergessen wie der Furz vom Vortag! Ehre, Stolz, noble Sache – das alles gibt es plötzlich nicht mehr, wenn aus Tausenden von Gewehren auf dich geschossen wird und die Granaten um dich herum einschlagen. Dann ist in deinem Schädel«, er schlug sich die flache Hand mehrmals heftig gegen die Stirn, »von all dem nichts mehr übrig, denn du hast Angst, Kamerad, ganz erbärmliche Angst um dein beschissenes Leben ...«

Julian schüttelte den Kopf. »Nein ...«

»Doch, du *hast* Angst! Widersprich mir nicht, oder hast du in der Schlacht gestanden?« schrie Eugene ihn an. »Und es stinkt nicht nur nach Schießpulver, sondern auch nach Angstschweiß, Urin und Exkrementen, weil diese erbärmliche Angst alles mit dir macht, was sie nur will.«

»Nein, das glaube ich nicht! Du bist betrunken, Eugene ...«

Eugene lachte höhnisch. »Ich weiß, du möchtest so etwas nicht hören, weil es dein schönes Bild vom glorreichen Kämpfer ka-

puttmacht. Aber vergiß all diese romantischen Pinseleien von großen Schlachten. Sie sind nichts als Lüge. Soll ich dir erzählen, wie es auf einem Schlachtfeld zugeht? Oder machst du dir dann gleich in die Hose?«
»Du bist gemein! Ich bin kein kleines Kind mehr!« rief Julian wütend.
»Na gut, ganz wie du meinst, Kleiner. Dann werde ich dich mit den Erzählungen eines Soldaten erfreuen.« Eugene hob die Flasche hoch und nahm drei kräftige Züge. »So eine Schlacht, Julian, ist die Hölle. Ja, wahrhaftig, das ist sie. Es donnert und kracht um dich herum, daß dir die Ohren schmerzen, und wenn das Gefecht mehrere Stunden hin und her wogt, packt es dich ... es ist eine entsetzliche und unbeschreibliche Mischung aus Benommenheit, Blutrausch und nackter Angst. All diese Gefühle kämpfen in dir, während du vorrückst. Und dann diese Schreie um dich herum, die nicht aufhören. Den Jungen aus Wilmington, mit dem du wochenlang ein Zelt geteilt hast, erwischt es direkt neben dir. Eine Kugel in die Brust. Er windet sich schreiend am Boden, und dann quillt das Blut aus seinem Mund, und der Blutschwall erstickt nicht nur seine Schreie, sondern auch ihn selber. Und was ist mit dem mundfaulen Kerl aus Columbia, der beim Kartenspiel der beste Bluffer war? Er ist doch dummerweise einer Kanonenkugel im Weg, und plötzlich macht da ein Rumpf ohne Kopf neben dir noch ein, zwei zuckende Bewegungen, während eine blutige Fontäne aus seinem Hals spritzt und dich trifft. Blut ist verdammt warm und klebrig, hast du das gewußt?«
Julian war bleich geworden und schluckte. »Das reicht. Ich will nichts mehr hören.« Er rutschte von der Bettkante.
»O nein, es reicht noch längst nicht!« schrie Eugene. »Wir haben doch gerade erst angefangen, Kamerad! Die Schlacht ist noch lange nicht zu Ende. Jetzt wird es doch erst so richtig heldenhaft, Kleiner. Denn während um uns herum die Freunde

am Boden liegen und schreien und die getroffenen Pferde, für die in einer Schlacht niemand eine Kugel für einen Gnadenschuß vergeudet, in Todesqualen schlimmer brüllen als ein Mensch, während es also nun so richtig munter zugeht, dürfen wir noch mehr Helden sein, indem wir nämlich gegnerische Stellungen im Sturmangriff nehmen. Das Bajonett steckt. Einen Schuß hast du. Doch wenn du den abgegeben hast, geht es Mann gegen Mann weiter. Und nun, Kamerad, zeigt es sich, ob du Angst genug hast und zum Töten geboren bist. Denn wenn du diesem anderen jungen Kerl gegenüberstehst, der sich von dir bloß durch eine andere Uniform unterscheidet, mußt du ihm die Klinge in die Brust rammen!«

»Hör auf! ... Ich will nichts mehr hören!« Julian wollte aus dem Zimmer rennen.

Doch Eugene kam ihm zuvor. Er blockierte die Tür mit seinem Rollstuhl. »Du hast aber keine andere Wahl, Julian! ... Es fragt dich keiner, ob dir das paßt oder nicht. Es ist hier wie in der Schlacht, Kamerad. Es geht nicht mehr um Ehre oder um die noble Sache, es geht nur noch ums nackte Überleben! Du willst nicht sterben. Du siehst dem jungen Burschen ins Auge, und dann heißt es nur noch: Er oder ich!« stieß er atemlos und mit verzerrtem Gesicht hervor, während er seinen Bruder mit blutunterlaufenen Augen fixierte. »Und dann stößt du ihm das Bajonett in die Brust. Du mußt ganz schön Kraft aufwenden, und es macht ein häßliches Geräusch, wenn die Rippenknochen dabei brechen, mal von seinem Schrei ganz abgesehen. Deshalb bringt man dir bei, selbst so laut wie möglich zu schreien, wenn du einen Gegner abstichst wie eine Sau am Schlachttag, denn dann hörst du sein Brüllen nicht so sehr. Aber so ganz hundertprozentig funktioniert das auch nicht.«

Julian würgte. »Bitte, hör auf, Eugene! ... Ich kann das nicht mehr ertragen. Mir wird schlecht.«

Eugene lachte höhnisch auf. »Nur nicht so empfindlich! Wir

befinden uns auf dem sogenannten Feld der Ehre. Also wo bleiben Stolz und Ehre, Kamerad? Gekotzt wird zwischendurch! Dann geht es im Laufschritt zum nächsten. Dummerweise triffst du den aber nicht richtig, sondern stichst ihm das Bajonett in die Kehle, was eine echte Sauerei ist, aber noch beschissener ist es, wenn du ihn im Bauch erwischst, denn davon krepiert er nicht schnell genug, und du mußt ihm noch eins verpassen.«

Julian war mittlerweile aschfahl im Gesicht, würgte erneut und zerrte am Rollstuhl. »Laß mich vorbei! Laß mich raus!« bettelte er.

Fast rangen sie miteinander.

»Du kannst nicht raus!« brüllte Eugene betrunken und wie von Sinnen. »Du kannst nicht mitten aus 'ner Schlacht davonlaufen, Kamerad. Das ist Fahnenflucht. Das Gemetzel geht noch weiter ...«

»Nein, nein!« schrie Julian und konnte den Brechreiz nicht länger unterdrücken. Er übergab sich und stieß den Rollstuhl dabei zur Seite, daß er umkippte.

Eugene schlug zu Boden, doch er lachte sardonisch und bekam das linke Bein seines Bruders zu fassen. »O nein, so billig kommst du mir nicht davon, Bruderherz. Ich weiß, was ich dir schuldig bin. Sterben für die Fahne, ja? Vergiß es, Bruder! Vergiß diese beschissenen Parolen auf ewig! Das Gemetzel auf dem Schlachtfeld ist bestialisch. Doch warte, bis ich dir von den Verwundeten und vom Feldlazarett erzählt habe.«

»Laß mich los! ... Ich will nichts mehr hören!« schrie Julian verzweifelt und todelend. Er versuchte sich von seinem Bruder zu befreien, doch dieser klammerte sich mit all seiner Kraft ans Bein, so daß er ihn mit hinaus auf den Flur zog.

»Dir fehlen plötzlich zwei Beine, Kleiner, du hast da unter den Knien bloß noch Stümpfe, und Splitter haben dir auch noch die Eier weggerissen«, brüllte Eugene zu ihm hoch. »Aber was ist das schon im Vergleich zu dem armen Schwein, dem die Gedärme aus einer klaffenden Bauchwunde quellen. Ja, und er versucht seine Eingeweide mit beiden Händen zurückzuhalten und ist bei vollem Bewußtsein, als die Sanitäter ihn gar nicht erst ins Operationszelt bringen und sich zurufen: ›Laß ihn liegen, der macht es sowieso nicht mehr lange. Nimm den Kerl da mit den kurzen Beinen!‹ Ja, damit haben sie mich gemeint. Sind recht lustige Burschen, Kleiner, die einen Kriegshelden aufzumuntern wissen. Und dann im Operationszelt ... das Schreien und Stöhnen und das Geräusch der Säge, die durch Fleisch und Knochen geht. Tonnenweise stapeln sich die amputierten Arme und Beine nach so einer munteren Schlacht vor den Operationszelten, ein richtiger Fleischberg, aus dem Hände ...«

»Ich hasse dich! ... Ich hasse dich!« gellte Julians Stimme durch das Haus. Wie in Panik trat er um sich. Sein Fuß traf seinen Bruder vor die Brust und schleuderte ihn von sich. Weinend rannte er den Gang hinunter.

»Ja, Haß ist gut! ... Haß ist wunderbar! ... Haß ist genau das, was du brauchst, Julian!« schrie Eugene ihm keuchend nach, und das Erbrochene seines Bruders stieg ihm ekelhaft in die Nase. Kalter Schweiß stand auf seinem Gesicht. »*Aber es muß Haß auf die Lügen und auf den Krieg sein!* ... Den sollst du hassen, hörst du mich? Hasse mich nur, wenn du dadurch auch dieses grausame, unmenschliche Morden zu hassen lernst.« Sein Kopf sank auf den Teppich, und die Tränen liefen ihm plötzlich über das Gesicht, während er Ernie verfluchte. Warum hatte er ihn nicht in Frieden sterben lassen?

47

Nach dem Sieg von Manassas herrschte im Süden die Überzeugung vor, damit wäre die Auseinandersetzung mit dem Norden schon entschieden. Die wenigsten ahnten, daß der Krieg gerade erst angefangen hatte und beiden Seiten noch Jahre voller Grauen bevorstanden.

Der erste große Angriff der Union nach der Niederlage vor den Toren von Washington galt dem nur fünfzig Meilen südlich von Charleston gelegenen Port Royal. Die große Anzahl der tief ins Landesinnere reichenden Meeresarme um Port Royal machten eine schwer zu durchbrechende Verteidigung, wie Charleston sie besaß, fast unmöglich. Für den Norden war Port Royal deshalb so wichtig, weil die wachsende Blockadeflotte im Süden einen sicheren Stützpunkt benötigte, wo die Schiffe ausgebessert, verproviantiert und mit Munition und Kohle versorgt werden konnten.

Am 17. Oktober verließ die Invasionsflotte den Hafen von New York. Sie setzte sich aus sechsunddreißig Truppentransportern mit dreizehntausend Soldaten an Bord sowie fünfzehn Kriegsschiffen mit insgesamt hundertachtundvierzig Kanonen des schwersten Kalibers zusammen. Am 1. November traf die Flotte in der weiten Bucht von Port Royal ein. Eine Woche später begann der Angriff. Und hier standen sich buchstäblich Brüder gegenüber. Der Kommandierende General der konföderierten Truppen war Brigadegeneral Thomas F. Drayton. Auf der Seite der Union kämpfte sein Bruder Commander Percival Drayton, der als Marineoffizier das Kriegsschiff POCAHONTAS in den Kampf führte. Die Schlacht um Port Royal wurde zum ersten großen Sieg der Union in diesem Krieg.

In Charleston brach eine Panik aus. Man rechnete damit, daß die Invasionstruppen nach der Einnahme der Forts in Port

Royal die Eisenbahnverbindung nach Savannah unterbrechen und dann einen Angriff auf die Stadt unternehmen würden. Tausende packten ihre Wertsachen zusammen und verließen fluchtartig Charleston, während nun Tag und Nacht an den Befestigungsanlagen rund um die Stadt weitergearbeitet wurde und die dort stationierten Truppen sich auf ein Gefecht mit den Yankees vorbereiteten. Doch General William T. Sherman setzte seine dreizehntausend Soldaten nicht gegen Charleston in Marsch, sondern sicherte den strategisch so wichtigen Posten Port Royal. Die Zeit für große Feldzüge in das Herzland der Sezession von diesem Punkt aus war noch nicht gekommen.

Wenige Tage nach der bitteren Niederlage traf Charles Green, der auf St. Helena Island ihr Nachbar und mit Denis gleichaltrig war, auf BELMONT PARK ein. Er brachte für die DeLongs schlechte Nachrichten, die über den Verlust von Port Royal hinausgingen.

»GREEN HALL steht nicht mehr, Denis«, berichtete er ihnen niedergeschlagen. »Wir hatten kaum genug Zeit, um zwei Fuhrwerke mit Möbeln, Teppichen, Bildern und anderen Kostbarkeiten zu beladen, so schnell rückten die Yankees vor. Sie haben alle Plantagen auf St. Helena geplündert, und viele sind dabei in Flammen aufgegangen.«

»Und was ist mit MULBERRY HALL?« fragte Lavinia leise.

»Existiert nicht mehr«, sagte er bitter und mit gesenktem Blick. »Niedergebrannt wie GREEN HALL. Nur noch verkohlte Trümmer und eingestürzte Kamine.«

Lavinia schaute unwillkürlich zu Onkel Stuart hinüber. In seinem Gesicht zuckte kein Muskel, doch die Bestürzung und der Schmerz über den Verlust seines geliebten Anwesens auf St. Helena Island las sie in seinen Augen.

Seine Hand zitterte leicht, als er sein Brandyglas hob. »Es wird mir fehlen«, sagte er leise. »Ich habe es mit Lizbeth gebaut. Es war so eine Oase des Friedens.«

»Tja, macht nicht viel Spaß, wenn der Krieg die Frechheit besitzt, zu einem nach Hause zu kommen, nicht wahr?« warf Eugene höhnisch ein. »Daß die Yankees auch solche Spielverderber sein müssen! Dabei ist es doch viel lustiger, wenn wir sie umlegen und ihre Häuser einäschern — natürlich für die noble Sache des Südens.«

»Halt deinen Mund! Und erspare uns deine zynischen und verletzenden Bemerkungen!« fuhr Denis ihn scharf an, und es war das erstemal seit Eugenes Rückkehr, daß er nicht einen Funken Verständnis für das Verhalten seines Sohnes aufbrachte.

Eugene verzog das Gesicht. »Ja, muß wirklich sehr weh tun, so ein hübsches Haus zu verlieren. Tröste dich damit, daß es ein Opfer für die noble Sache des Südens ist.«

Denis wurde zornrot im Gesicht und setzte zu einer heftigen Erwiderung an, doch Onkel Stuart hob abwehrend die Hand und kam ihm zuvor, indem er sagte: »Du hast recht, Eugene. Es ist nur ein Haus, auch wenn viele wunderbare Erinnerungen und eine ganz besondere Zeit meines Lebens damit verbunden sind. Wir werden den Verlust von MULBERRY HALL verschmerzen, leichter als so vieles andere, was unwiderbringlich verloren ist.«

»Da kann was Wahres dran sein, Onkel Stuart!« meinte Eugene spöttisch und fuhr aus dem Salon, während er dabei den *Dixie*, die Hymne der Südstaatler, scheinbar fröhlich vor sich hin sang:

In Dixieland I'll take my stand
To live and die in Dixie!
Look away, look away
Look away down South to Dixie!

Bestürzt blickte Charles Green ihm nach und sagte leise: »All die jungen Männer, die jetzt sterben müssen ... oder so nach Hause kommen. Was für eine Tragödie.«

»Er ist ein anderer Mensch geworden«, sagte Lavinia voller Schmerz und Ratlosigkeit. »Manchmal kann ich es nicht glauben, daß es unser Sohn ist.«

Tante Edwina nickte bedächtig und zitierte mit zitternder Stimme: »›Seht her! Der Herr verheert und verwüstet die Erde, er verändert ihr Gesicht und zerstreut ihre Bewohner... Grauen, Grube und Garn warten auf euch, ihr Bewohner der Erde!‹ Ja, so steht es bei Jesaja in der Apokalypse geschrieben!«

Wenige Wochen nach der Brandschatzung von MULBERRY HALL schlug das Schicksal erneut zu, und es traf auch diesmal nicht allein die DeLongs.

Es war am 11. Dezember. Charleston hatte den Schock, den die erfolgreiche Invasion der Union in Port Royal verursacht hatte, einigermaßen überwunden und nach dem Ausbleiben eines Angriffs gerade erst zu seinem normalen Alltagsleben zurückgefunden. Es war ein Alltag, der sich von dem vor dem Bürgerkrieg erheblich unterschied, nicht nur wegen der starken Armee-Einheiten in und um Charleston und der Wälle und Gräben, die überall ausgehoben und mit Kanonen bestückt wurden, sondern auch wegen der vielen Flüchtlinge. Die Pflanzer von den Inseln strömten mit ihren Familien und zumeist auch mit ihren Schwarzen in die Stadt. Es wurde eng in der Wiege der Sezession.

Der 11. Dezember war ein klarer und überraschend milder Tag ohne jeden Wind. General Robert E. Lee hatte gerade seine Inspektionstour beendet und speiste mit Freunden und Beratern im MILLS HOUSE, einem der besten Hotels der Stadt. Alles schien ruhig und friedvoll. Doch plötzlich, um zwanzig Uhr dreißig, dröhnten die Glocken und gaben Feueralarm.

Einige schwarze Flüchtlinge, die unerlaubt auf dem Gelände der Stoffabrik von H. P. Russell an der Hasell Street kampiert hatten, verloren die Kontrolle über ihr Lagerfeuer und setzten das Gebäude in Brand. Innerhalb von Minuten stand es in Flammen. Und plötzlich kam ein Wind auf, der das Feuer auf andere Häuser überspringen ließ und es erst einmal nach Nordosten trieb, um dann bei zunehmendem Wind einen südwestlichen Kurs der Vernichtung einzuschlagen.

Der Brand schien den Himmel über Charleston mit dem zuckenden Lichtschein von Tausenden von Riesenfackeln zu überziehen, als er die East Bay Street erreichte. Aufkommende Böen machten die Bemühungen der Feuerwehr und der Bürger, das Feuer unter Kontrolle zu bekommen, zunichte. Mit ohrenbetäubendem Donnern und Prasseln fraß sich die Flammenwand weiter und erreichte die Market Street. Bald brannte die South Carolina Institute Hall, wo die Sezession vor fast einem Jahr beschlossen und unterzeichnet worden war, und dann auch beide Straßenseiten der Meeting Street. Auf der Church Street explodierten die Gaswerke zu einem gigantischen Feuerball, und das Feuer gewann dadurch zusätzlich an zerstörerischer Gewalt, während es Häuser in der Hayne und in der Pickney Street niederbrannte. Die meisten Bilder der Carolina Art Association gingen mit dem Gebäude in Flammen auf, wie auch die benachbarte Bibliothek. Das Charleston Theater war das nächste Opfer der Feuerwalze, doch das Hotel Mills House konnte gerettet werden, weil man die Fassaden mit nassen Decken vor dem Funkenregen schützte und sie unablässig mit Wasser übergoß.

Nachts um drei Uhr stürzte die Circular Church ein, und die Glocke krachte mit einem gewaltigen Mißton auf das Kopfsteinpflaster. Der Wind legte sich auf einmal, und ein leichter Nieselregen weckte Hoffnungen auf ein baldiges Ende des Feuersturms. Doch das Feuer fiel nicht in sich zusammen, sondern tobte weiter, vernichtete die Kathedrale St. John and St. Finbar, zerstörte die Häuser auf der Broad, Tadd and Logan Street und gab sich damit noch längst nicht zufrie-

den. Stunde um Stunde setzte es sein Werk der Vernichtung fort.
Erst bei Tagesanbruch fiel das Feuer in sich zusammen — denn es fand nichts mehr, was den unersättlichen Flammen noch hätte Nahrung geben können. Es hatte ein ganzes Stadtviertel in Schutt und Asche gelegt, das eine Grundfläche von 540 Acres, 2,16 Millionen Quadratmetern, besaß. Die Presse des Nordens jubelte über den Brand in der Hochburg der Sezession und schrieb, daß der Herr den Rebellen das Feuer zur Strafe für ihre Abtrünnigkeit gesandt hatte.
Das Haus der DeLongs in der Tadd Street wurde vollständig zerstört, und zu den Todesopfern des Feuers gehörte Jonathan Rutledge. Er hatte mit seinen Dienern bis zuletzt versucht, das Haus zu retten, und dabei einen tödlichen Herzanfall erlitten.
Auch Melinda wäre beinahe in den Flammen umgekommen. Sie verdankte ihr Leben dem selbstlosen Einsatz ihres schwarzen Hausdieners Samuel, der noch einmal ins Haus gerannt war, obwohl das Obergeschoß schon in Flammen stand. Er hatte Melinda im Schlafzimmer gefunden — mit einer blutenden Platzwunde am Hinterkopf sowie an Füßen und Beinen gefesselt und mit einem Knebel im Mund.
»Ich wußte es doch!« war Georginas erster Kommentar. »Ich habe diese miese Krämerseele auf den ersten Blick durchschaut. Aber sie hat ja nicht auf mich hören wollen! Warum hat sie sich auch mit so einem eingelassen. Wer sich mit Dreck einläßt, besudelt sich!«
»Mein Gott, es ist deine Tochter, die im Roper Hospital liegt!« erinnerte Lavinia ihre Schwiegermutter bestürzt, daß Georgina nicht einmal in diesem Moment ihren Zorn über die unstandesgemäße Wahl ihrer Tochter vergaß.
»Sie lebt, oder? Also erwarte nicht, daß ich sie jetzt bemitleide!« erwiderte Georgina heftig. »Sie hat nicht auf unseren Rat gehört! Ihr Leid ist selbst verschuldet!«

»Ich will nichts davon hören! Denis, wir fahren sofort nach Charleston! Telemach, sag Moab, er soll sich in einer Stunde mit der Kutsche bereithalten!«
Die Nachforschungen, die Denis in Charleston sofort anstellte, ergaben, daß Curtis Roebuck Geschäft und Haus hoch mit Hypotheken belastet und Melindas Vermögen systematisch vom Konto abgehoben hatte, ohne daß sich feststellen ließ, wohin er es geschafft hatte. Als Lavinia ihm nun von Melindas Verdacht hinsichtlich Miss Cole berichtete, war ihnen klar, was in dieser Nacht geschehen war.
»Das Feuer muß diesem Verbrecher wie ein Geschenk vorgekommen sein«, stellte Denis mit ohnmächtiger Wut fest. »Haus und Geschäft waren gut versichert. Schneller hätte er sich gar nicht von seinen Schulden befreien können — und von Melinda. Als abzusehen war, daß auch sein Haus nicht mehr zu retten sein würde, hat er sie niedergeschlagen und dort oben in ihrem Zimmer hilflos zurückgelassen. Man hätte hinterher von den Fesseln und dem Knebel nichts mehr gefunden. Er hätte den trauernden Witwer gespielt, die Versicherungssumme eingestrichen und sich bald mit dieser Verkäuferin getröstet! Dieser elende, dreckige Lump!«
Melinda hatte schwere Verbrennungen am rechten Arm und auf der rechten Gesichtshälfte erlitten. Doch das würde heilen und war nicht das Schlimmste, was ihr in dieser Nacht widerfahren war.
»Es tut mir leid, Ihnen das mitteilen zu müssen, aber Ihre Schwester hat dieses schreckliche Erlebnis geistig nicht verkraftet. Sie ist… nun, nicht mehr ganz klar im Kopf, Mister DeLong«, informierte sie der behandelnde Arzt Dr. Davis Foster.
Lavinia und Denis erschraken, und er fragte fassungslos: »Melinda ist… dem Wahnsinn verfallen?«
»Ja, in gewisser Weise. Es ist eine recht milde Form der geisti-

gen Verwirrung«, erklärte ihnen Dr. Foster. »Sie hat sich aus dem unerträglichen Grauen, mit dem sie einfach nicht fertig wurde, in eine Welt zurückgezogen, in der sie sich wohl fühlt. So weit ich es beurteilen kann, lebt sie in der Zeit, als sie ein junges Mädchen und noch nicht verheiratet war. Sie ist nicht nur ansprechbar, sondern reagiert auch fast wie ein Gesunder. Nur sind für sie die letzten zwei Jahrzehnte wie ausgelöscht. Es muß schlimm für Sie und Ihre Familie sein, aber vielleicht tröstet es Sie, daß es eine ... nun ja, gnädige Form der Geisteskrankheit ist, die nicht unbedingt ein Leben in einer geschlossenen Anstalt erforderlich macht.«

Und genauso verhielt es sich. Melinda hatte sich weit in ihre eigene Vergangenheit zurückgezogen, in der es keinen Arthur Galloway und keinen Curtis Roebuck gab. Sie war eine Frau von fast vierzig, doch sie lebte in der Welt, als sie achtzehn gewesen war.

Sie erkannte Denis und Lavinia, und wenn sie auch oftmals lange Pausen machte und in Gedanken versank, zu denen niemand sonst Zutritt hatte, so konnte man doch mit ihr reden.

»Ich wollte dein Ballkleid wirklich nicht kaputtmachen, Lavinia«, sagte Melinda in weinerlichem Ton bei ihrem ersten Besuch. »Es ist einfach passiert, verstehst du?«

»Ja, das verstehe ich, Melinda«, sagte Lavinia mit Tränen in den Augen und streichelte ihre linke Hand. »Und so schön war es auch gar nicht.«

»Meinst du, du kannst Mom dazu überreden, daß wir zu Madame Leclaire fahren?«

»Sicher, Melinda«, sagte Lavinia und dachte, daß ihre alte Schneiderin schon im Sommer gestorben war.

Denis war so erschüttert wie Lavinia. Es gab für sie gar keine Frage, was mit Melinda geschehen sollte. Sowie ihre äußerlichen Verletzungen gut verheilt waren, holten sie sie zu sich nach Belmont Park. Georginas Einwände, daß eine Geistesgestörte für sie alle und auch für sich selbst eine Gefahr darstelle, ließen sie nicht gelten.

»Melinda bleibt bei uns! Sie ist und bleibt eine DeLong, und wir werden für sie sorgen!« erklärte Lavinia energisch und empört über den — wenn auch nur halbherzigen — Versuch ihrer Schwiegermutter, Melinda in eine Irrenanstalt abzuschieben.

»Mein Gott, warum hat sie bloß nicht auf uns gehört!« zürnte Georgina und ging aus dem Zimmer.

Melinda machte ihnen keine Schwierigkeiten. Sie war die Sanftmütigkeit in Person und tat alles, was man ihr sagte. Was ihr in den Gesprächen bei Tisch fremd und mit ihrer Welt nicht in Einklang zu bringen war, erreichte sie auch nicht. Nur was ihre Kleidung betraf, gab es am Anfang Probleme, bis Lavinia herausfand, daß Melinda nichts anderes mehr anziehen wollte als weiße Kleider. Ob es nun aus einfacher Baumwolle oder aus Seide gearbeitet war, machte keinen Unterschied, wenn das Kleid nur weiß war.

»Na prächtig, ein Krüppel und eine Verrückte«, kommentierte Eugene Melindas Rückkehr zynisch. »Jetzt sind wir auf Belmont Park ja fast komplett.«

48

Sein zynischer Kommentar hatte Schlimmes befürchten lassen. Um so größer waren das Erstaunen und die Erleichterung aller, daß Melinda die einzige Person auf Belmont Park war, die er niemals laut anfuhr und zu der er auch nicht zynisch wurde. Ganz im Gegenteil. Er verbrachte viel Zeit mit ihr — oder sie mit ihm, denn so genau ließ es sich nicht feststellen, wer bei dieser Beziehung die treibende Kraft war. Jeder fühlte sich offenbar in der Gesellschaft des anderen wohl und sicher.

In den Wochen, die folgten, wurde Eugene merklich ruhiger. Seine Ausbrüche wurden seltener, ohne daß deshalb jedoch sein Alkoholkonsum abgenommen hätte. Aber alle im Haus waren dankbar, daß er nicht mehr so oft die Beherrschung verlor und herumbrüllte. Bei schönem Wetter fuhr Melinda ihn durch den Park, zum Flußufer oder auch die Allee hinunter. Viel sprachen sie wohl nicht, denn Lavinia und Denis sahen nie, daß sie ein Gespräch führten, jedenfalls nicht in ihrer Gegenwart und nicht einmal in ihrer Sichtweite. Aber falls sie doch miteinander redeten, so behielten sie das für sich. Keiner sprach mit den anderen darüber. Und beide gaben auf entsprechende Fragen fast sibyllinische Antworten.
»Es ist schön mit Eugene«, sagte Melinda mit einem verklärten Lächeln, was Schweigen wie Reden beinhalten konnte, und jede Nachfrage brachte eine ähnlich vage Antwort.
Und seine Antwort, wenn er denn überhaupt eine gab, fiel nicht weniger rätselhaft aus: »Sie ist eine Verrückte.«
Die Weihnachtstage und die folgende Woche bis ins neue Jahr hinein verbrachte Eugene, zumeist sinnlos betrunken, auf seinem Zimmer. Als er endlich einigermaßen nüchtern war, führte Denis wieder einmal ein ernstes Gespräch mit ihm. Er bemühte sich darum, ihm Mut zu machen und ihn zu bewegen, wieder am richtigen Leben teilzunehmen und Aufgaben zu übernehmen, da er Belmont Park eines Tages doch in eigener Verantwortung führen müßte.
Dies löste fast einen neuen Ausbruch bei Eugene aus. »Ich und Master von Belmont Park? Ein Krüppel?« schrie er. »Mach dich doch nicht lächerlich, Vater!«
»Es ist nicht lächerlich, wenn du nur den Willen dazu hast, statt dich in deinem Selbstmitleid zu vergraben, dich mutlos dem Suff zu verschreiben und dich schon selbst aufzugeben!« erwiderte Denis wütend, weil er es bald nicht länger ertrug, bei seinem Sohn stets nur gegen eine Wand aus Lebensekel und Zy-

nismus zu reden. »Warum kämpfst du nicht, Eugene? Hier, nicht mit der Waffe in der Hand, sondern mit Willenskraft und Charakter, mit Mut und Hoffnung! Hier auf Belmont Park und für Belmont Park! Um deine Zukunft und dein Leben, denn es ist noch längst nicht vorbei, auch wenn du das jetzt vielleicht glaubst!«

Eugene lachte höhnisch. »Ach, Vater, womit soll ich denn kämpfen? Und wofür? Ich werde nie wieder ausreiten, nie wieder auf Jagd gehen, nie wieder durch den Park und den Wald spazieren, nie wieder tanzen, nie wieder eine Frau in meinen Armen halten, nie wieder ein *richtiger Mann* sein, auch wenn sich eine Prostituierte mit mir ins Bett legen sollte — und ich werde niemals heiraten und Kinder haben. Wofür also, sag mir das bitte, lohnt es sich dann noch zu kämpfen? Damit ich die Ehre der DeLongs hochhalte?« Er schüttelte müde den Kopf.

»Du darfst dich nicht aufgeben!« beschwor Denis ihn.

»Mir ist nichts mehr geblieben, was ich noch aufgeben könnte, Vater.«

Denis fuhr mit ihm noch am selben Tag zu dem einsamen Haus am Fluß, zeigte ihm die Bilder seines Vaters und erinnerte ihn an sein eigenes Talent.

Eugene betrachtete sich die Bilder eine ganze Weile, ohne ein Wort zu sagen. Dann erklärte er voller Ehrfurcht: »Dein Vater war nicht nur ein begabter, sondern ein großer Künstler. Das sind Bilder, die einem unter die Haut gehen. Was für ein Maler! Ich werde nicht einmal halb so gut sein, und wenn ich zwanzig Jahre übe.«

»Versuche es! Erst dann kannst du herausfinden, was noch in dir steckt. Du bist noch so jung — und schon so gut.« Denis reichte ihm den Block mit den Aktzeichnungen, die er am Fluß gemacht hatte. »Erinnerst du dich noch? Du hast ein genauso großes Talent, wie es mein Vater hatte.«

Eugene schüttelte verblüfft den Kopf, als er seinen alten Zeichenblock erkannte. »Das kann doch nicht wahr sein! Du hast ihn tatsächlich aufbewahrt?« fragte er verwundert.

»Ja, sie ... sie waren einfach zu gut, als daß ich sie hätte verbrennen können. Es sind ganz wunderbare Zeichnungen. Dein Großvater wäre stolz auf dich gewesen ... und wir, deine Mutter und ich, wir hätten es auch sein müssen«, fügte er schuldbewußt hinzu.

Versonnen blätterte Eugene den Block durch. »Die Ohrfeige hat ganz schön gesessen ...«

»Es tut mir leid, daß ...«

Eugene schüttelte den Kopf und ergriff die Hand seines Vaters. »Nein, das war schon richtig so. Ich hätte an deiner Stelle bestimmt nicht anders gehandelt«, sagte er mit ganz sanfter Stimme, aus der die alte Liebe zu seinen Eltern sprach. »Diese Monate auf St. Helena Island ...«

Ein Kloß saß Denis plötzlich im Hals. »Ja ...«

»Es war ein schöner Sommer, Pa, der schönste meines Lebens, und ich werde dir das nie vergessen.« Er lachte leise auf, noch immer die Hand seines Vaters haltend. »Weißt du, daß ich mich damals unsterblich in Laura verliebt habe und in den ersten Wochen fest entschlossen war, sie zu heiraten?«

»Ja, ich weiß es«, sagte Denis und schämte sich seiner Tränen nicht.

»Mein Gott, so etwas Verrücktes! Ich war ein dummer Junge und ein Mann zugleich. Eine Prostituierte wollte ich heiraten! Wenn Mom davon auch nur etwas *geahnt* hätte. Nicht auszudenken, was sie dann mit mir gemacht hätte.« Er lachte richtig herzhaft. »Was war ich damals noch unbeleckt von der Welt und dachte doch, schon alles zu kennen und zu wissen. Himmel, war das ein Sommer.« Er schwieg einen Augenblick, in Erinnerungen versunken, und Denis schwieg mit ihm. Zum erstenmal seit seiner Rückkehr gab es diese Mauer zwischen ihnen nicht mehr. Er fühlte sich seinem Sohn so nah wie nie zuvor.

Nach einer Weile fuhr Eugene fort: »Weißt du, daß ich ihr zum Abschied einen teuren Ring geschenkt habe, für den mein letztes Geld draufgegangen ist? Auch das von Onkel Stuart und Tante Edwina, die mir ja immer etwas zugesteckt haben, wenn wir nach MULBERRY HALL gefahren sind. Ach, natürlich weißt du es ...« Er lachte wieder und schüttelte dabei den Kopf, während die Schatten im Raum länger wurden und die Ölbilder sich mit Dunkelheit füllten.

Nach diesem Erlebnis in dem alten Atelier von James DeLong begann Eugene wieder zu zeichnen. Was er mit dem Bleistift zu Papier brachte, waren jedoch ausschließlich Szenen des Krieges. Auf jedem Bild sprang das Grauen des Sterbens und des Tötens dem Betrachter förmlich entgegen. Alles Zureden, es doch mal mit anderen Motiven und anderen Techniken zu versuchen, fruchtete nicht.

»Er muß das Erlebte verarbeiten, und wenn ihm das Zeichnen dabei hilft, ist es gut so«, sagte Denis.

»Ich weiß nicht, ob er sich nicht noch tiefer in seine Erinnerungen an diese schreckliche Zeit verstrickt, indem er ein gräßliches Bild nach dem anderen zeichnet«, meinte Lavinia angstvoll. »Mir scheint, daß er uns immer mehr entgleitet. Er ist so ruhig geworden, so geistesabwesend. Manchmal wünsche ich mir, er würde wieder so einen Wutanfall bekommen, wie es in den ersten Monaten so oft geschehen ist.«

Denis nahm sie in seine Arme. »Er braucht Zeit, Lavinia, viel Zeit, und diese Zeit müssen wir ihm geben.«

»Wenn ich wüßte, daß es ihm hilft, würde ich ihm alle Zeit der Welt geben und geduldig warten«, antwortete sie und kämpfte gegen ihre aufsteigende Verzweiflung an. »Aber manchmal habe ich so schreckliche Angst, daß ich schreien möchte.«

»Ich weiß«, sagte Denis nur und legte seine Arme um sie.

Der Frühling zog im Süden ein, und an Eugenes neunzehntem

Geburtstag hatten sich schon viele der Magnolienblüten geöffnet. Es war ein schöner, sonniger Morgen.
»Wo ist Eugene?« fragte Melinda, als sie in einem hübschen, rüschenbesetzten Kleid die Treppe in die Halle herunterkam.
»Er ist schon im Park, bei eurer Lieblingsmagnolie am Ufer«, antwortete Lavinia lächelnd und dachte an das Geschenk, das auf Eugene wartete, wenn er zum Frühstück ins Haus zurückkam.
»Ich bin in sein Zimmer gegangen, um ihm zu gratulieren«, sagte Melinda langsam, wie es seit ihrer geistigen Verwirrung ihre Art war. »Er war nicht da. Aber da lag das hier auf seinem Bett. Ich verstehe es nicht.« Sie hielt ein Blatt Papier hoch.
Denis nahm es ihr aus der Hand und las entsetzt: »Liebe Eltern, ich weiß, was ich Euch in den letzten Monaten angetan habe, und es schmerzt mich. Es muß ein Ende haben. Alles muß ein Ende haben — die Alpträume und dieses erbärmliche Leben, das mir geblieben ist. Ihr mögt es feige nennen, doch ich nenne es eine Erlösung. Wenn Ihr mich so liebt, wie ich Euch liebe, dann werdet Ihr verstehen und mir verzeihen, daß es nur noch ein einziges Geschenk für mich geben kann, und das ist der Tod. Und dieses Geschenk kann ich mir nur selber machen. Seid umarmt und geküßt, Euer Euch liebender Sohn Eugene.«
»Was ist?« stieß Lavinia erschrocken hervor, als sie sah, wie ihr Mann erbleichte, den Zettel fallen ließ und zur Tür an der Hinterfront rannte.
»Er schreibt von einem Geschenk, das er sich selbst machen will und das er Tod nennt«, sagte Melinda verwirrt. »Was meint er wohl damit?«
»Nein!« schrie Lavinia, als hätte sich ein eisiger Dorn in ihre Brust gebohrt, und rannte hinaus.
Eugene war nur als schemenhafte Silhouette am Ende des

Parks unter dem Magnolienbaum am Ufer des Ashley River auszumachen. Es war ein idyllisches Bild, das Frieden suggerierte.

Dann hob Eugene seinen Revolver.

»Nein! Tu es nicht!« schrie Denis mit sich überschlagender Stimme und rannte weiter, obwohl er wußte, daß er es niemals schaffen würde. Es war so weit, so schrecklich weit zu seinem Sohn!

»Nein! ... Eugene! ... Nicht! ... *Nicht schießen!*«

Der Schuß zerriß den Frieden des Morgens und tötete ihn auf der Stelle.

Lavinia stürzte auf dem Parkweg schreiend in den Kies. Ihre Finger krallten sich durch die Steine in die Erde. Der Schuß hallte noch immer in ihrem Schädel, als man sie schon längst ins Haus zurückgetragen hatte und Georgina sie zwang, den Saft mit den Laudanumtropfen zu trinken. Doch auch in der Dunkelheit hallte der Schuß weiter in ihr nach.

49

37 Royal Street, New Orleans
Louisiana, im April 1862

Ihr Lieben auf BELMONT PARK!

Bitte entschuldigt meine flüchtig zittrige Schrift und meinen sicherlich wenig eleganten Stil, doch diese schlimmen Zeiten sind für Eleganz wahrlich nicht geschaffen! Der Schrecken des Krieges hat uns hier in New Orleans endgültig erreicht. Ich wünschte jetzt, wir wären auf ROSEDOWN geblieben. Doch wir wähnten uns in unserem Stadthaus in New Orleans sicherer als

da draußen, wo die Angst vor marodierenden Spähtrupps der Yankees groß ist.
Ich weiß nicht, wann ich dazu kommen werde, diesen Brief an Euch abzuschicken — und ich weiß auch nicht, ob er Euch überhaupt erreichen wird. Doch ich kann nicht anders, ich muß all das Schreckliche aufschreiben, das uns hier zugestoßen ist und uns vielleicht noch erwartet, falls das Undenkbare passiert und unsere wunderbare Stadt tatsächlich in die Hände der Yankees fällt. Jemand muß doch Zeugnis ablegen!
20. April 1862 — Wir wissen nun, daß wir uns für alles vorbereiten müssen. So haben Lilly und ich gestern unseren Schmuck in unsere Kleider eingenäht, was vielleicht von Vorteil ist, wenn wir fliehen müssen. Ich schwöre aber, daß ich freiwillig keinen Schritt fortgehen werde! Man muß mich und meinen Sohn schon mit Gewalt wegschleppen. Komme, was will, ich bleibe mit Wilmot hier.
Heute morgen gingen wir zum Hafen, um uns die brennende Baumwolle anzusehen. Hunderte von Ballen, von denen ein jeder ja seine fast vierhundert Pfund schwer ist. Ein unvorstellbarer Wert, der da in Flammen aufging — und ein Anblick, den es nie vorher gab und sicherlich auch nie wieder geben wird. Wagen, Karren — alles was Räder hatte, wurde mit Ballen beladen. Schwarze rannten umher, schnitten die Ballen auf, schüttelten die Baumwolle heraus und steckten sie in Brand. Sie waren so eifrig beschäftigt, als hinge ihre Rettung davon ab, daß die Yankees nicht ein bißchen davon mehr vorfänden.
Am ganzen Ufer entlang, so weit wir sehen konnten, rollten die Schwarzen die Ballen herbei, zündeten sie an und ließen sie brennend den Fluß hinuntertreiben. Von

jedem stieg eine Rauchwolke auf, so daß sie wie kleine Dampfer aussahen. Ich glaube, es hat zwischen der Quelle und der Mündung des Mississippi nie so viele Boote und Schiffe gegeben, wie jetzt Baumwollballen auf ihm fuhren. Flöße wurden mit so vielen Ballen beladen, wie sie ohne zu sinken tragen konnten. Die meisten wurden aufgeschnitten, und die Schwarzen schlugen Fässer mit Alkohol und Whiskey ein und schütteten ihn eimerweise über die Baumwolle. Da verbrannte am ganzen Ufer entlang und auf dem Fluß die Arbeit, die Tausende von Schwarzen über ein Jahr lang geleistet hatten. Von allen Seiten hatte man die Ballen gebracht, die Besitzer standen dabei, wie sie verbrannten oder darauf warteten, in Brand gesetzt zu werden. Sie halfen sogar bei der Arbeit und sahen ihren Reichtum lächelnd dahinschwinden. Die Baumwolle trieb mit einer sogar im Sonnenlicht leuchtenden Flamme den Mississippi hinunter. Nachts würde es großartig ausgesehen haben. Aber dann werden wir das Vergnügen noch einmal erleben; denn am Tage werden sie mit der Arbeit nicht fertig werden, wenn sie sich auch noch so sehr beeilen. Hunderte von Ballen liegen noch unberührt da, die Ernte aller umliegenden Plantagen vom letzten Jahr. Ein unschätzbarer Reichtum ist heute zerstört worden, aber niemand bedauert es. Jede Schankstube ist geleert, und der Alkohol fließt in den Gossen und auf den Bürgersteigen. Sollten die Yankees starke Trinker sein, werden sie vergebens danach suchen.

22. April 1862 — Ich ging zur Kirche, aber ich konnte kaum erwarten, daß der Gottesdienst vorüber war, weil ich fühlte, daß man mich zu Hause brauchte. Als ich zurückkam, fand ich Lilly in wildester Aufregung, sie packte hastig zusammen, was ihr gerade in die Hände

fiel, und machte sich für die sofortige Flucht bereit, ohne zu wissen wohin. Die Yankees seien in Sicht, die Stadt solle abgebrannt werden, wir müßten in die Wälder fliehen und so weiter. Falls das Haus angesteckt würde, müßte ich mich auch damit abfinden zu laufen. Die Yankees sind nicht gekommen — bis jetzt, bei Sonnenuntergang, noch nicht.

17. Mai 1862 — Ich komme jetzt erst dazu, wieder zu Feder und Papier zu greifen. New Orleans ist gefallen! Am 25. April lief die Unionsflotte hier ein. Dabei ist das Fort Jackson völlig unbeschädigt und hätte aushalten können, bis unser großes Panzerschiff, die MISSISSIPPI, fertig ausgerüstet war, aber ein Verräter schickte eine Nachricht an den Kommandanten der feindlichen Flotte, daß er sich beeilen solle, was er auch tat. Und unser letzter Trumpf, unsere einzige Hoffnung, wurde vor unseren Augen verbrannt, um nicht dem Feind in die Hände zu fallen. Schließlich und endlich ist also diese Stadt, eine der wichtigsten der Konföderation, gefallen, und Yankeetruppen paradieren in den Straßen. Armes New Orleans!

Niemals werde ich den Tag vergessen, an dem die Feuerglocke erklang. Niemals habe ich mich so hoffnungslos und verloren gefühlt. Die verfluchten Generale, die unsere Truppen hier kommandierten, liefen davon und ließen sie allein. Lovell (Stadtkommandant) wußte nicht, was er machen sollte; manche sagen, er war unfähig; andere behaupten, er hatte Angst. In der Tat herrschte die größte Bestürzung, und jede Stunde oder eigentlich sogar jeder Augenblick brachte ein neues schreckliches Gerücht. Nachdem bekannt wurde, daß die Kanonenboote wirklich angekommen waren, verwandelte sich die ganze Stadt, das Lager und alle Straßen in einen

Schauplatz der wildesten Erregung. Nur die Frauen schienen keine Angst zu kennen. Sie setzten sich alle für den Widerstand ein, ganz gleich, wie hoffnungslos dieser Widerstand sein mochte.
Am zweiten Tag sah die Sache etwas besser aus, und der Bürgermeister und der Stadtrat verhielten sich dem Feind gegenüber sehr würdevoll. Der Flottenkommandant Farragut hatte die bedingungslose Übergabe der Stadt gefordert. Ihm wurde erklärt, daß er nur mit Gewalt die Stadt nehmen könne. Dann forderte er, daß wir mit unseren eigenen Händen die Flagge von Louisiana herunterholen sollten. Ich bin glücklich, sagen zu können, daß das verweigert wurde.
Nun warteten wir vier Tage lang auf die Beschießung, aber Farragut hatte diesen Plan aufgegeben. Er ließ seine Leute mit zwei Kanonen einmarschieren, unsere Flagge wurde heruntergeholt, und unter tödlichem Schweigen wurden die alten *Stars and Stripes* gehißt. Hier haben wir einen großen Fehler gemacht; wir hätten auf den Mann, der die Flagge niedergeholt hat, schießen sollen! Und solange noch ein Hausdach in der Stadt übrig war, hätte man sie wieder hissen sollen! Die Franzosen und Engländer lagen im Golf, und eine französische Fregatte fuhr den Fluß herauf, um die französischen Landsleute zu schützen.
Farragut gab den Frauen und Kindern achtundvierzig Stunden Zeit, um die Stadt zu verlassen, aber die ausländischen Konsuln forderten eine sehr viel längere Zeit, um die Leute der von ihnen vertretenen Länder in Sicherheit bringen zu können. Wenn wir den Mut gehabt hätten, die Beschießung herauszufordern, hätte die Konföderation gerettet werden können. Farragut hätte diese schreckliche Drohung niemals wahrgemacht, da die

Engländer und Franzosen es nicht zugelassen hätten. Die Verzögerung würde es uns ermöglicht haben, unser Schiff fertigzustellen, und außerdem würde ein Widerstand dem Feind und auch den ausländischen Nationen gezeigt haben, aus was für einem Stoff wir gemacht sind und wie äußerst ernst uns die ganze Angelegenheit ist. Ich habe in meinem ganzen Leben noch nie etwas so sehr gewünscht wie den Widerstand unserer Stadt. Ich spürte keine Furcht — nur Erregung.

Die Damen der Stadt unterzeichneten eine Bittschrift, daß man niemals kapitulieren möge. Wir gingen alle, um unsere Namen auf die Liste zu setzen, und trafen dabei auf die Marinesoldaten, die mit ihren Kanonen voran zum Rathaus marschierten. Das Blut kochte in meinen Adern — ich fühlte keine Furcht, nur Zorn. Ich vergaß mich selbst und rief den Passanten zu: »Laßt unsere Fahne nicht herunterholen!« Und: »Oh, wie könnt ihr Männer das mit ansehen?« Missis Norton machte sich, glaube ich, Sorgen um mich, da sie mich schnell fortzog.

Ich vergaß zu erwähnen, daß als erste die Deutschen im Fort meuterten und ihre Kanone auf die eigenen Offiziere richteten. Einige Kanonenboote hatten das Fort schon während der Nacht passiert, weil es ein Verräter unterlassen hatte, das Alarmsignal zu geben. Er wurde verurteilt und erschossen, und Duncan telegrafierte in die Stadt, daß kein Schiff mehr vorbeigelassen würde. Dann ging ein Bericht ein, daß die Yankeeschiffe ohne Munition und Kohle seien und nicht mehr zu ihren Transporten zurückkehren könnten, da sie erwartet hatten, daß diese ihnen folgen würden. Wir jubilierten schon bei der Idee, sie in einer Art Gefangenschaft halten zu können, und das wäre auch gelungen, wenn nicht die deutschen Meuterer gewesen wären. Die Frauen dieser Männer hatten die Erlaubnis, das Fort zu besuchen, und sie erzählten dort, daß weiterer Widerstand sinnlos sei, da sich die Stadt bereits ergeben habe. Außerdem ging das Gerücht um, daß Duncan das Fort in die Luft sprengen wolle, ehe er es übergäbe. So luden sie ihre Kanonen und richteten sie auf ihre eigenen Offiziere – und die Flotte der Yankees konnte vorbeifahren.

Nun ist unsere Stadt, der Schlüssel zu diesem großen Tal, verloren, und meiner Meinung nach werden wir sie niemals, niemals wiedergewinnen, höchstens durch Verhandlungen. Aber viele von uns denken anders.

Täglich gehen die quälenden Gerüchte um (obwohl, wie wir hören, die Zeitungen keine Erlaubnis haben, »unsere« Neuigkeiten zu drucken). Wir haben gehört, daß Stonewall Jackson die Stadt Washington durch Überrumpelung eingenommen hat, daß Beauregard einen glänzenden Sieg in Tennessee errungen hat, und unsere anderen Generale haben den Feind in Virginia geschlagen. Aber sind das nur Wunschträume, oder ist es die Wahrheit? Manchmal sind wir begeistert, meistens aber sehr niedergeschlagen.

Die Yankees haben eine sehr strenge Quarantäne ausgesprochen. Die Bürger der Stadt machen ihnen durch fürchterliche Erzählungen über das gelbe Fieber schreckliche Angst. Manchmal können wir uns kaum vor Lachen halten, wenn wir die einfach köstlichen Erzählungen hören, mit denen die Yankees von den Burschen, den irischen Frauen und vor allem den einfachen Leuten zum besten gehalten werden. Mr. Soulè, einer der führenden Bürger unserer Stadt und Mitglied des Sicherheitskomitees, verweigerte General Butler die Hand, obwohl sie alte Freunde waren, mit der Bemer-

kung, daß ihr Verkehr jetzt rein geschäftlich bleiben müsse. Auch der Bürgermeister hat sich sehr würdevoll benommen. Butler sagt, daß er sich für die Behandlung, die er und seine Truppen hier erfahren, rächen würde, und das wird er, wie ich sicher glaube, auch tun. Man befürchtet, daß die Stadt bald Nachschub an Nahrungsmitteln benötigen wird. Das Landvolk wird uns nichts schicken — sie sind zu ärgerlich wegen unserer Kapitulation. Die Treiber aus Texas waren schon ganz in der Nähe, als sie davon hörten, woraufhin sie ihr Vieh für wenig oder nichts verkauften, wo sie gerade waren, und heimritten. Ich wünschte, wir wären auch alle dort in Sicherheit, denn ich kann mir nicht vorstellen, daß Texas jemals besiegt werden wird. Aber haben wir das nicht auch von New Orleans gedacht?
Bitte schreibt bald. Wir haben schon so lange nichts mehr von Euch und BELMONT PARK gehört. Unserer Familie hier geht es sonst gut, natürlich nur den Umständen entsprechend gut. Edward hat seinen Vetter nach ROSEDOWN geschickt (Der kurzsichtige Daniel ist nicht kriegstauglich!), die Stadt mit Gleichgesinnten verlassen und sich unserer tapferen Armee angeschlossen. Ich bin gleichermaßen stolz wie von Angst erfüllt. Ich bewundere seinen Mut, für unser Land zu kämpfen und die Yankees zu vertreiben. Aber ich muß dann doch immer wieder an das schwere Schicksal denken, das meinen armen Bruder Eugene getroffen und ihn mit einer schrecklichen Last beschwert hat. Wie sehr wünschte ich, ich könnte Euch alle rasch wiedersehen und in meine Arme schließen. Ich liebe Louisiana und besonders ROSEDOWN, doch manchmal fehlt Ihr — und auch BELMONT PARK! — mir mehr, als ich es auszudrücken vermag. Wie lange dieser Krieg wohl noch ge-

hen mag? Ich hoffe, daß wir dieses Weihnachten wieder in Frieden feiern können. Mein einziger Trost und meine große Freude ist Wilmot, der noch nichts von den Schrecken dieser Welt kennt und ganz prächtig gedeiht. Ich wünschte, Ihr könntet sehen, wie er jetzt gerade in seiner Wiege strampelt und lacht. Manchmal verwundert und wärmt es mich innerlich, daß es doch vieles gibt, das sich nicht darum kümmert, ob Krieg oder Frieden ist. Die Frühlingsblüte etwa oder Wilmot.

Bitte, bitte gebt mir bald Antwort, grüßt und herzt alle von mir und sagt Eugene, daß ich von ihm erwarte, daß er *der* große Maler des Südens wird!

In Liebe Eure Tochter
Abigail Armitage

50

»Eine wunderbare Ernte, Lavinia! So einen *blow* habe ich in den letzten zwanzig Jahren nur dreimal gesehen, aber auf bedeutend kleineren Feldern«, sagte Godfrey Ashgate begeistert, als er am Vormittag seines zweiten Besuchstages auf BELMONT PARK mit Denis von einer Inspektionstour zu den Baumwollfeldern zum Herrenhaus zurückkehrte. »Ich glaube, Ihnen steht die beste Ernte seit vielen Jahren bevor.«

»Ich wünschte, wir könnten uns auch entsprechend darüber freuen«, erwiderte Lavinia und trat aus der noch sehr warmen Oktobersonne ins kühlere Haus.

Im Salon kam Denis noch einmal auf die Schattenseite der diesjährigen Ernte zu sprechen, die alle Erwartung übertraf. Nachdem Joshua ihnen die erfrischenden Mint Juleps gereicht und

sich diskret zurückgezogen hatte, sagte er: »Es sieht in der Tat so aus, als könnten wir mit einer Rekordernte rechnen, Godfrey. Ich schätze, daß wir diesmal auf einen Durchschnitt von mehr als sechshundert Pfund Baumwolle pro Acre kommen werden. Aber was nutzt uns die beste Ernte, wenn wir sie nicht vermarkten können?«
Godfrey hatte eines der Minzblätter, mit denen Joshua die Mint Juleps stets garnierte, in den Mund gesteckt und kaute darauf herum. »Ja, das ist wahrhaftig ein großes Problem. Die Blockade der Yankees setzt uns ganz schön zu.«
»Aber es gibt doch genügend Blockadebrecher«, wandte Lavinia ein und dachte, daß ihr Baumwollagent in den letzten Jahren sehr gealtert war. Godfrey hatte eine Halbglatze und das zerfurchte Gesicht eines alten Mannes bekommen. Nach dem Tod seines Schwiegersohns quälte ihn sicherlich die Sorge um seinen ältesten Sohn James, der schon die Schlacht im April bei Shiloh und Ende August das zweite verlustreiche Gefecht bei Bull Run mitgemacht hatte — und unverletzt geblieben war. Mit fast dreißigtausend Toten an zwei Kampftagen war die Schlacht bei Shiloh das größte Gemetzel gewesen, das jemals auf amerikanischem Boden stattgefunden hatte, und ein Schock für beide Seiten. Aber auch bei Bull Run hatten über zwanzigtausend Soldaten ihr Leben gelassen.
»Sicher«, antwortete Godfrey. »Charleston wird von vielen Blockadebrechern angelaufen, die sich mit jeder Fahrt eine goldene Nase verdienen — vorausgesetzt, es gelingt ihnen, die feindlichen Linien zu durchbrechen. Und genau das wird immer schwieriger. In den ersten Monaten nach Fort Sumter wurde nur einer von zehn Blockadebrechern aufgebracht. Ein Jahr später kam schon jeder achte nicht mehr durch. Jetzt erwischen die Yankees schon jeden sechsten. Wenn die Union ihre Flotte noch mehr verstärkt, woran niemand zweifelt, können wir davon ausgehen, daß im nächsten Jahr nur noch zwei

von drei Schiffen die Blockade durchbrechen — und das treibt die Frachtraten in astronomische Höhen. Die Sutherlands haben schon zwei Schiffe verloren.«

Lavinia hörte es fast mit Genugtuung.

»Aber dafür ist der Preis für Baumwolle auch gestiegen«, meinte Denis. »Also bemühen Sie sich um Frachtraum, Godfrey. Uns ist so gut wie jeder Preis recht. Die Ernte muß nur raus. Nur so hilft sie, den Krieg zu gewinnen!«

»So wie Sie denken aber alle Pflanzer, Denis. Und wenn sich zehn Kunden um die vier Sitzplätze in einer Kutsche balgen, kann der Kutscher so gut wie jeden Preis verlangen, letztlich aber doch bloß vier mitnehmen, das ist das Problem.«

Denis seufzte unterdrückt. »Wir wissen unsere Interessen bei Ihnen in den besten Händen, Godfrey. Sie werden es schon schaffen.«

»Ich werde sicherlich alles tun, was in meiner Macht steht, Denis«, versicherte Godfrey Ashgate. »Ich weiß, was ich unserem Land schuldig bin.«

Der Baumwollagent brach nach dem Mittagessen auf, von Denis mit einer weitgehenden Vollmacht ausgestattet. Sie verhieß nichts Gutes, wie Lavinia ahnte.

Am späten Nachmittag gingen sie zum Familienfriedhof, der hinter einem schmalen Waldstreifen auf der flachen Kuppe eines Hügels angelegt und von einem hüfthohen schmiedeeisernen Zaun umgeben war. Kletterrosen umrankten eine ganze Schmalfront. Linkerhand im alten Teil des Friedhofs erhoben sich zwei Magnolienbäume und rahmten eine Lebenseiche ein. Dort lagen die DeLongs früherer Generationen begraben. Die Gräber jüngeren Datums befanden sich auf der dem Fluß zugewandten Westseite.

Zwei Schritte hinter dem Grabstein von Eugene DeLong hatte Lavinia schon drei Tage nach der Beerdigung einen jungen Magnolienbaum gepflanzt. Ihr Sohn sollte im Sommer auch im

kühlen Schatten liegen, und die Magnolien waren seine Lieblingsblüten gewesen.
Eine Weile standen sie schweigend und von Erinnerungen überwältigt vor Eugenes Grab. Die Monate nach seinem Tod waren eine schwere Zeit gewesen, und das halbe Jahr, das inzwischen verstrichen war, hatte zwar den scharfen Schmerz gemildert, die Trauer jedoch nur von außen nach innen gekehrt.
Wenn Lavinia zwischen den kalten Steinen aus Granit stand, dann fühlte sie sich bedeutend älter als die einundvierzig Jahre, die ihr Geburtsschein auswies. Zwei Kinder hatte sie nun schon begraben — Mary und Eugene. Seit sich ihr Sohn das Leben genommen hatte, gingen ihre Gedanken viel öfter zu ihrer Tochter zurück, der nur ein so kurzes Leben vergönnt gewesen war. Auch Mary hatte in ihrer kurzen Lebensspanne allzu viele Qualen erleiden müssen. Hatte sie mit diesen beiden Kindern, die dort begraben lagen, dem Schicksal nicht endlich genug Tribut gezollt?
»Warum jetzt auch noch du?« hörte sich Lavinia plötzlich zu ihrer eigenen Verwunderung den Gedanken laut aussprechen, der ihr gerade gekommen war.
Denis wandte nicht den Blick von Eugenes Grab und antwortete scheinbar ahnungslos: »Ich weiß nicht, wovon du sprichst, Lavinia.«
»Doch, du weißt es, Denis«, erwiderte sie mit mehr Ruhe, als sie in Wirklichkeit empfand.
Jetzt drehte er sich zu ihr um und sah sie an.
»Du willst fort, nicht wahr?« sagte sie ihm auf den Kopf zu, bevor er ihr eine ausweichende Antwort geben konnte. »Ja, du willst in den Krieg. Ich habe es schon seit Wochen geahnt. Deine Unruhe hat es mir verraten. Ich wollte es nur nicht wahrhaben, weil ich mich sicher wähnte, daß du mir so etwas nicht antun würdest. Doch jetzt sehe ich dir an, daß ich mich geirrt habe.«

»Ich *will* nicht, ich muß.«
»O nein, du mußt nicht, Denis!« widersprach sie ihm heftig. »Es ist allein dein Wunsch! Niemand treibt dich zu den Waffen, niemand verlangt es von dir.«
»Es ist mein Gewissen, das in dieser schweren Zeit, in der unser Land in Not ist, diese Entscheidung von mir verlangt, Lavinia«, entgegnete er.
»Und was sagt dein Gewissen, was du deiner Familie und was du BELMONT PARK schuldig bist? Kommen deine Frau, dein Kind und dein Zuhause nicht zuerst? Oder schweigt dein Gewissen dazu?« fragte sie mit zorniger Bitterkeit.
»Nein, es schweigt nicht, aber ...«
»Wenn das wirklich der Fall ist, kannst du nicht gehen!« fuhr sie ihm ins Wort und sah ihn flehendlich an. »Du darfst uns nicht verlassen, Denis! Haben wir DeLongs dem Süden nicht schon Opfer genug gebracht? Willst du, daß Julian ohne Vater aufwächst? Willst du mich zur Witwe machen? Mein Gott, bedeuten wir dir denn gar nichts mehr?«
Es zuckte in seinem Gesicht. »Ihr bedeutet mir alles auf der Welt, Lavinia. Ich liebe Julian ... und dich ...« Er brach ab und schaute sie mit einem schmerzlich zärtlichen Blick an. »Ich hätte nie gedacht, daß die Liebe, die ich für dich als junger Mann empfand, nichts ist im Vergleich zu meinen Gefühlen, die ich jetzt nach so vielen Jahren Ehe für dich hege.«
Sie drängte sich an ihn und schlang ihre Arme um seine Hüften, als wollte sie ihn festhalten. »Dann bleib bei uns! Verlaß uns nicht! Ich könnte es nicht ertragen, dich auch noch zu verlieren.«
»Du wirst mich nicht verlieren«, versicherte er und strich ihr über das Haar.
»Wie kannst du so etwas behaupten? Glaubte Eugene nicht auch, unverwundbar zu sein?« hielt Lavinia ihm vor und drängte die Tränen zurück.

»Du mußt Vertrauen haben, mein Liebes.«
»Ich habe nur Angst, Denis!« stieß sie schluchzend hervor. »Angst, daß du nicht zurückkehrst! ... Oder nur als Krüppel wie Eugene.«
»Ja, Angst gehört dazu. Aber es gibt keinen Weg daran vorbei. Unsere Armeen brauchen Soldaten. Nicht von ungefähr hat die Regierung erst im April eine allgemeine Wehrpflicht erlassen. Robert und die beiden Chatlin-Brüder haben sich schon vor Wochen gemeldet, und Randolph und James gehen ebenfalls, obwohl auch sie alle Söhne im Feld stehen haben. Nein, ich kann nicht auf Belmont Park bleiben und ihnen die Verteidigung unseres Landes und unserer Kultur überlassen.«
»Aber du bist achtundvierzig!«
»Findest du, daß ich deshalb schon ein alter Mann bin?« fragte er mit sanftem Spott.
»Nein, nicht für mich, aber zu alt für den Krieg!«
»Du vergißt, daß ich die örtliche Miliz mit aufgebaut habe und den Rang eines Captain bekleide.«
»Und wenn du General wärst. Bitte verlaß uns nicht!« flehte sie ihn an.
Er streichelte über ihren Rücken. »Ich wünschte, ich könnte bleiben, glaube es mir. Aber ich kann nicht. Der Krieg steht auf der Kippe. Ich muß, Lavinia, versteh das doch, ich muß! Auch wegen Eugene. Sein Opfer darf nicht sinnlos gewesen sein.«
Jetzt wußte sie, daß ihn nichts mehr umstimmen konnte, und sie vergoß einige Tränen an seiner Brust. »Wann wirst du ... aufbrechen?« fragte sie, als sie sich wieder in der Gewalt hatte.
»Morgen«, sagte er leise. »Denn nun, da du es weißt, würde jeder Tag Aufschub es nur noch schwerer für uns beide machen.«
Georgina nahm seinen Entschluß blaß, aber gefaßt hin. Wie Lavinia, so hatte auch sie gespürt, daß diese Entscheidung immer näherrückte.

»Du mußt es wohl tun«, sagte auch Onkel Stuart, doch seine Stimme war müde und in seinen Augen stand ein Ausdruck, dem jede patriotische Begeisterung abhanden gekommen war.
Tante Edwina dagegen verurteilte sein Vorhaben scharf und mit düsterer Miene. »Du bist Pflanzer, Denis, kein Landsknecht! In deine Hand gehört eher ein Pflug als eine Waffe. Denn wer zum Schwert greift, kommt durch das Schwert um! Und sag mir, wofür Eugene gestorben ist!« forderte sie ihn auf. »Zeig mir, wofür er gestorben ist!«
»Es ist gut, Edwina!« rief Georgina unwillig.
Doch Denis nahm es ihr nicht übel. »Ich kann es dir nicht erklären, Tante Edwina. Aber ein Mann muß wissen, wo sein Platz ist, wenn sein Land ihn braucht.«
Sie lachte freudlos, und ihr hageres knöchriges Gesicht wurde noch spitzer. »O nein, du mußt wissen, was der Herrgott von dir erwartet! Du sollst nicht töten – spricht der Herr! ›Gott gab sich zu erkennen in Juda... Dort zerbrach er die blitzenden Pfeile des Bogens, Schild und Schwert, die Waffen des Krieges.‹ So steht es geschrieben im 76. Psalm!«
»Mach uns das Herz nicht noch schwerer, Schwester«, sagte Georgina ungehalten und führte Edwina mit sanfter Gewalt aus dem Zimmer.
Allein Julian wußte nicht, wie er die Nachricht aufnehmen sollte. Der Stolz, daß sein Vater in den Krieg zog, um es den Yankees zu zeigen, stand im Widerstreit mit seiner Angst und dem Ekel vor dem Kampf, den Eugenes Schilderungen in ihm geweckt hatten.
»Du mußt jetzt ganz tapfer sein und darfst uns keinen Kummer machen, Julian«, sagte Denis zu ihm. »Du bist ein junger Mann und wirst mir mit Onkel Stuart auf deine Mutter und BELMONT PARK aufpassen, versprichst du mir das?«
Julian nickte, mit Tränen in den Augen. »Ich will alles tun, Pa,

wenn du nur schnell wieder zurückkommst ... und mit Armen und Beinen«, entfuhr es ihm in der Aufwallung seiner Gefühle.
»Sorg dich nicht, mein Junge. Es wird alles in Ordnung kommen.« Denis drückte ihn fest an seine Brust, und beide bissen sich auf die Lippen, um vor dem anderen die Tränen zu verbergen, die ihnen in die Augen schossen.
In dieser Nacht liebte Denis seine Frau mit einer geradezu ungestümen Leidenschaftlichkeit und war doch zärtlich dabei. Lavinia empfing ihn mit erregter und bedingungsloser Hingabe. Dieses miteinander Verbundensein war mehr als nur ein Akt körperlicher Befriedigung. Für sie lag in ihrer Vereinigung etwas schicksalhaft Beschwörendes. Die Angst vor der Zukunft und die Verzweiflung, daß er schon morgen nicht mehr bei ihr sein und vielleicht nie wieder in ihren Armen liegen würde, machten sie ganz besonders empfänglich für jede Umarmung, für jeden Kuß und jedes Vordringen seines Körpers in den ihren. Sie fühlte sich geliebt und begehrt und auf unerträglich schöne Weise in seinen Armen lebendig.
Es war eine jener seltenen Nächte, in denen ihr Körper nicht unbeteiligt blieb, sondern lustvoll auf seine Bewegungen reagierte und der Wunsch nach mehr in ihr geweckt wurde, nach dem Unbekannten, das hinter diesem anschwellenden, wollüstigen Druck auf sie warten mußte, wie sie ahnte.
Als er sich stöhnend in ihr ergoß und sich dann aus ihr zurückziehen wollte, gab sie ihn nicht frei. Sie hielt ihn mit Armen und Beinen umschlungen. Und sie vergaß in diesem Moment, ganz ohne sich dessen bewußt zu sein, ihre Scham und ihre Hemmung, vergaß das nächtliche Schweigen von über zwanzig Jahren Ehe und flüsterte ihm zu: »Nein! ... Bitte hör nicht auf! ... Bitte, Denis! ... Liebe mich! ... Bitte jetzt nicht aufhören!«
Einen Augenblick war er wie erstarrt. Doch dann nahm er

seine Bewegungen wieder auf, und er war noch so hart wie in dem Moment, als er in sie eingedrungen war. »O mein Gott, Lavinia«, raunte er in der Dunkelheit, als begriffe er sein Versäumnis.

Die unerträglich lustvolle Anspannung, die sie von Kopf bis Fuß erfaßt hatte, löste sich wenig später in einer gewaltigen Woge rauschhaften Glücks auf. Sie klammerte sich an ihn, während sich ihr Körper unter ihm bog, und hörte nicht den lustvollen Schrei, der sich ihrer Kehle entrang, als sie zum erstenmal in ihrem Leben die Erfahrung machte, welch eine Erfüllung die körperliche Liebe schenken konnte.

Hinterher weinte sie.

Zärtlich strich er über ihr Gesicht. »O Lavinia, bitte wein nicht. Ich habe ja nicht gewußt ...«

»Scht, sag nichts, mein Liebster«, raunte sie. »Bleib nur und halte mich. Ich weine, weil es so ... so wunderbar war und weil ich so glücklich bin.«

Engumschlungen blieben sie liegen. Er streichelte sie, bis das Verlangen noch einmal erwachte. Und nun liebte er sie, weil er ihr Lust verschaffen wollte. Sie erzitterte lange vor ihm in der Ekstase der Leidenschaft.

»Mein Gott, wie dumm ich nur war«, sagte Denis danach erschüttert über die Erkenntnis, daß er sie all die Jahre als Geliebte völlig falsch eingeschätzt hatte. Um wie viel Glück und Leidenschaft hatte er sich und vor allem sie betrogen, nur weil er so gedankenlos gewesen und von der in seinen Kreisen weit verbreiteten Annahme ausgegangen war, Ehefrauen hätten im Gegensatz zu käuflichen Frauen kein Vergnügen an der körperlichen Liebe, und man müsse sie daher so wenig und so kurz wie möglich damit belästigen. »Wie viele Jahre ... und wie viele Nächte solchen Glücks wir doch verschenkt haben.«

»Dreiundzwanzig Jahre, Denis. Ja, es hat lange gedauert, aber immerhin haben wir es endlich gefunden«, raunte Lavinia zurück und wagte zum erstenmal, ihn unterhalb der Hüften zu berühren und zu streicheln. »Du hast mich aus meinem Dornröschenschlaf geholt. Aber wenn du so... leidenschaftlich zu mir bist, machen die vergangenen Jahre gar nichts, denn dann fühle ich mich wieder wie zwanzig.«

Sie lag noch wach, als er schon fest schlief. Sie wünschte, sie hätte nicht erfahren, was Drucilla gemeint hatte, als sie ihr damals zu ihrem völligen Unverständnis mit gerötetem Gesicht, aber strahlenden Augen gebeichtet hatte, daß sie von den Nächten mit ihrem Randolph nicht genug bekommen könne und ihre ›ehelichen Pflichten‹ vielmehr als ein Wunder der Liebe und Leidenschaft empfände.

Drucilla hatte die Wahrheit gesagt. Es war ein atemberaubendes Wunder. Doch wenn das Schicksal unerbittlich war, würde ihr dieses Wunder nur für diese eine Nacht vergönnt gewesen sein, und das war grausam und machte ihr Denis' Aufbruch in den Krieg noch unerträglicher.

Lavinia wußte, daß nicht nur die Angst um sein Leben sie tagtäglich quälen würde, sondern auch dieser neue Hunger nach seiner Liebe.

51

In den mehr als zwei Jahrzehnten ihrer Ehe hatte es Höhen und Tiefen gegeben. Letztere hatten ihre ersten Jahre auf BELMONT PARK geprägt. Aber so schwer diese Zeiten auch gewesen sein mochten, ihrer unerschütterlichen Liebe zu Denis hatten sie nie etwas anhaben können. Im Rückblick mußte sie zwar einräumen, daß sich die romantische Liebe der ersten Monate nicht mit ihrer Liebe Jahre später als junge Mutter oder gar mit ihren jetzigen Gefühlen zu ihm gleichsetzen ließ. Aus zarten

Knospen waren Blüten und dann wunderbare Früchte geworden. Doch geliebt, auf die eine oder andere Art, hatte sie ihn all die Zeit.

Richtig bewußt, wie sehr diese Liebe ihr Leben bis in die kleinsten Einzelheiten des Alltags bestimmt hatte, wurde ihr jedoch erst, als nach seinem Eintritt in die Armee der Konföderierten die Tage zu Wochen und die Wochen zu Monaten wurden. In den dreiundzwanzig Jahren ihrer Ehe waren sie niemals länger als eine Woche oder zehn Tage voneinander getrennt gewesen. Auch wenn er in jener schwierigen Zeit ihrer Ehe häufig allein nach Charleston gefahren war, hatte sie doch stets gewußt, daß er wieder zu ihr nach Belmont Park zurückkehren würde. Gewiß, Sorgen und Ängste hatten sie damals auch gequält, aber wie lächerlich unbedeutend erschienen sie ihr jetzt im Vergleich zu den seelischen Qualen, mit denen sie morgens erwachte und nachts ins leere Bett ging.

Von der Angst einmal ganz abgesehen, war Belmont Park ohne ihn nicht mehr dasselbe. Er fehlte ihr auf Schritt und Tritt, und es waren die kleinen Dinge, die sie vorher bewußt gar nicht so richtig wahrgenommen hatte, die sie nun aber schmerzlich vermißte, nämlich seine alltäglichen kleinen Gewohnheiten: am Morgen sein Summen im Waschkabinett, die Floskeln und Scherze, die er mit seinem Diener beim Ankleiden tauschte, die Art, wie er am Frühstückstisch mit leicht hochgezogener rechter Augenbraue in die Runde schaute, ob auch alle am Tisch saßen und das Gebet gesprochen werden konnte, der ganz eigene Rhythmus seiner Schritte in der Halle, die Teestunde auf der Veranda, die Zeitungslektüre am Abend, sein Lachen, sein Lächeln, seine Gesten, sein Geruch – und seine Berührungen und sein tiefes Atmen nachts im Bett an ihrer Seite. Denis fehlte ihr überall und zu allen Zeiten, und er fehlte ihr schrecklich.

Er fehlte ihnen allen. Und sich den ganzen Tag über mit den

verschiedensten Tätigkeiten beschäftigt zu halten und sich dadurch abzulenken, war ein Rezept, das nur bedingt gegen die Angst und die Leere half. Leider war auch Denis weder ein eifriger noch ein begnadeter Briefeschreiber. Deshalb wurde jedes Schreiben von ihm um so kostbarer. Traf ein Brief von ihm ein, dann trug Lavinia ihn den ganzen Tag, manchmal auch noch den nächsten ungeöffnet mit sich herum, um die Vorfreude auszukosten und den aufregenden Moment des ersten Lesens möglichst lange hinauszuschieben, denn sie wußte, daß sie auf den nächsten wieder lange würde warten müssen. Natürlich hoffte sie, ihn bald wiederzusehen. Doch die Hoffnung auf einige Tage Urlaub von der Truppe über das Weihnachtsfest erfüllte sich nicht, denn der Krieg nahm darauf keine Rücksicht. Das Jahr endete mit der blutigen Schlacht bei Fredericksburg am 13. Dezember und begann nicht weniger entsetzlich mit dem Gefecht bei Murfreesboro in Tennessee am 2. Januar 1863, bei denen zusammen über sechzigtausend Tote zu beklagen waren. Und mit dem neuen Jahr trat auch der Krieg in eine neue Phase: er wurde härter und verlustreicher, denn nach zwei Kriegsjahren standen sich nun nicht mehr unerfahrene Soldaten gegenüber, sondern Veteranenarmeen, die das grausame Handwerk des Krieges gelernt hatten.

Monate verstrichen. Und wie oft ertappte sich Lavinia in diesen Monaten, wie sie bei irgendeiner Arbeit plötzlich innehielt, an Denis dachte und dabei auf ihren Ehering schaute, auf die ineinander verflochtenen Bänder, die ihr nun viel mehr als nur ein abstraktes Symbol für die Ehe bedeuteten.

»Wann kommt Pa?« fragte Julian immer wieder.

»Bald, mein Junge, bald«, vertröstete Lavinia ihren Sohn und sich, doch je mehr Wochen und Monate vergingen, desto quälender wurden Angst und Sehnsucht.

Es war März, und ein feiner Nieselregen ging auf Belmont Park nieder, als Denis seine Familie zum erstenmal wiedersah.

Lavinia wußte vor Glück und Erlösung nicht, wie ihr war. Sie rannte die Freitreppe so ungestüm hinunter, daß sie fast gestürzt wäre, und warf sich ihm in die Arme.

»O Denis! ... O Denis! ... Endlich! ... Halt mich!«

Er schlang seine Arme um sie und küßte sie mit einem Hunger, der dem ihren gleichkam. Sowie der Sturm der Begrüßung sich gelegt und er eine Stärkung zu sich genommen hatte, zog er sich mit Lavinia ins Schlafzimmer zurück — unter dem Vorwand, nach dem langen Ritt erschöpft zu sein und Schlaf zu brauchen.

Doch die Erschöpfung stellte sich im Bett, wo sie sich mit einer verzehrenden Leidenschaft wiederholt liebten, erst sehr viel später ein, nachdem sie in der Ekstase der Lust und der Zärtlichkeit von Händen und Lippen Befriedigung und innere Ruhe gefunden hatten.

Lavinia stellte fest, daß er schmal und sehnig geworden war. An seinem Körper fand sich nicht mehr ein Gramm überflüssiges Fett. Doch er war ihr nie schöner und begehrenswerter erschienen als in diesem Moment.

»Wie lange wirst du bleiben?«

»Eine Woche.«

Diese Woche empfand Lavinia wie eine Ewigkeit des Glücks und der Liebe, solange sie dauerte. Als sie verstrichen war und er wieder davonritt, kamen ihre diese Tage so kurz und vergänglich vor wie ein Wimpernschlag.

Sie sah ihren Mann erst im Herbst wieder. Er war an der Schulter verwundet worden, und sein Genesungsurlaub betrug volle drei Wochen.

Schon bei seinem ersten Urlaub hatten Lavinia und auch Julian ihn nach dem Kriegsverlauf gefragt. Doch er hatte nicht darüber sprechen wollen. »Der Krieg, wie er da draußen stattfindet, ist kein Thema bei Tisch — und auch nicht im Bett, mein Liebling. Er ist schrecklich und grausam. Und

ich möchte in diesen Tagen einmal nicht daran denken müssen.«
Lavinia war es sehr recht gewesen, und Julian hatte auch nie wieder nachgefragt, denn die Abwehr seines Vaters bestätigte ja indirekt die entsetzlichen Berichte seines toten Bruders.
Es war auch so ganz offensichtlich, daß sich die Hoffnungen des Südens nicht erfüllten. Weder Frankreich noch England dachte daran, offen Partei für die Konföderation zu ergreifen. Der Süden unternahm zwar gewaltige und bewundernswerte Anstrengungen, sozusagen aus dem Stand heraus eine Kriegsindustrie aus dem Boden zu stampfen, da die Blockade immer undurchlässiger wurde. Aber trotz beeindruckender Leistungen zeigte sich doch, daß der Süden diesen Wettlauf mit dem industriell hochentwickelten Norden nicht gewinnen konnte. Hinzu kam, daß der Krieg fast ausschließlich in den Staaten der Konföderation stattfand, was zu katastrophalen Zerstörungen und Gebietsverlusten führte, je länger der Bürgerkrieg dauerte. Aber von fast noch größerer Bedeutung war die Tatsache, daß aufgrund der geringen Bevölkerungsdichte im Süden es einfach zuwenig Männer gab, um immer neue Reserven an die Front werfen zu können, ohne die Landwirtschaft und die Rüstungsindustrie zu schwächen.
Dabei blieben die Schwarzen zum Erstaunen des Nordens ihren weißen Herren überwiegend treu, obwohl doch Präsident Lincoln sie in seiner Emanzipationsproklamation mit Wirkung zum 1. Januar 1863 für frei erklärt hatte – wohlgemerkt jedoch nur diejenigen Sklaven, die sich »in jedem Staat oder abgegrenzten Teil eines Staates, dessen Bevölkerung sich dann noch in der Rebellion gegen die Vereinigten Staaten befindet«, lebten. Aber nur da, wo Unionstruppen auftauchten, verließen die Sklaven ihre Quartiere und zogen in die Lager der Yankees. Die Union stellte bald auch schwarze Einheiten auf, die jedoch ausschließlich unter dem Kommando von weißen Offi-

zieren standen und relativ selten im Kampf eingesetzt wurden. Bis Ende des Krieges sollten hundertachtzigtausend Schwarze bei der Union unter Waffen stehen, von denen die Hälfte aus den konföderierten Staaten kamen.
Der Krieg verlief immer mehr zugunsten des Nordens. Doch die Konföderation leistete weiterhin erbitterten Widerstand, und General Robert E. Lee bewies immer wieder seine überragenden Fähigkeiten als Feldherr, der mit seiner Armee den meist haushoch überlegenen Truppen des Nordens in mehreren großen Schlachten demütigende Niederlagen zufügte. Aber auch ein Robert E. Lee konnte mit seiner Armee nicht überall sein, denn die Union führte nicht nur im Norden, sondern auch im Westen, Südwesten und Süden starke Armeen gegen die Konföderation ins Feld. Außerdem war fast jeder Sieg für den Süden ein Pyrrhussieg. Die gewonnene Schlacht bei Chancellorsville in Virginia am 1. bis 4. Mai 1863 galt als strategische und taktische Meisterleistung des graubärtigen Generals, die man mit Austerlitz verglich. Doch sie kostete die Armee von Nordvirginia über dreizehntausend Tote. Und niemand war da, der die leeren Reihen füllen konnte.
»Lassen wir General Lee den Sieg, er hat ihn verdient — doch wir haben den Nachschub an Material und Menschen«, hieß es im Norden. »Er wird sich schlimmstenfalls zu Tode siegen.«
Und dann kam im Sommer 1863 die Schlacht bei Gettysburg in Pennsylvania, die als die größte und als dramatischer Höhepunkt des Krieges in die Geschichte eingehen sollte. Der Norden verteidigte seine Stellungen, die sich sinnigerweise auf einem Friedhofshügel befanden. Lee ließ über tausend Yards freies Feld hinweg angreifen. Mann an Mann, Glied an Glied, Linie hinter Linie. Die roten Fahnen wehten, die Kavallerie rückte an den Flanken vor, und die Waffen von Zehntausenden von Soldaten, Lauf und Bajonett, glitzerten in der Sonne, ein schräger Wald von blitzendem Stahl. Und über all dem lag die

ohrenbetäubende Kanonade von Hunderten von Geschützen.
Die Erstürmung gelang nicht, trotz des unvorstellbaren Todesmuts der Soldaten, die immer wieder zum Frontalangriff antraten. Nur einige Dutzend schafften trotz des mörderischen Kreuzfeuers den Durchbruch. Doch dann erfolgten Gegenangriffe, die Lee zum Rückzug zwangen. Gettysburg wurde zu einem reinen Verteidigungssieg des Nordens. Mehr als fünfzigtausend tote Soldaten bedeckten das Schlachtfeld, als die Waffen endlich schwiegen.
Die Belagerung und Beschießung von Charleston begann im April 1863. Drei Monate später eroberten Unionstruppen das strategisch wichtige Morris Island, und die Granaten erreichten nun die Stadt. Das frühere Herz von Charleston mit seinen Hafenanlagen, Geschäftsstraßen und eleganten Stadthäusern wurde unter dem ständigen Beschuß von seinen Bewohnern aufgegeben. Das Gebiet südlich der Calhoun Street erstarb zu einer Geisterstadt, in der die Zerstörung immer weiter um sich griff, während in den nördlichen Stadtvierteln bald drangvolle Enge herrschte. Lebensmittel wurden knapp und erreichten astronomische Preise, je länger die Belagerung andauerte. Doch keiner dachte in Charleston daran, die weiße Fahne der Kapitulation aufzuziehen.
Auch auf Belmont Park merkte man die Verknappung. Zwar mußte niemand Hunger leiden wie in Charleston, aber gewisse Güter gab es noch nicht einmal für einen Sack voll Gold zu kaufen, seit die Blockade Charleston von jeglichem Nachschub aus dem Ausland abgeschnitten hatte. Daß es keine Stoffe für neue Kleider mehr zu kaufen und keine Gelegenheit mehr gab, den Weinkeller aufzufüllen, war ein kleines Übel, mit dem sich leicht leben ließ. Aber es gab bald auch keine Kerzen mehr, kein Papier, keinen Tee und keinen Kaffee, keine Medizin und so viele andere Dinge, die auf einer Plantage be-

nötigt wurden, auf der es fast vierhundert Personen zu versorgen galt. Und Einnahmen kamen erst recht keine herein. Ein Großteil der Baumwollfelder lag brach, weil die Lagerhallen bis unter das Dach voll waren. Die Baumwolle ließ sich nicht außer Landes bringen, und damit war sie wertlos.

Lavinia sah sich gezwungen, überall Einsparungen vorzunehmen sowie Schmuck und Silber zu verkaufen, um, wenn sich ihr mal eine Gelegenheit bot, etwas zu atemberaubenden Preisen erstehen zu können, was es nur noch auf dem Schwarzmarkt gab. Sie lernte in diesen Jahren zu begreifen, daß es in jedem Krieg mindestens zwei Fronten gab: die Front der gegnerischen Truppen und die Heimfront. Denn wenn die Frauen und Familien der Soldaten meist auch nicht dem Feuer des Feindes ausgesetzt waren, so hatten doch auch sie einen Kampf zu führen, der ihnen Härte und Entbehrungen und große Opfer abverlangte, psychisch wie physisch.

Viele Frauen zerbrachen unter dieser Last und jahrelangen Angst um ihre Angehörigen. Nicht jedoch Lavinia. Tagsüber verlangte sie von sich wie von Julian und allen anderen Härte und Haltung. Angst und Verzweiflung, Schwäche und Tränen ließ sie nur in ihren Privaträumen und mit sich allein hinter verschlossenen Türen zu.

Tante Edwina lebte nur noch mit und für die Bibel. Sie trug sie jetzt ständig mit sich herum. Bei Tisch lag sie sogar aufgeschlagen neben ihr. Onkel Stuart kümmerte sich nach besten Kräften um den landwirtschaftlichen Anbau, doch er wurde oft von Depressionen heimgesucht, entwickelte eine Neigung zur Wortkargheit und verlor zusehends von seiner vitalen Natur. Georgina kümmerte sich kaum noch um den Haushalt, dies war nicht mehr ihr Kampf, und für untergeordnete Verantwortlichkeiten hatte sie sich nie interessiert. Ihr machte mehr und mehr die Gicht zu schaffen. Und Julian gab sich tapfer und versuchte ein Erwachsener zu sein, um seiner Mutter in der schweren Zeit beizustehen, war aber doch nur ein Junge von vierzehn, der nicht nur all seine Illusionen über den Glanz und die Unbesiegbarkeit des Südens verloren hatte, sondern auch ein Gutteil seiner Jugend. Er fühlte sich zerrissen, zwischen den Welten stehend. Das zeigte sich darin, daß er manchmal selbst nicht wußte, was er wollte und was er war — ein Junge, der sorglos spielen und sich an dem Gedanken freuen wollte, eines Tages Master auf BELMONT PARK zu sein, oder ein viel zu junger Erwachsener, der vor den Pflichten und den bitteren Realitäten des Lebens nicht mit gleichaltrigen schwarzen Jungen zu fröhlichen Spielen in den Wald oder an den Fluß flüchten durfte.

Einzig Melinda bewahrte sich in ihrer geistigen Verwirrtheit ihr tägliches Lächeln. Es kümmerte sie nicht, wenn es ihr denn überhaupt bewußt wurde, daß ihre schönen Kleider den alten Glanz verloren hatten und daß die Unterröcke gewendet werden mußten, weil die Vorderseite verschlissen war. Sie schien auch nicht zu bemerken, daß die Mahlzeiten sich mehr und mehr der Kost der einfachen Leute zu Friedenszeiten näherten. Und daß Kerzenlicht fehlte und so vieles andere, machte ihr ebensowenig aus. Sie lebte in ihrer Welt, in der es alles gab, was ihr wichtig war, und manchmal beneidete Lavinia sie darum, daß sie von all den Schrecken des nun schon fast vier Jahre währenden Krieges völlig unberührt blieb, weil er für sie gar nicht existierte.

Wie lange sollte das noch so weitergehen?

»Lange hält der Süden diese Vernichtung von Mensch und Material nicht mehr aus«, meinte Onkel Stuart düster, als die Unionsgenerale Sherman und Sheridan mit ihrem gnadenlosen Feldzug der verbrannten Erde begannen. Wo immer sie mit ihren Armeen durchzogen, hinterließen sie einen breiten Korridor der totalen Verwüstung. In Virginia leistete Sheridan im Shenandoah-Tal ganze Arbeit, der er sich mit dem makabren

Ausspruch rühmte: »Wenn eine Krähe das Tal überfliegen will, muß sie ihren Proviant mitbringen.« Sherman wütete noch schlimmer, so daß man ihn bald den *Attila der Neuen Welt* nannte. »Der Krieg ist die Hölle! Und um ihn zu beenden, muß man ihn so schrecklich wie möglich machen!« teilte er den Bürgern von Atlanta mit, bevor er ihre Stadt niederbrennen ließ. Und als er von dort zu seinem berühmt-berüchtigten *Marsch zur See* aufbrach, der ihn durch Georgia und nach Savannah führen sollte, hinterließ seine Armee einen fast hundert Meilen breiten und fünfhundert Meilen tiefen Landstrich völliger Verwüstung.

»›Grauen, Grube und Garn‹«, zitierte Tante Edwina mit leiser Stimme die Apokalypse. »Das ist es, was uns erwartet! Ja, so steht es geschrieben! Der Herr wird auch das Lied der Gewaltigen zum Verstummen bringen. Und dann liegen wir im Staub ... wie es geschrieben steht, wie es geschrieben steht ...«

52

Ein kalter, böiger Wind fuhr durch die Bäume, an deren Ästen das erste frische Grün zu sprießen begann. Als Lavinia aus der Tür trat und über den überdachten Kiesweg zum Küchenhaus eilte, wehte ein Windstoß ihr Haar durcheinander. Mit der linken Hand zog sie die warme Wollstola, die Tante Edwina gehäkelt und ihr zu Weihnachten geschenkt hatte, enger um ihre Schultern. Mit der anderen hielt sie den Brief ihrer Tochter fest.

Bullige Wärme schlug ihr entgegen, als sie das Backsteinhaus betrat, und umhüllte sie zusammen mit dem Duft von Maiskuchen. Beides vermittelte augenblicklich ein Gefühl der Geborgenheit. Sie durchquerte den Vorraum, wo eines der Mädchen damit beschäftigt war, Holzkohle in einem kleinen Messingmörser zu pulverisieren. Dieses Pulver wurde sowohl für die Zubereitung von medizinischen Hausmitteln als auch beim Filtern von Melasse gebraucht.

Lavinia nickte dem Mädchen zu und ging zu Milly in den großen Küchenraum mit den drei Herdstellen und dem langen, breiten Tisch unter dem Fenster, über dem von einem Regal getrocknete Kräuter herabhingen.

Wie ihre Mutter wurde auch Milly dem Bild einer Köchin von ihrer äußeren Erscheinung her gerecht. Ein gedrungener, massiger Körper ruhte auf zwei Beinen, deren Oberschenkel den Umfang von Säulen zu haben schienen, wie sie das Herrenhaus umgaben. Ihr Gesicht war rund wie eine Melone, in dem ihre großen Augen hell und lebhaft leuchteten. Und keine anderen Zähne strahlten auf Belmont Park so weiß wie ihre, die sie sich regelmäßig mit Salz scheuerte und mit einem Bleichmittel behandelte, dessen Zusammensetzung sie jedoch keinem verriet. Sie trug ein faltenreiches Kleid aus taubengrauem Kattun und darüber eine zitronengelbe Schürze, die mehlbestäubt war. Aus demselben gelben Stoff war auch das Kopftuch, das einen starken Kontrast zu ihrem tiefschwarzen krausen Haar bildete.

Milly wässerte für das Abendessen ein Stück zähes Fleisch, das sie tags zuvor in zwei Finger breite Streifen geschnitten und in Sodapulver gewälzt hatte.

»Mich wundert, daß Julian sich nicht hier bei dir herumdrückt und auf die Krapfen wartet«, sagte Lavinia.

Milly lachte. »Ja, früher hat er immer neben der Tür gesessen und gewartet. Die ersten beiden Krapfen hat er heiß vom Blech genommen und dann kräftig geblasen, um sich nicht den Mund zu verbrennen. Aber das ist schon was her, Missus«, sagte sie mit ein wenig Wehmut. »Massa Julian ist ein junger

Mann geworden. Er wartet jetzt, bis Joshua oder Jakob die Krapfen zur Teestunde auf den Tisch bringen. Und das ist wohl auch gut so.«

Lavinia mußte ihr insgeheim recht geben. Julian war jetzt fünfzehn, und in dem Alter hatte er als junger Master auch nichts mehr bei Milly und ihren Mädchen im Küchenhaus verloren.

»Aber auch als junger Mann schmecken ihm deine Krapfen so gut wie eh und je«, versicherte sie. »Doch warum ich gekommen bin, Milly ...«

»Ja, Missus?«

»Ich habe endlich wieder Post von meiner Tochter erhalten. Sie ist übrigens erneut in anderen Umständen«, teilte Lavinia ihrer Köchin spontan mit.

»Oh, das ist wunderbar! Wenn ich daran denke, wie die kleine Missy früher immer so versessen war auf die Karamelbonbons. Und jetzt ist sie eine junge Dame und bald schon Mutter eines zweiten Kindes.« Milly seufzte. »Ach, wäre doch dieser schreckliche Krieg bald vorbei, daß Missis Armitage uns mal mit ihrer Familie auf Belmont Park besuchen könnte.«

Der Krieg war kein Thema, über das Lavinia mit ihrer Köchin sprechen wollte. Sie wollte nicht einmal über die Gerüchte nachdenken, die besagten, daß Charleston nicht mehr länger zu halten war und jeden Tag in die Hände der Union fallen konnte. Schon seit letzter Woche strömten Flüchtlinge aus der Stadt zu ihnen aufs Land. Bisher bot Belmont Park schon mehr als sechzig Personen Zuflucht. Drei Familie teilten sich das seit Jahren verwaiste Haus des Aufsehers. Die anderen lebten mehr schlecht als recht in Zelten. Daß die Schwarzen ganz in der Nähe dieses Camps in besseren Unterkünften lebten, war eine Ironie des Schicksals, die zur Verbitterung vieler dieser Flüchtlinge beitrug.

Lavinia kam auf den Brief ihrer Tochter zurück. Abigail hatte auf braunem Packpapier geschrieben. Und das war schon Luxus. Sie selbst besaß noch nicht einmal mehr Packpapier. Ihren letzten Brief hatte sie auf der unbedruckten Rückseite von alten Plakaten geschrieben. Godfrey hatte ihr einen ganzen Stoß zum Geschenk gemacht, und sie hatte sich so darüber gefreut wie früher nicht einmal über einen Karton edelstes Bütten. Wie hatten die Zeiten doch die Wertmaßstäbe verändert, im großen wie im kleinen.

»Weshalb ich gekommen bin, Milly«, sagte sie. »Abigail hat mir ein paar interessante Rezepte und andere nützliche Anregungen geschickt, die wir mal ausprobieren sollten. Hier ist eine Anleitung, wie man als Ersatz für Kerzenlicht eine ›leuchtende Flasche‹ herstellt.«

»Das wäre mächtig nützlich, denn die paar Kerzenstummel, die wir noch haben, hüte ich wie meine Augäpfel. Aber lange kommen wir damit nicht mehr hin.«

»Abigail schreibt auch, wie man einen guten Kleber aus Lime-Pulver und Eiweiß anrührt, mit dem man Porzellan kleben kann«, fuhr Lavinia fort. »Und diese Idee mit der Kreide und dem ...«

»Entschuldigen Sie, Missus«, unterbrach Milly sie, »aber da kommt ein Reiter.« Sie deutete aus dem Fenster, das zur Allee hinausging, und schüttelte mißbilligend den Kopf. »Macht einen sehr abgerissenen Eindruck. Ich schätze, das ist wieder einer von denen, die sich von uns durchfüttern lassen wollen. Sie sollten ihnen sagen, daß wir selbst kaum genug für unsere Leute haben!«

»Noch geht es, Milly.«

»Aber nicht mehr lange!« warnte die Köchin. »Sie können doch nicht jeden aufnehmen, der aus der Stadt kommt!«

»Es wird schon alles werden«, beruhigte Lavinia sie. »Solange wir noch ausreichend Süßkartoffeln und Reismehl haben, brauchen wir keinen abzuweisen. Hunger leiden muß keiner auf BELMONT PARK – ganz im Gegensatz zu den Menschen in der Stadt.«

»Es ist ja nicht wegen dem Maismehl und den Kartoffeln. Die Leute bringen eine Menge Unruhe und auch Streit auf unser Land«, beklagte sich Milly. »Denn wenn denen eines ganz sicher nicht ausgeht, dann ist es dieser billige Fusel. Und wo dieses Zeug fließt, da fliegen auch die Fäuste.«

Lavinia wußte, daß Schwarze wie Milly und Telemach auf die verarmten Weißen, die sie *white trash* – »weißer Abfall« – nannten, mit Verachtung hinabblickten. Hier und da hatte es auch schon Schwierigkeiten mit ihnen gegeben. Aber die Mehrzahl der Flüchtlinge gehörte doch der besseren Bürgerschicht an, denen der Krieg Haus und Vermögen genommen hatte. Diese Menschen waren verzweifelt. Und sie konnte es einfach nicht übers Herz bringen, sie abzuweisen.

»Auch das werden wir überstehen. Nichts ist von Dauer. Ich bin gleich wieder zurück«, sagte Lavinia, steckte den Brief ein und verließ das Küchenhaus, um den Neuankömmling davon zu unterrichten, mit welch beschränkter Hilfe er auf BELMONT PARK rechnen konnte und was von ihm erwartet wurde.

Das magere Pferd schien so müde wie sein Reiter, der vornübergebeugt und mit gesenktem Kopf im Sattel saß und den Eindruck machte, vor Erschöpfung eingeschlafen zu sein.

Im Schritt kam das Pferd die Auffahrt herauf. Lavinia sah nun, daß der Reiter die graue Uniform des konföderierten Soldaten trug. Rangabzeichen glänzten auf den Schulterstücken, als der Mann sich aufrichtete und den Kopf hob.

Und dann hob er die Hand, als wollte er sie grüßen!

Plötzlich überlief Lavinia eine Gänsehaut. Ihr Herz schlug heftig in ihrer Brust. War es möglich, daß dieser hagere Reiter ...?

Sie machte zwei, drei zögernde Schritte. Ihr Herz schien in ihre Kehle hochgerutscht zu sein und schlug dort wie verrückt. Sie wollte, ja sie durfte sich keiner falschen Hoffnung hingeben. Sie mußte sich zusammenreißen. Und doch konnte sie nicht dagegen an.

»Denis?« flüsterte sie.
Der Reiter kam aus dem Schatten der Eichen. Helles Licht traf auf sein Gesicht — und enthüllte die vertrauten Züge ihres Mannes, den sie seit mehr als einem halben Jahr nicht mehr gesehen hatte.
»Denis! ... O Denis!« Sein Name entrang sich ihrer Kehle als ein Schrei der Erlösung. Und nun rannte sie, wie sie noch nie in ihrem Leben gerannt war. Sie hob ihre Röcke, daß die Rüschen ihrer Beinkleider zu sehen waren. Normalerweise wäre eine Dame des Südens vor Scham und Schande im Erdboden versunken, wenn sie auch nur eine Handbreit von ihrem Fuß über den Schnürstiefeln gezeigt hätte. Sich dagegen fast bis zum Knie zu entblößen, war undenkbar und hätte einer jeden Frau den Vorwurf eingetragen, schamlos und ehrlos zu sein wie ein Flittchen aus dem Hafen. Doch all das bedeutete Lavinia jetzt überhaupt nichts. Er war es! Er war es! Denis war zurück! Und sie würde ihn nicht wieder in den Krieg gehen lassen!
Denis zügelte das Pferd und kam nur mit Mühe aus dem Sattel. Er hielt sich mit einer Hand am Sattelgurt fest, während er die andere nach ihr ausstreckte.
»Lavinia, fall nicht!« rief er ihr zu, doch er lachte dabei.
Sie flog förmlich auf ihn zu. Und in diesem Moment des überwältigenden Glücksgefühls, daß das Schicksal ihn lebend und ohne Verstümmelungen zu ihr zurückgebracht hatte, sah sie nicht, wie grau er geworden war, wie abgemagert und wie bleich unter der wettergegerbten Gesichtshaut. Sie sah in diesem Augenblick nur, daß er dort auf sie wartete und lächelte.
»Endlich! ... O Denis, endlich bist du zurück!« Sie fiel ihm um den Hals, umarmte ihn und wußte gar nicht, was ihr alles über die Lippen kam, während sie vor Glück weinte.
Er legte seinen Arm um sie und streichelte sie über Haar und Rücken. »Meine Lavinia! ... Meine geliebte Lavinia«, sagte er

nicht minder bewegt, und auch er vermochte die Tränen nicht zurückzuhalten. »Wie habe ich mich nach dir gesehnt, nach dir, dem Jungen und BELMONT PARK.«

»Und ich mich nach dir, mein Geliebter. Doch jetzt wird alles gut, da du endlich wieder bei uns bist.«

»Ja, es ist vorbei ...« sagte er müde. »Mit dem Süden ... mit allem ...«

Sie blickte ihn mit feuchten Augen an — und erschrak. Es war das Gesicht eines gebrochenen und vor allem kranken Mannes, in das sie schaute. »Mein Gott, Denis! Du siehst krank aus!«

Er lächelte gequält und schwankte leicht. »Ja, das bin ich wohl. Ich fühle mich auch wie gerädert«, gab er zu, was für sich schon ein erschreckendes Zeichen war. Denn es entsprach eher seiner Art, körperliche Beschwerden herunterzuspielen als sie zuzugeben. »Es war ein entsetzlich langer und anstrengender Ritt. Ich bin über eine Woche unterwegs, und ich glaube, ich habe mir noch zu guter Letzt das Fieber geholt.«

Lavinia faßte ihm an die Stirn, und ihre Sorge verwandelte sich in blankes Entsetzen. »Um Gottes willen, du glühst ja!« stieß sie hervor. »Du mußt sofort ins Bett! Komm, beeil dich! O Denis ...!«

Als Dr. Milby Gillmore spät in der Nacht auf BELMONT PARK eintraf, war Denis schon nicht mehr ansprechbar. Mit aller Willenskraft hatte er sich während der letzten Tage im Sattel gehalten und die Krankheit in seinem Körper so weit unterdrückt, daß sie nicht offen zum Durchbruch gekommen war. Er hatte geahnt, daß er BELMONT PARK vorher noch erreichen mußte, weil er nur hier mit der richtigen Pflege rechnen konnte. Es war ihm gelungen. Nun aber hatte das Fieber die Herrschaft über ihn ergriffen. Wie ein schwelendes Feuer, das ein Windzug plötzlich zu einem vernichtenden Feuersturm auflodern läßt, nahm das Fieber von seinem Körper Besitz.

»Es ist das Sumpffieber, das Ihren Mann in den Klauen hat. Sie wissen ja selbst, daß es nicht viel gibt, was wir Ärzte in so einem Fall gegen das Fieber unternehmen können«, bedauerte Dr. Gillmore, der selbst im Krieg gewesen war und die Schlacht um Atlanta im vergangenen September mit einem steifen Bein und einem ausgeschossenen rechten Auge überlebt hatte. Eine schwarze Stoffklappe verdeckte seitdem die leere Augenhöhle. »Ich halte vom Aderlaß und Schröpfen nicht viel. Das hieße den Teufel mit dem Beelzebub austreiben. Ich habe zum Glück noch etwas Chinin, das ich Ihnen hierlassen werde ...«

»Danke, Dr. Gillmore«, murmelte Lavinia, die sehr gut wußte, wie kostbar Chinin in diesen Zeiten war.

»Auch feuchte Eukalyptuswickel helfen ein wenig, das Fieber zu bekämpfen. Und achten Sie darauf, daß er genügend Flüssigkeit zu sich nimmt«, trug er ihr auf.

Lavinia nickte.

»Tja, mehr können wir nicht für ihn tun«, sagte Dr. Gillmore, nahm das Chinin heraus und schloß seine Arzttasche. »Ihr Mann hat in den letzten Jahren mehr als einmal bewiesen, daß er ein tapferer Mann ist. Doch ich fürchte, daß dies hier die schwerste Schlacht für Colonel DeLong sein wird. Beten Sie, Missis DeLong. Er kann jetzt jede Hilfe brauchen, wie auch immer sie aussehen mag. Ich komme morgen gegen Mittag wieder.«

Lavinia wich in der Nacht nicht von der Seite ihres Mannes. Sie träufelte ihm die Medizin ein, erneuerte die Umschläge, wischte ihm immer wieder den Schweiß vom Gesicht und redete mit ihm, als könnte er sie verstehen. Daß er nur Unverständliches in seinem Fieberwahn murmelte, hatte nichts zu bedeuten. Tief in seinem Innersten hörte er sie, davon war sie überzeugt.

»Du darfst nicht aufgeben, Denis. Du mußt kämpfen, hörst du mich? ... Natürlich hörst du mich ... Ja, ich lasse deine Hand auch nicht los. Habe keine Angst, ich bleibe bei dir ... Du mußt mir nur versprechen, daß du jetzt nicht aufgibst, Denis ... So kurz vor dem Ende wirst du mir das nicht antun ... und Julian auch nicht ... Wo wir doch so glücklich sind, daß der Krieg für dich vorbei ist ... Und daß er das ist, das habe ich dir angesehen. Der Süden hat verloren ... Das ist bitter, aber wir werden es ertragen, Denis ... Wir zusammen, denn ich weiß, daß du mich jetzt nicht allein läßt! ... Du bist nicht nach Hause gekommen, um dich hier ins Bett zu legen und zu sterben ... Nein, du bist nach Hause gekommen, um hier zu *leben* und mich zu *lieben*, mein Geliebter ... Und deshalb wirst du kämpfen ... Du bist zäh, ein richtiger DeLong, das hat auch Dr. Gillmore gesagt, und der muß es wissen, nicht wahr? ... Du hast die ganze Zeit so tapfer gekämpft. Nun wirst du diese letzte Schlacht doch nicht verloren geben! ... Nein, natürlich nicht ... Du läßt dich nicht in die Knie zwingen ... Weißt du, was Georgina gesagt hat? ›Ein DeLong kann aus tausend verschiedenen Gründen zu Tode kommen, aber er stirbt bestimmt nicht an einer so ordinären Krankheit wie Sumpffieber!‹ Ich finde, sie hat recht ... Also zieh dir ja nicht Georginas Zorn zu, indem du dieser ordinären Krankheit nicht widerstehst! ... Habe ich dir schon erzählt, daß Julian sich ganz prächtig herausgemacht hat? Onkel Stuart muß schon ganz schön aufpassen, daß er ihm nicht über den Kopf wächst ... Nun ja, manchmal zeigt Julian sich reichlich hitzig und störrisch, aber das liegt einem echten DeLong ja nun mal im Blut. Georgina läßt nichts auf ihn kommen und sieht ihm so manches nach, was sie bei einem anderen voller Empörung getadelt hätte. Andererseits hält sie an gewissen Gewohnheiten, die sie kurzerhand in den Rang von guten Traditionen erhebt, mit einer Halsstarrigkeit fest, daß sogar ich manchmal Schwierigkeit habe, mich zu behaupten ... Und sie beginnt auch, mit der Vergangenheit recht großzügig umzugehen, natürlich zu ihren Gunsten! ... Weißt du, was sie letzte Woche sagte? ›Ich habe immer gewußt, daß in diesem Jungen eine Menge guter Anlagen steckt. Gutes Personal erfordert ein gutes Auge und frühzeitige Schulung. Ja, mit Telemach habe *ich* einen guten Griff getan, wie schon damals mit Ebenezer!‹ ... Kannst du dir das vorstellen? Auf einmal ist sie diejenige gewesen, die Telemach gefördert und zum Nachfolger von Eb gemacht hat! Sie war regelrecht empört, als ich sie darauf hinweisen wollte, daß sie sich da wohl mit fremden Federn schmücke. Du hättest sie hören sollen ... Was sagst du? Dir ist so heiß? ... Warte, ich wasch dir das Gesicht, mein Liebster, und dann mache ich dir einen neuen Wickel ...«

So redete sie, mit ruhigen Pausen zwischendurch, Stunde um Stunde mit ihm, leise und mit wechselndem Temperament. Mal erinnerte sie ihn fast versonnen an einen Sommer auf St. Helena Island, dann ließ sie die Ereignisse irgendeiner Rennwoche zu neuem Leben erwachen, oder sie erzählte ihm eine lustige Begebenheit aus ihrer Jugendzeit.

Als sie müde wurde, las sie ihm aus der Bibel die Geschichten vor, die er am liebsten hatte. Manchmal weinte sie auch. Doch sie überließ sich nie lange ihrer Angst, sondern suchte Trost und Kraft im Gebet und nahm dann immer wieder sehr rasch ihr Gespräch mit ihm auf.

Am Morgen ging es Denis weder besser noch schlechter. Und sie ließ sich von Georgina und Tante Edwina überreden, sich ein paar Stunden Ruhe zu gönnen. Gegen Mittag saß sie jedoch schon wieder an seinem Bett.

»Keine Besserung«, stellte Dr. Gillmore mit bedenklicher Miene fest. »Sein Fieber ist noch immer gefährlich hoch.«

»Aber weiter gestiegen ist es nicht, oder?« fragte Lavinia.

»Nein, doch wenn es noch lange so hoch bleibt, wird sein Körper nichts mehr dagegenzusetzen haben. Ihr Mann kämpft, Missis DeLong, aber wenn er entkräftet und keine Munition mehr hat, muß auch der tapferste Soldat die Waffen strecken.«

Lavinia schluckte schwer. »O nein, mein Mann gibt sich nicht geschlagen. Ich mag die Sache des Südens für verloren geben – nicht jedoch meinen Mann!«
Dr. Milby Gillmore warf ihr einen mitfühlenden Blick zu. »Ich halte es für meine Pflicht, Sie nicht zu belügen und Ihnen keine falschen Hoffnungen zu machen. Doch ich hoffe mit Ihnen, das Ihr Glaube stärker ist als meine Zweifel.«
»Es ist weniger mein Glaube, als deine Liebe für uns und für Belmont Park, die dich in diesem Kampf siegen lassen wird«, flüsterte Lavinia ihrem Mann beschwörend zu, als sie wieder ihren Platz an seinem Bett einnahm.

53

Während Denis DeLong auf Belmont Park mit dem Tode rang, wurde der militärischen Führung in Charleston klar, daß die Stadt vor den Truppen der Union nicht länger geschützt werden konnte. Der Gegner war zu stark geworden, die Zerstörungen der ständigen Beschießung verheerend.
In der Nacht vom 17. auf den 18. Februar zogen sich die konföderierten Soldaten aus den Forts und Befestigungsanlagen zurück und rückten unter dem Kommando von Generalmajor Lafayette McLaws ab. Vier Jahre hatten sie der Belagerung widerstanden. Jetzt wäre weiterer Widerstand militärisch sinnlos gewesen. Und so rückten die Truppen ab. Wer von den Zivilisten bis dahin noch in der Stadt ausgeharrt hatte, flüchtete mit den Soldaten aus Charleston. Zurück blieben nur Schwarze, die die Ankunft der Yankees nicht erwarten konnten. Die meisten waren überzeugt, daß mit dem Sieg der Union für sie ein paradiesisches Leben beginnen würde.
Godfrey Ashgate brachte die Nachricht von der Evakuierung

der Stadt nach BELMONT PARK. Gute drei Stunden vor Morgengrauen traf er auf der Plantage ein. Es war die zweite Nacht, die Denis im Fieberdelirium lag.

»Charleston ist geräumt, aufgegeben, verloren!« stieß Godfrey abgehackt hervor. Er sah erschreckend zusammengefallen aus und war den Tränen nahe. »Vier Jahre heroischer Kampf ... vorbei ... für nichts ... sinnlos all die Zerstörungen und Opfer, die wir in dieser Zeit auf uns genommen haben. Wenn die Sonne aufgeht, werden die *Stars and Stripes* über Charleston wehen ... auch über Fort Sumter, wo alles begonnen hat.«

Onkel Stuart drückte ihm ein Glas mit Brandy in die Hand. Er hatte die letzte Flasche, die er unter Verschluß gehalten hatte, für ihn angebrochen. »Wir müssen uns in unser Schicksal fügen, Godfrey.«

»Es ist Gottes Wille«, murmelte Georgina.

»Grauen, Grube und Garn«, flüsterte Tante Edwina und nickte, als hätte sie es schon immer gewußt, daß es einmal so enden würde.

Der Agent trank hastig. Seine Familie wartete draußen auf dem Fuhrwerk. »Es wird nicht lange dauern, bis die Yankees sich in der Stadt festgesetzt haben. Und dann werden sie ihre Patrouillen aufs Land schicken, damit sie auch hier mit dem Plündern und Brandschatzen beginnen, so wie sie es in Atlanta und überall getan haben. Packt zusammen, was ihr auf eure Wagen laden könnt, und seht, daß ihr irgendwo Unterschlupf findet.« Er gab ihnen die Adresse eines entfernten Verwandten, der in einer kleinen Stadt an der Grenze zu Georgia wohnte und dort eine Reismühle betrieb, und beschwor sie, nicht länger zu warten. Als er von Denis hörte, daß er oben mit dem Tode rang und absolut nicht transportfähig war, wurde er noch grauer im Gesicht.

»Die Welt ist aus den Fugen geraten. *Unsere* Welt ist in Schutt und Asche gelegt. Womit haben wir das verdient«, flüsterte er verstört, als er sich nach einem bewegten Abschied auf den Kutschbock schwang, um sich wieder dem Strom der Flüchtenden anzuschließen. »Möge der Herr mit euch sein … mit uns allen.«

Als Godfrey Ashgate davongefahren war, forderte Lavinia Onkel Stuart auf, ein paar Sachen zusammenzupacken und sich mit den anderen in Sicherheit zu bringen.

»Ich habe dir nie meinen Gehorsam verweigert. Aber heute muß ich es tun: Ich werde keinen Schritt von Belmont Park machen, Mom!« wies Julian die Aufforderung seiner Mutter zur Flucht strikt von sich.

»Julian …«

»Nein!« Seine klaren blauen Augen funkelten in unbeugsamer Entschlossenheit. »Ich werde nicht zulassen, daß die verfluchten Yankees Belmont Park niederbrennen. Auf jeden Fall werde ich es ihnen so schwer machen, wie es mir nur möglich ist. Ich bin ein guter Schütze!«

»Es wird nicht mehr gemordet!« herrschte Lavinia ihren Sohn an. »Es ist genug Blut geflossen. Und ich werde nicht zulassen, daß ein DeLong auf Belmont Park zum Heckenschützen wird und auch noch dieses Land mit Blut tränkt. Der Krieg ist vorbei!«

»Nicht, wenn die Yankees den Krieg auf unser Land tragen!« widersprach Julian zornig.

»Hör auf deine Mutter, Julian«, sagte Onkel Stuart. »Ich denke zwar auch nicht daran, die Plantage zu verlassen, aber ich werde auch nicht zur Waffe greifen.«

»Es ist meine Pflicht …« begann Julian erregt.

»Es ist deine Pflicht, am Leben zu bleiben!« fuhr Lavinia ihm scharf ins Wort. »Helden, von deren großen Taten ein Grabstein kündet, hat es genug gegeben, Julian! Jetzt brauchen wir Männer, die überleben und das wieder aufbauen, was die Generation vor ihnen verspielt und verwüstet hat. Dazu wird vielleicht auch Belmont Park gehören. Die Yankees mögen unser Haus niederbrennen, aber das Land wird uns bleiben. Das können sie uns nicht nehmen. Und dann brauchen wir die Kraft und den Mut von wahren Helden, um Belmont Park wieder aufzubauen. Oder fehlt dir der Mut, einer solch ungewissen Zukunft ins Auge zu blicken?«

Julian zögerte im Widerstreit seiner Gefühle. Dann sanken seine schmalen Schultern herab. »Nein, Mom«, murmelte er.

Lavinia atmete innerlich erleichtert auf. »Gut. Ich habe auch nicht gedacht, daß du mich enttäuschen würdest.«

»Wir werden alle bleiben und tun, was in unserer Macht steht, um so viel wie möglich zu retten«, sagte Georgina bedrückt, aber entschlossen, vor den Yankees nicht zu weichen.

Zu diesem Entschluß kam auch Tante Edwina. »Ich bin zu alt, um jetzt noch zu fliehen ... und um am Schluß noch den Blick vom bitteren Ende zu wenden. ›Der Verwüster kommt über jede Stadt, keine Stadt kann sich retten. Verheert wird das Tal, verwüstet die Ebene, so spricht der Herr.‹ Und so steht es im 48. Psalm geschrieben.«

Lavinia schüttelte mit gereizter Miene den Kopf. »Noch ist nicht alles verloren, Tante Edwina! Und wenn du meinst, uns unbedingt belehren zu müssen, dann sei so gut und zitiere die hoffnungsvollen Stellen, mit denen die Bibel so reich gesegnet ist, etwa: Der Glaube versetzt Berge! Also laßt uns daran glauben, daß Belmont Park noch nicht verloren ist!«

Tante Edwina sah sie aus ihren großen, hervortretenden Augen mitleidig an. »Es wird kein Stein auf dem anderen bleiben ...«

Lavinia war übermüdet und überreizt. Ihre Nerven waren so angespannt, daß sie fürchtete, bei einem nächsten apokalyptischen Zitat ihre Beherrschung zu verlieren. Dabei mußte gerade jetzt Ruhe und Übersicht bewahrt werden. »Julian, bring Tante Edwina bitte nach oben zu Melinda!« forderte sie ihn auf und bat Georgina, nach Denis zu sehen.

»Und du?«
»Mir ist da eine vage Idee gekommen, wie wir das drohende Unheil vielleicht noch abwenden können. Aber frage jetzt nicht, sondern vertraue mir«, sagte Lavinia. »Wir müssen die Zeit nutzen, denn wir wissen nicht, wann die Soldaten auftauchen werden.«
Georgina nickte. »Gut«, sagte sie nur und ging nach oben.
»Was hast du vor?« wollte Onkel Stuart wissen.
»Ich glaube, du ahnst es schon.«
Er hob die Augenbrauen. »Du hast an die Bilder gedacht, nicht wahr?«
»Ja.«
»Es mag sein, daß sie von ihnen beeindruckt sein werden. Aber sie werden uns nicht schützen, Lavinia.«
»Nein, die Gemälde allein wohl nicht«, gab sie zu. »Aber sie werden sie vielleicht zögern lassen. Außerdem: Was können wir denn sonst tun?«
Er lachte bitter auf. »Um die Yankees zu beeindrucken? Wie wäre es mit kollektivem Selbstmord?« schlug er zynisch vor.
Lavinia sah ihn stumm an.
Er senkte den Blick. »Schon gut, tut mir leid, Lavinia. Ich fahr mit Moab zum Haus und hole die Bilder«, sagte er und ging hinaus.
Lavinia setzte sich auf die Polsterbank, die in der großen Halle stand, und lauschte den gedämpften Geräuschen und Stimmen, die von den Stallungen zu ihr drangen. Es war still im Haus. Für einen Augenblick hatte sie das erschaudernde Gefühl, als hätte der Tod schon seine Hand über BELMONT PARK gelegt. Wofür jetzt noch kämpfen? War nicht alles längst verloren?
»Nein!« wehrte sie sich schon im nächsten Moment gegen die Versuchung, einfach aufzugeben und das scheinbar Unabwendbare widerstandslos über sich ergehen zu lassen. »Nein,

verloren ist Belmont Park erst, wenn wir DeLongs den Kampf für verloren geben!« Und das würde nicht geschehen, zumindest nicht, solange sie lebte.
Lavinia rief Telemach. Er kam gerade mit einer Kanne mit frisch aufgebrühtem Ersatztee aus dem Küchenhaus. »Ja, Misstess?«
»Nimm dir Joshua oder Jakob und holt alle Ahnengemälde oben aus dem Flur! Ich möchte, daß sie hier unten aufgehängt werden!«
Telemach nickte, obwohl er nicht verstand, was seine Herrin damit bezweckte. »Haben die Yankees tatsächlich vor, alle Herrenhäuser niederzubrennen?«
»Ja, so heißt es.«
»Das wäre ein schreckliches Unrecht.«
»Jeder Krieg ist von Natur aus ein schreckliches Unrecht. Und nun mach dich bitte an die Arbeit. Wir haben keine Zeit zu verlieren.«
Die Ahnengalerie hing schon in der Halle, als Onkel Stuart mit Moab zurückkehrte. Die Bilder, die Spiegel und den Gobelin, die vorher die Halle geschmückt hatten, hatte sie abhängen lassen. Der Schwarze war sichtlich verstört von dem, was er da in dem Haus am Fluß gesehen hatte. Und als Telemach die außergewöhnlichen Gemälde von James DeLong zu Gesicht bekam, machten sie auch auf ihn einen tiefen Eindruck.
»Und die hat ein DeLong gemalt?« fragte er ungläubig.
»Ja, es ist das Lebenswerk meines Bruders — und womöglich ist das das einzige, was von Belmont Park den Krieg überdauern wird«, sagte Onkel Stuart versonnen und lachte dann bitter auf. »Was für eine Ironie des Schicksals...«
Lavinia fand, daß jetzt nicht die Zeit für Sentimentalitäten und Selbstmitleid war. »Das Schicksal läßt sich formen, Onkel Stuart! Man muß nur den Willen dazu haben!« sagte sie ungehalten und befahl den Schwarzen: »Ich will, daß ihr die Bilder hier

überall in der Halle und an der Wand des Treppenaufgangs aufhängt!«
»Ja, Missus.«
Der Tag dämmerte schon herauf, als die Halle von BELMONT PARK übersät war von Ölgemälden, die einzig und allein das Leben der Schwarzen darstellten — bis auf die Porträts der DeLongs, die diesem Land seit 1717 ihren Stempel aufgedrückt hatten.
Als Georgina aus dem Krankenzimmer kam und sich überall von den Bildern ihres verstorbenen Mannes umgeben sah, traf sie fast der Schlag.
»Weg mit dem Geschmier!« schrie sie außer sich vor Zorn und Abscheu. »Runter mit den Bildern! Ich habe geschworen, daß mir diese abartigen Gemälde nicht ins Haus kommen, solange ich lebe! Runter damit! ... Runter mit dem Dreck!« Ihre Stimme gellte schrill durch das Haus, während sie auf das nächste Bild zustürzte, es vom Nagel riß und mit der Schuhspitze durch die Leinwand stieß.
Lavinia rannte die Treppe zu ihr hinauf. Hart schlug sie ihrer Schwiegermutter ins Gesicht. Georgina taumelte und stieß mit dem Rücken gegen die Wand.
»Das ist kein Geschmier, Georgina! Das sind Meisterleistungen eines großartigen Malers, dessen Schaffenskraft noch nicht einmal du zu ersticken vermochtest!« schleuderte sie ihr ins Gesicht. »Und sollte BELMONT PARK der Brandschatzung der Yankees entgehen, werden wir das dieser Kunst zu verdanken haben, die du dein ganzes Leben lang verleugnet hast!«
»Wie *du* das Talent deines Sohnes!« keuchte Georgina.
»Eugene ist tot, und ...«
»Diese Bilder sind für jeden aufrechten DeLong eine Schande!« stieß Georgina zitternd hervor. »Sich so vor den Yankees zu erniedrigen, ist eine schlimmere Demütigung als alles andere ... schlimmer noch als der Tod!«
»Willst du, daß wir alles verlieren?« schrie Lavinia sie an, wäh-

rend sich Georgina mit flackerndem Blick die brennende Wange hielt, und fiel wie eine Furie über sie her, wenn auch nur mit Worten. »Willst du, daß dies das Ende ist? Willst du lieber mit stolz erhobenem Kopf sterben? Ist es das, was du willst? Gut, das kannst du haben! Aber wage es ja nicht noch einmal, dich gegen eine meiner Anweisungen zu stellen! Ich bin die Herrin auf BELMONT PARK! Ich allein! Und nun geh zu Denis zurück! Du wirst hier nicht gebraucht! *Geh!*«

Georgina zuckte unter dem Befehl, der beinahe ein Schrei war, wie unter einem weiteren Schlag zusammen und wankte dann den Flur hinunter.

Julian stand vor dem Krankenzimmer.

Lavinia rief ihn zu sich. »Schau dir die Bilder an! So hat dein Großvater das Leben der Schwarzen gesehen. Sag mir, ob er gelogen hat?«

Julian blickte sich verstört um, kalkweiß im Gesicht. »Ich ... ich weiß nicht ... vielleicht ... ich meine, es ist nicht alles zu sehen«, stammelte er. »Nur die Schwarzen ... wir ... wir kommen darauf ja gar nicht vor ...«

»Warum sollten wir auch? Hast du vielleicht die Baumwolle gepflückt? Hast du Bäume gefällt und Sümpfe trockengelegt? Hast du Hühner geschlachtet und gerupft? Hast du in einer dieser Hütten Feuer gemacht? Nein! Aber das war nicht meine Frage, Julian. Hat dein Großvater James DeLong Lügen auf die Leinwand gemalt?«

Er schluckte. »Nein ... das heißt ... es ist so einseitig«, sagte er gequält. »Etwas wegzulassen, was wichtig ist, kann doch auch schon eine Lüge sein, oder?«

»Aber sicher bist du dir nicht.«

»Nein«, gestand er.

Sie lächelte freudlos. »Gut, du machst mir Hoffnung, mein Sohn. Du bist ein weiterer DeLong, der sich mancher Sachen nicht mehr ganz sicher ist.«

»Aber was soll das, Mom? Warum hast du die Bilder aufhängen lassen?«

»Weil ich mich nicht schäme, alles zu tun, um BELMONT PARK für dich zu retten, mein Sohn. Komm her!« Sie umarmte ihn und gab ihm dann einen Kuß auf die Stirn. »Sag Onkel Stuart, daß ihr euch alle bei deinem Vater im Zimmer versammeln sollt. Wenn die Yankees kommen, will ich keinen von euch hier draußen sehen. Keinen! Hast du mich verstanden?«

Er nickte ernst. »Ja, Mom, aber...«

»Ich will diesmal kein Aber und kein Warum hören. Du mußt mir vertrauen, Julian. Ich weiß, was ich tue. Ich werde viel riskieren müssen — vielleicht unser aller Leben. Deshalb muß ich mich auf dich verlassen können. Du mußt dafür sorgen, daß sich wirklich *jeder* an meine Anweisung hält. Keiner darf das Zimmer verlassen! Versprichst du mir, das zu tun?«

»Ja, Mom, ich verspreche es dir«, sagte er mit belegter Stimme. »Du hast mein Ehrenwort.«

Lavinia lächelte. »Dann weiß ich, daß es auch so sein wird!« Sie begleitete ihren Sohn ins Krankenzimmer. Dort verbrachte sie zehn Minuten am Bett ihres fiebernden Mannes, ohne Georgina zu beachten, die sie mit ohnmächtiger Wut anfunkelte.

Über ihr Flüstern und das atemlose, unverständliche Gemurmel ihres Mannes erhob sich Tante Edwinas zittrige Stimme. Sie hatte die Apokalypse des Jesaja aufgeschlagen und las daraus vor: »›Der Wein ist dahin, die Rebe verwelkt. Alle, die einst so heiter waren, seufzen und stöhnen. Verstummt ist der fröhliche Klang der Trommeln, der Lärm der Übermütigen ist zu Ende, verstummt der fröhliche Klang der Zither... Die öde Stadt liegt in Trümmern... Jede Freude ist verschwunden... aller Jubel hat die Erde verlassen...‹«

Lavinia mußte an sich halten, Tante Edwina nicht anzuschreien — so sehr zerrte das Rezitieren an ihren Nerven. »Halte du in deinem Kampf durch, mein Liebster«, flüsterte sie

Denis ins Ohr. »Sei stark und tapfer ... so wie ich gleich stark und tapfer sein muß. Und vergiß nie, daß ich dich liebe, hörst du? Ich liebe dich.«

Dann verließ sie das Schlafgemach, holte aus dem Schreibtisch im Arbeitszimmer ihres Mannes den Revolver, mit dem sich Eugene unter dem Magnolienbaum das Leben genommen hatte, lud ihn ohne Hast und ging in die Halle hinunter.

Es war erschreckend still. Nicht nur im Haus, sondern auf ganz Belmont Park. Waren alle Schwarzen davongelaufen? Hatten sie sich auf den Weg nach Charleston gemacht, um Lincolns siegreiche Soldaten zu bejubeln, die sie vom Joch der Sklaverei befreit hatten? Vermutlich. Waren auch Milly und Nelly, Grace, Joshua, Jakob und Telemach mit ihnen gegangen? Es war nicht weiter wichtig. Jetzt hatte viel mehr als nur die Sklaverei ein Ende gefunden. Dies war das Ende einer ganzen Epoche, einer stolzen Lebensweise, für die in diesem Jahrhundert kein Platz mehr war.

Verstummt ist der fröhliche Klang der Trommeln ...
Die öde Stadt liegt in Trümmern ...

Lavinia setzte sich auf die Polsterbank und wartete auf das Eintreffen der Yankees. Schwer lag der Revolver in ihrer Hand. Das Metall fühlte sich glatt und kalt an. Wie ein Grabstein. Wie der Tod.

54

Die Sonne stand schon hoch am Himmel, als eine halbe Kompanie Unionssoldaten unter lautem Johlen und indianerähnlichen schrillen Schreien die Allee heraufkam. Lavinia schreckte in der Halle auf der Bank aus dem Halbschlaf hoch, in den sie nach stundenlangem, vergeblichem Warten gesunken war. Der

Revolver lag schwer in ihrem Schoß. Rasch nahm sie ihn an sich, erhob sich und schob ihn hinter die Uhr, die vor dem Treppenaufgang in einer der Nischen stand. Sie schloß kurz die Augen und sammelte sich, während der galoppierende Hufschlag und das Geschrei einer rachedürstigen Meute lauter wurden.

»Herr, stehe mir bei! Und gib, daß ich alles richtig mache und die richtige Entscheidung treffe, was immer auch geschehen mag!« kam es kaum hörbar, aber mit Inbrunst über ihre Lippen. Sie atmete tief durch. Ihre Gestalt straffte sich. Dann durchquerte sie mit festem Schritt die geräumige Halle, öffnete das Portal und blieb im Türrahmen stehen.

Die Soldaten in den blauen Uniformen jagten heran, zügelten ihre Pferde auf dem Vorplatz und sprangen aus den Sätteln. Sie führten mindestens ein Dutzend Packpferde mit sich, die zum Teil schon mit der Beute anderer geplünderter Herrenhäuser beladen waren. Schüsse krachten, als einige ihre Revolver in die Luft abfeuerten, wohl in der Erwartung, die weißen Bewohner der Plantage damit aus dem Haus zu jagen. Einige stürmten schon die Freitreppe hinauf, bewaffnet mit Äxten, Fackeln und leeren Jutesäcken.

Und dann sahen sie Lavinia. Unwillkürlich blieben sie stehen. Die anderen drängten auf den Stufen nach, so daß sich zwischen den Säulen schnell ein Halbkreis bildete. Alle starrten sie diese Frau in dem violetten Taftkleid an, der die Ereignisse der vergangenen Jahrzehnte vielleicht die berückende Schönheit der Jugend genommen hatten, nicht jedoch die ganz eigene Schönheit und die Anmut einer gereiften Frau, die von der Plage tiefer Falten und erschlaffender Haut noch größtenteils verschont geblieben war.

»He, schaut euch mal die an!« schrie ein junger Bursche, der eine lange, frisch verschorfte Wunde auf der rechten Wange hatte.

»Das ist wieder eine von diesen feinen Damen des Südens, die über Fort Sumter gejubelt haben!« schrie ein anderer.
»Was für ein arroganter Blick!« murmelte jemand.
Und dann verstummten die spöttischen Stimmen, als spürten die Männer den unbeugsamen Stolz und die Härte dieser fremden Frau, deren Haltung unwillkürlich auch ihnen Respekt abnötigte.
In Lavinias Gesicht zuckte in der Tat kein Muskel. Und statt Angst zeigte es einen Ausdruck von geradezu überheblicher Gelassenheit. In Wirklichkeit war ihr übel vor Aufregung und Furcht vor dem, was ihr bevorstand. Ihr Magen war wie ein Knoten. Doch sie wußte, daß sie nicht einmal einen Anflug von Schwäche zeigen durfte. Ihr Blick suchte den Anführer des Trupps – und blieb an einem großen Mann haften, dessen Rangabzeichen ihn als Captain auswiesen. Er kam ohne Eile die Treppe herauf, die linke Hand auf seinem Degen. Seine Männer bildeten respektvoll eine Gasse für ihn.
Lavinia war überrascht, als sie in das Gesicht des Offiziers blickte, der kaum älter als fünfundzwanzig sein konnte. »Führen Sie das Kommando über diese ... *Leute*, Captain?« fragte sie kühl.
Er blieb vor ihr stehen. »Ja, das tue ich, Ma'am.«
»Und? Haben Sie auch einen Namen, Captain? Ich kann mich nicht erinnern, daß wir uns schon einmal begegnet wären.«
Ein amüsiertes Lächeln über ihren herausfordernden Tonfall huschte über sein Gesicht. »Captain Vincent Young«, antwortete er mit einem spöttischen Unterton. »Von der 21. Pennsylvania Cavalery. Und mit wem habe *ich* die Ehre, Ma'am?«
»Mit der Herrin von Belmont Park, Missis Lavinia DeLong«, antwortete sie und streckte ihm huldvoll ihre Hand hin.
Der Captain wurde von dieser Geste überrascht und reagierte, wie er es gelernt hatte: Er führte die Hand bis kurz vor seine Lippen und hauchte einen Handkuß auf die Finger.

Ein überraschtes, aber auch empörtes Gemurmel ging durch die Reihen seiner Männer.
Captain Young ließ ihre Hand los. Er schmunzelte anerkennend. »Sie haben Stil, Missis DeLong. Man merkt, daß wir im Süden sind«, sagte er spöttisch. »Aber das wird an den Tatsachen nichts ändern, daß Sie jetzt den Preis für Ihre Rebellion zu bezahlen haben.«
»Von welcher Rebellion sprechen Sie?«
»Sie mögen es Sezession nennen, es bleibt nach der Verfassung dennoch Rebellion«, sagte er ungeduldig. »Doch ersparen wir uns die Wortspiele. Sollte sich außer Ihnen noch jemand im Haus befinden...«
»Meine ganze Familie, Captain.«
»... dann sagen Sie ihnen, daß sie das Haus zu verlassen haben, wenn sie nicht darin umkommen wollen«, führte der Captain seinen Satz mit befehlsgewohnter Stimme zu Ende.
Lavinia zeigte sich nicht im mindesten beeindruckt. »Sie sagten, ich hätte den Preis für meine Rebellion zu zahlen, Captain. Mir ist neu, daß Lincoln mir oder BELMONT PARK den Krieg erklärt hätte!«
Er sah sie verwirrt an. »Ich habe schon einmal gesagt, daß ich für Wortspiele keine Zeit habe, Missis DeLong! Mit *Sie* habe ich den ganzen Süden gemeint! Der Süden hat den Krieg begonnen, und jetzt zahlt er auch für seine Arroganz und für die Sklaverei, in der er die Schwarzen gehalten hat!«
»Sind Sie ein Offizier der Union, Captain Young?« fragte Lavinia ihn scharf. »Oder sind Sie der Anführer einer ehrlosen Bande von Räubern, Plünderern und Frauenschändern?«
Wütende, gereizte Stimmen erhoben sich hinter dem Captain, der sie mit grimmiger Miene anstarrte. »Ich sehe keine Veranlassung, Ihre beleidigende Frage zu beantworten!« stieß er hervor. »Und nun geben Sie die Tür frei!«
»Wenn Sie ein Offizier und Mann von Ehre sind, führen Sie

nicht gegen Kinder, Frauen und Kranke Krieg! Nur Banditen und Feiglinge tun das!« hielt Lavinia ihm vor. »Von *diesem* Boden ist keine Rebellion ausgegangen, Captain! Und genauso wenig wie ich jemals die Waffe gegen *irgendeinen* Menschen gerichtet habe, genausowenig hat das auch mein fünfzehnjähriger Sohn getan oder meine geistig verwirrte Schwägerin oder Tante Edwina oder Onkel Stuart, die schon über siebzig sind, wie auch meine Schwiegermutter! Also was haben wir Frauen und Kinder und Alten Ihnen und Ihren Männern getan, Captain, daß Sie es mit Ihrem Gewissen vereinbaren können, uns auszuplündern und unser Heim niederzubrennen? *Was haben wir Ihnen getan?«*

Es war mit einemmal still geworden.

»O ja, mein ältester Sohn und mein Mann haben gegen Sie und Ihre Truppen gekämpft ...« fuhr sie fort.

»Aha!« rief der Captain fast erleichtert.

»Weil ihnen ihre Heimat näherstand als die abstrakte Idee einer Verfassung, Captain! Oder würden Sie und Ihre Männer hier durch South Carolina auf Beutezug unterwegs sein, wenn Sie Ihre Familie und ihre Heimat von fremden Truppen bedroht wüßten?« Sie sah, wie er zu einer Erwiderung ansetzte, und nahm seinen Einwand vorweg. »Sagen Sie nicht, daß Sie Ihre Heimat nur dann verteidigen würden, wenn sich dieser Kampf mit Ihrer Verfassung vereinbaren ließe! Und wenn die fremden Soldaten, die in Ihren Staat Pennsylvania einfallen, politisch zehnmal im Recht wären, so würden Sie dennoch Ihre Heimat und Ihre Familie mit der Waffe verteidigen. Täten Sie es nicht, wären Sie ein Feigling und ein Lump!«

»Da ist was dran«, meinte einer der älteren Männer.

»Mein Sohn und mein Mann waren weder das eine noch das andere«, redete Lavinia schnell weiter. »Mein Mann liegt da oben im Fieberdelirium und ringt mit dem Tod. Und mein Sohn hat bei Manassas gekämpft. Aber damals haben Sie ihre

Sache nicht gut genug gemacht, Captain. Ihre Granate hat meinem Ältesten beide Beine zerfetzt ... und ihm seine Männlichkeit geraubt. Ein gutes halbes Jahr hat er sich damit gequält. Dann hat er sich drüben am Fluß erschossen — an seinem neunzehnten Geburtstag.«

Captain Young wich ihrem Blick aus, doch seine Stimme klang hart, als er ihr antwortete: »Der Krieg hat auf beiden Seiten große Opfer gefordert, Missis DeLong. Ihr Schicksal teilen Zehntausende von Frauen in der Union.«

Heftig schüttelte Lavinia den Kopf, und in ihren Augen stand ein zorniges Feuer. »O nein, erzählen Sie mir nicht, daß dieser Krieg gerecht ausgetragen worden sei! Es mag sein, daß wir in Ihren Augen Rebellen sind und daß Sie den Krieg gegen unsere Konföderation rechtfertigen können. Aber *ehrenvoll* hat die Union diesen Krieg nicht geführt!«

Die Soldaten meldeten empörten, lautstarken Protest an.

»So, die Gentlemen fühlen sich in ihrer Nordstaatlerehre verletzt!« rief Lavinia sarkastisch. »Sie halten sich für Ehrenmänner in einem gerechten Krieg, ja? Mein Gott, es ist die Armee der Konföderation, die in diesem Krieg trotz größter Opfer niemals vergessen hat, was Ehre ist! Wir waren Ihre *Gegner*, aber niemals Ihre *Todfeinde*! Alles, was wir wollten, war, in Ruhe gelassen zu werden.«

»Ja, mit euren Sklaven, die ihr geknechtet habt!« rief jemand aus der Menge höhnisch.

»Ja, das stimmt, Soldat! Wir haben auch gekämpft, um diese besondere Einrichtung des Südens zu verteidigen«, räumte Lavinia ein, um dann anklagend fortzufahren: »Aber wir haben nicht geplündert! Wir haben nicht gebrandschatzt! Wir haben nicht ganze Landstriche verwüstet! Und wir sind nicht in den Norden eingefallen. Nennen Sie mir eine Stadt, die Konföderierte in Schutt und Asche gelegt haben! Eine einzige! ... Bitte, ich warte auf Ihre Antwort, Gentlemen! Aber ich weiß,

warum Sie schweigen und zur Seite blicken! ... Weil es nämlich keine gibt, die Sie mir nennen könnten! Es gibt keine! ... Aber es gibt Atlanta, das von Ihren Truppen geplündert und niedergebrannt worden ist! Sie haben halb Virginia verwüstet! Sie haben auf dem Weg von Atlanta nach Savannah alles vernichtet, was sich Ihnen in den Weg stellte — doch waren das nicht unsere Truppen, sondern Farmen, Gehöfte, kleine Ortschaften. Sie haben in Savannah gewütet und Columbia in eine einzige Fackel verwandelt, in der Tausende von Zivilisten umgekommen sind, unter anderem meine Freundin Drucilla mit ihren beiden Mädchen und einem achtjährigen Sohn! Das ist das unbarmherzige, gewissenlose Gesicht *Ihres* Krieges! Sie haben nicht Krieg Mann gegen Mann oder Armee gegen Armee geführt, Sie haben gegen Frauen und Kinder, Kranke und Alte einen ehrlosen Raubzug geführt!« Ihre Stimme zitterte vor Erregung. »Wo steht es in der Verfassung geschrieben, daß die Familie eines Soldaten Freiwild ist? Sie wollen für die Demokratie der Union kämpfen, für die Einhaltung der Verfassung, deren Verletzung durch den Süden Sie zum Anlaß Ihres Krieges genommen haben, und fallen über die unschuldige Zivilbevölkerung her? Mein Gott, was für ein erbärmliches Ehrgefühl müssen Sie haben!«
Ihrer leidenschaftlichen Anklage folgte einen Augenblick lang betretenes Schweigen.
Schließlich räusperte sich Captain Young und sagte: »Es ist viel Unrecht geschehen, auf beiden Seiten, Missis DeLong. Doch das größte Unrecht ist die Sklaverei.«
»Richtig!« griff ein Soldat den Hinweis auf. »Sie will doch bloß davon ablenken, daß sie hier auf der Plantage jede Menge von diesen armen Niggern geknechtet und gepeitscht haben!«
Ein fast verächtliches Lächeln legte sich um Lavinias Mund. »Auf BELMONT PARK hat noch nie die Peitsche regiert!«

Nun kam wieder Bewegung in die Soldaten, und sie machten ihrem Unmut Luft.
»Das kann jeder behaupten!«
»Ja, die will uns hier einseifen!«
»Lassen Sie sich von der nichts vormachen, Captain!«
»Diese Sklavokraten haben ihre Lektion verdient! Stecken wir diesen Sklavenhaltern den Palast in Brand!«
Lavinia bewahrte trotz aller Angst, die in ihr gärte, nach außen hin ihre selbstsichere Haltung, trat zurück und sagte wie zu einer geladenen Gesellschaft: »Bitte, kommen Sie herein, Captain.« Und dann fügte sie zynisch hinzu: »Sie möchten sich doch sicher einen Eindruck von dem verschaffen, was Sie als Plünderer in Uniform der Vernichtungswut Ihrer Leute überlassen wollen.«
Captain Young machte eine grimmige Miene, während er ihr ins Haus folgte. »Wenn Sie glauben, daß Sie mit Ihren höhnischen Bemerkungen…« Er führte den Satz nicht zu Ende, denn in dem Moment sah er die Ölbilder, die ausschließlich Schwarze bei den unterschiedlichsten Verrichtungen zeigten. Ein ungläubiger Ausdruck erschien auf seinem Gesicht, und stumm ging er an den Bildern vorbei. Auch seine Männer, die sich nach ihm in die Halle drängten, wurden augenblicklich still, als sie sich von diesen Gemälden umgeben sahen.
»Jesus Christus!« flüsterte einer. »So hat es ja noch nicht einmal im Versammlungsraum der Abolitionisten in Philadelphia ausgesehen!«
»Das gibt's doch nicht!« meinte ein anderer verstört, und diese Verstörung war auf fast allen Gesichtern zu sehen.
»Wer… wer hat diese Bilder gemalt?« fragte Captain Young nicht weniger verwirrt.
»Ein DeLong, Captain! Einer von Ihren angeblichen ›Herren der Peitsche‹, ein Sklavokrat, wie Sie uns im Norden pauschal nennen, ohne uns zu kennen. Die Sklaverei mag ein großes Un-

recht sein, Captain. Unrecht ist es aber auch, daß man uns verteufelt und als Ungeheuer hinstellt, die ihre Schwarzen bis aufs Blut auspeitschen. Lesen Sie die Tagebücher meines Mannes, seines Onkels oder seines Vaters, in denen sie Tag für Tag die wichtigsten Ereignisse niedergeschrieben haben — auch jede Art von Bestrafung. Sie werden Mühe haben, im Zeitraum einer Generation auch nur ein Dutzend Auspeitschungen zu finden!« hielt sie ihm vor.

»Wenn ich diese Bilder sehe, bin ich fast geneigt, Ihnen zu glauben«, sagte der Captain sichtlich durcheinander.

»Es war James DeLong, der Vater meines Mannes, der es sich zur Lebensaufgabe gemacht hat, das Leben und Wesen der Schwarzen als Maler zu ergründen und festzuhalten. Hier, das war er!« Lavinia nutzte den Moment der Verwirrung und führte ihn zur Ahnengalerie. »Und dieser Mann rechts von ihm ist Eugene DeLong. Er kämpfte, vielleicht an der Seite Ihres Großvaters, im Krieg 1812 gegen die Engländer. Die Engländer waren es auch, die Belmont Park das letztemal geplündert und niedergebrannt haben. Und dieser graubärtige Mann hier ist Vincent DeLong. Er nahm mit seinen beiden Söhnen am Unabhängigkeitskrieg teil, wurde im Stab von George Washington Colonel wie mein Mann und gab für die Unabhängigkeit der Kolonien sein Leben. Auch sein jüngster Sohn starb auf dem Schlachtfeld ...«

Captain Young seufzte schwer. »Eine stolze und tapfere Familie, die DeLongs«, sagte er langsam. »Aber ich habe einen klaren Befehl, Missis DeLong. Charleston hat in der Sezession eine bedeutende Rolle gespielt, nämlich die des Vorkämpfers ...«

»Charleston ist nicht Belmont Park!« fiel sie ihm ins Wort. »Die DeLongs waren sicherlich Anhänger der Sezession, jedoch keine Vorkämpfer!«

»Dennoch, Missis DeLong. Bitte holen Sie Ihre Familie und

verlassen Sie das Haus. Ich werde Ihnen Zeit geben, diese Bilder und genügend persönliche Dinge in Sicherheit zu bringen. Aber mehr kann ich nicht für Sie tun.«
Lavinia sah ihn mit einem Blick an, der ihn unruhig machte, und sagte dann: »Gut, wie Sie meinen.« Sie drehte sich um und ging zur Treppe. Vor der Nische blieb sie stehen. Ihre Hand faßte hinter die Uhr und kam mit dem Revolver wieder hervor.
»Captain!« schrie ein Soldat. »Sie hat einen Revolver!«
»Keine Sorge!« übertönte Lavinia das erregte Stimmengewirr, in das sich das metallische Knacken von Handfeuerwaffen mischte, die gespannt wurden. »Ich habe nicht die Absicht, auf einen von Ihnen zu schießen. Ich bin kein Soldat, und der Krieg ist für mich längst zu Ende.«
Captain Young trat auf sie zu und streckte die Hand aus. »Dann geben Sie mir die Waffe!« forderte er sie auf.
Lavinia ging rückwärts die Treppe hinauf. »Nein, ich kann sie Ihnen nicht geben. Ich brauche sie, weil Sie zu feige sind, Ihr Werk der Vernichtung richtig zu beenden. Ich werde meinen Sohn, meinen Mann, meine Schwägerin, meine Schwiegermutter sowie Onkel Stuart und Tante Edwina erschießen und zum Schluß mich selbst!«
»Sie sind verrückt!« stieß Captain Young hervor.
Ein gehetzter und zugleich doch entschlossener Blick stand in ihren Augen. »O nein, ich bin ganz klar, Captain! Sie wollen uns alles nehmen, was uns noch geblieben ist — unser Zuhause. Mein Mann wird das nicht überleben. Und meine Verwandten auch nicht. Wo sollten sie auch hin? Sie sind zu alt, um als Flüchtlinge überleben zu können. Und mein Sohn und ich ... wir werden mit ihnen in den Tod gehen. Aber nicht ich bin es, der das Kind, die Kranken und die Alten umbringt, Captain. Sie sind es! Sie sind es, der Krieg gegen Zivilisten führt! Sie vernichten unser Leben. Ich bin dabei nur Ihr Werkzeug, weil Sie zu feige sind, um meinem Jungen die Waffe eigenhändig an den

Kopf zu setzen und abzudrücken und alte wehrlose Menschen niederzuschießen.«

»Missis DeLong! ... Um Gottes willen ...«

Lavinia streckte die linke Hand abwehrend aus. »Rufen Sie nicht Gott an, denn wenn Sie an ihn glauben würden, würden Sie nicht das Leben von Unschuldigen vernichten wollen! Zünden Sie das Haus an! Wir bleiben. Und versuchen Sie nicht, mir zu nahe zu kommen. Ich werde tun, was Sie zu tun mich zwingen! Wenn Sie mich aufhalten wollen, müssen Sie mich schon erschießen, Captain. Aber dann sind Sie hoffentlich auch gewissenlos genug, um nicht auf halbem Weg stehenzubleiben, sondern auch noch alles andere zu töten!«

Betroffene Stille senkte sich über die Halle. Die Männer sahen zu ihr hoch, blickten zu den Bildern und schämten sich der Äxte und der Säcke in ihren Händen, die sie mit Beute hatten füllen wollen, bevor sie das Herrenhaus in Brand steckten.

Captain Young stand wie erstarrt, blaß im Gesicht und nahm seinen Blick nicht von ihr. Es war, als wollte er kraft seines Blickes in ihre geheimsten Gedanken eindringen und feststellen, ob es ihr mit ihrer entsetzlichen Drohung auch tatsächlich ernst war.

Lavinia wagte kaum zu atmen. Eisige Kälte erfüllte sie, so daß sie ihren Körper überhaupt nicht mehr spürte. Sie war innerlich wie erfroren. Doch ihr Kopf war klar. Sie wußte, daß jetzt die Entscheidung fiel. Für oder gegen BELMONT PARK? Für das Leben oder für den Tod?

»Ich glaube Ihnen«, sagte Captain Young schließlich in die schrecklich angespannte Stille hinein und machte eine vage Handbewegung, die Lavinias Drohung genauso einschloß wie die Bilder um ihn herum.

Lavinia sagte nichts und rührte sich auch nicht von der Stelle.

»Sergeant Jenkins!« rief der Captain.

»Ja, Sir?«

»Holen Sie mein Schreibzeug. Sie finden es in meiner linken Sat-

teltasche!« befahl er ihm, und während der Sergeant nach draußen eilte, um das Verlangte zu holen, sagte der Offizier: »Ich glaube an Gott und an die Verfassung, Missis DeLong. Und ich kämpfe nicht gegen Frauen und Alte. Ihre Tapferkeit findet meinen Respekt. Ich werde Ihr Haus nicht niederbrennen und Ihnen für alle Fälle eine Bescheinigung ausstellen, daß Belmont Park aus besonderen Gründen nicht angetastet werden darf. Es werden noch öfter Soldaten der Union erscheinen. Zeigen Sie Ihnen das Papier, und man wird Sie nicht weiter belästigen. Und nun legen Sie den Revolver aus der Hand.«
Lavinia schüttelte den Kopf. »Erst die Bescheinigung.«
Es dauerte eine Weile, bis Captain Young den Text zu Papier gebracht, unterschrieben und mit einem Stempel versehen hatte. Er legte die Bescheinigung auf eine der untersten Stufen und trat dann mehrere Schritte zurück.
Mißtrauisch kam Lavinia die Treppe herunter, ging in die Knie, ohne den Blick von den Soldaten zu nehmen, und hob das Blatt auf. Schnell zog sie sich wieder nach oben zurück. Erst dort las sie, was Captain Young niedergeschrieben hatte. Es war, wie er versprochen hatte. Diese Verfügung stellte das Herrenhaus von Belmont Park unter den Schutz der Union.
Zitternd sank sie auf den Treppenabsatz. Sie legte den Revolver neben sich, faltete die Bescheinigung zusammen und hielt sie mit beiden Händen fest. Ihre ungeheure Anspannung löste sich in einem stummen Weinkrampf.
»Männer!« rief Captain Young nun. »Keiner von euch geht nach oben. Die Bilder werden auch nicht angerührt. Aber alles andere, was ihr hier unten findet, gehört euch! Beeilt euch. Ich habe Missis DeLong mein Ehrenwort und das Schreiben gegeben, daß wir das Herrenhaus nicht anrühren werden. Aber alle anderen Gebäude sind in Brand zu stecken!«
Lavinia kümmerte es nicht, als die Männer nun unter einem be-

freienden Johlen ausschwärmten, die untere Etage plünderten und alles, was sie nicht mitnehmen konnten, mit ihren Äxten zertrümmerten. Auch die Fensterscheiben gingen dabei zu Bruch. Anschließend setzten die Soldaten ihr Werk der Vernichtung draußen fort. Zuerst steckten sie das Küchenhaus in Brand, dann folgten die Stallungen, Werkstätten und alle anderen Nebengebäude. Am Schluß wurden die Lagerhallen, in denen sich die Baumwolle vergangener Ernten in dicken Ballen bis unter die Decke stapelten, niedergebrannt.

Lavinia wunderte sich nicht, daß Julian plötzlich an ihrer Seite war, seine Arme um sie legte und sich an sie preßte. »Wir sind gerettet?«

»Ja, Julian ...« Ihre Hand krampfte sich förmlich um das Blatt Papier.

»Hättest du es wirklich getan, Mom?« fragte er mit rauher Stimme.

»Was?« fragte sie zurück, obwohl sie verstanden hatte.

»Hättest du uns tatsächlich alle ... erschossen? Auch mich?«

Lavinia antwortete nicht. Sie wußte es nicht. Wollte es auch nicht wissen. Und sie wollte auch nicht mehr darüber nachdenken. Sie hatte ihren Kampf gewonnen. BELMONT PARK war gerettet. Doch sie fühlte sich innerlich wie ausgebrannt.

55

Die Angst, ihr Zuhause zu verlieren, fiel von ihr ab, nicht jedoch die, daß Denis starb. Während auf BELMONT PARK die Trümmer der niedergebrannten Gebäude schwelten und kaum noch ein Dutzend Schwarze auf DeLong-Land anzutreffen war, darunter Telemach, Milly, Nelly und Grace, kämpfte Denis weiter um sein Leben. Erst fünf Tage nach dem Fall von

Charleston und der dramatischen Begegnung mit Captain Youngs Strafkommando sank das Fieber. Er hatte die lebensgefährliche Krise überwunden.

Denis war entsetzlich geschwächt, nahm seine Umgebung jedoch endlich wieder mit klarem Geist wahr. »Wann bist du bloß so grau geworden, Lavinia?« war mit das erste, was er bewußt von sich gab, seit er ins Fieberdelirium gefallen war. Als er nach Hause gekommen war, hatte ihr Haar bedeutend weniger Grau aufgewiesen, daran erinnerte er sich genau.

»Es wird Zeit, daß du aufhörst, uns Sorgen zu machen, Denis«, wich sie einer direkten Antwort aus. »Also sieh zu, daß du so rasch wie möglich wieder zu Kräften und auf die Beine kommst.«

»Was ... was macht der Krieg?«

»Verloren, vorbei.«

Verloren war er schon lange. Vorbei aber erst nach dem Fall von Richmond, das bei der Eroberung in Flammen aufging, und mit der ehrenvollen Kapitulation von General Robert E. Lee, der am Palmsonntag vor General Grant die Waffen streckte. General Grant respektierte und bewunderte seinen Gegner derart, daß einer von seinen Offizieren bei den Kapitulationsverhandlungen erstaunt fragte: »Wer ergibt sich denn hier nun wem?«

Vier Jahre hatte der Krieg getobt und mehr als sechshunderttausend Soldaten sowie einer unbekannten Zahl Zivilisten das Leben gekostet. Die innere Spaltung hatte der Bürgerkrieg nicht überwinden können. Den Schwarzen jedoch hatte er eindeutig und unwiderruflich die Freiheit von der Sklaverei gebracht.

Wenige Tage nach dem Friedensschluß fiel der wiedergewählte Präsident Abraham Lincoln der Kugel eines Attentäters zum Opfer. Im Süden wurde keine Träne über Lincolns Tod vergossen, dabei hatte der Süden am schlimmsten unter den Folgen des Attentats zu leiden.

Lincoln hatte den Krieg mit aller Härte geführt. Doch er war entschlossen gewesen, nach dem Sieg die Gegnerschaft zu begraben und gemeinsam einen Neuanfang zu machen. Erst am 4. März 1865, bei seiner Vereidigung zur zweiten Amtszeit, hatte er gesagt: »Mit Groll gegen niemanden; mit Milde für alle; mit Festigkeit für das Recht, wie Gott uns das Recht erkennen läßt, so wollen wir darum ringen, das Werk zu beenden, das wir begonnen haben; die Wunden der Nation zu verbinden; für den zu sorgen, der die Last des Kampfes getragen hat, für seine Witwe, seine Waise — alles zu tun, was einen gerechten und dauerhaften Frieden zwischen uns selbst und mit anderen Völkern herbeiführen und sichern kann.«
Der Süden war nicht nur besiegt, zerstört und wirtschaftlich ausgelaugt, sondern auch gedemütigt. Lincolns Absicht war es gewesen, dem Süden die Hand zur Versöhnung zu reichen. Sein gewaltsamer Tod brachte nun die Radikalen an die Macht, die den Süden auch nach Ende des Krieges noch bluten lassen wollten.
Für den Süden begann die Zeit der »tragischen Ära« der »Reconstruction«. Diese Zeit des sogenannten Wiederaufbaus und der gesellschaftlichen Neuordnung war in Wirklichkeit eine Zeit der Ausbeutung durch den Norden, der Unterdrückung im Namen einer neuen Gerechtigkeit, die oftmals Korruption oder schlichtweg Rache hieß, und des Gegenterrors, zu dem der Ku-Klux-Klan gehörte. Es war eine Zeit, in der auch die hochgespannten Erwartungen der Schwarzen wie Seifenblasen zerplatzten und in der sie erkennen mußten, daß sie zwar ihre Freiheit gewonnen hatten, zumindest auf dem Papier, nicht aber auch nur annähernd so etwas wie Gleichberechtigung. Sie waren und blieben, im Norden wie im Süden, Menschen zweiter Klasse, die für niedere und besonders schlechtbezahlte Arbeiten herangezogen wurden. Halbherzige Landreformen hatten ihnen noch nicht einmal die wirtschaftliche Freiheit ge-

bracht. Sie blieben weiterhin dazu verdammt, in Elend und Abhängigkeit zu leben.

Angezogen wie hungrige Geier von Aas, strömten aus dem Norden alle Arten von Ganoven, Landspekulanten und Kriegsgewinnlern in den Süden. Skrupellos und mit hemmungsloser Habgier stürzten sie sich auf alles, was Profit versprach. Und die Regierung ließ diesen Elementen nicht nur freie Hand, um den Süden über den Krieg hinaus zu bestrafen, sondern beteiligte sich mit einer von ihnen eingesetzten und durch und durch korrupten Verwaltung an dieser Ausbeutung.

Es reichte den Radikalen nicht, daß die Gesellschaft im Süden zerschlagen und überwiegend verarmt war, denn mit der Niederlage hatte auch das konföderierte Geld keinen Wert mehr, das Kapital ihrer Schwarzen war verloren, und für Schmuck, Teppiche, Möbel und andere Wertsachen gab es oft nicht mal einen Zehntel des tatsächlichen Wertes, wenn nach den Plünderungen überhaupt noch etwas geblieben war, was man verkaufen konnte. Die Neuordnung sollte das Ende der alten Gesellschaft bedeuten, im wahrsten Sinne des Wortes. Völlige Enteignung war das Ziel, und das versuchte man dadurch zu erreichen, indem man jedes Haus und jeden Grundbesitz astronomisch hoch taxieren und die Immobilien bei Zahlungsunfähigkeit des Besitzers, was die Regel war, zu einem Spottpreis versteigern ließ. Bestes Baumwolland kam für einen Dollar pro Acre unter den Hammer. Und mit jeder von Yankees aufgekauften Parzelle, jedem Stadtgrundstück und jeder Plantage, die versteigert wurde, wuchs der Haß auf die Blutsauger aus dem Norden.

Auch auf Belmont Park traf im Spätsommer ein Steuerbescheid ein, dessen Höhe Anlaß zu Hoffnungslosigkeit und ohnmächtiger Wut war.

»Sie geben sich nicht damit zufrieden, daß sie unsere Städte und unsere Wirtschaft zerstört haben! Jetzt wollen sie uns auch noch das letzte Hemd ausziehen und uns aus unseren Häusern vertreiben und uns unseres Landes berauben!« tobte Denis mit hochrotem Gesicht.

»Bitte reg dich doch nicht so auf!« beschwor Lavinia ihn. »Denk an dein Herz! Du weißt doch, was Dr. Gillmore gesagt hat. Aufregung ist Gift für dein angegriffenes Herz!« Denis hatte Monate gebraucht, um von seiner Krankheit zu genesen. Doch Dr. Gillmore hatte festgestellt, daß es mit seinem Herz nicht zum besten stand.

»Das größte Gift ist dieser Wisch hier! Was sie im Krieg nicht zerstören konnten, versuchen sie uns nun mit Hilfe dieser Kriegssteuer abzunehmen!« stieß Denis hervor, knüllte den Steuerbescheid zusammen und schleuderte ihn gegen die Wand. »Wir haben nicht einmal genug Geld, um Telemach und die anderen Schwarzen zu bezahlen, die bei uns in Brot und Arbeit bleiben wollen. Alle Gerätschaften, alle Schuppen und Hallen, alle Entkörnungsmaschinen, ja sogar die Fuhrwerke – alles ist in Flammen aufgegangen! Ob sie nun tausend Dollar oder eine Million Steuer verlangen, macht deshalb keinen Unterschied. Wenn wir all unser Geld zusammenwerfen würden, wieviel würden wir wohl zusammenbekommen, Onkel Stuart?«

Dieser zuckte mit den Schultern. »Vielleicht zwanzig Dollar, Denis...«

»Also wird Belmont Park für einen Dollar den Acre unter den Hammer kommen, und wenn ich Glück habe so wie Abner, stellt mich eine Bank als Buchhalter ein, oder aber ich finde eine Stelle als Verkäufer wie George oder kann meine Familie als Kutscher wie David ernähren!« rief er verbittert.

Es war Mark Elliott, der dafür sorgte, daß Belmont Park auch weiterhin der Besitz der DeLongs blieb. Er traf wenige Tage spä-

ter in Charleston ein und suchte sofort seine Freunde auf, mit denen er all die Jahre in treuer Brieffreundschaft gestanden hatte.
Der Engländer war erschüttert über die Zerstörung im Süden und über die Depression, die sich über das Land gelegt hatte. Erschüttert auch über den Zustand von Belmont Park und die drohende Zwangsversteigerung.
Doch dann sah er die Ölgemälde, die Lavinia in der Bibliothek sichergestellt hatte, und er war überwältigt von Farben, Motiven und Ausdruckskraft der Bilder.
»Danken Sie James DeLong für seine Gewissensqual und künstlerische Besessenheit«, sagte er, nachdem er die ganze Geschichte über Denis' Vater erfahren hatte. »Diese Bilder werden Belmont Park ein zweitesmal retten!«
Mark Elliott verbürgte sich in Charleston für einen Kredit, mit dem Denis die Steuerschuld bezahlen und erste, bitter notwendige Wiederaufbauarbeiten auf der Plantage in Angriff nehmen konnten. Dann schiffte er sich mit der Gemäldesammlung nach New York ein. Zwei Wochen später schickte er ein Telegramm an Denis und Lavinia. Der Text lautete:

> *Bilder Sensation — stop — Erlös der ersten vier Gemälde deckt Kredit — stop — Erste telegrafische Geldanweisung morgen — stop — Machen Sie Schulden und bringen Sie* Belmont Park wieder zum Blühen — stop — Rechnen Sie mit achttausend Dollar — stop — Ausführlicher Bericht folgt — stop — Ihr Mark Elliott.

»Von jetzt an glaube ich an Wunder«, sagte Lavinia bewegt, als Denis das Telegramm vorlas.
»Hat es dir an Gottvertrauen gefehlt?« monierte Tante Edwina sofort. »Es hat zu allen Zeiten Wunder gegeben. Die Bibel ist voll davon!«

»Nicht von solchen verrückten«, murmelte Onkel Stuart.
Georgina lachte trocken auf. »In der Tat! Wer hätte gedacht, daß ausgerechnet mein seliger Mann uns dieses Wunder bescheren würde. Nun ja, irgendwie ist er mir das ja wohl auch schuldig gewesen für all das, was er unserer Familie zu Lebzeiten zugemutet hat. Nur gut, daß die Bilder von Yankees gekauft werden. Da oben gehören sie auch hin!«
Lavinia lächelte ganz in Gedanken versunken. Nächstes Jahr würde es wieder eine Baumwollernte geben. Die Zukunft von Belmont Park, Julians Erbe, war gesichert.

VIERTES BUCH

*

Ein ferner Spiegel
1873—1874

56

Als Jeremy Ashgate erneut zur Karaffe griff, winkte Julian ab. Dabei flog Asche von seinem Zigarillo, die er schnell von der Hose seines nußbraunen Anzugs wischte. »Mit deinem Tempo kann ich nicht mithalten, Jeremy. Außerdem muß ich noch rüber ins Telegrafenamt.«

»Ach was, einen kannst du bestimmt noch vertragen«, meinte Jeremy aufgekratzt. »Das ist echter französischer Cognac, und zwar von der besten Sorte! Ist erst letzte Woche mit der JEAN-MARIE eingetroffen. Der Captain, mit dem ich mich gut verstehe, hat mir gleich zwei Kisten reserviert. Pa hat zwar die Augen verdreht, als er den Preis hörte, aber du kennst ja mein Credo: Das Leben ist zu kurz, um schlechten Cognac zu trinken und ...«

»... nur eine Frau zu beglücken«, fiel Julian seinem vier Jahre älteren Freund spöttisch ins Wort, der sich tagsüber den Geschäften als Baumwollagent mit derselben Hingabe widmete wie nachts dem weiblichen Geschlecht.

Jeremy lachte vergnügt. »So ist es.«

»Auf die Dauer steigt auch bester französischer Cognac zu Kopf, mein Freund!« wandte Julian ein, der Jeremy in vieler Hinsicht bewunderte, auch wenn er selbst einem solch turbulenten Leben in der Stadt keinen großen Geschmack abgewinnen konnte. Er kam gern dann und wann einmal für ein paar Tage nach Charleston, war aber immer glücklich, wenn er die Allee der alten Sykomoren hinaufritt und wieder auf BELMONT PARK war.

»Na und? Wir haben uns schon Monate nicht mehr gesehen! Und ich muß dir unbedingt von dieser Schauspielerin erzäh-

len, die sich anfangs wie ein hübsch verpackter Eiszapfen aufgeführt hat, um sich dann als so heißblütig wie ein tätiger Vulkan zu entpuppen ... Sehr tätig sogar!« Er zwinkerte ihm zu.
»Du Wüstling! Du solltest dich schämen, dich mit einem Flittchen vom Theater einzulassen!« Julian schüttelte den Kopf und schnalzte scheinbar mißbilligend mit der Zunge.
»Was heißt hier einlassen? Das war nichts weiter als eine Privatvorstellung. Aber ich kann dir sagen, die in ihrem Bett ist mir viel mehr unter die Haut gegangen als ihr Auftritt auf der Bühne«, scherzte er, hielt noch immer die Karaffe in der Hand und sah ihn schmunzelnd und mit hochgezogenen Augenbrauen an. »Willst du nun zum Telegrafenamt — oder soll ich dir noch ein bißchen von Loretta erzählen?«
Julian grinste. »Also gut, einen vertrage ich wohl noch«, sagte er, machte es sich im Sessel bequem und lauschte mit größtem Vergnügen den amourösen Geschichten seines Freundes. Gedämpft drangen die vielfältigen Geräusche des Hafens zu ihnen ins Büro, das im zweiten Stockwerk des Kontors lag und dessen Ausstattung vom neuen Reichtum der Ashgates sprach. Bei allem Patriotismus hatte Jeremys Vater während der Sezession doch die Klugheit des nüchtern denkenden Geschäftsmannes besessen, einen Teil seines Vermögens in sicheren und fest verzinslichen Papieren anzulegen.
»Und was gibt es bei dir Neues zu berichten, Julian?« wollte Jeremy dann wissen. »Machst du immer noch der kleinen Florence Carlton den Hof?«
»Florence?« Julian lachte nachsichtig. »Wie kommst du bloß darauf, ich würde ihr den Hof machen? Ich habe ja noch nicht einmal mit ihr geflirtet!«
»Aber auf Marvins Hochzeit im Februar hast du mehrmals mit ihr getanzt!«
»Ja, weil sie wie eine Klette an mir hing!« verteidigte sich Julian.

»Ich glaube, sie hat sich schon Hoffnungen gemacht«, meinte Jeremy und nippte an seinem Cognac.
Julian zuckte mit den Schultern. »Dafür habe ich ihr jedoch keinen Anlaß gegeben.«
»Also eins ist mal sicher: Vor dreißig lasse ich mir den Ring nicht an den Finger stecken — und wenn mir die Venus persönlich um den Hals fallen und alle Verführungskünste anwenden würde!« versicherte Jeremy im Brustton des überzeugten Junggesellen, der sich vor Bindungen und ehelichen Verpflichtungen fürchtete. »Das ist dann noch früh genug, um Abschied von der Freiheit zu nehmen und Frau und Kinder zu haben.«
Julian nickte. »Ja, richtig«, stimmte er seinem Freund zu und verzog dann das Gesicht. »Aber mach das mal meinen Eltern klar, insbesondere meiner Mutter!«
»Will sie dich noch immer mit der Cathleen Seabrook verkuppeln?«
»Ja, mit dem blonden Engel von SEABROOK PLANTATION, wie Mom sie nennt!« Er verdrehte die Augen. »Du weißt ja, daß meine Mutter und die von Cathleen Busenfreundinnen sind. Ich sage dir, meine Eltern und die Seabrooks wünschen sich nichts mehr, als daß Cathleen und ich heiraten. Und sie glaubt auch tatsächlich daran, daß sie mal meine Frau wird — schon seit Jahren. Ihre und meine Mutter haben das wohl schon beschlossen, als wir noch gar nicht wußten, warum es überhaupt ein anderes Geschlecht gibt!«
»Na ja, hübsch ist sie schon.«
Julian gab ein spöttisches Schnauben von sich. »Cathleen ist hübsch wie eine Porzellanpuppe, du hast recht, aber auch genauso langweilig! Ich kann ihr einfältiges Geplapper nicht länger als zehn Minuten ertragen. Und so eine Frau soll ich heiraten? Mein Gott, will meine Mutter, daß ich schon in der Hochzeitsnacht zum Mörder werde?«
Jeremy lachte herzhaft und genehmigte sich noch einen Co-

gnac. »Manchmal wird Dummheit erträglich, wenn die Mitgift nur groß genug ist«, meinte er mit fröhlichem Sarkasmus. »Und ich denke, bei Cathleen stimmt sie allemal. Denn ihre Brüder sind beide im Krieg gefallen, so daß sie ein beachtliches Erbe mitbringt. SEABROOK PLANTATION ist zwar nur noch halb so groß wie vor dem Krieg, aber immer noch ein sehr hübscher Besitz, der einen guten Gewinn abwirft. Und ich weiß, wovon ich rede.«

»Als ob ich das nicht wüßte«, brummte Julian. »Und Mom läßt auch keine Gelegenheit verstreichen, mich darauf hinzuweisen, daß auch ich einmal zwei Söhne haben und dann jedem von ihnen eine Plantage vererben könnte. Himmel, als ob ich jetzt schon daran denke, was ich meinen zukünftigen Kindern hinterlasse! Das ist doch Aberwitz.«

Jeremy schüttelte den Kopf. »Nein, ist es nicht. Das ist viel mehr das Erfolgsgeheimnis reicher Dynastien, mein Lieber. Die Ehefrau sucht man sich nach der Mitgift aus, die wechselnden Geliebten buchstäblich nach Lust und Laune. Ich glaube, das ist eine sehr vernünftige Grundlage für eine Ehe.«

»Da bin ich anderer Meinung. Das Bett mit einer Frau teilen, die ich nicht liebe? Unmöglich!« meinte Julian. »Es muß schon Liebe sein.«

»Liebe! ... In welcher Ehe findest du schon Liebe, die die Flitterwochen überlebt?«

»In der meiner Eltern«, antwortete Julian ohne Zögern.

»Ausnahmen bestätigen die Regel. Und was einmal bei einem DeLong geklappt hat, muß sich nicht wiederholen — schon gar nicht auf so einem brüchigen Eis wie Liebe. Geld ist für die Ehe eine bedeutend tragfähigere Basis.«

»Davon wirst du mich nie überzeugen können.«

»Julian, Julian«, seufzte Jeremy bedauernd. »Wie soll ich dir bloß helfen? Du bist und bleibst ein Romantiker.«

»Mag sein, aber Cathleen und ich werden ganz sicher nicht vor dem Altar stehen — jedenfalls nicht zur selben Zeit!« erklärte Julian mit Nachdruck.

Jeremy kaute auf seinem Zigarillo und bedachte seinen Freund mit einem halb spöttischen, halb ernsten Blick. »Du könntest mir einen Gefallen tun.«

»Und welchen?«

»Halte mir die kleine Cathleen doch noch ein paar Jahre warm, bis ich dreißig bin, und lege dann bei ihr ein gutes Wort für mich ein. Mir macht einfältiges Geplapper nichts. Ich kann gut so tun, als würde ich zuhören, und an etwas anderes denken.«

»Ja, das wäre dir Herzensbrecher zuzutrauen«, sagte Julian lachend und erhob sich. »Aber jetzt muß ich los.«

»Sehen wir uns heute abend im Club?« wollte Jeremy wissen, während er ihn aus dem Kontor begleitete. »Wir könnten zusammen ins DORIAN's gehen. Die haben eine Mitternachtsvorstellung, die du einfach gesehen haben mußt. Ich sorge für die entsprechende Begleitung, einverstanden?« Er zwinkerte ihm vielsagend zu.

Julian zögerte.

»Na auf, sei kein Spielverderber. Du bist doch nicht nach Charleston gekommen, um wie ein Mönch zu leben, oder?« drängte Jeremy. »Gib dir einen Ruck, und laß uns mal wieder ordentlich feiern.«

»Also gut.«

Jeremy schlug ihm auf die Schulter. »So gefällst du mir schon besser, Baumwollbaron«, neckte er ihn. »Wir sehen uns dann um neun im Club.«

»Ach, fast hätte ich es vergessen! Herzliche Grüße von meinen Eltern und von mir natürlich auch an deine Eltern!«

Jeremy grinste breit. »Die hätte ich auch ausgerichtet, wenn du sie vergessen hättest!«

Als Julian auf die Straße trat, spürte er stärker als oben in Jeremys Büro die Wirkung des Cognacs. Aber warum hätte er sich auch zurückhalten sollen? Einmal von den wenigen geschäftlichen Kleinigkeiten abgesehen, die er für seine Eltern erledigen sollte, war er ja doch nach Charleston gekommen, um sich zu amüsieren, und daß man mit Jeremy eine Menge Spaß bekam, war bekannt. Es war also alles in bester Ordnung.

Er warf dem schwarzen Jungen, der zu Jeremys Boten gehörte und auf sein Pferd aufgepaßt hatte, eine Münze zu und schwang sich in den Sattel. Das Telegramm würde er noch aufgeben, doch den Besuch bei Marvin und Cecile würde er besser auf morgen verschieben und sich statt dessen im Hotel ein paar Stunden aufs Bett legen, damit er am Abend auch ausgeruht war. Die Nacht mit Jeremy und ihrer »Begleitung« würde ohne Zweifel lang werden.

Julian hing seinen Gedanken nach, während sein Pferd sehr gemächlich die Cumberland Street hinauftrabte. In den letzten Jahren hatte die Stadt einen neuen wirtschaftlichen Aufschwung erlebt. Der Export von Baumwolle hatte fast schon wieder den Stand von vor dem Bürgerkrieg erreicht, und auf vielen ehemaligen Trümmergrundstücken waren neue Gebäude errichtet worden. Besonders das Hafengebiet hatte eine Phase zügigen Wiederaufbaus hinter sich. Doch an seinem früheren Glanz hatte der Süden von Charleston nicht wieder anknüpfen können. Aber immerhin war die Zeit der Yankee-Besatzung und Bevormundung so gut wie vorbei. Die Jahre der Ausbeutung und Korruption hatten dafür gesorgt, daß sich die konservativen Kräfte geeint und wieder starken Einfluß gewonnen hatten. Die Republikaner hatten im Süden abgewirtschaftet und waren mit ihren Programmen der Neuordnung gescheitert. Das einzige, was sie erreicht hatten, waren Haß und ein verstärkter Rassismus gegenüber den Schwarzen, auch im Norden. Gegen die Sklaverei waren sie in den Krieg gezogen. Aber die Yankees, die mit einem Schwarzen eine Kutsche oder in einer Taverne einen Tisch teilen wollten, mußte man schon suchen. Sie waren so dünn gesät wie Trüffel im Garten des Weißen Hauses. Noch ein paar Jahre, und dann hielten die Demokraten des Südens in South Carolina und Georgia und anderswo wieder die Macht in den Händen. Und was den Stolz der weißen Südstaatler betraf, so war dieser ungebrochen. Wenn auch nicht öffentlich, so hörte man doch in privaten Gesprächen häufig genug die Parole, die gleichzeitig ein Glaubensbekenntnis war: *»The South will rise again!«*

Julian war so in Gedanken versunken, daß er die Kinder nicht bemerkte, die rechts von ihm auf einem Trümmergrundstück spielten. Ein Feuerwerkskörper knallte plötzlich. Erschrocken machte sein Pferd eine abrupte, ausweichende Bewegung – und er verlor den Halt im Sattel. Ein zweiter explodierender Kracher ließ es steigen.

Hätte er weniger Cognac getrunken, wäre es ihm gewiß gelungen, sein Pferd unter Kontrolle zu bekommen und sich im Sattel zu halten. Doch er reagierte eine Sekunde zu langsam, und da war es schon zu spät. Er stürzte vom Pferd und schlug mit dem Kopf auf dem Kopfsteinpflaster auf. Vor seinen Augen wurde es schwarz.

Als er aus der Bewußtlosigkeit erwachte, wußte er im ersten Moment nicht, was geschehen war, und noch viel weniger, wo er sich befand. Dann setzte die Erinnerung wieder ein. Der Sturz! Er mußte dabei das Bewußtsein verloren haben. Hatte er sich etwas gebrochen? Nein, er konnte alle Glieder bewegen. Aber in seinem Schädel pochte es schmerzhaft.

Er stellte fest, daß er in einem lichten, jedoch kleinen Zimmer angezogen auf einem Bett lag. Eine Tür öffnete sich knarrend, und er hörte das Rascheln von Stoff. Er wollte sich aufrichten.

Doch eine Hand drückte ihn sanft in die weichen Kissen zu-

rück. »Sie sind schwer gestürzt, und Mom meint, daß Sie sich besser nicht bewegen sollen, bis Dr. Dawson Sie untersucht hat«, sagte eine weiche, besorgte Frauenstimme.
Er wandte leicht den Kopf und blickte in das zartgeschnittene Gesicht eines Mädchens, nein, einer jungen Frau, das von einer Flut blauschwarzen Haars umgeben war und in dem zwei betörend schöne Augen in einem unglaublichen Veilchenblau leuchteten.
»Haben die Engel im Himmel auch einen Namen?« fragte er und konnte seinen Blick nicht von diesem Gesicht und diesen Augen wenden.
Spätestens als er sie lächeln sah, war es um ihn geschehen. »Ich bin Violet«, sagte sie und schlug unter seinem Blick verlegen die Augen nieder. »Violet Sutherland.«

57

Bevor Lavinia zum Herrenhaus zurückkehrte, ließ sie ihren Blick noch einmal über die blumengeschmückten Gräber schweifen, über die der junge Magnolienbaum hinter Eugenes Grabstein an diesem warmen Junitag schon ein wenig Schatten warf. Auf der Westseite des Familienfriedhofs von Belmont Park war die Zahl der Gräber gewachsen. Tante Edwina und Onkel Stuart, die vor drei Jahren kurz hintereinander gestorben waren, hatten hier ihre letzte Ruhestätte gefunden. Es gab auch einen Grabstein für Abigail mit den Daten ihres viel zu kurzen Lebens, obwohl sie nicht hier, sondern auf Rosedown begraben lag. Sie war erst siebenundzwanzig gewesen, als sie 1868 bei der Geburt ihres dritten Kindes an Kindbettfieber gestorben war. Doch sie hatte den Gedenkstein zwischen den Gräbern von Mary und Eugene aufstellen lassen, weil es ihr

Trost gab und sie besser mit ihnen reden konnte, wenn sie ihre Kinder auf dem Friedhof »besuchte«, wie sie es nannte.

Lavinia nahm den Weg am Flußufer entlang und dann durch den Park. In der Halle traf sie auf Telemach. »Ist mein Mann schon heruntergekommen?«

»Nein, er ruht noch, Missis DeLong.«

Lavinia nickte. »Das tut ihm auch gut. Mister Seabrook hat ihn in den letzten Tagen um viel Schlaf gebracht. Ich glaube, die beiden sind keine Nacht vor zwei Uhr ins Bett gekommen.« Robert und Sally waren mit ihrer reizenden Tochter Cathleen bei ihnen zu Besuch gewesen. Es waren schöne Tage, auch wenn sie sich darüber geärgert hatte, daß Julian nicht zugegen gewesen war. Dabei hatte er doch gesagt, er wollte höchstens drei Tage bleiben. Und dann hatte er ihnen kurz geschrieben, daß er aufgrund gewisser und natürlich nicht näher erläuterter Umstände noch ein paar Tage länger bleiben würde. Sein Schreiben traf fast gleichzeitig mit der Ankunft der Seabrooks auf BELMONT PARK ein. Cathleens Enttäuschung war verständlicherweise groß gewesen, obwohl sie sich tapfer bemüht hatte, es nicht so sehr zu zeigen. Ja, Julian konnte sich wirklich keine bessere Frau wünschen als sie. Sie war so ein liebenswertes, respektvolles Mädchen …

»Aber Master Julian ist aus Charleston zurück«, teilte Telemach ihr mit.

Lavinia lächelte erfreut. »Ja? Wann denn?«

»Es ist keine halbe Stunde her. Er ist oben in seinem Zimmer.«

»Na, er war ja wohl auch lange genug weg.« Lavinia schaute auf die Standuhr neben dem Treppenaufgang. »Tee heute um vier, Telemach.«

»Ja, Missis.«

Lavinia lächelte unwillkürlich, als sie ihren Sohn sah, der dabei war, einige Sachen auszupacken, die er aus Charleston mitgebracht hatte. Mit Mutterstolz erfaßte ihr Blick seine schlanke, stattliche Figur, sein volles blondes Haar und die Züge, die ein wenig weicher waren als die seines Vaters, die ihn aber dennoch als echten DeLong auswiesen.

»Wie schön, daß du dich mal wieder blicken läßt, mein Sohn!« begrüßte sie ihn.

Er legte die Bücher aus der Hand, strahlte sie an und gab ihr auf jede Wange einen Kuß. »Ich weiß, ich bin ein paar Tage länger geblieben als eigentlich geplant.«

»Ein paar Tage? Eine ganze Woche! Du hast den Besuch der Seabrooks verpaßt!« sagte sie vorwurfsvoll. »Cathleen war so enttäuscht, daß du nicht hier warst.«

Er verzog das Gesicht. Kaum war er zu Hause, da begann seine Mutter ihn schon wieder zu bearbeiten! Es wurde Zeit, daß er ihren illusorischen Hoffnungen ein Ende bereitete. »Je eher sie sich daran gewöhnt, daß sie ihr Leben ohne mich leben muß, desto besser ist es für sie. Ich werde Cathleen nie und nimmer heiraten!«

»Man soll niemals nie sagen, Julian. Aber darüber brauchen wir heute nicht zu reden. Ihr habt ja beide noch Zeit«, sagte sie versöhnlich, weil ihr bewußt wurde, wie ungeschickt es gewesen war, ihn so zu bedrängen.

»Und wenn wir noch tausend Jahre hätten, so würde das doch nichts ändern. Bitte schlag es dir aus dem Kopf, daß aus diesem naiven Plappermund und mir ein Paar werden könnte!« sagte er mit Entschiedenheit.

Lavinia stemmte die Fäuste in die Hüften. »Mein Gott, wie kann man nur so verbohrt sein, Julian? Ihr naives Geplapper, wie du ihr unbeschwertes, fröhliches Wesen nennst, wird sich mit den Jahren schon rauswachsen.«

»Wenn ich alt und grau bin, ja?« spottete er. »Wie tröstlich, Mom!«

Gereizt sah sie ihn an. »Es ist mir ein Rätsel, daß du ihre Vorzüge partout nicht erkennen willst. Einmal ganz davon abgesehen, daß sie dich anhimmelt und vergöttert, wie eine Frau einen Mann nur vergöttern kann, ist sie überaus hübsch, bestens erzogen, gesellschaftlich gewandt und eine Zierde für jeden Mann. Und sie kommt nicht nur aus einer erstklassigen Familie, sondern bringt auch noch SEABROOK PLANTATION als Erbe mit in die Ehe! Mehr kann man doch wirklich nicht erwarten! Also was hast du bloß gegen Cathleen?«

»Ich habe nichts *gegen* Cathleen, Mom. Aber ich empfinde auch nichts *für* sie, und darauf kommt es mir eben an. Und gegen eine Frau wie Violet...« entfuhr es ihm.

Sie furchte die Stirn und hakte augenblicklich nach. »Violet? Wer ist Violet?«

Er lachte, und ein verliebter Ausdruck trat in seine Augen. »Violet ist ein wahrer Engel und hat mir womöglich das Leben gerettet«, übertrieb er in seiner Verliebtheit und berichtete seiner Mutter, wie er vom Pferd gestürzt war und dabei das Bewußtsein verloren hatte, und daß Violet seinen Sturz zufällig vom Fenster aus beobachtet und ihn mit Hilfe ihrer Mutter und deren Tante ins Haus getragen hatte. Den Cognac, den er etwas übermäßig in Jeremys Büro genossen hatte, unterschlug er ihr natürlich.

»Violet ist so ganz anders als Cathleen und all die anderen«, schwärmte er seiner Mutter vor. »Sie ist wunderschön und doch natürlich, und mit ihr kann man sich unterhalten. Du wirst sie sofort in dein Herz schließen, wenn du sie kennenlernst. Ihre Mutter sagte mir übrigens, daß ihr euch kennt, wenn auch nur recht flüchtig.«

Lavinia erstarrte innerlich und fragte mit dunkler Ahnung: »Redest du von *Harriet Sutherland* und ihrer jüngsten Tochter Violet?«

Er lachte. »Ja, das sind sie. Missis Sutherland ist eine nette Person, und wenn du...«

»Nett?« fuhr Lavinia ihrem Sohn vehement ins Wort, und ihre Augen funkelten zornig. »Nimm niemals das Wort nett in den Mund, wenn du von Harriet Sutherland sprichst! Ich kenne diese Person und ihre infame Art, Intrigen zu spinnen und Unglück über die Menschen zu bringen, zur Genüge!«
Entgeistert starrte Julian seine Mutter an. »Oh, du scheinst sie wirklich nicht zu mögen. Dabei hat sie auf mich einen sehr angenehmen Eindruck gemacht...«
»Weil du noch ein dummer Junge bist und noch nicht gelernt hast, die Menschen zu durchschauen. Halte dich bloß von den Sutherlands fern! Und vergiß diese Violet!«
»Aber Mom!« rief Julian verstört. »Ich finde Violet überaus reizend, ja mehr noch, ich... ich habe mich in sie verliebt!«
Lavinia lachte ärgerlich auf. »Daß sie alles darangesetzt hat, um dir den Kopf zu verdrehen, als sie erfahren hat, daß du Julian DeLong bist, verwundert mich überhaupt nicht!« sagte sie verächtlich. »Ihre Mutter ist nicht anders gewesen, nämlich hinterhältig und berechnend!«
»Das stimmt doch gar nicht! Wie kannst du so etwas behaupten, zumal du doch gar nicht dabeigewesen bist!« protestierte er mit gerötetem Gesicht. »Violet ist überhaupt nicht berechnend und schon gar nicht hinterhältig. Im Gegenteil, sie ist der Liebreiz in Person.«
»Sie haben dich schon umgarnt, wie ich sehe!« stieß Lavinia wütend hervor. »Aber schlag dir diese Person aus dem Kopf. Das ist keine Frau für einen DeLong! Ich weiß genau, wo Harriet mit ihrer Tochter wohnt, nämlich im Haus ihrer Tante, die eine billige Pension führt!«
»Es ist eine ehrbare Pension, keine billige!« widersprach er. »Und die Sutherlands haben einen guten Namen. Sie waren einmal eine reiche Familie, vor dem Krieg, in dem sie alles verloren haben. Missis Sutherland sogar ihren Sohn und ihren Mann.«

»Reich waren sie, aber eine wirklich erstklassige Familie sind sie nie gewesen! Charles Sutherland war Kaufmann wie sein Vater! *Kaufmann!*« betonte Lavinia noch einmal, als wäre das ein schwerer Makel, und fuhr erregt fort: »Und wenn Harriet ihre Tochter unbedingt unter die Haube bringen will, dann soll sie Violet an irgendeinen Ladenschwengel oder Tavernenwirt verheiraten, nicht aber die Hand nach BELMONT PARK ausstrecken! Das hat sie schon einmal versucht, und sie wird auch diesmal scheitern!«

Julian war empört. »Wie kannst du nur so abfällig über Violet und ihre Mutter reden?«

»Weil ich Harriet kenne! Und weil diese Violet einfach keine Frau für dich ist!«

»Ich denke, diese Entscheidung wirst du schon mir überlassen müssen, Mom!« sagte er ärgerlich.

»Nein, das werde ich nicht!« erwiderte sie mit erhobener, scharfer Stimme. »Denn es geht hier nicht allein um dein privates Glück, mein Sohn. Es geht auch um BELMONT PARK! Deine Entscheidung betrifft uns alle. Und als Erbe und letzter DeLong hast du dich deiner Verantwortung zu stellen!«

»Das tue ich, aber auf meine Weise.«

»Eine Sutherland kommt mir nicht nach BELMONT PARK!« zischte Lavinia leidenschaftlich. »Und du wirst es nicht wagen, dich gegen mich zu stellen. *Ich* habe die DeLongs vor dem Ruin bewahrt! Und *mir* allein hast du zu verdanken, daß du nach dem Krieg nicht als Sohn eines Bankkassierers oder Verkäufers aufgewachsen bist, sondern als Erbe von BELMONT PARK!«

»Ja, und dafür hättest du mich auch fast erschossen, nicht wahr?« sagte er ebenso betreten wie zornig.

»Ich hätte *jedes* Opfer für dich und BELMONT PARK gebracht!« bekräftigte sie hart. »Deshalb erwarte ich von dir, daß du dir deiner moralischen wie gesellschaftlichen Pflichten bewußt

wirst!« Sie gab ihrer Stimme nun einen ruhigeren, jedoch sehr eindringlichen Tonfall, als sie fortfuhr: »Ich kenne diese Violet nicht, und sie mag all die Qualitäten haben, die du aufgezählt hast, und nicht nach ihrer Mutter geschlagen sein. Aber das ändert nichts an der Tatsache, daß sie die Tochter einer bettelarmen Frau ist, die in der Pension ihrer Tante lebt! Und eine solche Person kann niemals Mistress auf Belmont Park werden! Nein, schlag dir dieses Mädchen aus dem Kopf.«
»Aber wenn ich sie doch ...« Julian brach mitten im Satz ab und sah an seiner Mutter vorbei zur Tür.
Lavinia wandte sich sofort um und erblickte Georgina in ihrem Rollstuhl, mit dem sie manchmal erstaunlich leise umzugehen verstand, wenn sie es darauf anlegte. »Es ist nichts, womit du dich belasten müßtest. Eine kleine Meinungsverschiedenheit, nichts weiter.«
»Ich lasse mich ganz gerne mal belasten, Lavinia. Und du weißt, daß ich es nicht mag, wenn man so tut, als wäre ich eine alte senile Frau!« antwortete Georgina herrisch und pikiert zugleich.
»Davon hat niemand gesprochen, Georgina«, sagte Lavinia. Ihre Schwiegermutter war hager geworden und wurde von der Gicht sehr geplagt, so daß sie oft an den Rollstuhl gefesselt war. Ansonsten war sie jedoch so gesund und geistig rege wie früher. Sie hatte sich geschworen, so lange am Leben zu bleiben, »bis bei uns im Süden wieder geordnete Verhältnisse herrschen«, wie sie einmal gesagt hatte, und damit meinte sie die Wiederherstellung einer Gesellschaftsordnung, die von den Aristokraten der Pflanzer getragen wurde.
»Nun gut, wie ihr wollt. Ich dränge mich euch nicht auf!« sagte Georgina beleidigt und rollte aus dem Zimmer.
»Du wirst ihr nichts von Violet erzählen! Und auch zu deinem Vater kein Wort! Es sei denn, du willst ihn ins Grab bringen!« warnte Lavinia ihren Sohn scharf, jedoch mit leiser Stimme.

»Wenn er davon erfährt, in was für eine unmögliche Schwärmerei du verfallen bist, wird er sich nur unnötig aufregen. Und du weißt, was Dr. Gillmore gesagt hat: Jede Aufregung ist Gift für sein schwaches Herz!«

»Ja, schon gut. Ich werde ihn schon nicht unnötig aufregen«, erwiderte Julian grollend, aber auch niedergeschlagen und mit hängenden Schultern. »Ich habe ja nicht vor, bereits morgen zu heiraten.«

»Und schon gar nicht diese Violet aus der Pension!« hatte Lavinia das letzte Wort, bevor sie sein Zimmer verließ und zu Denis ging, um zu sehen, ob er von seinem Nachmittagsschlaf aufgewacht war, was der Fall war.

»Hast du gut geschlafen?« fragte sie und setzte sich zu ihm auf die Bettkante.

»Hm, ja, ich fühle mich ausgesprochen ausgeruht«, sagte er, lächelte sie an, legte seine Hand auf ihre Brust und streichelte sie. »Und wenn du mich fragst, was ich jetzt am liebsten tun würde...«

»Denis!« gab sie sich schockiert, lachte jedoch dabei leise auf. »So etwas sagt man nicht!«

»Du hast recht, solange man es nur tut, nicht wahr?« Er zwinkerte ihr zu und zog sie an sich. »Am liebsten würde ich dich jetzt ausziehen, dich liebkosen und lieben, mein Liebstes. Und ich glaube, es würde uns beiden ganz wunderbar bekommen.«

Sie spürte, daß sie nach all den Jahrzehnten Ehe noch immer erröten konnte. Gleichzeitig reagierte ihr Körper aber auch auf seine intimen Berührungen, und sie wünschte, es wäre wirklich möglich, sich ihm jetzt hinzugeben und das zärtliche Spiel ihrer Liebe und Leidenschaft zu genießen. Aber leider ging es nicht.

»Damit wirst du dich schon bis heute abend gedulden müssen, mein Lieber«, antwortete sie und schob seine Hand sanft von

ihrem Busen. »Julian ist aus Charleston zurück, und in einer halben Stunde serviert Joshua den Tee im Salon.«
Er seufzte scheinbar gequält. »Also gut, aber dann gehen wir heute früh zu Bett, einverstanden?«
Sie nickte lächelnd und gab ihm einen Kuß. Dann ging sie zu den Fenstern, zog die Vorhänge zurück und rief den Diener ihres Mannes, damit er ihm half.

58

Julian schien in diesem Sommer mehr Zeit in Charleston als auf Belmont Park zu verbringen. Zumindest kam es Lavinia so vor, und entsprechend erbost war sie. Denn natürlich zog ihn Violet in die Stadt! Mehr als einmal versuchte sie, ihm dieses Mädchen auszureden. Doch er beugte sich nicht ihren Wünschen, sondern machte Violet Sutherland weiterhin den Hof. Immerhin gelang es Lavinia, die ärgerliche Angelegenheit vor Georgina und Denis geheimzuhalten. Und sie gab die Hoffnung nicht auf, daß ihr Sohn doch noch zur Vernunft kommen und einsehen würde, wie unwürdig eine solche Verbindung war.
Im September wurden nicht ihre Hoffnungen wahr, sondern ihre schlimmsten Befürchtungen. »Mom, ich habe mich entschlossen, Violet zu meiner Frau zu machen!« teilte er ihr am Tag nach der Rückkehr von einem einwöchigen Aufenthalt in Charleston mit.
»Das kannst du nicht! Julian, bitte! Du bist ein DeLong!« beschwor sie ihn.
Er blieb hart. »Ich weiß, wer ich bin, Mom. Und ich weiß auch, was ich für Violet empfinde. Ich habe Zeit genug gehabt,

mich zu prüfen. Violet ist die Frau, die ich liebe und die ich heiraten werde.«
»Eine Pensionstochter!« rief sie geringschätzig.
Ärger flog über sein Gesicht. »Du weißt genau, daß das nicht stimmt, Mom! Wenn ich dir sage, daß die Sutherlands ein höchst ehrbares Haus führen, dann hast du keinen Grund, meine Worte in Zweifel zu ziehen. Und daß Violet kein Vermögen mit in die Ehe bringt, kümmert mich nicht. Ich heirate eine Frau nicht ihres Geldes oder ihres Namens wegen. Ich heirate sie, weil ich sie liebe ... und weil ich allein den Reichtum ihrer Liebe sehe!«
Lavinia hatte eine sarkastische Erwiderung auf der Zunge, hielt sie jedoch zurück. Sie spürte, daß sie nur seinen Trotz stärkte, wenn sie Violet herabsetzte.
»Ich glaube dir, daß du im Augenblick so empfindest«, sagte sie in freundlichem Ton und schien einzulenken. »Aber brich diese Entscheidung nicht übers Knie, Julian. Gib dir selbst mehr Zeit, deine Wahl auf ihre Richtigkeit zu überprüfen. Du bist doch erst dreiundzwanzig. Warte noch mit deinem Antrag, bis du vierundzwanzig bist.«
»Nein, das möchte ich nicht«, lehnte er ab. »Ich brauche auch nicht mehr Zeit, weil ich mir meiner Gefühle zu Violet absolut sicher bin. Es tut mir leid, daß meine Wahl nicht deine Zustimmung findet, aber die Entscheidung, wen ich zu meiner Frau erwähle, kann und will nur ich allein treffen.«
»Du tust mir damit sehr weh, Julian. Ich glaube, du weißt gar nicht, wie weh«, sagte sie leise und hoffte insgeheim, mit diesem moralischen Appell an seine Dankbarkeit, die er ihr schuldete, noch etwas zu bewirken.
Sein Gesicht zeigte Betroffenheit, und er wich ihrem Blick auch wie schuldbewußt aus. Doch seine Antwort machte Lavinias Hoffnung zunichte: »Bitte stell mich nicht vor die Alternative, zwischen dir und Violet wählen zu müssen. Ich *liebe*

Violet, Mom! Ich will sie... und ich werde sie heiraten. Ich werde noch heute mit Pa darüber reden. Es wird Zeit, daß er von Violet erfährt.«

»Nein, tu das nicht! Bitte überlaß es mir, ihn schonend darauf vorzubereiten«, bat sie ihn, nicht ohne Hintergedanken. »Wenn du so fest entschlossen bist, wirst du dich ja noch ein paar Tage gedulden können.«

Er zögerte. »Ich würde es ihm lieber selber sagen.«

»Vertraust du mir nicht?« Sie wußte, daß es unfair war, ihn so in die Defensive zu drängen. Aber es war ja alles nur zu seinem Besten.

Resigniert atmete er aus. »Ach, Mom«, sagte er und gab nach. »Wenn du meinst, daß du erst mit Pa reden mußt, dann soll es so sein. Aber mache dir bitte keine falschen Hoffnungen. Auch er wird mich nicht von meinem Entschluß abbringen können!«

Daß Julian ihre Absicht durchschaute, ihr aber jede Aussicht auf Erfolg von vornherein absprach, steigerte Lavinias Ärger. Ein Machtwort von Denis war wirklich ihre letzte Chance, diese Ehe zu verhindern. Aber würde Denis sie überhaupt in ihrer kategorischen Ablehnung von Violet Sutherland unterstützen?

»Setzen wir uns noch etwas auf die Veranda und erlauben wir uns einen schönen kühlen Mint Julep«, schlug Denis ihr nach dem Abendessen vor. »Diese milden Abende muß man genießen.«

Während Georgina es vorzog, sich im Salon von Melinda aus dem neuen Buch von Jane Austen vorlesen zu lassen, nahmen Lavinia und Denis oben auf der rückseitigen Veranda in den bequemen Korbstühlen Platz. Der Mond begann an einem leicht bewölkten Himmel seinen Aufstieg. Sein Licht hob im Park die geometrischen Muster von Hecken, Wegen und Blumenbeeten hervor und warf einen schwachen Schein auf den Ashley River.

»Und nun erzähl!« forderte Denis sie auf, als Joshua die Mint Juleps gebracht und sich wieder entfernt hatte.
Lavinia war überrascht. »Erzählen? Was denn?«
Er lachte. »Mein Gott, Lavinia! Du hast doch irgend etwas. Das konnte ich dir beim Abendessen förmlich ansehen. Du warst reichlich wortkarg. Julian übrigens auch. Mir scheint, ihr beide habt ein Problem, von dem ich allmählich auch erfahren sollte, was meinst du?«
Sie gab einen schweren Stoßseufzer von sich. »Ja, solch ein Problem existiert in der Tat, Denis«, gab sie zu.
»Wie heißt die junge Dame?«
Verblüfft blickte sie ihren Mann an. »Vorher weißt du das?«
»Also so alt bin ich nun wieder nicht, daß ich mir nicht an den Fingern einer Hand ausrechnen kann, was der Grund für seine zahlreichen Besuche in Charleston ist«, antwortete er belustigt. »Und ich kenne dich viel zu gut, um nicht zu spüren, daß dir diese junge Dame nicht paßt. Eigentlich wollte ich ja abwarten, bis du von dir aus mit der Geschichte kommst. Aber ich gebe zu, daß ich allmählich ungeduldig werde und meine Neugier nicht länger bezähmen kann.«
»Junge Dame ist eine wenig zutreffende Bezeichnung!« sagte sie grimmig.
»Mach es nicht so spannend! Wer ist sie?«
»Violet Sutherland.«
Ein überraschter Ausdruck trat auf sein Gesicht. »Harriets Tochter?« vergewisserte er sich.
»Leider ja!« bestätigte sie ärgerlich.
Denis lachte auf. »Ich kann es nicht glauben!«
»Ich auch nicht!« sagte Lavinia schroff. »Und ich verstehe beim besten Willen nicht, was es darüber zu lachen gibt, Denis. Violet ist keine Frau für Julian. Du weißt so gut wie ich, daß die Sutherlands alles verloren haben ...«
»Ja, der Krieg hat Harriet schwer getroffen.«

Lavinia ärgerte sich über seinen mitfühlenden Tonfall. »...und daß Harriet mit ihrer Tochter in der Pension ihrer Tante und von deren Almosen lebt.«

»Nun, das entspricht nicht ganz der Wahrheit. Harriet ist meines Wissens finanziell doch so gestellt, daß sie auf Almosen nicht angewiesen ist. Von ihrem früheren Reichtum ist natürlich nichts geblieben.«

»So ist es! Die Sutherlands haben ihr Vermögen, ihre Schiffe, ihr Stadthaus und die Plantage verloren. Und daß Julian sich in den Kopf gesetzt hat, ausgerechnet diese Violet Sutherland zu heiraten, ist verantwortungslos und eines DeLongs nicht würdig!«

»Ist es so ernst, daß er schon von Heirat spricht?«

»Ja, er hat nur noch dieses Mädchen im Kopf! Du mußt ihm ins Gewissen reden, Denis!« forderte sie ihn erregt auf. »Wir können so eine Verbindung unmöglich zulassen. Ich habe versucht, was ich konnte, um ihn zur Besinnung zu bringen. Aber ohne jeden Erfolg. Auf mich will er einfach nicht hören. Notfalls mußt du ein Machtwort sprechen.«

Nachdenklich griff er zu seinem Glas, nahm einen Schluck, ließ die kleinen Eisstücke genüßlich im Mund zergehen und sagte dann mit liebevollem Spott: »Wenn er nicht einmal auf dich hört, meine Liebe, wie soll dann ich ihn dazu bringen können, es sich noch einmal anders zu überlegen? Außerdem kann und will ich ihm keine Vorschriften machen, solange die Frau, die er heiraten will, einen untadeligen Ruf und guten Familiennamen besitzt. Und darauf hat Julian wohl ohne Zweifel geachtet, denn auch verarmt bleiben die Sutherlands doch eine ehrenvolle Familie.«

»Das kann unmöglich dein Ernst sein!« rief Lavinia entrüstet und enttäuscht zugleich. »Wie kannst du mir in den Rücken fallen wollen? Julian ist ein DeLong...«

»Lavinia, bitte!« Er ergriff ihre Hand und brachte sie zum

Schweigen. »Erinnere dich bitte an einen Sommer vor ... nun gut vierunddreißig Jahren. Da kam ein DeLong nach Boston, verliebte sich in ein wunderschönes Mädchen, das seine Schönheit in all den folgenden Jahren bewahrt hat ...«

»Ach, Denis.« Sie lächelte unwillkürlich.

»... und beschloß, es zu seiner Frau zu machen«, fuhr er fort. »Und er fragte nicht nach dem Erbe des Mädchens, und er fragte auch nicht danach, ob seine Familie mit der Wahl seiner Frau einverstanden sein würde. Er heiratete sie, weil er sie liebte und nur sie wollte.«

»Aber das damals mit uns beiden war etwas ganz anderes«, wandte Lavinia ein.

Er schüttelte den Kopf. »Nein, das war es nicht, Lavinia. Du versuchst es dir jetzt nur einzureden. In Wirklichkeit habe ich schon gewußt, warum ich dich gleich in Boston geheiratet habe, statt dich erst meiner Mutter vorzustellen. Ich wollte es nicht wahrhaben, doch im Unterbewußtsein wußte ich sehr wohl, daß meine Mutter Himmel und Hölle in Bewegung gesetzt hätte, um eine Ehe mit dir zu verhindern. Weil sie einfach eine ganz andere Vorstellung von der Frau hatte, die ich als Erbe von Belmont Park heiraten müßte. Aber das waren *ihre* Vorstellungen, die mit meinen Wünschen und Bedürfnissen nichts zu tun hatten. Georgina hat dich abgelehnt, erinnere dich nur, und dich für völlig untauglich gehalten, mir die richtige Frau zu sein. Sie war von mir bitter enttäuscht und hielt dich als zukünftige Mistress von Belmont Park für eine Katastrophe. Doch wie es sich gezeigt hat«, er lächelte sie zärtlich und voller Stolz an, »hätte ich keine bessere Wahl treffen können ... weder für mein privates Glück noch für Belmont Park. Es war also richtig, daß ich gegen meine Familie gehandelt und allein meinem Herzen und meiner Urteilskraft gefolgt bin. Ich habe es nicht bereut. Und du, Lavinia?«

»Nie! Ich habe es nie bereut«, sagte sie leise und drückte seine

Hand. Und es war die Wahrheit. Wie schwer die Zeiten auch waren, es hatte immer nur Denis für sie gegeben. Nicht einmal hatte sie das Verlangen nach einem anderen Mann gehabt. Er war ihr Leben.

Er nickte. »Ich weiß, daß du Julian liebst und nur das Beste für ihn willst. Keine Frau ist gut genug für den eigenen Sohn — so denken alle Mütter. Und so ergeht es wohl allen Generationen von Schwiegertöchtern. Ich weiß, daß du viel lieber Cathleen als Schwiegertochter sehen würdest. Aber wir können nicht das Leben unserer Kinder leben, Lavinia. Wir können Julian deshalb auch nicht die Frau aussuchen, die *uns* am liebsten wäre. Es würde nichts als Unglück bringen, es überhaupt zu versuchen. Zumal auch wir uns frei für uns entschieden haben. Julian und Violet, sie sind wie ein ferner Spiegel unserer eigenen Vergangenheit.«

Lavinia war nachdenklich geworden, aber noch längst nicht überzeugt. »Dennoch war es bei uns damals anders, Denis.«

»Sagen das nicht alle Eltern zu ihren Kindern?«

»Ich habe nicht wirklich gewußt, in welch eine Familie ich einheiraten würde«, verteidigte sie ihren Standpunkt. »Ich kam aus einem vermögenden Elternhaus, und dasselbe traf auf dich zu, Denis. Daß die DeLongs eine Plantage bei Charleston besaßen, war mir bekannt. Aber du hast mich bewußt im unklaren darüber gelassen, daß BELMONT PARK nicht irgendeine x-beliebige Plantage ist und die DeLongs nicht irgendeine x-beliebige Familie sind.«

Er schmunzelte. »Ich gebe zu, daß ich nicht mit offenen Karten gespielt habe.«

»Und das war auch gut so. Denn so konntest du sicher sein, daß ich dich wirklich liebte und dich nicht wegen BELMONT PARK, dem Stadthaus und MULBERRY HALL heiratete«, fuhr sie fort. »Und genau das unterscheidet mich von Violet und ihrer Mutter. Die Sutherlands sind arm, das ist eine Tatsache,

und Julian ist der Erbe von BELMONT PARK! Da ist die Versuchung riesig, einem jungen Mann die große Liebe vorzuspielen.«
»Julian ist kein Träumer, der nicht merkt, wenn ihm jemand wegen seines Geldes schöne Augen macht«, erwiderte Denis. »Du weißt, daß es schon viele junge Frauen gegeben hat, die sich darum bemüht haben, ihn zu umgarnen. Er hat sie jedesmal durchschaut und kühl auf ihren Platz verwiesen.«
»Vielleicht ist Violet geschickter!«
»Aber Lavinia«, sagte er mit liebevollem Tadel in der Stimme.
Ärger wallte in ihr auf. »Ich kenne doch Harriet! Für sie ist das die Chance, auf dem Umweg über ihre Tochter doch noch ihr Ziel zu erreichen — und das heißt eine DeLong sein und auf BELMONT PARK einziehen! Sie hat es mir nie vergeben, daß ich dich ihr weggeschnappt habe!«
Er lachte amüsiert. »Ja, das stimmt. Harriet wäre gern Missis DeLong geworden. Sie war auch die Wunschschwiegertochter meiner Mutter — so wie Cathleen bei dir. Aber das liegt doch nun schon eine Ewigkeit zurück.«
»Vielleicht für dich, aber nicht für Harriet — und nicht für mich!« versicherte Lavinia. »Sie war sich so sicher, eines Tages Mistress auf BELMONT PARK zu sein, daß sie mich gehaßt hat, weil du mich ihr vorgezogen hast. Und mit diesem Haß hat sie mich jahrelang verfolgt. Sie hat diese Enttäuschung nie verwunden. Und jetzt versucht sie sich über ihre Tochter an mir zu rächen.«
Er sah sie einigermaßen verwundert an. »Nein, das glaube ich nicht, und du darfst dir das auch nicht einreden, Lavinia! Ich weiß nicht, was damals zwischen euch vorgefallen ist, aber es kann nichts mit Julian und Violet zu tun haben. Irgendwann muß man auch mal einen Strich unter die Vergangenheit ziehen. Wer ist schon Harriet?« Er schüttelte lächelnd den Kopf. »Gib Julian die Freiheit, sich für seine Liebe zu entscheiden, so

wie wir es getan haben. Nur dann werden sie auch das Glück finden, das ich mit dir gefunden habe.«

»Ach, Denis, du bist viel zu weichherzig«, beklagte sie sich, während seine Worte sie gleichzeitig mit Zärtlichkeit und Dankbarkeit erfüllten.

»Als ich dich damals in das Büro deines Vaters stürzen sah, habe ich dich vom ersten Moment an geliebt«, sagte er versonnen. »Und ich habe nie aufgehört, dich zu lieben ... und zu begehren.«

»Ich auch nicht, Denis«, sagte sie berührt.

»Dann laß uns das auch unserem Sohn wünschen. Bitte laß ihn seinen Weg gehen.«

Sie schwieg eine Weile. Dann sagte sie enttäuscht: »Wenn du meine Bedenken nicht teilst und nicht die Absicht hast, ihm diese Violet auszureden, ist die Entscheidung damit ja schon gefallen.«

»Wenn Julian sie wirklich so liebt, wie er behauptet, ist die wahre Entscheidung schon lange vor deiner Ablehnung oder meiner Billigung gefallen«, sagte er und atmete tief durch. »Hm, diese Luft. Ist das nicht ein wunderschöner Abend?«

»Ja, das ist er.«

»Was meinst du, sollen wir noch einen Mint Julep trinken?« fragte er fröhlich, als wollte er sie aufheitern und auf andere Gedanken bringen.

Sie saßen noch bis Mitternacht auf der Veranda, tranken ihre Mint Juleps in kleinen Schlucken und erinnerten sich an früher, an ganz früher, womit sie den langen Sommer in Boston meinten, und als sie sich zu Bett begaben, hatte sich Lavinia schon ein wenig damit abgefunden, daß sie die Ehe zwischen Julian und Violet Sutherland nicht verhindern konnte.

Mitten in der Nacht stieß Denis einen erstickten Schrei aus und riß Lavinia aus dem Schlaf. Entsetzt hörte sie, wie er in der Dunkelheit nach Luft rang und sich aufrichtete.

»Denis! ... Um Gottes willen, was ist?« rief sie voller Angst, als sich seine Hand um ihr Handgelenk klammerte.
»Meine Brust! ... Mein Herz! ... Dieser Schmerz! ... O Gott ... Lavinia ... verlaß mich nicht!« stieß er hervor. Augenblicke später sackte er tot in ihre Arme.

59

Julian hielt die Trauerzeit von mindestens einem Jahr ein. Im Oktober des folgenden Jahres heiratete er Violet Sutherland. Die einzige Genugtuung, die Lavinia am Tage der Hochzeit empfand, war die Tatsache, daß Harriet weder in der Kirche noch bei der Feier auf BELMONT PARK zugegen war. Dafür hatte sie schon Monate vorher gesorgt.
Ein halbes Jahr nach dem Tod ihres Mannes traf sie sich mit Harriet in Charleston. Es kam ihr nicht in den Sinn, ihren Fuß in die Pension in der Cumberland Street zu setzen. Sie bestellte die Mutter ihrer zukünftigen Schwiegertochter zu sich ins MILL HOUSE, das exklusivste Hotel der Stadt — und ließ sie lange genug warten, um ihr deutlich zu machen, wie die Gewichte verteilt waren.
Harriet war in den Jahren beachtlich in die Breite gegangen. Und ihre beschränkten finanziellen Mittel reichten nicht aus, um ihre matronenhafte Figur von einer exzellenten Schneiderin geschickt kaschieren zu lassen. Sie versuchte den Eindruck zu erwecken, als hätte sie noch immer allen Grund, ihr mit hoch erhobenem Kopf begegnen zu können.
Lavinia fegte die aufgesetzte, stolze Fassade ihrer alten Rivalin schon mit ihren ersten Sätzen gnadenlos hinfort. »Mir ist schleierhaft, was mein Sohn an dem naiven Geschöpf aus einer bettelarmen Familie findet, die eine billige Pension am Hafen

betreibt. Er könnte unter den Töchtern der vornehmsten und reichsten Familien des Landes wählen! Wer ist schon Violet Sutherland? Sie wäre vielleicht eine passende Partie für einen reisenden Vertreter von Versicherungspolicen, aber nicht für einen DeLong und Erben von BELMONT PARK«, fiel sie unbarmherzig über sie her. »Julian möchte Violet dennoch zur Frau nehmen.«

Harriet schluckte schwer. »Sie ist eine gute Tochter, und sie liebt ihn, und sie wird ihm eine gute Frau sein!« versuchte sie sich zu behaupten.

»Ja, wenn ich es zulasse, Harriet!« sagte Lavinia schroff. »Ohne meinen Segen wird Violet niemals seine Frau! Wenn ich mich weigere, sie anzuerkennen, kann Violet wieder nach einem Vertreter Ausschau halten! Ich habe BELMONT PARK gerettet, und das weiß Julian. Es liegt allein in meiner Hand, ob eine Violet Sutherland die Ehefrau von Julian DeLong wird.«

»Lavinia, ich flehe Sie an! Vergessen Sie, was einmal war! Es geht nicht mehr um uns«, beschwor Harriet sie. »Die beiden lieben sich aufrichtig, und Sie bestrafen nur...«

»Sparen Sie sich Ihre Vorhaltungen und Bitten!« schnitt Lavinia ihr das Wort ab. Sie hatte sich geschworen, niemals zu vergessen, und an diesen Schwur würde sie sich auch halten.

»Warum haben Sie mich dann zu sich gebeten?«

»Ich habe Sie nicht gebeten, Harriet, ich habe Sie zu mir bestellt!« demütigte Lavinia sie.

Harriet begehrte nicht auf. »Was wollen Sie?« fragte sie nur.

»Sie nehmen weder an der kirchlichen Zeremonie noch am Fest auf BELMONT PARK teil! Und Sie lassen sich auch sonst nicht bei uns auf der Plantage sehen«, stellte sie ihre Forderungen. »In dem Fall werde ich mich nicht gegen eine Heirat Ihrer Tochter mit meinem Sohn stellen.«

»Aber wie soll ich...«

»Lassen Sie sich etwas einfallen, Harriet. Sie waren doch früher

immer so einfallsreich«, sagte Lavinia zynisch. »Auf jeden Fall will ich Sie am Hochzeitstag nicht sehen. Werden Sie krank, mir ist es egal, aber bleiben Sie mir aus den Augen! Halten Sie sich jedoch nicht daran, werde ich dafür sorgen, daß Julian es sich anders überlegt ... notfalls noch in der Kirche!«
Die beiden Frauen sahen sich einen Moment lang schweigend an. Lavinias Blick war eisig und unerbittlich. Sie wußte, daß sie gewonnen hatte. Sie hatte es schon gewußt, als Harriet geduldig gewartet hatte, daß sie zum verabredeten Treffen erschien.
Es zuckte in Harriets Gesicht, und dann schaute sie zur Seite. »Ja, ich glaube Ihnen jedes Wort, Lavinia. Sie haben schon einmal Unglück über einen Sutherland gebracht«, sagte sie bitter.
Lavinia erhob sich abrupt. »Es waren die eigenen Früchte, die Sie geerntet haben, Harriet. Manche reifen eben nur sehr langsam«, gab sie die Schuldzuweisung in verächtlichem Ton zurück. »Sie nehmen meine Bedingungen also an?«
»Ja, um Violets aufrichtiger Liebe willen. Sie lassen mir keine Wahl.«
»Nein, die Absicht habe ich in der Tat nicht!« bestätigte Lavinia ungerührt und ging grußlos.
Schon am Tag vor der Hochzeit mußte Harriet das Bett hüten. Angeblich wegen einer unerträglichen Migräne, verbunden mit Übelkeit. Lavinia fand die Hochzeit sehr bewegend und hatte sogar etwas Mitgefühl mit Violet, die in einem wunderschönen Seidenkleid mit aufgestickten Orangenblüten vor den Altar schritt. Die Rechnung für Violets gesamte Hochzeitsausstattung war an sie, Lavinia DeLong, gegangen. Sie hatte darauf bestanden. Harriet hätte von ihrem Geld doch kaum die Unterröcke und die Seidenschuhe bezahlen können, die ihre Tochter an ihrem großen Tag trug, geschweige denn dieses Gedicht von einem Seidenkleid!

60

Ihre Flitterwochen verbrachten Julian und Violet auf Hilton Head Island. Als sie zehn Tage später zurückkehrten, strahlend vor Verliebtheit und unbekümmert, wies Lavinia ihre Schwiegertochter sogleich in ihre Schranken.

»Es war himmlisch, Mom ...« begann Violet überschwenglich von ihrem Aufenthalt zu berichten.

»Du hast nur eine Mom, mein Kind, und die ist nicht hier auf Belmont Park, sondern in Charleston!« korrigierte Lavinia sie reserviert.

Violet schoß das Blut ins Gesicht. »Natürlich, entschuldigen Sie, Missis DeLong«, murmelte sie verlegen.

»Bevor wir uns zu Tisch setzen, habe ich noch mit dir zu reden, Violet! Ich erwarte dich in meinem Salon. Und zwar nur dich allein!« forderte sie ihre Schwiegertochter auf.

Julian warf seiner Mutter einen Blick zu, als bäte er sie um Nachsicht, sagte jedoch nichts. Dann raunte er seiner Frau etwas zu und zuckte hilflos mit den Schultern.

Melinda und Georgina hatten sich ebenfalls zur Begrüßung der Jungvermählten eingefunden. Georgina saß in ihrem Rollstuhl und erinnerte sich an jenen Tag vor nunmehr fünfunddreißig Jahren, als ein anderes Hochzeitspaar auf Belmont Park eingetroffen war. Als sie Lavinias Blick begegnete, verzogen sich ihre Lippen zu einem wissenden Lächeln, das auch voller Wehmut wahr. Sie nickte ihr zu.

Lavinia erwiderte das Lächeln und das Nicken auf eine kaum merkliche Weise, die nur Georgina zu deuten vermochte. Sie waren einander so vertraut, daß es nur noch winziger Gesten bedurfte, um sich verständlich zu machen.

Dann ging sie in den Salon.

Verschüchtert folgte Violet der schroffen Aufforderung ihrer

Schwiegermutter. Sie schloß die Tür hinter sich und nahm dann Platz, als Lavinia mit knapper Geste auf einen Sessel deutete. Sie selbst blieb stehen.

»Die Flitterwochen liegen hinter dir, nun beginnt der Ernst des Lebens, obwohl du vermutlich gar nicht weißt, was das überhaupt bedeutet«, begann Lavinia kühl und schulmeisterlich.

»Doch, ich glaube schon, Missis DeLong, daß ich ...« setzte Violet verzagt zu einer Antwort an.

»Nein, du weißt es nicht!« fuhr Lavinia ihr ungehalten ins Wort. »Denn dann hättest du erst einmal zugehört, was ich dir zu sagen habe, statt dich zu einer vorlauten Bemerkung hinreißen zu lassen! Ich weiß nicht, wie deine Mutter dich erzogen hat. Nun, dies ist wohl eine erste Kostprobe, daß deine Erziehung nicht ohne Mängel ist. Gewöhn dir an, dich erst zu äußern, wenn du gefragt wirst und wenn ich ausgesprochen habe.«

Violet wurde blaß. »Ja, Missis DeLong«, murmelte sie verstört.

»Du darfst Lavinia und Sie zu mir sagen. Immerhin gehörst du jetzt zur Familie«, sagte Lavinia mit gnädiger Herablassung. »Aber du wirst noch vieles lernen müssen. Belmont Park ist keine Hafenpension. Hier gelten andere Regeln, mein Kind. Und ich erwarte, daß du dich an die Traditionen der DeLongs hältst!«

Violet schien sich ducken zu wollen und sah so verletzlich jung aus. Sie schluckte krampfhaft und nickte stumm, weil sie in dem Moment kein Wort herausgebracht hätte. Ohne Julian an ihrer Seite fühlte sie sich schutzlos und verlassen.

»Du bist mit unseren Sitten und Gebräuchen, die das Leben und den Tagesablauf auf einer so großen und bedeutenden Plantage wie Belmont Park bestimmen, gewiß nicht vertraut. Deshalb erwarte ich, und unausgesprochen erwartet das auch

Julian von dir, daß du ein untadeliges und insbesondere zurückhaltendes Benehmen an den Tag legst. Achte auf dein ansprechendes, gepflegtes Äußeres, das ja zweifellos zu deinen Vorzügen zählt, und konzentriere dich darauf, Julian eine liebevolle und gehorsame Frau zu sein — und hoffentlich auch bald Mutter eines gesunden Stammhalters!«

Violet schlug den Blick nieder, während ihr Gesicht sich puterrot färbte, als hätte Lavinia unschickliche Erinnerungen an ihre Flitterwochen geweckt.

Lavinia schoß kurz die Frage durch den Kopf, ob ihr Sohn wohl die Gabe besaß, seine junge Frau auch einfühlsam und ausdauernd genug in das Wunder der körperlichen Liebe und Leidenschaft einzuweihen! Aber diese Überlegung, die in ihr gleichermaßen Schmerz wie Sehnsucht nach ihrem geliebten Denis sowie Neid auf die Jugend dieser Frau vor ihr weckte, unterdrückte sie rasch. Diesen Teil ihres Lebens mußten die beiden ohne fremde Hilfe erfahren und nach eigenen Bedürfnissen gestalten.

Und noch barscher als eigentlich gewollt, fuhr Lavinia nun fort: »Aber halte dich zurück, wenn von Dingen gesprochen wird, die du nicht verstehst. Das ist ein guter Rat, den ich dir gebe!« Ihr Ton ließ es eher wie eine Drohung klingen. »Also halte dich daran, dann werden wir auch reibungslos miteinander auskommen. Hast du so weit alles verstanden, Violet?«

»Ja«, murmelte sie eingeschüchtert, und ihre Augen schimmerten feucht.

Lavinia lächelte, doch das Lächeln erreichte nicht den kühlen Ausdruck ihrer Augen. »Das freut mich. Und es würde erheblich zu meinem Wohlwollen beitragen, wenn du diese neumodische Unsitte, die Röcke nicht mehr ganz knöchellang zu tragen, nicht mitmachen würdest«, fuhr sie zurechtweisend fort. »Es ist unschicklich, seinen Fuß zu entblößen. Es geziemt sich für eine ehrbare Frau nicht, ihre körperlichen Reize zur Schau

zu stellen! In der Stadt mag das ja niemandem auffallen, zumindest keinem in den den Kreisen, mit denen zu bisher zu tun hattest ...«
Violet ballte die Fäuste und preßte die Lippen zusammen, sagte aber nichts.
»... doch du bist jetzt eine DeLong, und da setzt man ganz andere Maßstäbe an dich, nämlich höhere und strengere! Ich erwarte, daß du ihnen gerecht wirst und Julian keine Schande machst. Denn er wird es dir nicht sagen wollen, weil er meint, dich aus falscher Liebe heraus schonen zu müssen. Aber ihm ist so ein ... freizügiges Gebaren genauso zuwider wie mir und allen anderen in *unseren* Gesellschaftskreisen! Habe ich mich klar und deutlich ausgedrückt, mein Kind?«
Rote Flecken zeigten sich auf dem blassen Gesicht ihrer Schwiegertochter. »Ich ... ich werde demnächst mehr darauf achten«, versprach sie, und es kostete sie sichtlich große Überwindung, das auszusprechen.
Lavinia nickte zufrieden. »Ja, das solltest du in der Tat, mein Kind. So, das wäre wohl fürs erste alles. Du kannst dann gehen, es sei denn, du hast noch etwas auf dem Herzen. Dann kannst du es mir jetzt sagen.«
Violet erhob sich mit steifen Bewegungen. Sie sah sehr mitgenommen aus. »Nein ...«
»Na, wunderbar!« sagte Lavinia fast fröhlich, als hätten sie ein sehr vertrautes und höchst anregendes Gespräch geführt. »Ach, fast hätte ich ja vergessen, was du noch unbedingt wissen mußt, damit unser aller Zusammenleben nicht von häßlichen Zwischenfällen überschattet wird. Du kannst mir das Leben auf BELMONT PARK sehr viel leichter machen ...«
»Oh, ich helfe Ihnen gern, Missis ... Lavinia!« bot sich ihr Violet sofort an, und in ihre veilchenblauen Augen trat ein Hoffnungsschimmer.
»... indem du mir im Haushalt nicht in die Quere kommst.

Ich bin in dieser Hinsicht sehr eigen und vertrage es nicht, wenn man meine Ordnung stört und etwa dem Personal Anweisungen erteilt, die vorher nicht mit mir abgesprochen sind. Der Haushalt ist ein fein abgestimmtes Uhrwerk, und ich erwarte, daß er auch in Zukunft ohne Störungen weiterläuft.« Sie lächelte, doch ihre Stimme war hart wie Stahl. »Und nun laß dich nicht länger aufhalten, mein Kind. Julian wird bestimmt schon voller Unruhe auf dich warten.«

Entmutigt und wie benommen verließ Violet den Salon.

Lavinia lächelte zufrieden, während sie sich in den Sessel vor dem Fenster setzte und auf den Park hinausblickte, der in den intensiven Farben des Herbstes leuchtete. Gelb und Rot, Violett und Rostbraun beherrschten das Bild.

Violet hatte sich unter ihren harschen Worten, mit denen sie ihre Grenzen auf BELMONT PARK abgesteckt hatte, recht tapfer gehalten. Sicher, den Tränen war sie schon nahe gewesen, aber sie hatte sich beherrscht. Das war schon mal ein gutes Zeichen. Selbstbeherrschung war das Korsett vornehmen Auftretens. Für die anderen Feinheiten würde sie auch noch sorgen.

Ja, mit Violet würde sie mit der Zeit schon ganz gut auskommen. Ihre Schwiegertochter war vom Leben noch so unbeleckt und naiv, daß sie eine starke Hand brauchte. Und diese führende Hand sollte sie gleich vom ersten Tag an in die richtige Richtung weisen. Es mochte sie anfangs hart ankommen, aber später würde sie einsehen, daß es nur zu ihrem Besten gewesen war. Sie würde sie schon zu einer DeLong formen, die ihrem Mann und irgendwann einmal auch ihr, ihrer Schwiegermutter, alle Ehre machen würde. Irgendwann würde auch Violet aufbegehren und ihren Anspruch auf die Rolle der Mistress von BELMONT PARK erheben. Aber bis dahin würden noch viele Ernten vergehen, und sie würde sich Respekt und Macht erkämpfen müssen. Leicht würde sie es ihr nicht machen, das war mal sicher. Aber ein leichter Sieg war ja auch ein fader

Sieg. Und wer sie, Lavinia DeLong, eines Tages zum Nachgeben zwang, hatte es auch verdient, die uneingeschränkte Mistress zu sein. Doch der Tag lag noch in weiter Ferne...

»Heute habe ich dir eine Menge zu erzählen, Denis«, sagte Lavinia leise vor sich hin und freute sich schon darauf, wenn sie nachher auf der kleinen Bank saß, die sie vor den Gräbern ihrer Kinder und ihres so schmerzlich vermißten Mannes hatte aufstellen lassen. Sie besuchte Denis täglich, und es gab ihr Trost und Kraft, wenn sie dort saß und ihm alles berichten konnte, was sich ereignet hatte, was sie beschäftigte und was ihr Herz mit Trauer und ihre Augen mit Tränen füllte.

Als wenig später zum Essen gerufen wurde, ging Lavinia mit energischen Schritten und kühler Miene hinüber ins Eßzimmer. Julian zog ihren Stuhl zurück, und Lavinia nahm am Kopfende Platz.